CABALLO DE FUEGO
Gaza

Planeta Internacional

FLORENCIA BONELLI

CABALLO DE FUEGO

Gaza

 Planeta

Diseño de portada: Departamento de Arte de Editorial Planeta Argentina
Mapa de interior: Adolfo Flores Espinosa

© 2014, Florencia Bonelli
c/o Guillermo Schavelzon & Asoc. Agencia Literaria
info@schavelzon.com
www.schavelzon.com

Derechos reservados

© 2014, Editorial Planeta Mexicana, S.A. de C.V.
Bajo el sello editorial PLANETA M.R.
Avenida Presidente Masarik núm. 111, 2o. piso
Colonia Chapultepec Morales
C.P. 11570, México, D.F.
www.editorialplaneta.com.mx

Primera edición: septiembre de 2014
ISBN: 978-607-07-2286-8

Impreso en los talleres de Litográfica Ingramex, S.A. de C.V.
Centeno núm. 162-1, colonia Granjas Esmeralda, México, D.F
Impreso y hecho en México – *Printed and made in Mexico*

Es hora de que le dedique este libro a quienes, además de mi ángel Tomás y de Nuestro Señor, hicieron posible el milagro de que yo fuese escritora: mis lectoras. Entonces, a mis queridas lectoras; a las que me escriben a mi casilla de e-mail y a las que no se animan; a las que me tratan con confianza y a las que lo hacen con timidez; a las que creen que soy yo la que contesta los mensajes y a las que no lo creen; a las que me cuentan sus historias personales y a las que sólo escriben para saludarme; a las que se escandalizan con mis escenas eróticas y a las que nunca les parecen suficientes; a las que tienen quince años y a las que tienen noventa y cinco; a las que sus esposos las incentivan para que me lean, vaya a saber por qué, y a las que sus esposos les recriminan que, por leer mis libros, se pasan tres días pidiendo comida a domicilio; a las que recomiendan y regalan mis novelas; a las que me preguntan para cuándo la próxima cuando acabo de publicar la última; a las que viajan kilómetros para acompañarme en una presentación (esto es algo que siempre me emociona y sorprende) y a las que hacen horas de cola para saludarme y pedirme que les dedique mis libros; a las que buscan los rostros de mis personajes para hacer las películas porque, al igual que yo, sueñan con ver mis historias en la pantalla chica o en la grande, no importa cuál. A todas y cada una de ellas, cualquiera que sea su naturaleza y disposición. Ellas siempre me alientan a seguir escribiendo.

A la memoria de Félix della Paolera, con admiración y respeto. Era un maestro genial.

Y, por supuesto, te dedico este libro a ti también, Tomás, tesoro mío.

*La tragedia judía tenía su origen en las naciones
cristianas de Europa y de América. Como mínimo,
la conciencia de la cristiandad se había despertado.
Había que poner fin a la secular tragedia de los
judíos. Pero cuando llegó el momento del pago de
compensación en expiación por los defectos del
pasado, las naciones de Europa y América decidieron
que la factura tenía que pagarla una nación
musulmana de Asia.*
Extracto del libro *La Gran Guerra por la civilización*,
de ROBERT FISK.

*Conozco a un traidor antes de que él se conozca a sí
mismo.*

*La Ley es cualquier cosa que yo escribo en un pedazo
de papel.*
SADDAM HUSSEIN, presidente de Irak (1979–2003)

Ojo por ojo, y el mundo quedará ciego.
MAHATMA GANDHI.

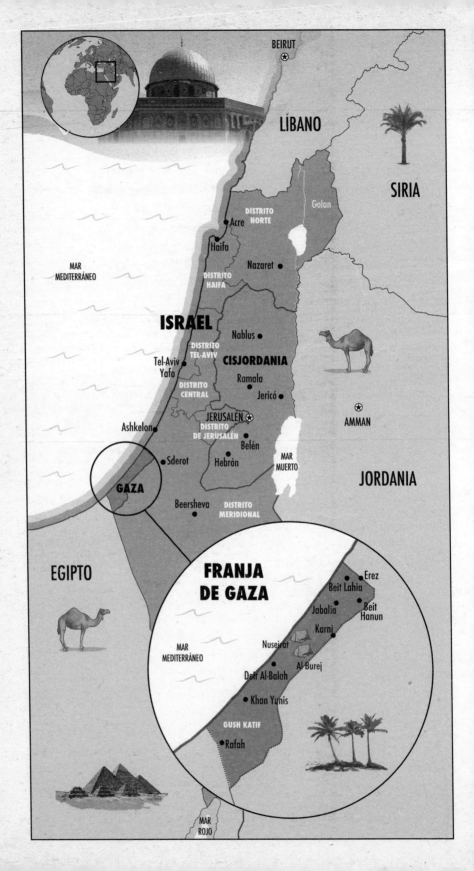

Feria Internacional de Aviones de Farnborough,
Hampshire, Inglaterra. Julio de 1998.

Donatien Chuquet llegó con dos horas de antelación a su cita en la feria de aviones más famosa del mundo. La conocía bien de sus años como oficial de *L'Armée de l'Air,* cuando la visitaba en representación de la fuerza para evaluar los avances de la aeronáutica y después informar a sus superiores.

En esa oportunidad, no representaba a *L'Armée de l'Air.* Sus días como piloto de guerra habían terminado abruptamente cuando, luego de someterlo a un juicio sumario, lo devolvieron a la vida civil por haberse demostrado graves irregularidades en su desempeño como instructor de vuelo en la base aérea de Salon-de-Provence. El hijo del general Managel, un recluta mediocre que, de seguro, no habría pasado el examen final, lo acusó de exigirle dinero para aprobarlo. A partir de esa acusación, las demás cayeron con efecto dominó. Se dio cuenta de que, en la fuerza, tenía más enemigos que amigos y, en menos de dos meses, se vio degradado y expulsado.

Ahora trabajaba *free lance* como piloto de pruebas para las constructoras aeronáuticas Dassault, Northrop Grumman y Safran, que si bien pagaban poco, le permitían continuar arriba de los mejores cazas del mundo. Los fines de semana, se humillaba en un aeródromo volando avionetas, ya fuese para que paracaidistas aficionados viviesen un momento de excitación o para pasar frente a las playas de Royan con avisos publicitarios. Dos divorcios y cuatro hijos constituían una carga pesada y no podía darse el lujo de volverse quisquilloso. Aceptaba el trabajo que le ofreciesen.

Esa tarde, en la feria, pilotearía el Rafale, la nueva joya de Dassault, que reemplazaría al Mirage. Dos potenciales compradores observarían sus acrobacias a través de binoculares desde la plataforma con sombrillas y mesas dispuestas en la galería del Farnborough Business Park, mientras bebían champaña y negociaban por aviones que costaban más de cuarenta millones de dólares.

Había llegado con dos horas de anticipación porque, antes de pilotear el Rafale, se encontraría con un desconocido. Por el acento, Chuquet habría apostado a que era árabe. Lo había llamado dos días atrás y tratado con una cortesía rayana en la obsecuencia.

—Un amigo nos ha sugerido su nombre para un trabajo muy delicado que mi jefe desea emprender, *monsieur* Chuquet.

—¿Qué amigo?

—Nada de nombres por teléfono, si no le molesta. —Tras una pausa, dijo—: Sé que estará en la feria de Farnborough. —Ese dato alarmó a Chuquet, porque no le había comentado a nadie que viajaría a Inglaterra para el evento aeronáutico del año—. Volando el Rafale para Dassault —añadió el misterioso interlocutor.

—¿Cómo lo sabe? Esto no me gusta nada.

—*Monsieur* Chuquet, usted nos interesa desde hace un tiempo y hemos estado investigándolo y siguiéndole la pista.

—¿Quién es usted? ¿A quién representa?

—Represento a quien podría pagarle una fortuna que le permitiría vivir retirado y tranquilo en una isla caribeña o del Pacífico, a elección suya.

Con eso lo había convencido de encontrarlo en el bar de la feria. Desde una mesa y sin quitarse los lentes de sol espejados, miraba en torno, aunque resultaba difícil individualizar a un hombre con aspecto de árabe en el gentío. A lo lejos, tras las ráfagas de fuego que emergían de las toberas de un F-15, leyó un gran cartel: *Success is in the air*, el eslogan de la feria. Estaba de acuerdo, el éxito estaba en el aire. Desde la Segunda Guerra Mundial, había quedado claro que la supremacía en una contienda bélica la definía quien contase con la mejor flota de aviones.

El timbre del celular lo sobresaltó. Atendió deprisa.

—*Allô?*

—Chuquet, soy yo. Normand Babineaux.

—Ah, Normand —contestó, desilusionado.

—Imagino que no te divierte oír mi voz porque crees que te pediré que me devuelvas los cincuenta mil francos que te presté hace dos meses.

—No, no, Normand. Me alegra escucharte. —Era de los pocos amigos que conservaba de la época de piloto de guerra; en realidad, era de los pocos amigos que tenía—. Sucede que estoy esperando a una persona desde hace media hora. Pensé que me llamaba. ¿Desde dónde me llamas? ¿De París?

—No. Estoy en Arabia Saudí.

—¿Qué haces en ese país de mierda? —Chuquet no guardaba un buen recuerdo de sus días en la base de Al Ahsa, durante la Guerra del Golfo.

—Adiestrando pilotos saudíes, por cuenta de la Mercure.

—¿La empresa de Eliah Al-Saud?

—Ajá.

De Al-Saud tampoco guardaba un buen recuerdo. «Maldito hijo de puta.» Cuando le dieron de baja en *L'Armée de l'Air*, le pidió trabajo en su empresa, y Al-Saud se negó interponiendo una excusa estúpida. Semanas después se enteró de que había contratado a Matthieu Arceneau, a Lorian Paloméro y a Dimitri Chavanel, todos buenos aviadores, pero cuyas habilidades no se comparaban con las de él ni con sus miles de horas de vuelo. Lo había humillado, tal vez como revancha por los duros años de adiestramiento en la base aérea de Salon-de-Provence. «Debería de agradecerme. Hice de él el mejor piloto de su generación.» Sí que era bueno el hijo de puta. Muy bueno. Imposible olvidar su desempeño en la Guerra del Golfo, que le había valido dos condecoraciones. La destreza de su antiguo recluta lo superaba con creces, y eso también lo ponía de mal humor.

—Espero que el sueldo que te paga Al-Saud compense toda la arena y el calor que debes de estar tragando.

—Los compensa, no lo dudes. Además, hemos podido darnos un gusto que jamás creímos posible. Hemos volado un Su-27.

—¿Desde cuándo los saudíes tienen aviones Sukhoi?

—No, los saudíes no, sino *un* saudí, uno muy excéntrico, primo hermano de Eliah. Se lo compró al gobierno sirio y lo mantiene en un hangar de la base aérea en Dhahran.

—Y, ¿qué tal? —preguntó, procurando esconder la envidia.

Babineaux se explayó en la descripción casi poética del vuelo del mejor avión de fabricación rusa y uno de los mejores del mundo.

—El primero en probarlo fue Al-Saud y, para fanfarronear, cuando regresó a la base, nos hizo la cobra de Pugachev.

Apretó de modo maquinal el pie de la copa de champaña. Al levantar la vista, divisó a un hombre de aspecto impoluto —traje oscuro, camisa con pecheras azules y cuello y puños blancos, y mancuernillas— que elevaba su vaso en dirección a él y le sonreía. Su cita acababa de mostrarse.

—Normand, tengo que dejarte —lo cortó de pronto—. Acaba de llegar la persona que estaba esperando.

Se despidieron con promesas de llamarse más tarde. Al comprobar que Chuquet guardaba el celular, el hombre bien vestido abandonó su mesa y se aproximó. Le sonrió mientras le extendía la mano y se presentaba.

—Mi nombre es Sami Al-Quraíshi.

—Chuquet.

—Sí, lo sé. Oh, no, no —se apresuró a decir Al-Quraíshi cuando Chuquet lo invitó a sentarse—. Mejor movámonos, recorramos los stands de la feria. ¿Ve aquellos caballeros de traje negro y binoculares? Los que están cerca del Tornado y simulan ver el espacio aéreo. —Chuquet asintió—. Pues son de la CIA y no me gustaría llamar su atención.

Caminaron entre el gentío que se aglomeraba en los puestos de exposición de las distintas empresas relacionadas con la aviación. Al-Quraíshi se aproximó al de Sukhoi y agarró varios folletos. Los hojeó como si estuviese solo.

—¿Quién le sugirió mi nombre para el trabajo del que va a hablarme?

—En realidad, surgió de una investigación.

Al darse cuenta de que Al-Quraíshi no aportaría más detalles, Chuquet se mostró impaciente al hablar.

—Me dijo que tenía un negocio que proponerme. En una hora tengo que volar un avión para Dassault. No tengo mucho tiempo.

Al-Quraíshi rio por lo bajo, con talante condescendiente.

—Occidentales —murmuró—. Siempre apurados.

—Podrá decir lo que quiera de los occidentales, pero, hasta lo que sé, somos nosotros los que gobernamos el mundo.

Al-Quraíshi levantó la vista de golpe y miró a Chuquet con hostilidad.

—Eso no siempre será así.

—¿Ah, no?

—No. Llegará el día en que el mundo árabe le hará pagar a Occidente todas y cada una de las ofensas. —Contrariado por su exabrupto, se tocó el nudo de la corbata y carraspeó—. Vayamos a nuestra propuesta, *monsieur* Chuquet. Mi jefe necesita de su experiencia y de su habilidad para elegir a dos pilotos e instruirlos para una misión altamente delicada. Deberá hacerse en el menor tiempo posible, por lo que su disponibilidad será exclusiva para este trabajo.

—¿Qué tipo de misión?

—Los detalles se los daré si acepta entrar en tratos con nosotros.

—Señor Al-Quraíshi, no pretenderá que tome una decisión de esta índole con la información paupérrima que está dándome.

–Sabe lo que necesita saber. Usted fue instructor de vuelo, ¿verdad? –Chuquet asintió–. Sabe cómo lidiar con los pilotos, ¿no es así? –De nuevo, un asentimiento–. Pues bien, eso es lo que tendrá que hacer. Sabemos que sus finanzas están más que al rojo. Al rojo vivo, me atrevería a decir. Esa deuda de treinta mil francos con la tarjeta de crédito Visa le quita el sueño. Los intereses están devorándolo.

–¿Cómo sabe eso? –Chuquet se alejó de modo instintivo–. ¿Quién es usted? ¿Quién es su jefe? ¿Cómo se atreve a meterse en mis cuestiones financieras?

–Todo a su tiempo, *monsieur* Chuquet. Le daré un dato más que lo tranquilizará. –Sacó una pluma de oro y escribió una cifra en un folleto de Sukhoi–. Éste será el monto total que recibirá por su trabajo. El veinte por ciento al comienzo, otro veinte por ciento a los tres meses y el sesenta restante si la misión se concluye con éxito.

Las cejas de Chuquet se elevaron en un gesto elocuente.

–Al menos, dígame quién es su jefe.

–Saddam Hussein –respondió Al-Quraíshi, y le destinó una sonrisa.

~ ·⚘· ~

Días más tarde, Chuquet descubrió que los cuatro millones de dólares que le pagarían por adiestrar a dos pilotos en una misión que aún no le habían detallado, también servían para cubrir otro servicio: informar acerca de la constructora aeronáutica Dassault, en especial, acerca del aeródromo ubicado en la planta de Istres, al sur de Francia, donde la compañía probaba sus cazas. Respondía a las preguntas que Al-Quraíshi y que otro hombre, que no se presentó y que sabía de aviones de guerra, le formulaban en una oficina de la embajada de Irak en París. Su instinto le susurraba para qué utilizarían la información, más allá de que su sentido común le dictaba que se trataba de un disparate.

Pasaron diez días antes de que su instinto probara que estaba en lo cierto: los iraquíes se metieron en las instalaciones de Dassault y mataron a un piloto de prueba que se ponía el chaleco anti-G en el vestidor para que un impostor tomara su lugar. Nadie se percató del cambio porque lo habían elegido de la misma complexión física y porque se aproximó al Rafale con el casco puesto y la visera negra baja. Abordó el caza, despegó, ejecutó unas pruebas y se mandó a mudar. Desde la torre intercambiaban miradas incrédulas mientras le exigían al piloto que retomara la rutina. Obtuvieron como respuesta el sonido que se produce cuando se corta la comunicación radial.

Chuquet se enteró al día siguiente gracias al titular de *Le Figaro*: *Intento fallido de robo de un Rafale*. En la cabeza decía: *El piloto, de identidad desconocida, lo sustrajo del aeródromo de Dassault en Istres*. En el cuerpo del artículo se aclaraba que la compañía había dado inmediato aviso a *L'Armée de l'Air*, que, en cuestión de minutos, había localizado al Rafale sobre el Mar Mediterráneo. Una pareja de Mirage 2000 lo alcanzó mientras sobrevolaba la isla de Córcega y se colocó a ambos lados del Rafale. Como no existía comunicación a través de la radio, el Mirage de la derecha se balanceó y movió las alas, una señal conocida entre los pilotos que significa «sígueme». El Rafale aceleró hasta romper la barrera del sonido. Los cazas franceses se lanzaron en su persecución. El Rafale iba con su armamento. Finalmente, tras una *dogfight*, la nueva joya de Dassault fue alcanzada por un misil aire-aire MICA RF, que lo convirtió en una bola de fuego antes de desintegrarlo.

A pesar de que el artículo había terminado, Chuquet mantenía la vista en la última frase. *Hasta el momento, se desconoce el motivo o la identidad de los que pergeñaron el robo del Rafale*. Le costaba dar crédito a lo que acababa de leer y, sin embargo, era verdad. El mundo no sabía que los iraquíes se hallaban detrás de la operación. Él sí, y, por conocer esa parte de la información, su vida estaba en juego. Se echó en un sillón, de pronto abrumado por la revelación.

⁖ ✿ ⁖

Sami Al-Quraíshi lo llamó al día siguiente, y Chuquet le notó el ánimo sombrío en el tono de voz. Se reunieron en el Café Le Paris, sobre la Avenida de Champs Élysées, muy tranquilo porque no era visitado por turistas. Ocuparon una mesa solitaria. Chuquet miró a los parroquianos sintiéndose acechado.

—¿Evaluó nuestra propuesta, monsieur Chuquet?

—Sí, y he decidido aceptar.

—Bien.

—Vamos al grano, señor Al-Quraíshi. ¿Cuál es la misión que van a encomendarme?

—Pondremos en sus manos a un grupo de pilotos, de entre los cuales tendrá que elegir a dos. Los dos mejores.

—Eso ya me lo dijo. La pregunta es: ¿los dos mejores para qué?

—Para que ingresen, sin autorización, claro está, en el espacio aéreo de dos países para llevar a cabo una misión secreta.

—Eso sería pan comido si, por ejemplo, tuvieran que ingresar en el espacio aéreo de… Somalia o Timor Oriental. Otra cosa sería si el espacio aéreo fuese el inglés. Ni hablar del norteamericano.

—Se trata del espacio aéreo de Israel.

—*Quoi!*

—Baje la voz, por favor, *monsieur* Chuquet. Y también del espacio aéreo saudí.

—¿Ha perdido el juicio? No existe espacio aéreo en el mundo más custodiado que el israelí. El que intente penetrarlo no vivirá para contarlo.

—Nadie le exige que el piloto regrese con vida, *monsieur* Chuquet. Sólo pedimos que cumpla la misión antes de morir. —Donatien Chuquet se quedó mirándolo, pasmado—. No me mire así, *monsieur* Chuquet. Usted sabe que puede hacerse.

—Sí, es posible —admitió, y ganó algo de dominio—. No sólo dependerá de la destreza extrema del piloto sino del avión. ¿Acaso planeaban hacerlo con el Rafale?

Sami Al-Quraíshi sonrió con sarcasmo, y Chuquet cayó en la cuenta de que apretaba el estómago hasta convertirlo en una piedra.

—Como sabrá por los periódicos, todo se fue al traste.

—¿Acaso la Fuerza Aérea de Irak no cuenta con dos Mig o con dos Mirage para esta misión? Los recuerdo bien armados de la época de la Guerra del Golfo.

—La Fuerza Aérea de mi país es un montón de chatarra. Tenemos prohibido comprar refacciones para nuestros aviones de guerra. Adquirir las refacciones en el mercado negro está fuera de discusión. Es muy riesgoso. Necesitamos tener la certeza de que son piezas originales. Todo tiene que ser perfecto. Nada puede fallar. Usted, *monsieur* Chuquet, olvídese de los aviones. Nosotros los conseguiremos. Sabemos cuáles son los mejores para esta misión. Su trabajo consistirá en preparar a dos pilotos. Nada más.

—¿Dónde se llevará a cabo la selección y el adiestramiento?

—En Irak.

1

Domingo 13 de septiembre de 1998.
Hospital Chris Hani Baragwanath, Johannesburgo, Sudáfrica.

La Diana se levantó de la silla al avistar la figura de Markov, que se aproximaba por el pasillo con dos vasos térmicos de café, el de ella, muy fuerte, con crema y dos sobres de azúcar; su compañero ya le conocía el gusto. No hizo ademán de avanzar; se quedó de pie, con la mirada fija en él, que llevaba los ojos velados por los lentes oscuros. Le entregó el vaso sin hablar, sin emitir un saludo, tan sólo esbozó una sonrisa que se desvaneció enseguida, mientras se colocaba los anteojos sobre la coronilla.

–Gracias, Markov. –Aunque no había vuelto a llamarlo Sergei, se sentía a gusto en su presencia, sin la tensión del pasado–. Uf, necesitaba un trago de café. La noche ha sido larga.

–¿Alguna novedad? –La Diana negó con la cabeza–. Acaba de llamarme el jefe.

–¿Qué cuenta?

–Nada. Simplemente preguntó por la doctora Martínez. No puede quitársela de la cabeza.

La Diana y Markov intercambiaron una mirada significativa. Tiempo atrás, un comentario de esa índole, tan personal, habría desatado el desdén o la burla de la muchacha bosnia. En ese momento, la afectó. Resultaba infrecuente que un soldado duro como Markov se conmoviera con la tristeza mal disimulada de un hombre enamorado. Apartó la vista, acobardada por la energía que manaba del ruso. Desde aquella tarde en que Markov la ayudó a descender del risco en el Congo, su relación había

18

adoptado otro matiz, aunque ella no acertaba a definir cuál. A sus compañeros no les extrañaba verlos juntos la mayor parte de la jornada; de hecho, a La Diana parecía faltarle algo cuando Markov, en los momentos de descanso, se retiraba a leer en la hamaca tejida. Buscaba excusas para interrumpirlo, aunque a veces se reprimía porque temía que el ruso malinterpretara su deseo de pasar tiempo con él. En verdad, ¿por qué lo buscaba? ¿Para qué? Deseaba alimentar la incipiente amistad; ella no tenía amigos, los había perdido en la masacre de Srebrenica, en el 95, y añoraba volver a sentir el cariño y la camaradería que algunos vecinos y compañeros de colegio le habían inspirado. Con todo, debía admitir que cuando Markov fijaba sus ojos grandes y oscuros en los de ella, experimentaba sensaciones nuevas que sus amigos bosnios jamás le habían provocado.

Se abrió la puerta, y Matilde, ayudada por su amigo Ezequiel Blahetter y escoltada por Juana Folicuré, salió dando pasos indecisos.

—Buenos días, Sergei. Buenos días, Diana —saludó, y, si bien les sonrió, se trató de una mueca triste y sin luz.

—Buenos días, Matilde —le respondieron al unísono.

—Quiere ir a visitar a Kabú —explicó Ezequiel.

—Yo los acompaño —manifestó Markov—. El turno de La Diana acaba de terminar.

—Gracias, Diana —murmuró Matilde, de modo casi inaudible, y se sujetó el bajo vientre, en el sitio donde la había penetrado la esquirla de la granada lanzada por unos rebeldes congoleños en la Misión San Carlos, cercana a la ciudad de Rutshuru.

—¿Te duele? —se preocupó Blahetter.

—Me molestan los puntos.

—¿Quieres volver a la cama?

—No, no. Vamos. Quiero ver a Kabú. Sergei, ¿llamó Eliah?

El ruso negó con la cabeza; el jefe le había prohibido que mencionara sus llamadas diarias a Matilde. Aunque acostumbrado al rigor militar y a cumplir las órdenes, Markov se cuestionó hasta cuándo aguantaría antes de contarle la verdad; le partía el corazón descubrir el desconsuelo en el rostro enflaquecido de la doctora Martínez.

—Si llamara, ¿podrías decirle que quiero hablar con él? Es por Jérôme. No le voy a quitar mucho tiempo —aclaró, y el guardaespaldas asintió—. Vamos.

Markov lanzó un vistazo a La Diana antes de unirse a Matilde y a sus amigos. La Diana quedó prendada de esa mirada fugaz. Se preguntó si lo que crecía entre ella y Markov semejaba lo que existía entre Matilde y Blahetter, una relación que no tenía problema de identificar con la existente entre ella y su hermano Sándor.

Antes de desaparecer en el pasillo que se abría a la derecha, Markov giró y volvió a sostenerle la mirada. La Diana supo, al fijar sus ojos celestes en los casi negros del ruso Markov, que jamás podría verlo como Matilde a Blahetter, o como ella a Sándor.

~: ✄ :~

En la sala donde se hospedaba Kabú, que ya había superado con éxito una cirugía reconstructiva, le informaron que el niño y su acompañante, *sœur* Angelie, habían ido a visitar al enfermo de la habitación 451, el señor Nigel Taylor. Matilde dudó y echó vistazos a Juana y a Ezequiel, que la acompañaban. No estaba preparada para enfrentar a quien había ocasionado la ruptura con Eliah. Juana sostenía que, en realidad, lo había perdido por sus escrúpulos idiotas —ese calificativo había empleado—, por desconfiar siempre de él y por haberlo humillado al manifestarle que no lo respetaba.

—Discúlpame, Mat —le había expresado días atrás—, pero el papito está harto de tanta acusación y pelea. Primero lo de la bruja de tu hermana Celia y ahora lo del inglés pirata.

—Tienes que admitir, Negra —intervino Ezequiel—, que las fotos que Mat recibió eran para enloquecer a cualquiera.

—El papito, querido amigo mío, tenía derecho a dejársela chupar por quien le diera la regalada gana mientras no estuviera comprometido con Mat. Y cuando estuvo con Gulemale, Matilde y él no habían vuelto.

—¿Por qué me mintió cuando le pregunté si entre Gulemale y él había algo?

Juana elevó los ojos al cielo y soltó un chillido exasperado.

—¿Podrías explicarle tú, Ezequito, que ningún hombre lo admitiría en su sano juicio? Yo ya no tengo paciencia. La próxima, la ataco, con herida de esquirla y todo.

—La Negra tiene razón, Mat. Si la tal Gulemale no significaba nada para él, sólo sexo, era absurdo angustiarte con eso. De todos modos, Negra, enterarse de lo de la esposa de Nigel Taylor fue muy duro.

—¡Claro, la esposa de Nigel Taylor! Una santa paloma. Bipolar, medicada, alcohólica y ninfómana. —Juana se calló de pronto y adoptó una actitud meditabunda, inusual a su índole. Habló un momento después—: Me pregunto: ¿qué diría de todo esto tu psicóloga, Mat?

—¿A qué te refieres?

—Me refiero a este permanente boicot que le haces a tu amor por Eliah.

—¿Boicot? ¡Él se boicotea solo!

—No seas ridícula. Has estado buscando tres pies al gato desde el principio. No te permites ser feliz, como si no merecieras la dicha que él está dispuesto a darte a manos llenas. Te castigaste un día tiempo atrás (no hace falta que te diga qué día), te definiste como una inservible, como una inútil simplemente por no tener ovarios y, desde entonces, sólo piensas en cómo pagar por tu pecado. Por eso te convertiste en sierva del mundo, en la médica abnegada que cura a los más pobres y que arriesga la vida en lugares de mierda como el Congo. ¡No quieres ser feliz porque piensas que no te lo mereces! ¡Y por eso te boicoteas siempre!

—¡Basta, Juana! —intervino Ezequiel, cuando Matilde empezó a lloriquear.

—¡Uf! —resopló, y abandonó la habitación. Regresó dos horas más tarde, tranquila y contenta porque había hablado con Shiloah y hecho planes para encontrarse una vez que dieran de alta a Matilde.

—Déjanos solas, Ezequito.

—Ahora que volviste, iré al hotel para darme un regaderazo.

Ezequiel besó a Matilde en la frente y se marchó. Juana se sentó en el borde de la cama y dirigió la vista hacia la ventana.

—Cuando te sacaron de terapia intensiva y te trajeron a esta habitación, todavía muy sedada, Eliah se sentó ahí. —Señaló una silla ubicada a la izquierda de la cabecera—. Se quedó mirándote con tanta fijeza. Por mucho tiempo no pestañeó. Estaba claro que no podía apartar los ojos de ti, como si tuviera miedo de perderte de vista. —La garganta de Matilde se volvió pesada y no consiguió articular—. Yo comenté, en voz baja: «Verla así, tan pálida y quieta en la cama, me hace recordar del día en que la operaron y la vaciaron, cuando tenía dieciséis años». Eliah no dijo nada por un rato. Después me pidió: «Juana, cuéntame de nuevo qué pasó cuando los médicos le dijeron que le habían extirpado los genitales». Y le conté. Con detalle —aclaró—, porque nunca me voy a olvidar de esa tarde, en el Sanatorio Allende. ¡Cómo odio ese sanatorio! ¿Te acuerdas de que la tele de la habitación funcionaba con monedas que teníamos que comprarle a ese imbécil que parecía Larguirucho? ¡Qué tipo idiota!

—¿Qué le contaste a Eliah? —susurró Matilde, en una voz que ni ella ni Juana reconocieron, rasposa, ronca, grave.

—Le conté que estábamos Eze, tu abuela y yo. Tu abuela, con cara de amargada, por supuesto, como corresponde a una mujer mal cogida o no cogida, debería decir. Discúlpame, Mat, pero es así.

—¿Qué le contaste? —insistió.

—Le conté que el médico había sido bastante bestia. Lo vi cerrar los puños. Creo que si Eliah hubiera tenido al doctor López Serrat cerca lo estrangulaba. Le conté también que, en un primer momento, no entendiste o no quisiste entender lo que López Serrat estaba diciéndote. Le conté que sonreías y que nos mirabas a todos, y que, cuando te diste cuenta, por nuestras caras, de que la cosa era grave, empezaste a agitarte, a balbucear y a lloriquear. Matilde —dijo Juana, e impostó la voz para imitar al cirujano—, he tenido que sacarte todo, el útero, los ovarios, las trompas, todo. No había posibilidad de salvar nada. Las células malignas se habían esparcido por todo tu aparato reproductor. Hemos sacado todo, repitió López Serrat, como si no lo hubiéramos entendido. El muy imbécil. Le conté que después te dijo que tendrías que someterte a quimio, pero que tú no lo escuchabas porque llorabas en los brazos de Ezequiel, mientras le preguntabas: «¿Eso quiere decir que no voy poder tener hijos? Eze, ¿eso quiere decir que no podré tener bebés?».

La voz de Juana se quebró. Matilde, en cambio, guardaba compostura. Paradójicamente, sentía paz. En tanto Juana evocaba una de las peores tardes de su vida y ella recreaba cada palabra, cada gesto, cada sentimiento, no padecía el dolor y la desolación que le habían causado a los dieciséis años. En aquel momento, había creído que no le quedaba nada, que un bisturí había arrasado con todo, que su vida no valía un centavo, que su cuerpo era un páramo y que su presencia en el mundo carecía de sentido. En ese momento, después de haber amado a Eliah Al-Saud y a Jérôme Kashala, le importaba un comino si tenía los ovarios en su lugar.

Matilde estiró el brazo y acarició el cabello negro, lacio y brillante de Juana, que le atrapó la mano entre las suyas y la besó. Descansó la mejilla en el dorso y apretó los párpados.

—¡Odio todo lo que tuviste que sufrir! ¡No soporto pensar en el dolor que tuviste que atravesar!

—Si no hubiera atravesado ese dolor, no habría estudiado medicina. Habría estudiado derecho para sacar a mi papá de la cárcel.

—¿Y? —se impacientó Juana.

—Si no hubiera estudiado medicina, no habría viajado a París y, por ende, no habría conocido al amor de mi vida. Si no me hubiera peleado con Eliah en París, probablemente no hubiera viajado al Congo; me habría terminado quedando con él. Si no hubiera viajado al Congo, no habría conocido a mi hijo, a Jérôme, que no es el hijo de mis entrañas, sino el de mi alma.

—Fue el hijo de tus entrañas en otra vida, no lo olvides —bromeó Juana, mientras se secaba los ojos con el borde de la sábana—. Para mí, lo que dice N'Yanda es palabra santa. —Juana cobró fuerzas para expresar—: Y no digas que te habrías quedado en París porque no es cierto. Habías decidido dejar al papito porque no podías darle hijos, así que no me vengas con ésa.

—Eliah tiene tanto poder sobre mí —suspiró Matilde, exhausta, y se acomodó sobre la almohada.

—Él dice que *tú* tienes poder sobre él. —Ante la mueca de asombro de Matilde, Juana se explicó—: Después de que le conté acerca de la tarde en que te enteraste de que te habían sacado todo, se quedó callado, con los ojos brillantes. Ni por un instante apartó la vista de ti. Parpadeó, y se le cayeron las lágrimas. Se las secó con el puño de la camisa y me dijo, bah, creo que se lo estaba diciendo a sí mismo: «Parece tan inofensiva, con su carita de ángel y su aspecto de niña, pero es poderosa, y fuerte, y decidida, y firme, y tan perfecta… Me hace sentir menos. Siempre me hace sentir en desventaja».

A esa declaración, Matilde cerró los ojos y tomó una inspiración sonora para reprimir el llanto.

—Entiendo a Eliah —afirmó Juana—. Yo me sentía igual con respecto a ti.

—¿Qué? ¿De qué estás hablando, Juani? —Matilde se reacomodó en la cama.

—Me sentía menos. Menos linda, menos buena, menos inteligente, menos todo. Pero te quería tanto… Te quiero, amiga, pero estar cerca de ti no es fácil. Es como ser una luciérnaga, toda vanidosa y coqueta con su luz, y que de pronto se te ponga al lado el sol. En un segundo, pasaste a ser una mierda, una nada. Hay que decirse todo el tiempo: «Ésta soy yo, así soy yo. Una luciérnaga hermosa. Matilde es Matilde. Matilde es el sol». Lo hablé mucho en terapia, y sólo así logré comprender y digerir este sentimiento que me hacía sentir celosa, envidiosa, furiosa y culpable, todo al mismo tiempo.

—Por eso siempre estás de parte de Eliah.

—¡Es que lo comprendo tanto, Mat! ¡Es muy fácil para ti que nunca cometes ni cometiste errores! ¡Pero yo sí lo entiendo! ¡Yo, que me paso la vida arrepintiéndome de las pendejadas que hago!

—¡Yo también he cometido y cometo errores!

—¡Oy, Matilde, por amor de Dios!

—¿Acaso haberme casado con Roy no fue un gravísimo error? Juana, no pasa un día en que no lo recuerde y en que no me arrepienta de la pena que le causé por no ser honesta con él, por haber permitido que el entorno me presionara. Fui una inmadura, una estúpida, y lo hice sufrir. ¿Acaso no cometí el peor error cuando le dije a Eliah que no lo respetaba y que no podía confiar en él? ¡No quiero pensar en cuánto daño le hice! ¡A mi amor! ¡Al amor de mi vida! ¡Estoy llena de defectos! ¡Vivo cometiendo errores! ¡Y por culpa de mis errores, perdí a Eliah! ¡Él ya no me quiere! ¡Ni siquiera esperó a que despertara! ¡Ni siquiera acepta hablar por teléfono conmigo!

Rompió a llorar con los ojos apretados y las manos en un puño sobre las piernas. Sus alaridos, que perforaron la quietud del hospital y atrajeron a Markov y a una enfermera, pulsaban en su herida del bajo vientre. Juana sacudió la mano para indicar que estaban bien.

—La señorita no puede alterarse de este modo. Le inyectaré un tranquilizante en el suero.

—No, enfermera —dijo Matilde, con voz afectada—. Me calmaré, lo prometo.

Las dejaron solas de nuevo, y Juana la obligó a recostarse. Matilde levantó los brazos, prestando caso omiso a la canalización, y abrazó a su amiga. Le dijo al oído:

—Cometí el peor error. *Nunca, nunca* me perdonaré no haber buscado a Jérôme antes de escondernos en el sótano. Me pareció verlo con Tabatha. Creí que estaba con ella. Y me confié. Dios mío, no me lo quites. No me lo quites.

—Eliah lo va a encontrar. ¿No puedes darle aunque sea ese voto de confianza?

—Sí. —No se apartó de Juana al susurrarle—: Siempre quise ser como tú, Juani. —Su amiga intentó separarse, pero Matilde la sostuvo contra su cuerpo—. Siempre quise ser libre, y chistosa, y simpática, y mundana, y atractiva como tú. Cuando tú entras en un lugar, con esa altura y ese porte, todos se dan vuelta para mirarte. Y cuando te ven sonreír, sus caras son como espejos de la tuya, y todos sonríen al mismo tiempo. Quería ser así, como tú, que llevas la alegría a todas partes. Tú viste cómo soy yo, más bien aburrida y lacónica.

—¿Lacónica? ¿De dónde sacas las palabras, amiga?

—No sé. Soy así, un anacronismo viviente, como dices tú.

—Te quiero, Mat, con toda mi alma.

—Y yo a ti, amiga de mi corazón. ¿Qué habría sido de mí sin ti y sin Eze?

Permanecieron abrazadas, cómodas y relajadas.

—Extraño mucho a Shiloah —murmuró Juana, y se apartó.

—Estás muy enamorada de él, ¿no?

—No sé, Mat. No puedo creer que ese judío panzón, con el mapa de Israel dibujado en la cara, al que están por zafársele los últimos tornillos que le quedan, me guste tanto. ¡Mi abuelo Kasem me va a degollar!

—Tu abuelo Kasem prácticamente no ve ni oye. No se dará cuenta de nada.

—Oh, sí que se dará cuenta. Pinche viejo. Escucha y ve cuando le conviene.

Matilde se rio al evocar la imagen del anciano que había sido como un abuelo para ella, que les contaba historias de su tierra natal, Siria, y que les compraba *backlava* y otros postres árabes y que se los daba a escondidas para que la madre de Juana no se los quitara con la excusa de que se cariarían los dientes.

—¿Y qué va a decir tu papá?

—¿Mi papá? Nada, ¿qué va a decir? Si es más bueno que la avena. Además, no te olvides de que es mapuche, y, por serlo, sabe bien lo que es el desprecio y la marginación, así que él no va a decir nada acerca del origen judío de Shiloah. Otra cosa es mi mamá, tan orgullosa de su sangre árabe.

—No sé de qué te preocupas —expresó Matilde—. Aunque tu abuelo y tu mamá te declaren la guerra, tú vas a hacer lo que te dé la gana. Ésa es otra de tus virtudes que tanto admiro, amiga querida, tu libertad. ¡Nunca la pierdas!

Por esa razón, porque Juana siempre hacía lo que quería, cuando Matilde por fin decidió buscar a Kabú en la habitación de Nigel Taylor, Juana manifestó que no pensaba acompañarlos.

—Si me topo con el pirata inglés —aseguró—, le voy a deformar el otro lado de la cara. Mejor, me busco un teléfono público para llamar a mis papás y a Shiloah. No entiendo por qué este celular de mierda sigue sin señal cuando tu celular, Eze, y los de La Diana y Markov funcionan súper bien. Telecom Argentina y la puta madre. —Con una media vuelta digna de una modelo de pasarela, se alejó por el pasillo.

Blahetter llamó a la puerta. Les abrió *sœur* Angelie, que levantó las cejas al ver a Matilde fuera de la cama.

—Nos dijeron que Kabú y tú estaban aquí, con Nigel —explicó Matilde.

—Pasen, pasen —invitó Angelie, y Matilde dudó, porque esperaba a que Taylor la autorizara. La religiosa actuó como dueña de casa y los urgió a entrar. Aunque la visitaba a diario, a Matilde aún le costaba aceptar la nueva estética de Angelie, sin el velo ni la clásica falda azul ni la camisa blanca, sino con jeans, polos o playeras y tenis. El pelo corto le despejaba la cara, donde los ojos grandes captaban de inmediato la atención, incluso antes que su nariz larga, que le sentaba bien a las líneas más rectas que regulares de sus facciones. Matilde notó que, tras esos días dentro del hospital, la piel bronceada de Angelie, después de años cerca del ecuador, iba aclarándose, lo que marcaba un contraste con la tonalidad oscura de sus ojos.

Kabú, sentado en la cama, saltó al ver a Matilde y corrió a sus brazos, que lo esperaban extendidos.

—Despacio, los dos —les recriminó Angelie.

Kabú también visitaba a diario a Matilde, y siempre le preguntaba por Eliah y por Jérôme, lo que daba origen a una retahíla de mentiras, todas piadosas, para que no se amargara durante el proceso de recuperación. Aún le faltaban un par de cirugías para que su rostro adquiriera un viso de normalidad, y Matilde, como cirujana, conocía la importancia de mantener la moral alta en el paciente. Como todos los días, al estrechar a Kabú, el *enfant sorcier*, Matilde apretaba los labios y los párpados y elevaba una plegaria por Jérôme. Se la pasaba pensando en él, rezando por él, angustiándose por su suerte. A veces temía volverse loca o que el tormento que padecía desatara de nuevo el demonio que acechaba dentro de ella: el cáncer.

De tanto pensar en Jérôme, se daba cuenta de qué poco sabía de él; por ejemplo, desconocía la fecha de su cumpleaños, si tenía un segundo nombre, el año exacto de su nacimiento. Al completar los papeles de adopción, su prima Amélie, la superiora de la Misión San Carlos, le explicó que un porcentaje muy bajo de los congoleños, en general los que viven en las ciudades grandes como Kinshasa y Kisangani, cumplían con la obligación de inscribir a sus hijos al nacer, por lo tanto resultaba difícil encontrar a alguien con documento de identidad.

Terminó de abrazar y de besar a Kabú y de responder a sus preguntas y de mirarle las vendas y las cicatrices, y levantó la vista hacia Taylor. Kabú se deshizo de su abrazo y regresó a la cama, con el inglés.

—Hola, Nigel.

—Hola, Matilde. ¿Cómo estás?

—Bien. ¿Y tú?

—Algo maltrecho —dijo, y la parte de su boca que la venda no ocultaba, la derecha, se curvó en una sonrisa, la cual se deformó enseguida en una mueca que comunicaba dolor.

—¿Te duele, Nigel? —se preocupó Kabú, y se inclinó para mirarle el ojo sano.

—Un poco.

Sœur Angelie se acercó con una expresión de ansiedad que sorprendió a Matilde.

—¿Qué quiere que haga, señor Taylor? ¿Llamo a la enfermera? ¿Le acerco el popote para que beba un poco de agua?

—No, Angelie. No se preocupe. Ya pasará.

«¿Angelie?» Matilde seguía pasmada, observando a la religiosa que acomodaba las almohadas bajo la cabeza de Taylor, lo instaba a tomar líquido y lo animaba asegurándole que en menos de quince minutos le renovarían la dosis del calmante.

–¿Sabes, Matilde? Nigel me ha dicho que, cuando dejemos el hospital, me llevará en su avión a visitar Londres. –Matilde movió la vista hacia Taylor, que se la sostuvo con el único ojo que se le veía, el derecho–. También ha invitado a *sœur* Angelie. Y ella ha dicho que irá.

–Kabú –habló la religiosa, y Matilde percibió un timbre nervioso en su voz–, es hora de volver a nuestro pabellón. Tienes que recostarte y dormir un momento antes del almuerzo. Ya sabes lo que dice el doctor van Helger acerca de recobrar las fuerzas para la próxima cirugía.

El *enfant sorcier* no se mostró inclinado a abandonar a su amigo; no obstante, se bajó de la cama, refunfuñó un «nos vemos más tarde», besó a Matilde y partió con su tutora.

–Por favor –habló Taylor, y se dirigió a Ezequiel Blahetter–, acerque esas sillas y siéntense cerca de la cabecera.

Ezequiel acomodó una silla para Matilde y expresó que volvería a buscarla en unos minutos. Al marcharse, dejó la habitación sumida en un silencio incómodo.

–Me dijo *sœur* Angelie –habló Matilde, en voz baja– que salvaste el ojo izquierdo. Me alegro.

–Sí, el ojo se salvó. Tengo el pómulo y la mandíbula deshechos.

–¿Qué te ha dicho el cirujano?

–Van Helger sostiene que, con las cirugías, debería quedar, no como antes, pero muy decente.

–Me alegro.

–¿Tú cómo estás? Te noto muy deprimida. –Matilde levantó la vista y la fijó en la de Taylor, que se aplastó contra la almohada al percibir su animosidad–. ¿Qué pasa? ¿Por qué me miras así?

Matilde sacudió la cabeza varias veces para negar.

–Discúlpame, Nigel, es que todo esto ha sido tan duro. ¿Sabes que Jérôme ha desaparecido?

–¿Jérôme, desaparecido? *Sœur* Angelie no me dijo nada. Y sé que habla seguido a la misión.

–Tal vez Amélie no se lo comentó para no angustiarla.

–Tal vez. ¿Qué pasó? ¿Cómo fue?

–Ocurrió ese día, el del ataque. Me hirieron cuando salí a buscarlo, cuando me di cuenta de que no estaba entre los niños. Entiendo que los hombres de Eliah lo buscaron por todas partes. Todavía siguen buscándolo y no dan con él.

Matilde se echó a llorar. Agradeció que, a diferencia de Juana y de Ezequiel, Taylor no intentara consolarla ni le pidiera que no llorara. El hombre se mantuvo callado y al margen, a la espera de que ella sacara fuera la pena que la corroía.

—Discúlpame, Nigel, no he podido evitarlo. Estoy tan angustiada y preocupada. No sé dónde está, con quién está. Son tantas las cosas que podrían estar sucediéndole... A veces creo que me volveré loca. ¡No soporto estar aquí, echada en una cama, sin hacer nada!

—Dices que los hombres de Al-Saud están buscándolo. —Matilde asintió, sin mirarlo—. Tienes que confiar en él. No tengo duda de que lo encontrará.

Los ojos de Matilde se volvieron con la animosidad inicial. Taylor no se amedrentó, sino que manifestó con ecuanimidad:

—Salvó mi vida, Matilde. Arriesgó la de él y me salvó. Me arrastró de la línea de fuego, exponiéndose de modo insensato, y me trajo hasta aquí.

Matilde sabía, porque sus amigos se lo habían referido, que Taylor había viajado con ella en el *Jumbo* de la Mercure. Desconocía el papel de Al-Saud en el rescate del inglés.

—No lo sabía —confesó—. No he hablado con Eliah desde... Desde que terminamos la noche del jueves 27 de agosto, la noche del día en que tú me contaste acerca de tu esposa.

—Lo siento —dijo, y evitó el contacto visual para ocultar la vergüenza—. ¿Terminaste con él por lo de Mandy?

—Él terminó conmigo. Sí —ratificó Matilde, ante el gesto desorientado de Taylor—, me dejó, cansado de mis reproches, de mis dudas, de mi desconfianza. —Luego de una pausa, expresó—: Eliah me juró que la historia entre él y tu esposa fue distinta de lo que me referiste.

—¿Qué te dijo? —Matilde dudó en entrar en detalles; no quería lastimar a un hombre que yacía en una cama de hospital con la mitad del rostro destrozado—. Habla, no tengas miedo. Dime qué te dijo.

—Que fue ella quien lo persiguió hasta conseguir que se convirtieran en amantes.

—Es verdad.

—¡Tú me dijiste que él la había asediado hasta hacerla claudicar!

—Te mentí, y lo hice para alejarte de él.

—Dios mío, Nigel.

—Una tarde, después de un partido de tenis, Mandy aguardó a que yo saliera del vestidor y se metió en la regadera donde Eliah estaba bañándose. Así comenzó todo.

—Oh, no —sollozó Matilde.

—Mandy padecía un trastorno del estado de ánimo llamado bipolaridad. Aunque estaba medicada, las drogas no parecían surtir efecto. Su condición la llevaba a pasar de estados de euforia a fuertes depresiones. Al-Saud no lo sabía. Yo nunca hablaba del problema de mi mujer, con nadie, porque me avergonzaba. No soportaba la idea de que ella no fuera feliz conmigo, de que yo no le bastara.

—¡Estaba enferma! Se trataba de un desorden químico. Tú no tenías la culpa.

—Yo no lo entendía así. Mandy no aceptaba su enfermedad y yo, tampoco. Iba a terminar mal, con o sin la injerencia de una tercera parte, que, en este caso, fue Al-Saud. Me resultó fácil tomarlo como chivo expiatorio. Dirigí mi odio hacia él porque no sabía a quién dirigirlo. Yo amaba a Mandy, pero ella estaba enferma y yo no quería admitirlo.

—Fui tan injusta con Eliah. No le creí cuando me aseguró... —Matilde rompió a llorar de nuevo al evocar la cara de desorientación y de miedo de Al-Saud cuando ella le pidió que le hablara de Mandy Taylor. Lo había acorralado como a un animal para provocarlo con un pique.

Al calmarse, se secó las lágrimas con un pañuelo de tisú que halló en la mesa junto a la cama de Taylor. Lo hizo con movimientos lánguidos y pausados, acompañándolos con una respiración profunda, que le llenaba los pulmones por completo. Al espirar, se deshacía hasta del último centímetro cúbico de aire, para lo cual apretaba el estómago, como le había enseñado Al-Saud.

—Tú pusiste las fotos de Gulemale y de Eliah en mi *locker*, ¿verdad?

—Sí —respondió el inglés, sin dudar, con voz clara.

—¿Cómo las conseguiste?

—Gulemale me las dio.

Matilde se puso de pie, se acercó a la cama y apretó la mano de Nigel Taylor.

—Gracias por haberme dicho la verdad.

—Perdóname, Matilde.

—Te perdono.

~· ❧ ·~

El celular de Markov rompió el silencio del pasillo.

—*Allô?*

—Soy yo, Markov. Al-Saud.

—Sí, jefe.

—¿Cómo está ella?

—Muy bien. Hoy se levantó y caminó por el hospital.

—¿Está ahí, contigo?

—No —dijo Markov, y algo en la negación cortante del ruso extrañó a Eliah.

—¿Matilde está en su habitación?

—No.

—¿Dónde mierda está, Markov?

—Está visitando al señor Taylor.

—Gracias, Markov. Mantenme informado.

—¡Jefe!

—¿Qué pasa?

—La señorita Matilde me pidió que le dijera que necesita hablar con usted. —El mutismo de Al-Saud incomodó al guardaespaldas—. Dice que es por Jérôme, que no le quitará tiempo.

«Por supuesto, por Jérôme», se amargó Al-Saud.

—Dile que no hay novedades. —Cortó la llamada sin darle tiempo a Markov a insistir.

Apoyó los codos sobre su escritorio en el estudio de su hacienda de Ruán y apretó el celular contra los labios hasta sentir la presión de los dientes en la carne. Había llamado dos veces en lo que iba de la jornada para preguntar por Matilde, y, con cada llamada, su herida se abría y su corazón se desgarraba.

Casi le dio por reír. De nuevo se hallaba en el punto de partida, como en un juego macabro que, después de haber ganado todo, lo perdía a causa de una tirada desafortunada de dados. Sin embargo, en esa oportunidad, abandonaría el juego; no volvería a probar suerte. La amaba desesperadamente; la necesitaba para sentir que vivía; la extrañaba tanto que le dolía el pecho de contener el aliento; con todo, no caería en la tentación. Sólo su orgullo, el que le impedía volver a ella, lo mantenía entero, a pesar de que esa simple llamada a Markov casi lo había pulverizado. Estaba con Taylor y sólo quería comunicarse con él para hablar de la suerte de Jérôme.

—*Merde!* —exclamó, y salió del estudio como una ráfaga.

No atravesaría por la misma agonía de finales de marzo. No quería. Se resistía a caer en el estado de ánimo tumultuoso que amenazaba con robarle la cordura. En la caballeriza, pidió que le ensillaran a Royal Kelly, el semental más brioso y mañero de sus caballos, cuya estructura robusta, de pecho fuerte, y su gran alzada ponían de manifiesto la pureza de su sangre frisona. El animal, caprichoso y excitable, abandonó el predio de la hacienda al galope, alterado por los gritos del jinete. «Tal vez», meditó Al-Saud, con sarcasmo, «esté buscando quebrarme el cuello». Algo similar comentaron los empleados y el veterinario al verlo partir.

Regresó más tarde, cuando ni el cuerpo de él ni el de la bestia admitían un nuevo metro de recorrido. Exigió al empleado que diera a Royal Kelly una cepillada vigorosa y doble ración de avena. Le palmeó la cruz y enfiló para la casa. Laurette, la esposa del administrador, el japonés Takumi Kaito, le preparó el *jacuzzi*. A pesar de que tenía un humor de perros, la dejaba revolotear y echar sales y aceites en el agua tibia mientras le explicaba los beneficios de la melisa y de la bergamota, porque sentía afecto por la mujer. Sin embargo, cuando su *sensei* apareció en el umbral del dormitorio y le indicó a Laurette que lo acompañara, Eliah se sintió agradecido. Cruzó una mirada fugaz con Takumi Kaito, que, por breve, no dejó de ser intensa y elocuente.

Al día siguiente, lunes 14 de septiembre, habría debido regresar a París y ocuparse del sinfín de cuestiones que lo aguardaban en las oficinas que la Mercure mantenía en el Hotel George V, sobre todo si tenía en cuenta que sus socios, Tony, Peter y Mike, estaban en el Congo a cargo de la seguridad de la mina de coltán. Sin embargo, al levantarse y observar el paisaje desde la terraza de su dormitorio, decidió quedarse y trabajar en el estudio. Estuvo a punto de sucumbir a un recuerdo: Matilde llorando en sus brazos en esa misma terraza, mientras le confesaba que su padre había pasado varios años en prisión por fraude. La escena casi logró quitarle la energía con que se había levantado. Gracias a la cabalgata de la tarde anterior, había dormido siete horas sin interrupción.

Se vistió con ropas ligeras y abandonó el dormitorio en busca de una taza de café fuerte. Desde el pasillo, incluso antes de alcanzar la escalera, lo envolvió el aroma de las mantecadas y de los *croissants*, las especialidades de Laurette. Inspiró profundamente y percibió que la boca se le llenaba de saliva. Halló al matrimonio Kaito en la cocina. Ambos leían; él, un periódico, ella, una revista del *jet set*. Lo esperaban para desayunar con la mesa puesta y jacintos violeta en un florero, cuyo perfume quedaba sepultado bajo el peso del aroma de los panes que se horneaban. Desde su llegada el sábado por la tarde, no habían compartido ninguna comida, a pesar de que lo habían invitado varias veces a su casa, alejada unos metros de la principal. Resultaba obvio que no admitirían una nueva negativa.

El café le supo a gloria y engulló dos *croissants* tibios casi sin masticarlos. Confirmó que volvía a tener apetito después de días de llevarse la comida a la boca en un acto mecánico. En tanto Takumi y Eliah daban cuenta de las galletas, de la fruta y de los huevos revueltos, Laurette hablaba como una radio.

—Mira, Eliah. Estaba hojeando esta revista y vi algo que me gustaría mostrarte. —La abrió en una página marcada y la deslizó a través de la mesa—. ¿No crees que esta modelo tiene un cierto parecido con Matilde? Se llama Céline.

Al-Saud cesó de masticar y levantó la revista. No analizó lo que Laurette le indicaba sino que leyó el titular y la cabeza del artículo. *La escandalosa Céline. Debieron expulsarla de una conocida discoteca del Troi-*

sième Arrondissement por protagonizar una pelea con la modelo inglesa Liza Hamilton. Eliah avanzó en el artículo para conocer los detalles. El episodio había sucedido diez días atrás. El periodista insinuaba que Céline estaba pasada de drogas y de alcohol. Su antiguo agente, Jean-Paul Trégart, había pagado la fianza para sacarla de la cárcel.

—Y, Eliah, ¿no te parece que tienen un aire?

—¿Cómo?

—Si no crees que esta modelo es parecida a Matilde.

—No, Laurette, no se parecen en nada, a pesar de ser hermanas.

—¡Oh!

Laurette no atinó a seguir indagando. Al-Saud, revista en mano, abandonó la cocina y se encerró en su estudio. Llamó a Trégart a su departamento de la Avenida Charles Floquet. El hombre le contó que, la madrugada en que él y su abogado sacaron a Céline de la comisaría, la internaron en una exclusiva clínica de rehabilitación.

—Ayer —manifestó Trégart—, llamaron para avisarme que se había escapado.

Al-Saud masculló un insulto por lo bajo.

—¿No han podido localizarla?

—No. No puedo comunicarme con ella y no está en su departamento.

Al-Saud grabó mensajes en el celular de Céline y en su casa. Apenas transcurridos tres minutos, Céline le contestó la llamada.

—¿Dónde estás?

—¿Quieres verme? —preguntó la modelo, con sensualidad.

—Estoy de viaje. ¿Tú dónde estás?

—En un lugar secreto, donde nadie pueda encontrarme.

—Dímelo.

—¿Vendrás?

—No puedo, estoy de viaje, ya te lo dije.

—¿Te gustaría verme?

—No me gustaría verte drogada ni borracha.

—¡Empiezas a aburrirme como Jean-Paul!

—Nos preocupamos por ti.

—¿Sí? ¿Te preocupas por mí, cariño? ¿Eso significa que me quieres?

—Claro.

—¿Más que a Matilde?

—Ya sabes que Matilde y yo terminamos. —No había previsto cuánto le costaría pronunciar esas palabras. Contuvo el aliento a la espera de la reacción de Céline, que llegó tras una pausa.

—Me alegro. Si no, ya sabes qué destino le habría tocado a mi hermanita.

Al día siguiente, de regreso en París, Al-Saud se presentó en las oficinas de la Mercure a primera hora. Sus secretarias, Thérèse y Victoire, le recordaron las reuniones y los compromisos de ese martes y tomaron nota de los encargos del jefe. Antes de regresar a su escritorio, Thérèse volvió sobre sus pasos.

—Señor, ayer, a última hora, telefoneó un señor... —la mujer consultó su libreta— Falur Sayda. No quiso mencionar el asunto de su llamada. Simplemente me pidió que le dijera que había llamado.

—Está bien, Thérèse. Yo me ocuparé.

Falur Sayda era el hombre de confianza de Yasser Arafat en París, una especie de embajador en Francia de la Autoridad Nacional Palestina. A finales de enero, a dos días de iniciarse la Convención por el Estado Binacional, Sayda había organizado una cena con los miembros de Al-Fatah y Al-Saud, durante la cual se mencionaron varios proyectos que el *rais* Arafat deseaba que la Mercure llevara adelante. Al-Saud no había dado crédito a las conversaciones porque conocía la situación en la que se encontraban los gobernantes palestinos. Después de cuatro años de haberse hecho cargo de la Franja de Gaza y de Jericó tras el acuerdo firmado el 4 de mayo de 1994 en El Cairo entre la OLP (Organización para la Liberación de Palestina) y el Estado de Israel, la coyuntura política era adversa para Arafat. Muchas voces, entre ellas la del premio Nobel de Literatura Sabir Al-Muzara, se levantaban en contra del acuerdo porque sostenían su parcialidad: se concentraba en el tema de la seguridad de los asentamientos israelíes y dejaba de lado temas relevantes como el cumplimiento de las resoluciones de la ONU por parte de Israel y el problema de los refugiados palestinos. Sin embargo, las potencias europeas y los Estados Unidos lo vivían como un triunfo de la diplomacia, y premiaban a Arafat con cuantiosas donaciones y créditos flexibles. De hecho, en pocas semanas se inauguraría el Aeropuerto Internacional de Gaza, al sur de la Franja, cuya construcción se financiaba con el dinero aportado por varios países, sobre todo España, Egipto y Arabia Saudí.

Falur Sayda contestó la llamada apenas su secretaria le informó que el señor Eliah Al-Saud se encontraba en la línea.

—Alteza —lo saludó Sayda, desprovisto de sarcasmo, con solemnidad.

Al-Saud revoleó los ojos en señal de hastío. No importaba cuántas veces le pidiera al político palestino que lo llamase simplemente por su apellido. Para Sayda, Eliah era nieto del fundador de Arabia Saudí, el gran rey Abdul Aziz Al-Saud, y por tanto, un príncipe. Al final, acordaron almorzar al día siguiente en el restaurante del George V.

Victoire anunció la llegada del doctor Lafrange, el abogado de Al-Saud, y le franqueó la entrada al despacho de su jefe. Eliah le estudió el semblante en un intento por descubrir si le traía buenas o malas noticias acerca del juicio iniciado meses atrás contra la revista *Paris Match* que había coronado a Al-Saud con el apodo de «rey de los mercenarios».

—El juez dio lugar a todos los pedidos de nuestra demanda. —Al-Saud sintió regocijo y pensó en Matilde, en que podría desagraviarse frente a ella—. Sin embargo, *Paris Match* apeló la sentencia.

—¿Qué probabilidades hay de que el Tribunal de Apelación revoque la sentencia inicial?

—Difícil predecir. La apelación está en manos de un camarista conocido por su imparcialidad y su conocimiento profundo de la ley. Hemos tenido suerte en ese sentido. Pero no puedo predecir nada. Lo siento, señor Al-Saud.

—Sabíamos que esto podía pasar. ¿Cuántos meses tendremos que esperar?

—Si el Tribunal de Apelación acepta el pedido de apelación de *Paris Match*, podría resolverse en unos tres o cuatro meses. —Al ver el gesto de fastidio de su cliente, Lafrange se apresuró a manifestar—: De todos modos, no creo que logren nada porque dudo de que puedan demostrar la veracidad de lo que afirman. Su comandante durante la Guerra del Golfo, el coronel Amberg, no sólo dejó en claro que el bombardeo al búnker en Amiriyah no había sido una decisión caprichosa suya, sino que se explayó para calificarlo como uno de los mejores pilotos de la fuerza. Lo pintó como un héroe nacional y mencionó sus condecoraciones. —Lafrange suspiró—. No debemos preocuparnos. La fuente de *Paris Match* no apareció en la primera instancia; no creo que lo haga en la segunda.

—No, no lo hará. —La seguridad impresa en la contestación de Al-Saud pasmó al abogado, que no se atrevió a preguntarle, algo cohibido por la intensidad con que su cliente fijó la mirada en un punto y se perdió en sus cavilaciones. Al-Saud pensaba en Nigel Taylor. Desde el instinto sabía que el inglés no volvería a traicionarlo, a menos no en los tribunales. Matilde era harina de otro costal.

Esa noche, tampoco la apartó de su cabeza mientras cenaba con su amigo Edmé de Florian, antiguo compañero de *L'Agence* y actual agente de la DST (*Direction de la Surveillance du Territoire*), el servicio de inteligencia doméstico francés. Y no la apartó un instante de su mente porque Edmé y él se refirieron principalmente a Udo Jürkens, a quien se acusaba de varios asesinatos y de intentar secuestrar a Matilde en la Capilla de Nuestra Señora de la Medalla Milagrosa a fines de febrero.

—¿Qué? —se pasmó De Florian.

—Como lo oyes. Ese hijo de puta de Jürkens estaba en la misión de mi prima Amélie la tarde en que los rebeldes la atacaron. Según Juana, la amiga de Matilde, él la salvó al quitarla de la línea de fuego y llevarla al interior de la casa para que no se desangrase.

Edmé de Florian sacudía la cabeza y abría grandes los ojos.

—Y así, sin más, ¿desapareció? —El agente de la DST no daba crédito a la historia. Al-Saud asintió antes de preguntar:

—¿Tus hombres han avanzado en la investigación?

—Le seguimos el rastro hasta el País Vasco. Ahí se diluyó la pista.

—Debe de contar con amigos entre los etarras. No olvides de que es un terrorista de la vieja guardia, de la época de Baader—Meinhof, y debe de estar conectado con muchos grupos de éstos.

—¿Dónde se esconderá ahora? —se preguntó De Florian.

2

El berlinés Udo Jürkens, cuyo verdadero nombre era Ulrich Wendorff, se escondía no muy lejos del restaurante donde Al-Saud y De Florian compartían la cena; de hecho, se hallaban en la misma isla parisina, la Île Saint-Louis, a pocas cuadras de distancia.

Días atrás, después de abandonar la República Democrática del Congo en un taxi aéreo, aterrizó en Kigali, la capital de Ruanda, y se puso en contacto con su jefe, Gérard Moses, que trabajaba para el régimen de Saddam Hussein, en Irak. A Moses no le hizo gracia saber que su hombre de confianza y mano derecha le hubiera fallado por segunda vez a Anuar Al-Muzara, el jefe de las Brigadas Ezzedin al-Qassam, el brazo armado de Hamás, que le había encomendado secuestrar a la mujer de Eliah Al-Saud para extorsionarlo.

—No quiero tus excusas —le reprochó Moses, cuidándose de dar nombres y mencionar hechos—. Quiero resultados. ¿Qué está pasándote? Me decepcionas. Últimamente, no has logrado llevar a buen puerto ningún trabajo.

—Jefe —habló Jürkens, y su voz artificial, como de muñeco electrónico, no evidenció la congoja del hombre—, dígame qué quiere que haga. ¿Voy adonde está usted? —Era lo que Udo deseaba, refugiarse en Irak, un país al que consideraba como propio, en el cual su único amigo, Fauzi Dahlan, ocupaba un cargo de relevancia en la esfera del segundo hijo de Saddam Hussein, Kusay.

—Llámame en dos días —fue la respuesta de Moses, y Jürkens bajó los párpados, desilusionado.

Durante las cuarenta y ocho horas que duró la espera, Udo Jürkens no se aventuró fuera de la habitación del hotel y pasó el tiempo echado en la cama, pensado en Matilde Martínez, aunque para él, Matilde no era Matilde sino Ágata, su novia de la juventud, muerta durante un atraco a la sede de la OPEP en Viena, en el 75. El milagro de la resurrección se había producido el 27 de febrero cuando, al intentar secuestrarla en una capilla del centro de París, la sostuvo entre sus brazos y la miró a los ojos. Se trató de un instante mágico en el que Ágata volvió a sonreírle y a contemplarlo con amor. Desde ese momento, Udo la quería de nuevo con él.

Transcurridos los dos días, Jürkens se dirigió al mismo teléfono público para comunicarse con Gérard Moses.

—Ve a mi ciudad natal —manifestó Moses— y espera allí nuevas instrucciones.

—Pero...

—Sí, lo sé. No es lo más conveniente en vista de las circunstancias. Pero eres un hombre de recursos y sabrás moverte. Mi casa está a tu disposición.

—Gracias, jefe.

—Oye, Udo, ¿qué sabes de Eliah?

—Realmente poco, jefe. Lo vi llegar a la misión el día del ataque rebelde y llevarse a su mujer malherida.

—¿A su mujer? ¿Él estaba ahí? —preguntó, como tonto, y comenzó a exasperarse; lo irritaba hablar sin libertad. Sus pulsaciones aumentaron a riesgo de provocarle un ataque de porfiria—. ¿Cómo que estaba ahí?

—Sí, ahí estaba. Llegó en helicóptero. —Jürkens se calló. La conversación se dilataba a riesgo de ser captada por ECHELON, el sistema de escucha internacional de los Estados Unidos.

Moses apretó el puño en torno al auricular del teléfono. Eliah le había dicho durante su último encuentro en el hospital de Viena que el asunto con Matilde Martínez había terminado. ¡Que el infierno se los llevara a los dos!

—Está bien —murmuró al cabo—. Haz lo que te he dicho. Y ten cuidado.

—Sí, jefe.

Udo Jürkens simuló sus facciones bajo una espesa barba artificial y tras unos lentes oscuros y emprendió el regreso a París, una ciudad donde su cabeza tenía precio, y afiches con su rostro empapelaban las estaciones de trenes y los aeropuertos. La acción temeraria resultó más fácil de lo que había sospechado y, tras dos días de viaje, se hallaba frente al portón del *hôtel particulier* de la calle *Quai* de Béthune, en la Île Saint-Louis, donde su jefe, Gérard Moses, se había criado. Antoine, el casero, de unos treinta y cinco años, aunque aparentaba más, abrió el portón con una paloma en la mano y, al confirmar quién era, se hizo a un lado e inclinó la cabeza en señal de saludo.

—Lo esperan en la oficina del señor Gérard —susurró.

Jürkens le dirigió un vistazo entre sorprendido y receloso. Apoyó la maleta sobre el piso de mármol del vestíbulo, desenfundó su Beretta 92 —la había recuperado de una casilla en la *Gare Saint-Lazare*— y subió las escaleras con la espalda pegada a la pared. Antoine, con la paloma calzada bajo el brazo, lo observaba con expresión indescifrable.

Jürkens entornó la puerta del estudio y asomó la cabeza, con la pistola en alto. Enseguida lo vio y se quedó estupefacto.

—Baja esa arma, Udo —lo instó Anuar Al-Muzara, desde la silla, detrás del escritorio—. Pasa y cierra la puerta. Tienes que darme muchas explicaciones.

—Pero... —balbuceó Jürkens, y advirtió la presencia de otros dos hombres que llevaban las armas calzadas en la parte delantera del pantalón—. ¿Cómo hizo para entrar en Francia?

—Ah, bueno, eso no es tan difícil con la ayuda de Alá y cuando hay voluntad, algo que, últimamente, parece haber desaparecido de tu genio. ¿Dónde está la mujer de Al-Saud?

—Tal vez esté muerta —confesó, y bajó la vista para ocultar el dolor.

—¿Muerta? ¿Tú la mataste?

—¡No! —Al-Muzara frunció el entrecejo ante la vehemencia de la contestación—. No. Unos rebeldes del Congo. La alcanzó una esquirla de granada. Estaba viva la última vez que la vi, pero en mal estado. Puedo averiguar qué sucedió.

—Hazlo —le ordenó el jefe terrorista.

A la mañana siguiente, Udo le pidió a Antoine que llamara por teléfono a la sede de Manos Que Curan haciéndose pasar por un familiar de la doctora Martínez interesado por su salud. Lo pasearon por varios internos y lo obligaron a escuchar una música fastidiosa, hasta que, quince minutos después, una mujer le informó que la doctora Martínez se restablecía en un hospital de Johannesburgo. ¿Qué hospital? La mujer aseguró no tener idea.

Jürkens se instó a esperar antes de comparecer con la noticia en el despacho de su jefe, el cual se había convertido en el cuartel general de Al-Muzara. Al cabo, seguro de que no se traicionaría demostrando una alegría excesiva, subió y manifestó:

—Está viva y se recupera en un hospital de Johannesburgo.

—¿Cuál?

—No supieron decirme.

—Está bien. Con esa información bastará —afirmó el palestino.

Al día siguiente, Al-Saud entró en el restaurante del Hotel George V y avistó a Falur Sayda, el representante de Yasser Arafat en Francia, sentado a una mesa, mientras echaba una ojeada al menú. El hombre se puso de pie y le sonrió con sincera alegría. Lo llamó «alteza» y le indicó que ocupara la silla frente a él. Al-Saud, que rara vez se fijaba en los detalles, reparó en la pulcritud y en la elegancia del traje azul oscuro que vestía el palestino; también advirtió que usaba mancuernillas de oro con un brillante. El contraste entre Yasser Arafat y su ministro Sayda debía ser notorio, uno tan desaliñado, con esas barbas ralas y el invariable uniforme militar; el otro, vestido por un modisto francés y tan perfumado que la fragancia alcanzaba a Al-Saud desde el sector opuesto de la mesa.

Pidieron la comida y luego pasaron al árabe para hablar de temas intrascendentes hasta que el mesero les trajo el primer plato.

—El *rais* está muy conforme con el trabajo que la Mercure lleva a cabo para proteger a su esposa y a su hijita —expresó Sayda.

Suha Arafat, la mujer del líder palestino, y su hija de tres años, Zahwa, vivían en París, lejos de los conflictos de Palestina y de su entorno miserable.

—La señora Suha es una clienta respetuosa y dócil —comentó Al-Saud—. Nunca comete imprudencias. No es difícil llevar adelante nuestra tarea.

Sayda asintió con una sonrisa.

—El *rais* conoce su pericia, alteza. Sabe que es un piloto de guerra condecorado y que es un gran estratega. Nos hemos enterado de algunos de sus logros desde que preside el directorio de la Mercure.

—Hago lo que me gusta —admitió Al-Saud, incómodo y cansado de la obsecuencia del palestino; prefería ir al grano.

—Por eso lo hace bien —declaró Sayda—. El *rais* está al tanto de las donaciones generosas que usted realiza a la Media Luna Roja Palestina. Tampoco olvida que usted estuvo casado con una palestina y que su cuñado es Sabir Al-Muzara, nuestro orgullo nacional.

Al-Saud sonrió con sarcasmo antes de apuntar:

—También Anuar Al-Muzara es mi cuñado.

—Triste circunstancia —aceptó el palestino—, pero es sabido que nadie elige a la parentela.

—En eso estoy de acuerdo, señor Sayda. ¿Qué servicio requiere el *rais* de mí?

—Estoy seguro de que ha oído hablar de Fuerza 17.

El grupo armado Fuerza 17 había sido creado a principios de la década de los setenta por Ali Hassan Salameh, el palestino responsable del secuestro de los deportistas olímpicos israelíes en Munich, en el 72. Con el tiempo, el comando había perdido su carácter terrorista para convertirse en la guardia pretoriana de Yasser Arafat. No gozaba de buen concepto entre los palestinos; a sus miembros, se los tildaba de incompetentes y corruptos.

—Sé qué es Fuerza 17, señor Sayda.

—Lo suponía, alteza. Estoy acá para transmitirle el deseo del *rais*. Él quiere que Fuerza 17 se convierta en un grupo militar de élite. Hasta hoy su desempeño no recoge demasiadas glorias, debo admitir, y el pueblo no está contento con ellos. Sin embargo, hay buena materia prima para trabajar. Claro, será usted el que juzgue si es buena o no. Sólo le doy mi parecer.

Al-Saud asintió y aprovechó para comer mientras evaluaba la información.

—¿Con cuántos operativos cuenta Fuerza 17? —preguntó al cabo.

—Alrededor de tres mil quinientos.

—¿Armamento?

—Recientemente Estados Unidos nos ha donado tres mil fusiles de asalto y ochenta y seis millones de dólares para equipamiento. Esperamos que en esto, en equipar a nuestros hombres, también pueda ayudarnos, alteza. Además, contamos con un buen arsenal de armas ligeras. Y con diez vehículos armados BRDM-2.

—¿Quién es el jefe de la fuerza?

—Faisal Abú-Sharch.

—¿Está Abú-Sharch al tanto de los planes del *rais* para Fuerza 17?

—¡Oh, sí, sí! Y muy de acuerdo.

—¿Dónde se encuentra el cuartel general de Fuerza 17?

—En Gaza, aunque una buena parte se asienta en Ramala. Allí vive el *rais* —explicó, sin necesidad.

—Señor Sayda —dijo Al-Saud, y le imprimió a su voz una inflexión que denotó la seriedad de lo que expresaría—, quiero que seamos sinceros en algo. Sé por rumores que en Fuerza 17 existen elementos que no están de acuerdo con el tratado firmado en El Cairo en el 94 y que se habla de alianzas con Hamás.

—Ah, bueno —sonrió Sayda—, veo que su alteza está bien informado.

—No será posible crear un grupo militar de élite con esas fisuras. La Autoridad Nacional Palestina gastará mucho dinero (porque le aseguro que los honorarios de la Mercure no son bajos) para terminar entrenando al enemigo. No quiero que mi empresa se vea involucrada en eso.

—¿Qué sugiere, alteza?

—Sugiero una purga antes de que la Mercure se haga cargo del adiestramiento, esto es, claro, si nos ponemos de acuerdo con los términos del contrato.

Sayda adoptó una expresión meditabunda, con las manos unidas sobre los labios.

—Le comunicaré al *rais* su sugerencia. En tanto, me gustaría que su alteza preparara un presupuesto y un modelo de contrato, si es posible.

—No constituirá ningún problema. Sin embargo, necesitaré hablar con Abú-Sharch para que me explique qué naturaleza querrán darle a Fuerza 17, una que lleve a cabo tareas de policía, por ejemplo, o una que apunte a misiones secretas de alto riesgo.

—Las dos cosas —respondió Sayda—. De igual modo, *tiene* que hablar con Abú-Sharch. Por supuesto, es necesario. Le diré que viaje, que venga a verlo.

—Eso no será necesario, señor Sayda. Yo mismo me trasladaré a Palestina.

—Muy bien. El *rais* quiere que usted, alteza, en persona se ocupe del adiestramiento de los muchachos. No sólo conoce el idioma a la perfección (estoy asombrado de su fluidez), sino que está familiarizado con la idiosincrasia de los palestinos. —Ante la mirada insondable que Al-Saud le destinó, el diplomático se apresuró a añadir—: Somos conscientes de que contar con su presencia significará un costo más elevado.

—Lo habría significado para cualquier otro cliente —aseguró Al-Saud—, pero no para el pueblo palestino. Presupuestaré lo mismo que habría presupuestado para uno de mis empleados.

—*Shukran*, alteza —agradeció Sayda.

Se despidieron después de beber café y ajustar algunos detalles. Al-Saud caminó hacia los ascensores y, mientras esperaba, consultó su agenda electrónica. Las puertas se abrieron y entró, todavía ocupado en analizar los compromisos de las próximas semanas para ajustarlos al nuevo encargo, el de la Autoridad Nacional Palestina. Apretó el botón del octavo piso y se apoyó contra la pared trasera del ascensor, consciente de que lo compartía con un hombre que le daba la espalda y que no había marcado ningún número. Sin levantar la cara, vio que el brazo del hombre se dirigía hacia el comando del ascensor. Deslizó la mano bajo el saco para extraer la Colt M1911 de la pistolera axilar en el instante en que el extraño oprimía el botón que rezaba *Stop*.

—Eso no será necesario, Eliah.

Se detuvo en seco. Aunque el hombre seguía dándole la espalda, lo reconoció por el timbre de su voz. Era Anuar Al-Muzara. El jefe de las

Brigadas Ezzedin al-Qassam apretó el botón del subsuelo, donde se hallaba el estacionamiento. El ascensor inició el descenso con un brinco. Al-Muzara se dio vuelta. Al-Saud se quedó mirándolo. Lo encontró avejentado, con líneas muy marcadas en la frente y a los costados de la boca, y la piel curtida del hombre del desierto. Sus ojos negros le recordaron a los de Samara.

—¿Qué haces aquí?

—He venido a visitarte.

Al-Saud chasqueó la lengua para marcar su fastidio y se movió hacia el tablero de comando dispuesto a detener el ascensor. Al-Muzara le aferró el antebrazo.

—No me toques.

—Quiero hablar contigo, Eliah.

—No tenemos nada de qué hablar.

—Oh, sí. Quiero pasarte la cuenta por la muerte de mi hermana. —El ascensor se detuvo, y las puertas se abrieron frente al amplio espacio del estacionamiento—. Llévame al cementerio. Quiero visitar su tumba. No estuve aquí para su entierro.

—No estuviste porque debías esconderte como una rata a causa de tus actos terroristas. Samara vivía mortificada y avergonzada por tu culpa.

La declaración afectó a Al-Muzara, que había amado a su hermana menor.

—Llévame, Eliah.

Al-Saud asintió. Salieron del ascensor antes de que las puertas se cerraran detrás de ellos.

—Antes haré una llamada para cancelar un compromiso.

—No quiero trucos.

—¿Trucos? ¿A qué te refieres?

—A que simules llamar a tu secretaria y, en realidad, convoques a tus matones.

Al-Saud sonrió, y Al-Muzara meditó que nunca lo había visto sonreír de dicha, sino con desinterés o con ironía, como en ese momento.

—¿Crees que necesito a un *matón* para deshacerme de ti? —Al-Saud inutilizó los brazos de su cuñado cruzándoselos tras la espalda y lo arrojó al pavimento. Se inclinó para hablarle cerca del rostro—. Hace varios minutos que podría haberme deshecho de ti y ahorrarle a la humanidad tener que compartir el planeta con una mierda como tú. Sin embargo, estoy dispuesto a que hablemos. Tú me pasarás la cuenta por lo de Samara. De acuerdo. Y yo te la pasaré por el intento de secuestro de mi padre, el hombre que te recogió y que te quiso como a un hijo cuando tus padres murieron. ¿Recuerdas a tío Kamal y a tía Francesca? —le preguntó, y, al tiempo que le sonreía mostrándole los dientes como un lobo, le quitaba la pistola que el palestino ocultaba bajo la chamarra de tela de avión.

—Eres bueno —admitió Al-Muzara—, mejor de lo que pensé.

Con un forcejeo, Al-Saud obligó a su cuñado a ponerse de pie.

—¿Dónde aprendiste? —Al-Muzara preguntó sin mirarlo, ocupado en acomodarse la ropa y en sacudirse el polvo.

—¿A qué te refieres?

—Estoy preguntándote dónde aprendiste a pelear así.

—Lo sabes mejor que nadie.

—¿Las lecciones de Takumi Kaito?

Al-Saud no contestó y, desde esa distancia, oprimió el botón de un dispositivo que colgaba junto con las llaves del Aston Martin DB7 Volante, el cual funcionaba a modo de detonador y se aseguraba de la inexistencia de bombas que explotaran al encender el motor o al asentar el trasero sobre la silla. Todos los vehículos de la Mercure y los de sus socios iban equipados con vidrios a prueba de balas, carrocería blindada y bajos antiminas, como también con contramedidas electrónicas, en especial, un inhibidor de GPS, un artilugio para evitar ser rastreados a través de aparatos colocados de manera encubierta. Si los hombres de Al-Muzara planeaban seguirlos, les convendría no perderlos de vista porque no podrían rastrearlos a través de la tecnología, aunque, Al-Saud recordó, las Brigadas Ezzedin al-Qassam se mantenían lejos de los aparatos electrónicos.

El Aston Martin emergió del estacionamiento subterráneo del hotel, y Al-Saud avistó por el espejo retrovisor que un Mercedes Benz viejo, de color negro, se ponía en marcha y los seguía. Prosiguió por la Avenida George V y, en la intersección con la de Champs Élysées, dobló a la derecha. Conocía la ciudad de París como la palma de su mano, por lo que no le costó desembarazarse de los perseguidores. Al-Muzara, que había adivinado la intención de Al-Saud, se limitaba a mirar hacia delante y a esbozar una sonrisa ligera.

Enfilaron hacia el municipio de Bobigny, a unos diez kilómetros al noreste de París, donde se emplaza el cementerio musulmán. Iban callados, inmersos en sus recuerdos. Al-Saud evocaba los años en que Anuar era un niño tranquilo, tal vez algo esquivo y demasiado serio para su edad, que soñaba con dedicarse al futbol profesional. Tras la muerte de sus padres, en la ciudad cisjordana de Nablus, a manos del *Tsahal*, el ejército israelí, el adolescente Anuar buscó refugio en la mezquita, donde el imam, un extremista suní de origen palestino, terminó por agriarle el corazón y colmárselo de resentimiento. La realidad, a través de la televisión y de los medios gráficos, se ocupaba de alimentar el odio de Anuar, que destinaba horas a leer y a analizar la información acerca de los desmanes cometidos por los soldados israelíes en los territorios ocupados. En el 87, cuando estalló la *Intifada* en el campo de refugiados de Jabalia, en la Franja de Gaza, Anuar decidió abandonar el estado abúlico y la comodidad burguesa de la mansión de sus tíos Kamal y Francesca, y viajar a Palestina para sumarse a la lucha. El imam hizo los arreglos, y Anuar, de veintitrés años, viajó a El Cairo para luego ingresar en la Franja de Gaza por los túneles excavados en el Sinaí, que desembocaban en la ciudad de Rafah. Se unió al grupo armado de la OLP, Al-Fatah, y, después de unas semanas de entrenamiento, se convirtió en un *fedai* (guerrero) al que los demás aprendieron a respetar por su arrojo y su compromiso. Con el tiempo, los ideales de Anuar, con tintes más religiosos, comenzaron a chocar con los del grupo armado de Yasser Arafat y a coincidir con los de Hamás, recientemente fundado por el jeque chií Ahmed Yassin, un hombre de cincuenta y siete años, cuya feroz prédica en contra de Israel y del sionismo desmentía su figura esmirriada, esclava de una silla de ruedas. Anuar Al-Muzara se convirtió en apóstata para los fieles a Arafat y en un *muyahid* (guerrero religioso) para los de Hamás. Yassin, que, con su sagacidad y olfato, enseguida advirtió el don para el mando del muchacho francés, como también su sed de venganza, lo puso a trabajar al flanco del líder de las Brigadas Ezzedin al-Qassam, el joven Yahya Ayyash. Se hicieron grandes amigos y orquestaron ataques suicidas contra civiles israelíes.

En el 96, Al-Muzara vio desde lejos cómo Ayyash explotaba y sus miembros se separaban del torso para salir despedidos en todas direcciones al utilizar un celular al cual el Shabak, el servicio de inteligencia para asuntos internos de Israel, había cargado con Semtex. Nadie objetó cuando el jeque Yassin anunció que Anuar Al-Muzara se convertiría en el sucesor de Ayyash. Junto con Anuar, llegó una nueva era en las brigadas terroristas de Hamás; se incorporaron cambios, entre ellos, la prescindencia de la tecnología, no sólo porque no quería terminar como su amigo y antiguo líder Ayyash, sino porque, cuando se echaba mano de celulares, teléfonos y computadoras, se facilitaba el rastreo al Mossad, al Shabak y a la CIA.

Eliah se preguntaba qué extraño talante le impedía extraer el arma y liquidar al terrorista más buscado por los gobiernos occidentales. Enseguida pensó en Sabir, y no tuvo dificultad en imaginar su gesto doliente cuando le comunicaran que Anuar había muerto. No podría mirarlo de nuevo a los ojos. Después de todo, Sabir había soportado las torturas del Shabak para mantener con vida a su hermano mayor. La culpa por la muerte de Samara resultaba suficientemente pesada para sumarse la de Anuar, a sangre fría.

Por su parte, Anuar Al-Muzara, que seguía callado en el sitio del co-piloto, reflexionaba que, como el chorro de dinero proveniente del presidente libio, Muammar Qaddafi, y del ayatolá iraní Alí Jamenei decrecía sin visos de regresar a sus niveles iniciales, las Brigadas Ezzedin al-Qassam tendrían que hacerse con el financiamiento a como diera lugar o afrontar la posibilidad de desaparecer del escenario de la lucha palestina. Realizaría acuerdos y extorsionaría a quien fuera necesario para mantener a flote su organización. Después del fiasco del ataque a la OPEP, del cual había planeado sacar una cuantiosa suma, no se andaría con miramientos, y si el dinero venía de la mano de un suní, por muy chií que fuese Hamás, él lo aceptaría; lo mismo si provenía de una «víbora árabe». La destrucción de Israel y la liberación de Palestina justificaban cualquier acción. Lo apremiaba conseguir efectivo para la compra de armas y municiones, también para construir los misiles de largo alcance que Gérard Moses había diseñado y que aniquilarían a los judíos que se asentaban en los territorios ocupados. Dinero, dinero, dinero. Nunca bastaba.

Al-Saud estacionó el Aston Martin a la entrada del cementerio. Bajaron del vehículo sin cruzar palabra. Al-Saud se adelantó, y Al-Muzara lo siguió dos pasos atrás. Enseguida divisó la cúpula blanca de la pequeña mezquita, y recordó la tarde en que enterraron a sus padres. La pena lo asaltó de pronto, sorprendiéndolo primero, embargándolo de dolor y de odio un segundo después. Pasados tantos años, había creído que la cicatriz ya no rezumaba. Recreó con claridad el cortejo que acompañaba los ataúdes de sus padres hasta la parcela, cercana a la mezquita, y le parecía que aún sostenía a Samara, cuyo rostro, al esconderse en su pecho, le transmitía el calor y la humedad de las lágrimas. Sabir, como de costumbre, guardaba silencio y avanzaba con la vista al piso. Si bien no se caracterizaba por la locuacidad, los días posteriores al anuncio de la muerte de sus padres literalmente no había abierto la boca ni vertido una lágrima. A veces, Anuar experimentaba el impulso de sacudirlo y de sacarle a la fuerza lo que pensaba. Los hermanos Al-Saud, aun la pequeña Yasmín, se desplazaban detrás de ellos, como si formaran una muralla de protección, y Anuar recordó haberse sentido amado, protegido y, sobre todo, agradecido. Aquel pensamiento lo incomodó y se dijo que no debía olvidar que los Al-Saud formaban parte de la escoria a la que el jeque Yassin había bautizado «víboras árabes».

Caminaron entre lápidas y plantas con flores. Al-Saud se detuvo frente a una de mármol, circundada de rosales blancos, muy cuidada, y la señaló. Al-Muzara dio un paso al frente y estudió la tumba de Samara. La lápida, en forma lanceolada, con la media luna tallada, tenía una inscripción en árabe dorada a la hoja: el nombre de su hermana, Samara Al-

Saud, las fechas de su nacimiento y de su muerte y una frase que rezaba: «*Tú y nuestro hijo descansen en paz*».

—No merecías su amor ni su incondicionalidad.

—Lo sé. Tampoco tú merecías su amor de hermana, porque, a pesar de que sufría conociendo tus actividades en Palestina, cada vez que te las ingeniabas para entrar en Francia, ella iba a verte, en contra de mis órdenes, y volvía a casa destruida.

—Siempre intentaba convencerme de que abandonara la lucha armada.

—Y a mí, de que renunciara a *L'Armée de l'Air*.

El silencio cayó de nuevo sobre ellos, y el trino de las aves y el murmullo de la brisa entre las hojas de los rosales lo ahondaron.

—¿Descubriste quién fue el que manipuló su automóvil para provocar el accidente?

—No.

—¿Ni una pista?

—Nada. Fue el trabajo de un profesional.

—¿Alguna sospecha?

—No. ¿Y tú?

Al-Muzara agitó la cabeza. De nuevo el mutismo ganó sus ánimos. Al-Saud notaba cómo la paz del cementerio iba apoderándose de su cuerpo y de su mente, y le permitió que calara hondo, hasta su alma, y que la serenase. Vivía en continuo movimiento, asediado por problemas, embarcándose en proyectos cada vez más ambiciosos para la Mercure. Si no hubiera dedicado esos momentos diarios a la meditación y a los ejercicios de *chi-kung* de acuerdo con las enseñanzas de Takumi *sensei*, habría dormido con pastillas y padecido gastritis. Sin embargo, el sufrimiento ante el recuerdo de Matilde no se acallaba, nunca. Ahí, frente a la tumba de su esposa y de su hijo nonato, se dio cuenta de que nada borraría el sentimiento que Matilde le inspiraba, porque ella era y sería el único amor de su vida. Matilde encarnaba las pasiones y las contradicciones en las que ese amor lo sumía —la ambición por poseerla, el anhelo de sentirse poseído, la debilidad a la que lo exponía, la lujuria que le despertaba— y que acabarían con su cordura. Hacía bien en mantenerse alejado.

—¿A qué has venido, Anuar?

—A hablar contigo. Vamos.

—¿A qué has venido? —insistió, y lo detuvo por el antebrazo.

—A pedirte dinero. Y tu experiencia.

Al-Saud le concedió una sonrisa cínica.

—No —dijo, e inició el regreso a la zona del estacionamiento.

—Pero sí se los entregarás a Yasser Arafat, ese cerdo traidor. Te vi almorzando con su lacayo, Falur Sayda.

Al-Saud apenas giró la cara para contestar.

—Ellos pagarán por mis servicios, Anuar, como cualquier cliente. Un mercenario vende su lanza y su conocimiento sobre la guerra al mejor postor.

—¿Sin principios, sin valores?

—Sin nada.

—¡Tú eres árabe!

—Yo soy el hijo de una... ¿Cómo es que tú lo apodas? ¿Víbora árabe?

Al-Saud reinició su marcha hacia el automóvil. La pregunta de Al-Muzara lo detuvo en seco.

—¿Qué hay de tu mujer, la que se recupera en un hospital de Johannesburgo? Voltea y mírame, Eliah. Ahora soy yo el que sonríe.

Al-Saud se dio vuelta, y el jefe de las Brigadas Ezzedin al-Qassam se las ingenió para disfrazar la impresión que le causó el gesto de su cuñado, uno despojado de humanidad, que reflejaba el corazón de piedra del cual él siempre había sospechado, razón por la cual había detestado que Samara lo amase. Eliah siempre se había destacado por su aire de gravedad, aun de niño; las facciones de su rostro comunicaban dureza. La gente lo encontraba frío y reservado. Él lo juzgaba el hombre más introspectivo que conocía; no obstante, ese aire reconcentrado y medido no debía confundir; Eliah Al-Saud contaba con una veta cruel; podía reaccionar con furia y destruirlo todo. Lo vio curvar apenas los labios con desdén, y en esa mueca más que en la seriedad del semblante, se advertía su naturaleza despiadada.

—¿Vas a extorsionarme como lo hacían los comandos marxistas en la década de los setenta, Anuar?

—Lo haré, si es necesario.

Al-Saud caminó hacia él, y Al-Muzara se propuso no ceder terreno.

—Anuar, no creo que te convenga jugar conmigo. Por otro lado —expresó, con talante más relajado—, estás mal informado. La mujer de la que hablas y yo ya no tenemos nada que ver. Creo que deberías cambiar tus soplones. ¿Vienes? ¿O prefieres regresar en tren a París?

—Si es cierto lo que afirmas, que tú y esa mujer ya no tienen nada que ver, dudo de que haya dejado de importarte al punto de poner en riesgo su integridad física.

Al-Saud ensayó otra sonrisa irónica.

—Es extraño estar aquí, hablando contigo de forma tranquila. —Deslizó la mano bajo el saco y extrajo su pistola—. Es extraño —repitió— que todavía no haya hecho lo que debí hacer en el ascensor del George V: meterte un tiro a sangre fría. —Apoyó el cañón del arma en la frente de su cuñado–. Ni siquiera serías digno de que te concediera la oportunidad de defenderte.

—¿Por qué no lo has hecho? –lo desafió Al-Muzara.

—Ah –suspiró, de manera afectada–, creo que en el fondo soy un sentimental. –Enfundó el arma, mientras el jefe terrorista reía con timbre burlón.

—Si tú eres un sentimental, yo soy sionista.

—Debería dejar de lado mi sensiblería y matarte, Anuar. Pero no lo haré. Después de todo, Samara te quería, aunque fueras una escoria. Además, Sabir no me lo perdonaría. Tienes suerte de que respete la memoria de tu hermana y de que sienta tanto afecto por tu hermano. Estoy seguro de que ellos abogarían por tu vida.

Al-Saud giró para regresar al automóvil. Las palabras de Al-Muzara volvieron a detenerlo.

—Voy a conseguir tu dinero, tus contactos y tu experiencia así tenga que matarla.

—Inténtalo y te degollaré con mis propias manos –declaró, sin darse vuelta, y siguió caminando.

—Siempre tuve claro que no moriría de causas naturales –le gritó, entre risas.

Al-Saud arrancó el deportivo inglés y las llantas crujieron sobre la grava. Apenas quedó atrás la entrada al cementerio, se comunicó con Dario Sartori, un agente del equipo de seguimientos de Peter Ramsay, a quien, antes de abandonar el George V, le había ordenado que lo siguiera. Si bien lo había hecho frente a Anuar Al-Muzara, éste no había comprendido porque se había expresado en italiano.

—Tu objetivo quedó en el cementerio.

—Lo veo –aseguró el agente, quien, encaramado en el cofre de su automóvil y con los binoculares puestos sobre el puente de la nariz, observaba al jefe de las Brigadas Ezzedin al-Qassam, que había regresado junto a la tumba de Samara.

—Síguelo. Necesito saber todo lo que hace en París, sobre todo, dónde pernocta. Llamaré a Oscar Meyers para que te releve por la noche.

—Sí, jefe.

Era tarde cuando Al-Saud entró en las oficinas de la Mercure. Las luces estaban apagadas. Gracias al resplandor proveniente del jardín y que se filtraba por la ventana, distinguió la silueta de una caja, como de zapatos, sobre su escritorio. «*Señor*», rezaba la nota escrita por Victoire, «*un mensajero trajo esta encomienda de parte del señor Gérard Moses*». La abrió con la ayuda de un trinchete. La caja, que llevaba impreso el logotipo de Fabrique Nationale, estaba llena de pelotitas de unicel para amortiguar los golpes. Extrajo un paquete protegido por una bolsa con burbujas. Lo desenvolvió con cuidado. A simple vista, semejaba un monocular electrónico. Halló una nota, de puño y letra de Moses, adherida al aparato. «*Eliah, lo prometido es deuda. Te hablé de esta unidad de control de disparos (UCD) que diseñé para FN. Es excelente para afinar la puntería en el lanzamiento de granadas, donde siempre reinaba la imprecisión. Aquí te paso un listado de los lanzagranadas con los que es compatible. La UCD funciona para granadas de 40 mm y calcula el ángulo de elevación o de depresión, la línea de dirección y el punto exacto de colisión del disparo, y te alerta, gracias a un retículo rojo, si tienes que ajustar el ángulo de inclinación hacia la derecha o la izquierda. Espero que la pruebes y me des tu parecer. Saludos. Gérard.*»

Al-Saud permaneció en silencio releyendo la nota y analizando la caligrafía. A través de ese pedazo de papel, su amigo de la infancia parecía normal. No obstante, durante su último encuentro, en el hospital en Viena, oportunidad en la que Moses mencionó su nuevo invento, la UCD, Al-Saud había notado el deterioro que le provocaba la porfiria, no sólo a nivel físico sino neurológico. Sabía que, al final, Gérard Moses terminaría enloqueciendo. Esa certeza le causaba una pena inefable.

⊰ ✿ ⊱

Kusay Hussein, el segundo hijo del *rais*, a quien su padre planeaba nombrar heredero a la silla presidencial iraquí, entró en el despacho de Saddam Hussein, una habitación en el Palacio Al-Faw de quinientos metros cuadrados, con piso damero en mármol blanco y negro, y columnas estriadas forradas en lapislázuli, con capiteles en estilo jónico dorados a la hoja. La suntuosidad del recinto alcanzaba su magnificencia en las primeras horas de la tarde, cuando el sol, que ingresaba por los altos ventanales, destacaba el encerado del mármol y golpeaba los capiteles arrancándoles destellos de oro.

—¿Cómo está? —se interesó el presidente iraquí, obviando los saludos.

—Lo han estabilizado, pero está en coma.

Saddam Hussein se puso de pie y golpeó el escritorio con los puños. El bigote espeso del *rais* se expandió cuando Saddam estiró los labios, una mueca que, quienes lo conocían, la asociaban a un profundo enojo y descontento.

—¿Qué fue lo que sucedió? —preguntó al cabo.

—Su asistente dice que el profesor Orville Wright estaba trabajando como de costumbre en su tablero, en el diseño de la bomba ultraligera, y de pronto se desplomó. Lo hallaron en el suelo, contorsionándose de dolor. Se apretaba el vientre, dicen. Sudaba como un condenado e intentaba hablar, pero no lo comprendían. Al final, quedó inconsciente. Los enfermeros de Base Cero lo estabilizaron con suero y lo acompañaron hasta el Ibn Sina. —El Ibn Sina era el hospital de la élite del partido Baas y, especialmente, de la familia Hussein.

—Bien. Dile al doctor Serkis que disponga de todos los medios para sacar adelante al profesor Wright. ¿Cuál es el diagnóstico?

—Porfiria. —Saddam ensayó un gesto de confusión—. Sí —admitió Kusay—, yo tampoco tenía idea de qué se trataba hasta que Serkis me explicó que es una enfermedad hereditaria de la sangre. Muy rara, muy inusual, de la que poco se sabe. Los españoles son los más avanzados en la materia porque España es el país con mayor cantidad de casos. Según Serkis, el tipo de porfiria del profesor Wright es una de las más feroces. Entre otras cosas, no puede exponerse al sol, ni siquiera con la protección de un bloqueador solar.

—Él mencionó una vez su imposibilidad de exponerse al sol. No le di importancia —recordó Hussein—. Pensé que se trataba de una alergia. Es imperativo sacarlo del coma y que vuelva a Base Cero. Sin él, nuestro proyecto se hunde. Y no es necesario que te diga, Kusay, qué ocurriría si no lográramos convertirnos en una potencia nuclear.

—Sí, *baba*, lo sé. Los norteamericanos volverían y nos harían papilla.

—Tarde o temprano, regresarán para acabar lo que no terminaron en el 91. ¿Qué sabes de la compra de uranio?

—Fauzi Dahlan —el hijo de Hussein hablaba de su asistente personal— asegura que a Rauf Al-Abiyia se le ha ocurrido una idea brillante para conseguir, en un solo golpe, varias toneladas de torta amarilla.

—¿De qué se trata?

—Asaltar un barco que transporte uranio.

—Como hicieron los israelíes en el 68 —murmuró Hussein, más para sí—. Operación Plumbat se llamó. Plumbat, por el plomo con que se forran los contenedores de uranio, para detener la radiación.

.꞉ ҩ꞉.

La *Mukhabarat* iraquí le brindó un dato preciso: el carguero saudí *Rey Faisal* no transportaría barriles de petróleo sino tambores forrados en plomo con doscientas toneladas de óxido de uranio, más conocido como torta amarilla. Zarparía del puerto Juaymah y navegaría en lastre rumbo al de Lisboa, para recalar en la Terminal de Contenedores de Alcântara, donde aguardaría la carga del mineral.

El dato no llegó a sus manos por casualidad. Rauf Al-Abiyia le solicitó a Fauzi Dahlan que averiguara si estaban registrándose grandes movimientos de uranio en los principales países productores —Canadá, Australia, Nigeria, Namibia y los Estados Unidos—, por lo que Dahlan recurrió a su jefe, Kusay Hussein, y éste a su tío segundo, Barzan Al-Tikriti, jefe del servicio secreto iraquí, para que ordenara la investigación.

Días más tarde, Dahlan se presentó en el hospital donde Rauf convalecía de la cirugía plástica a la que se había sometido para alterar sus facciones. Apenas liberado de la prisión de Abu Ghraib, Dahlan lo condujo al Hospital Ibn Sina, el de la élite baasista, y le ordenó al jefe del Servicio de Cirugía Plástica: «Cámbiele la cara. Quiero que ni su madre lo reconozca». El médico, acostumbrado a los pedidos de los acólitos de Saddam, se limitó a asentir. Al día siguiente, Al-Abiyia entraba en el quirófano con una cara y salía tres horas más tarde con otra.

La enfermera acababa de inyectar una dosis de calmante en el suero porque el dolor estaba tornándose insoportable; la cara le latía y las puntadas lo martirizaban. Se incorporó con dificultad al ver entrar a Dahlan. El hombre le sonrió, enmascarando el asco que le produjeron los derrames en los ojos de Al-Abiyia. Éste levantó la mano para saludarlo, pensando que ese hijo de puta le sonreía con calidez después de haberlo mantenido cautivo y sometido a tortura por más de tres meses.

—He averiguado lo que me has pedido —manifestó Dahlan, con entusiasmo—. Y no creerás lo que hemos descubierto. Nuestro agente asegura que, a través de la EURATOM, Arabia Saudí le ha comprado a Portugal doscientas toneladas de torta amarilla.

—¿Arabia Saudí? —se asombró Rauf.

—No es lo que piensas. Los saudíes han comprado a los franceses un reactor nuclear de veinticuatro megavatios que les permitirá producir suficiente energía eléctrica para poner en funcionamiento sus plantas desalinizadoras. Has tenido una idea brillante, Rauf. De un solo golpe, nos haremos con el uranio y sin desembolsar un dólar.

—Si decidimos hacernos con el uranio de los saudíes —interpuso Al-Abiyia—, la operación no resultará gratuita ni mucho menos. Secuestrar un barco de gran calado no es un juego de niños, Fauzi.

—¿Ya sabes cómo lo harás?

—Algo se me ocurrirá —dijo, con suficiencia.

Desde hacía días, le daba vueltas la imagen del jeque musulmán somalí a quien había provisto de armas durante años y que, por dinero, lo contactaría con el jefe de los piratas que asolaban el Golfo de Adén. Aún quedaba por establecer cómo se haría con el resto de la información: fechas, horas, tipo de embarcación, rutas marítimas, tripulación, etcétera.

A las diez de la noche, Al-Saud recibió una llamada de Oscar Meyers, quien acababa de relevar a Dario Sartori y pretendía pasar su reporte.

—Alrededor de las nueve y veinte, llamó a la puerta de una casona de la Île Saint-Louis, sobre la calle *Quai* de Béthune.

—¿En qué número? —se interesó Al-Saud, con una fea expectación.

—En el treinta y seis.

Eliah bajó los párpados en la actitud de quien se cierra ante la evidencia. «La casa de Gérard», pensó.

—Le abrió un tipo joven, no muy alto, más bien bajito, con una paloma calzada en el brazo.

«Antoine», recordó, el único hijo de *monsieur* Antoine, el mayordomo de la familia Rostein —tal era el segundo apellido de Gérard Moses—, un chico de una timidez patológica, que huía a la cocina al ver llegar a los amigos de los patrones y que sólo parecía sentirse a gusto entre las palomas de Gérard.

—El tipo —prosiguió Meyers— miró hacia ambos lados de la calle, se hizo a un lado y, sin pronunciar palabra, le permitió entrar.

La información escondía una relevancia que Al-Saud dudaba de querer descubrir. ¿Existían tratos entre un diseñador de armas y uno de los terroristas más buscados? Se acordó de la estrecha amistad que los había unido de niños, cuando transcurrían horas disertando acerca de palomas mensajeras. De acuerdo con el reporte de Meyers, aún había palomas en casa de los Rostein; tal vez no fueran de Gérard sino de Antoine.

Después de la llamada de Oscar Meyers, que permanecería frente a la residencia en la *Quai* de Béthune toda la noche, Al-Saud, que se había jurado no volver a llamar a La Diana ni a Markov para preguntar por Matilde, marcó el teléfono del celular del guardaespaldas ruso movido por una ansiedad que le dio en la torre a su intención de cortar para siempre el vínculo.

—¿Cómo está ella?

—Muy bien.

—¿Ha vuelto a ver a Taylor?

—Sí. Pero siempre en compañía de Blahetter, de Kabú y de *sœur* Angelie —se apresuró a aclarar Markov, con la evidente intención de defenderla y de justificarla, lo que encolerizó a Al-Saud.

—¿Cuándo le darán de alta?

—El doctor van Helger le aseguró que mañana jueves, la dejará ir. Blahetter fue enseguida a comprar los pasajes a París. La Diana se encargó de los nuestros.

Al-Saud calculó que el jueves 17 de septiembre, él tenía previsto el viaje a Milán para visitar a Natasha Azarov, su antigua novia.

—Escúchame bien, Markov. La situación de Matilde es en extremo delicada. Acaba de presentarse un nuevo peligro, y necesito que tú y La Diana estén más atentos y prevenidos que nunca. ¡Mierda! —explotó—. ¡Debería enviar a un ejército para traerla de vuelta a París! ¡Debería ir yo mismo a buscarla!

El exabrupto del jefe, tan inusual e inesperado, dejó atónito y silencioso a Markov. Su ansiedad y su impotencia lo alcanzaban a través de la línea.

—Jefe, protegeremos a la doctora Martínez con nuestras vidas. Se lo juro.

Oyó el suspiro de Al-Saud.

—Está bien, Markov. Confío en ustedes. Apenas tengas la información, quiero que me digas cuál es el número de vuelo y la hora en que arribará a De Gaulle.

~: ⚬ :~

Anuar Al-Muzara se sentó en la mesa de la cocina y, después de llevarse dos cucharadas de guiso a la boca, expresó:

—Eliah me ha hecho seguir. Uno de sus hombres me vio entrar aquí.

—No vi a nadie —se atrevió a comentar Antoine.

—De eso se trata, Antoine, de que nadie los vea. Son expertos en seguimiento.

—¿Cómo hizo para darse cuenta, entonces?

—Porque yo soy experto en descubrir a los expertos en seguimiento —dijo, con acento bromista, pero Antoine no esbozó siquiera la sombra de una sonrisa; asintió y siguió comiendo—. Saldremos de la casa por la parte trasera.

—No hay parte trasera —informó Antoine.

—En esta mansión, ¿no hay puerta de servicio? —se extrañó Udo Jürkens.

—Es la pequeña que está junto a la principal, sobre la misma *Quai* de Béthune.

—¿Qué otra vía de escape tenemos? —preguntó Al-Muzara, con parsimonia.

—Por la azotea. Tendrán que cruzar los techos (no será problema) y llegar al de la iglesia Saint-Louis-en-l'Île. Allí hay una escalera que conduce al patio interno. Tendrán que esconderse hasta que el párroco abra la iglesia a eso de las siete de la mañana y ustedes puedan salir por la puerta principal, la que da a la calle Saint-Louis-en-l'Île.

—Te conoces muy bien el recorrido —comentó Jürkens.

—No siempre tenía la autorización de mi padre para salir —explicó Antoine.

⋰ ⚬⚬ ⋱

Donatien Chuquet había experimentado una de las emociones más fuertes de su vida cuando el empleado del Atlantic Security Bank de la Isla Gran Caimán le confirmó que los ochocientos mil dólares habían ingresado en su cuenta. La alegría le duró mientras preparaba la maleta para la larga temporada que transcurriría en una base aérea perdida al norte de Irak. La conservó mientras volaba a Ammán, capital de Jordania, cuyo moderno aeropuerto y el incesante movimiento de turistas y de hombres de negocios colaboró para que no se sintiera extraño a pesar de hallarse en un país muy diferente. Mantuvo en alto el espíritu mientras pasaba por los controles migratorios y aduaneros. Las puertas automáticas se abrieron y avanzó hacia la sala de arribos. Enseguida vio a dos hombres altos, vigorosos y de aspecto intimidatorio, cabello corto, sin barba, vestidos con sobriedad en colores oscuros y con lentes de sol. Uno sostenía el cartel que rezaba «*Donatien Chuquet*». Caminó hacia ellos con menos bríos. Existía un abismo entre tratar con Sami Al-Quraíshi, menudo, vestido a la moda occidental y que destilaba perfume francés, simpatía y buenos modos, a hacerlo con esos matones, que, no dudaba, iban armados. De manera autómata, les habló en inglés.

—Buenos días. Yo soy Donatien Chuquet.

—Buenos días —contestaron al unísono, y no se presentaron.

Uno se ocupó del equipaje y el otro, con un ademán, le indicó el camino. Subieron a un vehículo todo terreno Mitsubishi y abandonaron las instalaciones del aeropuerto a gran velocidad. Cada tanto, el copiloto rompía el silencio para dar una indicación al que manejaba; luego, volvía a sumergirse en el estudio del mapa que llevaba sobre las piernas.

—¿Adónde nos dirigimos? —se atrevió a preguntar Chuquet.

—Al límite con Arabia Saudí —informó el copiloto—. La frontera con Irak está muy controlada.

—¿Es eso un problema?

—Sí. Nos han ordenado que su pista muera en Ammán.

Le cayó mal el uso de la palabra «muera». No quiso seguir indagando. Desde un principio había sido consciente de los riesgos que corría. Sólo lamentaba no haber puesto la cuenta del Atlantic Security Bank a nombre de su hijo mayor. Si él no salía vivo de la aventura con el régimen de Bagdad, al menos su familia habría contado con doscientos mil dólares cada uno para costear sus estudios y comprarse una propiedad. Era demasiado tarde para lamentaciones. La única opción era mantenerse con vida y no cometer errores.

—¿Tiene celular?

—Claro —contestó Chuquet, a la defensiva, inquieto, inseguro.

—Tendremos que retenérselo, señor Chuquet. Es muy riesgoso para la misión. Podrían interceptar las llamadas.

—No lo usaré —prometió, sin convicción.

—Tiene que entregárnoslo —insistió el que ocupaba el lugar de acompañante—. Se lo devolveremos al final de la misión. De igual modo, no habría podido llamar a nadie desde el lugar adonde irá porque no hay señal.

—Entonces, con más razón, puedo quedármelo.

—Eso no será posible.

Terminó por entregarlo, y, aunque trató de convencerse de la intrascendencia del hecho, no pudo evitar pensar que acababa de cortar el último lazo que lo mantenía unido a una sociedad civilizada y a la libertad. A medida que se internaban en el desierto de Najd, en el noroeste saudí, el ánimo de Chuquet decaída estrepitosamente. La soledad, la aridez del terreno, la uniformidad de su color rojizo y la imponencia de algunas elevaciones lo hacían sentir pequeño y vulnerable. Al cabo de unas horas, los hombres de Irak intercambiaron unas frases antes de detener el vehículo. Le pasaron una cantimplora con agua y le ofrecieron dátiles y nueces. Chuquet bebió un trago generoso y aceptó los frutos.

Se irguió en su asiento al descubrir a dos hombres montados en camellos, con otros en reata, que acababan de emerger de la curva que formaba un risco cercano. Llevaban rifles en bandolera, y un destello le advirtió que calzaban cuchillos en la faja que les ceñía la cintura. La escena, que parecía extraída de la película *Lawrence de Arabia*, resultaba inverosímil.

—Abajo —le ordenaron.

—¿Cómo? ¿Por qué?

—Estos beduinos lo guiarán hasta Irak.

El miedo se apoderó de él como el calor del desierto, de su cuerpo. Estaba aturdido, no sabía qué hacer. Vio, con fatalismo, que los hombres sacaban su equipaje de la Mitsubishi y lo cargaban en el lomo de un camello. En menos de diez minutos, la situación había dado un giro grotesco, y, de una camioneta con aire acondicionado, marchaba por el desierto sobre la giba de un rumiante. Le habían envuelto la cabeza en un trapo, que, para su sorpresa, no olía mal, y dejado los ojos al descubierto.

A lo largo de los dos días que duró la marcha, Chuquet se daba ánimos repitiendo «cuatro millones de dólares, cuatro millones de dólares». El calor y la sed eran lo peor. Los beduinos no le dirigían la palabra, ya fuera porque así se les había ordenado o porque no conocían otra lengua que no fuera el árabe. Lo alimentaban y le daban de beber, nada más.

Supo que la ciudad a la que acababan de llegar se llamaba Ar Rutba no porque se lo hubiesen dicho sus guías, sino porque el cartel en la entrada indicaba el nombre con los símbolos del alifato y también con los del alfabeto latino. No se adentraron en Ar Rutba sino que lo condujeron a un aeródromo paupérrimo de las afueras donde lo aguardaba un helicóptero AS 550 Fennec. «¡Vaya con la hospitalidad árabe!», se quejó, cuando los hombres, una vez descargado el equipaje y colocado dentro de la cabina del Fennec, montaron sus bestias y se alejaron hacia el sur sin despedirse.

Nunca supo cuánto duró el viaje desde Ar Rutba hasta donde fuera que lo hubieran conducido porque se durmió apenas despegaron y se despertó minutos antes de aterrizar. Tuvo la impresión de hallarse aún atrapado por un sueño cuando avistó, desde unos trescientos metros de altura, cómo el terreno se deslizaba y luego ascendía hasta revelar una pista de aterrizaje subterránea. Se quitó los lentes de sol, se pegó a la ventanilla y aguzó la vista. Se trataba de una plataforma de concreto, mimetizada con la meseta estéril, que se cerró sobre las hélices del helicóptero con la precisión de una pieza de relojería, una vez que los patines de aterrizaje tocaron el pavimento. No hizo preguntas. Ya había comprendido que, cuanto menos supiera, mejor sería para él.

Durante la Guerra del Golfo, en las horas de ocio en la base de Al Ahsa, les habían relatado todo tipo de historias acerca del carnicero de Bagdad, como apodaban a Saddam Hussein. Una de ellas aseguraba que el dictador acostumbraba enviar a los militares del Comando de Ingenieros a Moscú para que aprendiesen la técnica de simulación y el engaño conocida como *maskirovka*. Se decía que los ingenieros iraquíes habían adquirido una gran habilidad para construir bases aéreas y nucleares que escapaban a los satélites y a los radares de los aviones norteamericanos AWACS (*Airborne Warning and Control System*, Sistema aéreo de control y de alerta). Chuquet acababa de confirmar que la historia era verdad.

Bajó del helicóptero y, al poner pie en la pista subterránea, mal iluminada y con aire denso y olor a neumático quemado, experimentó una opresión en el pecho producto del pánico que casi lo llevó a subir de nuevo en la nave y a rogar que lo sacaran de allí. Repitió como un mantra la frase clave (cuatro millones de dólares), regularizó la respiración y buscó calmarse.

Fueron a recogerlo en un vehículo pequeño, como había visto una vez en el aeropuerto de Dallas, similar a los que se usan en los campos de golf. Un hombre, un árabe a juzgar por la fisonomía de ojos grandes, barba espesa y canosa y piel cobriza, de unos sesenta años, descendió del vehículo y lo saludó con efusividad.

—¡Bienvenido a Base Cero, *monsieur* Chuquet! —Le apretó la mano con vigor—. Soy Fauzi Dahlan, asistente del comandante Kusay Hussein, jefe del Destacamento de Policía Presidencial (aquí la llamamos *Amn al Khass*) y de la Guardia Republicana.

—Mucho gusto, señor Dahlan.

—¿Cómo estuvo el viaje? Venga, acompáñeme por aquí.

—¿El viaje? Un poco largo y… diría… exótico.

—¡Ah, sí! Para un hombre de Occidente, viajar por el desierto debe de ser una experiencia exótica.

—Sus hombres en Ammán me pidieron que entregase mi celular.

—Sí, otra medida precautoria —dijo, con una sonrisa.

—¿Cómo haré para comunicarme con mi familia?

—Oh, sí, claro, su familia. Creo que lo mejor será que les escriba. Yo me haré cargo de enviar las cartas. Deje eso en mis manos.

—Hay una llamada que necesitaré hacer, señor Dahlan, y será dentro de tres meses, cuando depositen el otro veinte por ciento de mis honorarios. Me urgirá hablar con mi oficial de cuenta para corroborar que el pago se ha realizado.

—Sí, por supuesto. Arreglaremos esa llamada sin problema. —Al ver la expresión desolada del francés, Dahlan se apresuró a explicar—: Hemos planeado todo de este modo, tomando tantos recaudos, para evitarle problemas en el futuro. Usted comprenderá: malentendidos con los de las secretarías de inteligencia europeas y norteamericanas. Es por su propia seguridad.

Chuquet no supo qué decir y prefirió guardar silencio. Con el paso de los días, decidió que se trataba de la mejor estrategia, ver, oír y saber lo menos posible de lo que se cocinaba ahí debajo. No necesitó que transcurriera demasiado tiempo para sospechar que las actividades desarrolladas en Base Cero superaban el entrenamiento de pilotos y de agentes especiales. Existían zonas vedadas; en realidad, con la tarjeta que le habían facilitado, la cual debía deslizar por un lector, tenía acceso a un área muy limitada de la base subterránea.

Al día siguiente de su llegada, conoció a los pilotos, ocho iraquíes que rondaban los treinta y cinco años, y a quienes Fauzi Dahlan presentó por sus signos de llamada como aviadores, El Profeta, Halcón de Plata, Águila Negra, Flecha Roja y nombres por el estilo. A su vez, a Chuquet lo presentó como «*the coach*», el entrenador en inglés.

Los ocho pilotos habían volado los Mig y los Mirage de la Fuerza Aérea durante la Guerra del Golfo, incluso algunos habían combatido en los últimos años de la guerra con Irán. Las órdenes establecían que, una vez realizada la selección de los dos pilotos, se los sometería a un severo entrenamiento, no sólo desde el punto de vista de la técnica de vuelo y de las estrategias para penetrar en un espacio aéreo enemigo, sino físico y psicológico.

3

Matilde no estaba segura de querer regresar al mundo. La habitación del hospital de Johannesburgo, la presencia de Ezequiel y de Juana, la relación con los médicos y con las enfermeras y las visitas diarias a Kabú y a Nigel Taylor habían constituido un capullo donde se sentía protegida y amada. Abandonar el Chris Hani Baragwanath y abordar el avión de Air France que los conduciría a París la obligaba a despertar del sueño para enfrentar una realidad plagada de problemas. Sin embargo, ahí estaba, con el pase de abordar en la mano, escoltada por La Diana y por Markov, que la custodiaban como si se tratara de la heredera al trono del Reino Unido. Arrastraba los pies, no quería subir al avión. A medida que avanzaba, el nudo en la garganta se volvía tirante y grande. No podía quitarse de la cabeza los últimos momentos compartidos con Kabú y con Nigel.

—No volveremos a vernos, ¿verdad? —le había preguntado el inglés, mientras le sostenía las manos.

—Claro que sí —contestó ella, con una seguridad fingida.

—¿Me has perdonado? —Matilde asintió, con una sonrisa temblorosa—. Matilde, cuando salga de aquí, buscaré a Eliah y le explicaré cómo fueron las cosas. Le diré que...

—Nigel, no es necesario. La culpa de que Eliah terminara conmigo es mía. Yo no debí dudar de él. Aún no comprendo qué fue lo que me llevó a decirle lo que le dije.

—¡Yo te conduje a eso! ¡Yo, que te conté una verdad distorsionada!

—De igual modo, jamás debí dudar de él. Me ha dado muestras más que suficientes de que es un hombre íntegro. No entiendo... —Se calló, asaltada por las ganas de llorar. Nigel Taylor le besó las manos, y la emoción resultó incontenible–. ¡No quiero volver, Nigel! ¡Tengo miedo de enfrentar lo que me espera!

—¿Qué te espera?

—La desaparición de Jérôme, el abandono de Eliah... Ya nada tiene sentido.

Taylor la atrajo hacia él y la obligó a sentarse en el borde de la cama. La abrazó, y Matilde recostó la cabeza sobre su pecho.

—Querida mía, no sabes lo feliz que estoy por haberte conocido. Eres un ser tan extraordinario, lleno de bondad. Tu vida tiene sentido simplemente por el hecho de que haces feliz a los que te conocen. Tienes que seguir adelante, Matilde. —La exhortó con un apretón y una sacudida suave–. Eliah encontrará a Jérôme, ya lo verás. Yo mismo lo ayudaré. Cuando me reponga y regrese al Congo, me ocuparé de buscarlo por todas partes. Tu tan odiado general Nkunda me ayudará.

—¿De veras? —Matilde se incorporó y, al pasarse el dorso de la mano por los ojos, Taylor pensó que bien podría haberla tomado por una niña asustada.

—¡Por supuesto! Te lo debo, Matilde.

—¡Gracias, Nigel! Estoy tan angustiada pensando en Jérôme. No sé cómo he resistido todos estos días.

—Eres más fuerte de lo que supones.

La despedida de Kabú y de *sœur* Angelie terminó en un llanto abierto. Kabú no quería que se fuera, Matilde no quería irse, Angelie intentaba calmarlos, en vano, porque ella estaba tan conmovida como el niño y la joven.

—Cuando Nigel me lleve a Londres, ¿podrás ir a verme? ¿Tu casa está cerca de Londres?

—Sí —le mintió; no tenía idea de dónde estaría para cuando Kabú acabara con sus cirugías.

—¿Llevarás a Jérôme?

—¡Claro! —exclamó, y batió los párpados para ahuyentar las lágrimas, como lo hacía en ese momento, mientras caminaba los últimos metros por la manga antes de trasponer la puerta del avión. Dudó en el umbral, y La Diana la aferró por el brazo y la obligó a entrar. «La vida tiene que seguir», se dijo, sin convicción, con el espíritu de un condenado.

—Ya estarán volando hacia París —comentó *sœur* Angelie, y siguió afanándose por acomodar la sábana de Nigel Taylor con la misma dedicación que había empleado para poner orden en la habitación y limpiar el baño, como si no existieran las empleadas del servicio de limpieza.

—Angelie —habló Taylor, y le aferró la muñeca.

La religiosa se quedó quieta, inclinada sobre él, con la vista apuntando hacia otra parte y las manos inquietas sobre la sábana. Nunca la había llamado por su nombre sin anteponer el *sœur*, excepto la mañana en que Matilde lo visitó por primera vez. Como ella había supuesto que lo hacía para darle celos a Matilde, se había molestado. En ese momento, en que estaban solos —Kabú, ensimismado, pintaba a unos pasos con unos crayones que le había regalado Juana—, el «Angelie» había sonado diferente. Un cosquilleo, que nació en la muñeca por donde el inglés la sujetaba, le surcó el brazo, le acarició los pechos, haciéndole doler los pezones, y terminó más abajo, entre sus piernas. La sorpresa la mantuvo callada y con el aliento retenido. Nunca había experimentado un escozor de esa naturaleza.

Recordó la tarde en que conoció a Nigel Taylor, cuando, desde la puerta de la casa principal de la Misión San Carlos, lo vio bajarse del vehículo camuflado, mirar en torno y, al descubrir a Matilde, regalarle una sonrisa que le ocasionó un sobresalto. No se dio cuenta de que contenía el aliento mientras el hombre se quitaba los lentes de sol. A pesar de la distancia, apreció el azul de sus ojos, que brillaron al sol mortecino de la tarde. Le pareció la visión más hermosa que había visto en sus treinta y nueve años. No articuló palabra mientras tomaban té en la sala; de hecho, nadie se dio cuenta de que ella estaba allí, era demasiado insignificante. Nigel no la miró ni una vez mientras hablaba con Amélie y con Edith, que intentaba sacarle una donación. Se mantuvo en silencio, intimidada por la soltura del hombre, por su calidad mundana y frívola. Ella no era nadie, una simple religiosa que se lo había pasado de misión en misión en los sitios más tristes del planeta. Envidió a Matilde por ser el objeto de deseo del inglés. Al domingo siguiente, confesó su pecado al padre Jean–Bosco, pero no pudo vencer la tentación de continuar pensando en Nigel Taylor, en especial cuando se miraba al espejo y se daba cuenta de que era insulsa y de que los rigores a los que se sometía la habían avejentado prematuramente. También por la noche pensaba en Nigel; cerraba los ojos y se lo imaginaba acariciándole la mejilla. Se había lanzado a ofrecerse para acompañar a Kabú en la esperanza de contar con un tema que los uniera. Con Taylor, no habló nunca; en cambio, se hizo muy amiga de su secretaria, Jenny. A pesar de todo, las circunstancias la habían ubicado en ese punto en el cual visitaba a Nigel a diario y se desvivía por cuidarlo y por hacerle llevadera la recuperación.

—Angelie —pronunció él de nuevo—, ¿por qué estás tan nerviosa?

—¿Nerviosa? —repitió, sin mirarlo, e intentó retirar la muñeca, sin lograrlo—. Tal vez un poco. Preocupada también.

—¿Por qué estás preocupada? —insistió Taylor, con acento juguetón.

—Por usted, señor Taylor —admitió Angelie, y se miró la mano como si no le perteneciera; Taylor le pasaba el pulgar sobre la línea de la vida—. Ahora que Matilde se ha ido, quizá la extrañe y eso no será bueno para usted. Todavía debe afrontar varias cirugías, y es necesario que lo haga de buen ánimo. Señor Taylor, deje de hacer eso, por favor.

—¿Qué? ¿Esto? —dijo, y se llevó la mano de Angelie a los labios—. ¿Te molesta?

—No, en absoluto —dijo, porque no acostumbraba mentir, y su sinceridad causó la risa del inglés—. Sucede que no entiendo por qué está haciéndolo.

—Porque hace tiempo que quiero hacerlo. ¿Te molesta que te llame Angelie?

—No, no me molesta.

—¿Podrías llamarme Nigel?

Angelie levantó la vista y fijó sus ojos en el único visible de Taylor, mientras se lamentaba por el insulso color marrón de los suyos; no terminaba de habituarse a la impresión que le causaba el azul de él.

—Sí, podría llamarlo Nigel.

—¿Lo harás? —Taylor se sentía eufórico; la dulzura de la religiosa, su actitud de niña espantada y esos ojos enormes y oscuros, llenos de miedo, daban vida a una parte de él que había creído muerta: la del conquistador. ¿Qué lo atraía de Angelie? No era bonita, aunque debía concederle que sus facciones, en conjunto, guardaban armonía; tenía una buena figura, menuda, de cintura estrecha y pechos pequeños y enhiestos. En tanto Angelie revoloteaba por la habitación, poniendo orden, él no apartaba la mirada de su trasero enfundado en los jeans. Así había comenzado su interés por ella, cuando un día se descubrió admirándole las asentaderas demasiado redondas y llamativas para una monja.

—Sí —la oyó susurrar—, te llamaré Nigel. Ahora debo irme —declaró, con el carácter que la identificaba, y retorció la mano hasta que el inglés se la liberó—. A las dos de la tarde, el doctor van Helger querrá ver a Kabú. Tengo que prepararlo.

Antes de que la religiosa se alejara de la cama, Taylor estiró el brazo y volvió a aferrarla por la muñeca. La colocó casi sobre su regazo de un jalón. La mujer respiraba rápida y superficialmente cerca del rostro de Nigel.

—Angelie, quiero que sepas que extrañaré a Matilde, y también a Ezequiel, con quien me gustaba charlar de Fórmula Uno. Pero si tú y Kabú permanecen aquí, conmigo, no me deprimiré. Tú y Kabú son todo lo que necesito.

En un primer momento, Angelie asintió como autómata. Unos segundos más tarde, después de que las palabras de Taylor calaron en su entendimiento, no logró contener la sonrisa.

✣

Matilde se limitaba a mirar. La Diana y Markov retiraban el equipaje de la cinta transportadora. A ella le habían prohibido los esfuerzos físicos. Juana y Ezequiel bromeaban a un lado, Juana exultante porque Shiloah Moses había prometido encontrarse con ella en París. «Tenemos que hablar», le había dicho el flamante miembro del *Knesset*, el parlamento israelí, y la joven se lo había pasado las doce horas de vuelo especulando acerca del significado de esas palabras, incluso había solicitado las opiniones de Markov y de La Diana.

Markov y La Diana no se tranquilizarían hasta que las autoridades de la aerolínea les devolvieran sus armas entregadas, junto con los permisos y demás documentación, en el aeropuerto de Johannesburgo, en maletines cerrados, que un empleado de Air France se había encargado de precintar. Temían que se las hubieran robado, algo muy común. Las recuperaron sin inconvenientes y se las pusieron en las pistoleras axilares antes de abandonar la sala de entrega de equipaje.

Matilde exclamó al descubrir a su tía Enriqueta en el sector de arribos. Sofía estaba con ella, y eso la alegró; sus tías nunca se habían llevado bien. Ezequiel la refrenó para evitar que se lanzara a correr, y le destinó un vistazo de reconvención. Fueron Sofía y Enriqueta las que se aproximaron casi corriendo y la abrazaron. Enriqueta la besó por todas partes, y a Matilde le recordó a su padre.

—¿Saben algo de mi papá? No se ha comunicado en meses.

—No, mi amor —admitió Enriqueta—. Pero ya sabes cómo es ese cínico de tu padre. Ya aparecerá con su mejor sonrisa y no se dignará a dar explicaciones.

—¿Y de Celia? ¿Saben algo de ella?

—¡Ya estás preguntando por la bruja Escaldufa! —se quejó Juana—. ¿Qué te importa dónde está? ¡Ojalá esté trabajando para un modisto famoso en Júpiter!

Juana Folicuré no se detuvo a dar explicaciones a las azoradas Enriqueta y Sofía. Soltó un grito y se alejó corriendo. La siguieron con la mirada hasta verla caer en brazos de un hombre alto y robusto, que la apretujó y la besó en la boca.

—Es Shiloah —explicó Matilde—, su novio. Tías —dijo, y habló en francés—, quiero presentarles a Sergei Markov y a La Diana, unos amigos.

Siguieron los saludos y las presentaciones cuando Juana se acercó de la mano de Moses. Formaban un grupo animado y sonriente que llamaba la atención de los recién llegados y que obstruía el paso. Ezequiel notó que Matilde permanecía callada y la observó. Le habló al oído.

—Estás muy pálida. Mejor nos vamos.

—No me siento bien —admitió la joven.

—Matilde no se siente bien —anunció Ezequiel, y Enriqueta y Sofía se alborotaron y le ofrecieron el oro y el moro.

—Tengo que descansar, tías. Eso es todo. El vuelo fue interminable.

—Vamos a casa —ordenó Enriqueta.

—Lo siento, Enriqueta —se interpuso Ezequiel—, pero tu edificio no tiene ascensor y Mat no puede subir escaleras.

—Oh, sí, claro —murmuró la mujer, con expresión desolada.

—Esta noche no, porque estamos molidos —prosiguió el muchacho—, pero mañana los invito a cenar a casa.

Todos aceptaron antes de despedirse. Juana, sin dar explicaciones, se marchó con Shiloah Moses, que se ocupó de empujar el carrito con el equipaje.

Ezequiel sujetó a Matilde por la cintura porque sabía que estaba costándole mantenerse en pie y la guió hasta la salida, donde el chofer de su pareja, Jean-Paul Trégart, los esperaba. En la puerta del edificio de la Avenida Charles Floquet, Matilde se volvió hacia sus guardaespaldas.

—Sergei, Diana, no se queden esta noche. Vayan a sus casas.

—De ninguna manera, Matilde —se impuso Markov, aunque la idea le resultaba tentadora.

—Quiero que se tomen unos días. Han estado conmigo todo el tiempo. No han tenido un momento de descanso. Les prometo que no saldré de la casa de Ezequiel.

—No la dejaré asomar la nariz —aseguró Blahetter.

—En caso de que quisiera salir —prometió Matilde—, los llamaría.

Desde su posición en la otra cuadra, dentro de un Peugeot, el que usaba Medes, Eliah Al-Saud observó con un ceño a La Diana y a Markov que, luego de despedirse de Matilde y de Ezequiel y de asegurarse de que la puerta del edificio se cerrara detrás de ellos, se subían juntos a un taxi y se alejaban por la Avenida Charles Floquet. Sacó el celular y llamó a Markov.

—¿Adónde carajo van?

—¡Jefe! ¿Dónde está?

—Donde puedo verte. ¿Adónde carajo van? —reiteró.

—La doctora Martínez nos dijo que nos tomáramos unos días. Nos prometió que no saldría de casa de Blahetter sin nosotros.

—Escúchame bien, Markov, en una hora parto de viaje. Quiero que se mantengan pegados a Matilde. El peligro sobre ella se ha duplicado, así que no puede salir sola ni siquiera a la banqueta. Le pediré a Dario Sartori y a Oscar Meyers que la protejan por unos días, mientras ustedes se reponen. Después, los quiero otra vez con ella.

—Entendido, jefe.

El mal humor de Al-Saud había adquirido niveles exorbitantes después de la llamada que acababa de hacerle Oscar Meyers para informarle que sospechaba que Anuar Al-Muzara había logrado eludir su seguimiento, probablemente alejándose por el techo de la casona de los Rostein. «¡Hijo de puta!», explotaba cada pocos minutos, y se arrepentía de no haberlo liquidado de un balazo junto a la tumba de Samara. Esa clase de escrúpulos terminaban pagándose caro.

Tenía miedo, y cómo lo fastidiaba. Apabullado por la idea de que volvieran a lastimar a Matilde, arrancó el Peugeot y enfiló hacia su casa, a pocas cuadras de lo de Trégart. Se reprochaba haber sucumbido a la tentación e ido al aeropuerto, no le hacía bien verla. Necesitó conjurar tantos de sus escudos —el orgullo, la voluntad, los recuerdos de la última noche— para no lanzarse sobre ella, cubrirla con su cuerpo y esconderla en el refugio de la Avenida Elisée Reclus. La hubiera arrancado de brazos de esa mujer —probablemente, Enriqueta Martínez Olazábal, la pintora— que la apretujaba y la besaba. ¿Acaso no sabía que estaba herida y que había que tratarla como si fuera de cristal? Experimentó un atisbo de simpatía por Ezequiel Blahetter, que, al notar la palidez apabullante de Matilde (¿nadie se daba cuenta?), se ocupó de poner fin a la reunión en medio del sector de llegadas. Aunque conocía la índole fraternal de la relación que los unía, apartó la mirada al verlo sujetarla por la cintura; prácticamente la había cargado hasta el automóvil.

Al llegar a su casa, estacionó el Peugeot de Medes en la calle; en una hora, lo conduciría hasta Le Bourget para abordar su Gulfstream V con destino al Aeropuerto de Linate, cercano a Milán. Leila lo siguió corriendo, mientras Al-Saud subía de dos en dos los escalones. Lo halló en su dormitorio, junto al buró, con el portarretrato pintado por Matilde en las manos.

—Eliah —lo llamó en un murmullo.

—Saca la maleta verde —le ordenó, de espaldas, y Leila lo vio echar el portarretrato en el cajón—. Estoy apurado, Leila. Ya debería estar en Le Bourget.

Armaron juntos la maleta en silencio. Antes de marcharse, Al-Saud sacudió la cabeza en dirección al vestidor.

—Cuando regrese, no quiero ver nada de Matilde. Dona todo, regálaselo a Marie y a Agneska, haz lo que te parezca, pero no quiero ver sus cosas en mi vestidor cuando regrera.

Leila asintió y puso la mejilla para que Al-Saud la besara.

⁓: ❧ ⁓

Shiloah Moses se alojaba en una suite del George V. Apenas le entregó unos francos al botones y cerró la puerta, Juana le echó los brazos al cuello y lo besó.

—Juana, Juana. —Shiloah la apartó con delicadeza.

—¿Qué? —se fastidió.

—Tenemos que hablar.

—Después —dijo, y volvió a pegarse a su cuerpo y a besarlo.

Shiloah se resistió unos segundos, hasta que, con un chasquido de lengua, acabó por ceder y la arrastró a la cama. Abandonó la boca de Juana y bajó al escote, en busca de sus pechos.

—¿Tienes idea de lo que fue soportar todo este tiempo de abstinencia? —exclamó ella, con acento impaciente y de reproche—. ¡Y me dices que tenemos que hablar!

Shiloah soltó el pezón y levantó la vista con una mueca desvergonzada.

—¿Ah, sí? ¿Te abstuviste todo este tiempo?

—¡Obviamente! ¿Por qué? ¿Tú no lo hiciste? No me mientas, lo comprendería.

—Las mujeres están locas por mí, tanto en Tel Aviv como en Jerusalén.

—Mentiroso. Ninguna mujer está loca por ti, excepto yo. —Lo manifestó con una dulzura y una mirada que parecieron incomodar a Shiloah; se puso de pie con un empujón brusco para quitarse los zapatos y el pantalón, y, cuando regresó a la cama, ostentaba un semblante contrariado.

—Te deseo —dijo, y, al colocar el peso de su cuerpo sobre el de Juana, ésta percibió la violencia que lo perturbaba.

—¿Qué pasa, mi amor? —quiso saber, y le pasó las manos por el pelo.

—Juana. —Le encantaba cómo pronunciaba su nombre, le costaba el sonido de la jota, y marcaba la u como si llevara tilde.

—Di Juana de nuevo.

—Juana.

—Me excitas cuando pronuncias así mi nombre.

—¿Me extrañaste todos estos meses?

—Sí. —La afirmación, expresada con sobriedad, hizo temblar a Moses—. ¿Y tú?

No contestó. Con el mismo talante agresivo, la obligó a separar las piernas y se enterró en ella. Juana gimió, un poco por placer, un poco por dolor. Sin embargo, no se quejó porque nada la enardecía como esa actitud beligerante y autoritaria de Shiloah. Después del orgasmo, se quedaron tendidos, con la vista en el techo, demasiado azorados para hablar. Juana, agotada tras un viaje de doce horas, se quedó dormida enseguida.

Despertó al cabo y tardó en reconocer dónde estaba. La oscuridad de la habitación la desorientaba; no sabía si era de día o de noche. Sus ojos se acostumbraron a la penumbra y descubrió la silueta de Shiloah a los pies de la cama. Su postura la inquietó. Estaba sentado, con los codos sobre las piernas; se cubría la cara. Lo abrazó por detrás.

—¿Qué pasa, mi amor?

Moses habló después de varios segundos. Su voz cavernosa la afectó.

—Soy un cobarde, una mierda.

—Shiloah, ¿qué pasa? —Juana lo obligó a enfrentarla—. Vamos, dímelo. Desde que llegué, te he notado extraño. Dime qué sucede.

Moses le acarició la mejilla aún tibia de sueño y le sonrió con tristeza.

—Juana, estoy loco por ti. Loco, ¿me entiendes? Como nunca lo he estado por otra mujer.

—Yo también, mi amor. Estos meses sin ti han sido una tortura. Sólo era feliz cuando conseguía un teléfono satelital para llamarte. Necesitaba escuchar tu voz.

Moses abandonó la cama y se alejó hacia la ventana. Apartó un poco la cortina, y Juana se percató de que era de noche.

—Lo nuestro se acabó, Juana. Aquí tiene que terminar.

—¿Qué?

—Lo que oyes. Este sentimiento no estaba previsto. Tenemos que terminar.

Juana lo sujetó por la manga de la bata y lo apremió a darse vuelta.

—¡Mírame para decirme esa mentira! ¡Mírame y dila de nuevo!

En la oscuridad del cuarto, Moses columbró el brillo en los ojos de Juana. Pugnó por hablar, por expresar de nuevo lo que había dicho de espaldas. Se desmoronó en el piso, flexionó las piernas y se sujetó la cara.

—¡Shiloah, por amor de Dios! —Juana se arrodilló junto a él y le sujetó el rostro entre las manos—. ¡Abre los ojos! ¡Mírame! —Las lágrimas fluyeron sin contención por las mejillas hirsutas de Moses—. ¿No me quieres porque soy cristiana? ¿No puedes estar conmigo porque mi abuelo es sirio? ¿Es eso? Destrozaría tu carrera política, lo sé.

Moses negó con la cabeza.

—Tú no eres el problema, Juana. El problema soy yo —dijo, esforzándose por contener el llanto.

—A mí me importa un cuerno que seas judío, Shiloah. ¡Un cuerno!

—Lo sé. Tú eres lo mejor que me ha sucedido en la vida. No exagero.

—¿Entonces?

—No puedo tener hijos.

Juana se alejó de manera instintiva. Irguió la espalda y quitó las manos de él.

—¿Eres estéril?

—No.

—¡Estás mareándome!

—Puedo tener hijos pero *no debo* tenerlos. Sería una bajeza, un acto de irresponsabilidad. En mi familia, por el lado paterno, existe una enfermedad terrible, de la que poco se sabe y que es degenerativa, y cruel, y no quiero, ¡no quiero que mis hijos la padezcan!

—¿Qué enfermedad?

—Porfiria.

Sabía poco y nada de esa patología. Recordaba que tenía que ver con la sangre, con el hemo, en realidad.

—Mi hermano mayor, Gérard, la padece y ha sufrido tanto, mi pobre hermano.

—Shiloah, mírame, por favor. —Apoyó las manos en las mejillas ásperas de él y le levantó la cara—. No me importa si no podemos tener hijos.

Moses se incorporó. Juana se echó hacia atrás y ahogó una exclamación.

—¡No sabes lo que dices! ¡Tú eres joven, vital, hermosa! ¿Cómo piensas que te condenaré a no ser madre?

—Mi amor, escúchame... —La asustaba la metamorfosis de Shiloah y no atinaba a proceder.

—¡No, Juana! Estoy decidido.

Sacó la maleta del clóset y comenzó a echar la ropa dentro. Juana la sacaba, y él volvía a ponerla dentro, así varias veces.

—¡Basta! —se enfureció Moses, y la sujetó por los antebrazos.

—¡Eres cruel, cruel!

—Ahora me acusas de crueldad, pero llegará el día en que me agradecerás que te haya alejado de mí. Y ese día será cuando te pongan a tu bebé sano por primera vez en los brazos.

—¡No quiero un bebé! ¡Te quiero a ti!

—No. A mí no me tendrás.

—¡Hijo de puta! ¡Te odio! ¡Estás mintiéndome! ¡No tienes coraje para decirme que te cansaste de mí!

—¡No! —Shiloah soltó la camisa y la aferró por los hombros—. Te amo, Juana. Te amo como jamás pensé que volvería a amar, pero no puedo condenarte a este martirio.

—¡No me amas como amabas a tu esposa! ¡Con ella sí te casaste!

—Era joven e impulsivo. No pensaba en las consecuencias. Mariam fue muy desdichada cuando, después de muchos estudios médicos, decidimos no tener hijos.

—Yo no sería desdichada.

—Eso dices ahora.

—Sí, lo digo ahora. ¿Tan inconstante me crees que supones que mañana cambiaré de parecer?

—Nunca olvidaré la cara de Mariam cada vez que veía un bebé en la calle. No podré soportar que tú también veas un bebé y los ojos se te llenen de lágrimas.

—El único que hace que mis ojos se llenen de lágrimas eres tú, Shiloah. Si pensabas ahorrarme tristeza y dolor con esta decisión estúpida, quiero que sepas que has conseguido todo lo contrario.

‿: ৪৯ :‿

El taxi se detuvo, y Markov señaló un portón con arco de medio punto, de vidrio y hierro forjado negro.

—¿Ése es tu edificio? —La Diana asintió y abrió la puerta—. Estoy seguro de que tienes el refrigerador vacío, ¿verdad? ¿Te gustaría darte un baño y que más tarde pase por ti para ir a comer? Conozco un restaurante de comida italiana en el *Troisième Arrondissement* que hace la mejor lasaña que probé en mi vida. ¿Qué te parece?

La Diana se quedó mirándolo, consciente de la prisa del taxista y de su propio cansancio. No obstante, la idea de compartir una comida con Markov la ilusionó. Se trataba del primer acercamiento que intentaba el ruso desde el episodio del risco en el Congo.

—Está bien —aceptó, y apartó la vista porque la abrumó el entusiasmo que él no se preocupó en disimular. Sintió pánico. Las palabras de su hermano Sándor le retumbaron en la mente con el poder de una bomba.«*Ellos*» (los serbios) «*han triunfado porque consiguieron robarte el alma. Te has convertido en un ser duro e implacable, Mariyana*».

—En dos horas estaré lista.

Markov precisó menos de dos horas para bañarse y cambiarse, y cuarenta y cinco minutos antes de la hora fijada se hallaba frente al edificio de La Diana, dentro de su viejo Mercedes de la década de los sesenta que había comprado por poco dinero y que él mismo se ocupaba de poner en condiciones. Hacía tiempo que no experimentaba esa ansiedad con relación a una cita. En los últimos años, se había convertido en un cínico al cual no resultaba fácil conmover.

La vio trasponer el portón y se incorporó en el asiento. Entreabrió los labios sin darse cuenta, y el deseo que La Diana le despertó le llenó la boca de saliva. Nunca la había visto con falda. Le dibujaba las curvas como ninguna otra prenda, y le hizo pensar en una sirena. Bajó del Mercedes y se apresuró por abrir la puerta del acompañante.

—Hola, Markov. Me gusta tu auto.

Al pasar junto a él, La Diana despidió un aroma suave, no a perfume francés, sino a jabón y a champú. El ruso se acomodó en el asiento y percibió que la fragancia impregnaba el habitáculo. Arrancó.

—¿Traes tu HP 35? —A modo de contestación, La Diana levantó la pechera de su chamarra y le mostró la pistola oficial de la Mercure, puesta en una funda de axila—. ¿Es verdad que Al-Saud te regaló una Beretta 950 BS?

—¿Quién te lo dijo?

—Sanny.

—Tú y mi hermano hablan mucho de mí.

—No de ti, sino de armas. ¿La traes contigo? Nunca he visto una.

La Diana se abrió el corte de la falda.

—Mira —dijo, y Markov, que se había detenido en un semáforo en rojo, movió la vista hacia ella—. Aquí —le indicó, y el hombre descubrió la pierna desnuda y la pequeña pistola alojada en el liguero—. Eliah me enseñó a esconderla ahí. También me enseñó a sacarla en… —La voz de La Diana se apagó cuando advirtió la expresión entre desconcertada y hambrienta de su compañero. Se cubrió rápidamente y se alejó hacia la ventanilla.

El resto del viaje transcurrió en silencio. Markov intentaba deshacerse de una inoportuna erección. Insultaba y se maldecía por la reacción adolescente. En el restaurante, una fonda italiana atendida por sus dueños sicilianos, el ambiente festivo y el recibimiento cálido de los anfitriones ayudaron a disipar el nubarrón que pendía sobre ellos. Markov decidió hacer de esa noche un momento inolvidable para La Diana y se avino a contarle acerca de lo que parecía despertar la curiosidad de la joven bosnia: su infancia, su familia, su ciudad natal y, sobre todo, sus años en la Spetsnaz GRU, el grupo militar de élite ruso. La Diana disfrutaba de la comida y del vino tinto, y se mantenía atenta al relato de su compañero. Al final de la cena, medio achispada por la bebida, La Diana reía de cualquier cosa.

—Háblame en ruso, Sergei. Así practico lo que has estado enseñándome.

—Es la segunda vez que me llamas por mi nombre —apuntó él, en su lengua madre.

—Me gusta tu nombre —afirmó ella, en la misma lengua.

La Diana había notado que, cuando Markov le hablaba en ruso, el cuerpo se le ablandaba, así que, al levantarse de la silla para partir, las piernas no la sostuvieron; admitía que el cansancio después de un viaje de doce horas y el vino aportaban lo suyo. Markov la sujetó por el codo, y La Diana tembló como si la hubiera alcanzado una descarga eléctrica. La soltó enseguida, y caminaron algo distanciados hasta el automóvil. Después del contacto, La Diana se había despabilado, no reía ni pedía más historias divertidas. Rígida, con las rodillas pegadas y los brazos cruzados sobre el vientre, expresó:

—Por favor, llévame a casa.

El Mercedes se detuvo frente al portón de vidrio y hierro forjado negro. Markov se apresuró a bajar, pero La Diana abrió la puerta y descendió por sus propios medios. El ruso se colocó frente a ella y le impidió que avanzara. La muchacha retrocedió hasta dar con la espalda en el tirante del automóvil. Él sonreía al tiempo que se inclinaba con lentitud sobre ella.

—Tiembla —dijo, y su aliento golpeó los labios de La Diana—. No intentes reprimir los temblores. Las primeras veces será así, hasta que venzas tu miedo. Yo te ayudaré.

La Diana estaba experimentando un pánico atroz, como si un leopardo se aproximara para olfatearla. Hacía esfuerzos para no extraer la diminuta pistola del liguero y apoyarla en la sien de Markov.

—Di mi nombre —ordenó el ruso—. Abre los ojos y reconoce quién soy. Di mi nombre, Diana. ¡Dilo!

—Sergei.

—Otra vez.

—Sergei.

—Sí, Sergei. Soy yo, Sergei Markov, tu compañero y tu amigo.

Esas palabras la reconfortaron como nada, y el alivio le aflojó la opresión en el diafragma. Bajó los párpados de nuevo cuando un calor súbito le inundó los ojos. Se mordió el labio para refrenar un sollozo, sin éxito. Markov no le prestó atención.

—¿Quieres que me quede contigo? —le preguntó, menos exigente. Aunque se mantenía cerca, a pocos centímetros, no la tocaba, salvo con el aliento—. No mientas porque me daría cuenta. Dime la verdad.

—Nunca un extraño entró en mi casa.

—Yo no soy un extraño. ¿Quieres que me quede contigo?

—Sí —refunfuñó—, pero con una condición.

—Dila.

—Que no intentes tener sexo conmigo. Ni siquiera lo intentes, Markov.

—Primero, no vuelvas a llamarme Markov. Segundo, yo no intentaría tener *sexo* contigo, Diana. Yo intentaría hacerte el amor. Está bien, acepto tu condición.

Para La Diana, el ascensor tardó décadas en llegar al séptimo piso. Markov le quitó las llaves porque no acertaba con el ojo de la cerradura. No había mentido al decir que era la primera vez que alguien, a excepción de sus hermanos y de Eliah, entraba en su santuario. Amaba ese pequeño departamento en el *Dix-neuvième Arrondissement*, constituía su refugio, y significaba un gran paso para ella permitir que Markov traspusiera el umbral. Después de unos segundos, cuando dominó el impulso de despedirlo, se sintió contenta porque acababa de ganar otra batalla. «*Yo te ayudaré.*»

—Sí.

—Sí, ¿qué?

—Sí, quiero que me ayudes.

Markov no le permitió a la euforia que lo precipitara en un comportamiento que echaría los logros por la borda. Le sonrió con ternura y se quitó la chamarra de cuero.

—Eres valiente al pedir ayuda —se limitó a comentar.

—¿Qué te gustaría tomar? Tengo café, té. Creo que queda chocolate.

—Café. Preparémoslo juntos.

Le agradó la idea, y disfrutó mientras Markov abría las alacenas en busca de las tazas y ella colocaba el filtro en la cafetera eléctrica. Él no cesaba de hablar acerca de trivialidades —prefería el café tostado al torrado, su cafetera era vieja y mala, ¿lo acompañaría a Carrefour a comprar una nueva?, le gustaba fuerte, con azúcar y sin leche— y La Diana percibía cómo sus músculos iban relajándose hasta deshacerse de la tensión.

—Tu departamento es muy bonito. —Markov se apoltronó en el sofá con la taza de café en la mano.

—Sí, me gusta mucho.

—¿Es tuyo?

—No, lo alquilo. Eliah quiere prestarme dinero para que compre uno, pero yo no quiero dejar éste.

—Tal vez el dueño te lo venda. —La Diana sacudió los hombros—. Sería cuestión de preguntarle.

Siguieron conversando en un ambiente distendido. Markov fue varias veces a la cocina para volver a llenar las tazas con café hasta verter la última gota. En un silencio, ambos miraron hacia la ventana y se dieron cuenta de que ya era noche cerrada. Markov abandonó su sitio en el sofá y caminó hacia La Diana, que se irguió en la silla en la actitud del animal que se pone alerta. El ruso le quitó la taza y la depositó sobre la mesa. Se arrodilló frente a ella porque su corpulencia la amedrentaba y agitaba las peores memorias.

—Voy a tomarte las manos. No tengas miedo.

La Diana comenzó a temblar; sin embargo, se las extendió. Markov las notó frías y sudadas. Por el contrario, La Diana encontró las de él tibias y secas. El ruso se inclinó y le besó los nudillos.

—Mírame, Diana. —Ella levantó los párpados y los habría cerrado de nuevo ante la intensidad de los ojos oscuros de él; le temía cuando la miraba de ese modo, como si deseara comerla—. Quiero pasar la noche contigo.

—No —musitó ella, aunque más bien brotó como un gemido.

—Te prometí que no intentaría hacer el amor contigo y no lo haré. Yo cumplo mis promesas, Diana. Sólo quiero quedarme contigo. No puedo irme, no encuentro la fuerza para dejarte.

La Diana estuvo a punto de enojarse por el descaro de ese hombre, que osaba imponerse en su santuario y la presionaba hasta provocar que sus pulsaciones adquirieran un ritmo desbocado. ¡*Ella* era la dueña de casa! Volvió a mirarlo, dispuesta a endilgarle un discurso. Sus ojos dieron con los suplicantes de él, y la desarmaron. Terminó por sincerarse. Anhelaba que Markov se quedara; aún más, quería que durmiera junto a ella y que la abrazara. Todo resto de orgullo esfumado, se echó a llorar con el desenfado de una niña. Markov la cobijó entre sus brazos y, a pesar de que la pena de ella lo traspasaba, sentía dicha por apretarla contra su cuerpo y que no lo rechazara.

—¿Por qué no puedo ser normal?

—Porque viviste lo que ninguna persona debería vivir. Pero tienes que considerar algo, Diana: a pesar de haber sufrido tanto, aún estás entera. Lastimada, sí, pero entera. Eres tan fuerte, Diana, y te admiro tanto.

Markov siempre acertaba con las palabras, siempre la confortaba. Subió las manos por el torso de él y las cerró en su cuello. ¡Qué bien se sentía! Lamentó no haberlo hecho antes.

—Vamos a dormir. Estás exhausta.

La Diana salió del baño, con el camisón y la bata puestos, y se detuvo de golpe bajo el umbral del dormitorio: Markov estaba en calzoncillos, unos blancos y ajustados, que le cubrían en parte los muslos y le marcaban los genitales.

—Si tienes un pijama, me lo pondré —dijo él, con semblante culposo.

—¿Duermes con pijama?

—No, desnudo.

—No tengo un pijama para prestarte. Quédate así, está bien. Sueno más segura de lo que me siento —manifestó, y rio de nervios.

Markov entró en el baño. La Diana le había dejado un cepillo de dientes nuevo. Quiso abrir el botiquín y husmear. No lo hizo, lo juzgó una bajeza. El baño, al igual que el resto del departamento, presentaba una decoración femenina y delicada, que mostraba un aspecto dulce que La Diana se empeñaba en ocultar. Regresó a la habitación y la halló acostada, con la sábana al cuello, ubicada en el borde de la cama, de costado, con la mirada fija en las puertas del clóset. Al percibir que el colchón se hundía, La Diana expresó, sin voltear:

—Me siento tan extraña.

—Es lógico. Es la primera vez que le permites a un hombre entrar en tu casa y acostarse en tu cama. ¿Cómo haces si, por ejemplo, se te rompe una tubería? ¿No le permites al plomero entrar para que lo repare? ¿Prefieres morir ahogada? —Aprovechó que La Diana reía para ganar terreno y acercarse.

—Una vez se rompió la manguera de la regadera. Entré en pánico. Todos estaban afectados por mi problema doméstico, hasta que Eliah se hartó, llamó a su plomero, le dio la dirección de mi casa y le ordenó a Sanny que se hiciera cargo. Me quedé a dormir en casa de Eliah porque no quería entrar en mi casa y oler olor a hombre. Cuando me atreví a volver, me la pasé echando cloro en el baño y perfumando los ambientes. ¡Qué loca! ¿No?

—A mí me resulta gracioso. —La Diana exclamó cuando el cuerpo de Markov entró en contacto con el de ella—. Tranquila, no intentaré nada raro. Sólo quiero abrazarte y que durmamos así, abrazados.

—No, Sergei, te lo suplico, no puedo. Acostada se hace más difícil. No puedo.

—Sí que puedes. ¿Te acuerdas de la tarde en Rutshuru, cuando bajamos juntos por el risco? Estábamos más cerca que ahora. Y frente a frente.

La Diana intentó saltar de la cama. Markov la sujetó por la cintura y la pegó al colchón con una fuerza de la cual ella siempre había sospechado. Cerró los ojos e imaginó su brazo derecho, el que Markov usaba para mantenerla quieta, rígido, con los tendones tirantes y los músculos inflados.

—Tranquila, mi amor. ¿Acaso no sabes que sólo quiero ayudarte a sanar?

—Dilo otra vez.

—¿Qué?

—Llámame «mi amor» otra vez.

—Mi amor —le susurró al oído—. Mi amor. Diana, mi amor.

La Diana mantuvo los ojos apretados mientras él le acariciaba el brazo con la punta de los dedos y le cantaba una canción de cuna cosaca. No supo cuándo se durmió.

A la mañana siguiente, despertó con suavidad, a diferencia de otros días en los que la sacudía una pesadilla y se incorporaba con un grito. Le resultó extraño despertar tan plácidamente. Enseguida recordó. El otro lado de la cama estaba revuelto, algo inusual también. El aroma del café y de los *croissants* tibios le ocasionó una sensación placentera que no recordaba haber experimentado en su vida. Así debía de sentirse la gente feliz, reflexionó. Se desperezó hasta oír el crujido de las articulaciones. Se metió en el baño y al rato salió contenta. Se puso la bata, pero no la cerró.

Dudó en la puerta de la cocina y se quedó contemplando a Markov, que canturreaba mientras preparaba el desayuno. Había comprado de todo: fruta, cereales, yogur, leche, *croissants*, pan, jamón, queso. El festín de aromas servía para aumentar la alegría que bullía en su pecho. Fijó la atención en él, y lo recordó en los calzoncillos ajustados y presuntuosos.

—Buen día.

Markov se quitó el trapo que le colgaba del hombro y se aproximó con una sonrisa. Se detuvo a corta distancia y, sin dejar de sonreír, extendió el brazo y le pasó el dorso de los dedos por la mejilla.

—Buen día, mi amor. ¿Cómo dormiste?

—Hacía años que no dormía tan bien.

—Diana, no sabes lo feliz que me hace escucharte decir eso.

—Y es gracias a ti, Sergei. —En un impulso, cerró los brazos en torno a la cintura de Markov. Enseguida se sintió engullida por él, por su fuerza, por su pasión, por su deseo, y no experimentó pánico sino seguridad.

—Gracias a ti por permitirme que te ayude. Me siento honrado, Diana. ¿Querrás que vuelva esta noche?

—No lo sé. Me pedirás más y no puedo darte más, Sergei. ¡No puedo!

—¡Por supuesto que quiero más! ¡Lo quiero todo, Diana! Pero no lo tomaré hasta que tú estés dispuesta a dármelo. —La apartó de él y la obligó a mirarlo–. Te lo juro por mi vida, Diana. Jamás haré nada que no me pidas.

La Diana asintió, de pronto abatida. «Quiero dormir toda la noche sin pesadillas», se dijo, por eso, cuando Markov se fue, llamó al doctor Brieger, el psiquiatra de su hermana Leila.

—El doctor Brieger está ocupado en este momento –le informó la secretaria–. ¿Quién le habla?

—La hermana de Leila Huseinovic, con la que estuvo prisionera en el campo de concentración de Rogatica.

La secretaria quedó sumida en un mutismo desconcertado. Para La Diana también resultó impactante pronunciar ese nombre, Rogatica. Después de minutos de escuchar el mismo movimiento de una *Danza húngara*, La Diana se incorporó de súbito cuando el doctor Brieger tomó el teléfono.

—Buenos días, doctor Brieger. Soy Diana, la hermana de Leila.

—Buenos días, señorita Huseinovic. Según recuerdo, su verdadero nombre no es Diana. ¿Es así?

—Bueno… Sí, es así… Pero… Todos me conocen por La Diana.

—¿Cuál es su nombre? –Guardó silencio. A punto de colgar, se detuvo cuando Brieger tomó la palabra de nuevo–. ¿Por qué asunto me llama? ¿Algún problema con Leila?

—Es por mí, doctor. Yo tengo un problema. Necesito que me ayude.

—Con gusto. Hoy viernes no podré verla. ¿Le viene bien el lunes a las diez y media de la mañana?

—Sí, sí, muy bien –contestó, entusiasmada, porque, consciente de la abultada agenda del psiquiatra, había calculado que le daría una cita para noviembre–. Y gracias, doctor Brieger.

⌁ ❧ ⌁

El Gulfstream V aterrizó en el Aeropuerto de Linate pasadas las tres de la tarde del jueves 17 de septiembre, un día nublado y triste que colaboró para ahondar el desánimo de Al-Saud. Alquiló un vehículo y compró un mapa para llegar a Milán. Al cabo de una hora, estacionó el automóvil frente al edificio de Natasha Azarov, en el número 34 de *via* Taormina. Tocó el timbre correspondiente al departamento seis, del segundo piso. Contestó una voz desconocida de mujer.

—Busco a Natasha Azarov –dijo, en italiano.

—*Signore Al-Saud?*

—Sí. Al-Saud.

Estaban esperándolo. Había llamado a Natasha esa mañana mientras aguardaba el arribo del vuelo de Matilde. Sonó el timbre del portón, y Al-Saud entró en el jardín que circundaba la construcción, cuya mala calidad se evidenciaba fácilmente; la estética del edificio, no obstante, era aceptable. En el segundo piso, lo recibió una mujer baja y robusta, de piel cobriza y ojos achinados. Al sonreírle, le mostró un diente de oro.

—*Avanti, per piacere* —lo invitó, y su italiano reveló el origen latino.

—¿Usted habla español?

—¡Sí! —afirmó la mujer, con una mirada esperanzada.

—Bien, hablemos en español.

—¡Qué suerte! Así será más fácil. Mi nombre es Mónica, soy peruana y desde hace unos meses trabajo para la señora Tasha.

—¿Está ella?

—Sí, sí, está esperándolo, pero me pidió... ¿Quiere darme su chamarra? —Al-Saud se la quitó, y la mujer la colgó en un perchero empotrado junto a la puerta—. Bueno, verá usted, señor Al-Saud, la señora Tasha no está bien.

—¿Qué le ocurre? —quiso saber, entre impaciente y preocupado.

—Oh, bueno, ella... Está muy cambiada... Por su enfermedad. No se encontrará con la misma señora Tasha de hace meses.

—¿Qué tiene?

—Eso se lo explicará ella. Yo sólo cumplo con advertirle que la encontrará muy delgada y pálida...

—¡Tasha! —se fastidió Al-Saud—. ¡Tasha, ven aquí!

Natasha Azarov estaba mucho más que delgada y pálida. Parecía muerta. El colorido pañuelo que, con gracia, le envolvía la cabeza, de algún modo evidenciaba lo que pretendía ocultar: que estaba rapada. Su cuello se erguía, largo y enflaquecido, sobre las clavículas que sobresalían de manera escandalosa. Lo impresionaron sus ojeras, de un color anormal, azulado, que contrastaban con la tonalidad verdosa de su piel. Si bien la cubría un vestido suelto hasta los tobillos, Al-Saud se dio cuenta de su delgadez extrema.

—Hola, Tasha —dijo, en un intento por disfrazar la impresión.

—Eliah —murmuró la joven, y rompió a llorar quedamente.

Al-Saud dudó un instante antes de salvar el espacio que los separaba y abrazarla. Natasha le aferró la espalda, y Al-Saud sintió la humedad fría de sus manos a través de la tela de la camisa. La acometió una debilidad y se derrumbó contra el pecho de él.

—Ven, sentémonos.

—*Signora Tasha.* —Al-Saud juzgó que la aflicción de la peruana era sincera—. ¿Quiere que le traiga algo? ¿Qué desea tomar, señor Al-Saud?

—Disculpa, Eliah. No te he ofrecido nada. ¿Qué te gustaría tomar?

—Nada, nada. Quiero que hablemos.

—Está bien, Mónica. Ve con él. Está solo y no le gusta.

La mujer se adentró en el departamento, y un mutismo se apoderó de la sala. Natasha ocultaba la mirada y se tallaba las manos sobre el regazo. Al-Saud las cubrió con la de él.

—Tasha, ¿es por esto que desapareciste? ¿Porque estabas enferma? —La muchacha negó con una sacudida de cabeza—. ¿Por qué, entonces?

Natasha inspiró profundamente y, al exhalar con los ojos cerrados, transmitió cansancio y tristeza, tan palpables como su cuerpo agotado.

—Tengo tanto que contarte. Desde que supe que vendrías, me he pasado ensayando qué te diría. Ahora no encuentro las palabras.

—Dime por qué desapareciste de ese modo, de un día para otro.

—Porque me amenazaron.

—¿Quiénes?

—No lo sé. Una noche, entré en mi departamento y encontré a un hombre sentado en el sillón, frente a la televisión. Tenía el control remoto en la mano y, apenas encendí la luz, me sonrió y apretó *play*.

—¿Lo conocías?

—No. Casi muero del susto. Pero no grité, ni traté de escapar. Hice lo que me ordenó, miré la pantalla, sólo unos segundos, hasta que él detuvo la filmación.

—¿Qué quería?

—Quería que me alejara de ti. Que abandonara París sin dejar rastro, que me fuera para siempre.

—¿Te dijo expresamente que debías abandonarme?

—Sí, con nombre y apellido.

—¿Con qué te amenazó?

—Me dijo que te mostraría a ti la filmación y que a mí me mataría.

—¿Qué tenía esa filmación? —Natasha bajó la vista, se mordió el labio, se apretó las manos—. Dímelo, sabes que no te juzgaría. Me conoces.

—Sé que eres una buena persona, pero… ¡Me siento tan avergonzada! Lo hice en Sebastopol, cuando no tenía un centavo y sabía que mis hermanos y mi mamá se morían de hambre en Yalta…

—Se trata de pornografía, ¿verdad? Lo que ese tipo te obligó a mirar era una película pornográfica donde tú aparecías. —La muchacha asintió—. Tasha, Tasha… Tendrías que haber recurrido a mí. Jamás te habría juzgado.

—Es fácil para ti decirlo. Yo me sentía sucia y en pecado. No he vuelto a ver a los míos después de haber hecho eso. Sé que no podría sostenerles la mirada. Ese hombre tenía todas las películas que hice.

—Lo hiciste por necesidad.

—¡Ahora sé que hubiera sido mejor morir de hambre! ¡Ahora sé que hubiera sido mejor que me matara! No, no —se arrepintió, de pronto—, no podía permitir que me asesinara. No.

—Háblame del sujeto, dime cómo era.

—Nunca voy a olvidarlo. Era muy alto, como tú, pero macizo. Me habría roto el cuello con una mano. Sin embargo, es su voz la que no consigo borrar de mi mente. —Natasha percibió la inquietud y la tensión súbitas de Al-Saud y levantó la mirada—. ¿Qué ocurre?

—Nada. Continúa. ¿Qué tenía su voz?

—No era la de un ser humano. A veces me pregunto si, debido al pánico, no la imaginé. Sonaba como si fuera la voz de una máquina, de un robot de juguete.

Al-Saud soltó las manos de Natasha y se puso de pie. «¡Dios mío!», exclamó. «Udo Jürkens.» Lo inverosímil de la revelación lo privaba de la frialdad necesaria para razonar, no estaba pensando claramente. ¿Desde cuándo lo rondaba ese hombre? Ahora comprendía que él era su objetivo, su punto de interés. ¿Por qué había asesinado a Roy Blahetter? Las piezas no encajaban. ¿De qué modo se relacionaban hechos que no aparentaban ningún vínculo? Primero había ahuyentado a Natasha Azarov y después se había vuelto hacia Matilde, aunque a ella la quería para él. Recordó las palabras de Juana, las que pronunció la tarde en que Matilde había sido herida en la Misión San Carlos, cerca de Rutshuru: «*Me dio la impresión de que Mat le importaba muchísimo, como si estuviera enamorado de ella*». Las ideas y los recuerdos bombardeaban su mente sin ton ni son, y él no conjuraba la ecuanimidad para armar un pensamiento coherente. Se apretó los ojos cuando, de manera inesperada y violenta, comprendió que Udo Jürkens era el asesino de Samara.

—Tasha. —La joven apreció el matiz torturado del timbre de Al-Saud y se estremeció—. Sigue contándome. ¿Qué sucedió después?

—Esa misma noche, junté mis cosas y, a la mañana siguiente, dejé mi departamento. Tenía que alejarme de ahí. Ese hombre había entrado como si fuera el dueño, como si tuviera las llaves. Guardé el equipaje en una casilla en *Gare de Lyon* y pasé el día pensando qué debía hacer. Por un momento, me dije que tenía que recurrir a ti, pero sabía que ese hombre estaba siguiéndome para asegurarse de que cumpliera lo que me había exigido. Saqué el poco dinero que tenía en el banco, cerré la cuenta, deposité lo que debía de alquiler y compré un pasaje en tren a Milán, porque aquí tengo un amigo fotógrafo al que podía recurrir. Antes de partir esa noche, llamé a Zoya. No podía irme sin saludarla.

Al-Saud, que había regresado al sillón junto a Natasha, advirtió que su aspecto demacrado se había acentuado y que sus labios estaban morados.

—Basta, Tasha. Ahora quiero que descanses. Estás muy pálida.

—No, no, Eliah. Quiero contarte todo, necesito llegar al final. Hay algo que quiero que sepas, lo más importante. Cuando huí de París, estaba embarazada. —Lo miró a los ojos con decisión, casi con actitud desafiante—. Estaba de cuatro meses.

—No era mío —se defendió Al-Saud—. Siempre nos cuidamos.

—Sí, siempre nos cuidamos. Tú siempre usabas condón. Sin embargo, yo quedé embarazada. De ti. Porque mientras estuve contigo, nunca, ni una vez te fui infiel. ¿Cómo habría podido? Estaba tan feliz. Te amaba tanto. —La declaración la avergonzó y ocultó la mirada de nuevo—. A veces ocurre —murmuró—, a veces los condones vienen con fallas de fabricación...

Al-Saud se cubrió el rostro y apoyó los codos en las piernas. Se refregó la cara hasta volverla de una tonalidad encarnada. Abandonó el sillón con un impulso brusco.

—Tasha, ¿estás diciéndome que tú y yo tenemos un hijo?

—Sí. Su nombre es Nicolai Eliah. Lo llamé como mi padre y como tú, que eres su padre. —Se contemplaron en silencio, ella, con ese nuevo aire de firmeza que había adoptado para hablar del niño; él, con una expresión entre furiosa y confusa—. Sé que no me crees y lo entiendo, pero es así. Nicolai es tu hijo.

—Si es verdad que es mi hijo, ¿por qué no me lo dijiste antes? Te fuiste de cuatro meses, Tasha.

—No supe que estaba embarazada hasta el tercer mes porque soy muy irregular. Además, me negaba a creer que estuviera esperando un hijo. Tú siempre te habías cuidado. Era imposible. Cuando tuve la confirmación del embarazo, no me atreví a mencionártelo. Acabábamos de iniciar nuestra relación. Sabía que ibas a pensar que no era tuyo. Estaba juntando valor para decírtelo cuando apareció ese hombre en mi departamento...

—¿Por qué decírmelo ahora? —la interrumpió Al-Saud.

—Porque estoy muriendo, Eliah. Y necesito hacerlo en paz. Quiero saber que Nicolai estará seguro contigo, que nunca pasará hambre ni necesidades como yo. Quiero que me jures que lo amarás y que lo cuidarás...

—¡Un momento! ¡Tasha! ¡Por Dios, Tasha! —exclamó, exasperado—. ¿Cuál es tu enfermedad?

—Tengo leucemia. Se me declaró después del nacimiento de Nicolai. La hemorragia posparto era demasiado profusa y ya llevaba mucho tiempo, mucho más del normal, por lo que mi ginecólogo pensó que había quedado parte de la placenta en el útero. Descartado eso, me hicieron análisis de sangre donde se reveló que padecía leucemia.

—Mucha gente supera la leucemia. He oído de trasplantes de médula para curarla.

—Sí, el doctor Moretti, mi oncólogo, lo intentará. Nicolai y yo somos compatibles, y él me donará las células madre. Parece que mi hijo hubiera venido a este mundo para intentar salvarme la vida.

Rompió a llorar de un modo desgarrador. Al-Saud chasqueó la lengua y regresó junto a ella. La abrazó. Su delgadez lo repugnaba, e intentaba no inspirar el aroma medicamentoso que despedía su piel afiebrada. «Matilde», pensó, «tú sabrías cómo consolarla, qué decirle. A ti no te impresionaría su aspecto. Tú sólo pedirías conocer al niño para mimarlo y amarlo, sin condiciones ni prejuicios».

—Si el oncólogo te hará un trasplante de médula, ¿por qué dices que estás muriéndote?

—No sé cómo explicarlo. Se trata de una certeza. El doctor Moretti intentará el trasplante, pero no tiene esperanzas, aunque no me lo diga. Lo hará porque es una suerte que Kolia sea compatible conmigo en un noventa y ocho por ciento. Es inusual.

—¿Kolia? ¿Así llamas al niño?

—Sí. Es el diminutivo de Nicolai. ¿Te gustaría conocerlo?

—Aguarda un instante, Tasha. Por favor, dame un momento para acomodar todo lo que me has soltado.

—Sí, sí, por supuesto. Perdóname. He esperado tanto tiempo y ahora que te tengo aquí, quiero explicarte cómo fueron las cosas. ¡Te he extrañado tanto, Eliah!

—¡Cuántos errores cometiste, Natasha! —le reprochó Al-Saud, y se arrepintió de inmediato cuando los ojos celestes de la joven se tornaron sombríos—. No hablo de las películas que te viste forzada a filmar en Sebastopol. Ni por un instante pienses que me refiero a eso. No debiste huir de París sin hablar conmigo. ¿Acaso no sabías que podía protegerte?

—Ese hombre me aterró. ¿Imaginas lo que significó entrar en mi departamento y encontrarlo, muy cómodo, sentado en mi sillón? Se movía como si fuese *su* casa. Sabía todo acerca de mí. Incluso sabía dónde vivían mis hermanos y mi madre en Yalta. ¡Me dio la dirección exacta! Y también amenazó con matarlos si no te abandonaba y desaparecía. Yo sé que no mentía.

Mónica se presentó en la sala y se plantó frente a ellos. Habló con una sonrisa, aunque con autoridad.

—Señora Tasha, ¿por qué no se recuesta un poco? Mañana la espera otra sesión de quimio y tiene que estar fuerte.

—Mónica, trae a Kolia. ¿Está dormido?

—No, señora. Está jugando en la cuna.

—Tráelo.

Al-Saud se inquietó y de nuevo abandonó el sillón. De manera inconsciente, caminó hacia la salida. Necesitaba alejarse, tomar distancia. No quería conocer al niño, no tenía deseos de verlo, al menos no en esas circunstancias en las cuales no era dueño de sí. Sus músculos se estremecieron al oír los gorgoritos de un bebé y «¡Kolia, tesoro! ¡Ven con mamá!». Como Natasha hablaba en ucraniano, que es muy parecido al ruso, Al-Saud la comprendió. Se dio vuelta. El niño lo miraba fijamente y con una expresión seria, en absoluto agresiva; lo observaba con curiosidad. Lo juzgó un bebé hermoso, el cual, salvo en los ojos celestes, no semejaba en nada a Natasha; de hecho, dada su piel cetrina y el pelo abundante y negro, no parecía hijo de ella.

Kolia estiró el brazo en dirección a Al-Saud y emitió unos sonidos inentendibles.

—Kolia —pronunció Natasha—, te presento a Eliah, tu papá.

Al-Saud tenía ganas de ponerse a gritar. ¿Qué se suponía que debía hacer? ¿Qué se suponía que debía sentir? «Matilde, ayúdame.» Murmuró una disculpa y aseguró que volvería. Arrancó la chamarra del perchero y salió de la casa.

⁘ ❦ ⁘

Esa misma noche del jueves, desde una suite en el Hotel Principe di Savoia, Al-Saud telefoneó a Natasha para disculparse por su salida intempestiva y cobarde y prometió acompañarla al día siguiente a la sesión de quimioterapia. Después, realizó otras tres llamadas, la primera, a su hermana Yasmín.

—Te necesito el sábado por la mañana en Milán.

—¿Ah, sí? Y yo quiero la colección completa de dijes de Tiffany. Para caprichos, no hay quien me gane, hermanito.

—Yasmín, no estoy para bromas. Éste es un asunto muy serio. Usa el Learjet de la Mercure. Está estacionado en Le Bourget y nadie lo utilizará. Llamaré a Thérèse para que arregle el vuelo para el sábado a las nueve de la mañana. Te quiero aquí antes del mediodía. Iré a buscarte a Linate.

—Eliah…

—Trae tu equipo. Harás dos extracciones de sangre que quiero que analices en tu laboratorio.

—¿Qué tipo de análisis quieres que haga?

—De ADN. Te lo explicaré el sábado. Ahora tengo que colgar.

Llamó al celular de Zoya.

—*Chéri, quelle joie!*

—Zoya, escúchame. Encontré a Tasha.

—*Quoi!*

—Sí, hoy estuve con ella.

—¿Cómo está?

—Muy mal. Te necesita. Quiero que viajes a Milán.

—¿Ahí está? ¿En Milán?

—Sí. Te quiero aquí mañana mismo. ¿Tienes algún compromiso importante?

—No... A ver, déjame consultar mi agenda. —Al cabo, aseguró—: Tengo dos compromisos sin importancia. Nada que no pueda cancelar, *chéri*.

—Bien. Anota la dirección.

—Dime, aquí tengo papel y lápiz. —La repitió para corroborar que la había escrito correctamente—. ¿Qué le diré a Raemmers si me llama para una misión? —Zoya, prostituta ucraniana de alto vuelo, contaba con dos grandes proveedores de clientes: la empresa de Al-Saud, Mercure S.A., y el grupo militar de élite de la OTAN, *L'Agence*, cuyo jefe era el general danés Anders Raemmers. Ambas instituciones estaban muy conformes con su desempeño. No obstante, la fidelidad de Zoya era para Al-Saud, a quien le debía la vida.

—Yo me ocuparé del general. Tú procura llegar mañana.

—Sí, cariño. Allí estaré.

Por último, llamó a Oscar Meyers. El alemán no se reponía de la humillación que había significado que un terrorista palestino lo burlara y se escapara por los techos de la casa de la *Quai* de Béthune.

—¿Qué puedes informarme de Matilde?

—No ha salido, jefe. Se la pasó dentro del departamento de Blahetter.

—¿Estás seguro?

—Afirmativo. A través del transistor de rastreo satelital que Alamán colocó meses atrás en la bolsa de la doctora Martínez, la he oído hablar todo el día. Está ahí, no se preocupe.

¿Hablar todo el día? ¿Acaso no había descansado?

—¿Con quién habló?

—Habló mucho por teléfono. Como lo hacía en español, ni Dario ni yo comprendimos nada. Habló con Blahetter y con Trégart. También con las sirvientas.

Al-Saud elevó los ojos al cielo y se mordió el labio.

A la mañana siguiente, mientras preparaban a Natasha para la sesión de quimioterapia, Al-Saud tuvo oportunidad de conversar a solas con el doctor Moretti, el oncólogo, quien le explicó el porqué de la necesidad de matar células cancerígenas alojadas en la médula antes del trasplante: liberar espacio para colocar las células madre.

—El trasplante de médula es un paso solamente, señor Al-Saud. Después hay que esperar que las células madre produzcan glóbulos blancos normales. Eso a veces no ocurre.

Natasha regresó con muchas náuseas y vomitó de a ratos durante horas. Mónica la asistía en tanto le echaba un ojo a Nicolai, que jugaba dentro del corralito en el comedor. Al-Saud, sentado en el sillón, con un brazo extendido sobre el respaldo, tamborileaba en el tacón de la bota que descansaba sobre la rodilla y observaba al niño que jugaba con pelotas y muñecos de peluche. ¿Cuántos meses tendría? Calculó que, si Natasha estaba de cuatro al huir de París a fines de septiembre, la criatura había nacido hacia finales de febrero, por lo tanto, cumpliría siete meses en unos días. Sonrió a pesar de su disposición cuando Nicolai se estremeció y se asustó ante el rebote inesperado de una pelota, que le dio en la frente. No lloró, sino que siguió con la vista el recorrido de la pelota hasta que se detuvo. Volvió a sujetarla y a lanzarla, sin obtener el mismo resultado. Que no llorara agradó a Al-Saud. Sonrió de nuevo cuando el niño sujetó un cubo con ambas manos y lo atacó con las encías de manera feroz, como un león royendo un hueso. Achinaba los ojos y aplicaba fuerza con tenacidad.

—Le están saliendo los dientes —explicó Mónica, y lo levantó—. Le molestan mucho las encías.

—¿Cuántos meses tiene?

—El 22 cumplirá siete.

—¿Cómo está Natasha?

—Se durmió, gracias a Dios.

—Mónica, prepare una lista con todo lo que necesite, ya sea del supermercado o de la farmacia.

Apenas sonó el timbre del interfón, Al-Saud se apresuró a contestar. Era Zoya.

—Aguarda un momento. Ya bajo.

En la planta baja, Eliah cargó el equipaje de la mujer ucraniana en el automóvil alquilado y le indicó que ocupara el sitio del acompañante.

—Ven, vamos a hacer unas compras. En el camino te contaré lo ocurrido. Tienes que estar preparada.

Zoya, normalmente expansiva y locuaz, iba desmoralizándose al compás de las declaraciones de Al-Saud. La cajera del supermercado Esselunga le echaba vistazos disimulados, mientras Zoya lloraba y hablaba en francés de un modo acalorado.

—¿Y has esperado a decirme que es muy probable que muera, aquí, en el supermercado, donde no puedo llorar?

—Estás llorando —le marcó Al-Saud.

—¡Mierda, Eliah! ¿No tienes corazón? ¡Y desde ahora te digo que esa criatura es tuya! Si Tasha lo dice, así es.

Natasha, que se había levantado y jugaba con Nicolai en la sala, sufrió una emoción intensa al descubrir a Zoya, su amiga de la infancia, junto a Al-Saud. Se abrazaron, lloraron y se confesaron sentimientos al unísono. Al-Saud se dedicó a analizar el comportamiento del niño, que estudiaba a las mujeres con la misma expresión curiosa con que lo había estudiado a él el día anterior. Al cabo, aburrido de tanta alharaca y llanto, suspiró con el aire de un viejo sabio, lo cual provocó un conato de sonrisa en Al-Saud, y siguió jugando con un teléfono cuyos botones desprendían sonidos y luces de colores. Su entretenimiento y su tranquilidad duraron poco. Zoya lo levantó y lo hizo dar vueltas y lo besó y lo sacudió hasta que Nicolai le regurgitó en la cara. Al-Saud explotó en una carcajada cuando Zoya, tuerta a causa del vómito lechoso, devolvió el niño a su madre y le permitió a Mónica que la llevara al baño.

—Gracias por traerla —susurró Natasha—. Me ha dicho que se quedará conmigo por un tiempo.

—¿Tienes lugar donde acomodarla o prefieres que le alquile un departamento?

—No, no, de ninguna manera. Éste es un sillón cama. Podrá quedarse acá.

—Natasha, mañana llegará de París una persona de mi absoluta confianza que nos extraerá sangre a mí y al niño. —No entendía por qué le costaba pronunciar su nombre—. Es para realizar los análisis de ADN.

—Está bien, Eliah. Te comprendo. Es lógico que no creas en mí. Estuvimos saliendo sólo unos meses. Luego yo desaparezco y ahora te sorprendo con la existencia de un hijo. Es natural que quieras tomar recaudos.

—Si los análisis ratifican que él es mi hijo, iniciaré los trámites legales para reconocerlo.

Natasha extrajo una tarjeta de su bolsa y se la extendió a Al-Saud.

—El abogado Luca Beltrami está al tanto de todo. Él redactó el testamento donde indico mi voluntad de que Kolia viva contigo a mi muerte. ¿Me prometes que si muero, lo llevarás a vivir contigo, que lo querrás y que siempre te ocuparás de él?

—No morirás, Tasha.

—Pero en caso de que suceda, ¿lo harás, Eliah?

—Sí, lo haré.

En ese instante, mientras formulaba una promesa que le cambiaría la vida, el rostro de Matilde se presentó ante él, y una euforia se apoderó de su ánimo, y se volvió tan fuerte y dominante que lo impulsó a extender el brazo y a tocar a Nicolai por primera vez, y, mientras le acariciaba el cachete suave y abultado, le hablaba con el pensamiento: «Si tu mamá muere (ojalá que no), te daré otra, que es mi tesoro y el amor de mi vida, y que te hará feliz pese a todo».

Nicolai atrapó el índice de Al-Saud con una fuerza insospechada para alguien de su tamaño y se lo llevó a la boca para rascarse las encías. Natasha y Al-Saud rieron.

⁓ ✂ ⁓

El Learjet 45 aterrizó en el Aeropuerto de Linate, y Yasmín Al-Saud descendió por la escalerilla con su maletín de bioquímica y un pequeño refrigerador portátil de batería como único equipaje. No se quedaría a pasar la noche en Milán. Apenas obtuviera las muestras de sangre, volvería a París.

Avistó a su hermano Eliah en la sala de llegada. Lo vio apartarse los lentes Ray Ban Clipper y colocarlos sobre la coronilla. Lucía más sombrío y serio que de costumbre. Se saludaron con dos besos.

—Gracias por venir.

—De nada. Lo único que quiero es regresar apenas termine las extracciones.

—Eso está arreglado. Yo mismo te traeré al aeropuerto.

Al-Saud manejó en silencio durante unos minutos. Yasmín quería hacer preguntas y no se atrevía. Al cabo, reunió valor.

—¿A quién le extraeré sangre?

—A mí y a un bebé de siete meses. —El corazón de Yasmín se sacudió y comenzó a palpitar velozmente—. Por supuesto —habló Al-Saud después de una pausa—, la madre dice que es mi hijo y quiero comprobarlo.

—¿Tú no crees que lo sea?

—Siempre me cuidé. Jamás, ni una vez, olvidé hacerlo. Por eso me cuesta creer que sea mío.

—¿Y si lo es?

—Lo reconoceré. Pero sólo me fío de ti para esto. Quiero que seas tú la que me diga si el niño es mío.

—¿Cómo se llama? El niño —aclaró.

—Nicolai.

—Nicolai. Qué bonito nombre. ¿Es un nombre ruso?

—Sí. Su madre es ucraniana.

—Y ella, ¿cómo se llama?

—Natasha. Está enferma. Leucemia.

—Lo siento, Eliah.

A Yasmín la conmovió el cuadro que componían la mujer flaca y con un pañuelo en la cabeza y el niño sonriente que se movía en sus brazos. El aspecto saludable del bebé, con sus mofletes y sus ojos celestes y brillantes, contrastaba con el demacrado y enfermizo de la mujer. No sintió celos de Natasha, como solía ocurrirle con las mujeres de su hermano, sino que le inspiró compasión y ternura. La pasmó el anhelo que se apoderó de ella: quería que ese bebé fuera su sobrino. Pocas veces había visto un bebé tan hermoso y vivaz. Reía, se ponía serio, se rascaba las encías, mojaba las mejillas de su madre cuando ésta le pedía un beso, sacudía la sonaja, le extendía los brazos a la sirvienta, pero nunca lloraba, ni siquiera cuando le extrajo sangre. Los intentos por distraerlo resultaron vanos; Nicolai quería mirar, por lo que observó, con gesto solemne, mientras Yasmín le hundía la aguja en la vena braquial de la cara externa del antebrazo rechoncho. Frunció el entrecejo, apretó los labios y, a punto de soltar el llanto, Zoya comenzó a cantar, a hacer muecas y a bailar, y Kolia, como lo llamaban, se echó a reír.

De camino al aeropuerto, Yasmín se la pasó hablando del niño. Al-Saud guardaba un mutismo apesadumbrado. Al final, como no obtenía respuestas ni comentarios, la joven se calló.

—Yasmín —dijo Al-Saud una vez llegados a Linate—, no quiero que comentes con nadie acerca de esto. Con nadie —remarcó.

—Pero…

—Escúchame bien, Yasmín. Si se lo mencionas a alguien, la próxima misión de Sándor será en Kuala Lumpur.

—¡Uf, eres insufrible!

—¿En cuántos días tendrás los resultados?

—En diez días, más o menos.

Al-Saud permaneció en Milán hasta el martes 22 de septiembre. Dividía su tiempo entre visitas a Natasha y su trabajo, que lo llevaba a cabo desde la habitación del hotel. Natasha se percataba de que, si bien Eliah no hablaba mucho y conservaba el aire severo, los arranques turbulentos del primer día se habían esfumado. Aunque no tocaba a Nicolai, se sentía atraído por su mansedumbre; cuando el niño estaba cerca, Al-Saud no apartaba los ojos de él. Kolia se familiarizó con la presencia del extraño y le ofrecía sus muñecos y su chupón, pero no le extendía los brazos.

El martes por la tarde, Al-Saud se detuvo en el departamento de la *via* Taormina para despedirse. Apartó a Zoya para entregarle dinero y darle las últimas indicaciones.

—Ante cualquier problema, llámame, no importa la hora.

—Lo haré, *chéri*.

Natasha se aproximó con una expresión desahuciada, los ojos colmados de lágrimas y un temblor en la barbilla.

—He depositado veinte millones de liras en tu cuenta corriente. Es algo más de diez mil dólares —aclaró—. No quiero que ni tú ni el niño pasen necesidad. Úsalo como juzgues mejor. Si necesitas más, llámame al celular y haré una transferencia.

Natasha abrazó a Al-Saud y se echó a llorar. Él la apretó contra su cuerpo y siseó para calmarla.

—Todo va a estar bien, Tasha. Ya verás.

—¿Tú crees? Deseo tanto ver crecer a nuestro hijo.

—Lo harás.

—Gracias, Eliah. Por todo. ¿Cuándo volverás?

—Pronto.

⚜

El martes 22 de septiembre por la mañana, Ezequiel conducía a Matilde y a Juana a la sede de Manos Que Curan, en la calle Breguet, para realizar el *debrief*, una especie de informe oral ante el personal jerárquico de la organización como también ante el jefe de la misión en el Congo, el doctor Jean—Marie Fournier, y el jefe de la misión en Rutshuru, el doctor Auguste Vanderhoeven.

Matilde, que ocupaba el sitio del acompañante en el Porsche 911 de Ezequiel, giró en el asiento y dirigió un vistazo a Juana, que iba inusualmente callada en la parte trasera y que observaba las construcciones parisinas con desinterés. No había desplegado ese estado de abatimiento y desazón ni siquiera en la tarde en que le anunció que había terminado con Jorge, su amante del Hospital Garrahan.

Se había aparecido muy temprano el viernes en casa de Jean—Paul Trégart, cargando con las maletas y una cara hinchada y enrojecida por el llanto. Matilde, agotada por el viaje y por el síndrome de los husos horarios, seguía durmiendo. Se despertó a causa de un llanto desgarrador. Se echó la bata encima y salió de su habitación. Encontró a Juana en el vestíbulo, llorando en los brazos de Ezequiel. Se desesperó, no sabía qué pensar, ¿habría muerto Jérôme y no sabían cómo decírselo? Sin quererlo, se le escaparon unos gemidos, y atrajo la atención de Juana, que la descubrió al inicio de la escalera, en bata y con cara de desolación.

—¡Shiloah me dejó! —lloriqueó—. Me dejó por la misma razón por la que tú dejaste a Eliah. ¡Porque no puede tener hijos! ¡Son los dos unos hijos de puta! —vociferó, y Ezequiel la apretujó y le pidió que se calmara.

—¿Shiloah no puede tener hijos? —La voz de Matilde emergió con una calidad ronca.

—Sí, puede —contestó Ezequiel—, pero no quiere porque en su familia existe una enfermedad hereditaria.

—Porfiria —balbuceó Juana, menos belicosa.

Matilde evocó el diálogo con Al-Saud en la Misión San Carlos, cuando él le habló de Gérard Moses, su mejor amigo y hermano mayor de Shiloah, que padecía esa enfermedad.

Ezequiel consiguió que Juana se tranquilizara y la mandó a refrescarse al mismo dormitorio que había ocupado antes de viajar al Congo. Matilde intentó tocar a su amiga cuando ésta pasó a su lado, pero Juana apartó el brazo y le lanzó un vistazo resentido. Conversaron acerca de la porfiria y de la actitud de Shiloah Moses mientras desayunaban. Jean—Paul Trégart preguntó si existía algún estudio genético previo a concebir que asegurase que el esperma de Moses, el que podría usarse en una inseminación artificial, por ejemplo, estuviera libre de porfiria. La respuesta unánime de Juana y de Matilde fue «no».

—Pueden adoptar —sugirió el hombre.

—Yo no tendría problema —manifestó Juana—. Él no quiere.

A lo largo del fin de semana, Matilde vio a Juana dejar un mensaje tras otro en el buzón del celular de Shiloah. Por el semblante que cargaba el domingo por la noche, resultaba evidente que el israelí no había respondido a ninguno.

—Es difícil para ti, que estás sana y puedes engendrar sin problema, comprender lo que nos sucede a Shiloah y a mí —tentó Matilde, el lunes por la mañana, cansada del silencio rencoroso de su amiga.

—¡Ay, Matilde, no me vengas con ésa! Los dos, tanto Shiloah como tú, son unos orgullosos que no soportan tener defectos —afirmó, e hizo el ademán de entrecomillar la última palabra.

—No es así —se defendió Matilde, sin elevar la voz—. Queremos que ustedes sean felices y sabemos que a nuestro lado no lo serán.

—¿No ves lo que te digo? —la encaró Juana—. Son unos pedantes de mierda que se creen con derecho a decidir lo que nosotros debemos o no debemos sentir. ¡Yo amo a Shiloah! ¡Eliah te ama a ti! ¡Queremos estar con ustedes! ¡A la mierda con los hijos!

—Ahora Eliah no me ama ni quiere estar conmigo.

—Porque hiciste lo imposible para ponerle los huevos de este tamaño —levantó los brazos a la altura de los hombros—. Detrás de tanta mierda,

Matilde, sigue latente tu inseguridad, tu vergüenza y tu culpa por ser estéril. Todo eso te lleva a boicotear tu relación con él de manera inconsciente.

Ese martes por la mañana, la ira de Juana parecía haberse consumido. Guardaba silencio dentro del automóvil y no señalaba las bellezas parisinas como de costumbre. Matilde extendió el brazo y le tocó la rodilla. Juana tardó en volver el rostro hacia ella. Le sonrió con timidez, y Juana se quedó mirándola con expresión seria, aunque mansa.

—No te des por vencida —la alentó Matilde—. Lucha por él.

—No tengo ganas. No se lo merece. ¡Judío de mierda!

—Ahora, ¿quién está siendo orgullosa?

Al detenerse frente a la sede de Manos Que Curan y descender del Porsche, Matilde atisbó a un hombre detrás de ella e intuyó que era empleado de la Mercure y enviado de Eliah para cuidarla. Le llegó el turno a Matilde para enfurecerse. Si Al-Saud no la quería a su lado, si lo había cansado y la despreciaba, ¿qué le importaba si el gigante con voz de robot la asesinaba?

Se despidieron de Ezequiel, que, antes de marcharse a una sesión fotográfica, les reiteró que no abandonaran el edificio de Manos Que Curan hasta que el chofer de Trégart las recogiera en un par de horas. Entraron en la sede del organismo humanitario. Matilde tuvo la impresión de que habían transcurrido años desde su última visita cuando, en realidad, se había tratado de poco más de cinco meses.

El presidente de Manos Que Curan tomó parte del *debrief* como acto de deferencia por la situación escalofriante que las muchachas habían atravesado en el Congo, en especial Matilde. Les informó que, tras lo sucedido en la misión de las Hermanas de la Misericordia Divina, Manos Que Curan había decidido interrumpir el trabajo en el Congo oriental.

—Espero que no sea por mi culpa —se angustió Matilde—. En realidad, fue una imprudencia de mi parte salir del…

El presidente de la institución la acalló levantando la mano y negando con la cabeza.

—No fue por tu culpa, Matilde.

—Menos mal que se lo aclara, doctor Pessant —dijo Juana—, porque Matilde se cree culpable hasta del hueco en la capa de ozono.

Tras unas risas que aligeraron el ambiente, Pessant prosiguió.

—La situación en la parte oriental del Congo es de altísimo riesgo. —Matilde apretó las manos al pensar en Jérôme—. Habría resultado suicida permanecer ahí. Lo sabíamos cuando se declaró la guerra el 2 de agosto y sostuvimos la misión hasta que se pudo. De igual modo, seguiremos suministrando medicamentos, comida y lo que sea necesario para aliviar la situación de los refugiados. —Pessant tomó varias hojas de una carpeta–. Aquí tengo los informes que sus jefes hicieron acerca de su trabajo. Tengo que decir que son excelentes.

–¡Qué bueno! –exclamó Juana, en tanto Matilde desviaba la mirada hacia Auguste Vanderhoeven y lo contemplaba con agradecimiento. Había temido que mencionara las incursiones nocturnas de su amante en la casa de Manos Que Curan, algo que le habría valido la expulsión de la institución.

–Nos gustaría seguir contando con ustedes. Han realizado un trabajo estupendo en el terreno. ¿Qué planes tienen? Por supuesto, después de unas semanas de descanso y previo a la consulta con la psicóloga para analizar el impacto emocional de estos meses en el Congo.

–Yo pienso regresar a mi país –anunció Juana–. Extraño mucho a los míos. En cuanto al futuro, aún no sé qué haré. Tal vez regrese a trabajar al hospital pediátrico de Buenos Aires.

–Y tú, Matilde, ¿qué planes tienes?

–Seguir trabajando para Manos Que Curan.

⊰ ❧ ⊱

–¡Por aquí, doctora Martínez! –la llamó un hombre alto, delgado, aunque de aspecto sólido, apostado frente a la entrada de la sede de Manos Que Curan–. ¿Se acuerda de mí? Soy Dario Sartori.

–Sí, claro. A usted lo recuerdo del Congo. No hacía un misterio de su trabajo y me lo topaba cada vez que salía al jardín del hospital en Rutshuru. Es empleado de la Mercure y el señor Al-Saud lo apostó para espiarme, ¿verdad?

–No, no, para que la espiáramos no. Para que la protegiéramos.

–La Diana me llamó para avisarme que los reemplazarían, a ella y a Sergei, por unos días.

–Por favor –la instó Dario Sartori, mientras echaba vistazos nerviosos al entorno solitario de la calle Breguet–, suban al auto.

–No, gracias –replicó Matilde–. Vendrá a buscarnos el chofer de un amigo.

–¡Ah, no, Mat! –intervino Juana–. No pienso quedarme a esperar al chofer de Trégart. Vaya a saber cuándo se desocupa. ¿Cómo es su nombre? –se dirigió a Sartori en inglés.

–Dario Sartori. –Extendió la mano para saludarla.

–Vamos, Mat. Dario nos llevará a la casa de Ezequiel.

Con tal de complacer a su amiga después de esos días de llanto, furia y resentimiento, Matilde asintió.

—Llévenos al George V, señor Sartori.

—Por supuesto.

—No quiero ir al George V —se inquietó Juana—. Me trae pésimos recuerdos.

—Espérame en el auto. No tardaré más que unos minutos.

—¿Para qué vas al George V?

Matilde la contempló de soslayo y no le respondió. En las oficinas de la Mercure, en el octavo piso del Hotel George V, se le aplacó la rabia gracias al recibimiento que le dispensaron Thérèse y Victoire, las secretarias de Al-Saud. La estrecharon en un abrazo y le confiaron que se habían enterado del incidente en el Congo a raíz del cual había terminado en un hospital de Johannesburgo.

—La señorita Yasmín nos contó —explicó Victoire.

—Estoy bien —aseguró Matilde, y, aunque Thérèse y Victoire sonrieron y asintieron, no lo juzgaron así. Se la veía enflaquecida y pálida. Sus ojos parecían ocupar gran parte del rostro de pómulos sobresalientes y mejillas sumidas.

—¿Podría hablar con Eliah? —se atrevió a preguntar.

—No está, Matilde —le informó Victoire—. Ha salido de viaje.

—Necesito hablar con él.

—¿Has intentado llamarlo al celular? —sugirió Thérèse.

—No contesta mis llamadas —dijo, sin más, y las secretarias, en un acto reflejo, levantaron las cejas y entreabrieron los labios, los cuales sellaron de inmediato.

Se abrió la puerta principal, y Alamán entró con una sonrisa que le iluminaba el rostro oscuro y que se profundizó al toparse con Matilde.

—¡Mat! —exclamó, y la levantó en el aire para besarla en ambas mejillas—. ¡Qué alegría tan grande!

La emoción de Matilde le impidió contestar. Las oficinas del George V, ese vestíbulo, la sala de reuniones que se avistaba tras el resquicio de la puerta, las secretarias, Alamán, cada persona, cada sitio, cada detalle acarreaba memorias que, a pesar de ser felices, la embargaban de una tristeza insondable.

—¡Qué alegría le daré a José cuando le cuente que estás aquí! Espera, espera que ahora mismo la llamo. ¿Sabes? —dijo, mientras marcaba el número en su celular—. Acabamos de llegar de nuestra luna de miel. Amor, ¿a que no adivinas con quién estoy? ¡Con Matilde! —Matilde sonrió cuando el grito de alegría de Joséphine se coló por el teléfono—. Sí, sí, se lo diré. —Alamán cortó la llamada y, con una sonrisa que le desvelaba por completo la dentadura, le anunció—: Joséphine quiere que te lleve a casa y que almuerces con nosotros. Vamos, Dario, tú también estás invitado.

El departamento de Alamán Al-Saud, en el 58 de la calle de Varenne, frente al Hotel Matignon, el palacete que sirve de residencia oficial al primer ministro francés, se destacaba por un estilo clásico y un lujo que en nada se relacionaban con la sencillez y el espíritu joven de su propietario. Juana avanzó por el vestíbulo al tiempo que giraba la cabeza y lanzaba vistazos apreciativos. Soltó un silbido.

—Cabshita, esto es como un palacio.

—No pienses que tengo algo que ver con la decoración. Es obra de mi mamá.

—Pues tu mamá tiene muy buen gusto.

—A Joséphine le agrada —dijo, y sacudió los hombros.

Joséphine llegó corriendo y se secó las manos en el delantal antes de abrazar a sus amigas.

—Nunca sabré —le comentó Alamán a Sartori— cómo hacen las mujeres para hablar al mismo tiempo y entenderse.

—Y te aseguro, Alamán —aportó el italiano—, que no pierden una línea de lo que se dicen a gritos.

Detrás de Joséphine, apareció el fiel Godefroide Wambale, cuyo rostro había cobrado una fiereza renovada a causa del machetazo que lo surcaba al filo, desde la frente hasta el mentón. Matilde no se intimidó ante el corpacho y la mirada ominosa del congoleño. Le sonrió y le extendió la mano, que el hombre apenas apretó. Joséphine se colgó del cuello de su fiel sirviente y lo besó en la mejilla, sobre la cicatriz.

—Yo quiero que se someta a una cirugía plástica que haga desaparecer el machetazo —Wambale pronunció un gruñido—, pero como Alamán opina que le sienta muy bien a su cara de malo, ha decidido dejársela.

—Querido Godefroide —dijo Juana—, te convertirás en el capricho exótico de todas las parisinas, acuérdate de lo que te digo.

—¡Dios me libre y me guarde de las mujeres! —masculló, y regresó a la cocina.

Durante el almuerzo, Joséphine comentó que, como Manos Que Curan había levantado el programa en el Congo oriental, N'Yanda y Verabey se habían quedado sin trabajo, por lo que ahora cuidaban y mantenían limpia *Anga La Mwezi*, la hacienda de Joséphine en Rutshuru, todavía custodiada por Amburgo Ferro y por Derek Byrne, dos elementos de la Mercure. La noticia cambió el semblante taciturno de Matilde por uno sonriente; hacía tiempo que quería hablar con N'Yanda.

—Eliah y yo terminamos —le confesó Matilde a Joséphine en un espacio apartado.

—Alamán me lo dijo. La última vez que estuve con Eliah fue en mi boda. Tenía una cara... Yo supuse que era porque tú estabas internada en el hospital de Johannesburgo. Después, Alamán me explicó. ¿Qué sucedió, Matilde? Ustedes dos se aman tanto.

—Fue mi culpa, José. Le dije que no confiaba en él, que no lo respetaba. Lo cansé con tanto cuestionamiento.

Joséphine la envolvió con sus brazos y le besó la sien.

—Volverá a ti, Matilde. ¿Cómo puedes dudar de eso?

—No lo creo, José. Él es orgulloso e independiente. No creo que vuelva.

~: ⚶ :~

Apenas el Gulfstream V abandonó el Aeropuerto de Linate con destino a Riad, la capital de Arabia Saudí, Al-Saud solicitó a Natalie, la azafata, que le trajera el teléfono encriptado. La joven mujer se lo entregó y Al-Saud pasó el pulgar sobre el lector digital e ingresó su clave para activarlo. Telefoneó a las oficinas de la Mercure. Atendió Thérèse, que le resumió las llamadas y le detalló la resolución de los asuntos pendientes.

—Señor, llamó un tal Rafik y dejó un mensaje para Aymán. Pidió que Aymán se comunicara con él.

—Gracias, Thérèse. ¿Alguna otra cosa?

—Sí. —Al-Saud advirtió que la mujer dudaba—. Matilde estuvo aquí hoy, al mediodía. —El silencio se prolongó unos segundos—. Quería hablar con usted.

—¿Estaba sola?

—No. Dario Sartori la acompañaba. Después llegó su hermano Alamán y la llevó a almorzar a su casa.

—¿Qué quería?

—Hablar con usted, señor. No mencionó acerca de qué tema.

—Gracias, Thérèse.

Enseguida marcó el teléfono de la casa de su hermano Alamán. Atendió una mujer del servicio doméstico. Alamán tardó en tomar la llamada.

—¡Ah, hermanito! —La alegría constante y empalagosa de su hermano desde el matrimonio con Joséphine Boel comenzaba a fastidiarlo—. ¿Cómo estás?

—No tan bien como tú. Dime, Alamán, ¿Matilde está ahí, en tu casa?

—Se fue hace un rato.

—¿Con quién?

—Con Dario Sartori.

—¿Cómo la viste?

Las comisuras de Alamán descendieron lentamente y cambió el tono para pronunciar:

—No muy bien, a decir verdad. Pesa lo mismo que una niña.

—¿Cómo lo sabes? —Al-Saud se incorporó en la butaca—. ¿Acaso la levantaste?

—No seas enfermo —protestó Alamán—. Me dio mucha alegría encontrármela en el vestíbulo de la Mercure y la levanté al saludarla, como lo habría hecho con Yasmín.

—No vuelvas a hacerlo, Alamán. Te prohíbo que vuelvas a hacerlo.

—¿Quién eres tú para prohibírmelo? ¿Acaso no terminaste con ella? —El acento burlón de su hermano lo irritó—. Decidiste romper con ella, Eliah. ¿O lo has olvidado?

—Ése no es un asunto de tu incumbencia.

—Tampoco es tu asunto si la levanto por el aire. Y será mejor que te apresures a decidirte si la dejas ir o si la quieres para ti porque hoy ella y Juana estuvieron en la sede de Manos Que Curan y esta noche saldrán a cenar con el belga ese por el que tanto afecto sientes.

—¡Vete a la mierda!

—No es a mí a quien tienes que mandar a la mierda, hermanito, sino al belga que quiere robarte la mujer.

Al-Saud cortó sin despedirse y se hundió en la silla con tanta violencia que los pulmones se le vaciaron de golpe y profirió un quejido que sobresaltó a Natalie. Cerró los ojos y se cubrió la frente con la mano. Estaba cansado, un poco aturdido, acechado por tantos problemas. Y para rematarla, el idiota reaparecía en escena. Se permitió soñar que, al regresar a París, Matilde lo esperaba en su casa de la Avenida Elisée Reclus, desnuda en la piscina, y que lo acunaba en el agua, entre sus pechos, mientras le aseguraba que todo iba a solucionarse. Adonde tratase de huir, Eliah volvía una y otra vez a un pensamiento recurrente: a Matilde y a cuánto deseaba volver a ella. No quería seguir adelante si Matilde no formaba parte de su vida. Antes, su existencia lo conformaba: la Mercure le proporcionaba la dosis de adrenalina necesaria para mantener satisfecho al Caballo de Fuego que habitaba en él, y las mujeres no constituían un problema: tomaba a la que le gustaba y por el tiempo que quería, como había sucedido con la famosa modelo Céline o con Natasha. Matilde había sido distinta desde el comienzo. Aún no se reponía de la irrupción de esa menuda pediatra argentina, cuya doble naturaleza, sutil como una brisa y poderosa como un huracán, le había desquiciado la existencia, le había trastornado el modo de vida y le había reacomodado los valores. No debía olvidar que ella no lo admiraba, ni lo respetaba, ni confiaba en él. ¿Cómo podía rogarle a una mujer que lo despreciaba? Sin duda, la excitaba, Matilde se sentía atraída por él y gozaba en sus brazos. No bastaba. Lo quería todo de ella, en especial, exigía su admiración y su devoción.

Pensó en el hijo de Natasha, y sacudió la cabeza como si con ese acto alejara las implicancias de que la joven ucraniana estuviera diciendo la verdad, que Nicolai era suyo. ¿Qué haría? Antes de conocer a Matilde, habría solucionado el asunto con espíritu pragmático. En ese momento, el deber lo impulsaba a cumplir con su rol de padre y hacer feliz al niño.

De manera extraña, como suelen entretejerse los pensamientos, se acordó de Udo Jürkens. El misterio en torno al ex miembro de la banda marxista Baader–Meinhof se tornaba más insondable con cada descubrimiento. ¿Por qué había ahuyentado a Natasha? No existían vínculos entre él y Jürkens. ¿O sí? Sus cavilaciones confluyeron en otro nombre: Anuar Al-Muzara. Recordó el encuentro con su cuñado y rememoró los esfuerzos en los que había caído para no preguntarle por Udo Jürkens y su participación en el asalto a la sede de la OPEP. No quería que el berlinés supiera que conocía su nombre ni que lo había reconocido en el Aeropuerto de Viena–Schwechat, si bien existía una gran probabilidad de que estuviera al tanto de esto último. Haber perdido la pista de Al-Muzara en París había significado un duro golpe a su estrategia para acabar con la amenaza de Jürkens, porque había contado con que su cuñado lo condujera a él. Le pediría a Peter Ramsay que investigara a Al-Muzara. Tenía que existir información acerca de él. El Mossad y la CIA debían de conocer aspectos de su vida que escapaban a su conocimiento. Así como Al-Muzara había encontrado en Matilde su talón de Aquiles, él encontraría el de Al-Muzara.

Consultó en su agenda electrónica antes de activar de nuevo el teléfono encriptado. La voz de Juana le hizo levantar apenas las comisuras.

—Hola, Juana, soy yo. Eliah.

—¡Papito! ¿Cómo estás?

Matilde, a pasos de su amiga en el vestíbulo del departamento de Trégart, empalideció de manera súbita. La decisión desplegada tan sólo unas horas antes al aventurarse en las oficinas del George V se desvaneció en un parpadeo.

—Sí, sí, aquí está conmigo. Te la paso. —Matilde agitó la cabeza y el índice, y Juana la obligó a acercarse—. Espera un momento, papito. —Cubrió el auricular—. Ven aquí, Matilde, no seas cobarde. ¡Ven! —masculló, y le mostró los dientes.

Al-Saud se dio cuenta de que Matilde estaba al teléfono y supo que no hablaría.

—¿Matilde? ¿Estás ahí?

—Sí, aquí estoy.

Al-Saud cerró los ojos y apretó el aparato. Aguardó a que el ardor en la garganta disminuyera. Carraspeó.

—¿Cómo estás? —No obtuvo respuesta—. ¿No vas a contestarme?

—No importa cómo estoy. —Matilde dio la espalda a Juana, que la amenazaba con gestos y ademanes.

—Sí, importa. A mí me importa.

—No lo creo —afirmó, de pronto endurecida, y agregó rápidamente, para evitar que la conversación tomara caminos por los cuales no deseaba transitar—: Gracias por llamarme. Necesitaba hablar contigo. Primero, quería agradecerte por haberme llevado en tu avión al hospital de Johannesburgo. Segundo, quería preguntarte si tienes novedades de Jérôme. Estoy muy angus... —La risita sarcástica de Al-Saud la detuvo—. ¿Qué pasa? ¿Por qué te ríes?

—Porque sabía que querías hablar conmigo sólo por eso, para saber de Jérôme.

—Me dijiste que te harías cargo de encontrarlo. Quiero saber.

—Por supuesto —contestó él, con acento de burla.

—¿Y? ¿Tienes alguna novedad? Estoy muriéndome de la angustia.

—No hay novedades —manifestó al cabo, de modo agresivo—. Cuando haya novedades que valgan la pena, me pondré en contacto contigo. ¿Algo más?

—Sí. Quiero que le digas a tu gente que ya no es necesario que me custodien.

Al-Saud se incorporó en la silla y perforó el espacio de la cabina con una mirada rabiosa.

—¿Qué? ¿Que no necesitas que te custodien? ¿No te acuerdas de quién estaba en la misión el día del ataque de los rebeldes?

—Eliah, ése ya no es tu problema. *Yo* ya no soy tu problema.

—¡Claro que lo eres! —la increpó en francés.

—¡No lo soy! Tú y yo no tenemos nada que ver. Lo dejaste muy claro aquella noche en Rutshuru, así que te pido que dejes de sentirte responsable por mi seguridad.

Al-Saud se oprimió los párpados con el índice y el pulgar hasta ver pintitas de colores. «Tú no eres mi problema, Matilde. Eres mi vida.» No seguiría discutiendo. Los dos estaban heridos y les costaba abandonar el pedestal de orgullo al que se habían montado.

—Está bien —claudicó—, no tendrás que seguir sufriendo el asedio de mi gente.

—Gracias —dijo, desapegada, altiva, y colgó el auricular—. No se te ocurra decirme una palabra —masculló al pasar junto a Juana. Entró en su dormitorio y se echó en la cama a llorar. ¿Qué había hecho? El orgullo acababa de convertirla en lo que no era, una mujer fría e interesada. ¿Por qué no le suplicó perdón? ¿Por qué no le dijo que Nigel le había contado la verdad acerca de su esposa Mandy? ¿Por qué no le aseguró que le importaban un comino las fotografías con Gulemale? ¿Por qué le exigió que le quitara los guardaespaldas? ¿Acaso se olvidaba del gigante que la perseguía? Ése había sido un acto de arrogancia imperdonable que podía costarle la vida. Por último, ¿por qué no le expresó cuánto lo amaba, respetaba y admiraba? El llanto recrudeció cuando Matilde comprendió que, tal vez, acababa de perder la única oportunidad de recuperarlo.

Al-Saud oyó el chasquido que indicaba que la llamada había terminado y se quedó mirando el aparato como un tonto. Matilde le había colagdo. «¡Qué momento de mierda!», se quejó, y enseguida los reproches surgieron uno tras otro. Insultó por lo bajo, mientras marcaba un nuevo número telefónico. Llamaba a la base de la Mercure, tres pisos bajo tierra en su casa de la Avenida Elisée Reclus. Pidió hablar con Stephanie, la jefa del Departamento de Sistemas.

—Stephanie, ordénales a Noah Keen y a Ulysse Vachal que regresen de inmediato a París. Y diles a Oscar Meyers y a Dario Sartori que asuman sus posiciones en Liberia. En cuanto a La Diana, asígnala desde mañana a la custodia de la mujer y de la hija de Yasser Arafat. A Markov dile que regrese al Congo. Pon al tanto de estos cambios a mis socios.

—Sí, señor. De inmediato.

—La nueva misión de Keen y de Vachal es la protección de un femenino el cual no debe saber que está siendo protegida. Me refiero al objetivo a cargo de Meyers y de Sartori en este momento.

—Sí, sí, la señorita Martínez.

—Quiero que La Diana y Markov pongan al tanto a Keen y a Vachal de los pormenores del caso.

—Así se hará, señor. Tenemos fotos actualizadas para mostrarles.

—Agregarás la que te enviaré en un momento —le ordenó, al tiempo que, con el teléfono sujeto entre el hombro y la oreja, tecleaba en la *lap top* para preparar un archivo encriptado con la fotografía que Sartori le había tomado a Anuar Al-Muzara en el cementerio de Bobigny. Conectó el cable de la línea telefónica del avión, especialmente instalado por Alamán, en la entrada del módem de su computadora y lanzó el programa de conexión a Internet. Minutos después, envió el archivo a la base.

~: ॐ :~

El miércoles 23 de septiembre, casi a las nueve de la noche, La Diana recibió un llamado desde la base, de Stephanie, el genio de las computadoras de la Mercure, para comunicarle que Al-Saud había dispuesto que integrara el grupo de custodia de Suha Arafat y de su hija de tres años, Zahwa. Tendría que haberse alegrado porque, al permanecer en París, seguiría adelante con las sesiones en el consultorio del doctor Brieger; sin embargo, no se alegró porque de inmediato pensó en Markov. Por orgullo y porque estaba acostumbrada a ocultarse y a proteger su corazón, no le preguntó a Stephanie si el ruso también formaría parte del entorno de la esposa del líder palestino.

Se hallaba inmersa en esas cavilaciones cuando oyó el timbre. Se puso de pie, nerviosa, se acomodó la blusa, se colocó el pelo suelto tras las orejas y echó un vistazo a la sala para comprobar que estuviera en orden. Levantó el auricular del interfón.

—¿Quién es? —preguntó en vano, pues sabía quién era. Nadie la visitaba excepto Sándor y Eliah, y ellos estaban de viaje.

—Sergei.

—Entra. —Oprimió el botón que activó el timbre de la puerta del edificio.

«Algún día», pensó, «tendré que aprender a controlar esta taquicardia que me asalta cada vez que estoy cerca de él». Sus latidos acelerados no sólo se debían a los nervios sino a la felicidad que significaba verlo otra vez. Markov había pasado la noche del viernes y la del sábado con ella. No había sucedido nada; él se limitaba a aceptar las migajas que ella le arrojaba, tan sólo unos abrazos y unas sonrisas, nada de besos ni intentos de tener sexo.

«Se cansará», había concluido el domingo por la tarde, mientras recorrían las góndolas de Carrefour, en el barrio de Auteuil, en el *Seizième Arrondissement*. Se preguntó qué diría la gente de ellos. «Pensarán que somos un matrimonio», caviló, y deseó que fuera cierto. Lo estudiaba de reojo, iba aprendiendo sus modos, conociendo sus gestos, descubriendo sus manías. En tanto Markov elegía la cafetera, La Diana se dio cuenta de que era puntilloso y detallista. Se imaginó a Sándor, que habría comprado cualquiera, o a Eliah, que habría elegido la más costosa. Él, en cambio, necesitaba conocer la oferta antes de decidir. Le gustó que, después de Carrefour, le propusiese buscar a Leila para llevarla al *Bois de Boulogne*. La pasmó que recordara ese detalle, que a Leila le encantaba montar en el *Bois de Boulogne*; se lo había comentado tiempo atrás cuando creía que no le prestaba atención.

—Sí, vamos a buscarla. Leila se pondrá feliz. Se siente sola sin Eliah ni Peter Ramsay.

Pasaron una tarde de risas y buena conversación, en la que Leila se mostró tan locuaz como no lo había sido en años, y, aunque la llamó Mariyana, no le molestó. Acabada la visita al *Bois de Boulogne*, Sergei la condujo a su casa. El corazón de La Diana palpitaba de dicha cuando el viejo Mercedes se detuvo frente a su edificio. Le sonrió con timidez, y Markov se ufanó de haber conquistado esa faceta tan recóndita de La Diana, que sólo a él se la ofrecía. Durante las semanas de adiestramiento en Papúa–Nueva Guinea y durante las transcurridas en la mina del Congo, la muchacha bosnia les había dejado en claro que, si bien su cuerpo proclamaba una índole de mujer, su espíritu era el de un hombre fuerte e implacable.

La Diana se quedó mirándolo y, pese a intentar cobrar un viso de seriedad, se sintió incapaz de deshacerse de la sonrisa estúpida que le mantenía levantadas las comisuras; estaba demasiado feliz y ansiosa. Quería contarle a Markov que visitaría al doctor Brieger al día siguiente; necesitaba compartir con él ese paso tan definitivo. Tal vez Markov no apreciara la decisión en su completa magnitud. Había conjurado una inmensa cuota de valor para fijar la cita, en la cual le abriría su corazón y su alma destrozados a un desconocido y evocaría las visiones más aberrantes de su vida.

—Gracias por haber invitado a Leila al *Bois de Boulogne*. Hacía años que no la veía tan contenta.

—Tú también pareces contenta.

—Lo estoy, Sergei. Han sido los mejores días de mi vida —manifestó, y desvió la vista, de pronto arrepentida de su sinceridad, no por la sinceridad en sí, sino por lo que podía desatar en Markov.

Markov rio, entre feliz y divertido, y bajó del Mercedes. Abrió la puerta del acompañante y extendió la mano hacia La Diana, que la contempló durante unos segundos antes de aceptarla. Subieron al departamento y, apenas cerró la puerta, La Diana se encontró entre los brazos del ruso y aprisionada contra la pared. La risa de él se había esfumado, de sus labios y de sus ojos, y la contemplaba con el hambre al que ella le temía como a nada. La superaba en varios centímetros, y sus hombros anchos y rectos le ocultaban la sala.

—Eres tan hermosa —le susurró, y La Diana percibió cómo la calidez de su aliento le golpeaba los labios y de qué manera una mano del ruso se las ingeniaba para enredarse en su cabello, en tanto la otra le aprisionaba la cintura.

Rogó para que la besara y también para que la soltara. Le temía a la reacción de su cerebro. Juzgó un buen indicio que le hubiera permitido llegar hasta ese punto en el cual se hallaba atrapada y sin posibilidad de escape. Por más que Takumi *sensei* asegurara que ella era una excelente luchadora y que no existía la situación de la que no se pudiera salir, La Diana sabía que no lograría escapar de la sujeción de Markov; era demasiado fuerte y en su cuerpo se advertían años de entrenamiento intensivo.

—Voy a besarte. No te asustes —la previno, y La Diana asintió y cerró los ojos.

Inspiró bruscamente al primer contacto y se puso de puntitas, el cuerpo tenso, los nervios de punta, incapaz de expulsar el aire. La boca de Markov se abrió para acariciar sus labios, y La Diana presintió que perdería el control. De pronto la asaltó un aroma desagradable, mezcla de sudor, tabaco y vodka; hacía años que no lo olía. «No, no», se instó, «es mi imaginación». Sin embargo, el aroma se intensificaba y la ahogaba. Oyó los gritos de Leila, a quien sometían en la tienda contigua. Cuando Leila, agotada, se callaba, La Diana oía el crepitar de los leños que alimentaban la fogata donde los soldados serbios entraban en calor y contaban chistes soeces mientras aguardaban el turno para ensañarse con las hermanas Huseinovic, las más bonitas del campo de concentración de Rogatica.

—Te deseo. Te deseo tanto —jadeó Markov, y su boca abandonó la de ella para deslizarse por su cuello, inconsciente del infierno que estaba desatándose en la mente de La Diana.

Sus manos le apretaron la parte más delgada de la cintura antes de ascender y acabar sobre sus pechos. A ese contacto, La Diana profirió un alarido que se sostuvo en la quietud del departamento. Para Markov fue como recibir un golpe. Saltó hacia atrás y presenció con un estupor impotente el derrumbe de la mujer que amaba, porque la amaba y no sabía cómo ayudarla. Oh, Dios, qué le habían hecho esos hijos de puta.

La Diana gritó en bosnio hasta lastimarse la garganta y arrojó manotazos y puntapiés con los ojos cerrados, y, cuando las fuerzas la abandonaron, resbaló por la pared y se encogió en el piso, donde se meció y lloró. Markov la contemplaba, impotente, confundido, desorientado, no sabía cómo actuar. Temía tocarla y desencadenar una nueva crisis. Se odió por haberla presionado; ella parecía tan contenta y ecuánime, se justificó. Se acuclilló cerca de ella.

—¿Qué te han hecho, mi amor? ¿Qué te han hecho esos hijos de puta? —La voz de Markov se quebró y, por mucho que apretó los labios, el sollozo que crecía en su pecho halló la salida.

Entre los sonidos del campamento, se coló uno nuevo, uno que en un principio La Diana no reconoció. Le costó identificarlo; se trataba del llanto de un hombre. En el campamento de Rogatica, las mujeres lloraban; los hombres, no; ellos vociferaban órdenes, se reían o jadeaban mientras violaban a las bosnias. Se atrevió a separar los párpados y, en tanto las imágenes de la tienda en el campo de Rogatica se desvanecían, la figura de Sergei tomaba cuerpo delante de ella. Los ojos de La Diana, inyectados de sangre, adquirieron una dimensión inusual ante la comprensión de lo que había sucedido.

—¡Oh, Sergei! —lloró—. ¡Oh, Dios mío, Sergei! ¿Qué he hecho?

Estiró el brazo, y Markov le aferró la mano. La atrajo hacia él y la cubrió con su cuerpo.

—Ya estás a salvo —le susurró, entre sollozos—. Ya pasó. Nunca más volverán a hacerte daño. Te lo juro por mi vida, Diana.

—¡Me destruyeron! ¡Estoy rota! ¡Dañada! ¡No soy una mujer!

—No, no, mi amor, no. No te des por vencida.

«No lo haré si tú no me dejas», habría dicho. No lo expresó porque lo consideró un pedido excesivo para lo que podía ofrecer.

Markov no pasó la noche del domingo con ella. La ayudó a acostarse y se marchó. A pesar del desánimo, el lunes por la mañana, La Diana acudió a la cita con el psiquiatra. El doctor Brieger poseía una cualidad que había conquistado a Leila, la de mostrarse humano y, al mismo tiempo, conservar una actitud profesional. La Diana estimó que debía de tratarse de un balance difícil de lograr, y, sin embargo, el hombre se comportaba con soltura y le contagió su comodidad.

Los primeros minutos, La Diana mantuvo la vista baja y guardó silencio. Cuando habló, lo hizo sin mirar a Brieger.

—Soy mujer por fuera, pero, por dentro, no. Por dentro… No sé qué soy por dentro.

—¿Por qué dices que no eres mujer por dentro?

—Porque no puedo hacer lo que las mujeres normales hacen.

—¿Te consideras anormal?

—Sí, definitivamente sí —contestó.

—¿Te gustaría sentir y actuar como una mujer?

—Sí, lo deseo mucho.

—Pues bien, ya has dado el primer paso para lograrlo.

La Diana salió del consultorio de Brieger más animada, deseando comunicarse con Markov. Regresó a su departamento, dispuesta a esperarlo. Se bañó y se vistió con ropa femenina. Le habría gustado perfumarse y maquillarse, pero no contaba con nada para hacerlo. Markov no apareció. Tampoco el martes por la noche, y La Diana se convenció de que no volvería a verlo, al menos, no como… ¿Como qué? No podía llamarlo amigo, tampoco amante. Volvería a verlo como a un compañero de trabajo.

Pese al empeño por desterrar el recuerdo de Markov, no pudo evitar pensar en él cuando, el miércoles por la noche, Stephanie le comunicó su nuevo destino, y tampoco fue capaz de eliminar la ilusión al verlo entrar en su departamento; por el contrario, se aferró a ella porque derretía el hielo en su interior. Markov avanzó por la sala con el señorío, el poder y la calidez del sol, y echó un vistazo en torno con esa actitud soberbia que ella había detestado en el pasado y que en ese momento le causaba un cosquilleo en la parte baja del vientre. Por fin la miró, primero con seriedad; después, le sonrió, y la visión de La Diana se enturbió. Se trató de un acto instintivo cuando le pidió: «Abrázame, Sergei», porque si se hubiera detenido a pensar, no se lo habría pedido.

Markov dio un paso largo y estuvo sobre ella para unirla a su cuerpo.

—Creí que me habías abandonado —sollozó.

—Creí que necesitabas estar sola, recuperar tu espacio.

—Te necesité. Temí que hubieras encontrado a otra.

—¿A otra? Sólo tengo ojos para ti, Diana. Además, no hubo un instante de estos días en que no te pensara. No lo dudes.

Se acomodaron en el sofá, y La Diana recostó la cabeza sobre el pecho de Markov.

—Estar así contigo es un milagro.

—Lo sé.

—Pero es poco, sobre todo para ti. No creas que no soy consciente de eso.

—No importa. Poco a poco.

La Diana se incorporó, y a Markov lo anonadó su belleza, la piel clara, los ojos celestes que destacaban, en parte, gracias al ribete espeso que formaban las pestañas tan negras como las cejas y el cabello. Para los serbios, debió de tratarse de un hallazgo, lo mismo Leila; debían de haberse vuelto locos de lujuria.

—Quiero contarte algo.

—Cuéntame.

—Algo muy importante para mí.

—Mientras no se trate de que le has dado tu primer beso a otro...

—¡No! —se escandalizó ella, y rio—. ¿Cómo crees?

—¿Se lo darías a Dingo si te lo pidiera?

La Diana le sostuvo la mirada de iris dilatado, tanto que le convirtió los ojos celestes en negros, y reveló esa faceta agresiva y masculina que él conocía tan bien y de la cual había sido víctima en el pasado.

—Hace tiempo que comprendí lo que me sucedía con Dingo. Siento afecto por él, pero es a ti a quien deseo.

—¿Me deseas, Diana?

—Sí, pero me aterra entregarme.

—Lo sé, mi amor, lo sé —dijo Markov, e intentó recostarla de nuevo contra su pecho. La Diana se puso rígida y siguió mirándolo con fijeza.

—El lunes fui a ver al psiquiatra de mi hermana Leila. —Markov permaneció inmutable—. Quiero curarme, Sergei, por eso fui a verlo. Quiero volver a ser mujer. Y quiero hacerlo pronto porque temo perderte.

—¡Diana! —Markov la estrechó entre sus brazos y le besó la coronilla—. No te atormentes con esa idea. No vas a perderme.

—¿Me lo prometes?

—Te lo prometo.

—Y yo te prometo que volveré a ser una mujer. Para ti.

—Sí, para mí, pero también para ti, para que seas feliz. —Markov carraspeó y obligó a La Diana a incorporarse—. Acaba de llamarme Stephanie.

—Sí, a mí también. Ahora formaré parte del equipo que se encarga de la seguridad de la mujer y de la hija de Arafat.

—Yo tengo que regresar al Congo.

—¡No! ¡No quiero! —La Diana se puso de pie y Markov la imitó—. No regresarás a ese infierno. Es demasiado peligroso. Hablaré con Eliah, le diré que...

—No, Diana. —El ruso conservó la voz baja; sin embargo, entornó los ojos negros y los fijó en ella con severidad—. Éste es mi oficio. Soy un soldado de la Mercure, así que te pido que no interfieras. —La aferró por los brazos con la totalidad de las manos, ajustándoselas cerca de la axila, clavándole los dedos en los tríceps, y la atrajo hacia él—. Sé que tienes una relación especial con el jefe, pero nunca, ¿me oyes?, nunca la uses para beneficiarme. ¿Estamos de acuerdo en esto?

—Sí, está bien. Lo siento.

—Nada va a pasarme en el Congo. ¿Tan mal concepto te merezco como soldado? —le preguntó, y una sonrisa burlona le suavizó la expresión.

—Eres un excelente soldado. Eres un ex miembro de la Spetsnaz GRU. Si has sobrevivido a eso, sobrevivirás a cualquier cosa.

—Sí, lo haré. Sobre todo ahora —añadió.

La Diana esperó a que el ruso se explicara, ansiaba que le dijera por qué, más que antes, deseaba permanecer con vida.

—¿Quieres que cenemos afuera? —le propuso, con ánimo despreocupado, y a La Diana le tomó unos segundos reaccionar.

—Ayer, en la esperanza de que vinieras, preparé un plato típico de tu tierra: *pelmeni*. —Por una costumbre adquirida tras años en el grupo de élite ruso, la Spetsnaz GRU, Markov reprimió la emoción que le golpeó el pecho, y prolongó el gesto relajado—. Ayer —retomó La Diana, medio desazonada—, acompañé a mi hermana Leila a la feria en la Place Maubert y conseguí *smetana*. —La Diana aludía a una especie de crema ácida, muy generalizada en Rusia para acompañar las comidas—. El ruso que me la vendió me aseguró que es muy buena para acompañar los *pelmeni*. No te gustan los *pelmeni* —afirmó, y Markov cayó en la cuenta de que su impasibilidad se había malinterpretado.

—Me has dejado mudo, eso es todo —se justificó, y la abrazó. Le habló al oído—. Los *pelmeni* son uno de mis platos favoritos. ¿Cómo lo supiste?

—El lunes, después de la consulta con el doctor Brieger, el psiquiatra —aclaró—, entré en una librería y compré un recetario ruso. En francés, por supuesto. Y los *pelmeni* estaban entre las comidas más populares de tu país. Por eso te los preparé.

—Oh, Diana, mi amor. ¿Sabes cuánto hace que no como *pelmeni*? Desde la Navidad pasada, que mi mamá me los preparó porque sabe que me gustan muchísimo.

—¿De veras te gustan tanto?

—Sí. Me encantan. Menos que tú, por supuesto. —Le apartó el pelo y le besó el hueso detrás de la oreja, y se lo humedeció con la punta de la lengua. La Diana gimió, y Markov sonrió con malicia.

—¿Por qué haces eso?

—¿Qué?

—Poner cara de nada cuando te cuento algo importante, por ejemplo, que empecé a ir al psiquiatra o que te preparé *pelmeni*.

—Ah, mi amor, a los soldados rusos nos enseñan a los golpes a ocultar las emociones.

—Entonces, ¿de verdad te emociona todo lo que te conté?

—Más de lo que te permito ver. Mucho, mucho más, Diana.

A la mañana siguiente, La Diana volvió a sorprenderse a sí misma. Llamó a su futura cuñada, Yasmín Al-Saud, y le pidió que la acompañara a comprar maquillaje, perfumes, ropa y accesorios. Yasmín no había logrado sobreponerse a que la hermana de Sándor la hubiera llamado cuando se asombró nuevamente con el pedido.

—Sí, sí, claro —balbuceó—. Te acompaño y te asesoro cuanto quieras. ¿Te parece bien el sábado por la mañana?

—¿Podré invitar a Leila?

—Por supuesto.

Como Leila había acordado encontrarse el sábado con Matilde y con Juana para desayunar en Les Deux Magots —en realidad, Leila las había invitado a desayunar en la casa de la Avenida Elisée Reclus, pero Matilde se negó a ir—, las médicas cordobesas se sumaron al grupo, del cual también Joséphine formaba parte, invitada por Yasmín.

En un principio, la presencia de Yasmín incomodó a Matilde, porque siempre se había mostrado celosa de Eliah y temía que le reprochara haber roto con él. Esa noche, en el dormitorio que Juana ocupaba en la casa de Jean-Paul Trégart, Matilde, tirada en la cama junto a su amiga, aceptó que se había divertido y olvidado por unas horas de sus problemas. Yasmín se mostró amistosa y nunca mencionó a su hermano. Dado que conocía los lugares más importantes relacionados con la moda, acarreó al grupo por varias tiendas, en donde opinaron al unísono, aun Leila, acerca del mejor color de maquillaje, el perfume más sensual o la prenda íntima más erótica para La Diana. No quedó negocio de la calle del Faubourg Saint-Honoré ni de la Avenida Montaigne al que no entraran y en el que no compraran algo. Almorzaron en L'Avenue, el restaurante al que concurría el *jet set* parisino, donde una sombra amenazó con opacar la alegría de Matilde pues se toparon con Céline, que apenas dirigió un saludo a su hermana, ninguno a Juana, y concentró su atención en Yasmín, con quien se mostró tan simpática como desdeñosa con el resto. Por fortuna, estaba apurada —sus amigos la reclamaban—, por lo que se despidió minutos después sin perder la oportunidad de destilar veneno.

—Yasmín, ¿irás a la boda de Valerie Carcassone? Eliah y yo iremos juntos.

Yasmín se volvió para mirar a Juana, que acababa de bufar y mascullaba.

—Si mi novio está en París, sí.

Juana aferró a Matilde por la muñeca y la obligó a regresar a la silla cuando se disponía a seguir a su hermana.

—¿Qué mierda haces?

—Quiero preguntarle si sabe algo de mi papá.

—¿Estás loca o qué? Esa tipa es peligrosa. ¿No te diste cuenta de que tiene los ojos inyectados y las pupilas dilatadas? Está pasada de droga. Te va a meter una cachetada.

—Dios mío… Irá con Eliah a esa boda.

—¿Tú le crees? Olvídate, Mat. Lo dijo para angustiarte. Eliah alucina a esa víbora. No iría con ella a ninguna parte. No le permitas que te arruine el mejor día que hemos tenido en mucho tiempo.

Matilde no supo que su hermana, apenas se alejó por la Avenida Montaigne, marcó el teléfono de Eliah. Como no le contestó, grabó un mensaje en la casilla. «*Acabo de ver a Matilde en L'Avenue. Estaba almorzando con Yasmín. ¿Qué significa eso, Eliah? ¿Que ha regresado contigo? Cuidado. No olvides la promesa que te hice.*» Media hora más tarde, Al-Saud la llamó, y Céline sonrió con suficiencia.

—¿Cómo estás, mi amor?

—No vuelvas a llamarme, Céline. Tú y yo hemos terminado.

Check Out Receipt

Pico Branch

www.smpl.org

Friday, July 21, 2017 2:51:19 PM

Item: ISMP002501692W
Title: Gaza
Material: Book
Due: 08/18/2017

Total items: 1

Thank You!

–Quería asegurarme de que también hubieras terminado con mi hermanita.

–Matilde y yo terminamos –declaró, con una voz desapegada que enmascaró el dolor profundo que le palpitó a la altura del esternón.

–No me quedó muy claro hoy, cuando la vi con Yasmín.

–Son amigas. Pueden hacer lo que les plazca –manifestó, y apagó el celular.

En parte, la nube se disipó para Matilde cuando, entre risas y bromas, las mujeres apremiaron a La Diana y la acorralaron hasta obligarla a confesar que estaba enamorada de Sergei Markov.

–Es un hombre tan bueno, Diana –dijo Matilde–. Estoy tan feliz por ti,

–Sí, es un hombre excelente. Pero las cosas no son fáciles para nosotros. –Lo expresó en voz baja de modo que sólo Matilde escuchara.

–¿Quieres contarme?

La Diana sentía por Matilde un cariño mucho más profundo y sincero del que demostraba. En su opinión, la médica argentina había rescatado a Leila de su mundo imaginario de niña y le había devuelto las ganas de hablar. Fuera de sus hermanos y de Eliah, Matilde Martínez era la persona a la que más respetaba y admiraba.

–No soporto que me toquen –declaró.

–¿Por qué? –preguntó Matilde con la misma parsimonia que habría empleado para decir «buenos días».

–Es a causa de un trauma. Por el mismo trauma, Leila dejó de hablar y comenzó a comportarse como una niña.

–Yo no podía tener relaciones sexuales también a causa de un trauma –dijo Matilde, y rio ante la mueca desmesurada de La Diana.

–¿De veras?

–Te lo aseguro. Me casé y estuve meses sin poder consumar mi matrimonio. Hasta que una noche, mi esposo se hartó y... Bueno, puedes imaginártelo.

–¿Te forzó?

–Sí, me violó. Esa experiencia no me ayudó en nada a acabar con el pánico que le tenía al sexo.

–No, claro que no. ¿Y por qué no te atrevías a tener sexo? ¡Oh, disculpa! No quiero parecerte indiscreta. Es que...

–No me molesta tu pregunta, Diana. En absoluto. ¿Por qué no podía tener sexo? Mi psicóloga asegura que el problema tiene varias causas: la familia disfuncional de la cual provengo, la pésima relación entre mis padres, la educación tan estricta y religiosa que recibí, pero, sobre todo, haber sido esterilizada a los dieciséis años a causa de un cáncer de ovario. Ahora lo sabes, Diana. No puedo tener hijos. Eso fue demasiado para mí. Me cerré a la felicidad y al sexo.

—Pero... Y... ¿Con Eliah?

—Él me curó. Con amor, con dulzura y con paciencia. —Parpadeó varias veces y forzó una sonrisa al tiempo que tragaba el nudo que le crecía en la garganta—. Y tú, ¿a qué se debe tu trauma?

Los hombros de La Diana se desmoronaron, lo mismo que su semblante, que, de pasmado, adquirió un matiz que comunicaba agobio.

—A fines del 94, Leila y yo caímos prisioneras en manos de los serbios, y nos llevaron a un campo de concentración en Rogatica, una ciudad cercana a la nuestra, Srebrenica. Estábamos aterradas y nos angustiábamos pensando en la preocupación de nuestros padres y de Sanny, que habían quedado allá, en Srebrenica. —Se mantuvo callada durante algunos segundos, buscaba la forma de expresar lo que la aterraba pronunciar—. Durante meses, los soldados serbios nos violaron, a Leila, a mí y a tantas mujeres y niñas del campo.

—Oh, Diana. —Matilde cerró su mano sobre la de la muchacha bosnia olvidándose de su aversión al contacto humano. La Diana bajó el rostro y cubrió la de Matilde con su otra mano—. Qué tristeza tan grande. Cuánto lo siento —murmuró.

—Fue el comando a cargo de Eliah quien nos liberó, ¿lo sabías? —Matilde, imposibilitada de superar el asombro, se quedó mirándola—. Nunca menciono esto porque sé que, salvo Alamán, el resto de los Al-Saud desconocen su actividad como soldado de un grupo de élite.

Recordaba que Eliah le había comentado acerca de la tragedia de los hermanos Huseinovic, aunque, a la luz del relato de La Diana, se daba cuenta de que le había ahorrado los detalles escabrosos y obviado el más importante, que había sido él quien había rescatado a Leila y a La Diana de las fauces del infierno. Comprendió la devoción de los Huseinovic por Eliah, y, dominado el momento de estupefacción, experimentó tanto amor y orgullo por su hombre que se habría puesto a llorar de alegría, de tristeza, de dolor, de amor. Lo había perdido por haberlo juzgado sin conocerlo, y se aborreció.

—Él y sus soldados se introdujeron en el campo una noche y, a pesar de que eran sólo once, dominaron a los militares serbios, mataron a unos cuantos y liberaron a las quinientas personas que vivíamos hacinadas. Se habla mucho de los campos de concentración nazis, pero nadie menciona los que construyeron los serbios. Malditas sean sus almas.

—Ahora entiendo el cariño que te une a Eliah.

—En el campo, eran como héroes para nosotros. Las mujeres, aun los hombres, se arrodillaban delante de él y de sus soldados y les besaban las manos. Eliah desobedeció una orden de su superior (y eso, en un grupo militar de élite, es una falta gravísima) para encontrar a nuestra familia, que había quedado en Srebrenica. Eliah nos advirtió a Leila y a mí que, días antes, en Srebrenica se había producido una masacre, y que miles de bosnios habían muerto a manos de los serbios. Las posibilidades de hallar a nuestra familia con vida eran pocas. A papá y a mamá los habían asesinado, pero hallamos a Sanny escondido en el sótano de nuestro restaurante. Estaba muy mal, deshidratado y en estado de *shock*, pero Guerin, el paramédico del comando de Eliah, lo asistió y le salvó la vida.

—Y los trajo a vivir con él a París —la instó Matilde a proseguir.

—No sé por qué hizo eso. Nosotros éramos iguales a tantos desgraciados. Pero Eliah… No sé por qué nos quiere tanto y nos eligió para ayudarnos. No tenía por qué hacerlo. Nos trajo a París y después nos llevó con Takumi *sensei* a Ruán. Takumi *sensei* nos ayudó muchísimo. Nos enseñó a sobreponernos y nos convirtió en soldados para Eliah, así que, cuando a fines del 95 fundó la Mercure, empezamos a trabajar para él, Sanny y yo, porque Leila ya era como una niña. —Matilde y La Diana contemplaron a la joven que reía con Joséphine y que pronunciaba pocas palabras—. Leila es la preferida de Eliah. —Sonrió antes de agregar—: Aunque tú eres lo que él más quiere en esta vida.

—Ya no, Diana. Le dije cosas horribles en Rutshuru y me dejó. Me lo merezco.

Antes de despedirse, Matilde le pidió autorización a Joséphine para llamar a *Anga La Mwezi*; necesitaba comunicarse con N'Yanda. Lo padecido por las Huseinovic en el campo de concentración de Rogatica la llevó a pensar en lo que podría estar sufriendo su adorado Jérôme, y, de pronto, sin explicación, el rostro severo y de mirada misteriosa de la mujer ruandesa le vino a la mente.

—¡Mat, no tienes que pedirme permiso para eso! —dijo Joséphine—. ¿Recuerdas el número telefónico? Te lo escribo por las dudas.

Esa noche, mientras repasaban los hechos de la jornada echadas en la cama de Juana, Matilde expresó su deseo de llamar a la mujer ruandesa.

—¿Para qué? —se interesó Juana.

—Quiero preguntarle por Jérôme. Tú y yo sabemos que N'Yanda tiene contactos.

—Llámala ya, entonces.

Matilde buscó en su *shika* el papel donde Joséphine había garabateado el número de su hacienda en el Congo. La atendió Verabey, y el sonido de su voz provocó una emoción incontrolable en Matilde, tanto que se vio forzada a pasarle el auricular a Juana. Estaba sensible y lloraba por cualquier cosa. Al cabo, más repuesta, se hizo cargo de la llamada.

—Hola, N'Yanda.

—¿Cómo está, doctora Matilde?

—Mal, N'Yanda. —La ruandesa guardó silencio—. Jérôme desapareció el día en que me hirieron en la misión. Y no hemos sabido nada de él. Eso fue el 29 de agosto. Hoy es 26 de septiembre. Han pasado veintiocho días y no sabemos nada. Estoy desesperada.

—¿Qué necesita de mí, doctora?

—N'Yanda, yo sé que tú ves, sientes y sabes cosas que los demás mortales no vemos, ni sentimos, ni sabemos. Quiero que me ayudes a encontrar a Jérôme. Quiero que me digas si él está bien.

—Para eso, necesitaré algo de él.

—¡En la misión quedaron sus cosas! —Al pronunciar esas palabras, las ganas de llorar volvieron y lo recordó acomodando la ropita que ella le había regalado en la caja que escondía bajo su camastro—. Puedo pedirle a Amélie que te envíe una playera o un pantalón.

—No se preocupe. Yo me ocuparé de hacerme con una prenda del niño.

—Gracias, N'Yanda.

Tres días más tarde, el martes 29 de septiembre, Matilde se disponía a salir con Ezequiel —se dirigían a la sede de Manos Que Curan—, cuando sonó el teléfono. Atendió Ezequiel.

—Es para ti, Mat. —Le pasó el inalámbrico—. No se escucha bien.

—Allô?

—Doctora Matilde, soy N'Yanda.

—¡N'Yanda! ¡Qué alegría! ¿Qué has podido averiguar?

—El niño está bien, doctora.

—¿De veras? —La voz le tembló y se le aflojaron las piernas. Ezequiel la sostuvo y la guió a un diván—. Cuéntamelo todo, N'Yanda, te lo suplico.

—Lo veo en la selva, en un campamento con hombres muy malos, pero hay una energía poderosa en ese grupo que protege a Jérôme. Nada malo le sucederá.

—¡Gracias, N'Yanda, gracias! No sabes lo que tus palabras significan para mí. ¿Volveré a verlo? —se atrevió a preguntar.

—Eso no me ha sido revelado.

—Oh, Dios mío —susurró Matilde, en español, y se cubrió la frente.

—Doctora, hoy es el día de los Arcángeles. —La declaración desorientó a Matilde, que había supuesto que N'Yanda practicaba el animismo, una religión muy generalizada en África.

—¿Sí? No lo recordaba.

—He invocado a San Miguel Arcángel, el más poderoso de los ángeles, el jefe de las milicias celestiales, y he puesto en sus manos el cuidado de Jérôme. Nada malo le sucederá.

Matilde rio y lloró con una devoción y una fe tan sólidas como nunca había experimentado en su vida. Por algún motivo que escapaba a su raciocinio de científica, creía sin dudar en que San Miguel Arcángel velaría por la seguridad de su tesoro. Ezequiel la abrazó y la consoló sin comprender por qué Matilde, entre llanto y llanto, le aseguraba que Jérôme estaba bien y que nada malo le ocurriría.

—¿Al-Saud lo encontró?

—No. N'Yanda me lo dijo.

4

Jérôme despertó al calor de la mañana. Despegó la cara de la esterilla que le servía de lecho y se refregó el cachete, que conservaba la forma de los juncos con que la confeccionaban. Echó un vistazo a la choza que le servía de refugio y que compartía con Karme, el *interahamwe* que había asesinado a sus padres, a los verdaderos; los otros, Matilde y Eliah, vendrían a buscarlo. Karme se burlaba de él cuando le contaba acerca de su papá aviador, alto, fuerte y rico.

—Ahora *yo* soy tu padre —le escupía el hutu, y Jérôme se cuidaba de contrariarlo porque se había ganado varias palizas, en especial si Karme bebía vino de palma.

Se puso los únicos pantalones y la única playera con que contaba y se calzó los tenis mientras se acordaba del día en que Matilde le había enseñado a amarrarse las agujetas.

—¡Qué niño más inteligente eres, tesoro mío! —Le encantaba que lo llamara así—. A otro niño le habría tomado mucho tiempo aprender. En cambio tú lo has aprendido en un abrir y cerrar de ojos.

Levantó la esterilla y quitó el trozo de corteza de palmera que cubría el hueco donde escondía el único tesoro que había conseguido salvar antes de que los *interahamwes* irrumpieran en el orfanato y lo secuestraran. Se trataba de una cajita de madera que contenía dos objetos: un mechón de pelo rubio inusual en esas latitudes y un llavero Mont Blanc de cuero negro y herrajes en oro blanco, también infrecuente en el marco de pobreza del Congo. Los besó con reverencia, como cada mañana, y rogó en silencio: «Mamá, papá, vengan a buscarme», aunque tuviera miedo de que sus nuevos padres, cuando lo encontraran, no lo quisieran, es más, temía que lo despreciaran. Karme lo había obligado a hacer cosas malas que lo habían convertido en un niño malo. Odiaba disparar el fusil al que llamaban AK-47. Al principio, al recular, lo arrojaba al suelo. Con la práctica, había conseguido dominarlo; no obstante, detestaba empuñarlo y apretar el gatillo. Apoyó el rostro entre las rodillas y se echó a llorar cuando se acordó de los hombres que había fusilado el día anterior; Karme los había obligado, a él y a otros dos muchachos. Si no lo hacían, les esperaba una buena tunda. Además, les inyectaban ese líquido que, en un principio, a Jérôme le había gustado, porque soñaba con Matilde y con Eliah, aunque era más real que un sueño. No le gustaba al día siguiente, cuando vomitaba y le latían las sienes. Le pidió a Karme que no volviera a inyectárselo, y éste, después de sacudirse de hombros, asintió.

—Tú te lo pierdes, Jérôme.

De lo que odiaba de ese campamento y de su nueva vida, Karme ocupaba el primer lugar. Lo detestaba tanto que a veces, cuando empuñaba el AK-47, se imaginaba vaciando el cargador en su cuerpo robusto. Los primeros días en manos de los *interahamwes*, Jérôme se lo había pasado sumido en un estupor del que a duras penas comenzaba a salir. Las milicias de Karme, que se protegieron en el orfanato de las granadas del Congreso Nacional para la Defensa del Pueblo, lo encontraron solo, tratando de rescatar los tesoros que ocultaba bajo su camastro. Uno lo aferró por el brazo y, como Jérôme peleó por zafarse, le propinó un golpe en el pómulo que lo dejó inconsciente. Volvió en sí minutos más tarde, atrincherado junto a Karme, que alternaba disparos con órdenes vociferadas en kinyarwanda. De todos sus tesoros, sólo había conseguido salvar la cajita con el mechón de Matilde y el llavero Mont Blanc de Eliah. Abrió el puño y se la quedó mirando. Enseguida, antes de que Karme lo viera despierto, la embutió dentro del calzoncillo.

Al principio del cautiverio, Karme se había mostrado enojado y ofendido porque él había escapado meses atrás, llevándose a su madre y a su hermana.

—¡Me traicionaste! —le recriminó—. Yo te trataba como a un hijo y te fugaste en medio de la noche, como un ladrón.

—Tenía que llevar a mi mamá y a mi hermana al hospital. Estaban enfermas —se justificó el niño, mientras se sobaba el moretón del brazo causado por el látigo del jefe *interahamwe*.

Como castigo, Karme lo destinó a una mina de coltán distante a unos kilómetros del campamento. Cada mañana, antes del amanecer, marchaban en fila india, encadenados por los pies, arrastrando las mazas y los cortafríos con los que horadaban el barranco, vigilados por los *interahamwes*. Jérôme no hablaba y se limitaba a copiar lo que hacían los otros niños. Al final del primer día, las ampollas en las manos le sangraban y tenía las piernas entumecidas por haberlas sumergido en el agua durante más de ocho horas. Había comido poco y mal (una torta de cuaca y unos tubérculos de ñame medio crudos), por lo que a la hora de regresar, después de haber trabajado tan duro, lo acometió una debilidad que, por mucho que intentara combatir, terminó por vencerlo. Se desmayó en el camino, y dos muchachos, los más fuertes del grupo, lo acarrearon. Trabajó durante diez días en la mina, y empezaba a acostumbrarse a la dura faena y había ganado algunos amigos (Amosh le había curado y vendado las manos el primer día), cuando Karme lo mandó comparecer en su tienda. Se lo quedó mirando de un modo extraño, Jérôme no acertaba a definir si se trataba de una mirada cargada de enojo o de curiosidad.

—No volverás a la mina. Desde ahora, vivirás aquí, conmigo, y te prepararás para ser soldado.

—Prefiero volver a la mina —se atrevió a susurrar, con la mirada al piso.

—¡He dicho que no! ¡No me contradigas, Jérôme, o volverás a sentir mi látigo!

Al recordar aquella escena, acontecida dos semanas atrás, a Jérôme se le antojó muy lejana. Suspiró y abandonó la choza, tan deprimido que hasta le resultaba penoso colocar un pie delante del otro y moverse hacia el sitio donde se congregaban los niños para iniciar el adiestramiento. Si sus padres lo encontraran y se enteraran de las cosas malas que lo obligaban a hacer, no lo querrían.

Observó el entorno del campamento. No le gustaba el caos perpetuo del lugar. Le faltaba la rutina de una vida ordenada, habituado como estaba a la disciplina de la misión, en la cual se fijaban horarios para cada actividad. En el campamento, hacían lo que querían: comían si tenían hambre, dormían si tenían sueño, se higienizaban si ya no soportaban su propio olor. Siempre y cuando cumplieran con las horas diarias de adiestramiento, el resto de la jornada eran dueños de sus vidas, más allá de que se les prohibía trasponer los límites del campamento.

Jérôme no había hecho amigos entre los niños soldados porque eran hutus y lo despreciaban por su condición de tutsi. Nadie mencionaba que Jérôme fuera «cucaracha», como llamaban a los de su etnia, porque temían enojar a Karme. En realidad, ni siquiera les habían dicho que lo fuera, pero resultaba obvio pues en el cuerpo de Jérôme se evidenciaban las características de su raza: flaco y alto para su edad, nariz delgada y boca no tan carnosa.

Antes de iniciar la práctica, les dieron pan de maíz y té con azúcar. Jérôme, a diferencia de sus compañeros, comió con desgano. Nada tenía sentido. La soledad lo abrumaba y, pese a que cada mañana, besaba sus reliquias y les rogaba a Eliah y a Matilde que lo rescataran, las esperanzas de volver a ser feliz iban extinguiéndose.

Al-Saud transcurrió unos días en Riad. El verano se prolongaba aun durante el otoño, y las temperaturas superaban los cuarenta grados a finales de septiembre. Se trataba de un clima sin lluvias, con vientos calientes que aniquilaban el buen humor; no obstante, Al-Saud lo soportaba con gusto porque, después de una entrevista con su tío Abdul Rahman, el comandante en jefe de las Reales Fuerzas Aéreas Saudíes, supo que el C-130, más conocido como Hércules, era suyo; llevaba meses tras ese gigante del aire norteamericano, capaz de transportar un tanque de guerra o hasta tres vehículos Humvee. El rey Fahd por fin había autorizado la venta y con una financiación excelente. Su incorporación al patrimonio de la Mercure implicaría un salto en el crecimiento de la empresa. Sumado al *Jumbo* acondicionado para trasladar tropas, armamento, aun helicópteros y vehículos, con un tren de aterrizaje reforzado, apto para terrenos poco propicios, como pistas de tierra o de arena, el Hércules les permitiría asumir varios contratos de relevancia al mismo tiempo. Se sintió bien, como no se había sentido en mucho tiempo, mientras firmaba el documento de compraventa del avión con el ministro de Defensa y su tío Abdul Rahman. Celebraron con un almuerzo en la cámara privada del rey Fahd, al que se sumaron sus primos Khalid Al-Saud, veterano de la Guerra del Golfo, y Turki Al-Faisal, y durante el cual, gracias a la conversación distendida y animada, Al-Saud olvidó los problemas que lo agobiaban. Después de despedirse y cuando se disponía a subir al vehículo que lo conduciría a casa de su tía Fátima, percibió la vibración del celular en el bolsillo del pantalón e insultó para sus adentros; tal vez se tratara de nuevo de Céline, quien, un rato antes, le había dejado un mensaje intrigante que lo había obligado a interrumpir el almuerzo y devolverle la llamada.

Decidió atender. Sufrió un momento de pánico, que barrió con su buena disposición, al oír el llanto de una mujer y concluir que algo malo le había sucedido a Matilde. ¿Céline la habría atacado?

—Juana, ¿eres tú? ¡Juana!

—Eliah, soy yo. Zoya.

—¿Qué ocurre?

—Estoy en el hospital, con Natasha. Se sintió mal y la ingresaron de urgencia. Está muy mal, en la unidad de cuidados intensivos.

—¿Qué le sucedió?

—No sé. De pronto comenzó a sentirse mal, a empalidecer y se desplomó. El doctor Moretti está haciéndole análisis. Parece ser que fue un descenso brusco del potasio en sangre.

—¿Qué posibilidades hay de que salga con vida de esta crisis?

—No lo sé —admitió Zoya, y se puso a llorar de nuevo.

—¿El niño está bien?

—Sí, muy bien. Se quedó en la casa con Mónica.

—Mantenme al tanto, Zoya —le pidió, y terminó la comunicación.

Cuatro días atrás, al marcharse de Milán, se había aferrado a la esperanza de que Natasha Azarov superaría la prueba del cáncer y vería crecer a Kolia. En ese momento, las esperanzas se esfumaban, y una nueva realidad se desplegaba ante él. Se instó a desechar el pensamiento negativo, Natasha aún no había muerto, y él sabía que lucharía por su hijo.

Al día siguiente, domingo 27 de septiembre, temprano por la mañana, Al-Saud emprendió el viaje al corazón del oasis de Al Ahsa en un Jeep Wrangler de propiedad de su primo Turki Al-Faisal. A medida que se desplazaba en dirección este, hacia el Golfo Pérsico, la humedad iba alterando el paisaje, y de tórrido y ocre en las afueras de Riad cambiaba a verde y feraz en las proximidades de Al-Hofuf, la ciudad más importante de Al Ahsa. Allí se detuvo para cargar combustible, comer algo y estirar las piernas. Todavía le quedaban algo más de ciento treinta kilómetros para alcanzar la ciudad de Dammam; desde allí al campamento de su tío, el jeque Aarut Al-Kassib, había un trecho corto. Al salir de Al-Hofuf, enfiló hacia el norte, siempre por un terreno fértil y pintoresco, con gran movimiento de vehículos y de caravanas de camellos. Hizo una nueva escala a la entrada de Dammam, para comer algo, hacer sus necesidades y consultar el mapa que lo conduciría a Aldo Martínez Olazábal. Estaba ansioso por hablar con él. Su carta, enviada el 11 de septiembre, sin duda había hecho mella en el padre de Matilde y seguramente éste se dispondría a contarle la verdad que le había negado cuatro meses atrás.

Al avistar el todo terreno cubierto de arena y de barro, un grupo de niños y de adolescentes salieron a recibirlo. Faruq, el compañero inseparable de Mohamed Abú Yihad, el nombre musulmán de Aldo, se abrió paso con los codos hasta detenerse frente a Al-Saud.

—¡Aymán! —gritó para llamar su atención.

—¿Cómo estás, Faruq?

—Mohamed se pondrá feliz de verte.

Sin embargo, ese día acabó y Al-Saud no tuvo oportunidad de entrevistarse con Aldo Martínez Olazábal. Su tío, el jeque Aarut, y el resto de la parentela lo retuvieron en la tienda principal, donde lo agasajaron a la vez que recibieron los obsequios costosos de Al-Saud. Lo hicieron con actitud solemne y los evaluaron con cuidado, ya que lo consideraban el justo pago por haber protegido al padre de la mujer de Aymán.

—Tío Aarut —dijo Eliah—, ¿tienes alguna queja de tu huésped?

El hombre, que, recostado sobre una alfombra y echado sobre almohadones, masticaba un dátil, fijó sus ojos negros en los verdes de su sobrino nieto y agitó levemente la cabeza.

—El padre de tu mujer, Aymán, ha sido un buen musulmán y ha sabido adaptarse a nuestra vida, la de los beduinos. Ha trabajado duro y ha cumplido el azalá. ¿Has venido a llevártelo?

—No —contestó Al-Saud, y juzgó que la noticia no desagradaba a su tío abuelo; le conocía esa expresión de entrecejo fruncido y comisuras tensas para reprimir una sonrisa—. Todavía no está fuera de peligro. Sus enemigos siguen tras él.

—¿Cuánto tiempo deberá permanecer entre nosotros?

—No lo sé con certeza, tío Aarut. Tal vez otros cuatro meses.

—Debería tomar esposa de entre nuestras mujeres.

Al-Saud se incorporó en el almohadón, inquieto y alarmado.

—Tío, sabes que Mohamed es, en realidad, occidental. Él no pertenece a esta vida. Él no es beduino. Si tomara esposa y luego decidiera regresar a Europa, ¿qué sería de ella, de su mujer?

—Pues una mujer debe seguir a su hombre adonde sea que éste vaya.

Eliah sospechaba que la propuesta del jeque no surgía de manera espontánea, como la ocurrencia de un momento, sino que se trataba de una decisión meditada. Probablemente, ya tendría la mujer para su huésped. Al-Saud desconocía que la nieta preferida del jeque Al-Kassib, Sáyida, se había enamorado de Abú Yihad, quien, por supuesto, no la conocía, porque, a pesar de haber convivido con la tribu beduina durante cuatro meses, guardaba distancia de las mujeres, que, por otra parte, se movían en grupo, cubiertas de pies a cabeza con la *abaaya*. Sáyida, por el contrario, se las ingeniaba para admirar al extraño musulmán de barba rojiza, cabello rubio entrecano y ojos celestes; lo encontraba irresistible como esos actores occidentales que aparecían en las revistas europeas que entraban subrepticiamente en el campamento y que ella y sus hermanas y primas devoraban y ocultaban con celo. Averiguaba cosas de Abú Yihad sobornando a Faruq con obsequios pequeños. De ese modo se había enterado de que tenía tres hijas; una de ellas, la mujer de Aymán, era un ángel llamado Matilde; otra, de nombre Céline, era famosa en Occidente gracias a su belleza; lo sabía porque, cada dos por tres, se publicaban fotografías de ella en revistas como *Paris Match*, *Hello*, *Vogue* y *Vanity Fair*. Quería convertirse en la esposa de Abú Yihad y así se lo había manifestado a su abuelo, que rara vez le negaba algo.

—¿Crees que una beduina —preguntó Eliah a su tío Aarut— podría vivir lejos del desierto y ser feliz?

—Sería feliz sirviendo a su esposo —manifestó el jeque, y aprisionó entre sus labios la boquilla del narguile.

—Si Mohamed está de acuerdo con tu propuesta —terminó por decir Al-Saud—, yo no me opongo. *Inshallah!* —pronunció, con acento encendido, para indicar que el asunto quedaba en manos de Dios.

Aarut Al-Kassib le respondió con la Bismallah, el primer verso del Corán.

—*Bismallah ir-Rahman ir-Rahim* (En el nombre de Alá, el Clemente, el Misericordioso). —Lo expresó con voz atronadora y una intensidad en el semblante que asombraron a Eliah, y, en tanto lo hacía, el anciano saboreaba de manera anticipada la dicha que significaría para su adorada Sáyida volver a contraer matrimonio. Había quedado viuda muy joven, a los treinta años, y, después de diez, ninguno de la tribu la había pedido en matrimonio porque, al no haber concebido con su primer esposo, un beduino sano y arrogante, le achacaban la culpa. Aarut Al-Kassib estimaba que, teniendo tres hijas, a Mohamed no le importaría que su nieta no fuese capaz de engendrar.

A la mañana siguiente, Al-Saud se despertó al sonido del *adhân*, o llamado para cumplir el azalá. Se vistió deprisa y se presentó en la carpa del jeque, que lo había invitado a compartir el *fayr*, la primera oración que se reza al amanecer. Lo sorprendió encontrar a Aldo entre los hombres que se higienizaban antes del precepto; iba vestido a la usanza beduina, con túnica, cinturón ancho de cuero, donde calzaba un alfanje, sandalias y turbante. Después de la oración, desayunaron con el jeque. Aldo conservaba una actitud circunspecta y sólo hablaba si le dirigían la palabra.

—Mohamed —lo llamó el jeque—, Aymán ha venido hasta aquí porque tú lo has convocado. Es hora de que lo recibas en tu tienda y de que hablen.

—Así será, señor —contestó Martínez Olazábal—, con la voluntad de Alá.

Al-Saud extendió la mano, y Aldo le ofreció la suya, una mano callosa, bronceada y curtida por el viento, advirtió al estrecharla con firmeza. Una vez que se habituó a la penumbra de la tienda destinada a Martínez Olazábal, Al-Saud notó también que, pese a no lucir avejentado, Aldo tenía más arrugas en torno a los ojos, a la boca y en la frente.

Una beduina les sirvió un café.

—Recibió mi carta —afirmó.

—Sí —contestó Aldo—. El 18 de septiembre. Enseguida pedí al jeque que lo mandara llamar. ¿Cómo está Matilde?

–Recuperada por completo.

–*Al-hamdu li-llah* (alabado sea Dios) –murmuró Martínez Olazábal, sin levantar la vista–. ¿Sigue en Johannesburgo?

–No. Volvió a París el 17 de septiembre.

–¿Dónde está hospedándose? En su casa, supongo.

–En casa de Ezequiel Blahetter.

–Ah, claro. Ezequiel.

–Me gustaría irme de aquí con una carta para Matilde. Su silencio de tantos meses la preocupa. Yo se la haré llegar.

–¿Eso quiere decir –concluyó Aldo– que usted no le contó nada acerca de mí ni de... este retiro? –Al-Saud negó, y Aldo inclinó la cabeza en señal de agradecimiento–. Por supuesto que escribiré una carta para mi princesa. La escribiré apenas haya hablado con usted.

–¿De qué quiere hablarme, Aldo? –La mirada inquisidora e inflexible de Al-Saud se clavó en los ojos cargados de duda y desconsuelo de Martínez Olazábal–. Tiene que contarme la verdad, es el único modo para ayudar a Matilde.

–Lo sé.

A lo largo de esos cuatro meses de reclusión en el desierto, Aldo había contado con tiempo para reflexionar y hacer memoria. Había recordado un diálogo telefónico sostenido con su yerno, Roy Blahetter, a mediados de enero, el cual, a la luz de las revelaciones de Al-Saud, cobraba un matiz aterrador. En aquella oportunidad, Roy había mencionado a Jürkens. «*El señor Jürkens me escribió esta mañana. Planea visitar París en unas semanas y espera ver un esbozo de la centrifugadora.*» «*Cuidado, Roy.*» «*No te preocupes, Aldo. Ya me estafaron una vez. Dos, no.*» «*¿Quién es este Jürkens? ¿De dónde ha salido?*» «*Leyó uno de mis artículos en la publicación del MIT y me contactó a través del e-mail que yo ponía junto a mi nombre. Es un físico nuclear alemán. Está muy preparado. Lo sé por las preguntas que me hace. Incluso hemos hablado por teléfono.*»

–Cuando me trajo al desierto –empezó Aldo–, usted me habló de un tal Jürkens. Haciendo memoria, me acordé de que Roy lo mencionó una vez.

Al-Saud sabía que Roy Blahetter y Udo Jürkens habían estado en contacto; el propio Blahetter se lo había confesado en su cama de hospital.

–¿Blahetter le mencionó qué negocios tenía con Jürkens?

–Al-Saud, lo que estoy dispuesto a confesarle es algo en extremo delicado, y, una vez que lo sepa, tendrá en sus manos una pieza de información que, de salir a la luz, pondría al mundo patas arriba. –Aunque lo disimuló, Eliah se estremeció con aquellas palabras–. Guardé silencio hasta ahora porque mi vida corría peligro. Pero si la de mi hija está en juego, hablaré, aunque con eso me condene. Sepa que su vida no valdría nada si las personas equivocadas se enteraran de que usted comparte mi secreto. —Eliah prestó su aquiescencia con una bajada de párpados—. Usted me pregunta qué negocios mantenía mi yerno con Jürkens. Para contestar a esa pregunta, primero le hablaré de Roy. Roy era un prodigio de inteligencia, una persona con un coeficiente intelectual muy por encima de la media. Siendo todavía joven, se recibió de ingeniero nuclear. Estudió en universidades norteamericanas donde se especializó en física nuclear. Escribía artículos para revistas prestigiosas y tenía pensado escribir un libro con su invento.

—¿Invento?

—Aquí viene la parte interesante, Al-Saud. Roy desarrolló una idea que, según él me aseguró, se convertiría en el desarrollo en materia nuclear más revolucionario desde la creación de la bomba. Se trataba de una centrifugadora de uranio.

—Es un tema que no manejo.

—Pues yo tampoco sabía nada hasta que Roy me explicó. Sabrá que el uranio es el combustible que hace funcionar un reactor nuclear o que se necesita para construir una bomba como la de Hiroshima. Pues bien, tal como se lo encuentra en la naturaleza, el uranio no sirve de nada. Requiere una serie de procesos costosos y lentos para convertirse en el combustible fisible que después se aplica a diversos usos, unos con fines pacíficos, otros con fines bélicos. Después de obtener el uranio, generalmente de una mina de pecblenda, se lo procesa para depurarlo. De ese proceso, se obtiene un polvo amarillento, conocido como torta amarilla. Es la torta amarilla la materia prima de las centrifugadoras de uranio.

—¿Para qué sirven las centrifugadoras? —El interés de Al-Saud resultaba evidente, y su atención, absoluta.

—Parece ser que al uranio lo conforman tres isótopos, el 234, el 235 y el 238. El que sirve como combustible nuclear es el 235, con una masa similar a la del isótopo 234, por lo cual es difícil separarlos. Esta separación se hace aplicando una fuerza centrífuga. La centrifugadora gira a tal velocidad que los isótopos más pesados (el 234 y el 238) se separan del 235. Este proceso de centrifugado es lento, consume muchísima energía eléctrica y agua y da como resultado sólo algunos gramos de combustible. Se requieren años para obtener una cantidad que permita construir una bomba.

—¿Qué hay de la centrifugadora que diseñó Blahetter?

Aldo sonrió con melancolía y se tomó unos segundos para hablar; lucía conmovido.

—Estaba tan orgulloso de su invento. La centrifugadora de Roy lograba aislar el isótopo 235 en una ínfima parte del tiempo que les toma a las otras centrifugadoras, y con un consumo bajo de electricidad y de agua. ¡Era la panacea para quien estuviera interesado en el desarrollo de la energía nuclear! Se habría convertido en un hombre muy rico.

—Lo mataron por esto, ¿verdad? Por su invento.

—Sí. —El gesto de Aldo se ensombreció y cobró dureza—. Los que le robaron el invento, lo mataron para no dejar pruebas de su plagio.

—¿Quiénes fueron? —Al-Saud se irguió entre los cojines—. ¿Quiénes lo asesinaron? —insistió, aunque ya conocía la respuesta.

—El profesor Orville Wright.

La confusión de Al-Saud resultó evidente.

—¿Orville Wright? —Había esperado escuchar «Udo Jürkens»; de igual modo, el nombre le resultó familiar.

—Sí, Orville Wright, un físico nuclear muy conocido, según entiendo.

—Un momento, Aldo —dijo Eliah, y sacudió la mano—. ¿Existe relación entre Jürkens y el tal Orville Wright?

—Así creo yo. No puedo asegurarlo, pero estimo que Jürkens trabaja para Orville Wright.

—¿Por qué Blahetter le habló de Jürkens?

—Lo mencionó como un posible comprador de su invento. Hablé con él por teléfono a mediados de enero, y me dijo que se reuniría con Jürkens para explicarle las ventajas de su centrifugadora. No sé si esa reunión llegó a tener lugar. Lo único que sé es que Roy está muerto, y usted dice que se sospecha de Jürkens.

Al-Saud aprovechó el silencio de Aldo Martínez Olazábal para reordenar las piezas de un rompecabezas complejo. Se puso de pie y caminó siguiendo el diseño de la alfombra. Se detuvo de golpe y giró para mirar a Aldo.

—Por un momento, dejemos a Jürkens de lado —propuso—. Dígame por qué piensa que Orville Wright mató o mandó matar a Blahetter.

—Porque Wright se hizo con el invento de Blahetter y se lo vendió a Saddam Hussein.

Al-Saud volvió a los cojines, donde se dejó caer, conmocionado, sobrecogido por la última declaración. «¿La centrifugadora de Blahetter en manos de un chiflado como Hussein?» Era incapaz de medir las consecuencias si la información resultaba verdadera.

—¿Está seguro? —susurró Al-Saud.

—Lo vi con mis propios ojos —afirmó Martínez Olazábal, y detalló los pormenores de la cena en el palacio de Sarseng, en la cual Orville Wright había presentado el prototipo a Hussein.

—¿En qué estado de avance están las cosas en Irak?

—Saddam pretende que Wright construya la mayor cantidad posible de centrifugadoras. Una vez que consiga la torta amarilla, las pondrá en funcionamiento, y en menos de diez días obtendrá el combustible fisible para construir varias bombas con el poder destructivo de la de Hiroshima.

—*Merde* —masculló Al-Saud, y, al pasarse la mano por la cabeza, se aplastó el pelo y se despejó la cara, lo que causó una fuerte impresión en Aldo; nunca lo había visto tan parecido a Francesca—. Se suponía que usted debía conseguir la torta amarilla, ¿verdad?

Aldo asintió con aire apenado.

—Ahora debe de estar haciéndolo mi socio, Rauf Al-Abiyia, si es que Saddam no lo asesinó a causa de mi desaparición.

—¿Con qué dinero Saddam logra todas estas cosas? Pagar a Orville Wright, comprar torta amarilla, construir las centrifugadoras...

—Con el dinero que obtiene contrabandeando petróleo. Es un gran negocio que deja jugosas ganancias.

—Aldo, ¿existe la posibilidad de que Wright y Blahetter hayan inventado la centrifugadora al mismo tiempo? Suele ocurrir.

—No. —La negativa de Martínez Olazábal, tan resuelta, indicaba que tenía pruebas para refrendarla—. Roy me contó que había conocido a Wright en el MIT, mientras estudiaba para un Ph.D. Roy admiraba a Wright, una eminencia en el mundo de la física, según me dijo, y logró convertirse en su asistente. Así fue como le confió su secreto: el diseño de la centrifugadora que revolucionaría el mundo de la energía nuclear. El profesor Wright le robó los planos, las planillas con cálculos... En fin, todo lo que conformaba su invento. Pero el invento no estaba terminado, y Wright lo sabía. Precisaba el resto del trabajo de Roy. Y aquí encaja a la perfección el asalto que sufrió Matilde, en el cual le quitaron la llave que Roy le había dado días atrás.

—Y el robo del cuadro —completó Al-Saud— a cargo de Jürkens.

—¿De veras? ¿Jürkens entró en el departamento de Enriqueta para robar el cuadro?

—Lo tengo en una filmación, saliendo del departamento de su hermana. Aunque no se llevó el cuadro. Simplemente, cortó la parte posterior.

—Seguramente, Roy había escondido los planos detrás de *Matilde y el caracol*.

—Es muy probable —acordó Al-Saud.

—¡Dios mío! ¡En qué lío hemos metido a Matilde! ¿Por qué el tal Jürkens la persigue todavía? Wright obtuvo lo que quería, los planos de la centrifugadora, ¿por qué no la dejará en paz?

—Como Matilde era la esposa de Blahetter, Wright pudo haber supuesto que ella está al tanto del invento. ¿Acaso no es normal que un esposo le hable a su esposa acerca de su trabajo? No tiene por qué saber cómo eran las cosas entre ellos. Tal vez esté buscándola para eliminarla, porque, para él, Matilde es la única que podría impugnar la propiedad de su invento. —Aldo se cubrió el rostro, y Al-Saud rogó que no se pusiera a llorar—. ¿A qué nivel conoce a Fauzi Dahlan?

—¿Fauzi Dahlan? Ya le dije, es del entorno de Kusay Hussein. Lo conozco, sí, pero no somos íntimos.

—Jürkens y él son amigos. —Aldo agitó los hombros en un ademán de ignorancia—. Tal vez podríamos llegar a Jürkens a través de Dahlan.

—Si pensaba usarme a mí, ahora será un poco difícil. Mi desaparición habrá enfurecido a Dahlan. Si llego a asomar la nariz en Bagdad, me la cortarán, literalmente.

Al-Saud volvió a ponerse de pie y a pasearse por la estancia. Sabía que la influencia de Jürkens superaba el trabajo realizado para Orville Wright, porque de seguro no existía relación entre el robo del invento de Blahetter y el ataque a la sede de la OPEP en Viena, ¿o sí? Tal vez Saddam había contratado al ex miembro de la banda Baader-Meinhof para que obtuviera dinero a través de los rescates, que luego destinaría a la construcción de las centrifugadoras y a la adquisición de torta amarilla. La trama adquiría matices inverosímiles si se añadía el papel de Jürkens en la fuga de Natasha.

Desde su posición cómoda sobre la alfombra y entre cojines, Aldo sorbía un café medio frío y observaba a Al-Saud, que, en cuatro trancadas, cubría la extensión de la tienda, para emprender el recorrido de nuevo en sentido contrario, así, una y otra vez, mientras se aprisionaba el mentón entre el índice y el pulgar de la mano derecha y se aplastaba el pelo con la izquierda. Su cuerpo delgado y flexible comunicaba solidez. No resultaba extraño que sus hijas, Celia y Matilde, hubieran perdido la cabeza por él.

Al-Saud se detuvo de manera súbita y giró para preguntar:

—¿Cómo es Orville Wright? Dice que lo conoció en Irak.

Martínez Olazábal guardó silencio, y su expresión adoptó un aire reflexivo.

—Es un tipo raro, de eso no hay duda. Lo es en el aspecto físico como en la personalidad.

—¿Qué tiene de raro su aspecto físico?

—Es desagradable. Sus cejas llaman la atención, porque son muy pobladas, gruesas y… como despeinadas. Su piel es tirando a oscura, y la de su cara es gruesa y porosa. Su nariz… Su nariz es prominente, con manchas y cicatrices. Algo que me afectó fueron sus dientes. Eran cafés.

—¿Cafés? ¿Como los de un fumador?

—No, no. No son dientes manchados de café, sino cafés. Así como el color de nuestros dientes es uniforme y tiende al blanco, el de él es uniforme y tiende al café.

Al-Saud miró fijamente a Aldo, aunque, en realidad, no lo veía a él sino a su amigo Gérard Moses. Gérard encajaba en la descripción de Martínez Olazábal, además era físico y una eminencia en materia de diseño y construcción de armamento. Aldo lo vio sacudir la cabeza y apretar los párpados en el acto de alejar un pensamiento enojoso.

—Wright es más bajo que usted —prosiguió—, de mi altura, tal vez. No es gordo ni flaco. Normal, diría yo, aunque no es del tipo atlético, más bien, todo lo contrario. Tiene una espalda chica y los hombros caídos.

—¿Qué edad tiene?

—Difícil calcular con esa cara tan rara. Yo le daría unos cincuenta años.

Gérard Moses era sólo un poco mayor que él, si bien, a causa de los estragos de su enfermedad, aparentaba alrededor de cuarenta, pero no parecía de cincuenta.

—¿Cuál es el color de su cabello?

—Castaño oscuro.

—¿No tiene canas?

—No, creo que no —dudó Aldo—. Podría ser un color artificial, podría teñirse.

En el último encuentro con Gérard a principios de mayo, en el Hospital AKH de Viena, Al-Saud había notado muy canoso a su amigo. Se aferró a ese detalle para alejar la idea repugnante que tomaba forma en su mente y que él intentaba acallar con cualquier excusa. «*Podría teñirse*», había sugerido Aldo. Un hombre como Gérard, desde niño preocupado por el conocimiento y el cultivo de la inteligencia, no perdería tiempo en cuestiones estéticas, se alentó.

—¿En qué idioma habla Orville Wright?

—En inglés, por supuesto.

—¿Por qué dice «por supuesto»?

—¿Acaso Wright no es un apellido inglés?

—¿No habla con algún acento?

Martínez Olazábal levantó las cejas y los hombros en una actitud desconcertada.

—De acentos no sé mucho. Me pareció que hablaba un excelente inglés, como si fuera su lengua madre.

En verdad, admitió Al-Saud, Gérard y Shiloah Moses hablaban un inglés puro, sin la típica cadencia que le imprimen los franceses, y eso se debía a que, desde la cuna, los había cuidado una institutriz inglesa, sin mencionar el colegio bilingüe al que habían asistido.

—¿Qué sucede, Eliah? Lo noto preocupado.

—Lo que acaba de contarme, Aldo, es de una gravedad casi inverosímil.

—Lo sé, se lo advertí.

—Así que Saddam está tratando de cumplir su sueño nunca realizado: convertirse en una potencia nuclear —pronunció Al-Saud, más para sí.

—Esta vez lo conseguirá.

Se contemplaron con semblantes graves, aunque Aldo se sentía más sereno por haber compartido su secreto con un hombre que, no le cabía duda, sabría qué hacer.

—Eliah, ¿esta información le servirá para neutralizar el peligro que acecha a mi Matilde?

«Mi Matilde», repitió Al-Saud para sí, y la sonrisa triste que le suavizó la dureza de los labios desorientó a Martínez Olazábal. Parecía que todos la reclamaban cuando él era el único con derecho a poseerla. No obstante, Matilde lo había herido profundamente, y su naturaleza rencorosa y soberbia le impedía perdonarla.

—No lo sé. Sin duda, conocer esta verdad es mejor que estar a ciegas. En lo que respecta a Jürkens, ese tipo es un acertijo difícil de desentrañar. Seguiré buscándolo y daré con él, y el día en que lo haga lo mataré con mis propias manos. Ya me ha causado demasiados problemas.

A pesar de estar exhausto, Al-Saud no durmió esa noche. Se pasó horas dando giros sobre el colchón extendido en el piso de la tienda hasta que aceptó su imposibilidad de conciliar el sueño y colocó los brazos a modo de almohada y horadó la oscuridad. Sabía que, en esa posición y con la vista fija en la negrura, las revelaciones de Aldo adquirirían una dimensión colosal. Sin embargo, ¿no era desorbitado, peligroso, alarmante y dantesco que un invento como el de Blahetter hubiera caído en manos de Saddam Hussein? ¿Cómo debía proceder? Durante la Guerra del Golfo, los servicios de inteligencia habían trabajado sin respiro para descubrir la ubicación de los arsenales de armas iraquíes, fueran tradicionales, químicas o biológicas, como también las locaciones donde se procesaba uranio, y les había correspondido a ellos, a los pilotos, destruirlos. Se suponía que Irak no era una potencia nuclear, ni siquiera antes del 91. Israel se había ocupado de destruir los sueños de grandeza de Saddam al bombardear, en julio del 81, el reactor nuclear que sus constructores, los franceses, llamaron Osirak, y que los iraquíes rebautizaron Tammuz I e instalaron en la ciudad de Al-Tuwaitha, a dieciocho kilómetros al sureste de Bagdad. Si bien nadie dudaba de que la ambición de Hussein por convertir a Irak en la primera nación árabe con capacidad para construir una bomba nuclear no había desaparecido junto con el reactor Tammuz I, se presumía que, tras la derrota del 91 y el estado calamitoso de la economía iraquí, la concreción del sueño del dictador se había tornado inviable. La información proporcionada por Martínez

Olazábal alteraba de un modo radical el escenario de la política internacional, y las consecuencias resultarían catastróficas si Hussein alcanzara su meta.

A la mañana siguiente, se presentó en la tienda de Aldo para despedirse, y la incomodidad ganó el ánimo de los dos. Martínez Olazábal le extendió un sobre con el nombre de Matilde y otro sin inscripción.

—Acabo de escribir la carta para Matilde —comentó, con aire apesadumbrado—. No sabía qué decirle. Al final, le dije poco y nada, que estoy bien y que pronto volveremos a vernos. —Eliah asintió—. Ahí dentro —explicó Aldo, y señaló el sobre en blanco— están los datos de una cuenta bancaria que abrí en Nassau, en el First Caribbean International Bank. —Al-Saud extrajo el papel y lo leyó—. En esa cuenta hay tres millones de dólares, de los cuales dos y medio son de Saddam Hussein. —La cabeza de Al-Saud se disparó hacia arriba, y la intensidad de su mirada amedrentó a Aldo—. Es el dinero que me dieron como adelanto para que comprara torta amarilla —se atolondró al explicar—. Necesito devolver los dos millones y medio de dólares a la cuenta que le detallo allí. Es un banco de Liechtenstein. Espero no llegar tarde. Mi socio pudo haber muerto por no ser capaz de dar razón de ese dinero.

—¿Lo sacó del banco en Liechstenstein y lo transfirió al de Bahamas sin contar con el acuerdo de Al-Abiyia?

—Así es. Me arrepiento de haberlo hecho. Pero hace unos meses empecé a desconfiar de Rauf y saqué el dinero para evitar que me estafara. ¿Lo hará? ¿Transferirá el dinero? Ahí le escribí el nombre del oficial de la cuenta, mi clave telefónica, las preguntas de seguridad, todo lo que necesita para proceder a la transferencia.

Al-Saud asintió con poco entusiasmo.

—Aldo, ¿alguna vez tuvo negocios con Anuar Al-Muzara?

—Sí, le vendimos armas a las Brigadas Ezzedin al-Qassam. Fue mi socio el que consiguió el contacto. No sé cómo lo logró. El propio Al-Muzara se presentó para sellar el acuerdo.

—¿Dónde?

—Llegó en una lancha y se subió a mi yate, el *Matilde*.

—¿Sabe dónde puedo encontrarlo?

—No. Es uno de los tipos más escurridizos que conozco.

—¿Cómo se comunicaban?

—Según me dijo Rauf, de una manera arcaica. De pronto, por ejemplo, él estaba tomando un café en Marbella, se aproximaba un muchacho y le dejaba una nota sobre la mesa. En esa nota, se establecían el lugar y la hora para una reunión con algún jerarca de las brigadas.

—¿No tiene un teléfono, un apartado postal, algo?

—No que yo sepa.

—¿Y cómo les pagaba? —se exasperó Al-Saud.

—En efectivo, que nos entregaba en maletines. Era un engorro revisar dólar por dólar, pero fue un buen cliente. Para pagos menores, usaba la *hawala*, un sistema para transferir plata fuera del circuito bancario y completamente ilegal que se lleva a cabo con intermediarios o *hawaladars*, todos a favor de la causa palestina, por supuesto, y diseminados por Europa. Al-Muzara se maneja con los viejos métodos de comunicación y de pago, como si aún viviera en la época de Marco Polo. Supongo que por ser tan paranoico y odiar la tecnología, aún sigue vivo.

Al-Saud acordó con un ligero movimiento de cabeza y extendió la mano hacia Martínez Olazábal.

—Me voy en unos minutos, Aldo. Ya tengo lista la camioneta. Cualquier dato que recuerde, no dude en avisarme como hasta ahora.

—Así lo haré —prometió, y apretó la mano ofrecida con una efusión que procuraba comunicar agradecimiento—. ¿Usted seguirá cuidando de mi princesa? —Al-Saud volvió a asentir, y, al percatarse de que lo evadía con la mirada, Aldo se preocupó—. ¿No andan bien las cosas entre Matilde y usted?

—Nada que no pueda arreglarse —aseguró, y se alejó deprisa.

Aunque había previsto volar a la base aérea de Dhahran para evaluar el desempeño de los adiestradores con que la Mercure proveía a las Reales Fuerzas Aéreas Saudíes, Al-Saud alteró sus planes y, al día siguiente, miércoles 30 de septiembre, despegó del Aeropuerto Rey Khalid con destino a Milán. Le solicitó a Natalie que le trajese el teléfono encriptado; haría varias llamadas, entre ellas, al banco en Nassau para devolver el dinero a la cuenta del Bank Pasche de Liechtenstein, y otra, al general danés Anders Raemmers, su antiguo comandante en *L'Agence*. Finiquitada la transferencia telefónica, consultó la hora londinense en su Breitling Emergency antes de marcar el teléfono privado de Raemmers, al que pocos accedían.

—General, soy Caballo de Fuego. —Se presentó usando su nombre de guerra.

—Ésta sí que es una sorpresa. ¿Cómo estás, hijo?

—Bien, general. ¿Y usted?

—Ya me conoces. Soy un pesimista nato, así que siempre contesto igual a esa pregunta: como puedo.

—Ninguno de nosotros puede ser optimista conociendo al mundo como lo conocemos.

—Nuestro mal humor está justificado, entonces. ¿Qué te traes entre manos, Caballo de Fuego? Porque estimo que ésta no es una llamada de cortesía.

Al-Saud rio entre dientes antes de contestar:

—Podría serlo, general. Usted sabe cuánto lo aprecio.

—Sí, sí. Cría soldados y te comerán los ojos —fingió lamentarse—. Anda, dime, ¿hablas desde una línea segura?

—Siempre, general.

—Dime, pues.

—Necesito verlo. Es urgente. Preferiría que fuera en territorio neutral.

—¿Dónde?

—En Milán.

—¿Cuán urgente es, Caballo de Fuego?

—Código Lambda, general.

Ante la mención de la letra lambda, Raemmers se sobresaltó y se puso de pie.

—¿En qué parte de Milán quieres que nos encontremos?

—En la Galería Vittorio Emanuele II, en la puerta del negocio de Prada.

—Siempre te gustó vestir a la moda.

—Es un lugar estupendo para pasar inadvertidos, con tantos turistas y adictos a las compras.

—¿Cuándo?

—Me gustaría que fuera mañana mismo.

—Aguarda un instante. —Raemmers consultó su agenda electrónica. Para el día siguiente, jueves 1° de octubre, el general danés tenía varios compromisos, pero decidió cancelarlos—. Mañana estaré allí —confirmó—. A la una de la tarde. Espero que conozcas un buen sitio para almorzar.

—El mejor —aseguró Eliah.

∴ ⚘ ∵

Aunque habría sido sensato esperar un mes para restablecerse por completo, Rauf Al-Abiyia estrenó su nueva cara, bastante hinchada todavía, en el Aeropuerto Internacional de Trípoli, en Libia, donde los muchachos de la *Mukhabarat* de Muammar Qaddafi lo conocían como a las palmas de sus manos. Presentó el pasaporte de nacionalidad iraquí con fotografía nueva y nombre falso, al cual el empleado de Migraciones, luego de echarle un vistazo rápido, le estampó un sello. Caminó hacia el área destinada a los vuelos nacionales, y ningún agente le salió al paso. No lo habían reconocido. Acababa de superar la prueba de fuego. De igual modo, Fauzi Dahlan había designado a dos de sus hombres para que lo protegieran, más bien para que lo vigilaran. Se mantenían a distancia y hacían bien su trabajo.

Compró un boleto para el vuelo que partiría en dos horas hacia la ciudad de Bengasi, y, mientras aguardaba el llamado de embarque, se sentó a tomar té de menta y a planear el golpe al carguero *Rey Faisal*. Se trataba de una misión titánica y compleja que lo mantenía en vela y con la presión alta. Si resultaba un éxito, mataría dos pájaros de un tiro: se haría de una comisión millonaria y se ganaría de nuevo el favor del *rais* Hussein (en un solo golpe, le conseguiría más uranio del que necesitaba). Sin embargo, llegar a buen puerto con la carga robada requeriría de su ingenio, de sus contactos y de sus huevos. En ese momento y pese a todo, extrañaba a su socio Mohamed Abú Yihad, porque siempre se le ocurrían ideas brillantes.

La compañía de transporte marítimo de Yasif Qatara, con domicilio en el muelle veintitrés del puerto de Bengasi, se reducía a una oficina en la planta superior de un restaurante, cuyos olores a aceite recalentado y ajo impregnaban cada rincón de la estancia. A Qatara no le molestaba el aire denso de su despacho, ni siquiera el que manaba de su propio cuerpo. Al-Abiyia le sonrió al darle la mano, que limpió discretamente en un pañuelo perfumado. Aguantaba al libio porque, desde hacía años, les suministraba barcos para transportar armas, no hacía preguntas y se ocupaba de adulterar la documentación.

—Si no me hubieras mostrado ese viejo tatuaje en el brazo —expresó Qatara—, no te habría reconocido, Rauf.

—Ésa es la idea, Yasif, que los hijos de puta del Mossad no me reconozcan.

Al sonido de la palabra «Mossad», el libio escupió en el piso de madera y se limpió la boca con la manga.

—¿Cómo está tu socio Mohamed? Hace meses que no sé nada de él.

—Está escondiéndose. A él también lo buscan.

—Malditos judíos del demonio. —Escupió de nuevo.

Al-Abiyia quería salir cuanto antes de ese sitio, por lo que se propuso ir al grano.

—Necesito un barco, Yasif, uno que sea capaz de transportar ciento dos tambores sellados, que pesan doscientas toneladas.

—¿Qué contienen?

—Uranio. —Qatara se acomodó en la silla y soltó un silbido—. Lo hemos hecho en el pasado —le recordó Al-Abiyia.

—Es verdad, pero no en cantidades tan grandes.

—Tú mismo podrás comprobar que se ha cumplido con todas las medidas de seguridad. De hecho, los tambores están forrados con plomo y sellados. Debido a eso y a que el uranio es tan pesado, el total de la carga asciende a doscientas toneladas.

—¿Dónde se realizará la carga?

—En alta mar.

—¡En alta mar!

—En el Golfo de Adén. Desde un barco hasta el que tú me proveas.

—¿Por qué no me cuentas toda la historia, Rauf, y nos ahorramos tiempo?

—Primero dime si estás interesado en la operación. Estoy dispuesto a ser generoso contigo.

—Sí, estoy interesado.

—Bien.

A Qatara terminó por convencerlo la cifra que Al-Abiyia le prometió si el uranio alcanzaba el puerto de Umm Qasr, en la boca del río Shatt al-Arab, al sur de Irak. Al día siguiente, Rauf voló a Trípoli y, desde allí, a Roma para abordar un avión a última hora de la tarde que lo condujo al Aeropuerto de Heathrow, en Londres, otra prueba de fuego; los del Mossad se movían en sus instalaciones como si se tratara del Aeropuerto Ben Gurión. Para nadie era un secreto que los agentes israelíes, los del SIS británico y los de la CIA se consideraban hermanados en la lucha contra el terrorismo.

En Londres, lo urgía recabar información acerca del *Rey Faisal*, y no se le ocurría otro sitio para comenzar su investigación que la Lloyd's of London, la principal aseguradora de barcos del mundo. Llamó desde una caseta telefónica cercana al hotelucho donde se alojaba. Marcó el número de la sede de la Lloyd's y se encomendó a Alá. Después de hartarse con la misma música y presionar varios botones, escuchó una voz humana.

—Lloyd's Insurance Market. Buenos días. ¿En qué puedo ayudarle?

—Necesito conocer los datos de una póliza de seguro de un buque carguero.

—¿Cuál es el nombre del bróker con el cual se tramitó la póliza?

«Mierda.»

—Lo desconozco.

—¿Nombre del barco?

—*Rey Faisal*, de bandera saudí.

De nuevo la música.

—El seguro sobre el *Rey Faisal* se tramitó a través de Everdale Insurance Brokers Limited.

—¿Podría darme el teléfono, por favor?

Segundos más tarde, llamaba a Everdale Insurance Brokers Limited con una idea *in mente*. Se presentó como el contador Al-Massen —proporcionó el mismo nombre falso del pasaporte— y aseguró pertenecer a un despacho contable, el International Accountants Associates, que realizaba una auditoría sobre los bienes patrimoniales de la compañía petrolera saudí Aramco. Precisaba información de un barco en especial, el *Rey Faisal*. Lo pasearon por varios internos, en los cuales repitió la mentira, hasta dar con el agente responsable de la póliza del carguero saudí. El muchacho —por la voz, resultaba evidente que apenas superaba la treintena— comentó que el pedido le resultaba «altamente irregular». No obstante, cuando Al-Abiyia le aseguró que tenía documentos donde lo autorizaban a recabar la información para la auditoría, accedió a concederle una cita para el lunes siguiente, 5 de octubre.

Durante esos días de espera, Rauf Al-Abiyia se ocupó de imprimir tarjetas personales, papel con membrete de la International Accountants Associates y de Aramco y de falsificar notas e identificaciones, incluso llegó a pagarle quinientas libras a la prostituta con la que solía acostarse en Londres para que le prestara el número telefónico de su departamento, el cual terminó impreso en las tarjetas y en el membrete, y para que se hiciera pasar por la telefonista de International Accountants Associates en caso de que el empleado de Everdale Insurance se tomara la molestia de corroborar la información que Rauf le brindaría. La había adiestrado para que dijera que el contador Al-Massen pertenecía al *staff* de la sede que la International Accountants Associates poseía en Ammán, capital de Jordania.

El lunes 5 de octubre, se presentó en la calle Gracechurch de la City londinense, donde se erigía el edificio de la aseguradora. «A veces», reflexionó el traficante de armas, «todo depende de un golpe de suerte». Porque resultó una casualidad afortunada que el agente fuera hijo de iraquíes exiliados. El muchacho, que seguía mostrándose desconfiado mientras leía la documentación que Al-Abiyia sacaba del maletín, sufrió un cambio abrupto al estudiar el pasaporte del supuesto auditor y comprobar que era originario de Irak. Diez minutos más tarde, reía, suspiraba con nostalgia y se relajaba, tanto que, cuando Al-Abiyia le solicitó unas fotocopias, abandonó la documentación del *Rey Faisal* sobre el escritorio y corrió a hacerlas. No le tomó más de tres minutos a Al-Abiyia escanear con un pequeño adminículo las páginas relacionadas con el próximo viaje del buque a Portugal.

~ ❀ ~

Apenas se sintió con fuerza para incorporarse en la cama, Gérard Moses deseó telefonear a Eliah Al-Saud; ansiaba escuchar su voz, y se estremeció al evocar el timbre de contrabajo y los tonos oscuros y graves. Sabía que, en el último ataque agudo de porfiria, se había enfrentado de cerca con la muerte, y, si bien no era la primera vez que padecía una crisis, la última había sido distinta, lo había hecho recapacitar. No quería morir sin confesarle a Eliah cuánto lo amaba. No obtendría nada, lo sabía, quizá se ganaría su desprecio; no obstante, una decisión arrolladora lo impulsaba a decírselo. De todos modos, no podría viajar a París en un largo tiempo; tendría que esperar para entrevistarse con su amigo porque, una vez recuperado por completo, regresaría a Base Cero para terminar la construcción de las centrifugadoras y de la bomba, aunque, si la adquisición de la torta amarilla seguía dilatándose, la finalización de su trabajo se postergaría indefinidamente. Presionaría a Fauzi Dahlan para que le proveyese el combustible nuclear cuanto antes.

Llamaron a la puerta. Deseó que no fuera Kusay Hussein, cuyo interés por su salud sonaba artificioso.

—Adelante —invitó, y, a causa del poco uso, la voz le salió áspera y chillona. Volvió a pensar en la sedosa y sensual de Eliah—. ¡Udo! —se sorprendió, y una sincera alegría lo impulsó a incorporarse en la almohada.

—¡No, no, jefe! Quédese quieto. —Jürkens se aproximó a la cama y ayudó a Moses a erguirse.

—¿Qué haces aquí? —preguntó de peor manera de la que pretendía, porque, en realidad, lo alegraba ver a su hombre de confianza, que se mostraba eternamente agradecido y cuya sumisión y amabilidad resultaban halagadoras. Lo servía con eficiencia y lealtad, aunque debía admitir que últimamente Udo sólo cometía errores.

—Acabo de llegar. Fauzi fue a buscarme al aeropuerto y me contó que usted había sufrido un ataque. Le pedí que me trajera directamente aquí.

—¿Dahlan está contigo?

—Sí. Está hablando con un médico. ¿Qué pasó, jefe? Dice Fauzi que el ataque fue grave.

—Sí, grave —admitió, de mala gana y sin mirarlo—. Me excedí, Udo. Trabajé sin descanso y me alimenté mal. ¿Por qué has venido a Bagdad? ¿Dónde has estado todo este tiempo? No he sabido nada de ti.

—Después de la misión que Al-Muzara me encomendó en el Congo...

—¿En el Congo? ¿Has estado en el Congo?

Jürkens lo contempló, enmudecido, incapaz de ocultar la confusión. ¿Moses no recordaba la conversación sostenida por teléfono tiempo atrás? ¿El ataque de porfiria le había provocado amnesia?

—Sí, jefe, en el Congo —ratificó—. Allí me enfermé gravemente, así que la misión se dilató.

—¿Qué misión te encomendó Anuar?

—Secuestrar a la mujer de Al-Saud.

—¿De Eliah? —Jürkens asintió con gesto inescrutable—. ¿Para qué?

—Quería extorsionar a Al-Saud para que le diera dinero y su experiencia como soldado.

—Eliah no es soldado. Era piloto de guerra, pero no un soldado. Tiene una empresa de seguridad, es cierto, y usa armas. Es más, le gusta coleccionarlas. Es un gran tirador, pero no es soldado.

—A finales de marzo, la revista *Paris Match* publicó un artículo en el cual apodaban a Al-Saud el rey de los mercenarios. El periodista aseguraba que Mercure S.A. no es solamente una empresa de seguridad sino que va mucho más lejos.

Gérard Moses se tensó al evaluar la información que su asistente le proporcionaba. Aunque lo fastidió que Eliah nunca le hubiera mencionado la verdadera índole de su empresa, Gérard Moses se estremeció de excitación al imaginarlo en acción, ataviado como soldado, con un fusil cruzado sobre el torso y su mirada de ojos verdes atenta al terreno. En ese momento comprendía el interés de Al-Saud por el último diseño que había realizado para la Fabrique Nationale, la unidad de control de disparo. Como siempre conversaban de armamento, a Gérard no lo había sorprendido. ¿Habría recibido la unidad que le había enviado? ¿Habría admirado su invención?

—Eliah y esa mujer terminaron —declaró Moses—. Él mismo me lo dijo.

Jürkens sacudió los hombros y manifestó:

—Estaban los dos en el Congo.

—¿En el Congo?

—Ella es médica y trabaja para Manos Que Curan —explicó el berlinés, con paciencia y medio desorientado—. La habían destinado al Congo oriental. Y Al-Saud estaba ahí, en el Congo, probablemente en una misión de la Mercure.

—Una casualidad —expresó. La ira borraba las buenas intenciones de momentos atrás, y el odio que había experimentado a lo largo de su vida —odio a su padre, a su hermano, a la porfiria, a sí mismo— se extendía a Eliah y a esa mujer. No quería odiarlo a él, sólo a la mujer, porque de ella era la culpa; de seguro, lo habría perseguido hasta cansarlo, hasta meterse en su cama. ¿Acaso en el último encuentro, en el hospital de Viena, Eliah no había expresado que las mujeres «lo tenían hasta la madre»? Sonrió al evocar el ademán que acompañó la declaración. De pronto, cayó en la cuenta de que estaba olvidando formular la pregunta clave; resultaba obvio que su inteligencia declinaba—. ¿Lo lograste, Udo? ¿Entregaste la mujer de Eliah a Anuar?

Jürkens se esforzó por disimular la incomodidad que le provocaba la amnesia de Moses. Tal vez el ataque porfírico no había ocasionado una pérdida de memoria sino un daño neurológico.

—No, jefe. Unos rebeldes congoleños atacaron el lugar donde la doctora Martínez se encontraba y la hirieron.

—¿Murió? —Los ojos desvaídos de Moses cobraron vivacidad y se nublaron casi de inmediato cuando Jürkens negó con la cabeza—. ¿Sabes dónde está ahora?

—En París.

—¿Con Eliah?

—No lo sé —admitió.

—A Anuar lo habrá disgustado que fallaras una vez más, Udo.

Jürkens bajó la vista. Sólo en presencia de Gérard Moses, el gigante berlinés adquiría ese aire de niño compungido.

—Lo intentaremos de nuevo, más adelante. Al-Muzara juzgó conveniente que me ocultara por un tiempo aquí, en Irak.

—Tal vez ha llegado el momento de que te sometas a una cirugía plástica para alterar tus facciones. Te has hecho demasiado famoso, Udo.

—¡No! —se negó, con una vehemencia que sorprendió a Moses primero y que le causó risa después.

Jürkens no alteraría sus facciones. Ágata no lo reconocería.

—Está bien, está bien. Vendrás conmigo, entonces, a Base Cero. Me serás de utilidad allá.

⌁ ✾ ⌁

Matilde y Juana pasaron la mañana del miércoles 30 de septiembre en la sede de Manos Que Curan en la calle Breguet. Completaron el informe llamado *debrief* y destinaron una hora cada una con la psicóloga, a quien Matilde expresó su deseo de seguir trabajando para la organización humanitaria.

—Viviste una experiencia traumática, Matilde. Saliste malherida. ¿Aún quieres trabajar con nosotros?

—Sí.

—¿Has tenido ataques de pánico?

—No.

—¿Has dormido bien últimamente?

No, dormía mal; se despertaba varias veces asaltada por pesadillas en las que, generalmente, Jérôme la llamaba llorando.

—Sí, he dormido bien —mintió. Necesitaba regresar al trabajo. Perdería la cordura si seguía esperando noticias en casa de Ezequiel.

—¿No deseas volver a Córdoba para visitar a tus parientes? Juana ha dicho que volverá en unos días.

—No me gusta Córdoba.

—¿Y tu familia?

—Allá sólo viven mi abuela y mi hermana mayor —manifestó, dispuesta a no ahondar en el tema.

—¿Has pensado en lo que te ocurrió en Rutshuru?

—Me acuerdo cuando la herida me arde un poco o cuando me baño y la observo. No le doy mayor importancia al ataque. Son situaciones que pueden ocurrir en un trabajo como el nuestro. Estoy lista para volver al terreno.

Trató de no mostrarse tensa ante la psicóloga, aunque lo cierto era que estaba nerviosa porque temía que Auguste Vanderhoeven le hubiera mencionado las visitas furtivas de Eliah a la casa de Manos Que Curan o de su relación con Jérôme, y que eso le diera en la torre a su sueño de volver a trabajar. Salió del consultorio de la psicóloga con la impresión de que el belga no la había traicionado. Sólo restaba aguardar el informe y rogar para que se presentara una nueva destinación.

Almorzaron con las hermanas Huseinovic, con Joséphine y con Yasmín en un restaurante italiano del Boulevard Saint-Germain. La Diana lucía espléndida en uno de los conjuntos que habían comprado el sábado anterior, uno de falda tubo blanca y remera tejida que se adhería a sus senos y a su cintura en tonalidad beige. Yasmín le había dado clases de maquillaje, y a Matilde le pareció que La Diana había aprendido bien, logrando un equilibrio al realzar sus ojos celestes, sus pómulos y sus labios sin caer en el exceso que endurece las facciones. Era otra mujer, y su sonrisa demostraba que el cambio no terminaba en su buena estampa.

—¿Te ha visto Sergei así de hermosa? —le susurró Matilde, y La Diana movió la cabeza para negar; resultaba asombroso verla enrojecer.

—Viajó al Congo antes de que me comprara esta ropa y el maquillaje. El lunes volví a ver al doctor Brieger, el psiquiatra de Leila.

—¿Y?

—Estoy contenta. He llorado mucho —confesó, y Matilde, que percibía cuánto le costaba admitir esa debilidad, le apretó la mano.

—Te admiro, Diana. Sé que, con la ayuda de Brieger y de Sergei, superarás este problema. Si yo lo superé, tú también podrás hacerlo.

—¿De veras?

—Hay un secreto para lograrlo. —La Diana se removió en la silla y levantó las cejas en un gesto inconsciente—. Tienes que confiar en Sergei y permitirle que te guíe hacia la luz.

Matilde observó que Yasmín, aunque simpática como de costumbre, se había mantenido callada y sonreía de modo forzado. No se atrevía a indagarla porque temía que le preguntara por Eliah. No estaba preparada para admitir ante Yasmín que lo había perdido, ni siquiera toleraba reconocerse a sí misma que no lo tenía a su lado a causa de la misma razón que los había separado la primera vez: sus celos, sus dudas y su orgullo. Había meditado desde la declaración de Juana. Su amiga sostenía que boicoteaba la relación con Al-Saud porque no se permitía ser feliz. Por supuesto, se trataba de un comportamiento inconsciente; sin embargo, trazaba el derrotero de su vida y la hundía en la infelicidad. Principalmente, quería pedirle perdón a Eliah, había deseado disculparse desde el instante en que lo vio saltar por la ventana de su dormitorio en Rutshuru; no obstante, cuando hablaron por teléfono, se mostró inflexible y altanera, como aquella noche. En cada oportunidad en que rememoraba ese instante, el del abandono de Al-Saud, sentía el mismo dolor profundo y visceral que la lastimaba cuando pensaba en Jérôme. Su vida carecía de sentido si alguno de ellos faltaba. Matilde no se completaba sino en Eliah y en Jérôme, el padre y el hijo, y por eso, como ninguno estaba con ella, andaba sumida en una desolación que no había experimentado en la peor época de su vida; se preguntaba qué la movía cada mañana al levantarse.

Peter Ramsay las sorprendió yendo a buscar a Leila al restaurante sobre el Boulevard Saint-Germain; acababa de llegar del Congo. Acercó una silla a la mesa y se ubicó junto a Leila, que le destinó una mirada fugaz y sonriente, un acto simple que, a ojos de Matilde, que la conocía tanto, entrañaba la devoción que el inglés le inspiraba; no le retiró la mano cuando Ramsay se la tomó.

Juana aduló al inglés asegurándole que, con esa ropa y ese peinado —a Matilde le recordó al de Eliah, cuando se peinaba con gel, todo hacia atrás—, lucía diez años menor. Leila miraba a Ramsay de soslayo y sonreía con un aire de sabiduría que hacía imposible sospechar que meses atrás se había comportado como una niña.

—Peter, ¿cómo está Sándor? —inquirió Yasmín, y Matilde adivinó las ansias de La Diana por averiguar acerca de Markov.

—Señoras, he traído cartas —fue la contestación críptica de Ramsay, y extrajo dos sobres con el logotipo de la Mercure del bolsillo interno de su saco azul—. Para ti, Yasmín, y para ti, Diana. ¿Necesitas que te diga quién te la envía? —preguntó, y sus ojos azules y chispeantes se posaron en la joven bosnia.

—Si el señor que le envía esa carta —intervino Juana— está la mitad de pasmado y atontado de amor que nuestra querida Diana, los rebeldes ya se apoderaron de la mina de coltán, y Markov todavía no se dio cuenta.

Las risas llamaron la atención de los ocupantes de las mesas vecinas. La Diana volvió a sonrojarse, y Ramsay le confesó que nunca la había visto tan hermosa. Matilde, aunque compartía la alegría de Yasmín y de La Diana, se despreció por envidiarlas. Se refrenaba de preguntarle a Ramsay por Jérôme, se resistía a empañar el momento de dicha de sus amigas, por eso, al ver que el inglés se ponía de pie y arrastraba con él a Leila, lo imitó. Se alejó un poco de la mesa y se acercó a la pareja con actitud intimista.

–Peter, ¿han sabido algo de Jérôme?

–No, Matilde, no hemos sabido nada. –Ramsay le colocó el índice bajo el mentón y la obligó a elevar el rostro. Leila le acarició las mejillas para barrerle las lágrimas–. Matilde, no pierdas la esperanza. Estamos haciendo todo lo posible para encontrarlo. Seguiremos buscándolo hasta dar con él. No lo abandonaremos.

Matilde se cubrió la cara y rompió en un llanto abierto, incapaz de controlarse. Leila la abrazó y le susurró:

–Lo encontrará. Eliah lo encontrará.

–No, no –sollozaba Matilde.

Joséphine se puso de pie y se aunó a Leila para consolarla.

–¿Qué le pasa? –se preocupó Yasmín.

–Estoy segura –explicó Juana– de que le preguntó a Peter por Jérôme.

–¿Quién es Jérôme?

–Un chiquito del Congo, un huérfano que vivía en la misión de Amélie. Matilde lo adora, como si fuera su hijo, y quiere adoptarlo. Pero Jérôme desapareció el día del ataque en el que Matilde salió herida, y tu hermano no ha podido encontrarlo. Mat está desesperada.

–Si se hubiera casado con mi hermano –expresó Yasmín, sin molestarse en disimular el rencor–, podría estar embarazada de su propio hijo.

–Matilde no puede tener hijos –declaró Juana.

–¿Cómo? –La voz de Yasmín brotó como un jadeo.

–No puede. Le extirparon los genitales cuando tenía dieciséis años por un cáncer de ovarios que hizo metástasis. La esterilizaron.

–Oh. No lo sabía. ¿Mi hermano lo sabe?

–Por supuesto.

–¿Terminaron por eso, porque Matilde no puede darle hijos?

–Eso, a tu hermano, le importa un pepino. Es Mat la que no soporta no poder darle hijos.

–¿De veras? –Juana asintió–. Gracias por contármelo. Ahora comprendo muchas cosas.

–Te pido discreción.

–Por supuesto.

⁂

Al-Saud aterrizó el Gulfstream V en el Aeropuerto de Linate al amanecer del 1° de octubre. Acababa de registrarse en el Hotel Principe di Savoia y estaba a punto de ingresar en el ascensor cuando sonó su celular. Se preocupó porque eran las seis de la mañana.

–*Allô?*

–Hola, hermanito –saludó Yasmín.

–Veo que has madrugado.

–Tengo buenas noticias para darte y no podía esperar. Traté de llamarte ayer a última hora, pero entraba la contestadora.

–Dime.

–¡Soy la tía de Kolia! –El silencio se extendió durante unos segundos–. Eliah, ¿sigues ahí?

–Aquí estoy. ¿Cuál es el porcentaje de probabilidad de que yo sea el padre del niño?

–De Kolia, Eliah –se exasperó Yasmín–. La probabilidad es de un noventa y nueve coma noventa y nueve por cierto. No hay duda. *Tú* eres su padre. ¿No estás feliz?

–No lo sé –admitió.

–Para mí es una noticia maravillosa. ¡Amo ser tía! Los sobrinos son lo mejor.

–Yasmín, tengo que dejarte.

–Aguarda, Eliah. Quiero contarte algo. Ayer almorcé con Matilde. No la noté bien.

–¿En qué sentido? ¿Se sentía mal? ¿Estaba enferma?

–No, no –se apresuró a decir para aplacar la ansiedad de su hermano–. Aunque, bueno... No es que vaya derrochando salud por ahí. Está muy delgada y muy pálida. –Yasmín pausó antes de pronunciar la mala noticia–. Se soltó a llorar de un modo que me partió el corazón. Por ese niño, el que quería adoptar en el Congo.

–Jérôme.

–Sí, Jérôme. Peter fue a buscar a Leila, que también almorzaba con nosotras, y Matilde le preguntó si sabía algo de él, de Jérôme.

–¡Qué terca es! –se irritó Al-Saud–. Le dije que la llamaría en caso de saber algo.

–¡Entiéndela!

–¿Le hablaste de Kolia?

–¡No! ¿Cómo crees?

–Te conozco, Yasmín.

–No le dije nada –se ofendió–. De todos modos, si conozco un poco a Matilde, estoy segura de que se alegrará de que tengas un hijo, sobre todo si ella no puede dártelos. –Yasmín percibió la hostilidad de Al-Saud aun a través de la línea–. Disculpa, no quise...

–¿Quién te lo dijo? ¿Matilde?

—No, fue Juana.

—Más vale que mantengas la boca cerrada, Yasmín.

—¿Por qué? —se sublevó—. ¿Qué tiene de malo que no pueda tener hijos?

—No tiene nada de malo, pero es un tema muy duro para ella y no quiero que la angusties ni que la atormentes mencionándoselo. Insisto: mantén la boca cerrada.

—¿Cómo están las cosas entre tú y ella? ¿Están peleados? A mí me lo pareció, porque no habla de ti y, cuando se menciona tu nombre, se pone tensa.

—Es asunto nuestro.

—¡Me enferma cuando te haces el enigmático! —Cambió a un tono conciliador para añadir—: Yo quiero mucho a Matilde, Eliah, y me gustaría que ella fuera tu esposa porque es la única mujer que te hace feliz. Además, estás vivo gracias a la medalla que te regaló, y eso nunca podré olvidarlo.

Las palabras de Yasmín lo conmovieron; no obstante, se acorazó tras su máscara de indiferencia y de frialdad.

—Yasmín, tengo que dejarte. Nos vemos.

Cortó la llamada y subió al ascensor con la pequeña maleta que no había querido entregar al botones. Indicó el piso al empleado y, en tanto la luz saltaba de un número a otro, Al-Saud la seguía con una mirada carente de vivacidad. En su mente se repetía el nombre de Matilde, y su alma lloraba las lágrimas que no se permitía derramar. Matilde estaba sufriendo, y él no podía consolarla. ¿Quién lo habría hecho? ¿Acaso Ramsay la habría tocado o abrazado para calmarla? El tormento en que lo sumían los celos profundizaba la negrura de sus pensamientos y de su desánimo. De pronto se acordó de Kolia y del resultado del análisis. Era su hijo. Lo improbable había ocurrido: concebir un niño usando condón. «¡Qué suerte de mierda!», se quejó, y enseguida deseó tragarse las palabras. Kolia haría feliz a Matilde.

Entró en la habitación, se deshizo de la ropa, de los zapatos, con impaciencia, lo arrojó todo en un sofá, y se acostó de espaldas sobre la cama, con los brazos en cruz. ¿Por qué hacía planes con Matilde? Aún seguía furioso, ofendido, lastimado, y la conversación telefónica que habían sostenido nueve días atrás le demostraba que él, para Matilde, no era lo primero, menos aún lo único. Y sólo admitiría ser lo único para ella. Se incorporó de un salto y masculló un insulto. Se quitó los boxers y se metió en el baño para darse un regaderazo.

Estuvo frente al local de Prada, en la Galería Vittorio Emanuele II, quince minutos antes de la una de la tarde. Resultaba complicado avanzar debido a la multitud. Simuló interesarse en la vidriera y se ocupó de estudiar el entorno para eliminar la posibilidad de que estuvieran siguiéndolo. En esa oportunidad, había ingresado en Italia con un pasaporte falso a nombre de Giovanni Albinoni.

Vio venir a Anders Raemmers y activó el dispositivo para interrumpir las ondas electromagnéticas en caso de que un micrófono parabólico intentara captar el diálogo que sostendría con el jefe de uno de los grupos más secretos y eficaces del mundo del espionaje y de las misiones de riesgo, *L'Agence*. La misma unidad perturbaría las grabaciones de las cámaras que Al-Saud avistó a varios metros del suelo, en puntos estratégicos de la galería.

Raemmers contuvo la sonrisa al descubrir la figura alta de Al-Saud pegada contra una de las columnas de mármol que circundaban el negocio de Prada. El discípulo había aprendido bien; jamás expondría la espalda en un espacio abierto. Lucía en forma, como de costumbre, pese al balazo que había recibido a principios de mayo mientras intentaba desbaratar al grupo palestino que mantenía secuestrado a su padre, el príncipe Kamal.

Al-Saud observó aproximarse a su antiguo jefe, cuya cabeza blanca se elevaba sobre la masa y cuyos ojos celestes relumbraban en la escasa iluminación de la galería. Le admiró la estampa, que aún llevaba con orgullo y hombros rectos a pesar de sus más de sesenta años. Vestía de civil, y, sin embargo, un aire militar definía su actitud, tal vez por el corte de pelo o por la mirada dura y alerta. Detectó de inmediato a los dos agentes que lo seguían para protegerlo.

Se apretaron la mano sin aspavientos y caminaron en silencio hacia la salida que desembocaba en la plaza del *Duomo*, la catedral de Milán.

—Hable tranquilo, general. Estamos protegidos. Nadie podrá interceptar nuestra conversación.

—Caballo de Fuego —habló Raemmers—, anoche no he podido dormir. Cuando mencionaste el Código Lambda, confieso que me pusiste nervioso.

El Código Lambda significaba, en el argot de *L'Agence*, que existía riesgo de explosión nuclear.

—Lo que tengo para contarle, general, es para ponerse nervioso.

—Te escucho.

—Ha llegado a manos de Saddam Hussein un invento en materia nuclear que podría posicionarlo como la primera potencia en este campo.

—¿Primera potencia de la región?

—No, general. Del mundo.

Salieron a la luz natural. Un contingente de turistas japoneses ocupaba el pórtico y sacaba fotografías a diestra y siniestra; la gente bullía en torno, con bolsas de compras y ánimo alegre que contrastaba con la expresión de Raemmers.

—Sigue, Caballo de Fuego.

—Un tal Orville Wright robó los planos y las fórmulas para diseñar una centrifugadora de uranio que enriquece el mineral en cuestión de días y con bajos consumos de agua y de energía.

—¿En cuestión de días? ¡Imposible!

—Veo que conoce el proceso de enriquecimiento de uranio.

—Sí, algo conozco. Por eso te digo que enriquecer uranio no es cosa de días ¡sino de años!

—Ahí está el salto cualitativo de la nueva centrifugadora. Es un desarrollo revolucionario.

—¿A quién pertenece la nueva centrifugadora? ¿Qué país la ha desarrollado?

—No ha sido un país sino un físico nuclear argentino, un prodigio en la materia, según entiendo, que murió envenenado con ricina a mediados de febrero de este año, probablemente a manos de un sicario contratado por Orville Wright.

—¿Quién es este Orville Wright?

—No lo sé, pero puedo asegurarle que le ha vendido el invento a Hussein y que éste ha dispuesto la construcción de varias centrifugadoras para comenzar a enriquecer uranio y a construir bombas. En cuestión de meses podrían hacerse de un arsenal muy importante.

—No le faltará dinero para financiar el proyecto. Sabemos que tiene miles de millones en cuentas *offshore* y que, gracias al contrabando de petróleo, sigue juntando dólares a paladas. Por supuesto, el pueblo iraquí no tiene para comprar esparadrapos. ¿Qué más puedes decirme, Caballo de Fuego?

—En Irak están desesperados buscando quien les venda torta amarilla. Sin el combustible nuclear, las centrifugadoras no servirían de nada. Reservé una mesa en Biffi —anunció Al-Saud—. Volvamos a la galería.

—Tu noticia me ha quitado el apetito, lo cual, estando en Italia y a punto de ocupar una mesa en Biffi, es imperdonable.

—Nada de esto estaría sucediendo si, al terminar la Guerra del Golfo, los aliados hubieran derrocado a Saddam —se quejó Al-Saud.

—No había a quién colocar en su lugar, Caballo de Fuego, y tú lo sabes. Hussein, con todo lo demente que es, sabe cómo lidiar con las fuerzas poderosas que dividen a su país (kurdos, chiíes, suníes). Si él desapareciera de la escena política, se desencadenaría una guerra civil en cuestión de horas.

Al-Saud le destinó un vistazo de incredulidad elocuente, aunque se abstuvo de expresar su parecer. Recorrieron en silencio la nave de la galería hasta llegar al restaurante Biffi, famoso por reunir a personalidades de la política y de la música lírica dada su proximidad con el Teatro alla Scala. Raemmers ocupó una silla y se colocó la servilleta sobre las piernas sumido en una actitud abstraída, de entrecejo fruncido.

—¿Cómo has sabido todo esto?

—No puedo revelarle mi fuente, general, pero le aseguro que es de absoluta confianza y fidedigna.

—Lo sé. No estarías aquí contándomelo si no te hubieras asegurado de que la información es verdadera. Sin duda, Caballo de Fuego, lo que acabas de revelarme provocará una conmoción en las agencias de seguridad occidentales. La relación con el mundo árabe ha vuelto a recalentarse desde los atentados a las embajadas norteamericanas de Kenia y de Tanzania.

Se dedicaron a elegir los platos. A pesar de no dominar el italiano, Raemmers comprendió los nombres de las comidas ya que el menú era bilingüe, escrito en inglés además de la lengua vernácula. Al momento de pedir, Al-Saud se dirigió al mesero en italiano, y despertó la admiración de su antiguo jefe.

—¿Habla inglés? —le preguntó al empleado de Biffi, a lo que el hombre asintió—. Dígame, ¿de qué parte de Italia es este hombre? —preguntó, y señaló a Al-Saud—. ¿Podría saberlo usted por su acento?

—¡Por supuesto! ¡Es milanés! —aseguró el mesero antes de retirarse.

—Siempre me ha pasmado tu habilidad para manejar tantas lenguas y tu capacidad para imitar los acentos —manifestó el general.

—Hablo el italiano desde muy pequeño —se justificó Al-Saud—. No se olvide de que mis abuelos maternos no nos hablan en otro idioma.

—Es cierto. Pero según recuerdo, tus abuelos son piamonteses.

—Sólo mi abuelo Fredo. Mi abuela es siciliana.

—¡Y el mesero dijo que eras de Milán!

—Bah, ha sido fácil imitar el acento milanés.

—No soslayes tu talento para las lenguas. Recuerda que fue uno de los motivos por los cuales fuimos a buscarte a tu hacienda en Ruán cuando decidimos reclutarte.

Raemmers evocó los viejos tiempos, los largos meses de entrenamiento que habían quebrado la voluntad de la mayoría de los convocados como también los años compartidos en *L'Agence*, donde Al-Saud se había desempeñado como jefe de uno de los comandos.

—Sería en vano volver a pedirte que regresaras a trabajar con nosotros, ¿verdad?

—Como dicen los italianos, *sarebbe fiato sprecato*. Sería aliento desperdiciado —tradujo Al-Saud.

Raemmers se aflojó con un suspiro y sonrió comunicando nostalgia.

—¿Qué sabes del inventor de esta centrifugadora revolucionaria?

—Su nombre era Roy Blahetter. Argentino. Un hombre joven, mediaría la treintena. Un genio. Trabajó durante años desarrollando su idea. En el MIT, mientras estudiaba para obtener un Ph.D., conoció a Orville Wright, que le robó parte de su invento. Cuando Blahetter consiguió terminarlo, Wright le robó el resto y mandó asesinarlo. El sicario es un ex miembro de la banda Baader-Meinhof, un berlinés con aspecto y tamaño de oso pardo. Su verdadero nombre es Ulrich Wendorff, aunque ahora se hace llamar Udo Jürkens. Sus amigos del Mossad, general, lo conocen bien.

—No tengo amigos en el Mossad. En este mundo, nadie es amigo de nadie.

—Entiendo que el Mossad y *L'Agence* han trabajado juntos en algunas misiones.

—Por ahora trabajamos en armonía, pero ninguno baja la guardia y siempre estamos desconfiando uno del otro. Así debe ser en el mundo del espionaje. Lo sabes, Caballo de Fuego. Ahora dime lo que sepas del tal Orville Wright y del ex Baader-Meinhof.

Al-Saud le entregó el retrato hablado actualizado de Jürkens y le relató algunas de sus andanzas en París, si bien se abstuvo de comentarle acerca de la participación del berlinés en el asalto de las Brigadas Ezzedin al-Qassam a la sede de la OPEP a finales de abril; tampoco mencionó a Matilde ni su relación con Blahetter. Asimismo, le proporcionó las señas de Orville Wright, y, al repetir lo que Aldo Martínez Olazábal le había detallado del aspecto físico del científico, se acordó de nuevo de su amigo Gérard Moses, lo cual le provocó un ardor en la boca del estómago que acabó con su apetito, más allá de que *le pappardelle alle vongole* estuvieran sublimes.

Después del café *ristretto*, decidieron terminar el encuentro. Al-Saud pagó el almuerzo con su tarjeta *Centurion*, dejó una propina generosa bajo el salero y se puso de pie al mismo tiempo que el general. Caminaron por la nave de la galería que conducía a la *Piazza della Scala* y se detuvieron para despedirse frente a una estatua de Dante Alighieri.

—Caballo de Fuego, sé que me has contado esto porque confías en mí. Sé también que concedes a muy pocos tu confianza, y eso me honra.

—Usted se ganó mi confianza, general.

—Y tú, la mía. Te agradezco que hayas recurrido a mí. Quizá todavía estemos a tiempo de detener a ese chiflado de Hussein.

—Eso espero.

Raemmers caminó a paso veloz hacia el Alfa Romeo detenido sobre la *via* Case Rotte. Los agentes lo seguían a una distancia prudente y tomaron direcciones opuestas después de comprobar que el general danés había subido al automóvil, el cual dobló a la derecha, en la *via* Alessandro Manzoni, y desapareció de la vista de Al-Saud.

Decidió regresar a pie al Hotel Principe di Savoia. Era consciente de que retrasaba el encuentro con Natasha. No quería verla. Su aspecto demacrado y moribundo le provocaba repulsión. ¿Le habrían dado de alta? Frente al Teatro alla Scala, recordó la afición de Natasha por el canto lírico, incluso evocó la ocasión en que le confesó su sueño de adolescente: convertirse en cantante de ópera. Se detuvo frente a la vitrina donde se detallaban las funciones de la temporada. La semana siguiente, la soprano Renée Fleming interpretaría a *Lucrezia Borgia* en la ópera de Donizetti. Si encontraba restablecida a Natasha, le pediría a Thérèse que comprara entradas para ella y para Zoya.

Natasha, pensó, la madre de su hijo. No asumía la realidad que, de golpe, le arrojaba un hijo a la cara.

Avanzó por la *via* Alessandro Manzoni, la cual, junto con la Montenapoleone, la della Spiga y el *corso* Venezia, conformaba el «cuadrilátero de la moda». Esquivaba a las mujeres vestidas con ropas costosas y de marca, que ocupaban la banqueta con sus bolsas del Emporio Armani, de Chanel, de Hogan, de Loro Piana, de Hermès en una mano y el perrito en la otra. Se respiraba la frivolidad y el lujo, y él, que caminaba agobiado por problemas de índole grave, se sentía tentado de despreciar el entorno. Como lo juzgó un comportamiento estúpido, decidió abstraerse y reflexionar acerca del encuentro que acababa de tener lugar. Se preguntó cómo procedería el general Raemmers, qué haría con la información que le había proporcionado. Sin duda, apenas arribado a Londres, se comunicaría con Javier Solana, el secretario general de la OTAN, que a su vez informaría a las máximas autoridades de los estados más importantes del organismo. Se manejaría como un asunto clasificado al que accederían pocas personas; entre ellas decidirían las acciones, y los grupos secretos de élite y los agentes de seguridad resolverían la amenaza; el público jamás se enteraría de nada; la gente seguiría trabajando, durmiendo, yendo de vacaciones y viendo el partido de futbol como si el mundo fuera un sitio seguro, algo que, en verdad, no era, más allá de que hombres como los de *L'Agence* arriesgaban la vida pugnando por eliminar los peligros y darle un viso de normalidad. Ésa era otra ventaja de contar con soldados profesionales que Matilde desconocía. No podía reprochárselo, siempre se había mostrado renuente a hablarle de su oficio.

Pidió el *Corriere della Sera* en la recepción del hotel y se dirigió a su habitación, donde se lavó los dientes, bebió un trago largo de agua Perrier y se ubicó en un sofá a leer el periódico. Las noticias lo aburrían hasta que su mirada cayó sobre la palabra Foxhound, la denominación de la OTAN para el avión ruso Mig-31. *Intento frustrado de robo de un Foxhound en la Exhibición de Vuelo Aero India*. Se incorporó a medida que la narración adquiría visos de relato de película de acción. La muestra, en su segunda edición –la primera había sido en el 96–, se desarrollaba en una base aérea de Bangalore, al sur del país, donde empresas relacionadas con el mundo de la aviación exponían sus productos. Según el artículo, el Mig-31, que se encontraba listo en el hangar para una exhibición a primera hora del día siguiente frente a una comitiva del Ministerio de Defensa indio, despegó durante la noche sin autorización ni asistencia de la torre. Los guardias de seguridad alertaron a las autoridades de la base aérea que dispusieron el despegue de dos Mirage 2000. Gracias a los servicios de un A-50 Shmel de la empresa rusa Beriev, un avión diseñado para controlar el espacio aéreo, se determinó la posición del Mig-31. Los Mirage lo interceptaron sobre el Mar Arábigo, mientras volaba en dirección noroeste. El piloto ofreció resistencia e intentó una fuga, que los pilotos indios frustraron haciendo uso del armamento. El Mig-31 explotó al recibir el impacto de un misil en un tanque interno de combustible. El que lo volaba consiguió eyectarse. Lo hallaron al amanecer, en las aguas del Mar Arábigo, inconsciente, rodeado por una estela de color fucsia fluorescente. De regreso en Bangalore, fue conducido a un hospital militar, donde quedó bajo arresto. El periodista planteaba preguntas sin respuesta, como por ejemplo, ¿hacia dónde se dirigía el Mig-31? Era famosa la gran autonomía del caza interceptor, capaz de recorrer enormes distancias sin necesidad de repostar. ¿Qué declaraciones había realizado el piloto? Ni siquiera se sabía si permanecía en el hospital o si lo habían trasladado a la base aérea de Bangalore. Desde el Ministerio de Defensa indio no se recibía más que silencio a las consultas de la prensa; la cuestión parecía sellada a piedra y lodo.

Al-Saud se echó contra el respaldo del sofá y meditó acerca del hecho. Enseguida se acordó de otro acontecido tiempo atrás y del cual había leído en *Le Figaro*: el intento de robo de un Rafale, la nueva joya de Dassault. En aquel momento, la noticia lo había impresionado no sólo por lo alocado del intento sino porque el Rafale había terminado desintegrado en el aire. Se recordó que no existían las casualidades, por lo que intuyó que, tras los dos eventos, se escondía la misma mente. ¿Quién estaba intentado hacerse de aviones de guerra? ¿Y para qué?

◦⸙◦

Donatien Chuquet salió de la habitación que ocupaba en Base Cero y caminó por el pasillo, lúgubre no sólo a causa de la pobre iluminación artificial sino debido a las paredes de concreto cuyo color gris lo deprimía.

Hacía semanas que no veía la luz del sol; necesitaba su calor en la piel. Fauzi Dahlan le había prometido que lo llevaría con él a Bagdad para que se distrajera un poco; no obstante, se mostró intransigente cuando medió para que sus pilotos obtuvieran otro tanto. Dahlan finiquitó la cuestión declarando que los muchachos no abandonarían Base Cero hasta que se realizara la selección.

Chuquet estaba preocupado, ninguno de los pilotos respondía a las exigencias de la misión. No se trataba de falta de horas de vuelo ni de experiencia en contiendas bélicas sino de algo más elemental: esos hombres estaban muertos de miedo. Chuquet creía que, para inducirlos a participar de la selección y a viajar hasta ese lugar ignoto en las entrañas de Irak, los hombres de Dahlan habían recurrido a la amenaza. Desconocían el motivo por el cual se los había convocado, y a Chuquet le habían prohibido revelárselo. A juzgar por sus actitudes, sus miradas esquivas y sus temperamentos nerviosos, sospechaban que se encontraban frente a una misión de alto riesgo. Por haberse criado bajo el rigor del régimen del partido Baas, no manifestaban sus opiniones ni hacían preguntas; desde pequeños les habían inculcado que la curiosidad mataba al gato. No obstante, las dudas los carcomían y los alteraban, y el pánico los paralizaba y no les permitía avanzar. Sometidos a una presión psicológica abrumadora, los pilotos no finalizarían con éxito la misión, y el cobro del sesenta por ciento de sus cuatro millones de dólares se convertiría en una quimera.

Por cierto, la falta de aviones no facilitaba la selección ni el adiestramiento. No los habrían usado de contar con alguno, ya que los aviones AWACS norteamericanos, también los satélites, habrían detectado las prácticas y dado aviso de inmediato, lo que habría promovido quejas y más sanciones por parte de la ONU. Sin embargo, saber con qué aviones encararían la misión habría permitido a Chuquet trazar la estrategia; no era lo mismo pilotear un Sukhoi que un F-14 Tomcat. Por el momento, sus alumnos se conformaban con los simuladores y las pantallas gigantes de seguimiento de vuelo.

El francés se había llevado una sorpresa al entrar por primera vez en las salas donde se desplegaba una tecnología para la enseñanza con la cual los adiestradores de la base aérea de Salon-de-Provence no habían contado sino hasta poco tiempo antes de que le dieran la baja, por lo que prácticamente no la había disfrutado. Los iraquíes utilizaban esa tecnología desde hacía años.

A metros de la puerta que separaba el ala de las habitaciones de la de las aulas, un soldado le salió al paso y le exigió en un inglés mal hablado que aguardara. Se oyó el timbre de la puerta, el que se activaba una vez deslizada la tarjeta de identificación por el lector. Un grupo de hombres avanzó transportando una camilla. Fauzi Dahlan abría la comitiva. Por el gesto que le dirigió, Chuquet adivinó que no se alegraba de verlo en esas circunstancias.

El cortejo pasó a su lado, Fauzi lo saludó con una sonrisa ligera y una inclinación de cabeza, y Chuquet no controló la curiosidad de echarle un vistazo al enfermo, quien, aunque iba con los ojos cerrados, estaba despierto porque se quejaba en inglés de que le molestaba la canalización en el brazo. Chuquet lo reconoció como el extraño de cejas pobladas y de nariz prominente al que había visto conversar con Fauzi Dahlan en dos ocasiones. Por las sonrisas obsecuentes que Dahlan le había destinado en esas oportunidades y por los ademanes con que había adornado sus discursos, Chuquet concluyó que el cejudo, como lo apodaba, era una persona importante para el Baas. Ni él ni los pilotos tenían autorización para acceder al sector donde trabajaba el cejudo, y se preguntaba si su misión se relacionaba con lo que fuera que el hombre de aspecto repugnante desarrollaba en esa base a varios metros bajo tierra.

Desvió la vista de la camilla y se estremeció cuando su mirada se topó con la del gigante que cerraba la comitiva. A la envergadura de su cuerpo y a la prominencia de sus mandíbulas cuadradas se le sumaba la crueldad que destilaban sus ojos. De manera instintiva, se apartó y no fijó la vista en él.

El grupo entró en el sector prohibido, y Chuquet obtuvo una visión de las espaldas del gigante antes de que la puerta se cerrara. El soldado le permitió proseguir. Deslizó la credencial por el escáner, y accedió al sector de entrenamiento. Los alumnos lo aguardaban en los asientos de la sala donde pasaban la mayor parte del día. Un silencio acompañó su entrada, y varios pares de ojos negros y grandes lo siguieron hasta que ocupó su sitio en la primera fila frente a la pantalla de seguimiento de vuelo. Lo deprimía trabajar con esos pilotos y que lo recibieran con cara de condenados a muerte. Bueno, reconoció, el día en que eligiera a dos de ellos, se transformarían en condenados a muerte, por lo menos al que se le ordenara violar el espacio aéreo israelí.

Dos de los pilotos esperaban en la habitación contigua dentro de los simuladores, cuyas maniobras en una *dogfight* se reflejarían en la pantalla. El resto analizaría los errores y los aciertos. El avión de color verde correspondía al del piloto que pretendía invadir un espacio aéreo enemigo, y el rojo representaba al que lo defendía. Chuquet se colocó los auriculares y acomodó el micrófono cerca de su boca antes de dar la orden para iniciar la trifulca aérea simulada.

Al final del día, Fauzi Dahlan lo convocó a su despacho. Seguía de mal humor, y apenas se molestó en agitar la mano para indicarle que tomara asiento. Chuquet aguardó en silencio mientras el iraquí se perdía en sus cavilaciones; con el índice y el pulgar se masajeaba la barbilla o se tusaba el bigote de modo despiadado. El francés desconocía las presiones que se cernían sobre su jefe iraquí. No sólo se trataba del retraso en la construcción de las centrifugadoras y de la bomba ultraligera a causa del ataque de porfiria del profesor Orville Wright, sino de que Rauf Al-Abiyia no concretaba la adquisición de torta amarilla –aunque aseguraba que pronto lo haría– y de que el último intento por hacerse de un avión, un Mig-31 sustraído de la Exhibición de Vuelo Aero India, había fracasado; se preguntaba qué suerte habría corrido el piloto a quien habían amenazado con matar a su familia si no robaba el avión. Todo parecía irse al carajo.

–¿Cómo va el adiestramiento? –se dignó a preguntar un rato después.

–No tan bien como yo esperaba. –La expresión de Dahlan se endureció–. No creo que ninguno de estos hombres esté capacitado para llevar a cabo la misión –dictaminó Chuquet–. Es difícil evaluarlos sin probarlos en un avión, pero, dada mi experiencia como docente, puedo asegurarle que no cuentan con los nervios de acero que se requiere para algo de esa índole.

–¡Son nuestros mejores pilotos! Hombres condecorados.

–Señor Dahlan, ustedes me contrataron porque, de seguro, averiguaron acerca de mi larga trayectoria como adiestrador, por eso les pido que confíen en mi juicio. Seguiré evaluando a estos pilotos. Tal vez, con el transcurso de las semanas, pueda descubrir en ellos los talentos que estoy buscando. Pero es mi deber comunicarle que mis esperanzas no son muy grandes. Es una misión difícil.

–¿Me va a decir que no existe ningún piloto en el mundo que pueda hacer algo así, invadir el espacio aéreo israelí? –Dahlan lo preguntó con sorna, y Chuquet enseguida pensó en su antiguo cadete, Eliah Al-Saud–. ¿Acaso esos judíos son invencibles?

Donatien Chuquet eligió no contestar, aunque acababa de guardarse un as en la manga.

·: ✺ :·

Al-Saud arrojó el *Corriere della Sera* en el cesto de la basura. En el baño, se pasó un peine y se perfumó con Givenchy Gentleman –hacía tiempo que no usaba su favorito, A Men, y el recuerdo le provocó una punzada nostálgica–, se ató al cuello las mangas de un saco de hilo azul marino Dolce & Gabbana y salió del hotel. El botones le consiguió un taxi, que lo condujo a la *via* Taormina, donde se hallaba el departamento de Natasha Azarov. Había retrasado el encuentro, ya no tenía sentido postergarlo.

Mónica, la empleada doméstica, le informó, con voz congestionada y gesto desconsolado, que la señora Natasha seguía internada; la señora Zoya estaba con ella.

—¿Quiere ver a Kolia? Se lo traigo, don Eliah. Está despierto.

Al-Saud prefirió ir hasta el dormitorio del niño. Lo encontró de pie, sujeto a la barra de la cuna. Kolia abrió de manera desmesurada los ojos celestes al descubrirlo en el umbral, y Al-Saud soltó la risa como una espiración fuerte. Se quedó bajo el marco de la puerta, mirándolo con una sonrisa, a la que el niño respondió con otra tan exuberante que Al-Saud le vio las encías sin dientes. Con la manito izquierda aferrada al travesaño, Kolia se inclinó con dificultad —no le resultaba fácil conservar el equilibrio sobre el colchón—, aferró un muñeco con la derecha y se incorporó. Extendió el brazo y se lo ofreció a Eliah.

—Está coqueteándole —comentó Mónica desde atrás—. ¿Quiere levantarlo, don Eliah? Acabo de bañarlo y cambiarlo. Huele muy bien.

«¿Huele a colonia para bebé?» Avanzó hacia la cuna. Kolia lo miraba con fijeza y una expresión serena, de persona adulta y sabia. Al-Saud lo sujetó por las axilas y lo levantó, y el niño emitió un gritito que comunicó su alegría. Acercó la nariz al cuello regordete e inspiró con ansias. «Sí, huele a colonia para bebé», y de nuevo la punzada de nostalgia le hizo doler el corazón. Olía a Matilde.

Se desplazó hacia la sala con Kolia en brazos y se acomodó en el sillón con él sobre sus piernas. Al cabo de una hora de pasársela observando las muecas del niño y estudiándole las manitas, las llantitas de la muñeca, los hoyuelos en los cachetes y la forma de la cara, terminó pasmándose al darse cuenta de lo entretenido que estaba. «Eres mi hijo», habría deseado susurrarle si no hubiera sido porque le resultaba imposible abrir la boca y pronunciar las palabras; tampoco lo llamaba por su nombre, ni siquiera en el silencio de su mente. Para él, aún era «el niño».

A pesar de que en un primer momento el timbre del celular lo asustó, Kolia se repuso de inmediato y trató de quitárselo varias veces mientras Al-Saud intentaba escuchar a Zoya.

—¿Dónde estás?

—En Milán. En casa de Natasha, con el niño.

—Ven entonces, Eliah. El doctor Moretti acaba de decirme que Natasha ha empeorado. Teme que no pase la noche.

El doctor Moretti autorizó a Al-Saud para que ingresara en la unidad de cuidados intensivos pese a que el horario de visitas había terminado. Las pestañas de Natasha, una vez espesas y ahora ralas, aletearon cuando Al-Saud le susurró. La muchacha sonrió, y la sangre rezumó entre las grietas de sus labios. Arrastró la mano por la sábana hasta tocar la de Al-Saud, que se la apretó con vigor para estrangular el llanto que le trepaba por el cuello.

—Tranquila, Tasha —articuló con dificultad—. Kolia es mi hijo. —Lo declaró como un acto de compasión, movido por la amargura en la expresión de la joven, y, al pronunciar las palabras, «Kolia» e «hijo», la opresión que lo perturbaba abandonó su pecho, como si se le hubiera desanudado el esófago—. Mi hermana Yasmín me lo confirmó.

—¿Vas a quererlo? ¿Vas a llevarlo a vivir contigo?

—Sí, ya te lo prometí. Quiero que estés tranquila así te repones y vuelves a tu casa con el niño.

—Estoy tranquila, Eliah. Ahora estoy tranquila.

Natasha murió al día siguiente, viernes 2 de octubre, cerca de la una de la tarde, y Al-Saud se mantuvo ocupado con los trámites legales y las cuestiones del entierro que lo salvaron de reflexionar acerca de lo que la muerte de la madre de su hijo implicaba para él. Sobre Zoya recayó la responsabilidad de llamar a la familia Azarov en Yalta y de comunicarles la mala noticia. Después de colgar, se pasó un buen rato llorando en el sofá de la sala, en tanto Mónica intentaba consolarla y Al-Saud la contemplaba con expresión neutra.

La sepultaron el lunes 5 de octubre, por la mañana, en el *Cimitero Monumentale*, en plena ciudad de Milán, el sitio destinado para las familias aristocráticas y las personalidades destacadas de la política y del arte. Al-Saud prometió una donación generosa a una iglesia ortodoxa si un sacerdote decía el responso antes de que el cajón terminara en el nicho.

Se trataba de una visión triste la que componía el pequeño cortejo que cruzaba el *Famedio*, la construcción principal del cementerio, hacia el parque; caminaban detrás del ataúd Eliah, Zoya, el fotógrafo amigo de Natasha que la había ayudado a conseguir trabajo en Milán, y su esposa; Mónica y Kolia permanecían en el departamento de la *via* Taormina.

Una vez sellada la tapa de mármol, Al-Saud entregó un sobre con varios miles de liras al sacerdote, agradeció al fotógrafo y a su mujer que los hubieran acompañado y condujo a Zoya hasta el automóvil negro provisto por el Hotel Principe di Savoia. Le indicó al chofer que los llevase al 34 de *via* Taormina. Apenas entró en el departamento, avistó a Kolia sobre la alfombra, rodeado por sus muñecos y sus juguetes didácticos. El niño levantó la vista, sacudió las manos y le sonrió, ajeno a la tragedia que se desataba en torno a él. Al-Saud, impulsado por una fuerza desconocida, lo recogió del suelo y lo abrazó. Kolia no le inspiraba pena, sino una irrefrenable necesidad de protegerlo.

—Mónica —dijo, con el niño en brazos—, prepara una maleta con la ropa de Kolia, sus juguetes y con todo lo que le pertenezca. Nos iremos mañana por la mañana. Vendré a buscarlo a las ocho.

—¿Y yo, don Eliah? ¿Iré con ustedes?

—¿Quieres seguir cuidando a Kolia?

—¡Pues claro! ¡Adoro a Kolia! ¡Como si fuera de mi sangre!

—Está bien. Vendrás con nosotros.

—¿Adónde iremos?

—A una ciudad en el Piamonte.

Zoya emergió del baño. Se había lavado la cara congestionada, quitado la ropa y cubierto con una bata de toalla. Se reclinó sobre el pecho de Al-Saud, y Kolia intentó despojarla del broche para el cabello.

—Zoya, quiero que te hagas cargo de las cosas de Tasha.

—¿Hacerme cargo? No tengo cabeza para nada, Eliah.

—Quiero que empaquetes sus cosas y que las dones, las vendas o se las envíes a su familia en Yalta, lo que te parezca más conveniente.

—A los Azarov les vendría bien que vendiera todo y que les enviara el dinero. Aunque —dijo, y lanzó un vistazo en torno—, no creo que saque mucho por esta basura.

—Los Azarov recibirán dinero todos los meses. Yo me ocuparé de eso.

Zoya lo miró a los ojos, con una sonrisa temblorosa.

—Eres el hombre más generoso que conozco.

—Sí, sí —dijo, con aire burlón—, soy el mejor. Paga el alquiler, cierra el departamento y devuelve las llaves. ¿Aún te queda algo del dinero que te di? —Zoya asintió—. Ocúpate de todo, Zoya, por favor.

—Sí, lo haré.

—Las fotografías de Tasha, en especial las que se sacó con Kolia, quiero que las lleves a París y se las entregues a mi secretaria. Lo mismo si encuentras un diario íntimo, cartas o cosas personales. Que quede algo de ella para Kolia, para que tenga un recuerdo de su madre.

Zoya, incapaz de articular, agitó la cabeza para asentir.

Por la tarde, Al-Saud se reunió con el abogado designado por Natasha, Luca Beltrami, para firmar la documentación con la cual se iniciaría la demanda por paternidad. No habría problemas, aseguró Beltrami. Se trataba de un caso sin conflicto, con la anuencia de la madre y el acuerdo del padre.

—En un par de meses —pronosticó el abogado—, Kolia pasará a llamarse Nicolai Eliah Al-Saud.

Al-Saud apretó la mandíbula, atacado de pronto por una emoción que jamás creyó experimentar en relación con el hijo de Natasha Azarov. Sin remedio, pensó en Matilde, en cuánto la necesitaba, y pensó también en qué feliz la haría cuando le contara acerca de Kolia. ¿O el hecho de que otra le hubiera dado lo que ella jamás podría darle la acomplejaría y la deprimiría? Matilde no había superado la pérdida de la fertilidad, y eso la volvía insegura y desconfiada.

De regreso en el hotel y mientras aguardaba la cena en la habitación, decidió telefonear a su madre a la finca de Jeddah, en Arabia Saudí, donde eran las diez y diez de la noche, sólo dos horas más que en Italia. Se sentó, en realidad, se apoltronó, exhaló un suspiro para relajar los músculos, apoyó el codo en el brazo del sillón y se apretó los párpados en tanto las llamadas se repetían. Atendió Yaluf, el sobrino del viejo mayordomo de la propiedad, Sadún, que proclamó: «¡Alá sea loado!» al reconocer su voz, y lo tuvo al teléfono varios minutos, que Eliah toleró debido al afecto que sentía por el hombre.

—¡Eliah, tesoro mío! —exclamó Francesca, una vez que Yaluf le cedió el teléfono, y la sorpresa de su madre le dio la pauta a Al-Saud de lo poco que se comunicaba con ella—. ¿Cómo estás, mi amor?

—Te necesito, mamá.

Una corriente surcó los brazos de Francesca y, al abarcarle el cuero cabelludo, sintió un jalón en el pelo por donde lo tenía sujeto. Era la primera vez que su tercer hijo le decía que la necesitaba.

—Lo que quieras, Eliah.

—Necesito que viajes a la *Villa Visconti*. Mañana, si es posible. Yo estaré llegando cerca del mediodía.

—¿Qué pasa, hijo?

—No pasa nada, mamá. No te preocupes. Mañana te explicaré.

—¿Puedo ir con tu padre?

—Sí. Traé ropa para una larga temporada.

—¿Cuán larga?

—Al menos, un par de meses.

· ⚭ ·

Kamal Al-Saud apretó la mano de su esposa ubicada junto a él en la butaca del Learjet que los transportaba hacia el Aeropuerto de Turín, la capital de la región piamontesa, al norte de Italia. Francesca apartó la cara de la ventanilla para mirarlo y le sonrió con la intención de tranquilizarlo. Kamal sabía que estaba nerviosa y preocupada; no había pegado ojo.

—No puede ser nada grave —la alentó—. Ya has averiguado que Shariar y su familia están bien. Que Yasmín está bien. Que Alamán y Joséphine están muy felices, en París. Tu madre y Fredo te aseguraron que gozan de excelente salud. ¿Qué puede estar mal?

—No sé, Kamal. Lo noté muy cansado, como agobiado. Intuyo que se trata de algo, no grave, pero sí muy importante.

—Lo sabremos dentro de poco. No quiero que te angusties, mi amor. —Se inclinó para olisquearle el cuello impregnado de Diorissimo.

En el Aeropuerto de Turín, los guardaespaldas alquilaron un automóvil para conducirlos a Châtillon, la ciudad donde se hallaba la *Villa Visconti*, a unos setenta y cinco kilómetros al norte de la capital piamontesa.

En medio del predio de la *villa*, propiedad de la familia de Fredo desde el siglo XVIII, se erigía un castillo que el dinero de los Al-Saud había conservado en condiciones óptimas. El automóvil se detuvo en el sector de grava, delante de la escalinata que conducía a la entrada cuya doble puerta de roble con herrajes de bronce brillaba a la luz de las primeras horas de la tarde. Francesca descendió del vehículo e inspiró el aire de la montaña, aromatizado con la resina de los pinos y de los cipreses que flanqueaban la casa.

Francesca se detuvo al pie de la escalera de mármol, apoyó la mano sobre el barandal y llevó la mirada hacia arriba; se hizo sombra con la mano y permaneció quieta observando al niño que Antonina, su madre, cargaba en brazos.

—*Ciao, carissimi! Benvenuti!* —los saludó la anciana, que no obtuvo respuesta.

Francesca pensó que se trataba de Dominique, el menor de Shariar, idea que descartó al descubrir el color celeste, casi turquesa, de los ojos del niño; los de Dominique eran oscuros como los de su padre. Kamal le posó las manos en la cintura y la invitó a subir.

Fredo y Eliah se hallaban en el vestíbulo. Francesca cruzó la mirada con su hijo y percibió el nerviosismo que lo dominaba, algo tan infrecuente en él que sólo sirvió para desorientarla todavía más.

—¡Mira, *figlia mia*! —exclamó Antonina—. ¡Mira qué hermoso *bambino*!

A Francesca le pareció que, pese al entusiasmo de su madre, el niño estaba transformándose en un peso que sus huesos no sostendrían por mucho tiempo. Lo tomó en brazos y lo observó de cerca. El pequeño —no tendría más de siete u ocho meses, calculó— alejó el torso para estudiarla con un gesto serio y concentrado que arrancó risas a Francesca y a Kamal.

—¿De quién es este niño? —Apenas la formuló, supo que se trataba de una pregunta retórica, porque la duda nacida de la familiaridad que la había intrigado mientras subía la escalera con la vista fija en el niño se resolvió cuando la criatura reaccionó al oído de su voz: frunció el entrecejo, apretó los labios y dilató las paletas nasales, y Francesca retrocedió más de treinta años.

—Es mi hijo —oyó contestar a Eliah.

—Sí. Es igual a ti —farfulló, emocionada, y, aunque quiso preguntar su nombre, no encontró aliento para hablar.

Se congregaron en una de las salas de la planta baja, en la que Fredo se lo pasaba leyendo, contestando cartas y viendo televisión. Francesca, más recuperada, no se avenía a entregar a Kolia —le encantaba el sobrenombre— a la tal Mónica para que lo llevara a dormir. Se convenció de separarse de su nieto cuando el niño se refregó los ojos con los puños y lloriqueó.

—Me enteré de la existencia de Kolia hace unas semanas —explicó Eliah— y Yasmín confirmó que es mío. Con un examen de ADN —añadió.

—¿Quién es la madre?

—Natasha Azarov, una muchacha con la que salí unos meses el año pasado. Desapareció sin decirme que estaba embarazada.

—¿Azarov? ¿Es rusa? —se interesó Kamal.

—No, ucraniana.

—¿Dónde está? ¿Por qué no está con su hijo?

—Murió el viernes. De leucemia.

La palidez súbita de Francesca le recordó a Eliah la facilidad con que Matilde perdía el color o se le sonrojaban las mejillas.

—¿Por qué estás aquí, en Italia?

—Natasha vivía en Milán. Traje al niño a la *villa* porque no puedo sacarlo del país hasta que la documentación que me concede la paternidad esté lista. Llevará unos meses. Dos o tres, a lo sumo. Mamá, necesito que te quedes con él hasta que pueda llevarlo a París. Mónica es una buena mujer. Conoce a Kolia desde que nació y lo cuida muy bien. No tendrás que hacer nada, pero necesito que alguien de mi confianza la supervise.

Francesca asintió de manera autómata, todavía desorientada en un mar de preguntas y cuestionamientos. Por supuesto, estaba segura de que Eliah era el padre de Kolia; al tenerlo en brazos había recibido la impresión de que se trataba de su tercer hijo a esa edad. Antonina, la más entusiasmada y la que menos interrogantes se planteaba, trajo un álbum de fotografías viejas. Había un retrato de Eliah en el cual el parecido con Kolia resultaba notable.

—*Nonna*, ¿puedo llevarme esta foto?

—Sí, tesoro. Llévala.

Más tarde, mientras el niño los observaba desde una cama arrinconada contra la pared y rodeada por sillas, Francesca y Eliah permanecieron en silencio junto a la cabecera. Kolia se metió el chupón en la boca y apretó, contra su pancita, una oveja de toalla. Comenzó una actividad

154

mecánica que parecía calmarlo y adormecerlo: se rizaba el pelo con el índice de la mano derecha.

—¿Por qué la madre desapareció sin decirte que estaba embarazada?

—Tuvo sus razones. No puedo culparla.

Francesca asintió, sabiendo que no debía insistir.

—¿Ya le has contado a Matilde acerca del niño?

—Matilde y yo estamos separados.

Francesca movió la cabeza de manera más rápida de lo que habría deseado y estudió apenas el perfil de su hijo antes de volver a fijar la vista en su nieto. Ella le conocía ese gesto, cuando sumía los labios y sacudía las paletas nasales; estaba expresando el dolor que le causaba la declaración.

—Sofía me dijo que ya está completamente recuperada de la herida que le hicieron en el Congo. —Eliah se mantuvo imperturbable—. ¿Todavía la quieres, mi amor? —No pudo detenerse y le acarició la oreja, y el pelo, y la mandíbula rasposa, y añoró la época en que había sido suave y regordeta.

—Mamá, ¿crees que sería muy duro para Matilde que yo hubiera tenido un hijo con otra?

—¿Me lo preguntas por su esterilidad? —Eliah asintió con una sacudida imperceptible, sin volverse para mirarla—. No conozco a Matilde profundamente, pero me atrevería a decir que amaría a Kolia como si fuera de ella.

Eliah giró el cuello de manera brusca y bajó la vista para fundirla con la de su madre. Al descubrir la angustia que ensombrecía el rostro de su hijo, Francesca experimentó una gran compasión. Volvió a acunarle la mejilla y le sonrió para pronunciar las palabras que él necesitaba oír.

—Matilde aceptará a tu hijo porque es tuyo y después lo amará porque no sabe hacer otra cosa. No lo dudes.

Eliah se inclinó sobre los respaldos de las sillas y fingió interesarse en el bienestar de Kolia para ocultar la emoción que le alteraba las facciones. La tensión en los músculos de la cara fue cediendo gracias a la paz que le transmitía la imagen de su hijo, que por fin se había dormido.

—Vendré a verlo con frecuencia —prometió.

5

Rauf Al-Abiyia actuaba contrarreloj en la carrera para asaltar el carguero *Rey Faisal*. Después de la entrevista con el productor de seguros de Everdale Insurance Brokers Limited, conocía la ruta que tomaría el buque saudí, muy favorable a sus planes ya que cruzaría el Canal de Suez, navegaría por el Mar Rojo y saldría al Golfo de Adén, en el cuerno de África, donde los piratas somalíes estarían aguardándolo. No obstante, la operación presentaba cabos sueltos, por ejemplo, resultaba perentorio instalar un adminículo en el *Rey Faisal* que emitiera una señal que denunciara su ubicación en alta mar. En este sentido, Yasif Qatara, el hombre de Bengasi que le alquilaría la nave a la cual se trasegaría la torta amarilla, le había sugerido que plantara una radiobaliza de onda larga en una zona cercana a la proa del barco saudí.

—Yo puedo proporcionártela —propuso Qatara, y se embarcó en una explicación de frecuencias, ondas, sistemas de navegación y de triangulación inentendible para Al-Abiyia.

—Oye, Yasif, no comprendo nada de lo que me dices. Dame el adminículo, dime cómo y dónde plantarlo y no me fastidies con tus clases de radioaficionado. Será tu gente la que tendrá que ubicar al *Rey Faisal* en alta mar. Yo sólo estaré supervisando la carga y acompañándola hasta el puerto de Umm Qasr.

Apostado en la Terminal de Contenedores de Alcântara del Puerto de Lisboa, Al-Abiyia contemplaba desde lejos y con la ayuda de unos binoculares al carguero *Rey Faisal*, una nave imponente, de gran calado, y se preguntaba cómo diablos instalaría el aparato —una caja blanca de plástico, de unos treinta centímetros de largo y diez de ancho— que arrastraba con él desde Bengasi y del cual quería deshacerse. En ocasiones, se instaba a olvidar la misión y a desaparecer. Las ínfulas le duraban poco; sabía que al menos dos hombres de Fauzi Dahlan no le perdían la huella.

Se pasó el día estudiando el movimiento del barco. Aún no se procedía a la carga de los tambores con el combustible nuclear; el *Rey Faisal* aguardaba su turno mientras otros buques se hacían con sus contenedores. Una escalerilla blanca deslucida unía la cubierta con la plataforma del muelle. La tripulación iba y venía, también los empleados del puerto; incluso dos oficiales de Prefectura lo abordaron.

Rauf volvió al día siguiente vestido con el uniforme de los empleados del puerto. Para conseguirlo, había desempolvado sus dotes de ladronzuelo desarrolladas en el campo de refugiados de El Cairo. El administrativo lisbonés, a quien había elegido porque daba la talla, se quedó en calzoncillos y temblando en medio de una calle oscura y deshabitada que bordeaba el puerto.

Gracias a la vigilancia del día anterior, sabía que, cerca del mediodía, la actividad en el barco mermaba porque la tripulación se disponía a cumplir con el azalá; aun el guardia que permanecía en la cima de la escalera se retiraba para orar. Subió los escalones con paso firme y la frente en alto, comunicando la seguridad que le proporcionaban el uniforme y la identificación que le colgaba en la solapa de la camisa. No había contado con tiempo suficiente para realizar un buen trabajo al quitar la fotografía de su víctima y pegar la suya. Sin embargo, la tarjeta soportaría una revisión rápida.

De nuevo, un golpe de suerte lo hizo sonreír y pensar que Alá estaba de su parte. La portezuela al final de la escalera estaba cerrada, pero sin candado. La empujó y se estremeció al chirrido de las bisagras. Nadie apareció, y avanzó hacia la proa por el lado de estribor. La caminata le pareció eterna, la nave era enorme, Rauf le calculó unos ciento cincuenta metros de eslora. Por fortuna, había varios recovecos para ocultar la radiobaliza. Eligió pegarla con la cinta para embalar en torno a un mástil corto, de un metro y medio de altura, cuya utilidad constituía un misterio para el palestino, y que, por alguna razón, iba cubierto por una tela plástica de color naranja con el logotipo de Aramco, la compañía petrolera saudí. La retiró y pegó el aparato envolviéndolo varias veces con la cinta, que crujía al despegarse del carrete, y la cual cortó con una navaja Victorinox. Apretó el botón de encendido, y un *led* rojo titiló. Según Qatara, la batería duraría semanas. Cubrió el palo nuevamente.

Al regresar a la escalera comprobó que su suerte daba un vuelco: el guardia había regresado. Al-Abiyia caminó con el mismo paso firme empleado para abordar y con una sonrisa que el marinero no le devolvió. El hombre lo increpó, y Rauf simuló que no comprendía su lengua madre. Le habló en inglés, y le explicó que, dada la naturaleza de la carga, se disponía a realizar una revisión de rutina con un dosímetro, que había olvidado en la oficina. Volvería en un momento. El marinero saudí le franqueó el paso con una expresión poco amistosa y, veinte minutos más tarde, Rauf Al-Abiyia trasponía el límite del puerto con destino al hotel. Consultó la hora. Apenas contaba con tiempo para llegar a la estación de trenes y embarcar en el próximo que partía hacia Madrid.

⚬⚬⚬

El miércoles 7 de octubre, Al-Saud entró en las oficinas de la Mercure en el George V muy temprano, aún no eran las ocho. La fiel y eficaz Thérèse se encontraba en su escritorio.

—La espero en mi despacho, Thérèse. Tráigame una taza de café, por favor.

Apenas apoyó la taza que desprendía un aroma intenso y delicioso, Thérèse se lanzó a enumerar los asuntos que requerían la decisión, la presencia o la firma del presidente de Mercure S.A. Al-Saud bebió los primeros sorbos sin prestarle atención. Al cabo, la interrumpió al arrastrar un sobre y colocarlo delante de la mujer.

—Thérèse, Matilde debe recibir este sobre hoy mismo. Contrate una agencia de mensajería para que se lo entregue en esta dirección. —En un post-it, garabateó «9, *Rue Toullier, appartement 'B', deuxième étage*». Sabía por los informes que a diario recibía de Noah Keen y de Ulysse Vachal, los guardaespaldas de Matilde, que pasaba unos días en casa de su tía Enriqueta.

—Enseguida me ocupo, señor. Ayer llegó esta carta. Es del señor Falur Sayda. —La mujer se refería al representante de Yasser Arafat en Francia.

Al-Saud echó un vistazo displicente al sobre. Sospechó que contenía la respuesta al presupuesto que la Mercure había elaborado a mediados de septiembre para hacerse cargo del adiestramiento de Fuerza 17, la *garde du corps* del *rais* Arafat, que éste pretendía convertir en un grupo de élite. Se habían tomado su tiempo para analizarlo y responder, se burló Al-Saud; en verdad, los palestinos no podían jactarse de su eficiencia.

A Thérèse le tomó otros quince minutos acabar con los temas pendientes, las firmas y la recepción de directivas por parte de su jefe. Al fin, volvió a su escritorio, y Al-Saud se dispuso a leer la carta de Falur Sayda. Como no anhelaba convertirse en el adiestrador de un grupo de soldados indisciplinados, muchos opuestos a la ideología de la OLP, había confeccionado el presupuesto exigiendo unos honorarios exorbitantes y con cláusulas rigurosas. Levantó las cejas al final de la misiva: el *rais* aprobaba el presupuesto y sólo pedía cambios nimios en las condiciones contractuales. En una posdata, Sayda le aseguraba que se había iniciado la purga sugerida por «su alteza» para eliminar los elementos sospechados de congeniar con Hamás. Apoyó la hoja sobre el escritorio y fijó la mirada en un punto indefinido mientras pensaba en su cuñado, Anuar Al-Muzara. Si hubiera conocido su paradero, habría ido a buscarlo para matarlo. El líder del brazo armado de Hamás se había equivocado el día en que amenazó a Matilde. Se incorporó de súbito en la butaca y golpeó el escritorio con el puño cuando una revelación explotó en su mente: Anuar Al-Muzara había enviado a Jürkens al Congo para secuestrar a Matilde; lo mismo había ocurrido en la capilla de la Medalla Milagrosa. ¿Cómo no lo había deducido antes? Dado que el berlinés había fallado en ambas instancias, el palestino había decidido arriesgarse y enfrentarlo con amenazas. Volvió a echarse sobre el respaldo cuando se acordó de la afirmación de Juana, que Jürkens le había salvado la vida a Matilde. «*¡Sálvela!*», le había suplicado, mientras se la entregaba inconsciente y malherida. No olvidaba las palabras de Juana: «*Me dio la impresión de que Mat le importaba muchísimo, como si estuviera enamorado de ella*».

—¡Mierda! —El acertijo se tornaba tan complejo y enmarañado que lo hacía sentir un idiota. Estaba aturdido, y lo que unos minutos atrás se le había revelado como una gran verdad, que Jürkens trabajaba por cuenta y orden de Anuar Al-Muzara, perdía validez a la luz del comportamiento extraño del berlinés con relación a Matilde. ¿Cómo encajaba Natasha Azarov en ese rompecabezas? ¿Dónde se ubicaba el tal Orville Wright, el autor intelectual del asesinato de Roy Blahetter, de acuerdo con la afirmación de Martínez Olazábal?

Peter Ramsay, que entró en su despacho sonriendo y con aire juvenil, lo rescató del laberinto llamado Jürkens.

—Parece que hubieras ganado la lotería —manifestó Al-Saud, con acento amargo.

—¡Más que eso! Volví de Rutshuru porque mi abogado, el que está llevando adelante mi divorcio, me llamó para avisarme que la sentencia saldrá en pocos días. Leila y yo estamos preparando todo para nuestra boda.

—Me alegro por ustedes.

—Tu alegría me apabulla.

—Últimamente no soy buena compañía para nadie. No me hagas caso. Vamos a la base. —Se puso de pie, se cubrió con el saco y avanzó en dirección a la puerta—. En media hora tenemos una videoconferencia con Mike y Tony. —Al-Saud se refería a sus otros socios, que permanecían a cargo de la misión en el Congo oriental.

Durante la videoconferencia se tocaron varios temas, entre ellos, la pertinencia de aceptar el encargo de Yasser Arafat. A Tony Hill no le hacía gracia seguir enemistándose con el Mossad.

—Nuestro amigo Ariel Bergman nos odia lo suficiente para querer vernos varios metros bajo tierra por lo de El Al. No creo que importe una raya más en el tigre —interpuso Mike—. Son muchos billetes los que Arafat está dispuesto a darnos. Voto por aceptar la misión.

Al-Saud, el que se haría cargo en caso de aceptar, pidió más tiempo para meditarlo.

—Por otro lado, Eliah —dijo Peter Ramsay—, estarás a un paso de Arabia Saudí para controlar el desempeño de los adiestradores y de los pilotos en Dhahran.

—Con todas las dificultades que ponen ambos gobiernos cuando ven sellos en un pasaporte del vecino enemigo, Arabia e Israel podrían estar uno en las antípodas del otro —se quejó.

—No tendrás ese problema si usas el aeropuerto que están por inaugurar en Gaza —dijo Ramsay.

Al-Saud asintió y, a continuación, preguntó:

—¿Han podido avanzar en la búsqueda de Jérôme?

—Según hemos averiguado —contestó Tony—, se lo llevaron los *interahamwes* que atacaron la misión aquel día.

—A partir de ese dato, estuvimos investigando a los *interahamwes* —dijo Mike—. Aunque tienen sus jefes y caudillos, cada unidad trabaja de manera más o menos autónoma, y son muchas, miles, diría yo, esparcidas por todo el territorio que dominan. Encontrar a Jérôme entre tantos no será fácil.

—Pero lo haremos —manifestó Al-Saud—. ¿Cómo están las cosas en Rutshuru?

—Teniendo en cuenta de que aquí hay una guerra de guerrillas —habló Tony—, estamos bastante bien. Por lo pronto, nuestro querido general Nkunda no ha vuelto a atacarnos y los empleados de Zeevi están extrayendo más coltán del previsto.

—Veo la mano de Taylor en esto —comentó Ramsay—. Tal vez le pidió al general que nos dejara en paz como medio para pagarte que le hayas salvado la vida, Eliah.

Sus socios, que lo conocían, no esperaron respuesta por parte de Al-Saud.

—Markov se pescó la malaria —anunció Mike—. Enfermedad de mierda. Lo tiene echado en el catre sin fuerza para levantar la mano. Doc dice que tiene todo bajo control, que se repondrá en una semana, diez días como mucho.

Se tomaron otras decisiones relacionadas con misiones en Colombia, Afganistán, Eritrea y Sri Lanka, y se dio por terminada la videoconferencia con un brindis simbólico (en el Congo, con vino de palma, y en la base, con agua mineral Perrier) por la adquisición del C-130, que las Reales Fuerzas Aéreas Saudíes entregarían en un mes.

Al salir de la sala de reuniones, Eliah se topó con su hermano Alamán, que conversaba con Stephanie, la jefa del Departamento de Sistemas.

—¿Sigues enojado? —le preguntó Alamán, sonriente, y le dio un abrazo, al que Al-Saud respondió con unas palmadas—. No te preocupes por el médico belga. Matilde jamás le hará caso.

—¿Qué traes ahí? —Eliah señaló los papeles que Alamán sujetaba.

—Ven, vamos a tu despacho. Quiero mostrarte lo que Stephanie consiguió de los sistemas de cuatro empresas que fabrican los adminículos para reproducción de la voz humana, lo que, supuestamente, tiene Jürkens en la garganta. —Cerraron la puerta y se sentaron a ambos lados del escritorio—. No creo que nos sirva de mucho —lo previno Alamán—. Son varias páginas con nombres de clientes que adquirieron el dichoso aparatejo. En su mayoría son compañías, aunque también hay personas físicas.

Al-Saud no tenía deseos de leer las listas interminables. Habría preferido nadar varias piscinas, elongar los músculos, darse un baño e irse a dormir, aunque fuera el mediodía. Levantó la vista y se topó con la mirada de Alamán.

—¿Qué sucede? Te noto disperso.

—Lo estoy —reconoció, al tiempo que meditaba cuándo sería el mejor momento para contarle a su hermano acerca de la existencia de Kolia, de la muerte de Natasha y del rol de Jürkens en su desaparición previa. Tantos problemas e incógnitas comenzaban a agobiarlo, a atontarlo, a quitarle la fuerza y la rapidez mental—. Vamos, demos un vistazo a estos nombres y acabemos de una vez.

El dedo velludo y oscuro de Al-Saud se deslizaba sobre la lista. Los nombres, ya fueran de compañías o de personas, no significaban nada para él. Se trataba de una búsqueda infructuosa, no se harían de información valiosa por ese medio. Jürkens era escurridizo y hábil. El dedo se detuvo y volvió hacia arriba, y Al-Saud leyó «Wright, Orville».

—Maldito hijo de puta —masculló, y Alamán, que se ocupaba de los clientes de otra compañía, lo miró—. Aquí estás, condenado hijo de puta. Aquí estás.

Al-Saud le relató a su hermano la conversación sostenida días atrás con el padre de Matilde.

—Aguarda, aguarda un momento, Eliah. Como dice la *nonna*, tengo un *pasticcio* en la cabeza. A ver, empieza de nuevo.

Al-Saud suspiró antes de resumir las instancias de su diálogo con Martínez Olazábal.

—Y eso no es todo. Hay algo importante que tengo que contarte. —Empezó por Natasha Azarov, por su relación iniciada y terminada abruptamente el año anterior, y siguió con el reencuentro en Milán, donde la mujer le confesó el motivo de su huida.

—¿Jürkens amenazó a esa chica para que te dejara? ¡Pero quién mierda es este tipo! —Alamán se puso de pie con un bufido—. ¡Está en todas partes!

—No tengo base para decirte esto, pero sospecho que fue él quien cortó la manguera del líquido de frenos del automóvil de Samara y el que desgastó el cinturón de seguridad. Fue él quien provocó el accidente en el túnel del Pont de l'Alma.

—Oh, no —masculló Alamán—. Oh, no. Hay que detener a esa máquina de matar.

—No sé dónde mierda pueda estar.

—¿Quién te odia tanto para haber contratado a Jürkens?

—Nigel Taylor.

—¿Lo crees capaz de tanto?

—No lo sé.

—Fue él. ¿Quién más si no?

Al-Saud sacudió la mano, un modo simbólico de terminar la conversación. Permaneció quieto, las manos apretadas en tensión, la mirada fija, sin parpadeos.

—Estoy desesperado por Matilde —confesó, sin levantar la vista, y Alamán supo que su hermano había pensado en voz alta, que se había tratado de un momento de debilidad. Le colocó la mano sobre el hombro.

—¿Acaso no la cuidan Sartori y Meyers?

—No, ya no. Me pidió que le sacara los guardaespaldas. Dice que ella ya no es mi problema. —Lo manifestó con voz risueña e irónica—. ¡Que ya no es mi problema! ¡Por favor!

—¿Está sin custodia? —se encolerizó Alamán.

—¿Cómo crees? Ahora la protegen Noah Keen y Ulysse Vachal, dos agentes que estaban destacados en Liberia. Pero como lo hacen de incógnito, no me siento tan seguro como si se desempeñaran como guardaespaldas.

—Entiendo.

—Alamán, siéntate. Quiero contarte algo.

—¿Algo más?

Al referirle lo de Kolia, Alamán reaccionó como Eliah había esperado, con alegría. Al igual que Yasmín, adoraba ser tío.

—¿Está en Milán con su madre?

—Natasha murió el viernes pasado. Estaba enferma. Padecía leucemia.

—¡Qué mierda, hermano!

—Por esa razón me pidió que fuera a verla. Quería morir tranquila sabiendo que yo me ocuparía del… de Kolia.

—¿Dónde está ahora? A Kolia, me refiero.

—Mamá y papá están con él en la *villa* hasta que pueda sacarlo de Italia y traerlo aquí.

—¿Cómo es? Físicamente.

—Mamá y la *nonna* dicen que es igual a mí a esa edad. Pero tiene los ojos celestes, como los tenía Natasha.

—Podría llevar a Joséphine a la *villa* para que lo conociera.

—Eso sería muy bueno.

Sonó el celular de Eliah y éste se alejó para constestar la llamada.

—¿Papito? Soy Juana.

—¡Juana! ¡Qué sorpresa!

—Llamo para despedirme. Mañana vuelvo a la Argentina. —Pasado un silencio, Juana agregó—: Matilde no viaja conmigo.

—¿Ah, no? ¿Por qué?

—Nunca fue su intención volver. Ayer aceptó el nuevo destino de Manos Que Curan. —Al-Saud contuvo el aliento—. La mandan a la Franja de Gaza.

—Debe de estar contenta. —El comentario, aunque expresado en un acento neutral, llegó a oídos de Juana cargado de amargura y de resentimiento.

—Las únicas veces en que Mat conoció la felicidad fueron cuando estuvo contigo. Eres el único que la ha hecho verdaderamente feliz.

—Sin embargo, la última vez que hablamos por teléfono, la noté muy fría y entera.

—¡Ja! ¡Después de que cortó la llamada contigo, se la pasó llorando en la cama! Fría y entera, sí, claro. Estaba hecha mierda. Pero nuestra Mat es orgullosa y no iba a demostrarte cuánto te necesita y cuánto se arrepiente por haberte dicho todas esas babosadas que te dijo en Rutshuru. —Al-Saud no controló la sonrisa ni la euforia que le calentó el pecho—. Ahora, entre que terminó contigo y que no sabe nada de Jérôme, creo que sigue respirando porque es una función que depende del sistema nervioso autónomo.

—Sin embargo, se va a Gaza.

—Dice que si no se pone a trabajar de nuevo, se volverá loca. ¡Pero yo no te llamé para preocuparte, papito querido! Te llamo para agradecerte todo lo que hiciste por mí y por tu amistad... —Juana prosiguió con su discurso de despedida, al que Al-Saud prestaba atención a medias en tanto meditaba acerca de las revelaciones y sentía cómo el optimismo crecía en él y echaba luz en donde, hasta un momento atrás, había habido sombras. Que Matilde se arrepintiera por haberle dicho que no lo respetaba y que no confiaba en él servía para calmar el dolor de su herida. Sin embargo, la herida continuaba allí. Él necesitaba más. Exigiría más.

—Juana, ¿quieres que te lleve a De Gaulle mañana?

—Un caballero hasta el final, papito. ¡Te quiero! Eres lo máximo. Pero no te preocupes, me lleva Eze.

—¿Y qué puedes contarme de mi amigo Shiloah? Hace tiempo que no hablo con él. —El mutismo confundió a Al-Saud, creyó que la llamada se había interrumpido—. ¿Juana, sigues ahí?

—Sí, sí, papito.

—¿Qué pasa?

—Shiloah me dejó. El mismo día en que volvimos de Johannesburgo, terminó conmigo.

—¿Por qué? —Al-Saud no ocultó su asombro.

—Porque se enamoró de mí.

—No entiendo.

—Yo tampoco entendía hasta que me explicó que no puede tener hijos, bah, no *quiere* tener hijos para no pasarles la porfiria, una enfer...

—Sí, conozco bien el problema de los Moses.

—Me importa un pepino tener hijos, papito, pero Shiloah resultó ser un idiota de campeonato mundial y me dejó igualmente. ¡Que se pudra! ¡Él se lo pierde!

—Juana, creo que a ti y a mí nos ha tocado lidiar con dos personas tercas y orgullosas.

—¡Las más tercas y orgullosas del planeta! Hijos de su puta madre.

Apenas terminada la llamada, Al-Saud telefoneó a Thérèse y le pidió que concertara una cita con Falur Sayda para el día siguiente. Acababa de decidir que aceptaría el encargo de Yasser Arafat.

Pasadas las diez de la noche, mientras se preparaba para acostarse, Al-Saud salió del baño para atender el teléfono.

—*Allô?* —dijo, inquieto al ver la hora. Pensó en Matilde y luego en Kolia.

—Hola, Eliah. Soy Nigel.

«Al parecer», meditó Al-Saud, «el día de las sorpresas aún no termina».

El ojo derecho de Nigel Taylor —el que no tenía vendado— revoloteó en abierta confusión hasta que reconoció la sala donde se recuperaban los pacientes recién operados. Bajó el párpado y siguió durmiendo. Tiempo después —no habría sabido precisar si una hora o diez—, al volver en sí, su espíritu se preparó para sonreír al descubrir el rostro de Angelie —hacía tiempo que no pensaba en ella como en *sœur* Angelie—; no obstante, la sonrisa no le alcanzó los labios porque tenía la cara entumecida.

—Nigel, dime si sientes dolor —le pidió la religiosa, y a Taylor lo colmó de alegría y de ternura la ansiedad con que lo llamó por su nombre; amaba el acento francés que le imprimía a su inglés, la cadencia con que se desplazaba por la habitación, la frescura de sus manos, la feminidad de sus movimientos, la dulzura con que trataba a Kabú.

—No —dijo, y, Angelie, al notarle la voz rasposa, le acercó un popote.

—Es agua. El doctor van Helger dijo que ya puedes beber.

Se refrescó la boca pastosa, saboreó el agua mineral y disfrutó mientras descendía por su esófago. Mantuvo el ojo cerrado por unos segundos, sabiendo que Angelie permanecía, expectante, sobre él. Nunca se había sentido amado. Con su primera esposa, Mandy, se había visto obligado a rogar por una caricia o por un gesto de amor. Ella no se había preocupado por comprarle el pan que le gustaba ni el vino de su preferencia; no le preparaba sus comidas favoritas sino que Nigel se las pedía a la cocinera; a veces no la encontraba en casa cuando regresaba de una misión que lo había mantenido lejos de Londres por semanas. No la culpaba por su actitud negligente, no había sido una mujer sana y, en honor a la verdad, él la había perseguido con la tenacidad de un perro de caza hasta convencerla para que lo aceptara como su esposo. Mandy le había permitido amarla y él la había convertido en una diosa para venerar. No le reprochaba nada, ni siquiera su amorío con Al-Saud. Simplemente, comparaba cómo se había sentido en aquellas instancias y cómo se sentía en ese momento, envuelto y cobijado por los cuidados y la atención de Angelie.

—Veo que sobreviví —dijo, risueño.

—Kabú y yo hemos estado rezando para que salieras bien de la operación.

La emoción a Taylor le anegó el ojo derecho y le provocó una sensación entre dolorosa y agradable en la parte recién operada; la anestesia comenzaba a abandonarlo.

—¿Te duele? —se angustió Angelie—. Dímelo, Nigel. No tiene sentido que sufras.

La mano de Taylor trepó por el antebrazo de Angelie hasta el codo y ejerció presión para obligarla a inclinar la cara cerca de la de él.

—Angelie, ¿quieres casarte conmigo? —le susurró, y percibió la tensión y el pasmo de la religiosa, que era incapaz de disfrazar las emociones; su sinceridad era otra de las cualidades de ella que lo subyugaban.

Angelie intentó alejarse. Taylor, con una fuerza sorprendente para alguien que aún sufría los efectos de la anestesia, la mantuvo a centímetros de su rostro.

—¿Qué dices, Nigel? ¿Estás delirando?

—Nunca he estado más consciente y despierto que ahora. Respóndeme, ¿quieres casarte conmigo? Angelie, ¿te gustaría ser mi esposa?

—Me lo preguntas ahora que te sientes débil. No pensarás en mí cuando salgas de este hospital y vuelvas a ser el hombre poderoso y adinerado que conocí en la misión meses atrás, que vive en Londres y que tiene un avión privado.

—Estás siendo cruel e injusta.

La vergüenza tiñó de rojo las mejillas de Angelie.

—No sabría cómo ser esposa —expresó, en voz baja y compungida—. Desde los dieciocho años he servido al Señor. No sé cómo ser mujer.

—Te aseguro que te has comportado como una magnífica esposa durante todas estas semanas en que has estado junto a mí, cuidándome, preocupándote. Eres la esposa que cualquier hombre desearía a su lado. En cuanto a cómo ser mujer, te digo, Angelie, que meneas el trasero de una manera muy atractiva para ser religiosa.

Le gustó que el sonrojo de Angelie se pronunciara y que se cubriera la boca para ocultar la risa; le gustó que no se escandalizara ni fingiera como una retraída.

—Nigel, soy una religiosa —interpuso al cabo.

—Has esgrimido varias excusas para no aceptarme como tu esposo. La de tu condición de monja ha sido la última. Veo que no te importa demasiado.

«Me importas sólo tú, que Dios me perdone.» Incapaz de mentir pero también de pronunciar el pensamiento, Angelie guardó silencio, tensa, turbada, incómoda y feliz a un tiempo.

—Angelie, dime una cosa, si no fueras religiosa, ¿me aceptarías?

—¿Si no fuera religiosa, pero si fuera exactamente igual a como soy ahora? —La pregunta desconcertó a Taylor, que se limitó a asentir—. No lo creo, Nigel.

—¿Por qué? ¿No me quieres siquiera un poco?

Los párpados de Angelie se elevaron en un movimiento veloz, y sus ojos oscuros se detuvieron en los azules de Taylor con un ardor y un enojo que lo estremecieron.

—¿Cómo puedes dudar de que te quiero?

—¡Me confundes!

—Nigel, no estás pensando con claridad. No sé por qué estamos hablando de esto cuando deberías estar descansando. ¡Acabas de salir del quirófano!

—No te merezco —presionó Taylor—. Me consideras un pecador incorregible.

—En absoluto. —Angelie logró zafarse y abandonó la habitación.

A la mañana siguiente, Kabú apareció solo y le explicó que *sœur* Angelie no se sentía bien y que estaba descansando. Después de la visita de Kabú, Taylor reflexionó acerca de su vida, de los muchos fracasos, de los pocos aciertos, entre los que contaba haberse enamorado de Angelie, y de las deudas que le faltaba pagar. Comenzaría por hablar con Eliah Al-Saud, para lo cual se comunicó con Jenny, su secretaria en Londres, para que le consiguiera el número telefónico de Al-Saud. Horas más tarde —eran más de las diez de la noche en París—, escuchó la voz de Al-Saud del otro lado de la línea.

—Hola, Eliah. Soy Nigel.

—¿Has vuelto? ¿Estás en Londres?

—No, sigo en Johannesburgo. Ayer tuve mi segunda operación reconstructiva.

—¿Salió bien?

—Así parece. Lo veremos con el tiempo. Nunca volveré a ser el mismo. Sólo espero que van Helger me dé un aspecto medianamente tolerable. —Al pronunciar esas palabras, se arrepintió de haberlas expresado. Angelie, que lo había conocido en su esplendor y también deformado a causa de la esquirla, lo quería igualmente—. La verdad es que no me importa demasiado —concluyó.

—Tengo que admitir que me sorprende tu llamada —comentó Al-Saud.

—Necesitaba llamarte. Hay cuestiones entre tú y yo que me gustaría aclarar.

La llamada se extendió durante casi una hora. Taylor agradeció a Al-Saud que hubiera arriesgado la vida para arrancarlo de la línea de fuego y salvarlo de una muerte segura. Tras unas respuestas masculladas de Al-Saud, Taylor habló de Matilde, de cómo la había conocido, de cómo se había enamorado de ella y de cómo la había manipulado movido por la ira y por los celos al enterarse de que se casaría con su peor enemigo.

—Cambié la historia que existió entre tú y Mandy. Le conté a Matilde una mentira, me aproveché de su corazón noble y bondadoso para volverla en tu contra. Gulemale me dio las fotos, que se convirtieron en el golpe de gracia. Las dejé en el *locker* de Matilde. Lo demás lo sabes.

–La verdad es que ya no tiene sentido hablar de esto. Siempre me arrepentí de haberte traicionado. No éramos amigos, pero sí compañeros de trabajo, y lo que te hice fue una traición. No quiero volver sobre esto.

–Pero a causa de *esto*, Matilde y tú terminaron. –Al-Saud guardó un silencio que Taylor interpretó como hostil; era consciente del impulso animal y posesivo que embargaba a su antiguo compañero de *L'Agence* con relación a la médica argentina; no le permitiría cruzar el límite que había trazado en torno a ellos–. Quiero que sepas que Matilde conoce la verdad acerca de Mandy, yo mismo le expliqué el modo en que te asedió hasta conseguirte.

–Basta, Nigel. Es suficiente –manifestó de buena manera, sin traslucir la tormenta que acababa de desatarse en su interior. Matilde conocía la verdad acerca del asunto con Mandy Taylor y, de igual modo, se mantenía fría y distante y declaraba que ella ya no era su problema. «Por supuesto», se amargó, «sigo siendo un mercenario, un hombre poco confiable, nada digno de respeto. Por cierto, no hay disculpas para las fotos de Gulemale».

–¿Cómo marchan las cosas en la mina de Rutshuru?

La pregunta lo tomó por sorpresa, y recordó la conversación de ese día con sus socios.

–Pues tu amigo, el general Nkunda, no ha vuelto a molestarnos. –La risita de Taylor confirmó las sospechas esbozadas por Ramsay, que detrás del armisticio tácito con el general tutsi se hallaba la mano del mercenario inglés–. Nos siguen importunando las otras facciones, y nos viene bien para no aburrirnos.

–Supe lo de Jérôme. Matilde está destrozada. –«Y tú habrás aprovechado para consolarla», pensó Al-Saud–. Quiero ayudarte a buscarlo. Nkunda tiene espías diseminados por todo el Congo. Alguno le dará información acerca de Jérôme.

–Te agradeceré cualquier ayuda que puedas darme en este sentido –cedió Al-Saud, aunque tenso.

–Mañana mismo me comunicaré con Nkunda y le comentaré acerca de Jérôme. Colaborará porque Jérôme es tutsi. ¿Tienes una fotografía actualizada de él?

–Mi prima Amélie me dio una.

–Por favor, envíasela a mi secretaria. Ella se la hará llegar a Nkunda. Anota su dirección de e-mail, por favor.

Antes de despedirse, Al-Saud disparó la pregunta a bocajarro porque pretendía analizar la reacción de Taylor aunque fuera a través de la línea telefónica.

–Nigel, ¿qué sabes de Udo Jürkens?

—Udo, ¿qué?

—Udo Jürkens. Tal vez lo conozcas por su verdadero nombre. Ulrich Wendorff.

—No lo conozco ni por el primer nombre ni por el segundo. ¿Quién es?

—Un tipo al que necesito encontrar.

❧

Después de la reunión con Falur Sayda, que se mostró encantado de cerrar el acuerdo para que la Mercure entrenara a Fuerza 17, Al-Saud se comunicó con Ariel Bergman, el jefe del Mossad en Europa. Lo llamó a su oficina en La Haya, y el *katsa* no tardó en ponerse al teléfono.

—Al-Saud, debo admitir que me toma por sorpresa —expresó a modo de saludo, y en su timbre poco amistoso se adivinaba que el enojo por la interferencia de Al-Saud en el intento de atrapar a Mohamed Abú Yihad seguía latente.

—Sí, la sorpresa debe de ser grande, sobre todo después del *affaire* en esa magnífica propiedad de Rutshuru.

—¿Por qué me llama, Al-Saud?

—Porque necesito pedirle un favor. —Bergman guardó un silencio cauto—. Estoy seguro de que el Instituto —Eliah llamó al Mossad como se lo conoce entre los espías— ya sabe que estoy en tratos para adiestrar a Fuerza 17 en Ramala y en Gaza. —El mutismo de Bergman se sostenía y resultaba elocuente—. En esta oportunidad, Bergman, mis actividades y su gobierno irán de la mano.

—No veo por qué.

—Porque una Autoridad Nacional Palestina fuerte es beneficiosa para Israel. Arafat no podrá combatir a Hamás ni a la Yihad Islámica con una estructura militar que cause risa.

—¿Qué desea, entonces?

—Un permiso especial para mí y para mis hombres para movernos dentro de los territorios ocupados y de Israel. No estoy dispuesto a perder horas en sus *checkpoints* ni a someterme al capricho del *Tsahal*.

Bergman se tomó unos segundos antes de hablar.

—Supongo que si me negara, usted me recordaría la existencia de esa información que compromete a mi país en materia de armas químicas y que usted guarda celosamente.

—No, no lo haría. En este caso, Bergman, estoy pidiéndole un favor.

—Lo llamaré para confirmarle si puedo hacerle el favor que me pide.

—¿Cuándo? —presionó Al-Saud.

—Mañana. Al-Saud —dijo deprisa, antes de que Eliah cortara la llamada—, ¿qué hizo con Abú Yihad?

—Bergman, olvídese de Abú Yihad. Él ya no es un problema, ni suyo ni de su gobierno.

—¿Está fuera de juego?

—Sí.

—¿Qué garantías me da?

—Mi palabra —expresó antes de cortar.

؞ ✂ ؞

Rauf Al-Abiyia viajó de Lisboa a Madrid en tren. Alquiló un automóvil en la capital española y devoró los casi cuatrocientos veinte kilómetros que lo separaban de Almería en tres horas. Allí lo tentó la idea de registrarse en un hotel cinco estrellas y de dedicarse a dormir y a bañarse en la piscina durante una semana. Al recordarse que era 8 de octubre, que el *Rey Faisal* estaría navegando por las aguas del Golfo de Adén alrededor del 20 y que en Bagdad esperaban la torta amarilla, se urgió a ponerse en marcha. Se dirigió al puerto de Almería, que conocía bien, y compró un boleto para abordar el ferry que lo transportaría a Orán, donde contaba con amigos que lo sacarían subrepticiamente de Argelia utilizando la vía del desierto.

En Orán, le confirmaron lo que sospechaba: desde el 7 de agosto, las circunstancias se habían tornado desfavorables después de los atentados a las embajadas norteamericanas de Nairobi, en Kenia, y de Dar es—Salaam, en Tanzania. No resultaba fácil trasladarse por la región, que bullía de agentes de la CIA, viejos conocidos de Al-Abiyia, que, si bien se ocultaba tras una cara nueva, no terminaba de fiarse porque su cabeza tenía precio y cualquiera, aun los hombres de confianza de Fauzi Dahlan, podía entregarlo.

Después de un viaje agotador, en el que echó mano de varios medios de locomoción, desde camellos a avionetas destartaladas, Al-Abiyia llegó a Jartum, la capital de Sudán, el sábado 10 de octubre por la mañana. Cerca del mediodía, después de haberse instalado en un hotel carente de lujo pero limpio, caminó por la calle Nilo, utilizando la banqueta que bordeaba el río más largo del mundo, buscando refugio en la sombra de los árboles. Se habría entrevistado con el imam en la mezquita, pero resultaba muy riesgoso porque tanto las mezquitas como las madrazas se encontraban bajo vigilancia.

El imam Al-Mahdi le había hecho llegar un mensaje donde le indicaba que se encontrarían en el Parque Al Shuhada, sobre la Avenida

Gamma. El hombre, un negro alto, de complexión vigorosa y con la cabeza envuelta en un tocado blanco, le sonrió, le deseó la paz en árabe y lo tomó del brazo para que caminara a su lado. Después de comentar acerca de la belleza del parque, Al-Mahdi no se mostró interesado en averiguar por qué Al-Abiyia intentaba contactar a su amigo en Somalia. Se limitó a darle las indicaciones del lugar donde lo hallaría y la contraseña para identificarse. Recibió su pago en dólares y caminó hacia la salida del parque.

Al día siguiente, Al-Abiyia viajó en un avión de hélice que alquiló en Jartum y que aterrizó en una pista de la ciudad de Bosaso, a orillas del Golfo de Adén, la cual, si bien el piloto aseguraba que era legal, tenía apariencia de clandestina, como todo en Somalia, un país sin gobierno legalmente constituido y sumido en la anarquía.

Abordó un taxi cuyo color resultaba imposible de discernir bajo la capa de polvo rojo, y negoció el precio por un viaje hasta el centro de la ciudad. Bosaso lo deprimió; el aspecto decrépito de las construcciones y la miseria del pueblo resultaba desmesurado incluso para la realidad africana. Los somalíes vivían bajo un régimen severo basado en la *sharia*, la ley islámica, y aun las niñas impúberes iban cubiertas, algo que pasmó a Al-Abiyia.

Como el taxista le cayó bien, le ofreció veinte dólares por día —un dineral si se tenía en cuenta que, en un día afortunado, el hombre juntaba menos de un dólar— para que le hiciera de chofer. El taxista, eufórico, lo condujo al único hotel decente. Por la tarde, aunque a regañadientes porque no le gustaba esa parte de Bosaso, lo llevó hacia la zona de la playa, donde habitaban los pescadores. El taxi se detuvo a una distancia prudente del barrio, y el chofer levantó las cejas y abrió grandes los ojos al ver que Al-Abiyia se quitaba la pistola de la parte trasera de la cintura y la ponía a la vista, con la chamarra abierta, por delante.

—Acompáñame, Maluf —indicó Al-Abiyia porque temía no encontrar ni el polvo del taxi cuando regresara.

El traficante palestino necesitó nervios de acero para sortear los filtros antes de dar con el jefe de los piratas. Se comportó con aire sumiso, no hizo contacto visual con los lugareños y repitió la contraseña a quien lo increpara. Lo pasearon por el barrio que, en realidad, era un asentamiento de casuchas de chapa y cartón, niños descalzos y de vientres abultados, perros flacos y olores nauseabundos. En varias ocasiones en que unos muchachos lo amenazaron con sus AK-47, se arrepintió del plan de asaltar el *Rey Faisal* y pensó en dar media vuelta y regresar al taxi, si es que todavía existía. No lo hizo porque detestaba acobardarse. Su vida se habría convertido en un infierno, como para la mayoría de los refugiados palestinos, si él no hubiera sido un hombre de recursos y de valor. Al final, a los empujones y a gritos, lo condujeron a una vivienda construida en un sitio desolado de la playa donde le presentaron a Falamé, el jefe de los piratas.

Falamé lo sorprendió. A diferencia de su cortejo, era un hombre tranquilo y mesurado. Alto, delgado, pero fibroso, de una edad indefinida entre los veinticinco y los cuarenta, sonrió y le ofreció que se acomodara sobre una caja de madera. A Maluf, que temblaba, le pidió que aguardara fuera de la choza. Falamé se sentó y volvió a su trabajo: tejía una red.

—Dice que mi amigo Al-Mahdi lo manda.

—Así es. La contraseña…

Falamé lo detuvo al levantar la mano con la que sujetaba el huso.

—Señor Al-Abiyia, no habría llegado hasta aquí si no hubiera repetido varias veces la contraseña. ¿Para qué me ha buscado?

—Porque es famosa su pericia en el mar.

—Todos aquí somos pescadores. Prácticamente nacimos en el mar y aprendimos a nadar antes que a caminar. Nuestros padres nos subían en sus barcas al cumplir los cinco años. Sí, conocemos el mar como nadie, pero ya no podemos vivir de nuestro oficio porque las grandes compañías pesqueras asolan nuestras aguas y se llevan nuestro pescado.

—Entiendo. Yo necesito de su pericia para asaltar un barco del cual extraeré la carga. —Falamé apartó la vista de la red y la fijó en Al-Abiyia—. Seré generoso con la paga —se apresuró a agregar, incomodado por la mirada del somalí—. Muy generoso.

—Cuénteme los detalles y le diré si es posible llevar a cabo el asalto.

6

Extrañaba a Juana. Le dolía empezar la travesía hacia la Franja de Gaza sin la compañía y el apoyo de su hermana del alma. No ayudaba a levantarle el ánimo el hecho de que Juana hubiera partido con el corazón destrozado. El dolor de su amiga la ponía de cara al que debió de haber experimentado Al-Saud con cada uno de sus desplantes y de sus traumas no sanados. El labio inferior le tembló, y Matilde apretó el apoyabrazos del asiento del avión para reprimir el llanto. Se preguntó si Juana tendría razón. ¿Boicotearía su relación con Eliah Al-Saud porque no se consideraba digna de felicidad? «Dios mío», rezó, «te pido una última oportunidad para volver a verlo. Quiero pedirle perdón». La corta plegaria surtió un efecto inmediato. Se le aflojó la presión del diafragma y se suavizó la puntada en su cuello.

Se dirigía al Aeropuerto Ben Gurión, en Tel Aviv. Se mantuvo quieta y erguida en tanto el avión despegaba, y esperó a que transcurriera el momento crítico durante el cual solía marearse. Cuando Eliah despegó su avión privado para llevarla a Londres, la acción había pasado inadvertida, y su cuerpo no se había quejado. No todos los pilotos eran hábiles como él, pensó, y la nostalgia volvió amenazar la frágil serenidad que había conseguido. Abrió el libro *Cita en París* para releerlo, y enseguida se vio atrapada por la narrativa del último Nobel de Literatura, Sabir Al-Muzara, aunque cada palabra del escritor se convertía en un tobogán por el que se deslizaba hacia donde no quería ir, hacia Eliah Al-Saud. Resultaba una experiencia fascinante al tiempo que dolorosa releer *Cita en París* reconociendo en los personajes a quienes había llegado a amar tanto en los últimos meses; por ejemplo, Étienne era Eliah, Alex era Alamán y Yaelle era Yasmín; Salem era el autor y su hermana melliza, Sakina, era Samara, la esposa muerta de Eliah. A Matilde le provocaba celos leer los pasajes amorosos de Étienne y de Sakina, y se martirizaba preguntándose hasta qué punto reflejarían la verdad.

En esa nueva lectura, prestó atención a las cuestiones políticas de la región que, antes del 48, se había llamado Mandato Británico de Palestina y de la cual sabía poco y nada. Como la mayoría que veía televisión, Matilde recordaba las imágenes de jóvenes con las cabezas envueltas en el pañuelo inmortalizado por Yasser Arafat llamado *keffiyeh*, que arrojaban piedras a los tanques israelíes; se acordaba de los cadáveres de los palestinos que la multitud paseaba por las calles en medio de gritos y de disparos de fusil al aire; Matilde se había preguntado si no sería peligroso; después de todo, ¿adónde iban a parar esas balas?

El avión aterrizó al cabo de cuatro horas de viaje, y, al igual que el 6 de abril de ese año, día en que había llegado a la República Democrática del Congo, Matilde memorizó el de su arribo a la Franja de Gaza: jueves 15 de octubre de 1998. A diferencia de aquel primer viaje al África, en éste se hallaba sola, y experimentaba ansiedad por retirar el equipaje, superar los controles y asegurarse de que, en la sala de arribos, estuviera esperándola el doctor noruego Harald Bondevik, el jefe de la misión de Manos Que Curan en la Franja. Notó que, ya fuera en Migraciones como en la aduana, las familias de aspecto árabe –los hombres con barba y *keffiyeh* y las mujeres con el cabello cubierto– sufrían pesquisas y revisaciones exhaustivas. A ella, en cambio, después de estudiar su pasaporte argentino, lo sellaron sin preguntas, y, a su equipaje, ni siquiera le echaron un vistazo.

El doctor Harald Bondevik, un cincuentón de estatura media, rostro redondo y pequeño con papada, levantó el cartel que rezaba «Matilde Martines» –el apellido sin acento y con ese– ante la avalancha de pasajeros que emergió por las puertas automáticas. A Matilde le cayó bien enseguida. El hombre le dio la mano con energía y le sonrió, y sus ojos sesgados se achinaron hasta desaparecer.

–¡Qué magnífico es tenerla en Gaza, doctora Martínez! –dijo, en un inglés impecable, apenas subieron en el automóvil blanco con el logotipo rojo de Manos Que Curan, las manos en forma de palomas.

–Llámeme Matilde, doctor Bondevik.

–Y tú, llámame Harald. Hemos estado rogando por una pediatra desde hace tiempo así que, con los muchachos, celebramos tu llegada cuando nos avisaron que nos enviarían a una que había tenido un desempeño excelente en el Congo.

–Mi especialidad es la cirugía pediátrica.

–¡Tanto mejor! ¡Tanto mejor!

Matilde pensó que Tel Aviv-Yafo, la ciudad más pujante de Israel, con sus rascacielos y sus autopistas de varios carriles, podía confundirse con una ciudad norteamericana, salvo por la presencia constante de soldados con uniformes verdes, botas negras y fusiles en bandolera. En ruta hacia el sur, en dirección a la Franja de Gaza, vio la verdadera cara de Israel, una tierra árida, con ondulaciones pobladas por arbustos y una nube eterna de polvo. Sonrió al descubrir en la carretera una señal en forma de triángulo con el perfil de un camello. *Beware of camels on the road* (Cuidado con los camellos en la carretera), aclaraba un cartel junto al triangular, y también lo hacía en hebreo y en árabe. En las carreteras argentinas, se acordó Matilde, existía el mismo cartel, pero con la silueta de una vaca.

–La ciudad de Gaza está a unos sesenta kilómetros al sur. Es una distancia corta; sin embargo, nos tomará bastante tiempo llegar debido a los *checkpoints*.

Los puestos de control se erigían en puntos estratégicos: cruces de carreteras, entradas a ciudades, desviaciones de caminos, y se convertían en un cuello de botella para el tráfico. De nuevo, Matilde notó la minuciosidad con que se revisaban los automóviles conducidos por árabes. A ellos, que viajaban con el logo de Manos Que Curan, les pidieron sus pasaportes y los dejaron marchar.

–Es impresionante la cantidad de soldados que hay –comentó Matilde–. Incluso mujeres.

–No olvides que Israel es un país que ha estado en guerra durante cincuenta años. Todos, salvo contadas excepciones, deben hacer el servicio militar, hombres y mujeres. Y son varios años.

–¿De veras?

–Sí. Y cuando cumples tu término, te conviertes en un reservista y, una vez por año, durante un mes, debes prestar servicio como soldado.

–¡Increíble!

Al llegar al puesto de control de Erez, en el límite norte entre Israel y la Franja de Gaza, Matilde quedó boquiabierta: se trataba de una estructura imponente de prefabricados, con casillas y molinetes, que confería un aspecto inexpugnable y que ocupaba el ancho de la carretera y se extendía por varias cuadras. Harald Bondevik le explicó que en Erez se asentaba la Brigada Givati, una fuerza de infantería del ejército israelí, o *Tsahal*. Matilde notó que, al igual que los demás soldados con los cuales se habían cruzado en el camino, los de la Givati vestían uniformes verdes y botas de cuero negro; se distinguían por las boinas, que algunos usaban bajo la hombrera izquierda, otros en sus cabezas, y que eran de un vivo color violeta.

Asombraba la cantidad de gente, en especial de niños, y también la de taxis amarillos y camionetas blancas, que prestaban servicio de transporte a los que no tenían autorización para entrar o salir con vehículos. Los militares, algunos con perros, se mostraban concienzudos al momento de revisar los automóviles y a sus ocupantes, a quienes obligaban a bajar y, en ocasiones, palpaban de armas, aun a las mujeres. Otros controlaban las identificaciones y formulaban preguntas. Matilde se percató de que los soldados en contacto directo con los palestinos se protegían las cabezas con cascos.

Podía olerse el miedo de los palestinos, se les notaba en las miradas, en las expresiones y en sus movimientos controlados. Se vislumbraba una índole dócil y una cualidad de intangible sumisión y fatalismo, que inspiró en Matilde una combinación extraña de admiración y de pena, y que le resultó difícil de conciliar con los jóvenes y sus *keffiyehs* que arrojaban piedras y se inmolaban en los autobuses de Tel Aviv. «Habrá de todo», resolvió, «aguerridos y conciliadores».

—Son muchos los palestinos que van a Israel —comentó Bondevik—. En Gaza no hay trabajo —apuntó— y buscan en el país vecino un salario fijo. Tienen que soportar un infierno todos los días, cuando salen y cuando entran —añadió tras una pausa y con la actitud de quien expresa una opinión en voz baja para no ser condenado—. ¡Ah! —exclamó, de pronto contento—. Ahí está el teniente coronel Bergman. Nos hemos hecho amigos. Es un buen hombre, pese a todo.

Matilde, que habría querido preguntar qué significaba el «pese a todo», eligió callar. El teniente coronel, después de individualizar el vehículo de Manos Que Curan, se acercó con una sonrisa, sin registrar los firmes ni los saludos marciales con que, a su paso, lo saludaban los soldados.

Se trataba de un hombre alto y delgado, a quien el corte del uniforme le destacaba los brazos y las piernas largas. Cuando lo tuvo cerca, Matilde observó que su cara, aunque tosca, resultaba atractiva, con una nariz ancha y marcadamente aguileña, cejas pobladas, negras y muy separadas, ojos pequeños y celestes, y labios gruesos. El color mate de su piel se debía al bronceado. Iba armado con una pistola puesta en una cartuchera del cinturón y con un cuchillo negro, prendido al cinturón.

Bondevik se atrevió a descender del automóvil gracias al honor con que lo distinguía el teniente coronel al aproximarse para saludarlo. Se dieron la mano calurosamente y hablaron en inglés. Matilde no entendió qué decían dado el bullicio que rebotaba en las paredes de concreto.

—Matilde, baja, por favor. Me gustaría presentarte al amigo Bergman.

Matilde descendió con su *shika* en bandolera, sus trenzas rubias, cuyos extremos le acariciaban la cintura, y con un vestido sin mangas y suelto de bambula rosa con dibujos en batik, que casi arrastraba por el pavimento. Al adivinar el deseo que se ocultó tras una expresión comedida del teniente coronel Bergman, Bondevik se preguntó si la muchacha sería consciente de su belleza.

—Lior, le presento a la doctora Matilde Martínez. Acaba de llegar y empezará a trabajar con nuestro equipo desde mañana. Es argentina —agregó, y el gesto serio y neutral de Bergman se resquebrajó para evidenciar un espíritu estupefacto.

—¿Argentina? ¿De qué parte, doctora?

—De la ciudad de Córdoba.

—¿De Córdoba? —repitió el militar.

—Ha pronunciado «Córdoba» —notó Matilde— con mucha seguridad. ¿Conoce mi ciudad?

—No, no, pero conocí a alguien nacido ahí y que me hablaba a menudo de ella.

—¿De veras?

—No tendrán que seguir aguardando —anunció Bergman de manera súbita—. Llamaré a un soldado para que...

—No. —La negativa de Matilde atrajo las miradas de Bondevik y de Bergman—. No me parece justo, teniente, que nosotros avancemos sobre los demás. —Lo expresó sin amilanarse y remarcando el cargo del militar—. Sería una torpeza que podría alterar a estas personas, enojarlas. No, no, no me parece que debamos aceptar su ofrecimiento.

Bondevik no daba crédito a sus ojos ni a sus oídos. La muñeca que lucía de quince años en lugar de una pediatra de veintisiete si se atenía al currículum que le habían enviado por e-mail, acababa de sacar a relucir un carácter de acero para plantar cara a un hombre armado hasta los dientes.

—Sí —aceptó el médico noruego—, creo que la doctora Martínez tiene razón, Lior. Esperaremos nuestro turno.

—Como deseen —manifestó el militar; no parecía ofendido sino pasmado—. Harald, ha sido un gusto verte. Doctora Martínez, le deseo una buena estadía en Gaza. Espero que tenga tiempo para visitar Israel.

—Así lo espero yo también, teniente.

En opinión de Bondevik, los palestinos habrían debido agradecer a Matilde la premura con que los soldados comenzaron a despachar los automóviles hasta llegar al de Manos Que Curan. Una vez que dieron el visto bueno al noruego y a la argentina, a los cuales les pidieron sólo los pasaportes y no los obligaron a bajar del vehículo, Bondevik se adentró en un túnel de seiscientos metros de largo, de altas paredes de concreto y techo de chapas de fibra de vidrio verde, muy atestado, no sólo de automóviles sino de gente que lo cruzaba a pie. Al final, los esperaba la Franja de Gaza.

⤳ ⚸ ⤳

El Congo era misérrimo, pero la belleza de su paisaje, de tierra roja y fértil, y el despliegue de su pueblo, cuyas pieles negras refulgían en los atuendos de colores estridentes y cuyas sonrisas contagiaban pese al horror circundante, ayudaban a alegrar el corazón. Gaza habría quebrado el ánimo del más optimista. Matilde amaba a los congoleños; se preguntó si amaría a los gazatíes.

Con intención de bromear, Bondevik dijo:

—Para decir «vete al demonio», los israelíes dicen «vete a Gaza».

—Qué triste —murmuró Matilde, y la sonrisa de Bondevik se esfumó.

—Evitaremos la carretera Salah Al-Din y te llevaré por la que bordea el mar, para que tu primera impresión de Gaza no sea tan desagradable.

A pesar de que habían transcurrido cuatro años desde la firma del Acuerdo de El Cairo y que el dinero había comenzado a fluir desde la Unión Europa, la pobreza y el deterioro todavía caracterizaban a la Franja de Gaza y a sus pobladores. Sin embargo, cuando apareció el Mar Mediterráneo, la opresión causada por la visión de la ciudad, más bien chata y de una tonalidad caliza uniforme, como si los edificios y las casas se mimetizaran con la nube de polvo, se disolvió. Habría deseado pedirle a Bondevik que se detuviera para bajar a la playa y enterrar los pies adoloridos en la arena; no lo juzgó apropiado; además, tenía ganas de llegar e ir al baño.

El automóvil de Manos Que Curan se desplazaba por la avenida que bordeaba la costa, de nombre Al Rasheed, a baja velocidad para que ella apreciara el mar y su color turquesa. Del otro lado de la calle, se sucedían los edificios de no más de seis pisos, en su mayoría hoteles de reciente factura; aquí se concentraban las inversiones con dinero europeo. Matilde avistó varias obras en construcción, lo que otorgaba un aspecto pujante a la ciudad que, en un principio, la había deprimido. Se lo comentó a Bondevik.

—Hay quienes se quejan de que no se construye tanto como se debería de acuerdo con las donaciones realizadas por la Unión Europea, los Estados Unidos y algunos países árabes, como Arabia Saudí. Aseguran que la mayoría de los fondos va a parar a las arcas de Arafat.

Doblaron a la izquierda y tomaron por otra arteria importante, la Omar Al-Mukhtar, principalmente comercial y llena de transeúntes y de automóviles viejos y desvencijados. La calle, con sus negocios, puestos callejeros y febril actividad, le pareció bonita, en especial gracias a los eucaliptos que echaban sombra sobre las banquetas y a pesar de las paredes tapizadas con fotografías de mártires, inmolados en ataques suicidas, y de las pintadas.

—¿Cuántos habitantes hay en la Franja de Gaza?

—Un millón doscientos mil, aproximadamente. A los palestinos les encanta reproducirse. Con un promedio de cinco hijos por mujer, son una de las sociedades con tasas de natalidad más altas en el mundo, algo que aterra a los israelíes.

—¿De veras? ¿Por qué?

—Porque los palestinos son cada vez más. Y podrían convertirse en mayoría. De una población grande pueden obtenerse ejércitos grandes. Los israelíes, en cambio, son más parecidos a los europeos. Tienen a lo sumo dos hijos. Las sociedades, a medida que se sofistican y adquieren niveles económicos y culturales más elevados, dejan de reproducirse.

Matilde se quedó pensando en eso de «cinco hijos por mujer» y envidió la fertilidad de las palestinas. No obstante el oscuro sentimiento, esa cualidad las volvió simpáticas a sus ojos y la predispuso bien con ellas. No veía la hora de conocer a una.

El tráfico se congestionaba, los claxonazos se prolongaban y algunas frases vociferadas traspasaban los vidrios del automóvil, que mantenían cerrados por el aire acondicionado.

—¿Cuáles son los problemas más urgentes en materia de salud?

—Verás —dijo Bondevik—, ahora que el *Tsahal*...

—Me dijiste que el *Tsahal* era el ejército, ¿verdad?

—Así es. Así se llama al ejército israelí. O también Fuerzas de Defensa Israelíes, pero es más común oír *Tsahal*. Te decía que, ahora que el ejército ha evacuado la Franja como consecuencia de los Acuerdos de Oslo, ya no hay tantos mutilados ni heridos por balas o esquirlas, aunque a veces se presentan, porque no creas que el armisticio es siempre respetado. En este momento, nos enfrentamos a las enfermedades comunes de una sociedad pobre, a la que le faltan personal y suministros y que tiene una pésima calidad de agua sin posibilidad de comprar agua mineral. Me alegró saber que eras pediatra porque los niños son los más afectados. —Tras una pausa, agregó, con timbre sombrío—: Hay mucho cáncer. —El corazón golpeó el pecho de Matilde—. Hay mucho dolor. En el equipo contamos con una psicóloga y un psiquiatra porque aquí, Matilde, hay un porcentaje muy alto de gente con síndrome postraumático, ansiedad, depresión y trastornos de toda índole. Han sufrido mucho, mucho —enfatizó.

—¿Qué es lo que realmente sucede aquí, Harald?

—Antes de que se firmara el Acuerdo de El Cairo, en mayo del 94, vivían con la ocupación israelí y los toques de queda, que a veces, si había habido un ataque suicida en Tel Aviv o en Jerusalén, se prolongaban durante días. ¿Sabes lo que es vivir con un toque de queda? No puedes salir de tu casa para comprar alimentos ni para ir al hospital en caso de sentirte mal o de estar a punto de dar a luz. Los niños no iban al colegio y los adultos faltaban a sus trabajos. —Matilde dirigió a Harald una mirada asombrada—. Era así de estricto —aseguró—. Si salías durante un toque de queda y los soldados te descubrían, te disparaban, así de simple. Ésta es mi segunda vez en Gaza. La primera fue en el 93, por eso te hablo con conocimiento de causa de la ocupación militar. Creo que el mundo no tiene idea de lo que realmente acontece aquí. Yo mismo no lo sabía pese a que me considero un hombre informado; los medios de comunicación dicen poco y nada de la verdad. Después de los Acuerdos de Oslo, esto, Matilde, ha adquirido visos de bantustán, como los del *apartheid* sudafricano. Lo de la autonomía de la Franja de Gaza es muy relativo porque los israelíes siguen controlando casi todo a pesar de que sus soldados ya no caminan por las calles. En especial, se les impide circular libremente. Prácticamente no pueden salir de la Franja, está sellada. Los israelíes no les dan los permisos, y ellos, aquí, no tienen nada, para todo dependen de Jerusalén o del resto de Israel, especialmente en materia de salud y de trabajo.

Bondevik detuvo el automóvil frente a un edificio bajo, de fachada aburrida y deteriorada. Un silencio apesadumbrado había ganado el habitáculo, y ninguno hablaba mientras descendían y sacaban las maletas de la cajuela. Matilde observó que, en el camino hacia la entrada, había un puesto callejero con un toldo deslucido de franjas blancas y negras, a cuyo dueño Bondevik saludó con familiaridad y le compró unas pelotitas cafés que el palestino sacaba de una olla con aceite hirviendo.

—Mmmm —se regodeó el noruego mientras las pelotitas caían en un cono de papel—. Esto, Matilde, es *falafel*, una comida típica árabe, una croqueta de legumbres exquisita. Vamos, agarra tú el cono que yo me ocuparé de tu maleta. Abú Musa —dijo en inglés, y miró al puestero al tiempo que le pagaba con shekels, la moneda israelí—, te presento a la doctora Matilde Martínez. Acaba de llegar y se unirá a nuestro equipo.

El hombre, de unos cincuenta años, sonrió, extendiendo el bigote espeso y desvelando una encía desdentada, y le ofreció la mano, que Matilde sacudió con firmeza. Pidió ayuda a Bondevik para que lo tradujera.

—Asegura que nunca había visto a una mujer tan hermosa como tú, con los ojos de plata, el pelo de oro y la piel de leche. Todo un poeta, ¿verdad? Así son los palestinos.

—¿Cómo digo «gracias» en árabe, Harald?

—*Shukran*.

—*Shukran, Abú Musa*.

—*Khader* —dijo el vendedor ambulante, e inclinó la cabeza.

—Acaba de decirte: «A su disposición».

Subieron al tercer piso por la escalera, pues si bien el edificio contaba con un ascensor, no había electricidad.

—Tendrás que acostumbrarte a esto, Matilde. Cortan el agua y la electricidad a menudo. Tanto una como otra son provistas por empresas israelíes, y cortan el suministro a menudo porque las autoridades palestinas no pagan.

—En el Congo era igual. No te preocupes, Harald. Estoy preparada para las condiciones adversas.

Bondevik asintió con una sonrisa aunque Matilde adivinó su desconfianza. Estaba acostumbrada a que la calificaran por su aspecto, y para nada contaba que ella vistiera como una *hippie* e intentara mostrarse simple y sensata; a primera vista, la juzgaban como a una chiquita bien, caprichosa, consentida y débil.

Le gustó el departamento porque estaba limpio, y la luz, que sorteaba los eucaliptos y entraba por el ventanal, reverberaba sobre el piso de granito y le daba vida al comedor. Su habitación, también luminosa, era pequeña y acogedora.

—Refréscate en el baño, mientras yo preparo algo de comer. Es muy pasado el mediodía. Estoy seguro de que estás famélica. —Matilde asintió, sonriente, contenta de que su jefe le cayera bien—. Yo me muero de hambre. Iré a ver qué tiene Mara en el refrigerador.

~: ⚜ :~

Al-Saud abandonó el complejo edilicio llamado Muqataa, la antigua prisión británica que por esos días funcionaba como sede del gobierno de Arafat y que se hallaba en los suburbios al norte de la ciudad de Ramala. Lo seguían cuatro empleados de la Mercure, soldados profesionales altamente capacitados, que, junto con él, pondrían orden y adiestrarían a Fuerza 17, el ejército de Al-Fatah. Los cuatro hombres acababan de regresar victoriosos de Colombia, donde habían rescatado a un periodista francés en manos de las FARC, información que Al-Saud no incluyó en su discurso de presentación durante la reunión con el *rais* Arafat porque sabía que el líder palestino simpatizaba con la guerrilla colombiana.

—Señor Al-Saud —acababa de decirle Arafat, que, a diferencia del embajador Falur Sayda, no reconocía su título nobiliario—, quiero que convierta a este grupo de muchachos insubordinados en un comando de élite.

—Ése es nuestro objetivo, *sayid rais*.

—Su árabe es excelente, señor Al-Saud —opinó Faisal Abú-Sharch, el jefe de Fuerza 17.

—*Shukran*, coronel Abú-Sharch.

La reunión, ya sin Arafat, se prolongó durante una hora en el despacho de Abú-Sharch, durante la cual se realizó un inventario de la fuerza armamentística, la cantidad de personal y los grados, y se fijó el inicio del cronograma de actividades no para el día siguiente, que era viernes, similar al domingo en el mundo cristiano, sino para el sábado. A las seis de la tarde, Al-Saud y sus hombres estaban libres y se disponían a regresar al hotel para descansar. Estaban cansados. Habían aterrizado en el Aeropuerto de Atarot temprano por la mañana y, hasta la hora de la cita con Yasser Arafat, se lo habían pasado en la habitación de Al-Saud en el Hotel Rey David de Jerusalén, donde trabajaron en la organización de los últimos detalles del programa de adiestramiento esbozado en París, que empezarían a ejecutar al alba del sábado 17 de octubre; habían citado a los efectivos emplazados en Ramala a las seis.

Al término de la reunión con las autoridades palestinas, caminaron hacia el área del estacionamiento, protegida por las murallas de la Muqataa. Como la edificación se hallaba sobre un promontorio, ofrecía una buena vista de la ciudad de Ramala, que Al-Saud se detuvo a estudiar. A esa altura, corría una brisa fresca, que le voló el pelo, se le coló por el cuello de la camisa y le erizó la piel. Pese a los problemas y a las preocupaciones, pensó en Matilde. Gracias al transistor que seguía pegado en la correa de su *shika* y cuya batería de níquel-cadmio se conservaba impecable, habían conocido el día y la hora del vuelo que la había trasladado desde París hasta Tel Aviv-Yafo. Matilde ya debía de haber llegado a la ciudad de Gaza, el poblado más importante de la Franja. Consultó en su reloj Breitling Emergency la ubicación sudoeste y fijó la vista en el horizonte, hacia el sitio donde ella se encontraba, donde también se encontraba Sabir Al-Muzara. Al recordar a su amigo de la niñez, apretó los labios. Días atrás lo había llamado para pedirle que le quitara la custodia.

—No puedo ir a dar clases a Jabalia o a la universidad con dos guardaespaldas —había interpuesto el joven premio Nobel de Literatura—. Me siento ridículo.

—Prefiero que te sientas ridículo a que te mueras —contraatacó Al-Saud.

182

–Eliah, por favor –insistió Sabir–, llama a tus hombres y diles que su trabajo conmigo ha terminado.

–Sabir...

–¿Lo haces tú o lo hago yo?

–¡Maldita sea, Sabir! Sabes que tu vida corre peligro.

–No más que la de cualquier gazatí.

Al-Saud masculló un insulto al recordar la discusión que Al-Muzara había terminado por ganar, puesto que al día siguiente llamó a los custodios y les ordenó que regresasen a París. Nada podía hacer. Había protegido a su amigo mientras éste se lo había permitido. Sabir Al-Muzara era un adulto y sabía lo que hacía. Tenía que respetar su decisión.

Sus hombres se despidieron y se alejaron en una camioneta Nissan Pathfinder. A diferencia de Al-Saud y sin dar crédito a los permisos especiales conseguidos por el *katsa* Ariel Bergman, habían elegido registrarse en un hotel cuatro estrellas ubicado en el bullicioso centro de Ramala para evitar el puesto de control a la salida de Jerusalén. Al-Saud arrancó y enfiló hacia el sur. Percibió la vibración del celular mientras hacía cola en el *checkpoint*. Era Noah Keen, el nuevo guardaespaldas de Matilde. Se le aceleró el pulso.

–Ya está instalada en un departamento del tercer piso de un edificio sobre una calle llamada... Omar Al-Mukhtar. –El irlandés leyó con dificultad–. Mañana, apenas se vacíe el departamento, entraremos para colocar los micrófonos.

–¿Cómo llegó a Gaza?

–Un hombre fue a buscarla a Ben Gurión. Harald... Bondevik –leyó de nuevo–. Al menos, eso entendimos. Tendrá unos cincuenta años. Es el jefe de la misión de MQC en la Franja de Gaza. En el *checkpoint* de Erez, un militar de rango alto se acercó al automóvil que conducía Bondevik para saludarlo. La doctora Martínez le fue presentada.

–¿Ustedes tuvieron problemas para cruzar el puesto de control?

–Ninguno, señor. En cuanto enseñamos los permisos especiales, nos permitieron continuar sin pedirnos las identificaciones.

–Bien.

–¿Qué está haciendo ahora Matilde?

–Almorzó con el doctor Bondevik en el departamento. Bondevik luego se marchó. Suponemos que está sola, tal vez descansando, porque todo está muy silencioso. Más tarde le enviaré unas fotografías.

–Gracias, Noah. Mañana volveremos a contactarnos.

–Buenas tardes, señor.

Por un instante, lo asaltó la ansiedad por ver las fotografías, y enseguida se deprimió. Todo volvía a empezar. Él y Matilde estaban separados, ella acababa de iniciar una nueva misión para Manos Que Curan, él esperaría los informes de Keen o de Vachal para conocer su suerte e intentaría adivinar el estado de su salud y de su ánimo a través del análisis de las fotografías que se desplegarían en la pantalla de su computadora. Puso primera y se movió unos metros hacia el puesto de control. Se preguntó si no sería una decisión sabia acabar con la obsesión que encarnaba Matilde Martínez y recuperar el dominio sobre su mente y su corazón. No se lo preguntaba por primera vez; no obstante, en esa ocasión presintió el nacimiento de un empeño nuevo, con una fibra tenaz que lo impulsaba a creer que, en esa oportunidad, lo lograría. Pasaron unos segundos antes de que Al-Saud chasqueara la lengua y golpeara el volante con la palma de la mano. Era de necio siquiera plantearse la posibilidad de terminar con ella.

~· ✤ ·~

El 20 de octubre por la mañana, Rauf Al-Abiyia se acodó sobre la regala del *Sirian Star*, el barco que navegaba con bandera de Liberia, provisto por el hombre de Bengasi, Yasif Qatara. Concluyó que, si no estuviera tan tenso por la misión que les esperaba, habría admirado el amanecer en el Golfo de Adén. Se encontraban a unas cuatrocientas cincuenta millas náuticas del puerto de Bosaso, unos ochocientos treinta kilómetros.

Con pocas ganas, se encaminó al cuarto de transmisión, ubicado en el espacio adyacente al puente de mando, y entró deseando los buenos días al radiotelegrafista, un malayo que, según Qatara, era hábil en su oficio. El muchacho giró en el asiento, con los auriculares puestos sobre las orejas, y le sonrió a modo de saludo.

Aparecieron el capitán y el primer oficial, ambos libios, y lo saludaron con deferencia. La tripulación, un total de veinte hombres, también había sido provista por el hombre de Bengasi. No podía quejarse; en los días en que llevaban confinados en ese barco, no se habían presentado problemas, ni siquiera con los piratas somalíes, cuyo jefe, Falamé, se lo pasaba escrutando el horizonte y comprobando que los botes que colgaban fuera de la borda se encontraran en condiciones y que las cuerdas, las escalas y las ballestas para lanzar las pequeñas anclas necesarias para trepar no se hubieran humedecido ni estropeado.

—¿Alguna novedad? —preguntó el capitán al radiotelegrafista.

—Nada por el momento.

Al-Abiyia observó el equipo, la miríada de botones, de luces y de agujas, y admiró a quien pudiera comprender su funcionamiento. El otro telegrafista, un iraní que hablaba en árabe, le había explicado que, pese al mal aspecto del *Sirian Star*, su equipo de transmisión era excelente, de avanzada, y que les permitiría captar la onda de la radiobaliza plantada en la cubierta del *Rey Faisal*, como también la frecuencia regular del carguero saudí.

—Tiene cuatros radios oscilantes que rastrean frecuencias en un espectro de quinientas millas náuticas. Así lo encontraremos.

—¿También nos toparemos con las frecuencias de otros barcos?

—Sí, por supuesto, lo cual es importante, para estar alertados.

El capitán habló con el telegrafista malayo y le dirigió una serie de indicaciones antes de invitar a Al-Abiyia a desayunar. Salieron de la superestructura principal del barco y se dirigieron a la secundaria, en la popa, donde se albergaba el comedor. De camino, vieron la cabeza de Falamé que asomaba de un tambucho y lo invitaron a ir con ellos. Con una taza de café mediante, los tres hombres repasaron los detalles del plan de asalto y, luego, en la casa de derrota, el capitán desplegó un mapa y les mostró las líneas que marcaban los derroteros del *Sirian Star* y del *Rey Faisal*, obtenido de la documentación robada a la Everdale Insurance Brokers Limited. El capitán marcó el punto aproximado donde acabarían por confluir en algún momento de la tarde de ese martes 20 de octubre. Todo parecía muy profesional a ojos de Al-Abiyia, y eso lo tranquilizaba.

La tranquilidad quedó en la nada cuando, cerca del mediodía, el radiotelegrafista iraní se personó en el puente de mando para avisar que un barco de la Quinta Flota de los Estados Unidos se hallaba en las inmediaciones. El capitán libio les explicó que la Quinta Flota, cuyo asiento está en Bahrein, navega por el Golfo de Adén para disuadir a los piratas somalíes.

—Jamás pensarán que somos piratas —intentó calmar a Al-Abiyia—. Estamos demasiado internados en el mar para que lleguen a esa conclusión. Además, los piratas no utilizan estos barcos sino botes con motor fuera de borda.

—¿Qué haremos cuando aparezca el *Rey Faisal* y los hombres de Falamé tengan que abordarlo?

—Roguemos a Alá que, para ese momento, la Quinta Flota se haya alejado.

Durante más de dos horas, la tripulación del *Sirian Star* observó la silueta de la inmensa nave norteamericana. Volvieron a respirar cuando despareció de la vista y del radar. Alrededor de las cinco de la tarde, el radiotelegrafista malayo anunció que había sintonizado la frecuencia regular del *Rey Faisal* como también la de la radiobaliza. Determinó con exactitud su ubicación.

La pasividad de los últimos dos días a bordo se convirtió en un ajetreo que, Al-Abiyia constató con satisfacción, era ordenado y preciso. Falamé se convirtió en un líder recio en tanto vociferaba órdenes a sus hombres, que pusieron en marcha los motores de los cabrestantes hasta que los botes tocaron la superficie del mar. Otros chequeaban las armas, en su mayoría fusiles AK-47, lanzagranadas y cuchillos. Falamé portaba una pistola de grueso calibre.

El *Sirian Star* se mantendría en la línea del horizonte, desde donde captaría la señal de la radiobaliza con la cual guiaría a Falamé hasta su presa. El somalí, equipado de brújula electrónica y *walkie–talkie*, se aproximaría al *Rey Faisal* luego del atardecer. La tripulación no advertiría su presencia hasta que los somalíes estuvieran sobre ellos.

Falamé conocía la disposición y la estructura del buque saudí gracias a los planos fotografiados por Al-Abiyia. Treparían los nueve metros de altura que los separaban de la cubierta por estribor y se desplazarían con sigilo hacia las tres superestructuras del barco. Él se ocuparía de la principal, donde se hallaba el puente de mando, el corazón del carguero. Lidiarían con una tripulación de veinticinco hombres, probablemente desarmada. Falamé sabía que se consideraba una regla entre los buques petroleros no navegar con armas de fuego. Los efluvios que se desprendían de los barriles se habrían convertido en una bola incandescente en caso de mezclarse con la chispa de una pistola. Sin embargo, Falamé albergaba dudas porque, si bien el *Rey Faisal* era un petrolero, en esa oportunidad transportaba uranio.

A la caída del sol, se aproximaron con los botes, cuyos motores prácticamente no emitían sonido; el poco que producían era absorbido por el viento y por el oleaje. Lanzaron los anclajes sirviéndose de las ballestas, y jalaron de las cuerdas y de la escala para asegurarse de que estuvieran bien sujetas. Se echaron los fusiles a la espalda y, a un movimiento de mano de Falamé, emprendieron la subida con una agilidad que habría maravillado a un trapecista. Ya en cubierta, se agazaparon y, descalzos como iban, se desplazaron como fantasmas. La tripulación, desarmada, no opuso resistencia porque sabía que esos recios pescadores somalíes, ahogados en la miseria, el hambre y la desesperación, no tenían nada que perder. No bromeaban cuando los apuntaban con los fusiles o los amenazaban con las hojas de los cuchillos.

A una orden de Falamé, el capitán fondeó el buque y echó anclas. El barco quedó tomado, y los veinticinco miembros de la tripulación fueron recluidos en el comedor, cuyas ventanas se velaron con las cortinas. Al-Abiyia había insistido en que no quería que los hombres del *Rey Faisal* supieran que la meta de la operación era el robo de la carga; el capitán del petrolero saudí debía pensar que se trataba de lo usual: una maniobra para pedir rescate.

Alrededor de las diez de la noche comenzó el traspaso de los tanques y duró hasta el amanecer. La tripulación, ubicada en el extremo más alejado de la bodega, al oír ruidos amortiguados, intercambiaba miradas de desconcierto. Al-Abiyia se apostó en la cabina de control de la grúa del *Sirian Star* y, desde allí, comandó la operación para recibir los barriles que se bamboleaban sobre el mar, sobre la brecha formada entre el barco con bandera liberiana y el petrolero saudí. El primer oficial, que, junto con un grupo de colaboradores, se había trasladado al *Rey Faisal* sorteando la distancia gracias a los botes de los piratas y trepando por las cuerdas y las escalas, no tan ágilmente como los somalíes, dirigía la maniobra por la cual se sacaban los tanques con uranio de la bodega y se los depositaba en la cubierta del *Sirian Star*. Allí se formó un cuello de botella, porque el *Sirian Star* sólo contaba con una grúa; en cambio, el barco saudí tenía tres. Los hombres que trabajaban en el *Rey Faisal* se sentaron a esperar a que los del *Sirian Star* despejaran la cubierta.

A pesar de que uno de los tanques se desprendió y cayó al mar, Al-Abiyia calificó la operación de exitosa. Se sentía orgulloso y eufórico, por lo que repartió dólares a diestro y siniestro entre la tripulación del *Sirian Star*, que con tanta eficiencia había ejecutado el trabajo de carga y descarga en alta mar. Alrededor de las seis de la mañana, Falamé realizó la última visita al *Sirian Star*, donde recogió su dinero y se despidió del capitán, del primer oficial y de Al-Abiyia. Además del suculento pago obtenido de manos del traficante palestino, se haría de una suma mayor al pedir rescate a Aramco por el buque y por la tripulación.

Cinco horas más tarde, en tanto el *Sirian Star* navegaba por el Mar Arábigo en dirección noreste, el *Rey Faisal* se aproximaba a la costa de Bosaso, donde los pobladores, en su mayoría pescadores de red, no daban crédito a lo que veían. Jamás un barco de ese calado había visitado su misérrimo fondeadero.

Matilde compartía el departamento de la calle Omar Al-Mukhtar con la psicóloga Mara Tessio, una italiana de Génova, cuarentona y de carácter desabrido, que hablaba poco y llevaba una vida solitaria, apartada del grupo; por ejemplo, cenaba en su habitación, con la puerta cerrada, por lo que Matilde, casi todas las noches, comía en el departamento de sus compañeros varones, que compensaban la antipatía de Mara, o en el de sus vecinos, los Kafarna, una familia que vivía en el tercer piso y que se mostró amistosa, confiada y hospitalaria de una manera en que Matilde no estaba acostumbrada. Cuando se enteraron de que trabajaba en el Hospital Al-Shifa para Manos Que Curan, su buen trato mudó enseguida en admiración y agradecimiento. Los Kafarna, a pesar de ser un matrimonio joven, ya tenían cinco hijos, cuatro niñas y un varón, el más pequeño, de dos años, al que Matilde abrazaba y besaba cuando, con su vocecita melodiosa la saludaba, deseándole la paz. «*Salaam, tabiiba Matilde*» («La paz, doctora Matilde»). Matilde supo más tarde que el saludo de los judíos, *shalom*, también significaba paz. Con el paso de los días, se daba cuenta de que esas gentes, tan enemistadas, tenían más en común de lo que creían.

De la antipatía de Mara también la compensaban sus compañeros en el hospital, los médicos y las enfermeras gazatíes, y los de los dispensarios que Manos Que Curan mantenía en los campos de refugiados de Al-Shatti y Khan Yunis. Sin embargo, le faltaba Juana y su espíritu optimista, y sus bromas, y sus palabrotas, y sus ocurrencias, como también sus juicios lapidarios; a veces creía que Juana era la voz de su conciencia. Se comunicaban a menudo, por teléfono, cuando la empresa israelí de comunicaciones se dignaba a prestar el servicio en la Franja, o por e-mail. La dueña del cibercafé le había tomado afecto y le mandaba aviso al Hospital Al-Shifa, que quedaba cerca, cuando Internet funcionaba. Del mismo modo, se comunicaba con Ezequiel y con sus tías, Sofía y Enriqueta. En cuanto a su padre, había recibido una carta tiempo atrás, fechada el 29 de septiembre, donde le aseguraba que estaba bien, que no se preocupara, que pronto volverían a verse; no le indicaba por qué había desaparecido ni dónde se encontraba. Cada tanto, Matilde la extraía de su billetera para observar la familiar caligrafía de Aldo y releer sus palabras. Solía demorarse en la fecha, 29 de septiembre, el día de los Arcángeles, el mismo en que N'Yanda le había asegurado que Jérôme se encontraba bien; ella no lo juzgaba una coincidencia.

A poco de empezar, Matilde conoció varias palabras en árabe, una de ellas, *nakba*, que significa «catástrofe», vocablo con que los palestinos se refieren a lo ocurrido en 1948, cuando la creación de Israel les cambió la vida. A pesar de que habían transcurrido cincuenta años desde la partición del viejo Mandato Británico de Palestina, aun los más jóvenes recordaban el evento y lo llamaban «catástrofe». En honor a la verdad, no olvidaban porque la herida se mantenía abierta; nadie perdonaba, el rencor crecía, los israelíes ajustaban el torniquete sobre la Franja, los terroristas palestinos se inmolaban y las ilusiones nacidas junto con los Acuerdos de

Oslo se desvanecían después de cinco de años de esperar por una mejora en sus vidas.

Intissar Al-Atar, la enfermera palestina del Hospital Al-Shifa con quien más afinidad sentía, le manifestó en una ocasión:

—Todos estaban exultantes con los Acuerdos de Oslo, pero el Silencioso ya nos advertía de que el tiempo terminaría por demostrar que eran un desastre.

—¿El Silencioso? —preguntó Matilde, porque había creído entender mal en el inglés duro y cortado de Intissar.

—Así llamamos a Sabir Al-Muzara, nuestro premio Nobel de Literatura —contestó, sin hacer un misterio del orgullo que la embargaba.

—Sí, sabía que lo llaman así.

—El Silencioso —reiteró Intissar—, así lo apodó la prensa, porque jamás quiere conceder una entrevista. Los que lo conocen dicen que es muy callado. Ahora bien, cuando abre la boca, siempre expresa una verdad que nos deja a todos mudos.

—Así que habla muy poco. ¿Pero no es maestro y profesor en la universidad?

—Sí, pero es de poco hablar fuera de las aulas. Eso dicen. Como imaginarás, yo no lo conozco.

—¿Vive aquí?

—¡Sí, en Gaza! ¿Puedes creerlo? Siendo francés y pudiendo vivir como un príncipe en París, vive aquí, en la ciudad de Gaza. Por la mañana, trabaja en la escuela Al-Faluja, en Jabalia, y da clases también en la Universidad Islámica y en la de Al-Quds. Los israelíes lo respetan —añadió, con aire altanero.

—¿Cómo sabes tanto de él?

—Un poco por lo que dicen los periódicos, pero también porque la esposa de mi primo Azzam tiene una amiga cuyo hermano está casado con una maestra que también trabaja en la escuela Al-Faluja. Ella lo conoce.

—¿Qué dice de él? —se impacientó Matilde.

—Dice que es un santo. Y muy guapo.

—¿Está casado?

Intissar soltó una risita maliciosa, y Matilde pensó que era muy bonita.

—No, es viudo. Supongo que todas las madres de las *muwatanín* estarán confabulando para conseguirle esposa. Es la joya de Palestina, sobre todo después de que le dieron el Nobel de Literatura.

—¿Dijiste *muwata*...?

—*Muwatanín*, los nativos de Gaza. Nosotros somos *mehajerín*, refugiados, los que antes del 48 vivíamos en otras ciudades de Palestina. Vinimos aquí cuando nuestros pueblos quedaron en manos de los israelíes.

—¿Hay diferencia entre los refugiados y los nativos?

—Sí, a los *muwatanín* les molestamos, como si arruináramos el paisaje. Se creen superiores a nosotros, como de una clase más alta, a pesar de que yo *también* soy nativa. Yo nací en Gaza —expresó, con talante ofendido—. Pero mi *hamula*, mi clan, mi familia —tradujo—, es de Majdal. Los israelíes la rebautizaron Ashkelon. Si le preguntas a cualquiera de dónde es, aunque sea un niño de cinco años, no te dirá: «Soy de Gaza», sino que te dará el nombre de la ciudad de sus abuelos. ¡Qué tontería! Eso ya quedó atrás. Lo perdimos. Basta.

—¿Y tu madre? —inquirió Matilde, con una mirada sagaz, para sacarla del tema de la guerra y de la partición de Palestina, que siempre la encolerizaba—. ¿Ella también confabula para que el Silencioso se case contigo?

—Querida Matilde, yo rehuiré al matrimonio tanto como pueda. Aquí, cuando te casas, empiezas a tener hijos y ya no eres dueña de tu propia vida.

—Eres joven —la alentó Matilde, que sabía su edad, veinticinco años.

—¡Soy una vieja! Acá nos casamos a los diecisiete, dieciocho años, y pasas de la autoridad paterna a la de tu marido. Lo detesto. No habría podido estudiar enfermería de haberme casado tan joven.

—¿Tu familia te presiona?

—¿Que si me presiona? Me fui a vivir con mi hermana Nibaal porque mi padre me echó de casa. Nibaal y su esposo me recibieron, y, a causa de eso, mi padre tampoco les dirige la palabra.

A pesar de tratarse de una sociedad laicista —muchas mujeres salían sin cubrirse la cabeza y gozaban de una relativa libertad, no existía la policía religiosa como en Arabia Saudí y Arafat no se guiaba por la *sharia*, la ley islámica, y proclamaba que convertiría a Palestina en una democracia—, la palestina era, en esencia, una sociedad islámica. Matilde lo entreveía en comentarios como los de su amiga Intissar. Otras costumbres le recordaban que se hallaba entre personas muy distintas de sí, por ejemplo, el canto del muecín que, gracias a los altoparlantes colocados en los minaretes de las mezquitas, se propagaba por la ciudad cinco veces al día. Eso recordaba de su primer día en Gaza: la voz cascada, aunque para nada desagradable, del hombre que cantaba para convocar a los fieles a la oración. Aún estaban almorzando con Bondevik cuando el llamado inundó la calle Omar Al-Mukhtar y acalló los claxonazos y los vozarrones. Matilde se puso de pie y caminó hacia la ventana, desde donde se avistaba la torre de la mezquita. Se quedó mirando y escuchando. Al principio, la inquietó una sensación de ajenidad, que cambió al pensar: «Eliah sabe hablar, leer y escribir en árabe. Él podría traducirme lo que dice ese hombre. Él es musulmán». Siguió escuchando, más tranquila, y el sonido monocorde, casi un lamento, la sosegó. Sus ojos cayeron en una cinta de pintor adherida al vidrio de la ventana, que bordeaba el marco de madera y que también trazaba las diagonales formando una equis.

—¿Qué es esto?

—Un resabio de la época de la ocupación —explicó el médico noruego—. Se colocaban para evitar que la onda expansiva de los morteros y de las bombas quebrase los vidrios. Lo mismo para cuando los cazas israelíes rompían la barrera del sonido.

—No lo han sacado.

—Nadie cree que esta paz dure mucho, si es que a esto puedes llamarle paz.

⚜

El Hospital Al-Shifa, ubicado en la parte norte del barrio de Rimal, el mismo donde vivía Matilde, es el complejo médico más grande de la Franja de Gaza. A Matilde la sorprendió, quizá porque esperaba la pobreza edilicia del de Rutshuru, con su única planta y de construcción barata. Al-Shifa, que en árabe significa «curativo, sanador», con su capacidad de quinientas ochenta y cinco camas y de estructura edilicia sólida de cuatro pisos, descuella por su presencia imponente en una ciudad donde las grandes construcciones prácticamente no existen.

En su primer día de trabajo, el viernes 16 de octubre, Matilde se vistió con pantalones flojos y una camisa que abotonó hasta el cuello, a pesar de que hacía calor. No se cubrió el cabello porque Bondevik le aseguró que no era necesario, pero se abstuvo de llevarlo suelto; se hizo dos trenzas que enroscó en torno a la parte posterior de la cabeza. En opinión del médico noruego, semejaba a una muchacha del Tirol, a lo que asintieron, entre sonrisas, Jonathan Valdez, el psiquiatra puertorriqueño, y Amílcar de Souza, el traumatólogo brasilero. Marcharon los cuatro a pie —el Al-Shifa quedaba a siete cuadras—, mientras intentaban ponerla al tanto en una caminata de quince minutos del funcionamiento de un hospital de envergadura. Mara se había quedado en el departamento porque era su día libre.

Matilde siempre estaba dispuesta a encajar en el ámbito de trabajo, y sus compañeros palestinos se lo hicieron fácil. No los conoció a todos el primer día porque era viernes y la mayoría estaba en su casa o en las mezquitas. Sin embargo, desde el principio comenzó a forjarse su fama de cirujana de asombrosa habilidad, que los pocos médicos y enfermeras de guardia pregonaron, por lo que, al día siguiente, los demás se acercaban para ver a la argentina que le había salvado la pierna a una niña de ocho años.

A poco de llegar al hospital Al-Shifa ese primer día, mientras Matilde, ya con su delantal de Manos Que Curan y con el estetoscopio al cuello, recorría las instalaciones guiada por Luqmán Kelil, el jefe de la guardia de cirugía, se oyó una sirena a la distancia y, pocos minutos después, el apellido de Luqmán voceado por los altoparlantes del hospital. El hombre sonrió y dijo a Matilde:

—El show acaba de empezar. Ven, acompáñame.

Habían acomodado a la pequeña en una camilla, en el extremo más alejado a la entrada de un pasillo enorme, dividido en compartimientos con biombos de tela. Se oían los pitidos de los aparatos, el correteo del personal de cirugía y las voces nerviosas de las enfermeras y de los médicos. Al aproximarse, Matilde recibió la impresión de que, en torno a la paciente, había demasiado personal y que no actuaba con el profesionalismo esperado. Tal vez Luqmán Kelil tuvo la misma impresión porque se mostró severo al hablar. Como se expresó en árabe, Matilde no entendió palabra. Algunas enfermeras y médicos se apartaron con rostros apesadumbrados, mientras otros le explicaban el caso. Kelil se acercó para revisar a la niña.

—Una granada —se dirigió a Matilde en inglés—. Ella y su hermanita la encontraron cerca de su casa. Su hermanita murió y, a ella, una esquirla le destrozó la pierna.

Matilde se quedó mirando a la niña, cuya pierna tan delgada como su brazo estaba casi partida en dos a la altura del muslo. Le habían controlado la hemorragia, aunque había perdido mucha sangre y se disponían a darle una transfusión.

—Habrá que practicarle una amputación transfemoral —sentenció Kelil.

Matilde sabía que perder una pierna era una tragedia en cualquier latitud; no obstante, perderla en sitios pobres y hostiles como el Congo o como Gaza significaba la segregación y la muerte. Por otra parte, una transfemoral, es decir, una amputación efectuada arriba de la rodilla, precisaba de una energía superior para enfrentar la recuperación y lograr la adaptación, energía con la cual esa niña tan esmirriada no parecía contar.

—No —dijo, y sabía que se negaba sin mayor asidero—. Podemos salvarle la pierna.

Las enfermeras que preparaban a la pequeña detuvieron sus tareas y la miraron, lo mismo el doctor Kelil, y Matilde temió que, por haberlo ofendido frente al personal femenino, se enojara y se empecinara en cortar la pierna.

—Quiero decir —se explicó—, podríamos salvarla si reconstruimos el tejido muscular...

—El hueso está destrozado —le recordó Kelil.

—Veamos las radiografías —propuso Matilde.

—Aún no se las han hecho —intervino una enfermera, y Matilde leyó el nombre de la muchacha bordado en su delantal blanco: Intissar Al-Atar.

Por fortuna, Matilde se había equivocado en su presunción: Luqmán Kelil no se ofendió y dio crédito a su propuesta. De prisa, a riesgo de que se necrosara el tejido, estudiaron las radiografías con la asistencia de Amílcar de Souza, el traumatólogo de Manos Que Curan. Decidieron intentar salvar la pierna de Kalida; para ese momento, mientras se higienizaban antes de ingresar en el quirófano, ya conocían el nombre de la paciente.

—La granada podría pertenecer a cualquiera —explicó Kelil, mientras se cepillaba bajo las uñas, en respuesta a la pregunta de Matilde—. Podría pertenecer a las Brigadas Ezzedin al-Qassam, a los de la Yihad Islámica o al *Tsahal*. A cualquiera de ellos.

Practicar una cirugía tan compleja en un quirófano desconocido, sirviéndose de aparatos, implementos y materiales nuevos, y asistida por instrumentistas y enfermeras de quirófano que no hablaban su lengua y a las que veía por primera vez, era, sin duda, un acto de arrojo; otros lo habrían juzgado descabellado. Quizá su reputación estaba en juego. Matilde sacudió la cabeza en el gesto de quien aleja los malos pensamientos. Nada le importaba excepto que la niña no quedara lisiada. Antes de empujar las puertas vaivén con las manos enguantadas en alto, pensó en Eliah y en la Medalla Milagrosa que le había regalado y que le había salvado la vida meses atrás, en Viena. «María», le rezó a la Virgen, «guía mi mano para que salve la pierna de Kalida».

Matilde no sabía si Luqmán Kelil le permitió encabezar la operación para deslindar su responsabilidad, para darle una oportunidad o porque no sabía cómo proceder. Con el correr de los minutos, supo que Kelil la apoyaba, lo mismo que De Souza; estaban dispuestos a dar la cara por ella. No se lo dijeron de manera explícita; Matilde, simplemente, tuvo la certeza de que enfrentaban esa compleja cirugía los tres, como un equipo, y eso la reanimó.

La operación duró cuatro horas y la consideraron un éxito. De todos modos, las primeras cuarenta y ocho horas, en las que la infección se cerniría sobre Kalida como un espíritu demoníaco, no habían transcurrido.

La madre de la niña besó las manos de Matilde después de que Luqmán le hablara en árabe.

—¿Qué le has dicho? —preguntó Matilde, entre risueña e incómoda, en tanto la madre de la niña seguía acariciándola y dirigiéndose a ella en una lengua ininteligible.

—La verdad. Que has sido tú la que salvó la pierna de la niña. Yo la habría cortado.

—*Shukran, Luqmán.*

La mujer, seguida por un enorme cortejo, porque enormes son las familias palestinas, abandonó el hospital para ocuparse del sepelio de la hija que había perdido. A Kalida no vinieron a verla en tres días. Intissar se ganó la admiración y el cariño de Matilde durante esas jornadas en las que se afanó para atender a la pequeña paciente. Se mantenía atenta a los antibióticos que le suministraban por vía intravenosa, le tomaba la temperatura frecuentemente y le controlaba los signos vitales a cada rato. Se volvía minuciosa al dar las directivas a su compañera del turno noche, que le sonreía con condescendencia y la enviaba a casa. Cuando la familia de Kalida regresó a Al-Shifa, Matilde y Luqmán le anunciaron a la madre que la evolución de su hija era muy favorable. Respondía bien a los antibióticos, y la herida, con sus drenajes y suturas, tenía un buen aspecto. Seguía en la unidad de cuidados intensivos, si bien esperaban trasladarla a una habitación en los próximos días.

En Gaza, de una manera muy rápida, el extranjero se embebe de la historia y de la problemática del pueblo palestino; hasta los niños la conocen y la difunden. A poco de llegar, Matilde, de una manera caótica, fue haciéndose con un poco de la historia de ese pueblo que, por hallarse en una región estratégica desde el punto de vista geopolítico, había sufrido invasiones y dominaciones desde tiempos inmemoriales. Ya le resultaban familiares los nombres de las distintas facciones y los de sus líderes. Sabía que Al-Fatah era el partido político de Yasser Arafat, y un componente fundamental de la OLP; que si bien era de origen suní, se declaraba una organización laica. Marwan Kafarna, su vecino, le había contado que, desde la toma del poder por parte de Arafat, muchos se habían afiliado a Al-Fatah para obtener un empleo, el bien más escaso en la Franja.

Había aprendido también que Hamás, creado por un anciano chií en silla de ruedas llamado Ahmed Yassin, era una organización considerada terrorista por los Estados Unidos y por Israel. Hamás sostenía que salvaría a Palestina del sionismo a través del Islam. Su brazo armado, las Brigadas Ezzedin al-Qassam, eran las que perpetraban los ataques suicidas contra civiles en ciudades israelíes que tantos problemas acarreaban a los palestinos, porque el gobierno de Benjamín Netanyahu aplicaba castigos colectivos como si la población completa de la Franja se adhiriera a la matanza. Hamás contaba con adeptos entre los gazatíes porque, además de sus actividades políticas, desarrollaba tareas sociales, y, con donaciones recibidas desde el extranjero a través del viejo sistema de la *hawala* –Kafarna le explicó que, como Hamás estaba proscripta, no podía recibir dinero por vías legales–, fundaba escuelas, dispensarios, otorgaba subsidios y, sobre todo, creaba empleos.

Se sumaba al abanico de organizaciones la Yihad Islámica, de carácter religioso y muy elitista, en opinión de Marwan. No les interesaba mejorar la condición de vida de los palestinos sino a través de la lucha contra el «imperio sionista». También se adjudicaban muchas de las matanzas de civiles en Israel.

–¿Por qué matan civiles? –se horrorizó Matilde.

–Hamás había convertido en uno de sus principios fundadores sólo asesinar a soldados israelíes. Pero después de la masacre que llevó a cabo el israelí Baruch Goldstein en el 94, Hamás, para vengarse, emprendió ataques contra civiles.

–Como decía Gandhi –habló Matilde–, ojo por ojo, y el mundo quedará ciego.

–Sí, es cierto –acordó Firdus Kafarna, la esposa de Marwan–, pero aquí hay tanto dolor, tanta impotencia, tanta rabia, que la gente termina por quebrarse y por ser objeto de estos grupos violentos. Nosotros, Matilde, somos afortunados porque Marwan tiene un puesto en la comisión administrativa de la UNRWA, que nos permite contar con un salario digno. Pero somos la minoría. Los demás, viven de la limosna de las Naciones Unidas.

Otra de las cosas que aprendió Matilde era que la UNRWA (United Nations Relief and Works Agency), creada en el 49 por Naciones Unidas para ayudar a los refugiados palestinos de manera provisoria, todavía, después de cincuenta años, seguía en funciones. Era vieja como el conflicto y se había convertido en la agencia más antigua del organismo internacional. Intissar le explicó que la mayoría de los habitantes de los campos de refugiados vivía de los subsidios y de los alimentos proporcionados por la UNRWA.

–Esta situación –manifestó la enfermera– los humilla, los desmoraliza y les quita la dignidad, pero, sin la ayuda de la UNRWA, morirían de hambre.

Matilde se abstuvo de comentarle que, de acuerdo con los resultados que arrojaban las revisiones de niños que llevaba hechas durante esas primeras semanas, un porcentaje alarmante presentaba signos de malnutrición.

Marwan Kafarna le enseñó a reconocer la filiación de cada familia a través de los adornos que embellecían sus salas. Por ejemplo, si se encontraba con un póster o una fotografía de Abú Ammar —así llaman los palestinos a Yasser Arafat–, significaba que la familia pertenecía a Al-Fatah. Si en la sala la recibía el rostro barbudo de Fathi Shiqaqi, acababa de entrar a la casa de un miembro de la Yihad Islámica. El asesinato de su líder Shiqaqi a manos del Mossad en octubre de 1995 casi había echado por tierra la paz endeble, y aún se pagaban las consecuencias por haberlo vengado con ataques suicidas. Si, en cambio, veía la fotografía de George Habash o un dibujo de Handala, la caricatura de un niño palestino inmortalizado por la mano del dibujante Naji al-Ali, conocido admirador de Habash, estaba en la casa de quienes simpatizaban con el Frente Popular para la Liberación de Palestina, una organización marxista y, por ende, opuesta a la religión. La fotografía de Anuar Al-Muzara (Matilde la había visto en la calle), el líder de las Brigadas Ezzedin al-Qassam, o bien la de Ahmed Yassin, la colocaban frente a los partidarios de la causa de Hamás.

—¿Anuar Al-Muzara? ¿Es pariente del escritor, de Sabir?

—¡Hermanos! —exclamó Firdus–. Pero están peleados a muerte. Sabir es un convencido de la no violencia, ya sabes, como Gandhi, a quien acabas de citar. Su hermano, en cambio, cree que el terror es la única forma que nos devolverá Palestina.

—Eso sí —prosiguió Marwan, sin conceder tiempo a Matilde para digerir lo que acababa de descubrir, que uno de los hermanos de Samara, uno de los cuñados de Eliah, era un terrorista–, en todas las casas palestinas encontrarás una pintura, una fotografía, un grabado, un tapiz, lo que sea, de la Mezquita de Umar. —Señaló la pintura colgada detrás de él, con la famosa cúpula dorada.

—Esa mezquita está en Jerusalén, ¿verdad?

—Sí. Por eso verás su imagen en nuestras casas, porque para nosotros, los palestinos, la pérdida de Jerusalén es una herida que no cicatriza.

Ni siquiera los niños hicieron ruido mientras Matilde se ponía de pie y se acercaba para admirar el óleo con la Cúpula de la Roca, como también se conoce a la Mezquita de Umar. La familia Kafarna contenía el aliento, como si esperaran la aprobación de la médica argentina por quien tanto cariño comenzaban a sentir. Al bajar la mirada, Matilde se encontró con los ojos oscuros de su amigo Marwan; estaban llenos de lágrimas.

—Matilde —dijo el hombre–, lo único que quiere la mayoría de los palestinos es llevar una vida normal.

Matilde acababa de salir del quirófano. Estaba un poco aturdida después de una jornada de trabajo duro. No se quejaba porque, como ella sabía por experiencias pasadas, le servía para mantener alejados los pensamientos destructivos. Visitó a Kalida, ya instalada en una habitación, que la recibió con una sonrisa que le oprimió la garganta porque le recordaba a la de su Jérôme. Por sugerencia de Matilde, aún no le habían confesado que su hermana había muerto a causa de la explosión de la granada. Como ni Kalida ni sus parientes hablaban otro idioma, se comunicaban por señas, y, cada día, Matilde sentía crecer en ella la necesidad de aprender el árabe. Con todo, se entendían con el movimiento de las manos y gracias a las muecas. Ese día, Matilde le entregó un pequeño obsequio a Kalida, una muñequita con un vestido rosa y zapatitos negros que había comprado en un negocio de la calle Omar Al-Mukhtar. Por la reacción de la niña, a Matilde le dio la impresión de que era la primera vez que le daban un obsequio. Se sentía muy unida a Kalida, en especial después de enterarse de que su padre estaba encarcelado por cuestiones políticas en una prisión israelí. Aldo, su padre, también había estado preso, aunque por fraude. No obstante, el sufrimiento era el mismo. A Matilde le dio risa que la madre de Kalida luciera tan desconcertada como la hija frente al regalo insignificante.

Bajó al comedor del hospital para tomar un café con leche, aunque tal vez tuviera que conformarse con té porque el gobierno de Netanyahu había vuelto a cerrar los pasos fronterizos, y los alimentos escaseaban. Quizá se decidiera por no tomar nada porque, si preparaban la infusión con agua corriente, tendría un gusto salobre; por otra parte, Bondevik le había prohibido que la bebiera porque, por más que la hirvieran, el alto contenido de cloro no desaparecería. «Le añaden cloro en exceso porque el agua corriente se mezcla con las cloacales», le había explicado el médico noruego. «Al final, no sé qué es peor, si el remedio o la enfermedad», acotó. A Matilde la sorprendió descubrir que el problema más importante de los congoleños era el mismo que el de los gazatíes: el agua potable.

Se unió a la mesa de sus compañeros de Manos Que Curan, Jonathan y Amílcar, que programaban unas pequeñas vacaciones después de varias semanas sin descanso. Dada la intensidad del trabajo, Matilde prácticamente no se había tomado sus días libres, por lo que Harald Bondevik le había prometido que, en unas semanas, le concedería tres días. Si la Franja de Gaza no estaba sellada para ese entonces, planeaba visitar Jerusalén.

Matilde se despidió de sus compañeros y salió del comedor para regresar al tercer piso, donde haría su ronda. Pasó por la recepción, saludó a las telefonistas, «*Masa'a alkair!*» («¡Buenas tardes!») y agitó la mano. Se alejaba del vestíbulo, atestado de gente, sobre todo de mujeres con niños, cuando la alcanzó un bullicio. Giró la cabeza sobre el hombro y vio avanzar un grupo de gente a paso rápido. El hombre que encabezaba la ruidosa comitiva llevaba en brazos a una niña no mayor de tres años, empapada en sangre. A juzgar por el aspecto ceniciento del hombre, se habría dicho que él también estaba a punto de quedar exangüe. Su gesto desolado tocó el corazón de Matilde, que corrió hacia él y le tendió los brazos para que le entregase a la niña, lo que el hombre hizo de inmediato, como si la pequeña le quemara. La niña lloraba y se retorcía; era un buen síntoma.

—¿Habla inglés? ¿Francés? —tentó Matilde.

—Sí, sí, francés —contestó deprisa el hombre—. Soy su padre. Se golpeó contra el filo de una puerta.

—¿La niña habla francés?

—Sí, sí. Se llama Amina.

Matilde se encaminó hacia la guardia, con el hombre y su comitiva a la zaga. No había reparado en que el bullicio en el vestíbulo había remitido, ni que se elevaba un murmullo entre los presentes; tampoco reparó en las miradas asombradas que intercambiaban.

—Sólo usted puede ingresar —dijo Matilde, y el hombre se dirigió en árabe a sus acompañantes.

La niña había dejado de llorar para gritar «¡Papá! ¡Papá!». El modo en que pedía por su padre desgarraba el corazón de Matilde. Una enfermera la ayudó a acostarla sobre la camilla y, juntas, la sujetaron para estudiar el corte en la frente, que sangraba profusamente. No podría coserla si se movía de ese modo; tampoco quería hacerlo con la niña tan tensa; estaba convencida de que un buen proceso de cicatrización se relacionaba con la falta de tensión en el tejido al momento de la costura. Como no quería sedarla, le indicó a la enfermera que la sujetase por las piernas, apretó una compresa en la herida y se inclinó sobre su oído. La susurró Amina varias veces y, cuando la niña se quedó callada, muy rígida, le cantó *Alouette, gentille alouette*, siempre presionando la gasa sobre el corte.

—*Alouette, gentille alouette. Alouette, je te plumerai. Je te plumerai la tête. Je te plumerai la tête. Et la tête. Et la tête. Alouette. Alouette.* —Por momentos, callaba, asaltada por el recuerdo de Jérôme, y tragaba para disolver la obstrucción en la garganta. Percibía que la rigidez de Amina se disipaba y que su respiración, que le golpeaba el cuello, se volvía más lenta. Se atrevió a apartarse un poco y a mirarla a los ojos, sin dejar de cantar. Siguió con *La tortuga Manuelita*, *El elefante Trompita*,

Los Reyes Magos, *Tres pelos tiene mi barba*, y hasta le cantó la canción del Zorro y la *Marcha de San Lorenzo* al agotar el repertorio de canciones infantiles. Para su sorpresa, ésa resultó la preferida de Amina, porque le pidió que volviera a cantarla. *«Encore une fois»*, le pidió, y su vocecita le provocó una risa emocionada. Matilde oyó que el hombre y la enfermera también reían, pero no desvió la atención de la niña. Antes de cantar la *Marcha de San Lorenzo* de nuevo, le indicó en inglés a la enfermera que, lentamente, le soltara las piernas y que fuera aprestando la anestesia.

La cosió cantándole y hablándole todo el tiempo, ni un segundo sus labios dejaron de moverse, como si en ellos residiera el secreto del hechizo que mantenía a la criatura quieta y relajada. Por fortuna, la puerta era de madera y no necesitaría la antitetánica, por lo que, luego de vendarla, el trabajo había concluido. Matilde colocó las manos bajo la espalda de Amina y la incorporó lentamente, para que no se mareara. La niña quedó sentada en el borde de la camilla, con las piernitas en el aire, y una expresión aturdida, como de quien despierta en un sitio desconocido. Matilde pidió una gasa embebida en agua y, mientras limpiaba los restos de sangre seca de la cara de Amina, la lisonjeaba.

—¡Eres tan valiente, Amina! Nunca he cosido a un niño tan valiente como tú.

—Gracias, doctora. —Oyó la voz temblorosa del padre, y se dio vuelta. La sonrisa de cortesía se le desvaneció al reconocer al hombre.

—Oh —balbuceó—. Usted es Sabir Al-Muzara. —El hombre bajó la cabeza, con humildad, algo avergonzado también, y sonrió en tanto asentía—. Yo... No lo reconocí hace un momento. Disculpe. Soy una gran admiradora suya. He leído todos sus libros. —Al-Muzara levantó la vista y expresó su sorpresa enarcando las cejas—. Todos —remarcó.

—Gracias.

—Me alegré tanto cuando le dieron el Nobel de Literatura. ¡Qué honor es para mí conocerlo, señor Al-Muzara! —exclamó, y se sintió como esas fanáticas que corren a gritos tras su cantante favorito. Un silencio incómodo sobrevino en la sala de urgencias. Varias enfermeras observaban el intercambio.

—Ésta es la primera vez que Amina recibe puntadas —manifestó el escritor—. Creo que yo tenía más miedo que ella. Había tanta sangre —comentó, angustiado, y se miró las pecheras de la camisa, donde las manchas comenzaban a adquirir una tonalidad café.

—Es una zona que sangra mucho —explicó Matilde—. El corte no era profundo. Cicatrizará bien y estoy segura de que, con el tiempo, tenderá a desaparecer.

—Le agradezco que se haya tomado el tiempo para tranquilizarla.

—No podía coserla así y no quería sedarla. Tampoco quería coserla mientras ustedes la sujetaban, es muy violento.

Sabir Al-Muzara se quedó observándola abiertamente con una sonrisa tenue en los labios y una mirada curiosa, como si frente a él se hubiera presentado un ser de otra especie, el cual le interesaba estudiar. Matilde, que comenzó a sentir calientes las mejillas, se volvió hacia Amina, que no había perdido detalle del diálogo entre su padre y la señora. La tomó en brazos y se la entregó al hombre.

—Le prescribiré un analgésico por si la niña se queja de que le duele. Podrá repetir la dosis a las seis horas. Me gustaría volver a verla dentro de dos días.

—¿Cómo limpio la herida?

—No, no. Con la herida no haga nada. Evite mojarla. Si se moja, sólo cambie la gasa.

—¿Cuál es su nombre, doctora?

—Matilde Martínez.

—Martínez es un apellido español.

—Sí. Soy argentina. —Algo nerviosa, consultó la hora en el reloj que Eliah le había regalado—. Señor Al-Muzara, debo dejarlo. Me esperan en cirugía.

Sabir Al-Muzara extendió la mano y Matilde se la apretó con brío.

—Nos vemos en dos días, doctora Martínez. Gracias por todo.

—De nada. Adiós, tesoro. —De puntitas, besó a la niña, que descansaba el cachete abultado en el hombro de su padre, y a Al-Muzara lo sorprendió su perfume a bebé.

⁓ ✂ ⁓

Dos días más tarde, cuando el último premio Nobel de Literatura cruzó la puerta del Al-Shifa, varias enfermeras y también el personal administrativo lo acorralaron en el vestíbulo para darle la bienvenida. Sabir Al-Muzara, con su consabida sobriedad en el habla, asentía y sonreía. Como le pedían autógrafos, le entregó la niña a una mujer que lo acompañaba y con la cual la niña parecía familiarizada porque se echó en sus brazos con confianza.

—¡Ha llegado! ¡Ha llegado! —Intissar corrió a la mesa en la que Matilde y Luqmán Kelil compartían un café.

—¿Quién? —se desorientó Matilde, y rio ante el gesto exasperado de la enfermera.

—¡Quién, pregunta! ¡El Silencioso! Vino para que revises a su hija.

Kelil también la siguió porque lo intrigaba conocer al otro premio Nobel palestino; Yasser Arafat había recibido el de la Paz en el 94. La sonrisa de Al-Muzara al descubrir a Matilde no pasó inadvertida. El gentío se abrió para darle paso, y Matilde avanzó hacia el escritor; sin embargo, primero se acercó a la pequeña Amina, que le pidió que le cantara. Matilde la tomó en brazos y la besó.

—Buenas tardes, señor Al-Muzara. Gracias por traerla.

—Buenas tardes, doctora.

Se alejaron hacia la guardia conversando acerca de la evolución de la herida y de cómo se había sentido la niña. Al rato, Matilde se quitó los guantes de látex, los arrojó en un cesto y dictaminó que la herida se encontraba en condiciones inmejorables. La protuberancia cedería junto con la inflamación del hueso.

—La contusión no me preocupa —aseguró—. ¿Sabía, señor Al-Muzara, que el hueso frontal es el más duro del esqueleto humano?

—Sabir, por favor. Llámame Sabir y tutéame. Somos demasiado jóvenes para tanta formalidad. —Aprovechando que sólo quedaba una enfermera y que, por lo visto, no comprendía francés, Al-Muzara dijo—: Matilde, me gustaría agradecerte por lo que has hecho con Amina.

—Nada que agradecer, Sabir. Es mi trabajo.

—Sí, es tu trabajo, pero tú lo hiciste de un modo que me sorprendió. Hiciste tu trabajo pero también hiciste algo más: fuiste muy humana al hacerlo. Y eso no es fácil de encontrar entre los médicos.

—Bueno… Hay muchos que son muy humanos.

—Esta noche vendrán a cenar a casa unos amigos. Me gustaría que nos acompañaras. —Matilde no reunió la voluntad para salir del estupor—. Si es que no te incomoda, si es que puedes —se apresuró a tartamudear el hombre.

«Para haber sido apodado 'el Silencioso'», reflexionó Matilde, «habla bastante».

—Sí, me gustaría mucho. ¿Podría ir con una amiga? Tiene tantas ganas de conocerte. Llevaremos comida —se apresuró a agregar.

—No será necesario.

A eso de las ocho, frente a la casa del Silencioso, con unas galletas en la mano y la otra sobre el asa de la bolsa, Intissar temblaba.

—No me animo.

—Vamos —la instó Matilde.

—¿No me mientes cuando me dices que él aprobó que yo viniera?

—No te miento.

—¡Es guapísimo! —evocó—. ¡Por favor, es el hombre más guapo que he visto en vivo y en directo! Tan alto…

Matilde lo juzgaba un poco desgarbado; echaba los hombros hacia delante como si le pesaran. Con todo, admitía que su sonrisa, aunque poco frecuente, era hermosa, y sus ojos, enormes, oscuros y almendrados, la habían sorprendido; no se destacaban en las fotografías de las solapas de los libros. Recordó el retrato de Samara sobre la cola del piano en la casa de la Avenida Foch, y enseguida notó el parecido.

Antes de partir hacia casa del Silencioso, mientras se arreglaban en el vestuario, Matilde advirtió que Intissar, con una habilidad llamativa, se cubría la cabeza, la frente y el cuello con un pañuelo negro. Era la primera vez que la veía envuelta en él.

—¿Por qué te cubres, Intissar?

—Porque ni siquiera yo soy tan desvergonzada para ir a la casa de un hombre que no es un *mahran*, un pariente —explicó—, sin cubrir mi cabeza con el *mandil*.

Les abrió la mujer que había acompañado al Silencioso al hospital esa tarde. Se presentó como Ariela Hakim, y, aunque para Matilde el nombre no significó nada, Intissar supo que estaba frente a una judía, en realidad, frente a una israelí; lo adivinó por el acento hebreo que le imprimía a su árabe perfecto.

Amina correteaba por la sala perseguida por una joven que la obligaba a detenerse. La niña terminó aferrada a las piernas de Matilde y elevó la cara para sonreírle con picardía, mostrándole los dientes y entrecerrando los ojos.

—Deberías estar quietita, Amina. Ven —dijo, y la levantó en brazos, y de esa manera se adentró en la casa del Silencioso.

Con el transcurso de los días, Matilde aprendió que la casa del Silencioso tenía más de sede de club social que de hogar. Nunca había menos de diez personas, a pesar de que él y Amina vivían solos. Los amigos entraban y salían como les placía; se quedaban a comer, aunque nadie los hubiera invitado, o abrían el refrigerador y picoteaban lo que hallaban si los asaltaba el hambre; se recostaban en la cama de huéspedes para echar una siesta o en la de Amina, aun en la de Al-Muzara, si las anteriores estaban ocupadas. El baño rara vez estaba libre y la cocina parecía un campo de batalla.

Sabir Al-Muzara cruzó el comedor sorteando niños y gente al verla entrar con Amina en brazos. Le brindó una de sus sonrisas, y Matilde oyó el suspiro de Intissar, que se mantenía detrás de ella. Intercambiaron saludos y presentaciones, y, después de entregar las galletas a Ariela Hakim, quien parecía en comando de las cuestiones culinarias, y de higienizarse las manos —lo hicieron en el fregadero porque el baño estaba ocupado—, se sentaron a la mesa. Matilde ofreció su ayuda para servir la mesa. Sabir, sonriendo, agitó la cabeza para negar. Esa noche, siete adultos y cuatro niños comieron juntos. Amina lo hizo en la falda de Matilde; resultaba imposible separarla de las trenzas largas y rubias de la doctora que cantaba (las veces anteriores la había visto con el gorro de quirófano).

—No se llama «la doctora que canta» —la corregía Ariela, en un buen francés—. Su nombre es Matilde.

A diferencia de los demás invitados, con sus poses de intelectuales y de filósofos, Ariela Hakim reía y conversaba con naturalidad, a pesar de que saltaba a la vista que era inteligente y culta como sus compañeros. A Matilde le cayó bien de inmediato. Semanas más tarde, cuando su amistad se afianzó, Matilde le preguntó:

—Ariela, ¿no tienes miedo de vivir entre gazatíes siendo israelí?

—¡En absoluto! —Rio como si calificara de divertida o de extravagante la pregunta de Matilde—. En los siete años que llevo como corresponsal en Gaza, nunca, ni una vez, he sido agredida, insultada, ni siquiera mirada con mala cara. En una oportunidad, estaba cubriendo el funeral de un activista de Hamás asesinado por el Shabak en el campo de refugiados de Khan Yunis y se me dislocó el hombro. Sin darme cuenta, atontada por el dolor, pedí ayuda en hebreo. ¡Imagínate! Una israelí, en pleno velorio de un líder asesinado por nuestra policía secreta, gritando en hebreo.

—Una situación peligrosa, como mínimo.

—Pues no. La gente se acercó, me condujo a un taxi y me ayudaron a subir. Alguien le pidió al taxista que me llevara a un hospital. El taxista esperó a que me colocaran el hombro, me llevó de nuevo a Khan Yunis donde yo había dejado mi auto ¡y no quiso cobrarme! Tengo muchas anécdotas para demostrar que, a diferencia de lo que se cree en el mundo, los gazatíes son personas pacíficas y tolerantes. A veces explotan, por supuesto, porque la situación es tan injusta que sólo una piedra no se alteraría.

Amina terminó durmiéndose en brazos de Matilde. Sabir, al desembarazarla del peso para llevarla al dormitorio, le murmuró:

—Come. No has comido nada. —En voz alta, pidió—: Ariela, trae a Matilde un poco más de *kidra*. El suyo está frío.

Matilde comió la porción de guiso de arroz con garbanzos y especias bajo las miradas de los demás comensales. Se había dado cuenta de que, desde su llegada a Gaza tres semanas atrás, había aumentado de peso, no porque se lo hubiera propuesto ni porque comiera con más ahínco, sino porque sus compañeros de trabajo y sus vecinos, los Kafarna, se empeñaban en ello; Firdus la llamaba *nahiifa*, escuálida. Nadie como los palestinos para convencer de algo a alguien. Con sus modos, mitad autoritarios, mitad engatusadores y seductores, obtenían cualquier cosa. Matilde se preguntaba cómo no habían logrado fundar un Estado.

Era en sociedad cuando el talante parco y silencioso de Al-Muzara salía a la luz. Su mutismo descollaba entre tanta palabrería de los amigos, que pugnaban por demostrar sus conocimientos en materia de Oriente Medio. Hablaban a la vez y nadie escuchaba verdaderamente al otro, excepto Ariela. Matilde entendió que la israelí, oriunda de Tel Aviv-Yafo, era periodista, corresponsal en la Franja de Gaza de *El Independiente* y de *Últimas Noticias*, los periódicos de los Moses. Entendió también que Ariela había elegido vivir en Gaza cuando podría haber gozado de la comodidad y de los avances tecnológicos de una ciudad del Primer Mundo como Tel Aviv.

—¿Cómo podría escribir acerca de lo que ocurre aquí —le explicó a Matilde días más tarde— si no compartiera la vida de esta gente? No sería profesional ni serio.

Los invitados de Al-Muzara hablaban y hablaban y resultaba admirable que, entre declaración y declaración, comieran cantidades descomunales de *kidra* sin atragantarse; se trataba de una actividad en la que, se notaba, habían obtenido práctica. Sin embargo, cuando el anfitrión abría la boca en el ademán de articular, el mutismo se apoderaba del comedor como por arte de magia. En un momento de la cena en que Ismail Saleh, un miembro del Consejo Legislativo que representaba a la oposición, se embarcó en una diatriba contra Yasser Arafat, Al-Muzara manifestó:

—Abú Ammar no es santo de mi devoción, y ustedes lo saben. Pero es el hombre que convirtió la causa palestina en el problema más grande del mundo, y es preciso reconocérselo.

También fue él quien tomó la palabra cuando, después de pedir disculpas por su ignorancia, Matilde preguntó cómo habían llegado las cosas a ese estado caótico, peligroso e impredecible.

—Verás, Matilde. Ésta ha sido una tierra codiciada desde tiempos inmemoriales. Es el paso que comunica a los continentes de Europa, África y Asia, y el que, de haber sido posible, habría unido al mundo árabe, desde el Magreb (el norte de África) hasta Irak, lo cual nos habría convertido en una nación poderosa. Después de la Primera Guerra Mundial, cuando los turcos otomanos perdieron lo que ellos llamaban el Distrito Palestino, esta región fue repartida entre los victoriosos, Francia e Inglaterra. Aquí se fundó el Mandato Británico de Palestina. Entre tanto, a fines del siglo XIX y como consecuencia de la persecución a la que se sometía a los judíos, nació el sionismo, cuyo objetivo era crear un Estado donde los judíos pudieran vivir en paz y tranquilos. La tierra elegida por ellos fue ésta, porque en la Biblia se asegura que Palestina o, mejor dicho, Israel les había pertenecido en la Antigüedad. El sionismo, poderoso en Inglaterra, comenzó a presionar para que la comunidad internacional les entregara Palestina. La Declaración Balfour, en el 17, en la cual lord Balfour, un miembro del Parlamento británico, se declaró favorable a la fundación de un Estado judío en el Mandato Británico de Palestina, fue el primer paso relevante en la lucha del sionismo. El genocidio judío a manos de los nazis durante la Segunda Guerra Mundial constituyó el detonante para la creación del Estado judío. En noviembre del 47, las Naciones Unidas promulgaron la Resolución 181, en la que recomendaban la partición del Mandato Británico de Palestina para crear dos Estados, uno árabe y otro judío. El mismo día de la finalización del Mandato, el 14 de mayo de 1948, los judíos fundaron su Estado, y los Estados árabes le declararon la guerra, la primera guerra entre árabes e israelíes. Los árabes abandonaron a sus pueblos que habían quedado del lado judío y así nació uno de los movimientos de refugiados más grandes del mundo. Más de setecientas cincuenta mil personas se trasladaron a Gaza, al Líbano, a Siria, a Egipto y a Jordania. Mis abuelos, junto con mi padre, que era muy pequeño, salieron de Nablus porque los militares jordanos les aseguraron que en pocos días podrían regresar. Todo esto es cierto, pero también existió otra realidad. Décadas más tarde, y con la aparición de los historiadores israelíes revisionistas, como Ilan Pappe, se pudo demostrar que Israel había fabricado parte de la historia y que, en realidad, muchos abandonaron sus ciudades porque los israelíes los expulsaban, matando a miles, o bien porque, sabiendo lo que había ocurrido en un pueblo cercano, los árabes huían a causa del miedo de correr la misma suerte. Como fuera, estos refugiados no pudieron regresar a sus tierras, a las cuales sienten como propias hasta el día de hoy, sin importar que sus casas y sus terrenos estén en manos de judíos.

—¿Recibieron alguna indemnización? —preguntó Matilde, y una risotada general le llegó como respuesta.

—No, ninguna —contestó Al-Muzara, serio, en su modo pedagógico para nada condescendiente. Matilde concluyó que a Al-Muzara le gustaba hablar siempre que tuviera la oportunidad de enseñar.

—A pesar de la Resolución 194 de la ONU —habló Ariela Hakim—, que le exigía a Israel que dejara regresar a los refugiados a sus lugares de origen o bien que los indemnizara por sus pérdidas, Israel no hizo ni lo uno ni lo otro, nunca.

—Estados Unidos —expresó León Abbud, un ingeniero químico, profesor de la Universidad de Birzeit, en Cisjordania, y de la Islámica, en Gaza— embarcó a treinta naciones en una guerra contra Irak en el 91 para hacer cumplir a Saddam la Resolución 678 de la ONU que le marcaba un *deadline* para retirarse de Kuwait. Muchas mujeres y niños iraquíes murieron durante el sangriento bombardeo a Bagdad. ¿Por qué, entonces, no hace cumplir a Israel las resoluciones de la ONU que le atañen?

—Porque Israel —manifestó Ariela Hakim— es el aliado más importante de los Estados Unidos en la región, y no harán nada para enojarlo.

—La primera guerra —retomó Al-Muzara—, la del 48, se transformó en una humillación para los Estados árabes que la impulsaron, porque fueron vencidos por uno que acababa de nacer. Otra humillación ocurrió en el 67, en la Guerra de los Seis Días, donde de nuevo Israel surgió como vencedor, y esta vez extendió sus límites apoderándose de la Franja de Gaza, de Cisjordania y del lado este de Jerusalén, convirtiendo a los palestinos que habitan estas zonas en prisioneros dentro de su tierra. Los asentamientos judíos en los territorios ocupados sólo han servido para aumentar el odio y la brecha que nos separa. —Bebió un trago de café y añadió—. A pesar de la Resolución 242 de la ONU, que ordena a Israel a volver a los límites previos a la Guerra de los Seis Días, eso jamás ha ocurrido. —Suspiró, de pronto cansado—. Hace cincuenta años que estamos en guerra, y ninguno de los dos hemos alcanzado nuestros objetivos. Nosotros, el de tener un Estado. Ellos, el de vivir en paz, en una tierra donde nadie los persiga ni los mate. Es una paradoja, pero en su propio Estado siguen teniendo tanto miedo como cuando vivían en la Berlín nazi. Éste es sólo un resumen, Matilde, y no muy bueno. Las aristas del conflicto son miles.

—¿En qué se equivocaron los árabes?

A Sabir Al-Muzara le gustó la pregunta de la médica argentina y le sonrió con aspecto cansado.

—Es difícil responder a esa pregunta porque es tentador soslayar las circunstancias de los primeros momentos del conflicto, y eso, en un análisis histórico, es un error. Como hombre a las puertas del siglo XXI podría decirte que nos equivocamos en no aceptar la Resolución 181 de la ONU, la que dividía al Mandato Británico de Palestina en dos estados. Los sionistas la aceptaron, pese a que ellos tampoco estaban muy de acuerdo con la partición propuesta. Sin embargo, en el 48, para los árabes, rechazarla surgía como un paso lógico. Sin duda —declaró, con más convicción y tras una pausa que el auditorio no osó romper—, nos equivocamos en elegir la violencia como medio para lograr nuestro fin. Sólo nos ha traído desgracias.

—Hace un rato, Sabir —apuntó Yusuf Jemusi, el imam de la mezquita más antigua de la ciudad de Gaza, la al-Omari, que no se encontraba afiliado a ninguna facción—, dijiste que respetabas el hecho de que Abú Ammar hubiera convertido la causa palestina en el problema más grande del mundo. Ahora declaras que la violencia ha sido un error. Debo recordarte que Abú Ammar usó la violencia para hacerse escuchar. ¿Cómo explicas esto?

Al-Muzara rio brevemente, acostumbrado a los desafíos que le lanzaba el imam.

—Simplemente declaré lo que pienso del *rais*, no juzgué sus métodos. Prefiero la rama de olivo que Arafat sostiene en la mano y no su fusil —añadió, en referencia al famoso discurso que el líder palestino pronunció en la sede de las Naciones Unidas en el 74. *«Hoy he venido con una rama de olivo en una mano y un fusil en la otra. No permitan que deje caer la rama de olivo.»*

—La verdad es que, debido a la torpeza de nuestros líderes, a la ceguera de los radicalizados y a los actos terroristas —prosiguió Al-Muzara—, los palestinos hemos desechado muchas buenas oportunidades para acabar con este horror. El comportamiento de los fanáticos y de los radicalizados sólo le conviene a la derecha israelí; les damos la excusa para cometer toda clase de atropellos contra nosotros. La violencia nos convirtió en el centro de las críticas de la comunidad internacional. Así surgieron los Acuerdos de Oslo. Porque, ¿qué podía hacer Abú Ammar, debilitado como estaba, asediado y solo, sino avenirse a pactar con sus enemigos un acuerdo a todas luces desfavorable para Palestina y lleno de fisuras?

—Apoyar a Irak en la Guerra del Golfo terminó por sepultarlo —le recordó Omar Sadir, un activista de Al-Fatah que vivía en Rafah, al sur de la Franja de Gaza.

En tanto las mujeres lavaban los platos, tarea en la que les impidieron participar a Matilde y a Intissar, y los hombres se acomodaban en unas colchonetas dispuestas sobre la alfombra de la sala para fumar el narguile, Matilde, con Intissar pegada a ella, se dedicó a estudiar la decoración de la casa. Los Kafarna le preguntarían. No encontró retratos ni pósteres de líderes palestinos; tampoco la fotografía de la Cúpula de la Roca sino de personas que posaban con el Silencioso, mayormente figuras destacadas de la política y de la cultura internacional, y muchas de Amina.

—Ésta debe de haber sido su esposa —murmuró Intissar, que había permanecido callada a lo largo de la cena.

—Era muy bonita —opinó Matilde, y experimentó un frío en el rostro, señal de que había empalidecido súbitamente. Entre tanta fotografía, acababa de individualizar una en la cual el Silencioso posaba con Shiloah y con Eliah. Les calculó unos dieciséis o diecisiete años. Sólo Shiloah sonreía y, ubicado en medio, extendía los brazos para atraer a sus amigos, que guardaban una actitud circunspecta. Matilde atajó el impulso de estirar la mano y apartar el pelo de Eliah, que se le metía en los ojos.

—Son mis mejores amigos. —La voz de Al-Muzara les provocó un sobresalto—. Disculpen, no fue mi intención asustarlas.

—No importa —balbuceó Intissar, sonrojada.

—Les decía que ellos son mis mejores amigos, Shiloah y Eliah. Nos conocemos desde que éramos niños.

Matilde no terminaba de comprender qué la mantenía callada, qué fuerza le impedía proclamar que el muchacho con cara de pendenciero, ojos de un verde esmeralda y cabello negro como el carbón, que se había convertido en un hombre magnífico que la había amado y que ella, a causa de su propia estupidez, había perdido, era el amor de su vida. Los ojos se le llenaron de lágrimas y se mantuvo de espaldas luchando por recuperar el control, mientras Sabir contestaba las preguntas de Intissar. En un acto reflejo, estiró la mano y sacó un libro de la biblioteca, el que hojeó sin ton ni son hasta caer en la cuenta de que se trataba de uno de Sabir Al-Muzara; lo dedujo por la fotografía en la solapa ya que era una edición en árabe. La sorprendía la ajenidad que le provocaba esa lengua. En Occidente, y gracias a la influencia del latín, resultaba fácil deducir palabras, aun frases, de otros idiomas. Con el árabe, en cambio, esa familiaridad se tornaba imposible; ni siquiera se escribía de izquierda a derecha sino al revés.

—Es *Cita en París* —le comentó Al-Muzara, y se ubicó a su lado.

—Jamás lo habría adivinado. Sabía que era uno de tus libros por esto. —Señaló la fotografía de la solapa—. Me resulta imposible distinguir una palabra en este mar de símbolos, aunque admito que me encantaría aprender.

—Yo puedo enseñarte —se ofreció el Silencioso.

—Oh, no, no, de ninguna manera. Tú eres un hombre en extremo ocupado.

—Soy profesor de lengua árabe. Fue el primer título que obtuve en París. Después estudié Filosofía y Letras, pero mi primer amor es la enseñanza de la lengua árabe. Sería un placer enseñarte.

—Pero entiendo que eres un hombre muy ocupado —insistió Matilde.

—Pero organizado —replicó él, con una sonrisa—. Podría darte clases cuando sales del hospital. ¿A qué hora sales?

—Si no se presenta una urgencia a último momento, salgo a las siete. A excepción de los jueves, que me toca la guardia nocturna.

—Los lunes y los miércoles estoy en casa a las siete. ¿Te parece bien que comencemos el lunes que viene?

—Sólo con la condición de que me permitas pagarte.

—Me pagas viniendo a mi tierra, que no es un paraíso justamente, a curar a mi gente. Así me pagas, Matilde, y es suficiente para mí. Enseñarte mi lengua es sólo un modo de retribuirte un acto de caridad de proporciones inmensas.

—Soy feliz haciéndolo —balbuceó, impresionada no tanto por las palabras del Silencioso sino por la pasión con que las pronunciaba.

Se marcharon unos minutos después, y Matilde temió que Intissar estuviera enojada y celosa. La joven palestina, por el contrario, caminaba a su lado con una sonrisa beatífica. En la calle sólo se oía el crujido de sus sandalias sobre el pavimento cubierto de arena que el viento arrastraba desde la playa. Volvían a pie, pues la casa del Silencioso quedaba también en el barrio de Rimal.

—Ah —suspiró Intissar—, no sabes cuánto aprecio poder caminar de noche por la calle.

—¿Antes no podían?

—Durante años, los toques de queda nos obligaban a encerrarnos en nuestras casas a las ocho de la noche. Antes jamás podíamos reunirnos a cenar como acabamos de hacer en casa del Silencioso. A veces, cuando la cosa se complicaba, el toque de queda duraba días enteros.

—Harald me comentó que en ocasiones no podían salir durante días —Intissar asintió con la cabeza—. ¿Y la escuela, y el trabajo, y...?

—¿Y la vida, querrás preguntar? Todo se detenía, Matilde. Si no habías sido previsor y no habías guardado suficientes alimentos y agua, pues te la aguantabas. Si te sentías mal y necesitabas ir al médico, pues te la aguantabas. Si tenías que parir a tu hijo, pues lo hacías en tu casa. Eso no era lo peor. Lo peor era dormir pensando que los del Shabak irrumpirían en tu casa en medio de la noche para llevarse a tu padre o a tu hermano, acusados de actividades terroristas. En pleno verano, cuando el calor es insoportable, aún dormimos en pijamas y camisones porque nos quedó el trauma de que vengan a buscarnos. En aquel momento, no queríamos que nos agarraran semidesnudos. No queríamos darles otro motivo para que nos humillaran. Ya era suficiente que destruyeran nuestros hogares y los dejaran patas arriba buscando no sé qué cosa. —La voz de Intissar había adquirido esa coloración que Matilde había aprendido a relacionar con su rencor hacia los israelíes.

—¿Quiénes son los del Shabak?

—La policía secreta israelí, la que trabaja dentro de las fronteras del país. Los que trabajan en países extranjeros son los del Mossad.

Matilde había oído hablar del Mossad en oportunidad de los atentados a la embajada israelí en Buenos Aires y a la sede de la AMIA.

—Ah, pero no todos los soldados israelíes son malos. —La media sonrisa de Intissar y su mirada dulcificada revelaron que evocaba a uno en particular—. Durante la *Intifada*, los soldados se subían a las terrazas de nuestras casas y edificios para vigilar e impedir cualquier brote de manifestación. Hubo uno que estuvo de guardia en nuestro edificio durante varios días. Era tan hermoso —suspiró la palestina—. Mis hermanos menores y sus amigos le arrojaban piedras desde la banqueta y, por supuesto, jamás lo alcanzaban. En lugar de eso, rompían los vidrios de nuestro departamento y los de los vecinos. Yo estaba ahí cuando el soldado se quitó el fusil, bajó y les dijo en un buen árabe: «¿Saben? No me gusta estar aquí invadiendo su tierra. Pero debo cumplir órdenes. Tengan por seguro que no les voy a disparar por muchas piedras que me arrojen. De igual modo, creo que es una lástima que sigan rompiendo los vidrios de sus vecinos». Se dio media vuelta y volvió a la terraza. Los niños no le tiraron más piedras. Yo, a escondidas (si me descubrían, me lapidaban), le llevé jugo de algarroba. Me lo agradeció tanto. Eran tan guapo y amable. ¡Y era asquenazí! —Pasaron los segundos en que el buen recuerdo de Intissar se hundió en el mar de tantos otros dolorosos—. ¿Sabes, Matilde? Espero que nunca vuelva a haber toques de queda. Creo que no lo soportaría. No puedo olvidar la amargura de esos días atrapados en nuestras casas. Nos mataba la incertidumbre.

—¿Por qué duraban tanto los toques de queda?

Intissar sacudió los hombros y le imprimió a su boca un gesto despectivo.

—¡Bah! Porque a algún chiflado yihadista o de las Brigadas Ezzedin al-Qassam se les ocurría inmolarse en un camión de Jerusalén. Entonces, ¡todos pagábamos los platos rotos! A Israel le encanta infligir el castigo colectivo. Y Gaza es su preferida para eso.

—¿Por qué castigarlos a todos?

—No lo sé. Tal vez porque nos quieren eliminar a todos, seamos o no terroristas.

—Es una locura.

—¡Claro que lo es! Sería como si ETA… ¿Has oído hablar de ETA? —Matilde asintió—. Sería como si alguno de ETA pusiera una bomba en Madrid, y el ejército español invadiera Bilbao y castigara a toda la población para escarmentarlos.

—Eso sería considerar que todos los de Bilbao apoyan a ETA.

—Es que, a priori, los soldados israelíes piensan: «Eres árabe, entonces eres terrorista». Lo tienen grabado a fuego en su corazón.

—¡Qué terrible!

—Ésta es nuestra *nakba*. Nuestra catástrofe.

El miércoles 4 de noviembre, a eso de las once de la noche, Al-Saud se relajaba en la tina de su habitación en el Hotel Rey David de Jerusalén. Pensaba en Kolia. Unas horas antes, en un diálogo telefónico con Francesca, se había enterado de que estaba con fiebre. Su abuela, que parecía haber cobrado vitalidad desde la llegada del bisnieto a la *Villa Visconti*, despojó a su hija del auricular y le aclaró:

—*Non ti preocupare, caro*. A Kolia le están saliendo los dientes, por eso está afiebrado.

De todos modos, a Al-Saud le habría gustado que Matilde lo revisara y le confirmara que el niño sólo sufría a causa de la salida de los dientes. Se demoraba en ese pensamiento cuando sonó el celular. Era Ulysse Vachal. Pese a que se decía que, poco a poco, arrancaría a Matilde de su corazón, cada vez que sus hombres lo llamaban para informarle de sus actividades, las pulsaciones se le aceleraban y una inquietud general lo llevaba a cruzar la habitación a zancadas mientras hablaba con ellos. Por supuesto, persistir en vigilarla y en recibir noticias de ella diariamente no colaboraba con su propósito de olvidarla.

—Esta noche fue a cenar a la casa de un hombre. —La noticia le cayó como balde de agua helada—. Por lo que logramos averiguar, su nombre es Sabir Al-Muzara.

Si bien en un primer momento Al-Saud sintió alivio, al siguiente se estremeció de celos, dudas y desconfianza. Matilde admiraba a pocas personas; Sabir era una de ellas. Jamás olvidaría el entusiasmo con que se había referido al premio Nobel de Literatura durante el viaje de Buenos Aires a París. Como no había hablado con Sabir acerca de Matilde, su amigo no tenía idea de que estaba frente a su mujer. «Mi mujer», repitió, con una sonrisa amarga. Estaba atrapado y lo sabía; cualquier intento por deshacerse del recuerdo de Matilde era inútil. Él la pensaba como su mujer, la sentía como tal, la sabía suya. Así sería para siempre. Estaba condenado. Le había quemado la vida.

Con un chasquido de lengua, salió de la tina y se cubrió con la bata de toalla, ajustó el cinturón con un gesto violento y se dirigió a la planta superior. Levantó la tapa de la *lap top* para revisar los mensajes de su buzón de e-mail; estaba esperando un contrato que Thérèse se había comprometido a enviarle ese día. Allí estaba el mensaje de la eficiente secretaria; no obstante, Al-Saud lo dejó de lado al ver el nombre de Juana Folicuré en la columna de remitentes. Era la primera vez que Juana se comunicaba con él por ese medio. Lo abrió de pie, ansioso, como todo lo que se relacionaba con Matilde. Sonrió al leer el encabezado.

«*Papito querido*», decía. «*Haciendo un poco de limpieza en mi habitación, en donde guardo cosas de cuando era bebé (no exagero), encontré unas fotos que, me pareció, te gustaría conservar. Mañana te las enviaré por correo a la Mercure, pero ahora te las escaneo y adelanto por e-mail. Espero que las disfrutes tanto como lo hice yo. Te quiero, papito. Juani*» El antivirus se tomaba más tiempo del habitual para controlar que los archivos no estuvieran infectados, al menos ésa era su impresión, o tal vez la ansiedad lo volvía impaciente. Abrió la primera y sonrió de manera inconsciente. Matilde, Ezequiel y Juana, cuando eran chicos. Calculó que tendrían unos cinco años porque estaban vestidos con el típico uniforme del jardín de niños. Matilde se ubicaba entre Ezequiel y Juana, que se abrazaban, y, en ese abrazo, contenían a Matilde con actitud protectora. Le pareció la niña más bonita que había visto, y le pasó la punta del índice por el puente de la nariz, moteado de pecas; era bajita y muy delgada, en eso no había cambiado, y tenía el pelo casi blanco, largo y con bucles. Deprisa, desplegó la segunda fotografía: Matilde y Juana en traje de baño, junto a una piscina. A juzgar por sus siluetas, que conservaban la calidad asexuada de la de los niños, Al-Saud les calculó unos diez años. Matilde no sonreía, y golpeaba la tristeza que trasuntaba su mirada. En la tercera fotografía, aparecían de nuevo «los tres mosqueteros», como los habían apodado en la Academia Argüello. Resultaba obvio que partían a una fiesta elegante: Ezequiel iba de traje y corbata, Juana lucía una blusa con lentejuelas plateadas y Matilde, una camisa de raso azul Francia. Al desplegar la cuarta, la conmoción lo sentó de golpe. De nuevo «los tres mosqueteros», y ya no tuvo dudas acerca de la edad de Matilde: dieciséis años, cuando le habían descubierto el cáncer de ovario. Aunque una gorrita de béisbol le cubría la cabeza, resultaba evidente que estaba calva. Al-Saud estiró la mano y, antes de apoyarla en la pantalla, sobre el rostro enflaquecido y ojeroso de su Matilde, se dio cuenta de que le temblaba. La retiró de golpe y la apretó bajo su pierna para dominar el estremecimiento que, como una onda expansiva, se trasladaba de su mano a las demás extremidades, y le invadía incluso las vísceras. Terminó por alojarse en su rostro y en su garganta, donde las cuerdas vocales se agitaron como las de una guitarra. Una tibieza le ganó los ojos, y la imagen en la pantalla se desdibujó. Siguió resistiendo como un acto extremo de defensa propia porque sabía que, si cedía al dolor, quedaría devastado y su determinación acabaría yéndose al carajo.

La represa se resquebrajó, y no pasaron muchos segundos antes de que Al-Saud se entregara a un llanto doliente y amargo que resumía las situaciones difíciles por las que había atravesado en las últimas semanas; sin embargo, todo desembocaba en ella, en Matilde. Podía con lo demás, lo sabía, conocía su fortaleza. Ella era su lado flaco. Más atónito que enojado, se dio cuenta —aunque no era la primera vez que cavilaba acerca de esto— de que nadie le había provocado sentimientos tan intensos, contradictorios y, sobre todo, tan sinceros como los que le suscitaba Matilde Martínez. No cabía duda, Matilde era su destino. Sólo ella lo hacía sentir vivo y honesto. Con ella valía la pena empezar el día.

~ ∘ᕲ∘ ~

La tarde en que Matilde le quitó los puntos de la frente, Amina realizó un descubrimiento asombroso: la doctora que cantaba era una estupenda narradora de cuentos. Y a Amina nada le gustaba tanto como que le contaran historias.

El lunes 16 de noviembre, en su tercera lección de árabe en casa del Silencioso, Matilde decidió presentarse con guantes de látex, pinza, gasa y alcohol yodado para quitarle los puntos a la niña; de ese modo, le evitaría hacerlo en la guardia del hospital, que, a su juicio, asustaba a los niños. No obstante, pese a estar sobre las rodillas de su padre y en la sala de su casa, Amina, al divisar la pinza, empezó a retorcerse y a lloriquear.

Matilde guardó la pinza, miró a Sabir y le preguntó:

—¿Te hablé alguna vez de un niño llamado Jérôme? —Amina seguía lloriqueando y pugnando para escaparse de las garras de su padre—. Es un niño negro, del Congo.

—No, nunca me lo habías mencionado —contestó Al-Muzara, en tono pausado y con una cadencia que simulaba interés.

—Lo conocí en el hospital, igual que a Amina. También se había lastimado y había que curarlo. Pero Jérôme tenía miedo y se escondió debajo de un mueble.

Matilde se puso de pie y se dirigió hacia un aparador de patas altas. Se acuclilló y señaló el espacio entre el piso y la base del mueble.

—Ahí debajo se metió y nadie podía sacarlo.

Para ese momento, la atención de Amina era absoluta; había cesado en sus intentos de fuga y guardaba silencio. La historia prosiguió, embellecida y aumentada. Jérôme terminó convirtiéndose en un héroe, y Matilde debió reprimir una carcajada ante el gesto desmesurado de la niña cuando mencionó la habilidad de Jérôme para trepar palmeras tan altas como minaretes con la sola ayuda de sus manos y de sus piernas. Acabó la historia, y Amina no se percataba de que la doctora que cantaba y contaba cuentos le había retirado los hilos de la frente.

—¡Otro cuento, Matilde!

Era la primera vez que la llamaba por su nombre. Matilde se quedó mirándola, estudiándole la carita redonda y pequeña, de cachetes colorados, ojos cafés y rasgados, y boquita pequeña y carnosa. Enredó el índice en uno de los bucles negros que le acariciaban los hombros y le apretó la barbilla ahogada entre la papada.

—Cuando termine con mi clase de árabe, te contaré otra historia.

—¿De Jérôme?

—Sí —aseguró, riendo ante la avidez con que Amina la miraba, con las manitos sujetas bajo el mentón, como si rezara. Era muy precoz y parlanchina, cualidad que no había heredado del padre. Vino Zeila, la niñera, y se la llevó a la cocina.

—Me asombra la capacidad hipnótica que ejerces sobre Amina —se admiró el Silencioso.

—¿Qué edad tiene Amina?

—El 15 de diciembre cumplirá tres.

—Es muy locuaz para su edad.

—Sí —sonrió Sabir—. Es que se ha criado entre adultos.

Matilde recordó que Sabir Al-Muzara había estado preso desde mediados del 91 y hasta principios del 96. Si Amina había nacido el 15 de diciembre del 95, las fechas no cerraban. ¿Sería en verdad su hija?

A partir de ese día, Matilde inventaba historias protagonizadas por el héroe Jérôme, y hasta llegó a dibujarlo a pedido de Amina que deseaba conocerlo. Lamentó no haberse hecho de una copia de la fotografía que Amélie le había tomado en la misión. La llamaría por teléfono —si es que ya lo habían reparado— o le escribiría un mensaje —si es que se había restablecido la conexión de Internet en el cibercafé— y se la pediría.

Con el transcurso de los días y de los relatos, Matilde cayó en la cuenta de lo bien que le hacía compartir el recuerdo de su adorado Jérôme con Amina y con Sabir, que desplegaba el mismo interés que su hija por conocer las aventuras del niño del Congo. Fue al Silencioso a quien se le ocurrió que las escribiera.

—¿Escribir un libro de cuentos para niños? —se pasmó Matilde.

—¿Por qué no? Tus historias de Jérôme son hermosas, llenas de magia y ambientadas en un lugar exótico y misterioso. Si las escribieras en francés, yo podría pedirle a mi editora en París que las leyera.

—Sabir, mi francés es muy básico.

—Como debe ser el modo de escritura para el entendimiento de un niño. Además, tu francés no es básico, ¡es muy bueno! Yo podría corregir tus escritos antes de enviárselos a mi editora, si te parece.

Matilde empezó a soñar con la idea de un libro al que titularía *Jérôme, el niño de la selva* o *Las aventuras de Jérôme* y que dedicaría a los dos hombres de su vida. Sí, se dijo, le haría bien escribirlo, como le hacía bien relatar las aventuras de su pequeño, aunque escribirlas sería mejor porque quedarían plasmadas en el papel, algo más duradero que las palabras pronunciadas. De ese modo compartiría con muchos niños la existencia de Jérôme e intuía que, de algún modo, esa experiencia la ayudaría a superar la soledad en la que se hallaba perdida. A veces tenía la impresión de que sólo ella lo recordaba, como si se tratara de una fabulación.

7

Jérôme fingía dormir sobre la estera en la choza de Karme. Desde hacía diez días, pasaba las noches encadenado a un bloque de cemento. No sabía cuánto duraría el castigo por haber intentado escapar. Maldecía su suerte. Después de haber vagado por la selva durante más de un día, los hombres de Karme lo habían encontrado.

Supo mantenerse a salvo de los peligros del bosque tropical, bien alimentado e hidratado, hasta que los *interahamwes* lo sorprendieron durmiendo sobre un colchón fabricado con hojas de helechos. La verdad era que estaba perdido porque, a diferencia de la vez anterior, cuando se fugó con su madre y la pequeña Aloïs, no tenía idea hacia dónde se hallaba Rutshuru; Karme se había cuidado de ocultárselo, y él desconocía la ubicación del nuevo campamento.

Habría preferido vagar para siempre por la selva a caer de nuevo en manos de esos demonios que lo obligaban a hacer cosas malas que lo avergonzaban y lo torturaban de noche. No olvidaba las personas que caían muertas tras las ráfagas de los AK-47, ni la sangre que les brotaba del cuerpo, ni los gritos desgarradores, ni el llanto. Jamás les miraba la cara a los cadáveres porque lo había hecho una vez, y los ojos de la mujer, abiertos y saltones, quietos y opacos, lo perseguían aun de día.

Como Matilde le había enseñado a hablar con su mamá Alizée, estaba pidiéndole que fuera a buscarlo y lo llevara adonde ella estaba. Ya no quería estar ahí, con Karme. Después de tanto tiempo, le resultaba claro que Eliah y Matilde lo habían olvidado, o, peor aún, se habían enterado de sus tropelías y ya no lo adoraban. «*Te adoro, Jérô*» –le había asegurado Matilde tiempo atrás, en la misión. «*¿Qué quiere decir 'te ado-*

ro'?» «*Quiere decir que siempre pienso en ti, que quiero que estés bien, que me preocupo por ti, que me gusta estar contigo, que me gustaría estar* siempre *contigo y no separarme nunca de ti. Que te quiero con todo mi corazón.*» Se mordió el labio para evitar que el llanto lo delatara. Oía a Karme, que se acercaba a la choza. Lo odiaba por haberlo separado de Matilde y de Eliah y por haberlo obligado a convertirse en alguien a quienes ellos ya no querían; sobre todo, lo odiaba por eso. Al reprimirse para no llorar, hacía fuerza y, de entre los párpados, le brotaban lágrimas que se reflejarían en la penumbra. Dio vuelta la cara hacia la pared de barro y cañas de bambú.

Jérôme reconoció que, además de Karme, uno de sus hombres de confianza acababa de entrar en la choza.

—No hagas ruido que el niño duerme —le exigió Karme.

—Ese niño tutsi terminará trayéndonos problemas.

—Ese niño tutsi terminará convirtiéndose en el mejor guerrero *interahamwe*. Déjamelo a mí. Es el más inteligente de todo el grupo. ¡Más inteligente que tú! —masculló, y apretó los labios para frenar la risa.

—¡Será nuestra ruina!

—No. Será nuestra mejor venganza. ¿Imaginas a un tutsi *interahamwe* cazando a su propia gente?

—Será tu ruina —repitió el hombre—. He recibido noticias de que hay gente, gente muy importante, buscándolo sin cesar. Ofrecen dinero por información acerca de él.

A esas palabras, Jérôme dejó de respirar.

—¿Quién te lo dijo?

—Hoy, cuando fui de incógnito a Rutshuru, lo escuché en un bar. La recompensa es muy buena. Cualquiera nos traicionará con tal de quedarse con el dinero.

La noticia volvió a humedecer los ojos de Jérôme, aunque de alegría y de alivio. «Mamá, ya no vengas a buscarme. Matilde y Eliah todavía me adoran y me sacarán de aquí.»

~ ✿ ~

—¿Diana?

—¿Sergei? —La voz anhelante de la muchacha lo hizo sonreír con una mezcla de masculina satisfacción y de pura alegría—. ¿Eres tú?

—Sí.

—¿Me llamas desde el Congo? —se extrañó.

—No. Estoy en París. Acabo de llegar.

El cuerpo de La Diana vibró en tensión. La boca se le secó de manera tan súbita que, al intentar hablar, la lengua se le pegó al paladar por lo que las palabras murieron en su mente.

—Diana, ¿estás ahí?

—Sí —alcanzó a murmurar con un timbre desagradable.

—¿Qué pasa? ¿No te alegra saber que estoy aquí?

—Por supuesto. —Habría exclamado: «¡Estoy feliz, Sergei!», si los nervios no le hubieran atado la lengua y le retorcieran la tráquea. Pasados unos segundos, la felicidad se mezcló con la inquietud de tener que enfrentarlo de nuevo. Después de tanto tiempo, alrededor de dos meses, le exigiría lo que ella no se atrevía a darle. ¿O sí? No había faltado a una de las sesiones con el doctor Brieger, y ella podía constatar lo benéficas que resultaban para su alma y para su mente las charlas con el psiquiatra. Dormía mejor, no se sentía asediada y había comenzado a sonreír. Con todo, aún la contrariaba que la tocaran, sin importar que fuera consecuencia de un acto accidental. Entregarse a Markov era la prueba de fuego, y ella dudaba de estar preparada para afrontarla.

—¿Estás libre ahora?

—No. Estaré con la señora Arafat hasta las seis. Después me relevarán.

—¿Nos vemos en tu casa? ¿A las siete? —En el silencio de La Diana, Markov adivinó su pánico—. Diana, mi amor, quiero que estés tranquila. Ya sabes: nada ocurrirá que tú no desees.

«¡Lo deseo! ¡Lo deseo tanto! ¡Y tengo tanto miedo de que te canses de esperarme!» Inspiró y propuso con acento medido:

—¿A las ocho? —Quería contar con tiempo para cambiarse, embellecerse y preparar la cena.

—Me lo pones difícil —simuló enfadarse Markov—. Estoy ansioso por verte. Pero si te va bien a las ocho, a las ocho será.

Los minutos para que se hicieran las seis de la tarde se convirtieron en horas. Ahora bien, una vez que La Diana entregó la custodia de Suha Arafat a su compañero, el tiempo pareció volar y se puso nerviosa porque se abrumó con la idea de que no llegaría a ponerse guapa como deseaba. El interfón sonó al cinco para las ocho, cuando ella terminaba de colocarse rímel en las pestañas. Corrió al dormitorio y se perfumó generosamente con *Fleurs d'Orlane*, que Yasmín le había recomendado. Se echó una miradita en el espejo del clóset y le gustó lo que vio. Oprimió el botón y oyó el timbre y el chasquido de la puerta de la planta baja al abrirse. Ni siquiera había confirmado que se tratara de él. Entreabrió la puerta y se replegó hacia el interior, en el comportamiento de quien espera a un asesino y no al hombre que ama.

–¿Diana? –Markov empujó la puerta y metió la cabeza. Revoloteó los ojos hasta detenerlos en ella–. Diana –susurró–. Estás… Estás…

–¿Te gusto? –se afligió, mientras se alisaba la falda tubo y se acomodaba la blusa de raso.

–¿Que si me gustas? –Markov terminó de entrar y cerró la puerta; echó llave–. ¡Estás hermosísima! Me has dejado mudo.

La Diana detestaba sonrojarse, lo juzgaba indicio de debilidad, por lo que adoptó una actitud poco amigable y no avanzó hacia él. Fijó sus ojos celestes en la bolsita de cartón que Markov tenía en la mano; casi resultaba ridículo que un hombre de su tamaño anduviera con una bolsa tan pequeña y femenina.

–¿No piensas saludarme? –La Diana levantó la vista, y Markov sonrió con ternura–. Ven, Diana. Ven aquí –le ordenó, y colocó la bolsita sobre la mesa.

Avanzó tratando de caminar con el meneo que Yasmín le había mostrado. Se detuvo a unos pasos de él. Markov estiró la mano.

–Hagámoslo despacio –le propuso, y La Diana sintió deseos de llorar movida por el amor que él le inspiraba al ser tan paciente y comprensivo con ella–. Empecemos tocándonos la punta de los dedos. –El contacto, aunque nimio, los afectó con intensidad, y la sonrisa burlona del ruso y la tímida de La Diana se esfumaron–. Te extrañé tanto –dijo él en voz baja, como si temiera espantarla, y se atrevió a entrelazar sus dedos con los de ella y apretarle la mano.

–Yo también. No sabes cuánto.

–Quiero saberlo. ¿Hasta las lágrimas?

La Diana asintió, y se atrevió a levantar la mano libre y a rozarle la mandíbula recién afeitada y aceitosa gracias al *after shave*. Cerró los ojos y se olfateó los dedos en busca del aroma de la loción con la que él se empapaba después de rasurarse.

–Extrañaba tu olor.

–¡Diana! –Markov salvó el trecho que los separaba y la abrazó. La tensión de ella, tan real y manifiesta como su propio cuerpo, inquietó a Markov. A riesgo de desatar sus demonios, la sujetó con suave firmeza–. Tranquila, Diana, tranquila. Soy yo, tu Sergei. Huéleme. Reconóceme como se reconocen los animales, por el olfato.

La Diana, con los ojos cerrados, pegó la nariz al rostro de Markov y la arrastró por su mandíbula; se puso de puntitas para olerle la frente, y se movió hacia abajo, hasta sentir el calor que el torrente sanguíneo le imprimía en el cuello y donde el aroma del *after shave* se intensificaba.

–Sí, eres tú.

—¿Quién? Dilo —le pidió, como en un ruego.

—Sergei.

—¿Tu Sergei?

—Mi Sergei.

La excitación lo aturdía; le zumbaban los oídos y le temblaba el pulso. Lo sorprendía el dominio que se imponía para no tumbarla sobre el sillón y penetrarla. En una maniobra sensata, la apartó con la excusa de estudiarla. A veces, de noche, antes de irse a dormir, lo atormentaba una memoria, la de la reacción de La Diana después de haber intentado besarla semanas atrás, cuando algo se rasgó dentro de ella y quedó atrapada en una dimensión de sufrimiento y de ultraje. No permitiría que su mujer atravesara por esa experiencia de nuevo.

—¡Estás tan hermosa! —exclamó, y la condujo al sillón—. ¿Te has maquillado?

—¿No te gusta?

—¡Me encanta!

—Yasmín me enseñó. Le pedí que me llevara de compras y que me enseñara a ser mujer. Para ti —aclaró, tras una pausa.

Markov la pegó de nuevo a su pecho y buscó la fuente del aroma exquisito, fresco y, a un tiempo, penetrante, que flotaba en torno a La Diana.

—Tu perfume… Está enloqueciéndome.

—A mí me gusta mucho también. Son flores. Puras flores.

La Diana estudió de nuevo al ruso. En los nervios del primer momento, no se había dado cuenta de que estaba delgado y desmejorado. Le pasó la punta del índice por las manchas oscuras que, como cenefas, le bordeaban los ojos. Lo miró y frunció el entrecejo a modo de pregunta.

—Sí, no estoy en forma, lo sé. Me pesqué la malaria en el Congo y estuve muy mal.

—¡Dios mío! —Markov amó la expresión aterrada de La Diana y el modo en que se cubrió la boca; le descubrió las uñas pintadas—. No sabía nada. Nadie me dijo nada. De haberlo sabido, habría ido a cuidarte.

—¿Sí? ¿Habrías ido a cuidarme?

—Sí, sí —contestó, más tímida, siempre conteniéndose para no ocasionar un cataclismo de pasión que él no lograra reprimir.

—Fui un tonto, entonces —se reprochó—. Le exigí a Ramsay que no te dijera nada para no preocuparte. De haber sabido que estabas dispuesta a correr en mi auxilio, le habría pedido que exagerara las cosas.

La hizo reír, y, de las cosas nuevas que La Diana había conquistado, reírse era de las que más le gustaban.

—Te amo, Diana.

La Diana comenzó a sollozar. En un principio, Markov no se dio cuenta porque lo confundió la risa. Además, ella le negaba la mirada. Cuando una lágrima cayó sobre su mano, la obligó a levantar el rostro.

—No llores, por favor.

—No te merezco.

—Diana, no importa si nos merecemos. Sólo quiero estar contigo. Soy feliz a tu lado. Ni por un minuto, mientras me mantengo alejado de ti, dejo de pensarte.

—Yo tampoco. Todo el tiempo estás en mi cabeza. A veces creo que me volveré loca. El doctor Brieger dice que, hasta que no supere mi fobia, tú te convertirás en mi obsesión.

—Así me gusta —acotó él, risueño—. Quiero ser tu única obsesión.

—Quiero que me beses. —El pedido de La Diana lo tomó por sorpresa y no supo qué decir—. Entiendo tu confusión. La última vez que lo hiciste, me comporté como una psicótica.

Markov le encerró el rostro entre las manos.

—Diana, no hay nada que desee más que besarte. Pero no quiero causarte un instante de sufrimiento.

—Quiero que me beses —declaró, menos decidida.

—Deberás prometerme algo. Mientras esté besándote, cerrarás los ojos y mantendrás el contacto conmigo a través de nuestros olores. El hilo que te atará a la realidad y que impedirá que vuelvas a aquella otra será el del olfato, el del aroma de mi piel y el de tu piel. ¿Está claro?

Posó los labios sobre los de La Diana y siseó para calmarla. Depositó besos diminutos en la cara de ella, que estaba fría; mientras tanto, se las arreglaba para contarle de la primera vez que la había visto, de la impresión que le había causado, y aderezaba sus relatos con salidas ocurrentes que la hacían reír. Cada tanto, le preguntaba: «¿Me hueles?» o le decía: «Aquí estoy. Di mi nombre», y ella, obediente, susurraba: «Sergei». Fue La Diana quien marcó la necesidad de pasar a una instancia más audaz. Se movió en el sillón, acercó el torso hasta amoldarlo al de Markov y presionó su boca contra la de él, que, luego de un segundo de incertidumbre, la abrió para atrapar los labios de ella.

—¿Estás aquí conmigo? —le habló sin apartarse, golpeándola con su aliento que olía a la menta de la pasta de dientes y que se mezcló con el del *after shave* y el del *Fleurs d'Orlane*.

—Sí, aquí estoy. Contigo.

—Te deseo tanto. —La penetró con la lengua y se mantuvo quieto esperando el rechazo. Percibió el alboroto de las manos de La Diana sobre sus hombros, que no atinaban a empujarlo, tampoco a atraerlo—. ¿Te gusta? ¿Te gusta tener mi lengua en tu boca? Quiero que me lamas los labios con la tuya. Vamos, no te avergüences. Este momento es sólo nuestro. Mientras nos guste a los dos, no debemos explicaciones a nadie. —Calló de repente cuando la lengua de La Diana le recorrió el labio inferior de comisura a comisura. Le gustó que no hubiera entumecido la lengua; la había sentido esponjosa—. Dios mío, Diana. Hazlo otra vez. —Ella soltó una risita aniñada y lo complació, esta vez, en el labio superior—. Chúpame.

Las lenguas terminaron entrelazándose en el exterior. Jugaron, se tocaron con timidez, después con osadía, se lamieron mutuamente, se escondieron, se buscaron, hasta que la excitación, espesa y caliente, obligó a Markov a tumbar a La Diana en el sillón, donde le devoró los labios y le introdujo la lengua sin jueguitos ni consideraciones. La Diana, atrapada bajo el peso del ruso, vivió un instante de pánico que la privó del aliento. Para oler, necesitaba respirar, así que se obligó a inspirar e imaginó que los pulmones se le inflaban. Evocó las palabras de Al-Saud cuando le enseñaba *Krav Magá*: «*¡Vuelve aquí! ¡Deja de pensar en Rogatica! ¡Respira! Diana, respira. Te cansas si no lo haces como te indiqué*». Al colmarla, los aromas familiares anularon los otros asociados al terror —vodka, humo y sudor— y la ataron de nuevo a la realidad. «Disfruta, Diana», se ordenó, y lo penetró con su lengua. Markov gimió de placer, y a La Diana la asombró el orgullo y la alegría que ese sonido le produjo. «¡Estoy besándolo! ¡Está besándome!» No existían las palabras para describir la sensación de triunfo y de excitación.

La mano de Markov trepó por la cintura de La Diana hasta detenerse sobre un pecho. La muchacha lo detuvo. El beso acababa de terminar. La Diana le sonrió tan ufana y satisfecha, que la insatisfacción de él se evaporó.

—Diana, si éste ha sido tu primer beso —bromeó Markov—, me excito al pensar cómo lo harás cuando adquieras práctica.

—¿De veras estuve bien? —El gesto de beatitud de Sergei le provocó una carcajada—. Quiero que el lunes me acompañes a la sesión con el doctor Brieger. Él quiere conocerte.

Markov asintió y dijo:

—¡Salgamos a celebrar nuestro primer beso!

A La Diana le dio alegría subir otra vez al viejo Mercedes Benz de Markov y pasear con él como si fueran una pareja normal. Cenaron en un restaurante de la calle Marbeuf, donde Markov le entregó la bolsita.

—Te lo compré en el *duty free* de De Gaulle. —La Diana sacó una cajita de plástico roja, en cuya tapa decía, en letras plateadas, Swarovski. Abrió la caja. Había un par de aretes de cristal azulino, tallados como diamantes, que colgaban de una cadena muy delgada de rodio de unos cuatro centímetros de largo–. Los vi y me imaginé que harían juego con el color de tus ojos.

—Sergei, es lo más hermoso que me han regalado en la vida. —La risa incrédula de él la indujo a insistir–: En serio, Sergei, es la primera vez que me regalan algo tan valioso y fino. Nosotros éramos muy pobres.

—No pienses en eso. Póntelos, quiero ver cómo te quedan.

Ella lo complació. Se recogió el pelo y agitó apenas la cabeza; le gustó la sensación del roce de las piedras en el cuello. Markov, que rara vez apreciaba los detalles en las mujeres, más bien las evaluaba en conjunto, se sorprendió de la luz que el cristal captaba y del modo en que reverberaba sobre la piel blanca y los ojos celestes de La Diana.

—Tú eres lo más hermoso que he visto en la vida —manifestó, sin pensar, y después se sintió cursi.

—Me siento hermosa cuando estoy contigo —se atrevió a confesar ella.

—¿Qué es eso que tienes en el cuello? No te lo había visto antes.

La Diana, una agnóstica confesa, cerró el puño en torno a la Medalla Milagrosa que había comprado en el convento de la calle du Bac y hecho bendecir por un sacerdote. Se había tratado de un impulso. Pocos días atrás, después de entregar la custodia de la señora Arafat a su compañero, se dedicó a pasear sin rumbo. Como estaba deprimida, no quería volver a su departamento. Se le ocurrió visitar a Leila y desistió casi de inmediato; la felicidad de su hermana, que se lo pasaba con Ramsay, no le provocaba envidia sino que la fastidiaba porque ponía de manifiesto su vida miserable. Deambuló por las calles y se detuvo a la entrada del convento de la Compañía de las Hijas de la Caridad, donde su hermano Sándor casi había muerto meses atrás. Recordó la historia de la Medalla Milagrosa, y cómo le había salvado la vida a Eliah durante el asalto a la sede de la OPEP. Sorteó a los numerosos turistas y peregrinos y entró en el negocio donde vendían los artículos religiosos. Compró una medalla de plata, de unos tres centímetros de largo y dos de ancho, y una cadena.

—Si quiere —le había ofrecido la religiosa que atendía el negocio—, puede hacerla bendecir. El padre Lambert lo hará cuando termine la misa.

Se quedó en el umbral de la capilla que tantas imágenes horrendas le evocaba hasta que la paz del lugar, acentuada por la voz monótona del sacerdote, y el aroma a incienso la sedaron y borraron las escenas de tiros, gritos y tensión. Había poca gente oyendo misa. Cuando se pusieron de rodillas para la consagración, La Diana los imitó. Elevó la vista y la clavó en la imagen de la Virgen. Al meditarlo después, en su casa, se convenció de que la voz que había hablado no nació en ella. En realidad, la voz había hablado *por* ella, atándola a una promesa que, paradójicamente, no le costaría cumplir. La voz dijo: «*Cúrame, María. Permíteme ser feliz con Sergei Markov como cualquier mujer lo sería junto al hombre que ama, y yo te prometo que concederé el perdón a los serbios que me causaron este daño tan grande».* No se puso de pie cuando los demás lo hicieron. Permaneció de rodillas, llorando con la frente sobre el reclinatorio, y no advirtió que la misa terminaba y que la capilla se vaciaba. Reaccionó cuando el padre Lambert le tocó el hombro y le preguntó si necesitaba algo.

—Sí, padre —se apresuró a contestar—. Quiero que bendiga mi medalla.

—Bendeciré tu medalla y te bendeciré a ti.

Salió renovada del convento de la calle du Bac, como si un agua milagrosa le hubiera lavado el alma y el corazón.

Markov seguía contemplándola con una mirada inquisidora; esperaba una explicación.

—¿Tienes otro admirador que te hace regalos? —preguntó, medio en broma, medio en serio.

—¡Claro que no! Esta medalla la compré yo. Es la que le salvó la vida a Eliah en Viena.

—Tú no eres del tipo religioso —le recordó Markov.

—Lo sé. Se trató de un impulso. No tiene nada de malo.

—Por supuesto que no.

Esa noche, mientras Markov dormía en su cama tras haber compartido otro beso apasionado y haberlo disfrutado, La Diana se sentó frente a la computadora, se conectó a Internet y le escribió un mensaje a Matilde. Nadie como ella para comprender la magnitud del progreso que había conquistado. *«Todavía no he dado el paso final. Pero voy a lograrlo, como lo hiciste tú, Matilde. Lo que acabo de lograr y el amor de Markov me dan fuerza.»*

∴ ఞ ∾

Tras el éxito de la operación para hacerse de la torta amarilla saudí, Rauf Al-Abiyia condujo el *Sirian Star* por el río Shatt al-Arab hasta el puerto iraquí de Umm Qasr, en el cual recaló hacia fines de octubre después de sortear a los barcos de la Marina norteamericana que atestaban el Golfo Pérsico. Al enterarse de la llegada de las doscientas toneladas de óxido de uranio, Saddam Hussein y su entorno quedaron impresionados y muy complacidos, y el Príncipe de Marbella recuperó la admiración del *rais* perdida tras la defección de Mohamed Abú Yihad.

De un solo golpe, les proporcionó combustible nuclear para alimentar las treinta centrifugadoras cuya construcción estaba prácticamente finalizada y para rellenar los cientos de ojivas nucleares de una capacidad destructiva similar a la de la bomba arrojada sobre Hiroshima. Cierto que había existido una demora como consecuencia del ataque porfírico sufrido por el profesor Orville Wright, pero sus asistentes lo habían cubierto, con resultados óptimos. El *sayid rais* manifestó estar orgulloso de su gente.

Después de la gesta del uranio, como Rauf Al-Abiyia llamaba en la intimidad a la operación, le comentó a Fauzi Dahlan que necesitaba vacaciones, las cuales le fueron concedidas. Tal como había soñado, Al-Abiyia se lo pasó en su yate en Marbella, durmiendo, comiendo y teniendo sexo, un desliz que el Corán prohibía y que él creía merecer después de haber dado tanto a la causa árabe. Regresó a Bagdad, sitio en el que jamás habría vuelto a poner pie si no hubiese sabido que, día y noche, los hombres de Dahlan lo vigilaban.

—*Salaam, Rauf!* —lo saludó Dahlan, y se dieron un abrazo—. Te ves espléndido. Veo que has descansado.

—Sí, he descansado.

—¿Listo para volver a prestar servicios al *rais*? —La sonrisa de Rauf escondió la contrariedad que esas palabras le ocasionaron—. Queremos que encuentres a Mohamed Abú Yihad y que lo traigas aquí. Tiene que rendirnos cuentas por su traición y por el robo de nuestro dinero.

Al-Abiyia asintió, con expresión inmutable, a pesar de la decisión que había tomado; no se acobardaría ni se echaría atrás. Durante sus vacaciones, se había azorado cuando el oficial de cuenta del Bank Pasche en Liechtenstein, con el cual él y Abú Yihad operaban, le confirmó que habían ingresado dos millones y medio de dólares, sin duda, el dinero robado por su socio, quien, tal vez movido por la culpa, lo devolvía. De inmediato, sin destinar un instante al remordimiento, Al-Abiyia lo transfirió a su cuenta personal en una entidad financiera de la Isla de Man, en el Mar de Irlanda. Se los había ganado con creces durante los meses de tortura a manos de los verdugos de Dahlan debido a la traición de su hermano Abú Yihad.

—Por otra parte —añadió Fauzi—, Mohamed sabe demasiado. En realidad —dijo, y su semblante empezó a ensombrecerse—, lo sabe todo acerca del proyecto nuclear. No puede andar por ahí, suelto, sin control. Podría caer en manos de la CIA. No quiero ni pensarlo. Encuéntralo y tráelo a Bagdad.

Rauf asintió y calló. Encontraría a Abú Yihad, lo entregaría al carnicero de Bagdad y que Alá se apiadara de él.

Donatien Chuquet no acertaba a definir si la afición que el hijo mayor de Saddam Hussein, Uday, experimentaba súbitamente por él le convenía o si se le volvería en contra. No necesitaba un título en psicología para entrever el carácter psicópata del joven heredero a la silla presidencial. Sus alumnos, los pilotos, en un acto de arrojo, tal vez de rebeldía y de hartazgo, le habían referido anécdotas inverosímiles protagonizadas por Uday, en las que no faltaban asesinatos con armas estrafalarias, como un cuchillo eléctrico o un bate de beisbol, y abusos sexuales. Lo cierto era que la amistad, hasta el momento, le había reportado beneficios porque, gracias a la intervención poco diplomática de Uday Hussein, Fauzi Dahlan, un verdadero dolor de cabeza, lo había autorizado a viajar a Bagdad en dos ocasiones y abandonar por unos días Base Cero. Con el paso del tiempo, Chuquet se convencía de que, si fomentaba la amistad con el primogénito, éste se convertiría en un salvoconducto para abandonar con vida ese hueco infernal. El instinto le marcaba que los iraquíes no le perdonarían conocer el lugar secreto.

Durante sus estadías en la capital iraquí, no pudo quitarse los lentes de sol a riesgo de dañarse la retina. No le importó. Uday lo condujo a su despacho y le permitió hacer varias llamadas desde un teléfono de línea segura, la primera a su oficial de cuenta en el Atlantic Security Bank de la Isla Gran Caimán; después, llamó a sus hijos en París.

Se había ganado la admiración de Uday simplemente por ser piloto de guerra y por sus conocimientos en materia de aviones cazas, bombarderos y polivalentes. El muchacho sabía poco a pesar de haber participado en el diseño de la estrategia militar iraquí durante la Guerra del Golfo; al menos, eso aseguraba él.

—¿Cuándo decidirás cuáles son los dos pilotos elegidos para la misión? —lo presionó en el viaje de regreso a Base Cero.

—¿Hay prisa? Entiendo que todavía no han conseguido los aviones.

—Sí, es verdad —se apesadumbró Uday—. Se está convirtiendo en una pesadilla conseguir dos aviones. Ahora estamos intentando comprarlos usando nuestros contactos con funcionarios de otros países que, por una comisión, venderían cualquier cosa.

En su segunda visita a Bagdad, Uday le prestó la línea segura para llamar de nuevo a su familia. También telefoneó a su amigo, Normand Babineaux, porque lo rondaba una idea que ya había decidido guardar como un as para usarlo a su conveniencia; tal vez, pensó, se tratara de otro salvoconducto.

—*Allô, Normand! C'est moi, Chuquet.*

—¡Ah, Donatien! ¿Cómo estás?

—Te llamo para avisarte que acabo de transferir a tu cuenta los cincuenta mil francos que te debía.

—¡Oh! Pues… Gracias.

La noticia de la devolución del dinero alegró a Babineaux, por eso, cuando Chuquet le preguntó acerca del Sukhoi de propiedad del príncipe Turki Al-Faisal, se mostró predispuesto a satisfacer su curiosidad. Cortó la llamada, y Chuquet sabía dónde estacionaban al caza ruso, en qué hangar, con qué medidas de seguridad lo protegían, en qué estado se encontraba, cuántas veces Al-Saud lo había piloteado y si se había vuelto a casar, a lo que Babineaux, un poco desconcertado, contestó que no, si bien, aclaró, Lorian Paloméro, hermano del piloto del Gulfstream V de Al-Saud, aseguraba que estaba muy enamorado de una muchacha argentina llamada Matilde.

La amistad con Uday Hussein se constituyó en una fuente de información secreta que, a decir verdad, Chuquet habría preferido no conocer. Por ejemplo, Uday lo invitó a recorrer, con una soltura insensata y pasmosa, la zona de Base Cero vedada para él, la sección donde trabajaba el cejudo, cuyo nombre también terminó por saber: Orville Wright, un genio de la física nuclear y del diseño de armas.

La revelación de lo que se gestaba en esa área de la base subterránea le puso la mente en blanco y, por primera vez, el mantra «cuatro millones de dólares» no sirvió para ahuyentar el miedo. En ese instante comprendió la magnitud de la misión que llevarían a cabo los pilotos: no sólo ingresarían en el espacio aéreo saudí e israelí, sino que arrojarían bombas atómicas sobre ciudades importantes.

~: ✆ :~

Después de un mes y diez días en la Franja de Gaza, Matilde hizo un balance y concluyó que, al igual que le había sucedido en el Congo, se había enamorado del lugar y de su gente, más allá de que la luz se fuera cada dos por tres, de que el agua supiera a agua de mar y fuera escasa, de que el teléfono funcionara cuando se le diera la gana, de que masticara arena los días de viento y de que el trabajo se volviera cada vez más difícil por falta de suministros como consecuencia de los cierres de los cruces fronterizos. No amaba Gaza porque fuera una ciudad bella, porque no lo era: sus calles tenían baches en los que, al decir de los gazatíes, uno podía quedarse a vivir; sus banquetas tenían las baldosas levantadas; en sus construcciones, la mayoría de baja calidad, todavía se apreciaban las secuelas de la guerra (mampostería picada, pintura saltada, persianas con huecos, vidrios cruzados con cinta canela, incluso ruinas); y, sobre todo, se trataba de una ciudad pobre en la cual más del setenta por ciento de la población económicamente activa carecía de un empleo y vivía de los subsidios de la UNRWA.

Esa tarde del miércoles 25 de noviembre, como el Silencioso quería mostrarle el mítico campo de refugiados de Jabalia, al norte de la Franja de Gaza, no tendrían clase de árabe. Matilde e Intissar, que se quedaría a cuidar a Amina —Zeila, la niñera, estaba enferma—, caminaban a paso presuroso por las calles del Rimal.

—Antes —le explicaba Intissar—, en los días felices en que podíamos ir a trabajar a Israel, todo era más fácil y aquí se vivía otro ambiente. Los hombres volvían a casa después de haberse cansado trabajando, sabiendo que cobrarían un sueldo para mantener a sus familias.

—¿Ahora no pueden?

—Es casi imposible conseguir un permiso de empleo en Israel. Muchos cruzan la frontera por pasos clandestinos y se ofrecen para trabajar ilegalmente, pero si los pescan, los meten presos. El riesgo es muy grande.

—Como siempre —conjeturó Matilde—, los permisos no se conceden y los *checkpoints* se cierran a causa de los ataques terroristas, ¿verdad? —Intissar asintió—. No están logrando mucho con esos ataques.

—La verdad es que no —acordó la enfermera palestina—. A veces pienso que los llevan a cabo no como parte de una estrategia meditada y bien trazada sino como simples actos para desahogar la rabia que los consume. Lo mismo cuando bombardean las ciudades israelíes que están cerca de la Franja de Gaza.

—¿Ah, sí? ¿Las bombardean?

—Sí, con unos cohetes de fabricación casera. Los llaman Qassam porque los construyen y los lanzan los de las Brigadas Ezzedin al-Qassam. Sobre todo, los lanzan desde el límite norte de la Franja de Gaza.

—El hermano del Silencioso —musitó Matilde.

—Sí, su hermano. Se dice que están peleados a muerte. Como el Silencioso lucha por un Estado binacional y está en contra de los actos de violencia...

—¿No tiene miedo de que lo maten? Lo intentaron en París, a principios de año.

—¡Sí! ¡Qué momento de tensión se vivió aquí! Estábamos muy preocupados hasta que la prensa aseguró que había salido ileso. —Intissar pareció evadirse en otros pensamientos y, al cabo, reanudó el tema de los cohetes Qassam—. Ashkelon y Sderot, dos ciudades israelíes ubicadas al norte de Gaza, son los destinos favoritos de los cohetes. ¿Sabías que han muerto muchos niños israelíes a causa de ellos? —Matilde negó con la cabeza, sin levantar la vista–. Me avergüenzo de lo que hacen los de Hamás. Mi hermano, que durante unos meses tuvo suerte de conseguir trabajo en Sderot, me contó que en las calles hay refugios anticohetes. Tienen quince segundos para entrar en ellos y cubrirse antes de que el cohete caiga sobre la ciudad.

–¿Por qué quince segundos?

–Es el tiempo con que cuentan entre que los radares del *Tsahal* descubren que el cohete se aproxima y el impacto. ¡Maldito Hamás! –masculló, con el rostro encarnado–. Contigo me desahogo hablando de estas cosas, porque no puedo hacerlo con nadie más. Es tabú hablar mal de ellos. Y peligroso.

El Silencioso no había llegado, y Amina estaba a cargo de una vecina, que se marchó a su casa cuando Intissar le aseguró que se ocuparía de cuidarla. La niña pidió ir al baño e Intissar la acompañó. Matilde se quedó sola en la sala y, como siempre, la fotografía de Eliah cuando tenía dieciséis años –el Silencioso le había confirmado la edad– la atrajo con una fuerza magnética a la que no podía ni quería resistirse. Le acarició la mandíbula con la punta del índice y descendió por su cuerpo delgado hasta acabar en el marco inferior.

–Las mujeres lo encuentran irresistible, ¿verdad?

Se sobresaltó y giró. El Silencioso la contemplaba con ojos chispeantes y una media sonrisa. Acababa de llegar, aún cargaba las carpetas y los libros bajo el brazo y tenía las llaves del automóvil en la mano.

–Ahora comprendo que, en realidad, te llaman el Silencioso porque te mueves como un gato.

Un mutismo intencionado cayó sobre Sabir. Matilde no apartó la mirada cuando le habló.

–Eliah y yo éramos novios.

–Lo sé. –Ante la sorpresa que invadió la cara de Matilde, el Silencioso le explicó–: Shiloah me lo dijo.

La ilusión de que, en realidad, Eliah se lo hubiera contado se desvaneció. Al Silencioso lo sorprendió la mutación instantánea que se operó en los ojos de Matilde, que de una tonalidad similar a la de la plata bruñida se tornaron como de un azogue mate.

–Sí, éramos novios –repitió, y se sintió como una estúpida usando la palabra «novios». Juana le habría reprochado que era anticuada. Debería haber dicho «pareja», pues eso habían sido, mucho más que novios. Sin embargo, no lo hizo y caviló que se habría avergonzado al pronunciarla.

–Entiendo que eran mucho más que novios.

Matilde se quedó mirándolo, con las cejas enarcadas, preguntándose si, tal vez, ese hombre poseía atributos extrasensoriales. De un tiempo a esta parte, lo creía capaz de cualquier prodigio. No se demoró en ese pensamiento sino en su incapacidad para pronunciar «pareja», y se empecinó en descubrir por qué. Una voz en su mente la juzgó con dureza al contestar: «Porque nunca fuiste en verdad su mujer. Porque nunca te entregaste como una mujer se entrega a su hombre. Siempre reservaste un espacio oscuro, silencioso y, sobre todo, secreto, para alejarte y lamerte las heridas. Para autocompadecerte, como hacen los cobardes».

—Tu esposa era muy bonita, Sabir —dijo, para desviar el tema, y señaló una de las tantas fotografías.

—Sí, Maira era mi vida. Sufrió a mi lado, y eso me atormenta —comentó, tras un silencio.

—Estoy segura de que te amaba.

—Sí, me amaba, pero sufrió por mi causa, en especial durante mis años en Ansar Tres. En prisión —aclaró, y Matilde bajó la vista; nadie mejor que ella conocía la profundidad del sufrimiento cuando un ser querido estaba tras las rejas.

—¿Maira iba a visitarte?

—Tanto como se lo permitían. Y cuando iba, sólo verla me resultaba suficiente para encontrarle sentido a la vida. Uno de los guardias, un hombre en extremo humano y bondadoso con el cual nos hicimos muy amigos, nos permitía estar juntos. Una concesión que podría haberle costado el puesto, y que a nosotros nos dio a Amina.

—¿Concibieron a Amina en prisión?

Al-Muzara sonrió y asintió.

—Cuando Maira anunció que estaba embarazada, su padre casi la echa a la calle porque pensó que me había sido infiel. Tuve que escribirle una carta y explicarle.

—Me habría gustado conocer a Maira.

—Se habrían llevado magníficamente bien, ustedes dos. Maira era tan dulce. —Calló de pronto y bajó la mirada—. Apenas si pudimos ser felices. Murió semanas después de que yo obtuviera mi libertad.

—¡Oh, no! ¿Qué ocurrió?

—Un estúpido accidente de tránsito. La arrolló una camioneta.

—¡Hola, Sabir! —Intissar irrumpió en la sala con Amina.

—¡Hola, papi!

—Hola, Intissar. Hola, tesoro.

Se apresuraron a partir hacia el campo de refugiados de Jabalia. Amina e Intissar decidieron acompañarlos. En esa época de otoño, a finales de noviembre, los días se acortaban y la noche caía de repente. No obstante, al entrar en el campo de refugiados, lo encontraron despierto, lleno de vida y, por fortuna, iluminado. Estacionaron el automóvil a la entrada para moverse a pie por las callejas angostas, algunas asfaltadas, la mayoría de tierra.

Matilde comprobó que un campo de refugiados palestinos no se parecía en nada a uno del Congo, salvo en el exceso de población y en los malos olores. En realidad, un campo de refugiados en Gaza era similar a una villa miseria argentina. Sucedía que los campos de los palestinos contaban con cincuenta años de existencia y, a lo largo de ese tiempo, habían ido adquiriendo la fisonomía de una ciudad decrépita; los del Congo no tenían más de cuatro y aún conservaban la fisonomía de campamento.

El Silencioso le explicó que, en la Franja de Gaza, había ocho campos de refugiados: Al-Shatti, Al-Bureij, Jabalia (el más grande), Khan Yunis, Deir Al-Balah, el más pequeño, Meghazi, Nuseirat y Rafah. Si bien las casas, levantadas con fondos de la UNRWA, eran de material, se las veía de baja calidad y precarias, con techos de chapa cubiertos por ladrillos y estructuras metálicas que impedían que se volaran. Una familia promedio tenía diez miembros, que se acomodaban en una habitación de veinte metros cuadrados. Los olores no resultaban agradables, y el Silencioso le explicó que el sistema cloacal era viejo, malo y que estaba colapsado.

—Desde el 67, cuando los israelíes tomaron la Franja de Gaza, se ha invertido poco, por no decir nada, en la infraestructura de Gaza. Tampoco lo hicieron los egipcios entre el 48 y el 67. Los egipcios fueron tan malos gobernantes como los israelíes. Ahora —prosiguió el Silencioso—, la Autoridad Nacional Palestina se enfrenta a una región decrépita y con escasos fondos para repararla.

—La mayoría de los fondos —opinó Intissar, y empleó el timbre de voz al que echaba mano cuando estaba enojada— se usa para pagar a la policía y a Fuerza 17, para que vengan a vigilarnos y a maltratarnos. Casi nada va a parar a las escuelas ni a los hospitales. Menos aún a la infraestructura.

—También hay mucha corrupción —agregó el Silencioso—. Shiloah Moses ha encarado un proyecto para crear una planta desalinizadora aquí, en la Franja de Gaza. Una planta desalinizadora convierte en agua dulce la del mar. Está recolectando fondos para iniciar los trabajos. Por supuesto, él donará mucho de su fortuna personal. Lo mismo el gobierno saudí, que, parece ser, financiará la mayor parte.

Como tenían hambre, pero no querían detener la caminata, el Silencioso compró sándwiches de *kebab* de cordero en un puesto callejero. Matilde comió el suyo sin demorarse en cavilar acerca de las condiciones higiénicas del puesto, como tampoco lo hacía cada vez que le compraba *falafel* a Abú Musa. La sorprendió: el sándwich de carne asada era exquisito. Para beber, compraron jugo de algarroba a un vendedor ataviado con fez púrpura y fucsia, y chilaba a tono, que cargaba una pipa de bronce al hombro, similar a un gran narguile, con pico por el que se vertía el jugo a un vaso desechable cuando el hombre inclinaba el torso. El vendedor le daba una nota de color al ambiente gris y triste del campo de refugiados.

—Estos vendedores de jugo de algarroba están vestidos con los trajes típicos de Gaza.

—Es muy sabroso. Y está fresco.

Los niños de la escuela Al-Faluja, donde el Silencioso daba clases, lo reconocieron y se acercaron a saludarlo. Lo siguieron a través del recorrido, hablando al unísono y adelantándose para estudiar sin prudencia a Matilde, cuyas trenzas largas y rubias atraían la curiosidad. Amina intentaba cautivarlos, sin éxito.

Algunas callejas eran tan angostas que debían acomodarse a pares para caminar, y el cortejo que seguía al Silencioso se convertía en una larga fila, como cola de vestido de novia. Los adultos se daban cuenta de quién la encabezaba y lo detenían para saludarlo, felicitarlo por el premio Nobel y para asegurarle que coincidían con sus ideas de hermandad, paz y de un Estado binacional. Cenaron en una fonda donde el propietario se empecinó en invitarlos y no quiso oír hablar de que el Silencioso saldara la cuenta. El pequeño local se abarrotó de gente; mucha quedó fuera, espiando e intentando cazar los comentarios del Silencioso, para repetírselos a los más alejados; aunque, en honor a la verdad, el Premio Nobel de Literatura 97 se dedicaba a escuchar, comer y asentir más que a hablar. Matilde, que no tenía hambre después del sándwich de *kebab*, comió igualmente porque se había percatado yendo a menudo a casa de sus vecinos, los Kafarna, de la naturaleza sensible de los palestinos con relación a la comida, que ellos ofrecían como un homenaje al huésped; si éste la rechazaba, ellos lo interpretaban como una afrenta. Así, su figura esmirriada iba cobrando forma. A ella le gustaba estudiar los cambios desnuda, frente al espejo, sobre todo el de sus asentaderas, las cuales, naturalmente mullidas y respingadas, iban adquiriendo un tamaño de proporciones alarmantes. «Ojalá pudieras ver a tu araña pollito, Eliah.»

En el camino de regreso a la ciudad de Gaza, con Amina dormida en sus brazos, Matilde meditaba acerca de lo que había visto y oído en el mítico campo de refugiados de Jabalia, donde había comenzado la *Intifada* en el 87.

—Sabir, ¿por qué apoyas la idea de un Estado binacional? ¿Por qué no la de dos Estados?

—Por los asentamientos de israelíes en los territorios ocupados. Tanto aquí, en la Franja de Gaza, como en Cisjordania, el gobierno de Tel Aviv cedió nuestras tierras a colonos israelíes, que se establecieron, las trabajaron y construyeron su vida en esos lugares. Ahora es imposible expulsarlos. Sería traumático para ellos y de nuevo nacerían el odio y el rencor. También el sufrimiento. Ya ha habido demasiado, para ellos y para nosotros.

Matilde avistó el primer asentamiento israelí al día siguiente. Su compañero Osama Somar, un cirujano general que admiraba la destreza de Matilde en el quirófano, la invitó a cenar a su casa ubicada al sur de la Franja, en la ciudad de Rafah. La carretera, bastante accidentada por los baches, no les permitía avanzar a gran velocidad, lo que brindaba a Matilde la oportunidad de admirar el paisaje que, a medida que se acercaban al sur, se llenaba de dunas. En un punto, Osama se detuvo, y Matilde llevó la vista hacia delante. Se dio cuenta de que estaban en la intersección de dos caminos y de que unos militares israelíes habían cortado el paso.

—¿Qué sucede?

—¿Ves aquella urbanización? —Matilde asintió—. Es el asentamiento de Katif. Los soldados nos obligan a frenar cada vez que un colono israelí saldrá del asentamiento. Esa ruta —dijo, y señaló el camino que se extendía hacia la derecha— es de uso exclusivo de los colonos y está custodiada por el *Tsahal*.

—Está en excelentes condiciones —se admiró Matilde.

—Ellos son ricos.

Matilde centró su atención en Katif. A pesar de encontrarse bastante alejada, apreciaba la calidad de las construcciones, todas casitas con techos de teja a dos aguas, que conformaban un espectáculo de belleza edilicia y orden inusual para la Franja. Un jeep conducido por militares salió del asentamiento y frenó junto a los soldados que detenían el tránsito, los que ejecutaron el saludo de rigor cuando un oficial de alto rango descendió del vehículo y se les aproximó. Matilde lo reconoció de inmediato: era Lior Bergman, el teniente coronel en comando de la Brigada Givati. El hombre caminó hacia el automóvil de Osama y se detuvo del lado de la ventanilla de Matilde, que se apresuró a bajar el vidrio. En una primera instancia, Lior Bergman se dirigió en árabe al conductor. Después, al desplazar la mirada, la vio. No hizo un misterio de su estupor.

—Buenas tardes, doctora Martínez —dijo en inglés, y se quitó la boina violeta.

A Matilde la sorprendió que recordase su apellido.

—Buenas tardes, teniente Bergman.

—¿Cómo está pasando sus días en Gaza?

—Muy bien —contestó—. Los gazatíes son excelentes anfitriones. —Bergman asintió con una sonrisa—. Le presento al doctor Osama Somar, que me ha invitado a conocer a su familia.

Los hombres se estrecharon la mano, situación que resultó incómoda, aun violenta, para ambos; Matilde lo percibió como si de un olor se tratara.

—Los israelíes también somos buenos anfitriones —retomó Bergman—. En este sentido, hemos heredado de nuestro patriarca Abraham la misma cualidad que nuestros primos, los árabes, la de la hospitalidad.

—No tengo duda.

Lior Bergman se incorporó, habló con severidad en hebreo y volvió a inclinarse en la ventanilla.

—Ya pueden seguir —dijo en inglés—. Les deseo la paz.

—Gracias —contestaron Osama y Matilde al unísono.

El doctor Somar encendió el automóvil y, tras conducir unos minutos en silencio, formuló la pregunta que Matilde esperaba:

—¿Conoces a ese oficial israelí?

—Es la segunda vez que lo veo. Me lo presentó el doctor Bondevik el día en que llegué. Lo encontramos en el cruce de Erez.

—Parece un buen hombre.

Matilde no pronunció comentarios y prefirió hablar sobre un niño a quien había intervenido por la mañana. La casa de los Somar, una propiedad enclavada en un amplio terreno, era antigua y de estampa sólida. Los recibieron los cinco hijos de Osama y su esposa, Um Amir, a quien Matilde sonsacó su verdadero nombre, ya que Um Amir es el que adoptan cuando nace el primogénito, siendo *um* madre en árabe. La mujer se llamaba Ghaada.

Antes de entrar, Osama se empecinó en mostrarle el huerto de árboles frutales; se ufanaba de sus higueras, limoneros, naranjos, de sus almendros y, sobre todo, de sus olivos; algunos habían sido plantados por sus antepasados más de trescientos años atrás. Matilde dedujo de esa información que los Somar formaban parte de los *muwatanín*, es decir, de los nativos de Gaza; de ahí que poseyera una casa de buen porte y un terreno enorme.

—Éste es un tipo de cactus, ¿verdad? —se interesó Matilde, que los había visto a lo largo del camino formando una espesa mata espinosa.

—Se llama sabra —contestó Ghaada—. Es típica de la región.

—A los israelíes nacidos en Israel los llaman sabra —acotó Osama.

Durante la cena, en la que Matilde engulló una buena porción de comida bajo el escrutinio de sus anfitriones, también se dedicó a estudiar el decorado. Como siempre, la Cúpula de la Roca ocupaba un sitio privilegiado. Vio una fotografía de Yasser Arafat, por lo que supuso que los Somar simpatizaban con Al-Fatah.

—Somar, ¿es cierto que las familias nativas de Gaza se sienten incómodas con los palestinos que llegaron en el 48?

Ghaada se cubrió la boca y rio con actitud ladina, como si disfrutara que hubieran hecho esa pregunta a su marido.

—Bueno... Verás... Se trató de una situación muy compleja para todos, para ellos, que estaban viviendo una situación traumática al abandonar sus posesiones, y para nosotros, que nos veíamos invadidos por una horda de gente que no tenía qué comer ni dónde dormir. ¿Sabes que la Franja de Gaza es una de las porciones del planeta más densamente pobladas? Eso, agravado por el hecho de que la infraestructura no acompañó jamás el crecimiento demográfico, ha hecho que la vida sea muy miserable, sobre todo para los refugiados, que cada día son más pobres.

—Yo soy hija de refugiados —anunció Ghaada con orgullo—. Mi familia es de Simsim. En su lugar, hoy está el Kibutz Gvaram. Recuerdo bien, querido esposo, que tus padres no estaban felices con que tú te hubieras fijado en una joven del campo de refugiados de Deir al-Balah. Ellos habían elegido para ti a una chica perteneciente a las viejas familias.

—Que no era tan hermosa como tú, por lo que nadie me habría convencido de abandonarte para casarme con ella. Ni siquiera mis padres.

~: ❀ :~

A Matilde le resultaba difícil de creer lo que escuchaba. Intissar oficiaba de traductora, mientras el padre de una paciente de cinco años le explicaba que, después de días de tramitaciones, había obtenido un permiso para viajar a Tel Aviv sólo para la niña; a él se lo habían negado, posiblemente porque había estado preso en Ansar Tres, una prisión israelí.

—¿Qué pretenden las autoridades israelíes? —se ofuscó Matilde—. ¿Que Minetar, de sólo cinco años, viaje sola a hacerse la resonancia magnética?

El padre, un viudo joven, la contemplaba con el fatalismo al que ella no acababa de acostumbrarse y que a veces la ponía nerviosa. Parecía un niño a la espera de la solución de un adulto.

—¡Oh, qué embrollo tan grande! —suspiró—. Yo iré con Minetar. Pediré autorización a mi jefe para ausentarme. De seguro, tendrá que firmar unos papeles, autorizándome.

—Sí, sí, no hay problema —se apresuró a manifestar el padre, y Matilde se quedó mirándolo, pensando en que, si bien en ese momento se mostraba contento con la solución, el día de la partida se angustiaría al no poder acompañar a su hijita y al verse obligado a ponerla en manos de una médica a la que había conocido dos semanas atrás cuando Minetar llegó al Hospital Al-Shifa con el semblante azulado y una apnea ostensible; le fallaba el corazón.

—Conseguí un turno en el Hospital Dana's Children para pasado mañana, para el viernes 4 de diciembre —anunció Matilde—. Iremos y volveremos en el día.

—Si es que a los del *Tsahal* no se les ocurre cerrar el paso de Erez —dijo Intissar.

Bondevik juzgó descabellada la idea de que Matilde acompañara a Minetar; se trataba de una responsabilidad demasiado riesgosa.

—Harald —dijo Matilde—, nosotros, los médicos de MQC, no nos enfrentamos a pacientes normales ni a situaciones normales, sino todo lo contrario. Sabes que necesitamos hacerle ese estudio a Minetar de manera urgente. Por ahora, la mantenemos estabilizada con drogas, pero no sabemos hasta cuándo resistirá su corazón. Tenemos que encontrar la causa de la falla.

—Si a su padre no le dan el permiso, ¿no podría pedirlo algún otro pariente, un amigo quizá?

—Primero, la familia de Minetar vive en Ramala. Su padre y ella están solos en Gaza. Segundo, tú sabes mejor que nadie los días que perderíamos mientras un amigo o un vecino solicitara el permiso. Podría ser demasiado tarde.

A regañadientes, Bondevik, luego de hablar con el director del Hospital Al-Shifa, le concedió la autorización. Un enfermero de origen japonés, del equipo de Manos Que Curan, la acompañaría. Su nombre era Satoshi. Si bien el chofer de la ambulancia era palestino, contaba con un permiso para abandonar la Franja de Gaza otorgado gracias a los auspicios del organismo humanitario. El vehículo era blanco, con el logotipo rojo de las manos en forma de palomas.

Se pusieron en marcha a las siete de la mañana y tomaron por la carretera Salah Al-Din, que los condujo directamente hasta el puesto de control de Erez. La cola de automóviles era considerable, a pesar de que se trataba del día festivo para los musulmanes, el viernes. Matilde, ubicada en la parte trasera de la ambulancia, controlaba los signos vitales de Minetar, que se mantenía tranquila gracias a un sedante. Apartó la cortinilla de la ventana para echar un vistazo al exterior. Observó que estaban cerca de las casillas de control. A un costado, descubrió a varios hombres, alineados, de rodillas y con las manos a la espalda; no parecían maniatados.

—¿Qué sucede, Ismail? —le preguntó en inglés al chofer—. ¿Por qué esos hombres están alineados y de rodillas?

—Deben de haber intentado ingresar en Israel clandestinamente, por las dunas, y los atraparon. Aquélla, la azul, debe de ser la camioneta que los transportaba. O tal vez les encontraron explosivos o armas.

Matilde se concentró en la línea de hombres vigilada por dos soldados ubicados en los extremos. Uno de ellos gesticulaba con la mano en la que sostenía un cigarro y reía burlonamente; resultaba claro que estaba burlándose de los detenidos. Le propinó un golpe en la nariz al que tenía más cerca. El hombre alejó la cara y se mantuvo sereno. El soldado se ubicó tras el prisionero, quedando de espaldas a Matilde, arrojó el cigarro y movió los brazos en el acto de abrirse el pantalón. Matilde ahogó un grito al tiempo que Ismail soltaba un insulto en árabe cuando el chorro de orina del soldado tocó la nuca del palestino.

Matilde apoyó la mano abierta sobre el vidrio en el gesto de detener al muchacho que, de rodillas junto al que estaba siendo humillado, extrajo un cuchillo oculto en la parte trasera del pantalón y lo clavó en la pierna del soldado que orinaba, el cual soltó un alarido y, con el pene afuera, se quedó observando el sitio donde lo habían herido. El otro soldado reaccionó propinando un culatazo de fusil en la frente del atacante, que cayó inconsciente.

Matilde supo, por la rapidez con que el pantalón del soldado se cubría de una mancha oscura y brillante, que le habían seccionado la arteria femoral. Si no detenía la hemorragia en los próximos segundos, el muchacho se desangraría.

—Ismail, quédate en la ambulancia con la niña. Por ningún motivo la dejes sola. Satoshi, ven conmigo. Trae el maletín.

Saltaron del vehículo y corrieron al sector donde la gente se aglomeraba en torno al soldado, que se había recostado sobre el pavimento, de pronto debilitado. Satoshi y Matilde apartaron con codazos y gritos a los que impedían acceder al herido. Al reconocer sus uniformes blancos con el logotipo de Manos Que Curan, les dieron espacio. Matilde se enfundó unos guantes de látex antes de servirse del cuchillo del soldado para rasgarle el pantalón. Satoshi le entregó una compresa para que retirara la sangre. Sin duda, por el color y la calidad, provenía de la femoral. Manaba a un ritmo constante, de acuerdo con las pulsaciones del muchacho. Hizo lo único que podía hacer en esas condiciones precarias: se elevó sobre sus rodillas, estiró los brazos y aplicó presión directa con varias compresas estériles. Satoshi, sin que Matilde se lo indicara, ya le había colocado una máscara para oxigenarlo.

—Satoshi, canalízale dos venas. Utiliza catéteres Insyte catorce o dieciséis y suminístrale cristaloides líquidos. ¡Alguien que traiga una o dos mantas, por favor! —pidió a la multitud en inglés, con el afán de evitar la hipotermia.

Matilde levantó la vista al ver que dos cobijas caían sobre el torso del soldado. El propio teniente coronel Bergman estaba colocándoselas. Sus miradas se cruzaron.

—Una ambulancia está en camino. Lo llevaremos al hospital de Sderot.

—Es probable que el corte le haya seccionado la femoral.

—¿Está cansada? ¿Quiere que yo siga presionando?

Matilde sacudió la cabeza. Habría aceptado de buena gana; tenía los brazos entumecidos, le dolían las rodillas y le temblaban las piernas. Pero decidió no arriesgarse: retirar la presión, aunque fuera por unos segundos, podía ser fatal. Suspiró, aliviada, cuando oyó la sirena y el chirrido del frenado. Los paramédicos actuaron con diligencia, mientras escuchaban el reporte de Satoshi. Uno tomó el lugar de Matilde e hizo presión sobre la pierna del soldado antes de que lo acomodaran en una camilla. Lo subieron al vehículo y, en pocos minutos, cruzaron el puesto de control hacia Erez.

Matilde se quitó los guantes con un suspiro y los colocó dentro de una bolsita que le entregó el enfermero japonés, que luego desecharía en un cesto para desechos médicos. Sentía la presencia de Bergman detrás de ella. Se movió hacia sus cosas y volvió a ponerse otro par de guantes. Se acercó al palestino que había recibido el culatazo, quien había recuperado la conciencia, pero permanecía recostado. Le sonrió y le mostró la linterna plateada. Le separó los párpados y colocó y retiró el halo de luz para estudiar el reflejo de la pupila. Era normal. Le revisó la contusión en la frente. Tenía un hematoma, y el hueso comenzaba a inflamarse.

—Traduzca, teniente, por favor. No hablo árabe.

—Sí, sí —contestó el militar, solícito.

—¿Cuántos dedos ve? —Matilde le mostró el índice y el mayor.

—Dos —contestó el hombre.

—¿Cuál es su nombre?

El muchacho respondió con seguridad. Matilde lo ayudó a incorporarse y le advirtió que podría experimentar mareos y náuseas.

—Es necesario hacerle una radiografía y mantenerlo en observación por unas horas —le indicó a Bergman—. El golpe fue brutal.

—Llamaré al Hospital Al-Shifa para que envíen una ambulancia.

Matilde se quitó los guantes, los introdujo dentro de la misma bolsita y regresó para juntar sus cosas. Satoshi e Ismail la aguardaban en la ambulancia para cruzar el puesto de control.

—Gracias, doctora Martínez. Sé que le ha salvado la vida a mi soldado.

—Su soldado se bajó los pantalones y orinó en la nuca de ese hombre. Le pido, por favor, que le permita higienizarse.

Bergman vociferó órdenes en hebreo y dos subalternos condujeron al palestino con orina en la espalda al interior del puesto de control.

—Gracias —insistió.

—He cumplido con mi deber.

—Lo sé. De igual modo, me siento en deuda con usted. —Extrajo una tarjeta personal del bolsillo de su chamarra y se la entregó—. Aquí tiene mis teléfonos. Cualquier cosa que necesite, no dude en llamarme.

—Gracias.

—Matilde. —No la sorprendió la familiaridad del trato sino que, al igual que en el encuentro de días atrás, Bergman recordara su nombre de pila, el cual Bondevik había pronunciado sólo una vez, al presentarlos—. Me siento avergonzado por el comportamiento de mi soldado. Es mi responsabilidad.

—Teniente, no exagere.

—Me gustaría mostrarte la otra cara de esta moneda llamada conflicto palestino—israelí. Nosotros no somos los monstruos que el mundo cree. También sufrimos y padecemos en esta contienda.

—La guerra, teniente…

—¿Te importaría llamarme Lior?

—La guerra, Lior, es un cáncer que se devora todo. Ni siquiera los victoriosos salen incólumes. Hay que evitarla a como dé lugar. Ahora tengo que irme. Mi paciente me espera en la ambulancia. Nos dirigimos a Tel Aviv para hacerle una resonancia magnética.

—¿Esta vez me permitirás acelerar las cosas para que pasen más rápidamente?

—Esta vez sí —aceptó Matilde, y le sonrió.

Bergman la escoltó hasta la ambulancia y le extendió la mano, que Matilde tomó con vigor.

—¿Qué me dices? ¿Me permites llevarte a recorrer una parte de mi país?

—No, Lior. No porque no quiera conocer tu país ni la otra cara de la moneda, como tú dices, sino porque tengo mucho trabajo.

—Quiero volver a verte —declaró, sin rodeos.

Matilde negó con la cabeza y le sonrió.

—Es muy complicado ahora, Lior. Lo siento. Adiós.

Al otro día, cuando Matilde se presentó en el Hospital Al-Shifa, pese a ser su día de descanso, todo el personal, desde el director hasta las empleadas de la limpieza, conocían su hazaña en el cruce de Erez. A muchos no les complacía que hubiera salvado la vida de un soldado israelí que había orinado en la nuca de un palestino, y empezaron a mostrarse antipáticos y a negarle el saludo.

Sergei Markov estaba pasando unos días inolvidables junto a La Diana. Se decía que la vida, con sus sinsabores, rutinas y problemas, valía la pena si, cada tanto, uno transcurría una temporada tan divertida, relajada y feliz como la que compartía con la mujer que amaba. Markov no perdía las esperanzas de llevar una vida normal de pareja. Los avances resultaban alentadores, lo mismo que el diagnóstico del doctor Brieger, al que había conocido el lunes anterior.

Las vacaciones, no obstante, pronto se terminarían. El día anterior había hablado con Al-Saud. Lo necesitaba en Ramala, para que se ocupase de adiestrar a los de Fuerza 17 en la técnica del *rappelling* y otras disciplinas; se había revelado como un excelente instructor en el Congo.

—La Diana y yo formábamos un buen equipo en la mina de coltán, adiestrando a los soldados —le recordó Markov—. Podría convocarla a ella también, jefe.

—La Diana está asignada a una tarea de custodia en París.

—Lo sé.

—Ah, lo sabes. ¿Acaso estás en contacto con ella?

—Sí. Ella y yo… En fin, estamos intentándolo.

—Entiendo. Pero tal vez a La Diana no le interese dejar su posición en París.

—No la veo muy entusiasmada. Dice que la aburre ser guardaespaldas.

—Sin embargo, una mujer entre soldados musulmanes —interpuso Al-Saud—, no es muy sensato.

—La Diana sabrá ganarse el respeto de cada uno de ellos.

—Supongo que tú de eso sabes bastante. —Markov rio—. Pues bien, por lo pronto te quiero aquí el lunes 7 de diciembre, a primera hora. Habla con mis secretarias para que arreglen tu traslado. Te reservarán una habitación en un hotel de Ramala donde se aloja el resto del equipo.

Con su ida a Ramala *in mente*, Markov entró en el departamento de La Diana, que le había dado un juego de llaves. Se lavó las manos y se preparó un *espresso* en la cafetera que habían comprado en Carrefour antes de que él regresara al Congo y que había acabado en la cocina de La Diana. Se apoltronó en el sillón del comedor para disfrutarlo mientras soñaba despierto. Lo despabiló el timbre del interfón. Era Sándor. Se sorprendió. Lo imaginaba en la mina de coltán, en Rutshuru. Sándor se sorprendió a su vez al hallar a Sergei Markov en la casa de su hermana, solo. ¿La Diana le había dado un juego de llaves? Eso superaba la advertencia de Yasmín, que lo había prevenido acerca de la relación entre esos dos. Se alegraba por su hermana; significaba que las heridas infligidas por los serbios estaban curándose. Por demás contaba que Markov le caía muy bien.

—¡Markov, qué sorpresa! ¿Y La Diana?

—Aún no ha llegado. —Sándor levantó las cejas—. ¿Te preparo un *espresso*?

—Sí. Huele bien.

—Te hacía en el Congo —se apresuró a comentar el ruso.

—Tony y Mike me dieron unos días libres. La verdad es que no aguantaba más el calor, los mosquitos y todas las pestes del Congo. Además, quería ver a Yasmín. Y tú, ¿en qué andas? ¿Ya te recuperaste del todo de la malaria?

—Sí, maldita enfermedad. Me sentía como un bebé. Ayer hablé con Al-Saud y quiere que viaje a Ramala, para entrenar a los soldados de Yasser Arafat.

Se sentaron a la mesa a beber los *espressi*. Durante un silencio, Markov fijó la vista en Sándor, y éste supo que abordaría el tema escabroso.

—Sanny, creo que imaginas por qué me has encontrado aquí. Tu hermana y yo estamos... intentando... En fin, nos amamos y estamos luchando para que ella supere su trauma, el que le causaron esos hijos de puta de los serbios.

—Yasmín me contó algo. Me dijo que La Diana la llamó tiempo atrás para pedirle que la acompañara a comprar ropa, perfumes, maquillaje. Quería que le enseñara a ser mujer. Después le confesó que está enamorada de ti. —Markov sonrió con un dejo de tristeza—. La Diana no está poniéndote fáciles las cosas, ¿verdad, Sergei?

—No es su culpa, Sanny. No sabes los esfuerzos que hace para complacerme. Está yendo al consultorio del psiquiatra que curó a Leila.

—A Leila la curó Matilde.

—Sí, sí, pero Brieger está ayudando mucho a La Diana. Fuimos juntos a la sesión del lunes pasado. Me gustó el tipo. La Diana se siente cómoda con él.

—Ya. Me alegro por ella, Sergei. Te considero un amigo, un buen amigo, así que estoy feliz de que mi hermana y tú se entiendan.

—Sanny, quiero hablar contigo acerca de un tema muy serio. —Sándor alzó la vista, y el brillo para nada cálido de sus ojos celestes, más bien amenazador, le dio la pauta a Markov de que sospechaba la naturaleza de lo que pretendía discutir—. Quiero vengar a La Diana. *Necesito* hacerlo.

Como Markov había puesto música, no oyeron el chasquido de la llave. La Diana mantuvo la puerta entreabierta para prestar atención a lo que Markov y Sándor conversaban. Le había parecido oír el verbo «vengar».

—Sí —acordó Sándor—, yo también. Es una deuda que tengo con mis hermanas y que saldaré un día de éstos. Si tú me ayudas, será más fácil.

—Supe que el día en que el comando a cargo de Al-Saud irrumpió en Rogatica, no todos los oficiales y soldados murieron.

—No. A muchos los juzgaron y sentenciaron a prisión. Algunos ya están libres. A los soldados rasos ni siquiera los sometieron a juicio.

—Podemos rastrearlos.

—Le pediré ayuda a Eliah. Él tiene contactos en las agencias de inteligencia de varios países. Podrá conseguirnos información acerca del paradero de esos bastardos.

—No. —La voz de La Diana hizo saltar de sus sillas a Sándor y a Markov, quienes, de manera instintiva, ya deslizaban las manos bajo sus camisas para desenfundar las pistolas.

—¡Jamás vuelvas a hacer eso, Diana! —la reprendió Markov—. Podríamos haberte metido un tiro.

—No quiero venganza —manifestó, y, en un acto maquinal, tocó la Medalla Milagrosa.

—¿Qué?

—No quiero venganza, Sanny.

—Pero yo sí quiero.

—Y yo —se aunó Markov—. Quiero destruir a quienes te dañaron.

—Yo también lo quería. Yo misma planeé la venganza muchas veces. Noches enteras me lo pasé imaginando los tormentos a los que sometería a quienes nos habían destruido en Rogatica. Pero ahora todo ha cambiado. Ahora quiero olvidar y no quiero dañar a nadie. Ni siquiera a ellos.

—¡Estás loca! —la increpó Sándor.

—Tal vez, pero ése es mi deseo.

—¿Y qué hay del deseo de Leila?

La Diana dirigió a su hermano una sonrisa entre ladina y triste.

—¿De veras crees que Leila querrá que te manches las manos con la sangre de quienes nos vejaron? Lo dudo, Sanny. —Se acercó y acarició la mandíbula de su hermano—. Sanny, los tres hemos encontrado la felicidad aquí, en París. Lo mejor será dejar el pasado atrás. Si salimos a buscar a los serbios, todo resurgirá. No, no quiero. Quiero olvidar y perdonar.

—¡Perdonar! —Markov lucía furioso y ofendido—. ¿Perdonar a quienes te hicieron sufrir lo indecible?

—Sándor me dijo una vez que los serbios habían ganado porque me robaron el alma y me convirtieron en un ser duro e implacable. Tenía razón. No quiero convertirme en una bestia yendo a cazar a esos miserables. ¡Quiero olvidar, Sergei! Y quiero paz.

Sándor abrazó a su hermana y la besó en la frente. Salió del departamento sin pronunciar palabra. Un silencio incómodo se interpuso entre La Diana y Markov. Se miraban a través del espacio del comedor.

—No te entiendo, Diana.

—Lo sé. Sé que no me entiendes. Pero necesito que me apoyes en esta decisión, Sergei. Es importante para mí, para mi curación.

El ruso asintió, con gesto severo, y se fue a la cocina con las tazas de café. A partir de ese momento, una sombra lo cubrió todo, el departamento, los rostros de ellos, sus sonrisas, sus diálogos. A Markov se le metió la idea de hacer el amor con La Diana antes de partir hacia Ramala y la presionaba al punto del acoso. La noche del domingo, el día antes de viajar, incluso llegó a penetrarla, y la muchacha sufrió una crisis de nervios. Al recuperar el dominio, se echó a llorar desconsoladamente.

—¡Es aterrador para mí! ¡Todo vuelve a mi cabeza! ¡Hasta puedo olerlos!

—¡Me baño en mi *after shave* para que me reconozcas, para que sepas que soy yo! ¡Haz un esfuerzo, Diana!

La Diana, envuelta en las sábanas, siguió llorando sentada en medio de la cama. Markov chasqueó la lengua y se metió en el baño, donde se vistió antes de abandonar el departamento. Partió para Ramala sin despedirse. Durante el viaje, se cuestionó por el origen de la furia que lo había impulsado a lastimarla. Tenía celos. Ella prefería perdonar a esos malnacidos, se compadecía de quienes la habían violentado durante meses sin mostrar un atisbo de humanidad, en lugar de devolverles golpe por golpe, vejación por vejación. En su opinión, no existía mejor cura que ésa.

Días más tarde, Al-Saud llamó a La Diana y supo de inmediato que no se encontraba bien. Habría preferido que le respondiera con su tono seco y cortante a ese angustiado. Lo relacionó con su posición como custodia de Suha Arafat.

—Quiero que vengas a Ramala. Necesito que me des una mano en el adiestramiento de los soldados de Fuerza 17.

«Allí está Markov», pensó La Diana, y aceptó.

8

El lunes 7 de diciembre, Juana Folicuré bajó de un autobús en la Terminal de Ómnibus de Retiro y esperó a que le entregaran la maleta. Había viajado desde Córdoba durante la noche. Cansada, medio desanimada –la Terminal de Retiro deprimía al más alegre–, cruzó la Plaza Fuerza Aérea Argentina, donde se erigía la Torre de los Ingleses, y llegó al Hotel Sheraton desde donde partían camionetas con destino a Ezeiza. Pagó la tarifa, comprobó que el chofer acomodara la maleta en la parte trasera y se sentó a esperar la hora de la salida. Miró el reloj: las ocho y treinta y cinco de la mañana. El avión a París despegaba a las dos de la tarde.

Su madre, a quien le había confesado su romance con un israelí, le advirtió que la decisión de volar a Tel Aviv e imponer su presencia a Shiloah era un acto descabellado e impulsivo. Juana aceptaba lo imprudente de su comportamiento; aducía que se trataba de una medida extrema. Shiloah no respondía sus mensajes de e-mail y sólo una vez la había atendido por teléfono, parco, casi maleducado.

–¿Qué harás si no quiere recibirte en su casa? –se preocupó la madre.

–Me voy a un hotel y al otro día me regreso. ¡Y que se vaya a la mierda!

Como andaba corta de dinero, su madre le prestó para pagar el pasaje. Los pocos ahorros que le quedaron de su trabajo en el Congo, los utilizaría para costear traslados, comidas y el alojamiento en Tel Aviv en caso de que Shiloah le cerrara la puerta en la cara. Le daría una última oportunidad para recomenzar. Si no la aceptaba, Juana volvería a la Argentina y retomaría su trabajo en el Hospital Garrahan, donde el período de excedencia de un año espiraba el 31 de diciembre.

«¡Qué año el 98!», pensó, en tanto se alineaba en la cola para el *check-in* frente a los mostradores de Air France. Casi doce meses atrás, Matilde y ella habían abordado el mismo vuelo para embarcarse en una aventura que les cambió la vida. Matilde había conocido a Eliah y a Jérôme, y Juana, a Shiloah. Ninguna era feliz. Matilde lloriqueaba por el amor perdido de Eliah y por la desaparición de Jérôme, en tanto Juana se jugaba la última ficha para convencer al testarudo de Shiloah de que le importaba un comino tener hijos; adoptar le resultaba igualmente bueno.

Sonrió al pensar que estaría a pocos kilómetros de Matilde. No regresaría a la Argentina sin verla, aunque sabía que no resultaría fácil. En oportunidad de su primera visita a Tel Aviv, a principios de marzo, Shiloah le había explicado que era difícil entrar en los territorios ocupados, como llamó a la Franja de Gaza y a Cisjordania. Le aclaró que no se le dificultaría dado su origen —en general, los argentinos eran bienvenidos en Israel y en Palestina—, sino porque los puestos fronterizos estaban la mayor parte del tiempo cerrados.

No durmió durante el viaje. Llegó al Aeropuerto Charles de Gaulle donde no tuvo tiempo de nada: su vuelo de conexión con destino a Tel Aviv salía en menos de una hora. Corrió a la puerta de embarque y abordó el avión con lo justo. Acomodó el bolso de mano en el compartimiento y, antes de ocupar su asiento, fue al baño, donde hizo sus necesidades y se lavó la cara. Decidió maquillarse antes de enfrentar a Shiloah; no lo haría con esa cara de muerta. Intentó serenarse cuando apoyó el trasero en el asiento. Faltaban pocas horas para el encuentro. Calculó que el avión aterrizaría cerca del mediodía.

Nadie la esperaba en el Aeropuerto David Ben Gurión y se deprimió al rememorar la ocasión en que Shiloah la aguardaba ansioso y feliz. Habían hecho el amor apenas pusieron pie en la mansión que después Juana, cubierta con la camisa de Shiloah, se dedicó a recorrer. Estaban solos; Shiloah le había dado el día libre a las empleadas del servicio doméstico para disfrutar de la libertad que finalmente compartieron ese primer día. ¿Y si estaba en Jerusalén? Desde que formaba parte del *Knesset*, pasaba mucho tiempo en esa ciudad, sede del parlamento israelí. Cierto que distaba poco más de cincuenta kilómetros de Tel Aviv–Yafo y que el viaje le tomaría menos de una hora. Lo llamaría al celular para avisarle que lo esperaba en la puerta de su casa.

El aspecto solitario de la mansión de Shiloah no auguraba nada bueno. Las cortinas de enrollar estaban bajas a pesar de que era la una de la tarde. El foco del porche estaba encendido, como si nadie lo hubiera apagado después de la noche. Tocó el timbre varias veces y se atrevió a merodear por el costado y a espiar por los resquicios que quedaban entre los listones de la cortina de madera. Desde la casa de enfrente, una mujer la seguía con la mirada, mientras concluía: «Esa muchacha es árabe».

Juana llamó al celular de Shiloah e insultó por lo bajo cuando entró el buzón.

—Shiloah, soy Juana. Estoy en la puerta de tu casa en Tel Aviv. Acabo de llegar de la Argentina. Tenemos que hablar. Por favor, ven.

Se sentó en los escalones de la entrada a esperar. ¿Y si está de viaje en China? Apretó los ojos para evitar que se le escapasen las lágrimas. Como siempre, su madre había tenido razón, ese viaje y la idea de reconquistar a Shiloah eran una locura. Apoyó la cabeza en la pared del porche, de pronto mareada de sueño y de hambre. «Si en una hora no me llama ni viene, me voy. Bueno, en dos horas.»

La despertó una molestia en el cuello. Al cabo de unos segundos, se dio cuenta de que se trataba de la antena de un *walkie-talkie* que un hombre, de traje negro y anteojos para sol, le clavaba para despabilarla. Le habló en hebreo, rápido y de mal modo, y ella, todavía aturdida, le contestó en español. El hombre se empecinaba en expresarse en esa lengua más antigua que el mundo y que sólo los israelíes se encaprichan en hablar. Se puso de pie de un salto y vociferó, esta vez en inglés:

—¡No entiendo qué carajo está diciéndome! ¡Ey, deje eso! —le exigió a otro hombre, que intentaba abrir su maleta. Como el señor persistió en el intento por violar el equipaje, Juana le soltó un manotazo, con lo que terminó esposada y dentro de un vehículo que arrancó haciendo chirriar las llantas.

La vecina de Shiloah observaba con atención el espectáculo desde la ventana de su cocina, en tanto se congratulaba por haber denunciado la presencia de una árabe sospechosa. Habían acudido miembros del Shabak dada la importancia del personaje en cuestión. Shiloah Moses no sólo era uno de los hombres más ricos de Israel, dueño de un imperio, sino miembro destacado del parlamento, a quien, en enero de ese año, habían intentado asesinar en París.

⁓ ❦ ⁓

—Señor Moses —lo llamó la secretaria, asomada a la puerta de la sala de reuniones de su despacho en Jerusalén—, disculpe que lo interrumpa, pero se trata de una urgencia.

Moses se excusó con los ingenieros noruegos que construirían la planta desalinizadora en la Franja de Gaza y se alejó en dirección a la joven.

—¿Qué ocurre, Tamar?

—Lo llama el jefe del Shabak de Tel Aviv.

Moses frunció el entrecejo y le ordenó que transfiriera la llamada a su oficina.

—Señor Moses, mi nombre es Yitzhak Sapir, jefe del...

—Sí, sí, señor Sapir. ¿Qué sucede?

—¿Conoce usted a una señorita llamada... Guana Fol-i-quiu-rré?

Shiloah sintió un golpe en el pecho.

—Sí, sí —dijo, en un hilo de voz—. ¿Qué pasa con ella?

—Está aquí, en nuestras oficinas. Detenida —agregó.

—¡Detenida! ¿Qué? ¿Cómo? ¿Juana está en Tel Aviv? ¿Cómo es posible? ¿Detenida, dice? ¡Déjela ir en este instante, señor Sapir! ¡Póngala al teléfono! ¡De inmediato!

—¿Shiloah? —dijo Juana, después de varios minutos.

—¡Juana, por amor de Dios! ¿Estás bien? ¿Te han hecho algo?

—Nada, cariño —declaró, con sarcasmo—. Aparte de esposarme, meterme de cabeza en un auto, revolver mis pertenencias en busca de bombas y de tratarme como a una terrorista, no, no me han hecho nada estos dulces gatitos.

—¡Pásame con Sapir!

Shiloah escuchó a Juana dirigirse en inglés al jefe del Shabak, que se puso al teléfono con urgencia.

—Señor Sapir, quiero que escolten a mi prometida...

—¿Su prometida?

—¡Sí, señor Sapir! ¡Mi prometida! Quiero que la escolten hasta mi despacho en Jerusalén. —Shiloah le indicó en qué sitio del edificio del parlamento se hallaba.

Aunque no tenía cabeza para retomar la charla con los ingenieros noruegos, Moses se empeñó en terminarla porque los tiempos apremiaban, y él quería comenzar con los estudios de suelo y con las excavaciones antes de fin de mes. Por cortesía, debería haber invitado a un almuerzo tardío a los noruegos. No lo hizo. Terminada la reunión, se despidió de ellos hasta el día siguiente, se encerró en su despacho y se limitó a esperar a Juana. Consultaba la hora cada cinco minutos y bebía café. ¡Juana en Israel! No quería admitir lo feliz que se sentía. Intentaba enojarse con ella, por impulsiva, loca, insensata, y sólo conseguía sonreír como un bobo al imaginar que había cruzado medio mundo para buscarlo. Necesitaba verla, saber que estaba bien; después, la despacharía de regreso a la Argentina.

Se puso de pie de un salto al oír la voz de Juana y la de Tamar, que le pedía que aguardara. Shiloah Moses salió antes de que su secretaria llamara a la puerta. Destinó un escrutinio severo a su «prometida», como si verificara que no le faltaba ninguna parte, antes de pasar la mirada al oficial del Shabak. El hombre se adelantó y le extendió la mano, al tiempo que se presentaba. Shiloah le agradeció de manera cortante que hubiera acompañado a Juana y lo despidió.

—Ven —le dijo a ella, y, con una seña, le indicó que entrara en su oficina—. Tamar, necesito que vaya a comprar ese libro que le pedí ayer. Ahora.

Para la joven secretaria, el mensaje resultó claro: «Márchese». Se puso la chamarra, se colgó la bolsa al hombro y se fue. Regresaría en un par de horas.

Juana no recordaba haber experimentado esos temblores. La frase: «Se me aflojaron las rodillas» probaba ser cierta. Con disimulo, apoyó la mano en el borde del escritorio en busca de apoyo. El gesto de Shiloah le transmitió la misma impresión de su casa en Tel Aviv: estaba cerrado a ella.

—¿Qué haces aquí?

—Hola, Shiloah. ¿Cómo estás?

—No estoy para juegos.

—Yo, menos. Hace dos días que viajo. Hace dos días que no duermo. Y no he comido nada decente en horas. Estoy destruida. Pero no me importa. Lo hice porque quería verte. Por supuesto, no te reprocho nada. Ésta fue mi decisión. Lo único que pretendo es que me ofrezcas sentarme y me des una taza de café, un vaso de agua también.

—Sí, sí, claro. Siéntate —le ofreció, contrariado, y se alejó hacia la cafetera—. Disculpa mi descortesía. Me has tomado por sorpresa.

—Lo imagino. Te pido disculpas si te causé problemas con la policía. No hice nada, te lo juro. Me senté en la puerta de tu casa, eso fue todo.

Shiloah agitó la mano en el ademán de desestimar el asunto. Le entregó una taza de café y varios sobres con azúcar.

—Gracias —dijo Juana—. Moría por un café.

—¿Quieres comer algo? Puedo pedir que nos traigan comida. ¿Has almorzado? No, claro que no.

—Ahora mismo no tengo hambre —admitió Juana, cuyo estómago sólo resistiría líquido. Sorbió el café, caliente y dulce, y se sintió mejor.

—¡Por Dios, Juana! —exclamó Shiloah de nuevo, aunque sin el talante enojado de minutos atrás—. ¿Qué haces aquí?

—Vine a verte. ¿Qué más? No pensarás que Israel es un destino turístico que me atraiga, ¿verdad? Lo único que tiene este país que me interesa eres tú. Y aquí me tienes. Como no contestas mis e-mails ni te dignas a atender el teléfono cuando te llamo, no me dejaste otra salida.

Shiloah ejecutó una mueca que pretendía comunicar exasperación. Juana no se dio por aludida, aunque, en su interior, tembló de miedo. Nada estaba saliendo como lo había planeado; el esfuerzo económico y físico estaba a punto de irse al carajo. Apoyó la taza en el escritorio y se puso de pie. Caminó hacia Shiloah y se detuvo a dos pasos. Lo miró fijamente hasta que él apartó la vista.

—Ahora que estoy aquí, frente a ti, me doy cuenta de que vine a buscar una respuesta. Si respondes a mi pregunta con honestidad, me iré y te dejaré en paz. ¿De acuerdo? —Moses asintió, sin hacer contacto visual—. ¿Eres feliz desde que tomaste la decisión de apartarme de tu lado? Mírame a los ojos y respóndeme con sinceridad. Después, me iré —repitió.

Juana veló el impacto producido por la desolación que descubrió en los ojos de Shiloah, cuya tonalidad ambarina tan exótica carecía del fulgor habitual; aun las pestañas, antes tan intensas en su color oscuro y en su cantidad, parecían sin vida. Leía en su semblante el debate que sostenía entre mentirle o contestarle con franqueza.

—No. No he sido feliz. Más bien lo contrario.

—Bien —asintió Juana, con ánimo derrotado—. Yo tampoco he sido feliz. Quiero que sepas que nunca, ni siquiera cuando terminé con Jorge, sentí la amargura, la angustia y la infelicidad que tú me causaste al sacarme de tu vida. No creo que la decisión de no tener hijos me cause la cuarta parte de dolor que estás causándome con esta separación. Bien, ya lo he dicho. Ahora me voy. Adiós, Shiloah.

Dio media vuelta deprisa porque no tenía intenciones de echarse a llorar frente a él. «Ya me humillé como una campeona», se reprochó, y caminó hacia la puerta.

—Juana, ¿adónde vas? —Como ella siguió alejándose, Shiloah se movió con rapidez y la tomó por la muñeca—. No —pronunció, exaltado—. No —repitió, cuando Juana intentó desasirse, mientras le destinaba una mirada acusatoria.

—No, ¿qué? —logró preguntar sin que le fallara la voz.

—Por favor, no te vayas.

Hacía tiempo que no se tocaban, y la mano de Shiloah sobre la piel de Juana los afectó profundamente. Juana no acertó a determinar si Moses comenzó a masajearle la palma con el pulgar de manera consciente o en un acto irreflexivo, producto de la violenta situación.

—No quiero irme, Shiloah. No quiero.

—¡Juana! —exclamó, con voz perturbada, y la abrazó—. ¡Loca! ¡Eres una loca! ¿Por qué me quieres, si estoy maldito?

—¡No estás maldito! ¡Te amo, Shiloah!

Moses la apartó para encerrarle el rostro delgado y oscuro entre las manos.

—Tú eres mi bendición, Juana.

—¡Hasta que lo entendiste!

Después de una carcajada, Shiloah la besó, al principio se limitó a aplastar los labios contra los de ella, hasta que percibió las manos de Juana en su trasero, y la excitación lo surcó de la coronilla a los pies. La penetró con la lengua al mismo tiempo que le desabrochaba los jeans.

—No tengo condones —se lamentó.

—Estoy tomando la píldora —dijo ella, jadeante, sonrosada, hermosa y apurada por liberar la erección que se anunciaba bajo el pantalón del traje.

—¡Oh, por favor! —gimió Moses cuando Juana engulló su pene y lo succionó—. ¡Juana!

—Esta locura, la de venir a buscarte a Tel Aviv, lo hice en realidad por esto —dijo ella, y, con la punta de la lengua, lamió las gotas de semen que brotaban del glande—. Shiloah Moses, tienes la verga más hermosa que he visto en mi vida.

Hicieron el amor en el escritorio, contra la pared y sobre el alfombrado, hasta que, cansados de reprimir los gemidos, decidieron encerrarse el resto de la tarde en el departamento que Moses había comprado en Jerusalén desde que era parlamentario. A eso de las siete, exhaustos y sudados, tomaron juntos un baño.

—Esta noche tengo una cita con Eliah para cenar.

—¿Eliah está en Jerusalén? —se pasmó Juana.

—Sí. ¿Prefieres quedarte en casa? Lo llamo y cancelo.

—La verdad es que me caigo a pedazos del cansancio, pero por nada del mundo me perdería de ver al papito.

Al día siguiente, cuando Juana consiguió imponerse al sopor que le causaban el síndrome de los husos horarios y el maratón de sexo, llamó a su madre para contarle que estaba viva y con Shiloah, y después encendió la computadora para conectarse a Internet. «*Mat*», escribió, «*no te caigas de nalgas: estoy en Jerusalén. Shiloah y yo nos arreglamos. Mi felicidad es tan grande, amiga mía, que podría levitar. Cuando nos veamos, te cuento los detalles. Tengo una novedad para ti: anoche cenamos con el papito. ¡Sí, está en Jerusalén! Desde hace poco más de un mes y medio. Parece ser que trabaja para Yasser Arafat en Ramala. Sabe que tú estás en la Franja de Gaza.*»

La tarde del miércoles 9 de diciembre, Matilde se detuvo en el cibercafé para consultar su e-mail. El mensaje de Juana la perturbó; se quedó releyendo las mismas líneas durante un buen rato. «*Desde hace poco más de un mes y medio.*» «*Sabe que tú estás en la Franja de Gaza.*»

–¿Sucede algo, Matilde? –le preguntó la propietaria, en su rústico inglés, al caer en la cuenta de que le rodaban lágrimas por las mejillas–. ¿Has recibido alguna mala noticia?

Sacudió la cabeza y se esforzó por sonreír.

~: ⚬⁄ꝋ :~

Matilde había esperado con entusiasmo sus primeros tres días libres. En vista del trabajo intenso que había llevado a cabo, muchas veces sin respetar sus días libres, Harald Bondevik la autorizó, al segundo mes de trabajo –en general, se trataba de un beneficio que se otorgaba en el tercero–, a disfrutar de un corto descanso. Matilde había decidido conocer Jerusalén, y el Silencioso se había ofrecido como guía turístico. Invitaron a Intissar, que se movió deprisa para obtener la autorización para salir de la Franja de Gaza, sin éxito. Su padre se negó a firmarla, ni siquiera le permitió entrar en la que había sido su casa.

–¿Por qué tiene que firmarla tu papá? –se pasmó Matilde–. ¿Acaso no eres mayor de edad?

–¡Mayor de edad! –se burló Intissar, entre lágrimas–. Las mujeres árabes nunca somos mayores de edad. Si mi padre estuviera muerto, tendría que pedirle a mi hermano mayor que la firmara o a mi esposo, en caso de tenerlo.

–¿Por qué? –inquirió Matilde, asombrada.

–En el 95, la Autoridad Palestina, para aplacar los ánimos de los partidos islámicos, impuso como condición para que las mujeres pudiéramos obtener los permisos que la solicitud fuese firmada por nuestros padres, esposos o tutores. Con mi papá tan enojado conmigo y sin esposo, estoy atrapada dentro de la Franja. Aunque debo admitir que, por más que mi padre firmara, los israelíes jamás me otorgarían el permiso. Lo dan con cuentagotas y en casos muy justificados.

Las palabras de Intissar le provocaron una sensación de ahogo, y se preguntó por las mujeres palestinas. Conocía a Intissar, una gran luchadora, una mujer valiente que enfrentaba los designios más enraizados y antiguos de la sociedad y pagaba por ello. Conocía a Firdus Kafarna, que, si bien era amada por su esposo, no había terminado la preparatoria porque sus padres habían concertado el matrimonio cuando tenía dieciséis años. A veces, Matilde descubría en sus ojos oscuros un anhelo reprimido de libertad. También conocía a Nibaal, la hermana de Intissar, cuyo esposo la trataba con respeto y que había demostrado cuánto la amaba al recibir a Intissar en su casa, si bien ésta le había insinuado que también lo había hecho interesado en el sueldo que ella ganaba en el Hospital Al-Shifa. Entreveía una cultura del maltrato y de la represión que, desde su lugar en el hospital y conviviendo con occidentales, no terminaba de descubrir.

La mañana del viernes 11 de diciembre, lista para su primera visita a la ciudad sagrada de las tres religiones monoteístas, Matilde había perdido interés. Enterarse de que Eliah Al-Saud estaba tan cerca y de que nunca había intentando buscarla o comunicarse con ella, le había drenado la poca fuerza recuperada durante los dos meses en Gaza. ¿O se habría enterado de su presencia en Gaza la noche del martes, cuando cenó con Juana?

Terminada la guardia nocturna, se encaminó al baño para cambiarse y espabilarse la cara con agua. En el silencio poco habitual del área de pediatría, se concentró en el sonido rasposo que producían sus chanclas al rozar el piso de granito y que exteriorizaba su abatimiento; iba arrastrando el alma a la par que los pies.

En el vestidor del hospital, se lavó, se peinó y, como se encontraría con Juana —el único pensamiento que le robaba una sonrisa—, se pintó las pestañas para evitar que le preguntase: «¿Te dieron día libre en la morgue, amiguita?», porque, debía admitir, no presentaba un buen semblante; fue un poco más allá y se ocultó las ojeras con maquillaje; la noche en vela plantaba sus marcas. Al enfundarse en los jeans blancos —hacía tiempo que no los usaba—, apreció lo que había sospechado: la influencia de los hábitos culinarios de los palestinos se reflejaba en su cuerpo; los jeans le ajustaban; lamentó no haber traído otros, como también haberse apresurado a enviar a la lavandería del hospital el pantalón holgado con que se había presentado a trabajar el jueves por la mañana. Otro tanto le sucedió con la playera de rayón lila con florecitas blancas: se le adhería a los pechos de manera escandalosa; se subió el escote, que antes no le había parecido tan pronunciado, y decidió cubrirse con el delantal de Manos Que Curan hasta tanto no abandonasen Gaza. La habría avergonzado andar por las calles bamboleando el enorme trasero y sacudiendo los senos, en especial un viernes, día en que los fieles van a la mezquita para orar y escuchar el sermón del imam, y las mujeres los acompañan tapadas de pies a cabeza.

Encontró a Intissar en la recepción de la planta baja envuelta en un estado de excitación que sólo sirvió para remarcar su desánimo.

—¡Quítate la bata! —le ordenó la palestina, que a menudo le recordaba a Juana.

—No. El pantalón es indecente y no tengo otro. Me ajusta mucho gracias a ti y a tu hermana, que me alimentan como si fuera un pavo al que quieren comer en Navidad.

—Nosotros no festejamos la Navidad.

—Bueno, pues lo que sea que festejen comiendo mucho.

—El *Eid al-Fitr*, el final del Ramadán.

Para no suscitar comentarios entre los compañeros del hospital, Matilde prefirió que el Silencioso no la buscara por Al-Shifa, sino caminar hasta su casa. Intissar la acompañaría. Esas arterias urbanas, de las cuales nacían callejas que dibujaban recorridos laberínticos, se habían vuelto tan familiares como las del barrio de Nueva Córdoba, y, al igual que los *graffiti* en las paredes de las ciudades argentinas, se había acostumbrado a los carteles con las fotografías de los *shuhada* —mártires de los ataques suicidas— y a las pintadas en caligrafía árabe. También eran parte del paisaje los ancianos sentados en las banquetas, que detenían un momento la higiene de sus dientes con el *miswaak* —un palito de madera con la punta convertida en cepillo— para saludarlas como si las conocieran desde niñas. Algunos fumaban el narguile, cuyo perfume se mezclaba con los aromas intensos de la calle; otros se dedicaban a observar a los transeúntes. Matilde sonrió al imaginar cuánto la habrían pasmado esos hombres de habérselos topado en las calles de Buenos Aires ataviados con chilabas hasta el piso y *keffiyeh* rojas, negras, a veces verdes; en Gaza, la sorprendía hallar alguno con ropas occidentales, como también le llamaba la atención cuando encontraba a una mujer sin el *mandil*, el pañuelo con el que las palestinas se cubren la cabeza, como el caso de su amiga Intissar, a la que, por llevar el pelo suelto y descubierto, algunos le gritaban *safra*, mujer desvergonzada.

—Es difícil para un palestino menor de cuarenta encontrar un permiso para entrar en Israel —comentó Intissar—. Más bien es imposible. Me deprime verlos ahí, sentados, haciendo nada, perdiendo la dignidad.

Matilde recordó una anécdota referida por Ariela Hakim que ponía de manifiesto la naturaleza ocurrente de los palestinos como también el grave problema del desempleo en la Franja. La periodista israelí había avistado a un grupo de hombres jóvenes que, sentados en un bar, bebían y cruzaban pocas palabras. Ariela se aproximó y les preguntó qué estaban haciendo. Uno de ellos tomó la palabra para contestar: «Estamos esperando a cumplir cuarenta para que nos permitan trabajar en Israel».

—¿Por qué los menores de cuarenta no obtienen el permiso? —se extrañó Matilde.

—Porque, según el gobierno israelí —explicó Intissar—, si tienes menos de cuarenta, eres más proclive a inmolarte en un bus de Jerusalén o de Tel Aviv.

Amina salió a recibirlas con un gorgorito alegre y hundió la cara entre las piernas de Matilde.

—¡Cuéntame un cuento, Matilde! —Matilde la levantó y la hizo girar en el aire, y provocó gritos de gozo en la niña, que la aferró por el cuello para plantarle varios besos—. ¡Cuéntame un cuento! —insistió, a lo que Matilde accedió durante el viaje en el cual el Silencioso conducía callado y con una media sonrisa ante sus ideas ingeniosas y humorísticas.

—Hace días terminé de corregir tus primeros cuentos —la interrumpió, y la miró por el espejo retrovisor—. Prácticamente no tienen errores gramaticales ni de ortografía.

—Trabajé con el diccionario al lado, el que nos hicieron comprar en el *lycée* cuando empezamos el curso.

—El cuento de Jérôme y la familia de gorilas blancos no tiene desperdicio.

Matilde sonrió, consciente de que las mejillas se le ruborizaban. Que el premio Nobel de Literatura 97 le dirigiera un cumplido a su cuento era una experiencia que jamás habría creído vivir.

—¿Cómo se te ocurrió la idea?

—Me acordé de que Jérôme me contó una leyenda sobre gorilas albinos. Le agregué los aspectos fantásticos, como que los gorilas supieran hablar y fueran sabios, pero la idea nació con ese cuento de Jérôme.

—¡Quiero ir a ver a Jérôme! —exigió Amina—. ¿Vamos a ver a Jérôme, papá?

—Ya te explicó Matilde que vive muy lejos, en un lugar llamado Congo.

—También me dijo que estaba perdido. —Un silencio que no era incómodo sino triste se adueñó del interior del automóvil—. ¿Vamos a buscarlo? Si está perdido, debe de tener miedo.

—Tío Eliah está buscándolo —dijo Al-Muzara, y la niña, satisfecha con la respuesta, le pidió a Matilde que la peinara.

—¿Conoce a Eliah?

—Lo ha visto un par de veces. No lo reconocería si se lo encontrara, pero su nombre se menciona a menudo en casa. Además, él, cada tanto, le manda paquetes con ropa, juguetes, libros, muñecas... Ya sabes, conquistas a cualquier mujer con eso.

—Sí —susurró Matilde.

—De hecho, toda la ropa que lleva puesta hoy es regalo de Eliah, hasta los tenis y los calcetines.

–Es muy bonita –murmuró, mientras evocaba las oportunidades en que Al-Saud le había regalado a manos llenas, con temor a que ella lo considerara frívolo. «Algo más de lo cual arrepentirme», se torturó.

El cruce por el puesto de control de Erez les tomó dos horas, pero lo pasaron sin problemas. Matilde presentó su pasaporte argentino, y Sabir, su pasaporte francés y el de su hija, también de nacionalidad francesa. Matilde buscó con disimulo al teniente coronel Lior Bergman, pero no lo halló entre la soldadesca.

A poco de llegar a Jerusalén, el Silencioso anunció:

–Iremos al Hotel Rey David primero. Tengo una cita con Sandrine, mi editora. Está de visita en la ciudad y quiere verme. ¿No te importa, verdad? –Matilde aseguró que no–. Además, quiero saber qué opina de tus primeros cuentos. Se los envié por e-mail apenas terminé de corregirlos y me prometió un comentario para hoy.

–¡Oh! –se azoró–. ¿De veras?

–Sí. Después, iremos al barrio armenio, donde reservé dos habitaciones, una para ti y otra para Amina y para mí. Es una pensión muy sencilla, pero limpia y decente, a la que siempre voy cuando visito Jerusalén. Sus dueños me conocen desde hace años. Espero que te guste.

–Estoy segura de que sí.

–Jefe –dijo Noah Keen–, estamos en camino hacia Jerusalén. La doctora Martínez viaja hacia allá con el señor Al-Muzara.

–¿Solos?

–No. Viaja con ellos la hija de Al-Muzara.

–¿Qué sitio ocupa Matilde en el automóvil?

–Va en el asiento trasero, con la niña.

–Avísame cuando hayan llegado a la ciudad.

–Sí, jefe.

Al-Saud abandonó la tina con hidromasaje y se envolvió en la bata. Entró en el compartimiento del baño donde se hallaban los lavabos y contempló su imagen en el espejo. Matilde venía en camino. Un estremecimiento de anticipación le sensibilizó la piel bajo el algodón de la prenda. Apoyó las manos sobre el mármol, e inclinó el torso y la cabeza hacia delante, y tensó los músculos a conciencia, uno a uno. Expulsó el aire con un soplido sonoro y se embarcó en el ejercicio contrario, el de relajar las extremidades, el estómago, los hombros, aun las mandíbulas y los dedos del pie, hasta hallarse en completo dominio de su cuerpo otra vez.

Percibía una ligereza en el ánimo, un talante entre divertido, iracundo y benévolo que él siempre relacionaba con Matilde y que lo predisponía a desempolvar una característica de su temperamento, esa veta entre frívola, malévola y pasional, que a él no le gustaba, pero que, en vista de lo que ella le suscitaba, no lograba sojuzgar; tampoco quería. Esclavizado por esa disposición, eligió la ropa que le confería un aire juvenil, despreocupado y deportivo que, al mismo tiempo, subrayaba la elegancia de su cuerpo. Hacía tiempo que no usaba su perfume favorito, el favorito de ella también, A Men, de Thierry Mugler, y lo roció generosamente sobre su cabeza, en el cuello y en las manos, que después oprimió contra las mandíbulas recién afeitadas. El escozor que le produjo el alcohol sobre los poros sensibles se expandió en todas direcciones.

La noticia que le pasó minutos después Noah Keen por teléfono, que el automóvil de Sabir Al-Muzara acababa de ingresar en el predio del Hotel Rey David, lo privó momentáneamente del habla. Debido a algún propósito secreto, los dioses le entregaban a Matilde en bandeja.

~: ❦ :~

Matilde se asomó por la ventanilla para apreciar la construcción del hotel que lucía como una fortaleza de piedra medieval.

—En julio del 46 —dijo el Silencioso, mientras conducía el automóvil hacia la entrada del Rey David—, este hotel sufrió un atentado por parte del Irgún, el brazo armado del Haganá, una organización sionista de principios del siglo XX. Toda el ala sudoeste se vino abajo. Casi cien personas murieron y muchos resultaron heridos.

—¿Por qué? —se pasmó Matilde—. ¿Por qué los sionistas hicieron eso?

—Para asustar a los ingleses, que en aquel momento eran la autoridad en el Mandato Británico de Palestina, para obligarlos a abandonar su colonia en Palestina. La oficialidad inglesa vivía en el hotel.

—Así que los ingleses y los sionistas no estaban de acuerdo —comentó Matilde.

—Bueno —habló el Silencioso—, al menos eso es lo que nos quieren hacer creer, pero no olvides lo que te conté: fue la declaración de un aristócrata inglés, lord Balfour, la que les dio a los sionistas esperanzas para instalarse en esta tierra.

Aunque a los costados de la entrada había puertas convencionales, Amina decidió que cruzarían el umbral a través de la giratoria, y obligó a Matilde, que la cargaba en brazos, a salir y a entrar varias veces hasta que un contingente de más de veinte japoneses puso punto final a la diversión. La recepción del hotel, luego de un ancho pasillo flanqueado por los mostradores de la conserjería, se abría en un espacioso recinto. Sabir ya la conocía y no se inmutó ante el lujo; Matilde, por su parte, lo juzgó muy por debajo de la suntuosidad del George V; no obstante, calculó que el costo de una habitación debía de ser muy elevado.

El Silencioso se alejó en dirección a la conserjería para que lo comunicaran con la habitación doscientos veintidós, la de su editora. Matilde y Amina se acomodaron en un grupo de los tantos sillones que poblaban la recepción, en torno a mesas. Enseguida llegó un mesero para servirlas, y Matilde lo despidió en inglés y con una sonrisa. «Aquí un café», pensó, «debe de costar veinte dólares».

—¿Matilde?

Se giró en el sillón y se topó con la mirada engrandecida del teniente coronel Lior Bergman.

—¡Lior! —exclamó, y se puso de pie para sortear el grupo de sillones—. ¡Qué sorpresa!

Se dieron la mano y ambos le imprimieron vigor al apretón.

—Te presento a mi hermano, Ariel Bergman. —Otro apretón de manos—. Ariel acaba de llegar. Él vive en el extranjero. Hacía semanas que no nos veíamos. Ariel —se volvió hacia el hombre a su izquierda—, te presento a la doctora Matilde Martínez, de Manos Que Curan. Ella le salvó la vida al soldado del que te hablé. Ella controló la hemorragia.

—¿De veras? —Ariel Bergman levantó las cejas y pareció quemarla con una mirada de ojos celestes tan claros que acentuaban sus rasgos de reptil—. Nadie lo diría. Apenas parece una adolescente.

Lior Bergman rio, y Matilde tuvo la impresión de que el teniente coronel estaba desplegando un comportamiento inusual a su manera circunspecta.

—Le agradezco por el cumplido, señor Bergman —dijo Matilde—. En realidad, tengo veintisiete años y soy cirujana pediátrica. Fue una casualidad que estuviera ahí en el momento en que el soldado recibía la cuchillada...

—Sí —la interrumpió Ariel Bergman—, supe que fue atacado por un palestino de Gaza.

—El soldado —se endureció Matilde— estaba orinando en la nuca de otro palestino.

—Bueno, bueno —terció Lior Bergman—, no discutamos acerca de eventos desagradables. Sólo le diré a Matilde que el soldado está fuera de peligro y bien, y que se recupera en su casa.

—¿No le aplicarán una sanción por haber humillado a un detenido?

—He iniciado un expediente —informó Bergman, evasivo, y, con un

257

ademán, le indicó que ocuparan unos sillones vacíos–. Por favor, Matilde, acompáñanos a tomar un café.

—Estoy con un amigo y su hijita –indicó.

Sabir Al-Muzara, que volvía de sus gestiones en la conserjería, se aproximó con la sonrisa que, Matilde opinaba, conseguía ganarse el corazón más recalcitrante. Los presentó, y tanto Lior como Ariel, al caer en la cuenta de que chocaban las manos con el premio Nobel de Literatura 97, alteraron sus expresiones y se quedaron mudos.

—¿Les gustaría tomar un café con nosotros? –los invitó el Silencioso–. Mi editora, a quien hemos venido a saludar, no está lista y tardará en bajar.

Ariel Bergman tomó asiento y paseó la mirada entre su hermano y Matilde Martínez, la hija menor de Mohamed Abú Yihad. El destino se le reía en la cara. Hacía más de quince años, desde la muerte de Ivana, que su hermano Lior no se mostraba tan feliz y entusiasmado. Se había referido a Matilde Martínez minutos después de saludarse y tras semanas de no verse. Su madre no lo habría reconocido en el hombre conversador y risueño que tenía delante. Se preguntó si el hecho de que Matilde Martínez fuera argentina y, para más, cordobesa, como Ivana, era lo que le atraía de ella. Sin duda era bonita, aunque de facciones un tanto aniñadas. Admitía que su figura lo tenía desconcertado: pocas veces había admirado en vivo y en directo un trasero tan bien formado y atractivo, que los pantalones blancos exponían en todo su esplendor. Los pechos, decidió, eran desproporcionados para el tamaño del torso; pugnaban bajo el escote. Desterró las imágenes de esa mujer menuda sin ropa porque traicionaba a Lior, quien, no cabía duda, estaba impresionado con la médica de Manos Que Curan. Se acordó de Eliah Al-Saud y deseó que los informes que aseguraban que ya no estaban juntos fueran ciertos, por el bien de su hermano. Tras la muerte de Ivana en la explosión de un camión en Jerusalén quince años atrás, Lior no se había relacionado de manera estable con una mujer. A veces, Ariel se convencía de que la mejor parte de su hermano había muerto con ella aquel día. Esa mañana, en la recepción del Hotel Rey David, sonrió al darse cuenta de que había recuperado al Lior de antes.

∴ ⚶ ∴

Al-Saud los estudiaba desde una posición conveniente. A la reacción espontánea de azoro, siguió una de alarma, que se fundió con otra de especulación. Se preguntaba por qué Bergman parodiaba ese encuentro casual con Matilde. Seguía la pista de Aldo Martínez Olazábal y planeaba usar a su hija como cebo para conducirlo a la trampa. Observó al hombre que estaba con él, de seguro otro *katsa* que lo acompañaba en la misión para atrapar a la hija del traficante de armas. Por la manera en que se conducía con Matilde, todo sonrisas, miradas intensas y excusas estúpidas para tocarle el antebrazo o la mano, Al-Saud dedujo que habían elegido el método de la seducción para engatusarla, aunque a juzgar por el mutismo empecinado y las cortas contestaciones de Matilde, no estaban teniendo éxito, lo cual lo satisfacía de una manera que la rabia y los celos aún se negaban a admitir. Su naturaleza rencorosa y vanidosa le impedía aceptar que estaba allí no porque deseara jugar con ella y hacerla sufrir sino porque había decidido recuperarla a como diera lugar.

Marcó un número en su celular y se colocó el aparato sobre la oreja sin apartar la vista del grupo congregado metros más allá, al cual acababa de unírsele una mujer joven y atractiva, evidentemente conocida de Sabir. Al-Saud reconoció el instante en que el celular de Ariel Bergman vibró en el bolsillo de su chamarra. Se puso de pie y se excusó antes de alejarse para atender la llamada.

—*Shalom*.

—*Allô, Bergman*. Soy Al-Saud.

—¿Qué quiere?

—No le sienta bien el rojo. —El *katsa* agitó la cabeza hacia uno y otro lado—. Encuéntreme en el baño de caballeros del *lobby*. Ahora.

El agente del Mossad abrió la puerta del baño, y Al-Saud se incorporó de su posición indolente sobre el filo del mármol de los lavabos. Sin pronunciar palabra ni ensayar gesto alguno, arrancó del surtidor un fajo de toallas de papel, que dobló antes de calzarlas bajo la puerta a modo de traba.

—Esto huele a *déjà vu* —habló Al-Saud, con una sonrisa a todas luces hipócrita—. Me hace acordar del altercado que tuve con sus *kidonim* en el Hotel Summerland de Beirut. Tengo la impresión de que sucedió hace años cuando sólo han pasado algunos meses.

—¿Qué quiere?

—Que se alejen, usted y ese matón que lo acompaña, de Matilde. En este instante.

—No tengo por qué darle explicaciones, Al-Saud, no obstante le diré que este encuentro, por difícil que resulte de creer, ha sido fortuito, obra del azar.

—Resulta imposible de creer.

—Ese a quien usted calificó de matón es mi hermano menor, Lior. Es un teniente coronel del ejército. Condecorado. Un héroe de guerra. —La confesión desorientó a Al-Saud, que entrecerró los párpados en una mirada especulativa y guardó silencio–. Conoció a la doctora Martínez en Gaza y está... interesado en ella. No pienso arruinar sus intenciones de conquistarla porque usted se encapriche con que tengo que marcharme. Debo recordarle que éste es mi país. Es usted el que podría tener que marcharse en cualquier momento.

—Sólo Israel sostiene que Jerusalén es parte de su país. La comunidad internacional declara lo contrario.

—Lo que sea, Al-Saud, pero no me moveré de aquí. Vine con mi hermano a almorzar al restaurante de este hotel como cualquier ciudadano lo haría, y no pienso marcharme. ¿Sabe? Me encanta el *meze* que sirven acá. Se lo recomiendo. Es de una variedad y calidad insuperables. Por otra parte, entiendo que la hija de Abú Yihad y usted ya no son pareja.

—Le advierto...

—No me advierta nada. Lior tiene derecho a conquistarla. Si quiere, salga al ruedo y luche por ella en buena lid. Me gustará observar la pelea. No me la perdería por nada.

Ariel Bergman quitó la cuña de papel con la punta del zapato y salió. Al-Saud se volvió hacia el espejo y, al toparse con su imagen, se sintió estúpido y burlado. Caminó hacia la recepción con el humor de un toro de lidia al cual el picador le ha hincado demasiadas veces la garrocha en el lomo.

᠂᠂ ⚸ ᠂᠂

Matilde concluyó que la visita a Sandrine, la editora, se prolongaría y que perdería horas preciosas que habría destinado a recorrer una de las ciudades más viejas del mundo, colmada de tesoros culturales y de puntos de interés. La adición al grupo del teniente coronel Bergman y de su hermano garantizaba que la presunción se cumpliría y que la reunión se extendería por tiempo indefinido. Matilde disimuló un suspiro cuando Lior Bergman los invitó a almorzar en uno de los restaurantes del hotel, el King's Garden, ubicado en la terraza que dominaba el jardín y la piscina. El militar mostró su dentadura al sonreír, complacido, cuando el Silencioso y Sandrine aceptaron la invitación. Después, desvió la mirada hacia Matilde, a quien evitaba deliberadamente, y su sonrisa se profundizó, en realidad, cambió de condición para tornarse sugestiva, casi impertinente, como la de un adolescente que se sale con la suya. Matilde le devolvió una sonrisa inocente, más bien tímida, y miró a Sandrine, quien, desde su llegada, dominaba la conversación.

Amina, aburrida de estar quieta y de un idioma que no comprendía —se habían decantado por el inglés–, abandonó el regazo de su padre y caminó, sorteando los pies de los adultos, hasta Matilde, entre cuyas piernas enterró el rostro con un soplido de hastío. Matilde le masajeó la espalda menuda y se echó hacia delante para besarle la parte posterior de la cabeza.

—Amina —la recriminó el Silencioso—, vas a ensuciar el pantalón blanco de Matilde.

La niña y Matilde se miraron y profirieron una risita pícara.

—Cuéntame un cuento de Jérôme, Matilde.

—No ahora, Amina —intervino el Silencioso.

—Sabir, hermano, ¿qué haces aquí?

A Matilde le bastaron esas pocas palabras; no precisó girarse en el sofá para individualizar al dueño de esa voz con un indiscutible tono autocrático, cuya frecuencia de onda la penetró por la nuca y le barrió el cuerpo como si éste fuese hueco. La expresión de Sandrine, que rápidamente mutó de la estupefacción a la apreciación, le confirmó que Eliah Al-Saud y su belleza inverosímil acababan de ubicarse detrás de ella.

Al-Saud, sin destinarle una mirada, rodeó el grupo de sillones en dirección a su amigo de la infancia, que se había puesto de pie y le salía al encuentro con una expresión que manifestaba su contento. Se dieron un abrazo e intercambiaron unas frases en árabe, cuyo significado Matilde captó de manera parcial. Al-Muzara se ocupó de las presentaciones; a Matilde la dejó para el último.

—Bueno —dijo, con voz divertida—, a Matilde ya la conoces bien.

—Sí —admitió Al-Saud, y, por primera vez, movió la cabeza para dignarse a mirarla—. Hola, Matilde.

—Hola —contestó deprisa, con voz desfallecida, y tuvo la certeza de que, así como él se había desenvuelto con aplomo, tanto que nadie habría adivinado lo que habían significado el uno para el otro, la actuación de ella resultó patética además de reveladora.

A diferencia de Sandrine, sobre la cual se había inclinado para darle dos besos, uno en cada mejilla, a ella ni siquiera le extendió la mano, y, después de ese vistazo apático, devolvió la atención al grupo y no reparó en ella de nuevo, como si su asiento estuviera vacío. Matilde se habría levantado y corrido al baño para refrescarse las mejillas acaloradas y enjugarse los ojos si no hubiera estado segura de que empeoraría las cosas.

—Ven, siéntate con nosotros —lo invitó el Silencioso—. ¡No sabía que estabas en Jerusalén! ¡Qué grata sorpresa! ¿Qué haces por aquí?

Al-Saud se comportó cumpliendo con su máxima de jamás desvelar los verdaderos objetivos e intenciones que lo guiaban, por lo que, después de una inclinación de cabeza y una sonrisa sutil, todos siguieron sin saber por qué se encontraba allí. La conversación, de nuevo en manos de

Sandrine, que de manera inequívoca establecía su preferencia por el recién llegado, se desenvolvió en términos cordiales y fluidos. Matilde, sin embargo, no habría sido capaz de establecer de qué se hablaba. El corazón le rugía en los oídos, y oía retazos en los que no se detenía a pensar porque su cerebro se empeñaba en resolver el acertijo que representaba Eliah Al-Saud. ¿Debía dar crédito a su indiferencia o se explicaba en el rencor? ¿Aún la amaba o, cansado de ella, había conseguido olvidarla? Se repetía que no podía culparlo; sin embargo, una rabia creciente se alzaba en su interior. Después de todo, se justificaba, las fotografías con Gulemale habrían afectado a la más ecuánime, ni hablar del *affaire* con Mandy, la esposa de Nigel Taylor, que éste había adaptado a sus fines espurios. Eliah *tenía* que comprenderla.

No lograba dominar la desesperación con que lo contemplaba, obnubilada por su hermosura, exacerbada por la deportiva elegancia con que se había vestido. No le conocía ese chaleco de hilo amarillo pastel de Tommy Hilfiger, ni la camisa en un celeste claro, cuyas mangas, enrolladas sobre el antebrazo, le desvelaban la muñeca gruesa y la sinuosidad de los músculos. Los pantalones de gabardina color gis Lacoste agregaban luz al conjunto, y, sin remedio, las huéspedes del hotel se detenían para admirarlo como si se tratara de la escultura de un dios griego moldeado en luces y en sombras, de las cuales los ojos verdes, despejados gracias al peinado con gel hacia atrás, emergían con el fulgor de los de un felino en la noche. Soslayada y marginada, Matilde encontró irresistible el análisis en el que se había embarcado, y reparó en varios detalles, como el cinturón de cuero blanco Gucci, con los costuras gruesas en azul marino, o los zapatos náuticos en gamuza celeste de Salvatore Ferragamo o los anteojos Ray Ban Wayfarer de carey que colgaban en el vértice del escote en V del chaleco amarillo. A medida que completaba la inspección, temía dejarse traicionar por la creciente opresión que experimentaba en la boca del estómago; no hablaba por miedo a articular con voz chillona, ni bebía el jugo porque, estaba segura, haría ruido cuando éste atravesara el nudo que le obstruía la garganta. Permanecía quieta como una momia, apariencia que no logró sostener cuando el deseo y las ansias de él la descubrieron: Al-Saud, al cambiar de posición, apoyó el tobillo izquierdo sobre la rodilla derecha, y el pantalón, al subirse y dejar al descubierto que no usaba calcetines, reveló la piel oscura y de espeso vello negro, cuyo contacto ella evocaba con claridad meridiana. Carraspeó, se rebulló en el sillón, acomodó innecesariamente su *shika*, besó a Amina, dormida en sus brazos, le retiró los mechones del rostro, se inclinó para tomar el vaso con jugo, aunque a último momento desistió al recordar que, al tragar, haría un ruido humillante. Como el teniente coronel Lior Bergman,

sentado a su lado, interpretó que no lo asía porque Amina la obstaculiza-
ba, se lo entregó con una sonrisa, y Matilde se vio obligada a sorber.

Al-Saud siguió el intercambio entre el hermano de Ariel Bergman y
Matilde con ojos asesinos, y no perdió de vista el modo casual en que el
militar israelí le rozó los dedos tanto al darle el vaso como al retirárselo.
Le habría borrado la sonrisa de golpe.

—Sabir, querido —dijo Sandrine—, ¿es ésta la Matilde de la que me has
hablado, la autora de esos cuentos maravillosos que me enviaste?

—Ella es —afirmó el Silencioso.

Al-Saud dirigió a Matilde una mirada ardiente y dominante que en
un primer momento la turbó y que, segundos más tarde, extrañamente,
la liberó del estado de estupefacción en el que la aparición de Al-Saud la
había hundido.

—¿De veras, Matilde? —se sorprendió Lior Bergman—. ¿Tú escribes
cuentos?

Matilde asintió, consciente de las mejillas incandescentes y del triunfo que significaba haber sorprendido a Eliah. Éste percibió la mano de
Sabir Al-Muzara cerrarse sobre su antebrazo para detenerlo cuando, al
ver a Lior Bergman aferrar la mano de Matilde y besarla en el acto de
felicitarla, estuvo a punto de saltarle encima.

—Tranquilo —le susurró en árabe.

Removió el brazo hasta que su amigo lo soltó. La odió con la intensidad que lo había dominado durante los primeros días después del rompi-
miento en el Congo, cuando se había propuesto olvidarla porque ella había terminado por convertirse en una estrella inalcanzable, muy superior
a sus posibilidades.

—Tus cuentos son extraordinarios, Matilde —la alabó Sandrine—. Me
han atrapado como a una niña, te lo aseguro. Y el pequeño Jérôme es el
héroe perfecto.

—¿Has usado a Jérôme en tus cuentos?

El reproche le cortó la respiración y ejerció un efecto inmediato en el
grupo. El aire pareció congelarse.

—Eliah, por favor, hermano… —terció el Silencioso.

—¡Ya tengo hambre! —declaró Ariel Bergman, y se puso de pie—. ¿Pasamos a la terraza? Nuestra mesa está reservada para la una y media. Ya
casi es la hora.

—Sí, sí —se aunó Sandrine, y los demás, aún afectados por la agre-
sividad de Al-Saud, comenzaron a abandonar los asientos con aspecto
intimidado.

El Silencioso se apresuró a desembarazar a Matilde del peso de Amina y Lior Bergman le ofreció su ayuda para incorporarse.

—Gracias, Lior —musitó Matilde, y siguió al grupo junto al israelí, quien, para animarla, le habló de las especialidades del King's Garden.

Al-Saud cubrió la retaguardia y, con un vistazo locuaz, le indicó a Ulysse Vachal que los siguiera al exterior. Caminó tras Matilde buscando ocultar, tras su paso despreocupado, que el ritmo cardíaco se le había alterado después de verle el trasero enfundado en unos jeans blancos muy ajustados. Había adquirido una dimensión y una apariencia nuevas, como si fuera el de una africana, como si no perteneciera al cuerpo de Matilde sino que se tratara de un agregado toscamente añadido. Pensar en recorrerlo con sus manos abiertas le causó una punzada en los testículos, que lo obligó a reacomodarse y a fruncir levemente el entrecejo. Conocía de memoria el antiguo diseño de su trasero, que, pese a la delgadez de ella, había resultado extravagante y apetecible. Se lo imaginó con esos kilos de más. «Araña pollito», evocó, y una risa casi lo delató. Ella lucía sustanciosa, suculenta, apetecible como un postre. Sus pechos, que habían permanecido ocultos tras Amina, se habían sacudido al ponerse de pie con la asistencia del militar israelí.

En la terraza, mientras el mesero agregaba sillas a la mesa, Al-Saud aprovechó una confusión entre Lior Bergman y Sandrine para ocupar el sitio junto a Matilde. La francesa se ubicó del otro lado, y Bergman debió conformarse con el asiento de enfrente. Eliah desplegó la servilleta, y una estela de A Men, que jugueteó bajo las fosas nasales de Matilde, la trastornó al extremo de no oír cuando el mesero le preguntó qué deseaba tomar. La mano de Lior cruzó la mesa y le rozó el antebrazo para devolverla a la realidad.

—Matilde, ¿qué deseas beber? —le preguntó con una dulzura que casi le arrancó lágrimas. La hostilidad de Al-Saud la encolerizaba; que hubiera roto su promesa y usado A Men la enterraba bajo capas y capas de tristeza. Se había perfumado con A Men sin ella. «Sin mí», repitió, transida de dolor y de melancolía. De ese modo transcurría la vida de Eliah, sin ella, cuando antes habían sido todo el uno para el otro. A él se lo veía entero cuando ella se desmoronaba a ojos vistas. La había expulsado, cansado de sus suspicacias y de sus reclamos.

—Agua —pidió.

—Sin gas —añadió Al-Saud.

—Sí, sin gas —confirmó, y observó de soslayo a Al-Saud, que seguía inmerso en la lectura del menú. Levantó la vista y se topó con la mirada entre curiosa, inquisitiva y demandante de Lior Bergman. «¿Es a causa de él que me rechazas?», le preguntaban sus ojos celestes.

Ariel Bergman sugirió *meze*, una comida que todos conocían a excepción de Matilde y de Sandrine. La editora francesa preguntó de qué se trataba, y el agente del Mossad le explicó que les traerían una gran cantidad de entremeses típicos de la cocina mediterránea oriental. Para los que tomaban alcohol, se pidió *raki*, un licor transparente y anisado que, al mezclarlo con hielo, adquiere una tonalidad lechosa. A Amina, que con tanto movimiento se había despertado, la cautivó la transformación de la bebida, a la que juzgó un truco de magia, e insistía en probarlo, lo que causó el asombro de los adultos.

Pasados unos minutos y superada la impresión inicial, Matilde empezó a recobrar el espíritu, a tranquilizarse y a acostumbrarse a la presencia de Al-Saud, cuyo cuerpo delgado y atlético se le antojaba macizo y enorme junto a ella. Quería hablarle, preguntarle cómo estaba, qué había sido de él durante esos casi cuatro meses de separación. Se abstendría de inquirirle por Jérôme, no sólo para evitar que malinterpretara su interés, sino porque sabía que, de haber existido información sobre su paradero, se la habría comunicado. De algún modo, quería componer el error cometido la última vez que habían hablado por teléfono. Se atormentaba cuestionándose si no sería demasiado tarde. Lior no ocultaba la devoción que ella le inspiraba, y en Al-Saud no se evidenciaban los signos de los celos.

Sirvieron el *meze* que consistía en una variedad de aperitivos: berenjenas asadas, al escabeche y fritas, pepinos, cebollas dulces, queso de cabra, trozos de pollo con una salsa de nueces, puré de habas y de garbanzos, tomates secos, *laban* —una especie de yogur ácido—, aceitunas negras sazonadas, carnes frías y calamares, acompañados con pan de pita, al que se sugería ensopar en aceite de oliva. Lior se ocupó de llenar el plato de Matilde y de detallarle los ingredientes de cada comida. Matilde sonreía y se llevaba minúsculas cantidades a la boca, que bajaba con agua. No tenía hambre. Al-Saud, en cambio, devoró varias porciones y le dio la razón a Ariel Bergman, el *meze* había resultado una buena elección.

Para el postre, no desplegaron el mismo espíritu regionalista y optaron por helado. Matilde pidió un té de manzanilla. La calma recuperada al inicio del almuerzo, que, ahora comprendía, se relacionaba con la alegría de tenerlo a su lado, había desaparecido, y una angustia, que le oprimía el diafragma y le provocaba náuseas, tomaba su lugar. Temía que todo terminara demasiado pronto, que el Silencioso y Eliah se despidieran y que ella perdiera una nueva oportunidad por cobarde y orgullosa.

Se sobresaltó, con lo cual llamó la atención de Lior, si bien contó con el buen tino de reprimir una exclamación, al caer en la cuenta de que era Eliah quien le apretaba el hombro y la acariciaba entre los omóplatos con el pulgar. No se atrevía a moverse por temor a que él detuviera el lento ir y venir del dedo. Lo estudió por el rabillo del ojo: él clavaba la vista en Lior Bergman y en su hermano, el tal Ariel, con una sonrisa sutil que constituía un gesto de victoria al tiempo que de desafío.

Como Matilde se había recogido el cabello en un chongo y exponía el cuello, Al-Saud se lo rodeó desde atrás con la mano izquierda, ocultándoselo por completo. Matilde contuvo el aliento. Al-Saud deslizó el pulgar hacia arriba y hacia abajo, a la altura del mentón; con cada caricia, se demoraba en la depresión del nacimiento del escote, lo cual provocaba en Matilde un erizamiento que le endurecía el clítoris hasta causarle puntadas que pedían a gritos el alivio.

—¡Ah! —exclamó Sandrine—. No sabía que ustedes fueran pareja.

Matilde no pronunció palabra, y Al-Saud se limitó a asentir y a sonreír. La charla prosiguió, aunque en un ambiente perplejo desde que Al-Saud se había lanzado a marcar a Matilde como de su propiedad, con el instinto de territorialidad de un león. Los semblantes no reflejaban incomodidad o vergüenza ajena, sino que se habían convertido en un reflejo del enardecido de Matilde. Cautivados por el contraste de la mano oscura y de vello negrísimo sobre el cuello traslúcido, hipnotizados por el lento ir y venir del pulgar, comían y murmuraban comentarios intrascendentes.

Matilde, cuyo sonrojo había disminuido hasta convertirse en una palidez manifiesta, se convenció de que el despliegue no constituía un interés genuino de Al-Saud por ella, sino de una batalla que libraba en la guerra por la rivalidad natural entre los machos. Se removió en la silla, lo que causó que Al-Saud detuviera las caricias, pero no que retirara la mano en torno a la columna de su cuello. Hurgó en su *shika* hasta dar con un pedazo de papel y una pluma. La sinceridad y la valentía, se animó, serían recompensadas como en las películas con final feliz. Estiró el papel sobre la libreta de direcciones, garabateó unas palabras y lo presionó sobre la pierna izquierda de Al-Saud. La mano derecha de él se topó con la de ella al resguardo de la mesa, cubierta por un mantel largo. El ligero murmullo del papel no los delató porque, en ese instante, Amina les cantaba en árabe.

Al-Saud, convencido de que leería una sentencia donde le ordenaba que la dejara en paz, a duras penas sojuzgó la impresión que le causaron las palabras «*Perdóname, mi amor*». Como si la marea se hubiera alzado en su interior, de igual modo lo colmó la dicha. Sin embargo, él era conocido por su corazón duro y calculador, y la herida que otras palabras de Matilde le habían ocasionado casi cuatro meses atrás no cicatrizaría con tanta facilidad; exigía un resarcimiento mayor. Aplastó el papel y lo arrojó al suelo. Recibió como un golpe el clamor ahogado de Matilde.

—¿Qué pasa, Matilde? —le preguntó Amina—. ¿Te duele la panza?

–Un poco la cabeza, mi amor.

–Cuéntame un cuento de Jérôme.

–¡Ah, Jérôme! –proclamó Sandrine, al recordar el tema truncado en la recepción–. ¿Quién es ese muchachito? ¿Acaso existe?

La tensión sufrida desde la aparición de Eliah se tornó inmanejable, y Matilde pudo oír el crujido de su dique de contención. Percibió un calambre allí donde, hacía un momento, Al-Saud la había masajeado. Una tibieza en los ojos le desdibujó el rostro tan querido de Amina.

–Jérô… –alcanzó a articular con voz seca antes de hacer rechinar la silla y correr al interior del hotel.

Los hombres se pusieron de pie de inmediato. Al-Saud extendió un brazo en dirección del militar israelí.

–No se inmiscuya, Bergman. Éste es un asunto entre Matilde y yo. Jérôme es nuestro hijo y está desaparecido.

No se quedó para evaluar los efectos de la bomba que había soltado. Arrojó varios billetes sobre la mesa, recogió la nota del piso y se alejó a zancadas. En el *lobby*, un botones le informó que la señorita rubia y bajita le había preguntado por el *toilette* de damas. La aguardó fuera. Impaciente, a punto de irrumpir importándole un comino el escándalo, la vio salir con los ojos hinchados y la nariz roja. Ella lo divisó en la penumbra, al final del pasillo, y se detuvo, asaltada por una sensación de *déjà vu*, la de una noche en un restaurante japonés de París, donde, para besarla por primera vez, Eliah se había impuesto a la fuerza.

Al-Saud avanzó a paso lento, olfateando la desconfianza y el miedo de Matilde.

–¿Qué quieres?

–Hablar contigo.

–Me quedó claro que no tienes nada que hablar conmigo cuando arrugaste mi nota y la tiraste al piso.

Se sostuvieron la mirada como dos animales que se miden antes de enredarse en una pelea. Matilde tenía tantas cosas que reprocharle: que pisoteara su pedido de perdón, que no hubiera esperado a que ella despertara en Johannesburgo, que no contestara sus llamadas, que se hubiera perfumado con A Men.

–¿Qué hay entre Bergman y tú?

Matilde exhaló un resoplido iracundo y se movió para sortearlo y regresar a la terraza del hotel. Al-Saud le calzó la mano bajo la axila y la aplastó contra su cuerpo. La inmovilizó cerrando los brazos alrededor de su torso, arrastrando los de ella hacia atrás, hasta que sus manos terminaron tocándose en la base de la espalda.

—¡Si no me quieres para ti, deja que otros me quieran! —le soltó, mientras pugnaba por desasirse.

—*Jamais!*

Al-Saud cerró el puño con ferocidad para sujetarle ambas muñecas, y ella se tragó el quejido de dolor al percibir la quemazón en los tendones. El chongo se deshizo, y un cosquilleo invadió a Eliah cuando el cabello de Matilde le rozó la mano y el antebrazo. Se trató de un efecto intenso: la suavidad y la delicadeza de los bucles de ella sobre su piel tensa, de vello crispado. Para combatir ese instante de desconcierto y debilidad, profundizó la inmovilización, sus dedos le mordieron la carne, y sonrió con expresión perversa cuando Matilde sumió los labios y apretó los párpados para soportar el ardor en las muñecas.

Los dos respiraban entrecortadamente y callaban. Matilde abrió los ojos lentamente, al mismo compás con que los dolores iban disolviéndose. Al-Saud la aguardaba en actitud combativa. En el conjunto de párpados oscuros y cejas gruesas y negras, el verde esmeralda de sus ojos surgía como un faro en medio de la noche. «Eres demasiado», pensó Matilde. Demasiado hermoso, demasiado poderoso, demasiado dominante, demasiado seguro sí. Demasiado para ella. No se atrevía a lidiar con un hombre cuya naturaleza semejaba a la de un dios. A veces alcanzaba extremos de bondad que la aturdían; en ocasiones, se convertía en un ser malo, de una gran capacidad destructiva, como la de las armas que coleccionaba. Se quedó mirándolo, sin pestañear, directo a los ojos, donde observaba el fuego que ardía en él, una fogata enorme que jamás se extinguía. La atraían sus llamas; su danza la hipnotizaba. No le tenía miedo. Sólo le temía a alejarse de la calidez que irradiaba.

Se puso de puntitas hasta que su rostro se detuvo a escasos milímetros del de él. Lo desafió con una mirada que Al-Saud reconoció y respetó. Se quedó quieto, con una expresión neutra, la del dios incrédulo que no espera prodigios de una criatura inferior. Siempre con sus ojos fijos en los de él, sin desviarlos un instante, Matilde arrastró la punta de la nariz sobre el labio superior y el mentón de Al-Saud para impregnar sus fosas nasales con A Men, cuya fragancia indescifrable —naranja, chocolate, pimienta, maderas— desató una catarata de recuerdos felices. No lo besó. Le chupó la boca como si lamiera la base de un helado que está derritiéndose. La lengua blanda de Matilde se arrastraba de una comisura a la otra, le separaba los labios, le rozaba los dientes, la encía y, mientras tanto, lo miraba. Lo sentía ceder, lo percibía en la respiración, que le golpeaba la piel con una frecuencia creciente; también en las manos, que, de modo intermitente, se aflojaban y se ajustaban alrededor de sus muñecas.

—¿Existe algo más lindo que tu boca? —La pregunta retórica de Matilde obtuvo una contestación tajante, de voz tensa:

—Sí, tus nalgas.

Eliah procedió a un tiempo: le soltó las muñecas, le apretó las nalgas y le penetró la boca con la lengua. Las manos libres de Matilde volaron hacia la nuca de él y sus dedos treparon por el cuero cabelludo hasta encontrar mechones largos cerca de la coronilla donde enredarse y sujetarse. Aplicó fuerza y le hizo doler. Él, como venganza, le mordió el labio inferior. El tiempo pareció suspenderse mientras Matilde le jalaba el pelo y él le clavaba los dientes en la carne blanda de la boca. Lo frustraba no ocasionarle dolor al aferrarle el trasero; la tela gruesa y ajustada del pantalón le impedía hundir los dedos en la carne. Sus respiraciones agitadas se entremezclaban, sus ojos se devoraban, la tensión crecía, ninguno parecía dispuesto a aflojar el tormento que le causaba al otro.

Al-Saud separó los dientes y profirió un insulto. Matilde se vio arrastrada hacia el costado, hacia el baño de caballeros. Eliah abrió la puerta con el lateral del cuerpo, sin prestar atención a las quejas de ella ni a sus intentos por escapar. Revisó los tres compartimientos con Matilde a cuestas; estaban vacíos. Se sirvió de la misma cuña de papel con la que había trabado la puerta para sostener la conversación con Ariel Bergman. La guió con el zapato y la calzó de un puntapié. Colocó a Matilde frente al espejo y, cuando ésta intentó darse vuelta, la aferró por la nuca y le inclinó el torso hasta que sus pechos se mojaron con los restos de agua que humedecían el mármol del lavabo.

—Quédate así. Voy a hacértelo desde atrás.

Profirió una risita corta, nerviosa, que la hizo sentir estúpida, al tiempo que ligera y dichosa. No le molestaba que Al-Saud asumiera la posición dominante. La penetraría en un baño público, como habría hecho con una prostituta callejera, y ella se lo permitiría. La excitación estaba trastornándola, y él acabó por cortar el hilo que la unía a la cordura al bajarle los pantalones a tirones y deslizar la mano con premura dentro de los calzones para cerrarla sobre su pubis. Eliah soltó un suspiro, como si hubiera metido la mano quemada en agua fría, y apoyó la frente en el hombro de Matilde, cargando el peso de su cuerpo sobre el de ella, que percibió el filo del mármol en las crestas ilíacas. El aliento de él le quemó la curva del cuello.

—*Ah, ma petite tondue.*

Descansó sobre Matilde unos segundos, inconsciente de que la abrumaba, de que la lastimaba al oprimirle la vulva con aquella destemplanza. Su corazón se agitó al encontrar los ojos de Matilde en el espejo, brillantes de deseo, su labio inferior hinchado y enrojecido a causa de su mordida y las aureolas oscuras sobre sus pechos, como las que habría presentado una madre a la que se le ha desbordado la leche. Esto último, extrañamente, atizó su lujuria de una manera incontrolable, y supo que algo feroz y sin escrúpulos se desataba en él. Experimentó un instante de miedo por ella, porque, a ese punto, se sabía capaz de cualquier cosa. Matilde desbarató el intento por someter a la bestia cuando, con voz insegura, lo llamó por su nombre.

—Eliah... Por favor...

Lo maravillaba y lo enfurecía que ella contara con el poder de volverle el pene de hierro sólo con pronunciar su nombre. Dominado por la misma predisposición violenta, la despojó de la *shika*, que acabó en el suelo, introdujo la mano derecha en el escote de la playera y luchó con el brasier hasta sacar los pechos fuera, que rebotaron con el ímpetu de sus maniobras.

—*Mon Dieu* —susurró, embelesado ante el cuadro que componía el rojo intenso de los pezones erectos en contraste con la blancura de los senos. Su tamaño lo aturdió. Al igual que el trasero de Matilde, habían crecido. Intentó contener el derecho en la mano y la desbordó.

Matilde se inclinó sobre el lavabo con un movimiento convulsivo y se sujetó a las llaves cuando Al-Saud le estimuló los pezones con el costado de los índices, sin soltarle los pechos. Una y otra vez, la rigidez de sus dedos le rozaba las puntas sensibles.

—Míranos en el espejo —le ordenó en francés, y Matilde lo complació.

La enloqueció la imagen proyectada frente a ellos, la enardecía verse, verlo, como si se excitara con una película porno. Las manos de él le sostenían los senos que colgaban y casi rozaban el mármol, sus dedos le apretaban los pezones, y Matilde gemía y se contorsionaba, y se esforzaba por mantener los ojos abiertos para no perder un instante de la imagen más erótica que había contemplado.

—Debería castigarte por poner en peligro nuestro amor —le reclamó él, siempre en su lengua.

—*Alors, punis-moi, Eliah* («Entonces, castígame, Eliah»).

La mano derecha de Al-Saud abandonó su pecho y le bajó los calzones hasta las rodillas. Sin romper el contacto visual a través del espejo, le exploró el trasero como el ciego que reconoce los lineamientos con la ayuda del tacto. La curva de las nalgas se había pronunciado, su turgencia también.

—Mereces que te dé unas nalgadas y te deje las nalgas rojas.

—Hazlo.

Que después no lo culpara, se justificó; ese modito dócil y, a un tiempo, desafiante no colaboraba para aplacar el monstruo que había roto las cadenas y que se burlaba de él y de las migajas de sensatez. Una parte temía lastimarla; otra se regocijaba con la idea. Se puso de rodillas. Había reservado la visión de su trasero para el final. Y sí, resultó más de lo que su mente había figurado: más regordete, más respingado, más blando, más blanco, más perfecto.

Matilde emitió un jadeo y se estremeció al darse cuenta de que Al-Saud le separaba las nalgas y hundía su lengua entre ellas. Como la escandalizaba, quería exigirle que se detuviera; las palabras se enredaban en sus cuerdas vocales, de donde sólo emergían los gemidos de gozo producto del masaje extravagante y desnaturalizado.

—¡Eliah! —clamó por fin, agobiada de placer y de vergüenza, cuando la lengua de Al-Saud sobrepasó los límites e intentó penetrar su ano—. ¡No! ¡No! —le imploró, mortificada.

—¡Cállate! Haré lo que quiera. —Sin embargo, abandonó las prácticas siniestras y se puso de pie. Matilde, medio desfallecida, inclinada sobre el lavabo y asida a las llaves como a la espera de que un huracán la arrollara, levantó la cara y ahogó una exclamación: jamás lo había visto de esa manera, tan desencajado, tan poco dueño de sí, las facciones alteradas en una mueca que condensaba rabia, lujuria y una gran cuota de angustia.

—Mi amor, ¿qué pasa? —La boca se le secó repentinamente y los ojos se le calentaron cuando Al-Saud le acarició la redondez del trasero. No comprendía por qué la excitaba tanto la combinación de esa caricia suave y lenta y la mirada torturada de él en el espejo. La mano se movía como lo habría hecho sobre la cabeza de un niño. La izquierda siguió dibujando el contorno de sus nalgas mientras la derecha se ocupó de amasar sus pechos y apretarle los pezones. Matilde intentó deslizar la mano porque ansiaba tocarle la erección. Él le dio a entender que renunciara a su intento cargando más sobre ella, con lo que el filo del mármol le torturó de nuevo las crestas ilíacas.

—¿Qué hay entre tú y Bergman? —Al-Saud sabía que no existía nada; sus hombres se lo habrían informado; no obstante, necesitaba hacerse de una excusa para mortificarla, para castigarla por hacerlo sufrir, por no respetarlo, ni admirarlo, por no confiar en él, por hacerlo sentir inferior e indigno de su amor.

—Nada. —Su contestación, expresada con la voz de niña que él conocía de memoria y que le ablandaba el corazón y lo enternecía, en ese momento lo enardeció tanto como su trasero de araña pollito. Todo se trastocaba esa tarde. La realidad cobraba un matiz inverosímil, y allí estaban, atrapados en un vórtice de locura, venganza y sexo, a punto de hacer el amor después de tantos meses, en el baño público del *lobby* de un hotel en Jerusalén. Nada era normal entre ellos.

Descargó la mano sobre el cachete izquierdo del trasero de Matilde y después sobre el derecho. Matilde sofrenó el alarido que se materializó en el enrojecimiento de su cara y en el centelleo de sus ojos.

—¡Nada! ¡Entre Bergman y yo no hay nada!

Le pellizcó dolorosamente el pezón derecho, después el izquierdo, y volvió a azotarle las nalgas.

—¡No es lo que a mí me pareció!

—¡Por favor! —¿Por qué no quitaba las manos de las llaves y se defendía? ¿Qué perversa disposición la mantenía estoica, sin prorrumpir en gritos, y la obligaba a padecer las nalgadas y los pellizcos? ¿Acaso la excitaban? ¿Los disfrutaba? El trasero le hervía y los pezones le ardían, y ella gozaba. «Soy una retorcida», se recriminó, y gimió de gozo cuando Al-Saud introdujo los dedos índice y mayor dentro de su vagina pringada.

—¿Con qué derecho te sirvió la comida? ¿Con qué derecho...?

—¡Porque le gusto! —Su mal genio explotó—. ¡Porque me desea! ¡Porque quiere salir conmigo! ¡Ah! —exclamó, y se puso de puntitas en un acto maquinal cuando el dedo mayor de Al-Saud le penetró el ano.

Eliah le habló a través del espejo. No elevó el tono, no retiró el dedo, no dejó de estrujarle el seno derecho.

—Tú sólo me quieres a mí, sólo me deseas a mí, sólo eres para mí.

Matilde lo contemplaba desde esa posición en suspenso, sostenida por las puntas de los pies y por el cuerpo de él, los músculos en tensión, la mente en completa anarquía. Alguien intentó abrir la puerta, sin éxito; la cuña de papel hizo su trabajo. Matilde no atinó a ponerse nerviosa y siguió hechizada por las palabras de Eliah, como si le hubiera lanzado un conjuro. Entonces recordó cuánto anhelaba recuperarlo y compensarlo por la herida que le había causado en Rutshuru.

—Por supuesto —su voz sonó tensa, reflejo de lo incómoda que estaba—. Tú eres todo para mí, Eliah. Tú eres el único. Tú eres el amor de mi vida.

Sin desviar la mirada amenazadora con que la horadaba en el espejo, Al-Saud retiró el dedo, y Matilde lo lamentó. «De nuevo», le habría pedido, si la vergüenza y la culpa no la hubieran abrumado. Al-Saud se colocó de rodillas otra vez para venerar su trasero.

—Matilde... —Su jadeo ardiente le escoció la piel. Le pasó la cara por las nalgas enrojecidas y sensibilizadas, incapaz de advertir que las raspaba con la barba y aumentaba el padecimiento. Experimentó celos de su propio trasero, como si éste hubiera adoptado una individualidad que lo convertía en una parte ajena a la que Al-Saud quisiera y deseara más que a ella.

—Eliah...

—¿Qué?

—Te necesito... Ahora... No puedo más. —Se dio vuelta para enfrentarlo y suspiró, aliviada, cuando el mármol le tocó las nalgas calientes—. Bésame —le pidió tímidamente, como si la confianza entre ellos no fuera infinita.

Al-Saud la sujetó con firmeza: le colocó una mano en la parte posterior de la cabeza y la otra fue a parar a su sitio predilecto, caliente a causa del maltrato. La besó con lengüetazos lánguidos, y Matilde, a ciegas, le manipuló la hebilla del cinturón, le desabrochó el pantalón y le bajó los boxers. Al-Saud gimió en su boca y sacudió el torso cuando Matilde le asió el pene con ansiedad.

—Lo necesito ahora dentro de mí —le confió, con los ojos cerrados y sobre sus labios; no quería mirarlo, no quería descubrir el triunfo y la satisfacción de macho pintados en su cara—. Pasó tanto tiempo desde la última vez. Eliah, por favor.

—¿Qué necesitas dentro de ti? ¿Cómo llaman a esto en tu país? Dilo.

—Pene.

—¡No! Cómo lo llaman vulgarmente. Quiero que me digas vulgaridades.

Transcurrieron segundos de silencio ahondado por las respiraciones agitadas, hasta que Matilde pronunció, con los ojos cerrados:

—Quiero tu verga dentro de mí. —Después de la grosería, levantó los párpados y, al descubrir la excitación desvergonzada que provocaba en Al-Saud, cobró valor—. Quiero tu verga muy adentro. Tu verga dura y enorme.

—¿Te gusta mi verga? —Al-Saud cerró la mano sobre la de Matilde y la obligó a moverla sobre su pene—. ¿Te gusta? —Ella se humedeció el labio y asintió—. ¿Adónde te gustaría que te la meta? ¿Aquí? —sugirió, y amó la mirada de ojos excesivamente abiertos que le dirigió cuando presionó el dedo mayor en la entrada de su ano—. No, mejor ahí no —concluyó, con una sonrisa ladeada.

Cumpliría su promesa; él nunca renunciaba a su palabra: la tomaría desde atrás. La obligó a inclinarse de nuevo sobre el mármol y le indicó que levantase el trasero.

—Tienes la vulva muy hinchada y la vagina muy viscosa. Estás caliente como una brasa, mi amor.

—Te deseo tanto.

—¿Sí, verdad? —Su acento irónico no la hostigó; lo sabía herido y malhumorado y se había propuesto tratarlo con paciencia—. Sólo para esto me quieres. —Colocó la erección entre sus nalgas y presionó—. Para lo demás, ni me respetas ni confías en mí. Soy tu macho para hacerte gozar, el que te enseñó a gozar —subrayó—, pero no el hombre para tu vida.

—Eres todo para mí, Eliah. Mi amante, mi hombre, mi compañero, mi amigo, mi maestro. Eres en quien más confío. Te confiaría mi vida. Tú lo sabes.

—No, no lo sé. No fue lo que dijiste en Rutshuru esa noche. —Las últimas palabras brotaron con esfuerzo, pronunciadas con voz tirante, al tiempo que se impulsaba dentro de ella. Su pene se deslizó por la vagina, y ese simple acto le drenó la fuerza. Apoyó la frente entre los omóplatos de Matilde y no la apartó para reprocharle—: Me lastimaste. Mucho.

Matilde apretó los labios y tragó varias veces el nudo que volvía pesada y espesa su garganta. Quería hablar y no conseguía dominar la emoción que la privaba del aliento. Deseaba expresarle cuánto lo amaba, como jamás había amado ni amaría a nadie, y que el amor que sentía por él era eterno, inmenso y poderoso. Alcanzó a balbucear «perdón» entre sollozos y con un timbre que la avergonzó. Al-Saud levantó la cabeza de manera brusca y, después de unos segundos de estupor, se inclinó sobre ella y le besó de costado la mejilla húmeda de lágrimas. Matilde extendió el brazo hacia atrás y aferró sus cabellos con frenesí. Él siseó para calmarla mientras ella repetía la palabra perdón una y otra vez, y le buscaba la boca.

Oyeron el forcejeo en la puerta y las palabras airadas en el pasillo. Al-Saud le sujetó la cadera y se impulsó dentro de ella. Matilde abrió las llaves para que el ruido del chorro camuflara los gemidos, y los cerró de inmediato porque lo consideró un desperdicio imperdonable. Que los oyeran, se dijo bajo la influencia de un espíritu alocado, ligero y libre. Nada le importaba excepto él y esa pasión inmensa que compartían en un baño público a punto de ser tomado por asalto.

La puerta se agitaba, las voces se elevaban, y Al-Saud seguía empujándola. Se miraban en el espejo, hasta que él rompió el contacto para fijar la vista en los senos de Matilde que se balanceaban con cada embiste.

—Tus tetas —farfulló, sin aliento—, así... Grandes... Cómo me calientan. —Se reclinó sobre la espalda de Matilde, que quedó paralela al piso, recostada sobre el mármol. Al-Saud se apoderó de sus pechos y, con el mismo ardor que le masajeaba los pezones, le mordía el trapecio derecho y la golpeaba con la pelvis. Matilde ladeó la cabeza y oprimió la boca contra el bíceps izquierdo de Al-Saud para amortiguar su desahogo y que los de afuera no la oyeran. Él, en cambio, no se privó de nada, y gruñó y gimió como si se hallaran en la intimidad de la casa de la Avenida Elisée Reclus. Salió de ella, se subió los pantalones y se ajustó el cinturón, para después ayudarla a vestirse porque se dio cuenta de que le temblaban las manos, incluso recogió la *shika* del suelo y se la cruzó en bandolera.

—No creo que pueda caminar —dijo Matilde, y Eliah la sujetó por la cintura.

A juzgar por el bullicio, se había congregado una pequeña multitud. Al-Saud pateó la cuña y abrió la puerta. Un mutismo cayó sobre el grupo. Matilde cerró los ojos y apoyó la mejilla sobre el pecho de Eliah.

—¡Señor Al-Saud! —se azoró uno de los conserjes.

—Lo siento, Jacobo —expresó en inglés—. Mi esposa se sintió mal.

—¡Oh! ¿Su esposa?

Al-Saud le dirigió un vistazo de advertencia, y las orejas y el rostro del conserje adoptaron una tonalidad rojiza. Había sonado incrédulo e impertinente, con lo que había ofendido a uno de los mejores clientes del hotel, venerado a causa de la generosidad de sus propinas. Con el propósito de paliar su desatino, ordenó a la pequeña multitud que se dispersara para darles paso.

—¿Necesitará algo de la farmacia, señor Al-Saud?

—Por el momento, no. Gracias.

El grupo observó a la pareja caminar hacia la zona de los ascensores. Una muchacha de la limpieza comentó al oído de su compañera:

—Si ésa se siente mal, yo soy Meryl Streep. ¿Le viste las mejillas coloradas? ¡Esos dos acaban de coger!

—¿Quién puede reprochárselo? ¡El señor Al-Saud es un bombonazo!

⊰ ❀ ⊱

Apenas se cerraron las puertas del ascensor, Matilde elevó el rostro de mejillas rosadas hacia Eliah y le sonrió con el aire de una niña a la que han descubierto haciendo una travesura.

—¡Qué vergüenza! Estoy segura de que todos saben lo que estuvimos haciendo en realidad.

Al-Saud la admiró en silencio, con una expresión de severidad que pulverizó la sonrisa de ella. La aprisionó contra la pared, le sujetó un puñado de cabello de la parte posterior de la cabeza y la besó con un ansia que no midió y de la cual se arrepintió cuando Matilde apartó la cara para recuperar el aliento. Al-Saud apoyó la frente en su coronilla y a ella se le erizó el cuero cabelludo cuando lo oyó admitir en francés:

—No puedo evitarlo. Contigo siempre es así, exagerado, incontrolable, desquiciado.

—Sólo conmigo —le exigió, en un murmullo—. Sólo eres para mí.

Al-Saud la asió por los hombros para hablarle.

–¿Te queda alguna duda de que eres la única que me pone de este modo minutos después de haberte hecho el amor? –Le guió la mano a la parte delantera del pantalón para que apreciara la dureza de su miembro.

La habría increpado para reprocharle algo que, en verdad, no era su culpa, sino de esa pasión con tintes de locura que se apoderaba de él como un demonio de un espíritu: que ella lo distrajera; si alguien hubiera estado acechándolo, habría acabado con su vida fácilmente. Ésa era la razón por la cual los guerreros japoneses, los samuráis, se conservaban célibes y destinaban la energía sexual a la lucha. Takumi *sensei* sostenía que las mujeres debilitaban y que, en especial, distraían. Matilde lo distraía, no podía apartar sus ojos de ella ni cesar de desearla. Desde un comienzo, lo había alarmado el hambre constante que despertaba en él, no sólo hambre de su cuerpo, sino de toda ella: de sus sonrisas, su compañía, sus comentarios, su atención, sobre todo de su atención. La amaba de un modo demencial.

–No –musitó ella, compungida–, no me queda duda.

Amaba incluso el movimiento de sus pestañas cuando elevaba los párpados para mirarlo. Amaba que lo mirara sonrojada después del sexo y que le sonriera con timidez. Amaba que pronunciara su nombre, no importa cuándo ni dónde, bastaba que le dijera: «Eliah, ¿me pasas la sal?», porque ella no lo hacía a menudo; a veces tenía la impresión de que retaceaba el uso de su nombre a propósito, idea que descartaba al instante porque la creía incapaz de especular con nada. Amaba que le dieran vergüenza algunas prácticas después de todo lo que habían experimentado juntos. Veneraba cada centímetro de su cuerpo con la misma devoción que admiraba su mente y su espíritu.

Al momento de entrar en la habitación, sonó el celular de Al-Saud. Era el Silencioso.

–¿Matilde está contigo?

–Sí.

–¿Cómo está?

–Mejor. Oye, hermano, Matilde se quedará conmigo el fin de semana.

–Sí, sí, claro. Dejaré su bolsa en la recepción.

–Gracias. Sabir, espera. Matilde quiere hablar contigo.

A Matilde la mortificaba plantarlo.

–Sabir, perdóname. ¡Qué vergüenza contigo! ¿Qué harás? ¿Volverás a Gaza?

–¿Volver? No. Sandrine me contrató como su guía. Disfruta tu fin de semana con Eliah. No pienses en nosotros.

–Gracias por comprenderme. Nos vemos el lunes.

–*Ila-liqaa* (Hasta que nos encontremos de nuevo).

—*Ila-liqaa* —contestó Matilde.

Cerró la puerta y caminó en dirección de Al-Saud, que hacía una llamada desde otro celular. Resultaba agradable el modo en que sus sandalias se hundían en la esponjosidad de la alfombra azul marino que cubría la entrada y el vestíbulo. Puso el celular en el bolsillo delantero del pantalón de Al-Saud y se alejó para estudiar la habitación, que más bien lucía como una casa, incluso había una escalera que descendía, por lo que dedujo que se trataba de un dúplex. Al cruzar un umbral encofrado en madera ricamente tallada, Matilde se halló en una estancia enorme, con desniveles que marcaban, por un lado la sala, con profusión de sillones y de sofás, mesas para café, una televisión enorme, un equipo de música y un bar, y, por otro, un comedor con una mesa de vidrio para doce comensales. Se preguntó cuál sería el costo por noche de una habitación tan lujosa, y se propuso no mencionárselo a Eliah porque el tema del dinero y el modo en que él lo gastaba ocasionaban fricciones entre ellos. Tenía que aceptar que Eliah Al-Saud provenía de una de las familias más ricas del mundo, que había vivido en la opulencia y que, para él, ocupar una habitación de cinco mil dólares la noche (o más) era lo habitual.

En medio de la sala, cuya decoración evocaba la de las oficinas de la Mercure en el George V, Matilde giró sobre sí, incrédula de hallarse allí. Hacía tanto tiempo que no se permitía esa dicha. Se sentía aturdida y no sabía cómo actuar. La voz de Al-Saud, que se filtraba desde el vestíbulo, la reconfortó. Resultaba increíble que hablara por teléfono con tanta ecuanimidad minutos después de haber hecho el amor en un baño público. Ella aún no se reponía, no sólo del desasosiego a causa de la gente que forzaba la puerta, sino de la actitud agresiva de él, que, paradójicamente, la había conducido a un nivel de excitación devastador. Todavía le latían la entrepierna y el ano, y percibía la viscosidad del semen de él, que chorreaba por sus piernas. Ansiaba darse un baño. ¿Dónde estaba el baño? ¿Y la habitación?

Se le aceleró el corazón de manera súbita al pensar en el milagro del cual ella recién comenzaba a tomar conciencia: acababan de hacer las paces. Había temido que, después de tomarla como a una prostituta en el baño del *lobby*, la desechara para vengarse, para castigarla. La presunción, que ahora juzgaba injusta, se desvaneció al escuchar que Al-Saud le decía al Silencioso que pasarían juntos el fin de semana. La inundó un impulso de echar a correr por la sala, de romper en gritos y en carcajadas, de dar saltos en los sillones, como la abuela Celia jamás se lo habría permitido. Abrió las contraventanas que daban a un balcón-terraza y caminó hacia el barandal con los brazos extendidos en cruz, riendo y dando gracias a Dios. Inspiró el aire fresco proveniente del jardín del hotel, poblado de palmeras, plantas con flores, enormes tinajas, sillas, sillones y mesas. Había vida en el jardín, y la energía que despedía iba a tono con la que a ella colmaba. La gente tomaba sol en torno a la piscina y los meseros se paseaban con las bandejas atiborradas de vasos largos y de botellas.

La sonrisa fue transformándose en un gesto de angustia a medida que la carita adorada de Jérôme se dibujaba en su mente. Los sonidos que flotaban desde el jardín se acallaron. Entonces, oyó su risa y el «mamá» con el que la había hecho feliz. Inclinó el torso en el barandal e inspiró profundamente para contener la oleada de pánico y de tristeza. «No, no, Dios mío, no me quites este instante de felicidad con mi Eliah. Quiero estar bien para él.»

No lo oyó acercarse, más bien lo percibió en la piel de la espalda. Le conocía ese hábito, el de trasladarse con la cautela de un felino, como si debiera ocultar su presencia. Casi la sofocó el alivio que sintió cuando sus brazos la envolvieron y sus labios le besaron la nuca.

—Discúlpame —le susurró—, tenía que hacer unas llamadas. Eran importantes.

Matilde giró en su abrazo y ocultó la cara en el chaleco amarillo, que también olía a A Men. No quería que la viera aún porque quedaban vestigios del recuerdo de Jérôme.

—Matilde, ¿qué pasa?

—Eliah, quiero pedirte perdón por las cosas que te dije en Rutshuru. —Al-Saud la contemplaba con una ternura que le dificultaba proseguir. Él le apartó unos mechones y la besó en la frente—. Mi amor, te juro que lo dije sin pensar porque estaba rabiosa de celos. No era mi corazón el que hablaba. Apenas te vi saltar por la ventana, me di cuenta de cuánto te había lastimado y, habría corrido detrás de ti, si no me hubiera quedado paralizada de miedo.

—¿Miedo a qué?

Matilde le acarició las mandíbulas en donde la barba dejaba un rastro azulado.

—A que me dijeras que te había perdido.

Al-Saud la aplastó contra su pecho. Estuvo a punto de confesarle que había intentado olvidarla, arrancarla de su cabeza, de su corazón, de su verga, como ella había apodado a su pene, y que, desde un principio, se había tratado de un esfuerzo inútil. Ella era su sol, sin el cual la vida en él no era posible. Lo sorprendió tanto como a ella oírse decir:

—Sé que soy poco para ti, que mi espíritu es muy inferior al tuyo. —Matilde inspiró de manera brusca, se despegó de él y lo sujetó por las mejillas—. Una vez, en Rutshuru, te dije que sabía que no me admirabas por mi trabajo, por mi forma de ser, por las cosas que había hecho en el pasado. —Se expresaba rápidamente, con nerviosismo y en francés—. Jamás imaginé que me pesaría tanto no contar con la admiración de la mujer que amo. Tal vez sea porque ésta es la primera vez que amo a una mujer. Quiero que sepas que gané el juicio contra *Paris Match*. Ellos apelaron, por supuesto, pero no tuvieron chance. Se verán obligados a rectificar las mentiras que contaron acerca de mí y...

Matilde deslizó la mano, que aún descansaba en la mejilla de Al-Saud, y la apoyó sobre sus labios.

—Eliah, mi amor. Me avergüenzo de las cosas que te dije y de mi comportamiento pedante que te llevaron a pensar que tu espíritu está por debajo del mío. Tu corazón es tan grande y tan mío, y me conmueve tanto que quieras ocultarlo y que sólo me lo entregues a mí. Nunca admiré a nadie como te admiré a ti el día en que nos salvaste la vida a mí, a Siki y a su madre. No habrías podido hacerlo sin el entrenamiento que recibiste para ser soldado. Te amo y te admiro más que a ninguna persona. No encuentro a nadie que me inspire tanta devoción y confianza como tú. Me salvaste la vida el día del ataque y nunca te agradecí como se debe.

Al-Saud la encerró en un abrazo febril que le oprimió las costillas y le vació los pulmones. Se quedó quieta, padeciendo y, al mismo tiempo, disfrutando de su brutalidad, que, para ella, se comparaba con la magnitud del amor que se profesaban. Al-Saud tomó conciencia de su exabrupto y relajó los músculos. Matilde elevó la vista.

—Eliah, no vuelvas a pensar que tu amor por mí es una obsesión que nos hará daño. No vuelvas a decirlo, por favor. Tu amor es lo que hace que mi vida sea perfecta. Nunca vuelvas a dejarme.

Al-Saud sacudió la cabeza y sonrió con labios inseguros y comisuras temblorosas. La abrazó de nuevo, y así permanecieron durante algunos minutos hasta que él ganó compostura y aflojó la presión.

—Recuerdo vagamente el día del ataque, cuando me subían en una camilla. Creí verte y eso fue suficiente para mí, para quedarme tranquila, para saber que todo se solucionaría. Dime que eras tú, que estabas ahí.

Se aclaró la garganta antes de contestar.

—Era yo, ahí estaba.

—Después, no sé cuándo ni dónde, tal vez lo soñé, me dijiste algo. Yo oía palabras sueltas y me esforzaba por retenerlas, pero no tenía fuerza. ¿Es verdad, me hablabas?

—Te hablaba todo el tiempo y te sostenía la mano mientras íbamos en el helicóptero primero y en el avión después.

—Yo sabía que no lo había imaginado. ¿Qué me decías?

Las voces provenientes del jardín, el tintineo de la vajilla y el ruido de los chapuzones cobraron intensidad en el mutismo que reinó sobre ellos. Matilde se separó del pecho de Al-Saud al percibir su rigidez. Él tenía la cabeza erguida y dirigía la mirada hacia el horizonte. Le temblaba el mentón, y la línea extraña en que se habían convertido sus labios le servía para mantener el llanto a raya. Matilde le cubrió las mejillas con las manos e intentó que girara hacia ella, pero él se obstinó en mantener la postura.

—Mírame, por favor. —Al-Saud movió el cuello con lentitud hasta que su mirada tormentosa cayó sobre la de ella—. Te amo, Eliah. Te amo más que a mi propia vida. La daría con gusto por ti, mi amor.

De nuevo, Al-Saud no fue consciente del vigor que aplicó para pegarla a su cuerpo. Se arqueó sobre ella y hundió la cara en la curva de su cuello, donde rompió a llorar. Desde aquella tarde, se esforzaba por borrar las imágenes de Matilde herida en el sótano de la misión, de la sangre que manaba de su vientre, de la palidez anormal de su rostro, de lo débil, pequeña y vulnerable que era. No quería recrearlas porque, irremediablemente, se descentraba, perdía el equilibrio y la armonía.

Matilde no emitió sonido mientras Al-Saud desahogaba la angustia. Con sus manos, que le acariciaban la nuca y la espalda, buscaba transmitirle su energía. Lo amó más, si eso era posible, a causa del llanto, de esa humanidad que lo acercaba a ella. Segura de que, para un hombre orgulloso y seguro de sí como Eliah Al-Saud, esa muestra de debilidad se calificaría de imperdonable, cambió la estrategia, y sus manos, hasta ese momento concentradas en caricias maternales, se volvieron atrevidas y le apretaron las nalgas y le sobaron el bulto, y bajaron el cierre del pantalón y se deslizaron dentro para probar la dureza que se hinchaba y adquiría temperatura bajo la tela de algodón de los boxers.

—Dios mío, Matilde… Vas a matarme.

La arrastró a la sala y, entre besos desaforados y ajetreos bruscos para librarse de la ropa, terminaron en el sofá, donde Al-Saud cayó sentado y Matilde se ubicó a horcajadas sobre él. Le quitó el chaleco y le abrió la camisa para enredar los dedos en el vello que le cubría los pectorales y para estimularle las tetillas con los dientes. Al-Saud percibió el jalón en los testículos cuando éstos se volvieron duros y pesados, un dolor placentero que lo hizo soltar una imprecación y echar la cabeza hacia atrás. Desesperado por calmar la pulsación de su miembro, hundió los dedos en la carne de las caderas de Matilde y la guió hacia su erección. Ella se deslizó con un gemido que ahogó la inspiración ruidosa de él. Se mantuvo inmóvil, dándose unos instantes para aceptar el tamaño y el calor de la carne de Eliah, que palpitaba en su vagina, aún sensible de la cogida en el baño.

—Mi amor, quiero que sepas que, en todo este tiempo, no estuve con nadie.

Matilde, sorprendida, se limitó a asentir. Se acordó de Gulemale y de una imagen que a veces la asaltaba y le cortaba la respiración: la boca de la congoleña en torno al pene que ella alojaba en ese momento en su interior. Al-Saud se ocupó de barrer con ese cuadro al cerrar los labios en torno a su pezón y succionarlo. El placer la trastornó, y ella, en ese delirio de chispazos verdes y jadeos, se lo imaginó como una corriente de fuego y de hielo que le surcaba el torso y que explotaba entre sus piernas y que liberaba una energía que la impulsaba a moverse hacia atrás y hacia delante.

Al-Saud clavó los dedos en la cintura de Matilde y se volvió de piedra, con la cabeza tiesa sobre el respaldo, los párpados tan apretados que las pestañas emergían como puntas cortísimas y el cuello tan rígido que los tendones sobresalían como cuerdas tirantes. Aunque su sujeción le causó una ráfaga de dolor, Matilde no se quejó porque observaba los esfuerzos en los que él se empeñaba para no eyacular, para que ella se aliviara antes que él o con él. Le besó la nuez de Adán, gratificada por los restos de A Men que manaban de la piel caliente y sudada. Al-Saud soltó el aire con un resoplido e inspiró varias veces antes de pedirle:

—Déjame ver por donde estamos unidos.

Matilde elevó apenas la pelvis, e incluso a ella la turbó la imagen de su vulva y de su pubis lampiños y blanquísimos en contraste con la mata espesa y negrísima de vello. Se elevó un poco más hasta que una porción de la carne oscura y tumefacta de él salió de ella. Al-Saud observó la unión de sus cuerpos con mirada codiciosa antes de retomar los vaivenes que lo colocaron de nuevo profundamente en ella.

No habían cerrado la contraventana, y sus vecinos, unos judíos ortodoxos de Beersheva que tomaban la merienda en el balcón, cesaron de masticar, aun de respirar, cuando unos gemidos lamentosos y unos gruñidos roncos y continuos los alarmaron. La esposa bajó la vista, apenada. Al esposo, que le tomó un tiempo identificar que las notas más graves pertenecían a los clamores de un hombre y que los gimoteos con notas más agudas a una mujer y que no eran fruto de un padecimiento físico, sino lo contrario, entró en la habitación y llamó a la recepción. Jacobo atendió su queja.

En tanto se reponía de un orgasmo devastador, Al-Saud, con la cabeza ladeada en el respaldo del sofá, los brazos en cruz, todavía dentro de Matilde, que descansaba sobre su pecho, repasaba las ocasiones en las que la había amado, algo pasmado al concluir que siempre, aun aquella difícil primera vez, lo había satisfecho de una manera completa y acabada. En tantas veces, se dijo, podría haber existido una en la que su humor no hubiera sido el óptimo, o el de Matilde; o que a él le hubiera costado eyacular, o a ella alcanzar el alivio; repasó más opciones, todavía incrédulo de que con ella siempre fuera perfecto, demoledor, tremendo. Vicioso. Matilde era una droga. Más bien, pensó con ironía, era una enfermedad y amarla, la medicina. Una vez más, entre ellos, nada era normal.

—Matilde. —Ella emitió un sonido a modo de respuesta—. Mi amor, vamos a bañarnos.

Olían a fluidos, sudor y restos de perfume; tenían la piel pegajosa y húmeda.

—Sólo si lo hacemos juntos.

—Sí, juntos. Todo lo haremos juntos de ahora en adelante.

—No puedo pararme. Me duele hasta el pelo.

—Quédate así. Rodéame con las piernas.

—No quiero que salgas de mí.

—No saldré.

Cruzó la sala con ella prendida a él, su carne aún en la de ella. Descendió por la escalera, desde la cual, luego de una curva pronunciada, se obtenía una visión del dormitorio. Le costó romper la magia y depositarla sobre la cama. Cerró las cortinas para velar la desnudez de su mujer y terminó de quitarse la ropa. Preparó la tina con sistema de hidromasaje y, por primera vez en casi dos meses, se sentó en el borde para estudiar el contenido de las botellitas de La Prairie en busca de sales o de esencias para perfumar el agua; a las mujeres les gustaba.

—Aquí estoy. —Levantó la vista del frasco con gel para baño y la descubrió reclinada en el marco de la puerta, desnuda, excepto por el reloj de oro, lo único de él que había conservado, con ojos somnolientos y un sonrojo saludable en las mejillas. Aún tenía los pezones erectos, hinchados y oscuros, la piel blanquísima —siempre le causaba estupor que fuera tan blanca, no como Francesca, su madre, sino de un blanco casi antinatural, como el del gis, como el de la leche—, el cabello larguísimo y rubio que le cubría el trasero y las caderas. Le evocaba a una imagen que no lograba precisar. Hasta que recordó: *Nacimiento de Venus*, de Sandro Botticelli. Se dio cuenta de que no se trataba sólo de su trasero y de sus pechos, toda ella había ganado en redondeces y curvas.

Matilde no se incomodó con el escrutinio de Al-Saud, sino que se dedicó a hacer lo mismo, a embriagarse con la imagen de su cuerpo bronceado, cubierto de vello, que no ocultaba las ondulaciones que formaban sus músculos marcados después de años de ejercitación. Siguió el movimiento de los de su pierna izquierda cuando se puso de pie: el del gemelo externo, el del bíceps femoral y, en especial, el del cuádriceps, cuya línea que se abultaba antes de morir en la rodilla confería la idea de vigor y solidez. *Él* causaba la impresión de firmeza e integridad. Le observó el pene saciado, y su cuerpo respondió enseguida: los pezones le dolieron, el clítoris le palpitó y la vagina cobró humedad. Antes de que Al-Saud se acercara, apoyó la mano sobre el pubis y, con una mirada cargada de significado y una voz medio enronquecida debido a los gritos de placer, le dijo:

—Todavía te siento aquí, dentro de mí.

—Eres la mujer más hermosa que conozco.

—Estoy más gorda.

—¡Doy gracias a Alá por eso! —exclamó él, y la cargó en brazos—. ¿Cómo sucedió este milagro?

—Comida árabe y palestinos, una combinación infalible. —Matilde suspiró cuando el agua caliente entró en contacto con sus partes íntimas—. En mi vida he conocido gente que le dé tanta importancia a la comida. Los Kafarna, mis vecinos, con quienes ceno casi a diario, se ofenden, como si estuviera despreciándolos, si no como y repito. Lo mismo la hermana de Intissar, una amiga mía del hospital. ¡Se ofenden de verdad!

—Lo que me cuentas me hace acordar a mi *nonna*, la siciliana. —Al-Saud entró en la tina y se acomodó en el regazo de Matilde, que lo rodeó con las piernas y con los brazos—. De todos modos, me gustó que hoy casi no probaras bocado de lo que te sirvió ese tal Bergman.

—Contigo al lado, aparecido así, de la nada, tenía un nudo en el esófago.

Un silencio cómodo los acunó. El ronroneo ligero del motor del hidromasaje y el borboteo del agua pronto se fusionaron con la serenidad. Matilde se adormecía, exhausta después de la noche de guardia. Sin embargo, al borde del sueño profundo, se despabilaba con delicadeza y sonreía, dichosa de tener a Eliah entre sus piernas. Pensó que él dormía, por eso la tomó por sorpresa cuando habló en voz baja.

—Cuando estábamos llevándote a Johannesburgo y creí que te perdía, te decía que te amaba, que eras lo único que yo tenía y te suplicaba que no me dejaras, que lucharas por tu vida porque, sin ti, la mía no tenía sentido. No *tiene* sentido —recalcó.

—Amor mío.

Al-Saud giró la cabeza, y su boca encontró la de Matilde, suave, blanda y dispuesta. Se besaron sin las premuras del principio, saboreándose, disfrutando de ese momento sublime e íntimo.

—Cuando desperté en el hospital de Johannesburgo, y Juana y Ezequiel me dijeron que no estabas, que te habías ido… Quise morirme —acabó, con la voz afectada.

—Pese a todo, seguía enojado contigo, y como el doctor van Helger me aseguró que ya no corrías peligro, decidí irme.

—Estuve cerca de perderte, ¿verdad? Para siempre.

—No. —Después de una pausa, Eliah manifestó—: Quiero que hablemos de lo que ocasionó nuestra pelea en Rutshuru, del asunto de Mandy Taylor y de las fotos de Gulemale. —Al-Saud percibió en la espalda la tensión que se apoderaba de Matilde. Le tomó las manos y le besó las palmas—. No tengas miedo. Es importante que entre nosotros haya confianza y que podamos abordar cualquier tema.

—Nigel Taylor me confesó cómo fueron en realidad las cosas entre su esposa y tú. Me contó que ella era bipolar, sumamente inestable y caprichosa, y que te había perseguido hasta conseguirte.

—De todos modos, nunca me voy a perdonar haber traicionado la confianza de Taylor. Fue un error involucrarme con una mujer casada. Era demasiado joven y estúpido, y la vanidad se me había subido a la cabeza. En cuanto a lo de Gulemale, no pasó de lo que viste en las fotos. No nos acostamos. Ella y yo…

—Entiendo —lo acalló Matilde, incómoda y un poco angustiada—. Además, no estabas conmigo cuando eso sucedió. Nos habíamos peleado. Al menos, eso fue lo que alegó tu admiradora número uno, que tú podías hacer lo que quisieras y con quien quisieras porque yo te había sacado de mi vida. No es necesario que te diga quién es tu abogada.

—Juana es la mejor amiga que alguien puede tener.

—Ya sé que sabes que se arregló con Shiloah —Al-Saud asintió—. Juana me escribió para contarme que cenó contigo los otros días. Tenemos planeado encontrarnos hoy.

Al-Saud volteó por completo y la enfrentó con una mirada candente.

—Lo dudo mucho. Dudo mucho de que te deje salir de aquí en varios días.

Matilde rio, embargada de una alegría que sólo relacionaba con su amado. La plenitud, la saciedad y las ganas de vivir, esas tres sensaciones juntas, sólo las experimentaba en sus brazos.

—¡Aún no puedo creer estar aquí, contigo, amándote, amándonos! ¡Los dos, en Jerusalén!

—No es casualidad —la corrigió Al-Saud, mientras, en cuatro patas, inclinaba la cabeza para estimular un pezón de Matilde con la barbilla—. Acepté un contrato en Ramala, con la Autoridad Nacional Palestina, cuando Juana me dijo que vendrías a Gaza con Manos Que Curan.

—Ahora entiendo por qué es la mejor amiga que puedes tener.

Al-Saud le habría explicado que ni siquiera el encuentro en el Rey David era casual. Pretendía abordar el tema de los custodios, si bien lo pospondría para el último día. Esas primeras horas con Matilde, después de cuatro meses de abstinencia, las dedicaría a amarla, a venerarla y a consentirla.

—Lávame —le pidió—. Después, yo te lavo a ti.

Matilde obedeció: lo lavó con pasadas delicadas aunque meticulosas. Al-Saud le lavó el pelo y después la ubicó frente al espejo para secárselo. Sonreía cuando los ojos de Matilde se entrecerraban.

—¿Estás cansada?

—Un poco. Los jueves me toca la guardia de noche.

Al-Saud se envolvió en la bata del hotel antes de hacer otro tanto con Matilde. La de ella le iba enorme y la arrastraba por el piso. Pidió comida, estaba famélico, y, mientras aguardaban, se recostaron en la cama, de lado, uno frente al otro. Matilde dibujó con el índice las partes que ella consideraba dotaban al rostro de Eliah de esa masculinidad agresiva: el bozo, marcado y contundente; la hendidura en el mentón; el hueso algo abultado de las cejas; y el corte cuadrado de las mandíbulas. La nariz y la boca, de una delicadeza casi femenina, emergían para equilibrar la dureza de las demás facciones. Se acercó para olfatearle la base del cuello.

—Te pusiste A Men. —Intercambiaron una mirada seria y elocuente—. Rompiste la promesa.

—No, no la rompí.

—Aquella noche, en Londres, nos prometimos…

—Recuerdo muy bien aquella noche, Matilde. Sé lo que nos prometimos. Hoy me puse A Men porque sabía que iba a verte. —«Pues bien», cedió, «tendré que abordar el tema de la custodia ahora»—. Sabía que venías a Jerusalén y había planeado encontrarte. Hacía meses que no usaba A Men.

—Sabir te lo dijo —declaró, contenta porque, después de todo, Al-Saud no había roto la promesa.

—No. Me lo dijeron los hombres que te custodian. —La sonrisa de Matilde se esfumó y entreabrió los labios para hablar; las palabras no brotaron—. Sí, sé que me pediste que te quitara los guardaespaldas. No voy a olvidar nunca esa llamada telefónica, pero no podía ser tan irresponsable de dejarte sin protección con ese loco suelto. —«Sin mencionar a Anuar Al-Muzara», caviló.

—Pero...

—Matilde, mi amor —le pasó la mano por la cintura y la atrajo hacia él—, ¿crees que puedo vivir medianamente tranquilo sin saber que un par de profesionales te protegen? ¡Por Dios, Matilde, ese tipo fue a buscarte al Congo!

—Eliah... —lloriqueó, y se acurrucó contra el torso de Al-Saud, que la contuvo y le besó varias veces la cabeza.

—¿Cómo pensabas que iba a descuidarte, mi tesoro más preciado, lo más valioso que tengo en la vida?

—Gracias.

Sí, definitivamente, cuando apelaba a esa vocecita congestionada y de niña, casi el piar de un pajarito, lo ponía duro como el mármol. Le buscó la boca y le mordió el labio inferior, y se lo succionó, y después, con la barbilla, le separó las solapas de la bata en busca de un pezón, que sabía su parte más erógena. Una voz racional le insistía en que la dejara tranquila, que estaba extenuada después de una noche de trabajo y de varias horas de sexo duro; otra, la que dominaba su naturaleza de Caballo de Fuego, lo incitaba a seguir.

—Eliah, tengo miedo de ese tipo.

—¿Conmigo aquí, tienes miedo?

—No, si estoy contigo jamás tengo miedo. —Se arqueó y entreveró los dedos en el cabello de Al-Saud cuando la boca de él le apretó el pezón—. ¿Por qué me persigue? ¿Qué quiere conmigo? Él... —intentó continuar, corta de aliento—. Él no es normal.

Al-Saud no quería hablar de Udo Jürkens, no quería reflexionar acerca de lo que había averiguado en el último tiempo, en especial, lo suministrado por Aldo Martínez Olazábal. Se trataba de una endiablada telaraña en donde tres nombres saltaban a la vista: Orville Wright, Udo Jürkens y Anuar Al-Muzara, y él no atinaba con la conexión. Porque debía de existir una conexión. Prefería olvidar en ese momento en que la dicha por haber recuperado a Matilde cubría las sombras con luz.

—No es normal —repitió ella—. Su voz... es... No es la de un humano. Me aterrorizó.

—Creemos que tiene un dispositivo en las cuerdas vocales —le explicó, sin abandonar los besos y las caricias.

—Ah. Lo sabías. ¿Cómo te enteraste?

—Matilde —dijo, con frustración—, no estoy de brazos cruzados respecto de este tema. Alamán y yo hemos estado investigando, sabemos su nombre y que tiene la voz distorsionada, posiblemente a causa de un dispositivo en las cuerdas vocales. Tal vez se lo colocaron después de que se las seccionaron por un tumor −y, al decirlo, recordó que lo había costeado Orville Wright.

−Es posible. ¿Cuál es su nombre?

−Udo Jürkens −masculló Al-Saud, después de dudar−, aunque su verdadero nombre es Ulrich Wendorff.

−Ulrich Wendorff. Él a mí me llamó Ágata. −Ese comentario atrapó la atención de Al-Saud−. Sí, estoy segura de que me dijo «Ágata». Además, me miró de manera extraña.

−¿Extraña?

−Como si me conociera, como si me quisiera. Me miró con mucho cariño.

Al-Saud evocó las palabras que Juana pronunció en aquella ocasión fatídica. «*Él la salvó, Eliah. Estoy segura de que la trajo hasta aquí y la salvó de morir desangrada ahí fuera. Cuando me dijo '¡Sálvela!', se me puso la piel de gallina. Lo expresó con tanto sentimiento, con tanta amargura.*»

Sonó el timbre de la habitación. Sin duda, era el servicio con la cena. Eliah se puso de pie, se acomodó la bata y se echó el pelo, todavía húmedo, hacia atrás. Sacó del bolsillo del pantalón la billetera y, al hacerlo, un pedazo de papel cayó sobre la alfombra. Matilde lo reconoció enseguida: la nota que le había entregado en el restaurante pidiéndole perdón. ¿En qué momento la había recogido del piso?

−Esperá aquí. Ya vuelvo.

Matilde asintió y se levantó apenas él desapareció en la escalera. Tomó la nota y la conservó en el puño. Regresó a la cama. Le dolían los músculos de las piernas, los del abdomen, los de los brazos, como si hubiera hecho gimnasia después de años. Sonrió, mientras se estiraba como un gato y oía los crujidos en las articulaciones y sentía el escozor que se propagaba por sus miembros. Prestó atención a lo que acontecía en el piso de arriba: escuchó voces que hablaban en árabe (gracias a las clases de Sabir, podía distinguirlo del hebreo), también el tintineo de la vajilla y supo el momento en que colocaban los platos sobre la mesa de vidrio. Después de unas palabras, escuchó el chasquido de la puerta al cerrarse. Le sonrió al verlo en los escalones finales. Al-Saud le devolvió la sonrisa, y Matilde deseó que sólo le sonriera de ese modo a ella, porque ¿quién no caería bajo el hechizo de ese rostro perfecto y resplandeciente? Al-Saud le calzó una mano bajo la espalda y la levantó.

−Vamos a comer. Voy a ser tan insistente como los palestinos para que comas mucho y tu culo de araña pollito y tus tetas sigan grandes y hermosos para mí.

Matilde lo miró de soslayo, mientras la mano de él se deslizaba bajo la bata y le repasaba la curva del trasero. Matilde extendió la nota y se la mostró.

—Se cayó cuando sacaste la billetera. ¿Cuándo la levantaste del piso?

—Antes de salir detrás de ti en el restaurante.

—¡Casi me da un síncope cuando la tiraste!

—Casi me pongo a gritar de alegría cuando leí lo que decía.

—Bueno, pues lo disimulaste muy bien.

—Todavía estaba enojado y celoso y rabioso y quería hacerte sufrir.

—Mi Caballo de Fuego rencoroso. —Se puso de puntitas y le acarició la mandíbula con la nariz—. Takumi me advirtió que los Caballos de Fuego son rencorosos y vengativos.

—Sí, sí. Takumi *sensei* se portó como un verdadero amigo el día en que te describió mi signo. —La presionó para que echase a andar y la guió hacia la escalera con una mano en la parte baja de la espalda.

—También dijo que, una vez que consigue su objetivo, se aburre rápidamente. La rutina lo espanta.

Al-Saud la detuvo en la curva de la escalera y la pegó a la pared con un empujón de su pelvis. Descansó la mano izquierda junto a la cabeza de Matilde y con la otra le sujetó la mandíbula, sobre la cual aplicó presión hasta que su boca sobresalió como si se dispusiera a dar un beso.

—Eso te preocupa muchísimo, ¿no? Eso te hace desconfiar de mí, ¿verdad?

—No —respondió.

—¿No? ¿Qué piensas hacer al respecto, entonces? Porque yo soy así.

Aflojó la presión de la mano para permitirle contestar.

—Haré que cada día sea distinto para ti, para que no te aburra la rutina ni te canses de mí. No quiero que te canses de mí. Nunca seré la misma, siempre te sorprenderé. Pero sobre todo, nunca te quitaré la libertad, Caballo de Fuego.

Sin apartar la mano de la cara de Matilde, la besó salvajemente, y ella le respondió con igual exceso. Enredó los dedos en el pelo de él y ladeó la cabeza hacia uno y otro lado para seguir el juego desbocado de sus lenguas, mientras una fiebre se expandía por las manos de Al-Saud. Las sentía por todo el cuerpo, demandantes, crueles, candentes, le hacían doler. Una corriente fría le rozó las piernas, y supo que Al-Saud le había abierto la bata; de hecho, percibía la aspereza de la tela de la de él en los pezones.

—¡Por Dios! —gruñó, exasperado—. Quiero hacértelo de nuevo —admitió, con acento entre culposo y enojado.

—Yo también, mi amor. Por favor, aquí, en la escalera, contra la pared.

Sin apartar la boca de la de ella, Al-Saud se desató el nudo del cinturón y abrió las pecheras de su bata con sacudidas impacientes. Matilde emitió un jadeo cuando su piel entró en contacto con la tibia de él. La necesidad de tenerlo dentro de ella resultaba tan avasalladora que casi la indujo a romper en gritos de frustración.

—Chúpame —le ordenó él, y le metió el dedo anular en la boca—. Mucho. Chúpame mucho.

Matilde, confundida, accedió, y terminó encontrando un gran deleite en complacerlo. Al-Saud la sujetó por las nalgas y la levantó. Los pies de Matilde se elevaron sobre los escalones alfombrados, y sus piernas se enroscaron en las caderas de él. Se convulsionó e inhaló de manera cortante, y un estupor la obnubiló al sentir que él la penetraba al mismo tiempo por la vagina y por el ano, una sensación portentosa, desconcertante, escandalosa, que potenciaba el placer de tener su pene dentro de ella. Lo había sentido antes que entenderlo. Se sujetó a los hombros de Al-Saud con la fuerza que habría empleado para impedir una caída del décimo piso.

—Eliah... —dejó escapar, y el nombre de él brotó como un ahogo, un clamor doliente y pasmado.

Al-Saud empleó el francés, como siempre que la pasión por Matilde lo cegaba.

—Matilde, te amo. Quiero poseerte de todas las formas en que un hombre puede poseer a una mujer. Es la posesión absoluta de la mujer amada.

Roy Blahetter se lo había pedido muchas veces cuando consumar su matrimonio por las vías normales se tornaba imposible. Ella se había negado, sin disimular el asco y el rechazo. Con Al-Saud era distinto. Lo deseaba con una ansiedad que la sorprendía. No obstante, expresó:

—Me da miedo.

—No, mi amor, no. ¿Crees que sería capaz de lastimarte?

—No.

—Relájate. Vamos, Matilde, respira. Estás muy tensa.

Al-Saud acomodó la pelvis y se hundió un poco más en ella. La excitación le aceleraba las pulsaciones a niveles que habría alcanzado después de doscientas lagartijas. Si cerraba los ojos, veía formas de colores, como en un caleidoscopio, que latían al ritmo de su sangre. En algún momento, la ofuscación causada por la lujuria se disipó, como las nubes después de una tormenta, y la dicha por tenerla ahí, por poseerla tan sincera y cabalmente y por recibir su entrega confiada, casi lo ahogó. Las lágrimas le empañaron la imagen de Matilde, de su venerada Matilde. Se limpió los ojos en la bata de ella, no quería perder detalle de su expresión arrebatada por el placer. Amaba la visión de sus paletas que asomaban cuando entreabría los labios para respirar entrecortadamente. Adoraba su aliento en la cara y la mueca estática en la que caía cuando alcanzaba el orgasmo. No tardó en seguirla, estimulado por sus propios embistes y por las contracciones de su vagina. Explotó dentro de ella, y un sonido visceral brotó de él, un gruñido ronco que fue cambiando de frecuencia hasta transformarse en gemidos oscuros, que erizaron la piel de Matilde. Tenía la impresión de que Al-Saud no acababa más. La empujaba contra la pared una y otra vez, como si añorara alcanzar un punto al que no lograba acceder. Con cada embiste, la bañaba con su simiente y gemía.

Sus vecinas, dos hermanas mexicanas de visita por primera vez en Tierra Santa, detuvieron el juego de canasta e intercambiaron vistazos de horror hasta que la voz torturada se acalló. Después, como salidas de un trance hipnótico, decidieron llamar a la recepción.

—Por favor, Matilde —jadeó Al-Saud, una vez que sus espasmos y gruñidos cesaron—. Por Dios... —Levantó los párpados y la encontró con los ojos muy abiertos. Retiró el dedo de su ano, y ella frunció apenas el entrecejo—. ¿Y tienes miedo de que me aburra de ti? Creo que no eres consciente de lo que significas para mí, de lo que me haces sentir, de lo que me provocas. Si pudieras leer mi mente, jamás dudarías de mí. Sé que no tienes experiencia con los hombres, por eso te voy a decir que no creas, ni por un instante, que esto que compartimos es común. Al contrario, es tan infrecuente que la mayoría de la gente lo busca la vida entera y nunca lo encuentra.

Matilde asintió, todavía abrumada. Escondió la cara en el pecho de Al-Saud y ajustó las piernas en torno a él, que bajó los escalones y la cargó hasta el baño. La depositó sobre el escusado para que se aseara. Él lo hizo en la regadera. Al salir, y mientras se secaba con fricciones rápidas y enérgicas, la fulminó con una mirada sin pestañeos.

—No puedo creer lo intenso que me hiciste gozar esta vez —dijo Matilde—. Fue... No me lo esperaba.

Al-Saud le destinó una mirada seria, aunque de ojos chispeantes.

—Vamos a comer. Estoy muerto de hambre.

Por fortuna, Al-Saud había pedido *meze* de nuevo, compuesta por platos fríos. Eligió los bocados más apetitosos para Matilde. Ella jugaba con la comida e intentaba regresar al tema de Udo Jürkens. Al-Saud, después de pedirle que no se preocupara, le manifestó que no quería hablar de él. Le preguntó por su trabajo en el hospital de Gaza, y Matilde enseguida se enfrascó refiriéndole acerca de sus pacientes, en especial de Kalida, a quien le habían salvado la pierna, de los problemas de los palestinos, de la falta de agua potable, de la desnutrición, de los cortes de luz y de teléfono, de la cantidad de gente con depresión y con síndrome postraumático. Le contó también de su amistad con el Silencioso, de cómo se habían conocido.

—¿Así que te da clases de árabe? —repitió, sin mirarla, concentrado en una berenjena.

—Sí. No creas que he aprendido mucho.

—Es un idioma difícil para los occidentales —comentó, sin entusiasmo, y Matilde sonrió ante la obviedad de sus celos.

—Creo que a Sabir le gusta Intissar, mi amiga, la enfermera del Al-Shifa —expresó, y Al-Saud respondió con un asentimiento.

Matilde extendió el brazo a través de la mesa y le apretó la mano. Él levantó la vista enseguida.

—Eliah, ¿qué pasa?

—No puedo evitarlo —manifestó, sin mirarla—. Es más fuerte que yo. Los celos... Ni siquiera soporto que Alamán te ponga las manos encima.

Matilde, sorprendida por la revelación, guardó silencio.

—¿Confías en mí? —preguntó al cabo.

—¡Por supuesto! Es... Se trata de mí. Es un problema que nació con nuestro amor, que nunca había experimentado y que tengo que resolver. No puedo volverte loca ni enojarme cada vez que un hombre se te acerca.

—Sobre todo si son Alamán y Sabir, que te quieren tanto. —Al-Saud emitió un gruñido—. Vamos a dormir, mi amor. Ya sé que no es muy tarde, pero estoy deshecha.

Con el atardecer, había llegado un viento fresco, por lo que Al-Saud encendió la calefacción, que enseguida caldeó el dormitorio. Después de lavarse los dientes, Matilde apartó las sábanas, se acostó y se desperezó, desnuda. Al-Saud, todavía serio, la observaba mientras se quitaba la bata. Matilde lo llamó con un ademán seductor, y él, de rodillas en el colchón, se inclinó sobre ella y le dibujó con los labios la cicatriz en el lado izquierdo del bajo vientre, todavía rosada. «¡Matilde!», bramó para sus adentros, aterrorizado ante la posibilidad de perderla.

—Durmamos abrazados —le pidió ella, y apagó las luces—. ¿Eliah?

—¿Mmm?

—¿Eres tan feliz como yo?

—Más.

—Más es imposible.

—Más —se obstinó.

La cobijó en su pecho, y el cuerpo de Matilde se adaptó a la curva de su torso. Antes de que transcurrieran cinco minutos, la respiración de ella le indicó que se había dormido. Hundió el codo en la almohada, y gracias a la luz de luna que se filtraba por un resquicio entre las cortinas, se dedicó a contemplarla. En verdad, Matilde no tenía idea de lo que había despertado en él; tal vez ni siquiera él acertaba con un nombre; lo que esa pediatra con cara de niña le inspiraba era inefable e inexplicable. ¿Se aplacaría con los años? Se lo preguntaba a menudo, no porque lo temiera —sabía que, aunque la pasión menguara, nunca dejaría de amarla—, sino porque sospechaba que no sucedería, que con ellos sería al revés, el ardor aumentaría. Lo intuía sin asidero, tal vez todavía ofuscado por el último orgasmo.

La reconciliación con Matilde había tenido un efecto tan poderoso sobre su ánimo, que se sentía eufórico y despabilado. Abandonó la cama y subió a la sala, donde encendió la *lap top*. A pesar del trabajo pendiente —contratos que leer, mensajes que contestar, presupuestos que revisar—, se dedicó a consultar los registros donde había agrupado la información acerca de Udo Jürkens o Ulrich Wendorff. En algún sitio había visto ese nombre, Ágata. Exclamó por lo bajo con ánimo triunfal cuando se topó con el nombre en un archivo suministrado recientemente por un contacto de la CIA en Alemania, que detallaba la composición de la banda Baader–Meinhof. Scheinber, Ágata, nacida en Berlín, el 4 de julio de 1953 y muerta en Viena el 21 de diciembre de 1975, durante el asalto a la sede de la OPEP orquestado por el terrorista venezolano Ilich Ramírez, más conocido como Carlos, el Chacal. Había una fotografía de la muchacha, poco nítida y en blanco y negro. Resultaba difícil establecer un parecido con Matilde. Tras una observación más detenida, Al-Saud advirtió los puntos en común: la terrorista había sido rubia, de cabello largo, ojos grandes y claros y con un corte de cara ovalado, regular y armonioso.

—*Merde!* —insultó, al tiempo que descargaba el puño sobre el escritorio.

Udo Jürkens, una máquina de asesinar, era un maniático convencido de que Matilde era Ágata Scheinber. El dato no esclarecía el rompecabezas; se trataba de una pieza que lo enredaba.

·: ✃ :~

No supo qué la despertó. Lo hizo sin sobresaltos. Levantó los párpados y vio con claridad una ventana cuyas cortinas habían sido abiertas. El tamaño y la fosforescencia de la luna resultaban inverosímiles, lo mismo que la negrura del cielo sin estrellas.

Lo sintió entre las piernas, las cuales, se dio cuenta, estaban desplegadas, abiertas a él, a su boca, a su gula, a su voracidad, a su desenfreno. A su desvergüenza. La había guiado a través del sexo con mano diestra y con sabiduría, y ahora le exigía más, nunca le bastaba, así era su naturaleza. Ella quería darle todo para que el Caballo de Fuego que lo poseía no le ordenara que la apartara. No procedía correctamente, lo sabía, pero no podía evitarlo. Temía perderlo como temía perder la vida. Los meses de separación le habían enseñado que el entorno adquiría un color gris sin él, que la música no sonaba tan bien, ni la comida sabía igual; que sonreía con poca frecuencia y que, por la mañana, se le antojaba que el día era larguísimo y tedioso.

Arqueó la espalda y emitió un clamor lento, oscuro. El placer la tomó por sorpresa, aún la envolvían los efluvios del sueño, y su mente oscilaba entre la obnubilación y sus pensamientos. Las manos se dispararon por voluntad propia hacia la cabeza de él, y sus dedos se enredaron en los mechones de azabache. Elevó la pelvis para salir al encuentro de su lengua, que él movía con maestría para hacerla gozar una y otra vez.

—Eliah...

El llamado lo atrajo como una orden. Sus labios, húmedos y salados, se apoderaron de los de ella, y su lengua le invadió la boca con el desenfreno que no se había molestado en contener desde la primera cogida, en el baño del *lobby*.

—Eliah —susurró de nuevo, y esta vez su voz lo aplacó.

Él tomó distancia, hundió los puños en la almohada y extendió los brazos. Las manos de ella apenas se apoyaron sobre sus hombros tensos e iniciaron un movimiento sutil, como el aleteo de una libélula, sobre su piel. Él fijaba la vista en la de ella, anonadado ante el efecto de la luz de la luna en el plateado de sus ojos. Para ella, las palabras sobraban, le bastaba con esa mirada para entender lo que él quería explicar y no sabía cómo. Sus piernas lo rodearon con delicadeza, él casi no sintió el peso. Lo aplacaba, lo hipnotizaba. No cesaba de mirarla, atento a sus órdenes, a los cambios en sus facciones, que, aunque sutiles, ejercían un efecto concluyente en su disposición.

—Me acuerdo de nuestra primera noche de amor en Rutshuru —susurró—. Te desperté y nos amamos.

—Quería olvidarte —le confió él, después de un silencio, y la coloración de su voz y su semblante lleno de sombras la conmovieron—. Cuando bajé al sótano de la misión y te vi ensangrentada y con una palidez que no he visto jamás en otro ser humano, tuve el impulso de agarrar mi pistola y volarme la tapa de los sesos.

Los dedos de ella, ligeros un instante atrás, intentaron hundirse en los tríceps braquiales, duros e hinchados. Se mordió el labio, al tiempo que un escozor le anegaba la nariz y los ojos.

Él continuó, implacable.

—Quería olvidarte por eso, para conservar la cordura. No lograba ¡no logro! sacarme de la cabeza la visión de tu cuerpo sin vida. Matilde —articuló con dificultad—, me aterroriza pensar que puedo perderte. ¡La visión me tortura a veces!

La desesperación de él la alcanzó como una descarga eléctrica y, en un acto reflejo, cerró el puño en el dije maltrecho que pendía entre ellos y lo besó.

—No, no —sollozó, incapaz de prometerle que nunca lo abandonaría porque, dentro de ella, habitaba un demonio, el cual, once años atrás, le había arrebatado la ilusión de ser madre; tal vez un día regresara para arrebatarle la vida. Finalmente y con la misma vehemencia de él, recriminándose que era una egoísta, le rogó—: ¡No me olvides, Eliah! ¡No quiero que me olvides! Porque es la muerte para mí.

—No, mi amor, no. Ya ves que no pude.

—¿Soy una maldición? —preguntó, con miedo y quebrada.

—Eres lo más hermoso que tengo, el regalo más preciado. Mi tesoro. Mi amor. Mi vida. Mi Matilde.

La penetró casi con mansedumbre y se meció dentro de ella con un balanceo prudente, como si temiera romperla. Se miraron todo el tiempo, jamás cerraron los ojos, ni siquiera cuando sus respiraciones se aceleraron y de sus bocas escaparon jadeos de placer. Al igual que la noche de luna llena en Rutshuru, hubo algo mágico en ésa en la cual acabaron juntos y nunca perdieron el contacto visual porque decidieron que sólo la imagen del otro gozando arrasaría con las que los mortificaban. Ella también tenía una que la acechaba: a veces, de pronto, sin razón alguna, lo imaginaba cayendo de espaldas sobre la pista de un aeropuerto con una bala en el corazón.

·: ✼ :·

El domingo 13 de diciembre, pasadas las dos de la tarde, Irina, del servicio de limpieza del Rey David, se aproximó a la puerta de la habitación 621, una de las más lujosas, y, de un golpecito, hizo columpiar el cartel *Do not disturb* que colgaba del picaporte desde el viernes a primeras horas de la tarde. Magdalena, su compañera, se acercó y le dio un codazo suave en las costillas.

—Hace tres días que están ahí, encerrados. ¡Haciéndolo! ¡Día y noche! No han salido ni un instante. Miriam asegura que lo hicieron también en el baño de caballeros del *lobby*. El señor Al-Saud se limita a pedir comida y a dejar la bandeja en la puerta, como podrás ver. —Señaló la del desayuno, sobre el piso del pasillo–. También pide toallas y jabones. Hubo quejas de otros huéspedes ¡por sus gritos!

–¡Oh! –se extasió Irina.

–Y eso no es todo. Ayer, el señor Al-Saud mandó comprar ¡vaselina!

–¡Dios nos ampare! ¡Ya cállate, Magda! Todavía nos quedan cuatro horas por delante y ningún hombre a mano.

–Ah –suspiró Magdalena–, cómo me gustaría ser la mujer que está ahora con él. Sexo, sexo y nada más que sexo con ese semental.

Matilde y Eliah habían compartido mucho más que sexo. Habían entregado sus corazones para convertirlos en uno solo. Vivieron esos tres días con la intensidad que les marcaba la pasión, experimentaron estados de ánimo opuestos, pasaron de las lágrimas al éxtasis, de la risa a la solemnidad, hablaron de sus temores, enfrentaron los fantasmas y se juraron amor eterno.

El sábado por la madrugada, después de hacer el amor a la luz de la luna llena, se durmieron profundamente. Matilde despertó de súbito, sudada, con el ritmo cardiaco descontrolado y una palpitación en el estómago. Los retazos de la pesadilla volvían a su mente para aterrarla. Se deshizo del abrazo de Eliah con manos temblorosas y corrió al baño, donde se inclinó en el escusado, acometida por arcadas, aunque no vomitó nada, sólo un poco de bilis. Se enjuagó la boca entre sollozos. No quería verse reflejada en los espejos, tampoco volver a la cama, por lo que se sentó en el piso del baño, sobre una alfombra, cerca del escusado. Pegó las piernas en el pecho y ocultó la cara entre las rodillas. «No, no», se alentaba. «No, eso no volverá a pasar», y, sin embargo, la pesadilla había resultado tan real que no conseguía calmarse. La imagen de su abuela Celia irrumpiendo en esa habitación de hotel, agitando un papel y vociferando, frente a Eliah: «¡Matilde, otra vez! ¡Otra vez tienes cáncer! ¡Aquí lo dice! ¡Aquí están los resultados! ¡Otra vez, cáncer!», se reproducía sin tregua en su mente. Eliah la había mirado con desconcierto primero, con dolor después. El sobresalto que le provocó la expresión de sus ojos verdes la había despertado. ¿Por qué ese mal sueño no quedaba en el olvido como la mayoría?

Al-Saud cambió de posición para seguir durmiendo. El instinto lo obligó a verificar que Matilde estuviera a su lado. Saltó de la cama al no verla y corrió al baño.

–¡Matilde! –Se arrodilló y la recogió entre sus brazos–. Matilde, mi amor.

–Abrázame fuerte –le suplicó, dominada por un llanto desgarrador–. Nunca me abandones. No intentes olvidarme de nuevo, por favor.

–No, no, ¿cómo podría? ¿Qué pasa? ¿Por qué estás así? ¿Por qué estás llorando?

La angustia en la voz de Al-Saud profundizó la desesperación y la tristeza de Matilde, y su llanto recrudeció. No se opuso cuando Eliah la levantó en brazos y la condujo de nuevo a la cama. Se recostó a su lado y los cubrió a ambos con la sábana, que Matilde agarró en un puño y colocó bajo el mentón; cada tanto, la utilizaba para secarse las mejillas. Lloró hasta quedar laxa y tranquila. Al-Saud la rodeaba con su cuerpo, le acariciaba el cabello y le besaba la sien.

—Perdóname. Qué horrible despertar tuviste.

—No importa. Sólo me importa que estés bien. ¿Qué pasó?

—Tuve un sueño espantoso. Soñé que estábamos aquí, tú y yo, felices, y que mi abuela Celia entraba en la habitación a los gritos, sacudiendo un papel y gritándome…

—¿Qué? ¿Qué gritaba tu abuela?

—¡Que el cáncer había vuelto! ¡Que ahí tenía los resultados! «¡Matilde, otra vez tienes cáncer!», me decía, como si me culpara. —Matilde hundió la cara sobre el pecho desnudo de Al-Saud—. ¡Tengo tanto miedo! A veces tengo tanto miedo…

—¿De qué? ¿De que vuelva?

—Sí. La primera vez… Estoy segura de que la primera vez vino porque… No tengo cómo probar esto, a pesar de ser una mujer de ciencia, no sé cómo probar… El cáncer… Yo creo que el cáncer vive en algunos de nosotros y se desata cuando padecemos grandes sufrimientos. La primera vez se desató en mí cuando metieron preso a mi papá. ¡Y ahora estoy sufriendo muchísimo, como aquella vez! —Al-Saud ajustó el abrazo, sintiéndose impotente; sabía lo que le diría—. ¡Con nuestra separación sufrí tanto!

—¡Estamos juntos de nuevo! —se apresuró a recordarle en francés, y la culpa por esos cuatro meses de distanciamiento lo enmudeció, hasta que recobró el aliento y proclamó con vehemencia—: ¡Nunca! ¿Me oyes? ¡Nunca volveremos a separarnos!

—¡Nunca! Pero yo sigo sufriendo a pesar de la alegría que es estar aquí, contigo.

—A causa de Jérôme —dijo, y Matilde movió la cara contra su pecho para asentir.

—¡No lo soporto, Eliah! —estalló de pronto—. ¡No soporto la idea de no tenerlo conmigo! ¿Qué cosas estará viviendo? ¡No soporto pensar en su sufrimiento, en su miedo! ¡Dios mío, qué dolor! ¡Quiero que mi chiquito esté aquí conmigo, ahora! ¡Oh, Dios, no me hagas esto! ¡Devuélvemelo!

Cada clamor de ella se clavaba en las vísceras de Al-Saud como una puñalada.

—*Matilde, regarde-moi.* —Ella lo obedeció y elevó las pestañas húmedas y aglutinadas para vislumbrarlo a través del velo de lágrimas—. Haré lo que nunca hice en mi vida, simplemente porque nunca nació en mí la necesidad de hacerlo. Ahora lo necesito y voy a hacerlo. —Matilde ahogó un sollozo al verlo encerrar en el puño el dije deformado de la Medalla Milagrosa—. Le pediré a esta medalla y al poder de la Virgen que representa, a esta medalla que te salvó de la muerte una vez para que me hicieras feliz, y que me salvó de la muerte a mí en Viena...

—Para que me hicieras feliz a mí —interpuso ella, con voz insegura y tomada.

—Le pediré que te preserve siempre de todo mal, que nunca te aparte de mi lado, que siempre te dé salud y que te haga feliz, y le pediré también que me permita encontrar pronto a nuestro Jérôme para tenerlo a salvo, con nosotros, y a cambio de esos favores, le prometo que abriré una clínica, que pondré a tu nombre y que llamaremos de la Medalla Milagrosa, para que ahí puedas curar gratuitamente a todos los pobres, enfermos y desvalidos que encuentres por el mundo. —Al-Saud besó con ardor el muñón de medalla—. ¡Lo juro!

Matilde, con un gesto desmesurado de ojos muy abiertos, labios separados y fosas nasales dilatadas, se quedó mirándolo, perpleja. No había sitio para las palabras. Se abrazaron, y sus torsos se entrechocaron en los intentos por controlar las respiraciones alteradas y las ganas de llorar. La boca de él buscó la de ella, y, al primer contacto de sus labios, experimentaron alivio, y sus pechos soltaron la opresión, y sus respiraciones se acompasaron al ritmo del beso. Sellaron el pacto con un acto de amor.

El sábado por la tarde, recostados en el camastro del balcón-terraza, mientras admiraban la puesta del sol, reían al evocar algunas ocurrencias de Jérôme. Aunque no lo mencionaran, los dos sabían que era un buen síntoma hablar de él sin ahogarse en llanto. Matilde se exhortaba a conservar el buen ánimo, no sólo para no mortificar a Eliah, sino para demostrar la confianza que su pacto con la Virgen le inspiraba. Después del juramento de Al-Saud, estuvo meditando y llegó a la conclusión de que, durante esos cuatro meses, había dado por sentado que no lo encontrarían y, sin explicación lógica, supo que su mala predisposición había impedido que lo hallaran. No se lo mencionaría a Al-Saud porque éste creería que había perdido la cordura, pero, en su fuero íntimo, sabía que era así. Tuvo deseos de telefonear a N'Yanda, la única que le había tendido un hilo al cual sujetarse en esa tormenta, y comentarle la creencia que había nacido en su corazón. Desde ese momento en adelante, todas las mañanas pensaría: «Hoy es el día en que Jérôme volverá a mí».

—¿Te acuerdas de ese día en que nos encontró besándonos en la misión?

—Sí, me acuerdo, y me acuerdo de la cara con que nos miró. En un principio pensé que se enojaría, pero después sonrió y vino corriendo hacia nosotros.

—Me preguntó si eras mi novia.

—Sí, y tú le dijiste algo al oído.

—Le dije que iba a pedirte que te casaras conmigo. Y él me preguntó: «Entonces, ¿vas a ser mi papá?». Cuando le dije que sí, me abrazó y me besó muchas veces.

—Tesoro mío, lo que más quería era tener de nuevo una familia. Era lo que más deseaba.

—Y es lo que le daremos, mi amor.

—Y nosotros le deberemos a él la posibilidad de ser padres, y de amar como padres. ¡Lo extraño tanto, Eliah!

Al-Saud decidió que había llegado el momento de hablarle de Kolia. La obligó a erguirse. Matilde lo miró, extrañada, mientras se sentaba, como los indios, en el extremo opuesto del camastro. Al-Saud se incorporó, sacó las piernas fuera del asiento, una de cada lado, entrelazó los dedos de la mano e inclinó el torso. Para Matilde, resultó evidente que se preparaba para anunciarle algo trascendente. Estiró el brazo y le tocó las manos unidas, y él apresó la de ella y la besó.

—Mi amor, ¿qué pasa? No me asustes.

—No te asustes. No es nada malo. Al contrario. Sólo que... No, no, tengo confianza en tu corazón. No conozco un corazón más bondadoso que el tuyo, Matilde.

—Cuéntame lo que sea. Nada que me digas hará cambiar mi amor por ti. Nunca más voy a dudar de ti, de tu integridad, de tu nobleza. Te lo juro por mi vida.

—Nunca te hablé de Natasha Azarov.

—Sé quién es. Saliste con ella durante un tiempo.

—Sí, el año pasado. Después, un buen día, desapareció y no volví a saber de ella. Hasta hace poco, que se puso en contacto conmigo y me pidió que nos encontráramos.

—¿La viste? —Matilde odió los celos que la alteraron y buscó mostrarse ecuánime, a la altura de la promesa que acababa de formular.

—Sí. Me pidió que viajara a Milán, donde vivía.

—¿Vivía? ¿No vive más en Milán? —«¿Ahora vive en la casa de la Avenida Elisée Reclus, en *mi* casa?»

—Por favor, déjame que te cuente y no me interrumpas. Esto no es fácil.

—Está bien —expresó, con acento contrito y las pulsaciones desbocadas.

—Viajé a Milán y, al verla, me di cuenta de por qué ella no habría podido viajar a París para encontrarme. Estaba muy enferma, de leucemia.

—Eliah…

—Me contó que había tenido que huir de París porque un tipo la amenazó —había decidido no mencionar a Udo Jürkens para no atormentarla sin necesidad— y que se había instalado en Milán, donde tenía un amigo fotógrafo que podría conseguirle trabajo como modelo.

«¿De modelo? Entonces, ¿es hermosa?»

—¿Por qué te llamó? —preguntó en cambio—. ¿Para qué quería verte en Milán?

—Quería verme para decirme que, cuando huyó de París, estaba embarazada de mi hijo.

Por muchas veces que hubiera presenciado el fenómeno, la palidez súbita que se apoderaba del rostro de Matilde y que le emparejaba el color de la piel con el de los labios en una tonalidad grisácea, lo sobresaltaba sin remedio. Le pasó su licuado de frutas y le pidió que sorbiera. Ella obedeció de manera autómata.

—Al principio, me negué a creerle. *Jamás* tuve relaciones con ella sin condón. Ni una vez. Por lo que me negué a creerle. Ella me juró que Kolia…

—Kolia… —La voz suave y débil de Matilde lo perturbó, y necesitó tocarla. Extendió la mano y entrelazó sus dedos con los de ella.

—Su nombre es Nicolai Eliah. Natasha lo llamó como su padre, que es ucraniano. El diminutivo de Nicolai en ruso es Kolia.

—Nicolai Eliah… Kolia… Qué bonito nombre.

—Matilde, mi amor…

—Estoy bien —aseguró—. Sorprendida, pero bien. Sigue contándome, por favor.

—Le pedí a Yasmín que viajara a Milán y que tomase muestras de mi sangre y de la de Kolia para hacer el análisis de nuestros ADN y confirmar si era cierto lo que Natasha aseguraba. Según Yasmín, no hay dudas de que Kolia es mi hijo.

Matilde se cubrió el rostro y se echó a llorar. Eliah chasqueó la lengua y se deslizó por el camastro hasta estrecharla en sus brazos.

—Mi amor, no llores. Esto no cambia nada, *nada* entre nosotros.

Matilde emergió de su abrazo, le tomó el rostro barbudo entre las manos y lo besó en los labios.

—No lloro… No pienses, por favor… Eliah, estoy tan feliz de que tú, que puedes, tengas un hijo.

—¡Matilde! —La fundió de nuevo en un abrazo y hundió la cara en la concavidad de su cuello—. Matilde, mi amor.

—No voy a mentirte, Eliah: me habría gustado ser la que te diera hijos. Hijos que fueran tuyos y míos. Que tú los pusieras dentro de mí y que yo los pariera y los amamantara. No voy a negarte tampoco que siento celos de Natasha, que...

Al-Saud la acalló con un beso cuyo ardor resultaba inverosímil después de dos días de amarse loca e ininterrumpidamente. Con esa declaración, ella convertía su interior apaciguado en un mar embravecido. ¡Con qué facilidad lo dominaba! ¡Con qué facilidad destruía su templanza! Una virtud que Takumi *sensei* le había inculcado y de la cual él se enorgullecía, ella la aniquilaba con pocas palabras.

—Matilde —le habló sobre los labios, paladeando el gusto salobre de sus lágrimas—, cuando conocí a Kolia, cuando puse mis ojos por primera vez en él, pensé en ti. Siempre te llevo conmigo.

—¿Qué pensaste?

—Pensé: *Matilde, aide-moi*. Y ahora te lo pido de nuevo: Matilde, ayúdame.

—Sí, amor mío, sí. Sí, amor de mi vida. Te doy toda la ayuda de la que soy capaz.

—Gracias —expresó él, muy emocionado, y sonrió al evocar otro recuerdo—. Un día, en que vi tan mal a Natasha, miré a Kolia y pensé: «Si tu mamá muere (ojalá que no), te daré otra, que es mi tesoro y el amor de mi vida, y que te hará feliz pese a todo».

Matilde le dirigió una sonrisa vacilante y se humedeció los labios antes preguntar:

—¿Cómo está ella? ¿Cómo está Natasha?

—Murió.

Matilde bajó la vista y meditó que la misma enfermedad que la había privado de ser madre, a Kolia le había arrebatado la suya. Sintió una pena infinita por Natasha, por que no vería crecer a Kolia, y en eso se sintió aunada a ella, porque tal vez ella tampoco viera crecer a Jérôme.

—¿Cuándo? ¿Cuándo murió?

—El 2 de octubre.

—¿Y Kolia? ¿Dónde está ahora?

¡Con qué facilidad lo llamaba por su nombre! A él le había tomado semanas dejar de lado «niño» para referirse a él.

—En Italia, en casa de mi *nonna*. Mis padres también están ahí. Y una peruana, Mónica, que lo conoce desde que nació. Creo que es una buena persona. Todavía no puedo sacarlo de Italia, hasta que no se completen los trámites del juicio por paternidad. Es un formalismo, en verdad, pero lleva tiempo.

—¿Eliah?

—¿Qué, mi amor?

—Si Natasha no hubiera muerto, ¿te habrías casado con ella?

—¡No! ¿Por qué iba a hacerlo? —Su reacción era desmedida, más razonable en caso de que Matilde le hubiera preguntado si planeaba casarse con Yasser Arafat—. No la amaba, Matilde. Nunca la amé. Además, sólo pensaba en volver contigo. Iba a darle mi apellido al niño y mantenerlo y visitarlo y todo lo que se espera de un padre, pero no iba a casarme con ella.

Esa protesta la serenó, la aduló. Bajó el rostro, culposa y avergonzada, y sonrió con complacencia. Ahuyentó también los fantasmas que comenzaban a arruinar la alegría que había implicado la noticia de la existencia de Kolia, el niño que llevaba la sangre de Eliah.

—Matilde —dijo deprisa, como temeroso de lo que ella pudiera decir—, me hiciste el hombre más feliz amándome. No sé cómo expresar lo que siento por el hecho de que una mujer como tú sea mía. A cambio de tanto que me has dado sin merecerlo, yo te ofrezco mi hijo, porque nadie será mejor madre que tú para él. Y a Jérô le ofreceré un hermano.

Al-Saud carcajeó al apreciar el sonrojo que invadía las mejillas de Matilde. Ella se le echó al cuello y le susurró:

—¡Gracias por este regalo tan maravilloso! Me siento orgullosa y honrada de que me ofrezcas ser la madre de tu hijo. Te prometo que voy a amarlo y a cuidarlo como si hubiera nacido de mí.

Al-Saud la tumbó en el camastro, la cabeza de Matilde a los pies, y la cubrió con su cuerpo semidesnudo. Matilde arqueó la espalda cuando Eliah, que deslizó sus manos bajo la única prenda que llevaba encima, una camisa de él, le rozó los pechos con la parte encallecida de su palma.

—Ya me calentaste de nuevo.

—¿Por qué? ¿Qué hice? —preguntó ella, con simulada consternación.

—No sé. Me calentaste por… Sólo por ser Matilde.

Se amaron en el refugio del balcón, lejos del barandal abierto al vacío, protegidos por la intimidad que les ofrecían las macetas enormes de terracota con helechos y ficus. No obstante, nada amortiguaba los lamentos lánguidos de Matilde, ni las inhalaciones roncas y afiladas de Al-Saud, que se alejaban con la brisa del atardecer y seguían escandalizando al hotel.

Él cayó, exhausto, sobre ella. Matilde movió la cabeza hasta dar con un resquicio por el cual inspirar aire fresco. Al-Saud se elevó en un codo y le apartó los mechones de la frente, y le besó los párpados cerrados y los labios entreabiertos.

—¿Te gustaría ver fotos?

–¿Fotos de Kolia? –Al-Saud asintió–. Sí, me encantaría.

Abandonaron el camastro cuando conjuraron la fuerza para separarse y ponerse de pie. Matilde se mareó y buscó el cobijo que representaba el cuerpo de él. Entraron abrazados, y así permanecieron en tanto Al-Saud encendía la *lap top* y buscaba los archivos con las fotografías que Alamán y Joséphine, de visita en la *Villa Visconti*, le habían tomado a Kolia.

–¿Por qué sonríes? –Matilde le acarició los labios.

–Porque Alamán está embobado con Kolia. Él y Joséphine fueron a conocerlo a Italia y le sacaron… No sé… Cien fotos con una cámara digital y me las mandaron por e-mail. Hay una… –dijo, y tecleó hábilmente con una mano, sin soltar a Matilde–. Sí, ésta. Ésta es mi favorita.

Matilde lo observó de soslayo y descubrió el orgullo que le volvía intenso el verde de los ojos. Regresó la vista a la pantalla y exclamó. Pocas veces había visto a un bebé tan bonito como Kolia. La fotografía era muy buena, un primer plano del niño sentado solo en un sillón estilo Luis XV de pana verde musgo. Parecía un príncipe.

–Eliah… Es tan hermoso. Tan parecido a ti.

–¿Sí? ¿De verdad?

–Sí. Menos el color de ojos, lo demás lo heredó de ti. Mira la boca –acercó el índice a la pantalla–. Y la forma de los párpados. Dios mío, es uno de los bebés más lindos que he visto. Y te aseguro que he visto a montones. Y qué sano que parece. Mira los cachetes que tiene. ¿Ves? Esos sacos de grasa son sus reservas. Está muy bien alimentado.

–Hace poco tuvo un poco de fiebre.

Si bien Matilde no se inmutó y siguió estudiando el retrato de Kolia, su corazón se embargó de ternura; la preocupación de Al-Saud resultaba encantadora viniendo de un hombre duro de negocios, de un mercenario.

–Le deben estar saliendo los dientes –sugirió, para tranquilizarlo, y él la sorprendió al expresar con euforia:

–¡Lo mismo dijo mi *nonna*! ¡Qué bueno que tú me confirmes que es eso!

No lo habría desilusionado para explicarle que, sólo tras una revisación exhaustiva, habría podido pronunciar un diagnóstico; por el contrario, insistió en que se trataba de un síntoma propio de la dentición.

–Te amo por estar orgulloso de tu hijo.

–Nuestro hijo –la corrigió.

Al-Saud extrajo de la billetera la fotografía que su abuela Antonina le había regalado y se la mostró a Matilde.

—Es igual a ti —se asombró, mientras sostenía, junto a la pantalla, el retrato de Eliah a los ocho meses—. Las mujeres lo van a acosar. Va a ser estupendamente hermoso, como su padre.

—¿Ah, sí? ¿Yo te parezco *estupendamente hermoso*?

—No, eres un bichejo, como diría Juana. No entiendo por qué me gustas tanto.

Al-Saud se dejó caer en la silla y la arrastró sobre sus piernas, y, a fuerza de cosquillas, la obligó a jurarle, a decirle y a prometerle cuanto quiso. Ella, por su parte, se quedó con la fotografía de Eliah bebé.

—¿Qué día nació Kolia? —se interesó.

—El 22 de febrero.

—Así que tiene... En pocos días cumple diez meses. ¡Qué ganas de conocerlo y de cargarlo y de besarlo todo!

Al-Saud le acarició la frente y la contempló, orgulloso, no sólo de ella, también de sí, por haber elegido a una mujer íntegra y noble como compañera para la vida. Se miraron en silencio, de pronto entristecidos porque sabían que al día siguiente la magia terminaría. Matilde descansó la frente en la de él.

—Hay tanto que planear, tanto de qué hablar.

—Pero estamos juntos. Para siempre, Matilde. Eso es lo único que importa.

—Sí, lo único que importa.

—Matilde, mi amor, quiero que hablemos de tus guardaespaldas. Markov y La Diana están conmigo, en Ramala. Me gustaría que ellos se hicieran cargo de nuevo de tu custodia. Son muy buenos y tú te sentías cómoda con ellos. —Matilde suspiró y asintió—. Sé que no te gusta, que te parece un asedio...

—No, no, está bien. Con La Diana y con Markov me llevo bien.

—Serán muy discretos. Nadie lo notará.

—Gracias, Eliah. Gracias por cuidarme a pesar de mi estupidez.

—¿Cuántos meses más durará tu misión en Gaza?

—Cuatro.

—Entonces hablaré con Thérèse y le pediré que reserve una fecha para casarnos en mayo. Eso es todo lo que me importa, que te conviertas en la señora Al-Saud. Lo demás, lo iremos viendo.

—Sí, mi amor, sí.

~: ✿ :~

El domingo alrededor de las cuatro de la tarde, Matilde se paseaba desnuda por la habitación y, mientras recogía sus prendas y sus pertenencias, hablaba por teléfono con Juana. Al-Saud la observaba desde la cama, con los brazos a modo de almohada. Una sonrisa entre satisfecha y pretenciosa le mantenía elevadas las comisuras. Matilde se agachó para recoger un par de calcetines y lo apuntó con el trasero. La reacción fue instantánea: la boca se le llenó de saliva, los ojos se le entibiaron y su pene palpitó. El día anterior, ella por fin se lo había entregado en un acto de infinita confianza que él atesoraba, para regalarle el orgasmo más portentoso del que tenía memoria. El de ella había sido sublime, en sus propias palabras. Saltó de la cama y la sujetó pasándole el brazo por el vientre. Ella siguió al teléfono, mientras él se dedicaba a admirar la curva que formaban el final de su espalda y el nacimiento del trasero más respingado que conocía. Acarició la redondez de una nalga, después la de la otra, así, varias veces.

Al sentir la erección de Eliah en la cadera, Matilde rotó el cuerpo hasta encontrar sus ojos obnubilados de excitación. Despidió a Juana, apagó el teléfono y lo arrojó sobre el colchón.

—Eliah, el *checkpoint* de Erez cierra a las seis de la tarde. No llegamos.

—Te llevo mañana a la mañana —propuso él, con la mirada y las manos de nuevo en las nalgas de ella.

—No. Mañana entro a las siete. Tengo una cirugía a las ocho. Llevo semanas esperando para hacer esta cirugía. No llegaba la droga…

—Está bien, está bien —se resignó, y la soltó para ir al baño y comenzar a vestirse. Matilde lo detuvo aferrándose a él por la cintura y arrastró los labios por su espalda.

—No hagas eso si no quieres terminar conmigo entre las piernas. —Ella depositó besos diminutos en el contorno del músculo dorsal ancho—. Eso tampoco.

Matilde se colocó delante de él y mantuvo cierta distancia al apoyar las manos sobre sus pectorales.

—¿Crees que no me encerraría aquí contigo, para siempre? ¿Que no quiero tanto como tú seguir haciendo el amor? ¿Que no te deseo y te deseo y te deseo? Parece que, cuanto más lo hacemos, más te deseo.

Al-Saud la atrajo hacia él y apoyó la mejilla barbuda en su cabeza.

—Sí, a mí me pasa lo mismo —admitió, con acento enojado—. Contigo, nunca es suficiente.

—No falta tanto para que sea toda para ti.

—Ya sé que siempre tendré que compartirte, pero, cuando nos casemos, le voy a pedir prestado el yate a mi papá y vamos a desaparecer un año en alta mar.

—¿El yate de tu papá tiene tripulación? No quiero que me oigan gritar como acá. En este hotel se enteró hasta el cocinero de que nos lo pasamos haciéndolo. Voy a meter la cabeza dentro de la *shika* cuando pasemos frente a la recepción.

Al-Saud carcajeó.

—Lamento informarte que sí, el yate tiene tripulación. Pero llevaremos la mínima e indispensable y los obligaremos a usar tapones para los oídos.

—Muy bien.

—Matilde, la semana que viene iré a Gaza.

—¿De verdad? ¡Ay, qué alegría!

—Hay una unidad de Fuerza 17, el ejército de la Autoridad Nacional Palestina al que estoy entrenando, al que tengo que ir a evaluar. Tal vez vaya el martes. Te aviso por teléfono.

—Si funciona.

Unas horas más tarde, de regreso en el Hotel Rey David después de haber dejado a Matilde en el puesto de control de Erez para que lo cruzase con un taxi autorizado, después de quedarse tranquilo porque Ulysse Vachal acababa de confirmarle que había llegado sin problemas al departamento que ocupaba en la calle Omar Al-Mukhtar, Al-Saud recibió una llamada de su antiguo comandante, el general Anders Raemmers, que lo inquietó. Lo convocaba a una reunión de urgencia para el martes siguiente, 15 de diciembre, en la sede de *L'Agence* en Londres, con lo cual desbarató sus planes de viajar a Gaza.

9

El lunes 14 de diciembre, temprano por la mañana, La Diana recibió con emoción la orden de Eliah: se trasladaría a la Franja de Gaza y retomaría su labor de guardaespaldas de Matilde. La verdad es que el oficio de custodio la aburría; prefería dedicarse a misiones como las del Congo o las de instrucción, como la que llevaban a cabo en Ramala. Sin embargo, aceptaba, entusiasta, el nuevo encargo porque lo compartiría con Sergei Markov.

Las cosas entre ellos iban de mal en peor. Mejor dicho, no iban hacia ningún lado. A La Diana la desconcertaba la actitud del ruso. Apenas llegada a Ramala, lo buscó para reclamarle que se hubiera ido de París sin despedirse, y él le echó en cara que hubiera perdonado a las bestias que la habían reducido a «eso»; lo expresó con un ademán de mano y una expresión despectivos. Le costaba creer que el hombre bueno y considerado que la había rescatado del infierno con tanta paciencia, se hubiera convertido en uno intratable y rencoroso. No habían vuelto a tocarse, y ella evocaba con vergüenza la última vez en que habían intentado hacer el amor en París.

Se trataba de una idea estúpida, lo sabía, y sin embargo no podía evitar pensar en que, cerca de Matilde, ellos restablecerían la armonía. Matilde ejercía una influencia peculiar sobre la gente, La Diana lo había notado. Sobre Leila, sobre Eliah, sobre Yasmín, sobre ella misma. La rodeaba cierta energía cálida y suave, aunque poderosa, que transformaba en bueno lo malo, la sombra en luz. La idea casi rayaba en una superstición, era consciente de eso, pero se aferraría a esa esperanza para no desplomarse en la tristeza.

Markov, en cambio, recibió la orden de Al-Saud con mala cara. Éste levantó las cejas y lo miró fijamente antes de manifestar:

—No te quiero para este encargo con esa actitud, Markov. Habla claro antes de comenzar.

—No, jefe. Es un honor para mí custodiar a Mat... a la doctora Martínez. Se trata de La Diana. No estamos en buenos términos.

—Lo siento, tendrán que llegar a un arreglo, porque ustedes son los custodios con los cuales Matilde se siente más cómoda.

El martes por la mañana, Ulysse Vachal entregó las llaves del departamento alquilado en la ciudad de Gaza a Markov y a La Diana. Él y su compañero, Noah Keen, se aprestaban para regresar a París, donde Peter Ramsay los pondría al tanto de su próxima misión en Camboya. La Mercure acababa de firmar un contrato con el gobierno de Hun Sen para aniquilar los últimos focos de jemeres rojos.

—En este momento —les informó Vachal—, Noah está custodiándola en el hospital. Trabaja mayormente en el tercer piso, en la parte de cirugía, pero suele pasearse por todo el edificio.

—Diana —habló Markov, con ese acento autoritario y desapegado que empleaba desde hacía un tiempo—, relevarás a Noah. Yo me ocuparé de estudiar los alrededores del departamento de Matilde y del hospital.

La Diana asintió con expresión neutra y eligió una de las dos habitaciones para dejar el equipaje.

—Éstas —dijo Vachal— son las llaves de mi automóvil. —Se las extendió a Markov—. Noah te dará las de él en Al-Shifa, Diana.

—¿Al-Shifa?

—Así se llama el hospital donde trabaja la doctora Martínez, aunque también suele visitar unas clínicas que Manos Que Curan costea en los campos de refugiados de Al-Shatti y de Khan Yunis. Son sitios endiablados, llenos de callejones y gente de la peor calaña.

—¿Qué otros sitios frecuenta? —preguntó Markov.

—Cena a diario con sus vecinos, los Kafarna, una familia que ocupa un departamento en el mismo piso que el de ella. Están limpios. También visita a menudo la casa del escritor Sabir Al-Muzara, amigo del jefe. Aquí está su dirección. —Le entregó un papel con un plano para llegar a casa del Silencioso—. Y también les apunté la dirección de una enfermera de Al-Shifa, Intissar Al-Atar. La doctora es muy amiga de Al-Atar y también va a menudo a su casa.

—Gracias, Ulysse.

Los tres abandonaron el departamento en dirección al Hospital Al-Shifa. Markov conducía el automóvil y Vachal ocupaba el asiento del copiloto. La Diana, sentada detrás de Vachal, observaba el perfil de

Markov y se lo imagina cerca de su rostro, a punto de besarla. Apartó la vista y observó la calle Al-Yarmok, una arteria importante donde se hallaba el departamento que compartiría con el ruso y que cortaba la de Omar Al-Mukhtar, donde vivía Matilde. La Al-Yarmok presentaba bastante movimiento y comercios; no obstante, se advertía la pobreza y la falta de trabajo en los automóviles viejos y desvencijados, en la mala calidad de las construcciones, en las ropas de los hombres —las mujeres iban demasiado cubiertas para juzgar la calidad de su vestimenta—, en los perros flacos, en los niños descalzos y, sobre todo, en las expresiones desleídas de los gazatíes.

Encontraron a Noah Keen dentro de su automóvil, estacionado en la banqueta frente al hospital, cerca de la entrada de las ambulancias.

—El movimiento es permanente —se lamentó Keen—, vehículos y gente a toda hora. La doctora Martínez suele entrar muy temprano, a las setecientas, y sale a eso de las mil ochocientas. Los jueves sigue de largo, porque tiene la guardia nocturna. Viernes y sábados son sus días de descanso, pero a veces no los respeta y trabaja igualmente.

Keen les entregó una carpeta que contenía retratos hablados y fotografías de Udo Jürkens y de Anuar Al-Muzara.

—A éste lo conocemos bien —dijo Markov, y señaló la fotografía de Udo Jürkens, y a La Diana la complació que utilizara la primera persona del plural para expresarse; la hizo sentir parte de él, de su trabajo.

Se despidió de Vachal y de Keen con un saludo parco y, sin dirigir un vistazo a Markov, cruzó la calle y se encaminó hacia el hospital. Sentía la mirada del ruso en la nuca, no una de deseo sino de rabia, que la estremeció. Halló a Matilde en la cafetería, sola en una mesa, pese a que el lugar bullía de médicos y de enfermeras. Desde que le había salvado la vida al soldado israelí en el puesto de control de Erez, sus colegas palestinos, en un principio tan amigables, la trataban con fría cortesía. Matilde se preguntaba si ellos, siendo médicos, habrían permitido que el muchacho se desangrara, sin destinar un pensamiento al juramento hipocrático. ¿O no existía tal juramento en Oriente Medio?

Matilde, al ver a La Diana, esbozó una sonrisa que le desveló la dentadura y le inundó los ojos de un fulgor plateado. Se puso de pie y salió a recibirla. Aun de lejos, La Diana percibió su calidez reconfortante. Matilde, de puntitas, la abrazó. La Diana, tan arisca al contacto humano, se relajó contra ese cuerpo menudo con la confianza de un niño en el regazo materno.

—¿Cómo estás? —le preguntó Matilde, y la miró a los ojos.

Matilde era de las pocas personas que La Diana conocía que fijaba los ojos en los de su interlocutor y rara vez los apartaba.

—Tú no estás bien, ¿verdad?

La Diana, incapaz de articular, sacudió la cabeza e intentó sonreír, aunque esbozó una mueca contrahecha.

—Después hablaremos. Ahora tengo que irme. —En el quirófano la esperaba un niño de tres años con un divertículo de Meckel en el intestino delgado, el cual planeaba extirpar cuanto antes.

—Matilde —la llamó La Diana con voz insegura—, Eliah me pidió que te diera esto. —Extrajo un sobre del bolsillo trasero de sus jeans y se lo extendió.

—Gracias.

La Diana asintió y la vio alejarse. De algún modo, pensó, las cosas mejorarían.

⤞ ❧ ⤝

A casi cuatro meses de su llegada a Base Cero, Donatien Chuquet, urgido por la presión de Fauzi Dahlan y también de Uday Hussein, les informó que, de los ocho pilotos puestos bajo su escrutinio y análisis, él juzgaba que ninguno se encontraría a la altura del altísimo riesgo que significaba irrumpir en el espacio aéreo de dos países como Arabia Saudí e Israel. No obstante, se había decantado por El Profeta y por Halcón de Plata. Al escuchar los nombres, Fauzi Dahlan sonrió con suficiencia como si acordara con la selección.

—Udo —le habló al gigante que se apostaba detrás de él y con el cual Chuquet se empeñaba en no establecer contacto visual con el afán de quien evita los ojos de un pit bull—, diles a los demás pilotos que preparen sus cosas. Hoy mismo abandonarán Base Cero.

A Chuquet lo dominó un arrebato de envidia por los pilotos que emergerían de ese hueco oscuro y deprimente construido en las entrañas de la tierra para volver al sol y al aire puro. Una mueca que captó en el rostro de Uday, un ladeo de la comisura izquierda y un entrecierro de párpados, lo puso en alerta. A lo largo de esas semanas de amistad, había ido descubriendo el lenguaje de esa cara redonda, cubierta de barba y con ojos grandes y negros. Supo, entonces, que los seis pilotos jamás saldrían con vida de Base Cero. Tal vez, el propio Uday se ocuparía de liquidarlos; también había ido descubriendo que su tan mentada inclinación por la violencia y el sadismo no era un mito.

En el último viaje a Bagdad, Uday Hussein lo había conducido a su fastuosa oficina en el edificio del Comité Olímpico, del cual era el presidente, donde se había jactado de los logros de su país en materia deportiva. A

Chuquet lo sorprendió descubrir la pasión iraquí por el futbol y la obsesión con la que Uday Hussein se había propuesto convertir a la selección nacional en un equipo famoso, como el alemán o el argentino. Le contó también que, la semana anterior, luego de que perdieran un partido amistoso con el equipo de Bahrein, había ordenado encarcelar a siete jugadores, los que, a su juicio, habían conducido a la derrota. Desde hacía cinco días, los mantenía en el sótano de la sede de la *Amn-al-Amm*, la policía secreta del régimen, un lugar siniestro al que llamaban «el gimnasio», debido a los instrumentos y a las máquinas empleados para torturar. Con todo, los futbolistas podían considerarse afortunados: aparte de raparlos, Uday había ordenado que sólo se los azotara con cables de electricidad.

—Ven —lo invitó, después de referirle la anécdota entre carcajadas—, te llevaré a verlos al gimnasio.

Entraron en la cámara de tortura y se dirigieron a las celdas —unas especies de casillas de alambre tejido— donde los jugadores yacían sobre colchonetas de unos cuatro centímetros de espesor. Se pusieron de pie al avistar a su jefe que se aproximaba con tres cables en la mano. Uday abrió el candado y entró. Chuquet se encogió ante el primer azote, y descubrió, con ojos azorados, la coloración que adoptaba la piel donde comenzaba a asomar el moretón. No podía apartar la mirada del accionar de ese brazo que blandía los cables. Resultaba ostensible que Uday disfrutaba al aplicar el castigo; los quejidos y las súplicas lo enardecían en lugar de despertar en él un poco de compasión, cualidad, concluyó Chuquet, de la que carecía.

Por su bien, Chuquet mantuvo el talante alegre después del despliegue de crueldad, y deseó que Uday le sugiriera regresar al hotel. No se atrevía a pedírselo, ni siquiera a comentarle que se sentía cansado, por temor a ofenderlo. El heredero de Saddam Hussein no debía de contar con muchos amigos a juzgar por la manera en que se aferraba a él. Chuquet reunió valor y decidió soportarlo, siempre en la creencia de que se constituiría en su salvoconducto hacia la libertad y hacia el resto de los cuatro millones de dólares.

Uday lo invitó a una fiesta. Los anfitriones salieron a recibirlos, y Chuquet se preguntó si Uday, más allá de su narcisismo, notaría la fingida hospitalidad. La mujer lucía pálida y murmuraba palabras huecas. El esposo se mostraba más compuesto, callaba y señalaba el interior de la casa. Los invitados bailaban, otros comían y bebían en mesas dispuestas en torno a la improvisada pista de baile. Ellos ocuparon una vacía que, de inmediato, fue atendida por un mesero. A pesar de ser musulmán, Uday, al igual que su padre, bebía alcohol libremente y, cada tanto, cargaba la uña del meñique con cocaína y aspiraba. Le ofrecía a Chuquet, que se negaba con una sonrisa.

—Estoy demasiado viejo para eso, amigo mío —se excusaba—. Mi corazón no lo resistiría.

Al cabo, se presentó el chofer de Uday, y Chuquet deseó huir al ver que le extendía un fusil a su patrón.

—Un AK-47 —dijo Uday, y la sonrisa le descubrió la dentadura, cuyas grandes paletas descansaban en su labio inferior, lo que le proporcionaba el aspecto de un roedor—. Mi arma favorita —añadió, mientras trababa el cargador con habilidad—. Jamás te traiciona, siempre funciona, aunque esté mojada y con arena.

Por el rabillo del ojo, Chuquet advertía que varios invitados, los más alejados al campo visual del hijo del presidente, salían subrepticiamente de la sala. Uday se colocó tapones de caucho en los oídos y le dio un par a Chuquet, que se los calzó deprisa. Disparó al cielo raso cuatro veces. La andanada resultó atronadora en un recinto cerrado, de techo bajo, y, aun con los oídos protegidos, Chuquet sintió la onda sonora penetrar y sacudirle el interior. Uday, con la culata del arma apoyada en el muslo, giró el cuello hacia uno y otro lado para observar a la concurrencia, que parecía congelada por un hechizo. Segundos después, los invitados irrumpieron en aplausos, que agradaron a Uday porque sonrió e inclinó la cabeza antes de devolver el arma a su sirviente.

A partir de esas experiencias vividas durante su última visita a Bagdad, Chuquet volvió a preguntarse si los pilotos que había condenado a muerte al apartarlos de la misión, morirían a manos de ese hombre de treinta y cuatro años, de dos metros de altura y con una personalidad letal.

Una vez que el gigante, al que llamaban Udo, abandonó la oficina de Dahlan para cumplir la orden, Chuquet, que temía no conseguir la gran porción de su paga debido al fracaso de la misión, insistió:

—Señor Dahlan, quiero recalcar que El Profeta y Halcón de Plata son excelentes pilotos, pero que…

—Sí, sí —se sulfuró Dahlan—. Ya lo ha marcado varias veces, Chuquet. Tampoco están listos para la misión. Pero para eso estamos pagándole a usted una fortuna, ¿verdad? Para que usted los ponga a punto.

¿Cómo explicarles sin ofuscarlos, en especial a Uday, que esos hombres estaban psicológicamente devastados? ¿Que sus nervios no resistirían? ¿Que les costaba concentrarse y prestar atención? ¿Que, pese a la buena alimentación y a la ejercitación diaria, estaban débiles porque sus espíritus lo estaban?

—La paga del gobierno de Irak es más que generosa —admitió, y captó de soslayo la mueca satisfactoria de Uday—, pero sin aviones reales en los que practicar, pues…

—¿Los simuladores no bastan?

—Sería mucho mejor realizar prácticas en aviones reales.

—Eso es imposible, señor Chuquet. Los AWACS y los satélites norteamericanos advertirían las prácticas. Peor aún, podrían detectar la localización de Base Cero. No podemos darnos ese lujo.

—¿Han conseguido los aviones? —se atrevió a preguntar.

—Aún no —contestó Uday Hussein—. Estamos en eso —añadió, de manera evasiva y con fastidio, por lo que Chuquet supo que estaban lejos de conseguirlos.

—Las prácticas —prosiguió el francés— tendrían que hacerse a vuelo rasante, de manera que ningún radar pudiera detectarnos. Lo cual sería muy conveniente ya que es a vuelo rasante como conducirán los aviones para entrar en el espacio aéreo israelí y en el saudí, aunque el saudí no me preocupa tanto. Ellos tienen regiones sin radarizar.

—De todos modos —se negó Dahlan—, ni a vuelo rasante ni a no rasante. Aquí hay demasiado en juego. Arriesgaremos bastante al traer esos aviones hasta acá y después al hacerlos partir en la misión para andar sobrevolándolos por la zona para atraer a nuestros enemigos porque usted necesita hacer prácticas.

—¿Cómo piensan transportar los aviones hasta aquí?

—En plataformas de camiones —informó Dahlan—, bien disfrazados para que nadie sospeche.

—¿Camiones? Señor Dahlan, ¿alguna vez ha visto un Mig o un Mirage de cerca? No son pequeños, le advierto.

—Señor Chuquet —lo imitó Dahlan—, ¿alguna vez ha visto los camiones en los que se transportan columnas premoldeadas de veinte metros de altura y cincuenta toneladas?

—No creo que los haya visto —carcajeó Uday, y palmeó a Chuquet en la espalda—. Amigo mío, no te preocupes. Te traeremos los aviones.

Chuquet lo contempló con incredulidad. El asunto no le cerraba por ningún lado. A veces se preguntaba si no estaría lidiando con un grupo de esquizofrénicos. Si, por ejemplo, conseguían que un funcionario corrupto del gobierno de Malasia les vendiera un caza, ¿pretendían traerlo en camión desde Malasia? Si admitía el supuesto, un poco inverosímil a ese punto, de que trataba con gente normal e inteligente, la mención de los camiones podía significar que estaban por conseguir los aviones, probablemente, de un país limítrofe: Siria, Jordania, tal vez el propio Irán. Lo único cierto era que, sin aviones, no se concretaría la misión, y, sin misión, él no vería el resto de los cuatro millones de dólares.

—Ven —lo invitó Uday—, acompáñame a visitar a nuestro genio nacional, el profesor Orville Wright.

«El cejudo», suspiró Chuquet, y sonrió.

—Uday —lo llamó Dahlan, incómodo y nervioso—, no creo que al *rais* le guste que interrumpan al doctor...

—Fauzi, eres leal a mi padre y al partido y te respeto y te quiero por eso. Pero no te atrevas a tomar concesiones que no te he dado. Si yo, que soy el primogénito del presidente, decido mostrar a mi amigo Donatien lo que estamos haciendo aquí abajo, tengo mis razones. Pero sobre todo lo hago porque confío en él. Al igual que mi padre, conozco a un traidor antes de que él sepa que me traicionará. Y Donatien no es uno de ésos.

～✿～

Gérard Moses se apresuró a ocultar en el cajón de su escritorio la fotografía de Eliah Al-Saud cuando uno de sus ayudantes agitó los nudillos en la puerta abierta para anunciarse. Moses evacuó la consulta y le pidió que, al marcharse, cerrara. Volvió a extraer la fotografía y la contempló con una sonrisa tenue, dulce. Desde su último ataque de porfiria, el cual había superado de milagro, lo acometía un estado de ánimo inconstante, una permanente polaridad que lo llevaba a debatirse entre aferrarse al personaje serio, profesional y decente que Eliah Al-Saud conocía, o a uno alocado, libre, espontáneo, capaz de hacer y decir cualquier cosa. En uno de esos momentos de euforia, había llamado por teléfono a su hermano Shiloah, diez días atrás, con la excusa de la conclusión de un trámite de la herencia de Berta, para averiguar acerca de él, de su amado Eliah.

—¿Sigue con la doctora esa, con la argentina? —preguntó, indiferente.

—No, terminaron, y creo que esta vez es para siempre.

Con la evocación de la respuesta de Shiloah, se recreó la alegría eufórica que la noticia le había producido. Besó la fotografía sobre los labios de Eliah y la guardó en el bolsillo del delantal. Salió de su oficina, abandonó la zona de trabajo, donde sus empleados se afanaban en la construcción de las centrifugadoras, y caminó a paso enérgico hacia su habitación. Entró y, con movimientos nerviosos, se deshizo del delantal. Fue al baño y liberó su pene, ya erecto. No le convenía excitarse, le subían las pulsaciones, y, sin embargo, le resultaba difícil sojuzgar el deseo que acababa de apoderarse de él, sumergido en otro de sus estados alocados, de esos que lo embargaban de valor y lo hacían soñar con abrir su corazón a Eliah.

Colocó la fotografía en la repisa delante del espejo y comenzó a acariciarse el miembro. Le habría gustado llamar por teléfono a su departamento en Herstal y ejecutar, de manera remota, la contestadora automática para escuchar de nuevo la voz de Eliah que le agradecía la unidad de control de disparo que le había enviado de regalo. Se la imaginó, grave, medio ronca, y aceleró las caricias hasta convertirlas en fricciones rápidas. Muchas veces había intentado aliviarse con hombres, aun con mujeres, y jamás había logrado una erección en presencia de esos extraños a los que sólo les interesaba la paga. Lo aterraban. Él no era homosexual ni heterosexual; él era de Eliah Al-Saud.

Regresó al taller más sereno, e insultó por lo bajo al avistar al hijo mayor de Saddam Hussein y al piloto francés. De igual modo, les sonrió sin descubrir los dientes cafés, una habilidad desarrollada desde la adolescencia.

—Profesor Wright —dijo Uday—, hemos venido a ver las centrifugadoras en funcionamiento.

Por fortuna, la torta amarilla había llegado en enormes cantidades el martes 17 de noviembre, por lo que las primeras diez centrifugadoras —las veinte restantes aún no habían sido terminadas— trabajaban día y noche para enriquecer el uranio que colocarían tanto en las ojivas de las bombas ultraligeras que arrojarían sobre Tel Aviv y sobre Riad, como en las que construirían para conformar el arsenal que disuadiría al peor enemigo iraquí: los Estados Unidos.

Aunque verían a las centrifugadoras en acción tras un vidrio doble, igualmente se colocaron cascos y trajes de protección antes de ingresar en el sector donde operaban. Moses llevaba un dosímetro en la mano que medía el nivel de radiación al que se exponían y al que echaba vistazos frecuentes.

—¿Cuándo estará listo el uranio para la primera bomba? —lo presionó Uday.

—El uranio para la primera bomba ya está listo —anunció Moses, con genio displicente—. Pusimos a trabajar las primeras centrifugadoras al día siguiente de recibir la torta amarilla. Si hoy es 15 de diciembre, llevan veintiocho días trabajando, con lo cual hemos podido centrifugar, con cada una, dos porciones de torta amarilla, y nos encontramos enriqueciendo la tercera. Aún faltan unos tres días para completar este último proceso.

—¿Cuánto uranio enriquecido nos da cada centrifugadora?

—Oh, bueno, sólo unos gramos. En cada proceso obtenemos un trozo de combustible de este tamaño —y se sirvió del pulgar y del índice para delinear una silueta cuadrada un poco más grande que un timbre postal.

—¿Eso bastará para una bomba? —Uday sonaba incrédulo.

—Para una con el poder destructivo de Hiroshima.

—Con eso será suficiente —afirmó el primogénito, y sonrió.

Sólo un observador atento, provisto de unos binoculares de gran potencia, habría advertido el ligero temblor que sufría el terreno en ese sector de la estribación. Segundos después, habría advertido, estupefacto, que la superficie se desplazaba para desvelar un hueco en la base de la montaña. Se trataba de una plancha de concreto y hierro, camuflada con piedras, arbustos y tierra, que se deslizaba para permitir que una camioneta abandonara Base Cero con los seis pilotos desechados por Chuquet. Udo Jürkens observó la parte trasera del vehículo, que brilló en contacto con la luz del sol, antes de oprimir el botón para sellar de nuevo la placa y devolver a la montaña su aspecto desértico y solitario. Se oyó la voz del chofer en el *walkie-talkie*.

–Aquí Babel. Estamos en camino.

–Bien –contestó Jürkens–. Te seguimos con el radar, Babel, y permaneceremos comunicados por radio.

No había riesgo de interceptación, o más bien, existía un riesgo mínimo, porque la frecuencia de onda cambiaba automáticamente cada tres minutos para despistar a los sistemas de triangulación.

Los pilotos, encantados de abandonar ese sitio infernal, soportaban sin quejarse las sacudidas de la camioneta, cuyas ruedas perfilaban los accidentes del terreno, más apto para cabras que para automóviles, por muy equipados que estuvieran con tracción en las cuatro ruedas. La camioneta corcoveó, pareció toser una, dos veces y se detuvo.

–Aguarden aquí –indicó el chofer a sus pasajeros–. Es el carburador.

Hurgó en la guantera, extrajo una bolsa de herramientas y descendió con la radio en la mano. Cerró la puerta detrás de él.

–Nabuco, aquí Babel –dijo el hombre sobre el micrófono del *walkie-talkie*–. ¿Me copias?

–Sí, Babel. Aquí Nabuco. Te escucho.

–Estoy por entrar en el baile de máscaras.

Uno de los pilotos, el que ocupaba el primer asiento junto a la ventanilla del lado derecho, observó con curiosidad las maniobras del chofer, que extraía un artilugio negro de la bolsa de herramientas y se lo colocaba sobre la cara. Arqueó las cejas al reconocer la máscara que él, tanto en la guerra contra Irán como en la del Golfo, había ajustado sobre su rostro para protegerse de los gases letales.

–¡Ey! –exclamó, y su llamada compitió con un sonido seco, como el que se produce al sellar algo al vacío.

Los demás se inquietaron en sus asientos, se pusieron de pie; uno se movió hacia la salida e intentó abrir las puertas, en vano. Golpearon los vidrios a puño cerrado, mientras gritaban, insultaban y lloraban porque habían comprendido el destino que les esperaba.

—Nabuco —llamó el chofer por la radio—, la cámara está sellada.

—Procedo —dijo Udo Jürkens, y, al momento en que presionó un botón azul de un control remoto, los ocupantes de la camioneta, que intentaban romper los vidrios con sus puños y sus maletas, vieron que, del sistema de ventilación, manaba un vaho amarillento, de un olor alcanforado apenas perceptible.

El somán, creado por los nazis hacia el fin de la Segunda Guerra Mundial, es uno de los agentes nerviosos más letales que existen, para el cual no hay antídoto. En su forma vaporizada, el efecto es casi inmediato, por lo que, transcurridos pocos segundos desde la pulverización, los pilotos denunciaron los primeros síntomas —flujo nasal, ojos irritados, náuseas y vómitos—, que empeoraron rápidamente hasta derivar en convulsiones y parálisis muscular. El chofer se mantenía incólume mientras observaba las muecas deformes de los pilotos y el zarandeo epiléptico de sus cuerpos. La parálisis de los pulmones condujo a una falla respiratoria que acabó con ellos.

—Misión cumplida, Nabuco —informó, mientras pegaba la máscara a las ventanillas de la camioneta y ratificaba que ninguno se moviera.

—Babel, procede con los fuegos artificiales —le ordenó Udo Jürkens.

El chofer colocó un trapo en la boca del tanque de gasolina, acercó un encendedor y se alejó corriendo para ocultarse tras unas rocas. La llama abrasó el trapo y se perdió dentro del tanque. Unos segundos después, la camioneta explotó, y el fuego devoró el vehículo y los cuerpos envenenados.

···❧···

Rauf Al-Abiyia sabía que, en el tráfico internacional de armas, las capitales eran Amberes y Hamburgo. Empezó el peregrinaje por la ciudad belga, donde el contacto era un libanés que regenteaba un restaurante de comida árabe en la peatonal cercana a la famosa catedral y a pocas cuadras del río Escalda. Divisó al gerente apenas traspuso el umbral. Lo visitaba a la hora del almuerzo a propósito, cuando el local bullía de turistas y de oficinistas, y resultaba fácil pasar inadvertido. La verdad era que, pese a los cambios que la cirugía plástica había traído a su fisonomía, él no se sentía seguro. ¿Si alguien en Bagdad, del Hospital Ibn Sina, por ejemplo, había vendido al Mossad fotografías con sus nuevas facciones? Tal vez estaba volviéndose paranoico, lo aceptaba; de todos modos, no había subsistido sesenta años en ese mundo de odio, traición y muerte por poseer una índole confiada. Formar parte de la lista negra del Mossad no era broma. Los israelíes eran gentes de recursos y, si lo querían muerto, lo lograrían tarde o temprano. Volvió a cuestionarse si su socio no se hallaría a varios metros bajo tierra o en el fondo de mar. «No», pensó, «a los del Mossad les gusta que se haga público que han eliminado a otro de los enemigos de Israel, para infundir miedo. Habrían usado a la prensa para mandarnos el mensaje», concluyó, «como lo hicieron cuando mataron a Alan Bridger, a Kurt Tänveider y a Paul Fricke». Sin mencionar al hermano de Bridger, Hansen. Además, no debía olvidar que el dinero había vuelto a la cuenta, y que sólo Abú Yihad podría haberlo transferido. ¿O se trataba de una celada del Mossad para tenderle una trampa? «¡No seas maniático! ¿Para qué harían algo así? ¿Dónde estás, Mohamed, maldita sea?» Días atrás, había visitado el *Matilde* en Puerto Banús, al que, resultaba evidente, nadie entraba desde hacía un largo tiempo; la capa de polvo que se acumulaba no sólo en cubierta sino en los muebles del interior denunciaba el abandono del barco. Se había detenido a contemplar un retrato de la hija menor de Mohamed, Matilde, que se hallaba en el camarote de su amigo. «Tal vez», pensó, «si la usáramos como carnada…», aunque descartó la idea; la ponderaría en un caso extremo. Él también quería a Matilde y recordaba su dulzura del tiempo en la prisión de Córdoba, cuando les preparaba pasteles, pudines, mermeladas, higos en almíbar, les tejía ropa de abrigo y les compraba juegos de mesa para matar el tiempo, porque, al enterarse de que Rauf Al-Abiyia había ayudado a su padre a atravesar los primeros tiempos de la abstinencia, ella lo había convertido en destinatario de los mismos regalos que le hacía a Mohamed, y si le tejía un chaleco para el invierno, otro igual, aunque de distinto color, iba para Rauf; y si cocinaba galletas de avena, una porción pertenecía a él; y si preparaba mermelada de ciruela, otro frasco acababa en sus manos. Rara vez había faltado a la cita semanal en la cárcel, aun cuando la quimioterapia la debilitaba e incluso le costaba hablar. La recordaba enflaquecida, con su gorrita de béisbol para cubrir la calva, ojerosa y con los labios partidos. Lo cierto era que Matilde había constituido la única alegría para Mohamed y para él durante los años infernales en la prisión del Barrio San Martín, en Córdoba.

El gerente libanés del restaurante no lo reconoció. Sin embargo, Al-Abiyia pronunció la contraseña y le confesó su identidad. El hombre frunció el ceño y apretó la boca en una señal inequívoca de desagrado después de estudiarlo y de decidir que no le mentía. Le indicó con una inclinación casi imperceptible de cabeza que lo siguiera hasta su despacho. El ruido se amortiguó y los olores a fritura y a pescado se esfumaron cuando Al-Abiyia cerró la puerta.

—¿Qué haces aquí, Rauf? ¿No sabes que estás marcado y que el Mossad le ha puesto precio a tu cabeza? Deben de estar rondando mi local como lobos hambrientos esperando echarte la soga al cuello.

—Lo sé, pero tendrás que admitir que la cirugía me ha cambiado notablemente.

El libanés expelió un bufido que le levantó el bigote y se echó en el asiento. No invitó a Al-Abiyia a sentarse.

—Con los del Mossad, ninguna precaución es suficiente. Quiero que desaparezcas. Saldrás por la puerta de la cocina…

—Antes necesito saber si tienes alguna idea de dónde puedo encontrar a Mohamed.

—¿A tu socio? ¿No sabes cuál es su paradero? —Al-Abiyia negó con gesto imparcial—. ¡Ya ves! No lo encuentras porque lo ha liquidado el Mossad.

—Sé que está vivo. Necesito encontrarlo. ¿Cuándo fue la última vez que lo viste?

—A ver, déjame hacer memoria. —El libanés se tomó el mentón entre los dedos y cerró los ojos—. Sí —musitó—, sí, recuerdo que vino a verme antes de la muerte de Alan Bridger.

—Alan murió el 12 de abril.

—Pues Mohamed estuvo aquí poco antes. No puedo precisar cuándo. No se presentó con sus pedidos usuales de fusiles, Semtex y lanzagranadas. No, no. Buscaba algo muy pesado.

—Torta amarilla —completó Al-Abiyia.

—Sí. ¿Para quién?

—¿No has vuelto a saber de él? —preguntó el Príncipe de Marbella, soslayando la curiosidad de su contacto.

—Supe que viajó al Congo para visitar a nuestra querida *Madame* Gulemale —expresó, con acento cáustico.

«Gulemale», repitió para sí con la mezcla de deseo, miedo y rabia que esa mujer poderosa y desvergonzada le inspiraba. Mohamed había desaparecido después de su visita a la mansión de la congoleña en Rutshuru. ¿Lo habría entregado al Mossad? Cabía dentro de las posibilidades. Suspiró. Había planeado averiguar el paradero de su socio sin apelar a la ayuda de la mujer, no quería deberle favores. La presión de Bagdad se volvía inmanejable, por lo que ponerse quisquilloso no demostraba sentido común. Acudiría a Gulemale. Era el atajo más directo.

Debido a la situación convulsionada que se vivía en el Congo, Al-Abiyia dedujo que Gulemale se mantendría lejos de la región. ¿O quizá estuviera en Kigali, la capital ruandesa, sede de su empresa Somigl? El conflicto no había traspasado las fronteras, por lo que en Ruanda se vivía en paz. Como siempre, apelaría a su suerte y viajaría a París, la ciudad favorita de la congoleña; tal vez la encontrara en el Ritz; ¿o se habría instalado en el Dorchester, en Londres? Sea donde fuese que la hallara, de algo estaba seguro: no delataría su presencia, no le daría tiempo a actuar, no la llamaría por teléfono para concertar una cita a la cual, además de Gulemale, probablemente asistirían los *katsas* del Mossad; la sorprendería, para lo cual necesitaba confirmar dónde se encontraba.

Empezó por el Ritz, en París. Se detuvo frente a la conserjería con un ramo de veinticuatro rosas rojas y se las entregó a la empleada.

—Son para *Madame* Gulemale. —Desconocía su apellido, aunque estimó que con esa información bastaba.

—Ella ha salido —informó la empleada.

—¿Volverá pronto?

—No sabría informarle. ¿Quiere dejar las flores aquí? Nos ocuparemos de mantenerlas en agua hasta que *madame* regrese.

—Muy bien —dijo, y pensó: «Misión cumplida»; había querido averiguar si se hospedaba en el Ritz y acababa de conseguirlo con pasmosa facilidad.

Montó guardia en L'Espadon, uno de los bares del hotel. Después de cinco horas, varias tazas de café y cuatro diarios leídos, la vio avanzar, majestuosa, por el centro del salón, envuelta en un abrigo de visón que la cubría por completo, con la cabellera suelta y más larga que nunca, exótica con ese mechón rubio que nacía de la frente y caía hacia atrás. Los meseros le sonreían y la saludaban, y los clientes giraban las cabezas a su paso. Rauf se puso de pie, plegó el *Courrier International* y lo depositó sobre la mesa antes de caminar en dirección a la mujer.

—Gulemale —la llamó, mientras un mesero la ayudaba a quitarse el abrigo. La congoleña se giró con una sonrisa, que se desvaneció al descubrir un rostro desconocido.

—¿Quién es usted? —preguntó, luego de que el mesero se hubiera alejado—. ¿Por qué me trata con tanta familiaridad?

—Porque somos amigos.

—Yo no lo conozco, señor, por lo que le pediré que se retire y me deje sola.

Al-Abiyia encontró divertido el despliegue y se echó a reír.

—No sé qué le resulta tan gracioso. Por favor, váyase.

—Me resulta gracioso que no me reconozcas.

—¿Cómo?

—Gulemale, soy Rauf. Rauf Al-Abiyia.

—¿Verdad? —La congoleña se inclinó hacia delante en el gesto de estudiarlo—. No, de ninguna manera —resolvió—. Váyase o llamaré a la guardia del hotel.

—Mira —le dijo, y sacó de su billetera una tarjeta del Dorchester Hotel y la depositó sobre la mesa—. Todavía conservo la llave de la habitación que compartimos en el Dorchester durante aquellos días memorables del 94.

Rio de nuevo ante la mueca desmesurada de Gulemale, a quien, poco a poco, comenzaba a resultarle familiar la voz de su antiguo comprador de armas.

—¿Sorprendida de verme? Para mí es un enorme placer.

—No me gustan las sorpresas, Rauf. Después de tantos años, deberías saberlo. ¿Qué quieres? —Por fin tomó asiento y, con un gesto de la mano, le indicó al palestino que la acompañara—. Sólo un momento —le advirtió—, estoy esperando a una persona.

—Quiero saber dónde está Mohamed.

—¡Qué sé yo de Mohamed!

—Tú fuiste la última que tuvo contacto con él.

—Qué afortunada.

Al-Abiyia se inclinó sobre la mesa, y su semblante cambió; miró a Gulemale a los ojos, sin la simpatía de segundos atrás.

—No juegues conmigo, Gulemale. Probablemente lo entregaste a los del Mossad mientras él te visitaba en Rutshuru.

—Qué idea.

—No soy yo quien pregunta por él sino el amo Saddam. No te gustaría irritarlo, ¿verdad?

—Saddam está acabado —se burló Gulemale, aunque un sustrato íntimo le tembló.

—Yo no me atrevería a afirmarlo con esa petulancia. El *rais* está preparando una sorpresa que cambiará la historia del mundo. Y tú acabas de asegurar que detestas las sorpresas.

—El uranio que Mohamed planeaba comprarle a Hansen Bridger, ¿era parte de esa sorpresa?

—Parte fundamental.

—Mohamed no lo consiguió.

—Yo sí, Gulemale. Doscientas toneladas de torta amarilla —se jactó—. ¿Oíste hablar del ataque pirata que sufrió el barco *Rey Faisal* de la Aramco?

Gulemale ocultó la sorpresa mientras le sostenía la mirada y en tanto ponderaba las alternativas y sus consecuencias. Por cierto, hacer enojar a

320

Saddam Hussein, uno de los dictadores más brutales del mundo, no contaba entre sus planes.

—No sé dónde está tu socio, Rauf. Llegó a mi casa hacia fines de mayo. Desapareció el 25, por la madrugada.

—¿Desapareció de tu casa? —se pasmó el Príncipe de Marbella.

—Sí. Su yerno, Eliah Al-Saud, lo sacó de allí. Presuntamente —mintió la mujer, simulando desconocimiento—, el Mossad iba a atacar mi casa esa noche para llevárselo.

—¿El yerno? ¿Qué yerno?

—Eliah Al-Saud, el novio de su hija Matilde.

—¿Quién diablos es ése?

—Oh, Rauf, no querrás cruzarte en su camino. Te lo aseguro.

~᠂ ❦ ᠂~

Se acercaba el momento de la despedida. Angelie, sentada junto a la cama de Kabú, lo observaba dormir. Tres días atrás, le habían practicado la última cirugía reconstructiva para implantarle nuevos injertos, y aún se sentía dolorido e inquieto. Por fortuna, dormía, aunque le había exigido que lo despertara cuando Nigel Taylor se presentara para despedirse. Ese día, martes 15 de diciembre, después de casi cuatro meses de internación, abandonaría el Hospital Chris Hani Baragwanath con un rostro aún hinchado y coloreado a causa de los moretones y con derrames en los ojos, pero que, día a día, cobraría visos de normalidad.

Desde la propuesta matrimonial que Taylor había pronunciado, sin duda bajo los efectos de la anestesia, Angelie se había mantenido apartada. Lo visitaba poco y sólo con la excusa de buscar a Kabú, que prefería pasar las horas con el inglés. No podía saber si, tras la fría cortesía de Nigel Taylor, se escondía un corazón destrozado, uno ofendido tras el rechazo o uno enojado consigo por haberle pedido a una monja insulsa que se casara con él. Se cuestionaba en qué había estado pensando el inglés al proponérselo. Sin duda, la droga de la anestesia le había nublado el entendimiento. A veces, la asaltaban unas ganas locas de correr a su habitación, afanarse sobre él, cuidarlo y mimarlo como había hecho hasta minutos antes de que la proposición brotara de los labios secos de Taylor. También deseaba aceptarlo como esposo y renunciar a su vida como misionera. De pronto, lo que había constituido el eje de su existencia se había esfumado y, en su lugar, se hallaba Nigel.

Miró la revista que descansaba sobre el buró y agradeció a Dios no haberse precipitado en los momentos en que su alma bullía estimulada por el sueño de convertirse en la señora de Nigel Taylor. Días atrás, la había tomado por azar, o tal vez no, meditaba, mientras aguardaba noticias del doctor van Helger, que operaba a Kabú por tercera vez. Inquieta y asustada porque le parecía que llevaban demasiado tiempo en el quirófano, tomó la revista vieja de la sala de espera y se sentó a hojearla. Había una sección dedicada a las figuras sudafricanas con fama internacional, como Charlize Theron. Paseó la mirada hasta que sus ojos se congelaron en una fotografía. No sojuzgó a tiempo el corto quejido que brotó de su garganta. La escultural modelo Daphne van Nuart sonreía a la cámara mientras posaba del brazo de su novio, el empresario londinense Nigel Taylor. Buscó la fecha de la publicación: mayo de 1998. Se trataba de algo reciente. Probablemente la magnífica rubia lo había visitado en el Chris Hani Baragwanath sin que ella se enterara. Pugnó por ofenderse y enojarse, y sólo se sintió fea, vieja e insignificante. Decidió conservar la revista.

En ese momento, a punto de despedirse para siempre de Nigel Taylor, echó un vistazo a la fotografía de Daphne van Nuart, que se había convertido en un baluarte, la mejor defensa contra el atractivo del inglés y contra sus sueños irreflexivos y precipitados, y se enderezó en la silla simulando decisión y firmeza, que se pulverizaron para convertirse en temblores y palpitaciones cuando tocaron a la puerta. Abrió y miró por el resquicio. Taylor le sonrió sin calidez, y Angelie estuvo segura de que, con la lengua adherida al paladar, no podría articular. Terminó de abrir y se apartó para darle paso.

Kabú se removió sobre las almohadas y abrió los ojos. Intentó sonreír bajo el vendaje y estiró la mano en dirección a Taylor, cuya prisa por tomársela y el modo en que se la besó emocionaron a Angelie. Se mantuvo alejada, cerca de la puerta, echa un lío de temblores, erizamientos, palpitaciones y lágrimas. «Tendría que acercarme», pensó, ya que, en muchas ocasiones, el francés de Taylor no bastaba para que el niño lo comprendiera.

—¿Cómo te sientes? —lo oyó preguntarle.

—Me dolía, pero *sœur* Angelie llamó a la enfermera y ya no me duele más.

—Bien. Eres el niño más valiente que conozco.

—Tú también eres valiente, Nigel.

—¿Qué tal mi nueva cara? —le preguntó, con talante bromista, y estiró el cuello y lo giró para revelarle la parte izquierda, la destrozada por la esquirla de la granada.

—Un desastre —dijo el niño, y Taylor se contuvo de darse vuelta, atraído por la risita de Angelie. Se la imaginó cubriéndose la boca y encorvando los hombros.

—¿Sí, verdad? Estaba mejor antes.

—¡Oh, no! —exclamó Angelie, y de manera súbita se le calentó el rostro, avergonzada por su sinceridad y por la manera en que Taylor la miraba por sobre el hombro, una mirada de ojos candentes, también resentidos.

—¿Te gusta mi nueva cara, Angelie? —le preguntó en inglés, y ella no pestañeó, ni respiró—. Es extraño. Creí que te producía repulsión.

¿Cómo podía soñar con ser la esposa de un hombre de esa talla si, ante un comentario, se quedaba de una pieza, muda, sin aliento y con taquicardia como una adolescente inexperta? Ella jamás aprendería a moverse en los círculos de gente rica y aristocrática en los que él lucía como pez en el agua; lo avergonzaría.

Nigel Taylor le sonrió con aire malévolo y volvió la cabeza con deliberada lentitud hacia el niño.

—¿Cuándo te dan el alta?

Kabú sacudió los hombros en señal de desconocimiento, por lo que el inglés nuevamente miró a Angelie, que carraspeó antes de contestar:

—El doctor van Helger nos prometió que pasaríamos la Navidad en la misión. Si Dios quiere, el 23 al mediodía nos marcharemos.

—Vendré a buscarte, Kabú.

—Oh, pero eso no será necesa…

—Vendré a buscarte —insistió Taylor, con voz tronadora, y Angelie dio un paso atrás—. Cuídate mucho, Kabú, así el doctor van Helger no tiene excusa para retenerte más tiempo.

Kabú abrazó el cuello del inglés y lloriqueó.

—Te voy a extrañar.

—Yo también, mi amor.

Nunca lo había llamado «mi amor». Lo había pronunciado en inglés, *my love*, y Angelie se dijo que se lo traduciría a Kabú más tarde. Al pasar junto a ella, Taylor se detuvo y le ordenó:

—Acompáñame fuera, Angelie. Quiero hablar contigo.

La alegría y el pánico la asaltaron en conjunto y con el mismo vigor. Pivoteó sobre sus pies porque no atinaba a moverse, hasta que Taylor la sujetó por el codo y la arrastró fuera.

—Sé que no te soy indiferente, Angelie, a pesar de esto —dijo, y se señaló las cicatrices y los moretones.

—¡Claro que no! —se escandalizó—. Tu herida no me importa. No me importa en absoluto.

—Entonces, ¿por qué has estado fría y distante conmigo desde que te pedí que fueras mi mujer?

—¡No digas eso! ¡No soporto que digas eso!

—¿Qué? ¿Mi mujer? —Angelie asintió, con la vista al piso—. Quiero que seas mi mujer —repitió, con una sonrisa entre maligna y tierna—. Quiero que te cases conmigo y que vengas a vivir a mi casa en Londres, y que duermas conmigo todas las noches, y que hagamos el amor tantas veces... —Taylor lanzó una carcajada ante el gesto horrorizado de Angelie—. ¿Te asusta hacer el amor? ¿Es eso? —Angelie negó con una sacudida de cabeza, aunque pensaba que sí, que *eso* también la aterraba—. Si no me rechazas por mi aspecto, si mi aspecto no te da repulsión, existe algo que te perturba. Quiero que me lo digas.

—Soy monja —musitó en voz tan baja que Nigel se agachó para oírla.

—¡Y un cuerno que eres monja! ¡No me vengas con ésa, Angelie! ¿Crees que soy estúpido, que no siento lo que sientes por mí? ¿Que no me doy cuenta de cómo me observas cuando crees que no te miro?

«Oh, bueno», pensó la religiosa, «al menos de algo estoy segura: tiene el ego más grande que la cúpula del Vaticano». Sin embargo, aquel defecto, en lugar de desilusionarla, lo impulsó a amarlo con devoción renovada, como si el defecto lo acercase más a ella, a lo poca cosa que era. Lo vio consultar la hora, por supuesto en un Rolex del cual no quería saber el precio, y ensayar un gesto impaciente.

—Tengo que irme. —Angelie ahogó una exclamación cuando Taylor la aferró por los brazos y la obligó a ponerse de puntitas para aproximarla a su boca—. Yo mismo vendré a buscarlos el 23, Angelie. Y tú y yo hablaremos seriamente. Espero que tengas una buena excusa que darme por el maltrato de estos últimos dos meses...

¿Maltrato? Yo...

—Maltrato —repitió él, con los labios próximos a los de ella—. Me has evitado hasta cansarte y, cuando hemos coincidido, me has tratado con desprecio.

—¡Desprecio! ¡Qué disparate!

—¡Sí, un disparate! —La sujetó por la nuca y por la cintura antes de que su boca se apoderase de la de ella. Sin miramientos, más bien de talante violento, y pese a adivinar que se trataba del primer beso de Angelie, la obligó a separar los dientes para penetrar su boca virgen. Esa idea, la de su virginidad, lo enardeció cuando tiempo atrás lo habría juzgado un estorbo. Impaciente por naturaleza, él las había preferido experimentadas; detestaba los remilgos y las escenas de pánico.

Aunque lo había empezado con intencionada frialdad, casi como un acto de venganza, el beso fue adquiriendo un desenfreno que Taylor no había calculado. La engullía con labios famélicos al tiempo que la penetraba y le acariciaba el interior de la boca con un ansia inesperada, que lo mantenía ajeno a la actividad del hospital, a las enfermeras que pasaban y que los observaban con ojos incrédulos. Detrás de la nube de deseo súbito, la oía quejarse y removerse, y se instaba a detenerse, sin conseguirlo. Se percató de que la respiración cálida y rápida de Angelie le golpeaba la piel, y ese simple hecho le provocó una erección. Ella no tardó en quedarse quieta y en rendirse, y Taylor suspiró al sentir que le sujetaba la nuca y que sus manos pequeñas y serviciales se le enredaban en el cabello largo después de tanto tiempo sin un corte. Los movimientos de Angelie, la manera en que respondía, trémula, a su beso, la forma en que utilizaba el cuerpo, evidenciaban su falta de práctica, su desconocimiento, su inocencia. Apretó el abrazo, lentificó las caricias y ahondó la penetración hasta alcanzarle la garganta. La soltó poco después, la miró fugazmente, y, antes de que ella abriera los ojos, dio media vuelta y se alejó por el pasillo.

Angelie no se atrevió a levantar los párpados hasta varios segundos después, hasta que el sentido de la audición le indicó que Taylor había desaparecido. Estremecida, se abrazó y posó una mano sobre sus labios calientes, húmedos y palpitantes. Emitió una corta exclamación en el instante en que tuvo conciencia de lo que acababa de suceder. Corrió dentro de la habitación, tomó la revista y buscó la página con una desesperación que llamó la atención de Kabú. Fijó la vista en la fotografía de Daphne van Nuart y de Taylor para recuperar el sentido común; no obstante, su convicción no se manifestaba tan firme como minutos atrás.

～ ✿ ～

El martes 15 de diciembre, cerca de las diez de la noche, Matilde regresó, escoltada por Markov, al departamento de Manos Que Curan en la calle Omar Al-Mukhtar. Había cenado en casa de Al-Muzara para celebrar el cumpleaños de Amina. También festejaban el regreso de un amigo, Ibrahim, después de diez años en prisión.

—No debe de existir familia en la Franja de Gaza que no tenga o haya tenido un familiar en prisión —le explicó el imam Yusuf Jemusi.

A Ibrahim lo habían encerrado en Ansar Tres, la prisión israelí ubicada en el desierto de Néguev, en el 88, durante la *Intifada*, cuando tenía diecisiete años. Lo habían condenado a dieciocho años de prisión. Gracias a los Acuerdos de Oslo, acababan de reducirle la pena y concederle la libertad. Sabir lo había conocido durante su cautiverio.

Matilde observaba a Ibrahim través de la mesa, lo notaba taciturno, reacio a la sonrisa, y se preguntaba qué penurias habría soportado en la cárcel; lucía como un hombre quebrado.

Meditaba acerca de la suerte del pueblo palestino mientras introducía la llave en la puerta de su departamento y la abría. Enseguida divisó a Mara Tessio al teléfono. Su compañera italiana la sorprendió con una sonrisa, gesto que Matilde no le conocía.

–*Ah, eccola qua! Matilde è appena arrivata.* –A Matilde se dirigió en inglés–: Matilde, tu prometido al teléfono. –Le pasó el auricular–. No sabía que vas a casarte.

Matilde recibió el teléfono y destinó a su compañera una mirada azorada. «No lo sabías», pensó, «porque nunca me diriges la palabra».

–Hola.

–Hola, mi amor.

La voz de Al-Saud le provocó un estremecimiento. Apretó el puño en torno al auricular y cerró los ojos.

–Te extraño –dijo, sin más–. Muchísimo.

Al-Saud sonrió y se echó hacia atrás en el asiento del avión. Una sensación agradable le recorrió el cuerpo y le aflojó los músculos, que se habían tensado durante la reunión en la sede de *L'Agence*. Sólo Matilde contaba con la habilidad y el poder para rescatarlo de las oscuras cavilaciones en que lo sumía la decisión que acababa de tomar.

–¿Sí, me extrañás? ¿Muchísimo? Ni la mitad que yo, seguro.

–El doble. ¿Dónde estás?

–En mi avión, camino a París. Hoy tuve una reunión en Londres, algo que surgió a último momento el domingo.

–Sí, lo sé. Hoy recibí la carta que me enviaste con La Diana.

Metió la mano en la *shika*, que aún le colgaba en bandolera, y la sustrajo. La olió; conservaba un rastro de A Men, el que debió de impregnar su mano derecha con la cual había escrito esas líneas en francés que, al repasarlas de memoria, aún la conmovían. «*Amor de mi vida, el 31 de diciembre de 1997, el día en que tu cabello llamó mi atención en el aeropuerto de Ezeiza, nunca imaginé que sería el comienzo de algo tan grande y sublime que, a veces, me corta el aliento. Soy feliz, Matilde. Nunca antes lo había sido, no de este modo tan pleno. Tú me haces feliz. Atesoro cada momento contigo, en el avión, en París, en Ruán, en Londres, en Rutshuru, pero los días vividos dentro de esta habitación del Hotel Rey David se han convertido en el recuerdo más poderoso e importante de mi vida. Yo sentí tu confianza, tu entrega, tu amor, y, al recibirlos, me convertí en mejor persona. Por amarte, soy mejor, ya te lo dije una vez. No sé qué sacas tú amándome, tal vez nada, pero quiero que sepas que puedes usarme como tu apoyo, tu roca, tu contención. Siempre estaré a tu lado para lo que quieras.*»

—¿Y? ¿Qué me dices? —quiso saber Al-Saud.

—Amor de mi vida —habló ella, con el acento y en la disposición de quien va a escribir una carta—, te amo más allá de todo: de la vida, de la muerte, del tiempo. Si es verdad lo que dice Juana, que vivimos infinidad de veces y que siempre nos reencontramos con los que hemos amado en otras vidas, te prometo que yo te amaré hasta la última que me toque vivir. No podré evitar amarte, una y otra vez, adorado Eliah. ¿Qué saco amándote? Que por la mañana, cuando abro los ojos, sonrío y susurro tu nombre. Digo: «Eliah», y pienso en lo hermosa que es la vida si tú estás en ella. Le das sentido a todo, amor mío. Me cambiaste de manera tan profunda, siento que crecí tanto a tu lado, me curaste con tus manos y me liberaste de tantas cadenas y fantasmas que me aterrorizaban. Eres mi redentor, y, hasta que no irrumpiste en mi vida, yo no sabía que había estado caminando arrastrando el alma.

En el silencio que cayó sobre la línea, ambos oían los esfuerzos del otro para reprimir la emoción. Al-Saud consiguió deshacer el nudo que le ataba la garganta para rogar:

—Matilde, júrame que nunca vamos a separarnos de nuevo.

—Te lo juro, Eliah. Nada volverá a interponerse entre nosotros. Sólo Dios podría separarnos, pero Él querrá que seamos felices ahora. —Carraspeó y apeló a un acento más casual—: ¿Cómo te fue en Londres? En tu carta me decías que te habían convocado a una reunión urgente.

—Sí, me llamaron el domingo por la noche y arruinaron mis planes para ir a Gaza esta semana y verte.

—¿Cuándo vendrás?

—Más hacia el fin de semana. Mañana planeo quedarme en París. Aprovecharé para ocuparme de unos asuntos. Y quiero firmar los papeles que Thérèse presentará en la oficina de Matrimonios Civiles en el Ayuntamiento del *Septième Arrondissement*. Seguramente, necesitaré fotocopia de tu pasaporte, tal vez tu acta de nacimiento. Thérèse me lo dirá mañana.

—Puedo pedirle a Juana que tramite una copia de mi acta de nacimiento. Cuando hablé con ella, me dijo que planean ir a Córdoba con Shiloah para las fiestas.

—Es una buena idea. Mañana te confirmo si es necesario que se la pidas.

—¿Cómo estás? —quiso saber Matilde, y Al-Saud se apretó los párpados; estaba cansado y preocupado.

—Con ganas de estar contigo.

—Me muero por que me abraces.

—¿Y por que te haga el amor?

Matilde ronroneó, y Al-Saud rio por lo bajo.

—No me hagas pensar en eso si estás a miles de kilómetros de distancia. Es cruel.

—¿Cuándo son tus días libres?

—El viernes y el sábado.

—El viernes iré a buscarte al cruce de Erez y pasaremos el fin de semana en el Rey David. ¿Qué te parece?

—Ya quiero que llegue el viernes.

—¿A qué hora quieres que esté ahí?

—Yo termino mi turno a las siete de la mañana. A las ocho, ocho y media, si el cruce no está muy complicado, estaré del otro lado.

—¿Matilde?

—¿Qué, mi amor?

—Juana me contó tiempo atrás... Bueno, me dijo que tú, debido a la operación que te hicieron... aquella vez...

—Eliah, no te pongas nervioso ni incómodo. Quiero que hablemos del cáncer y de mi esterilidad abiertamente. Tú me enseñaste que no tengo que avergonzarme.

—¡Por supuesto que no tienes que avergonzarte!

—Entonces, ¿por qué estás nervioso?

—Porque no quiero que pienses que me inmiscuyo en tus cosas.

—Mis cosas son tus cosas.

—Quiero preguntarte por la medicación que tienes que tomar. Me pregunto cómo la consigues ahí, en Gaza. El otro día me dijiste que a veces faltan cosas básicas, como gasa, alcohol yodado...

—Te amo, Eliah. —Al-Saud sonrió y se aflojó sobre el respaldo, agobiado por una necesidad de ella, de su cuerpo, de su aliento, de su mirada—. Te amo por pensar en eso cuando sé que tienes mil temas en la cabeza. No te preocupes, mi amor. Manos Que Curan se ocupa de comprarlos en París y de enviármelos. Así fue en el Congo.

—¿Qué tal si se olvidan o si no llegan a tiempo? ¿Qué tal si los israelíes sellan la Franja y las medicinas no pueden entrar?

—Tampoco tú podrías dármelas en caso de que sellaran la Franja.

—Yo sí podría hacértelas llegar, no tengas duda.

—Sí, imagino que sí —sonrió Matilde—. Eres un hombre de recursos. ¿Te sentirías más tranquilo si te diera los nombres de los medicamentos y me los trajeras el viernes?

—Sí.

—Entonces, toma nota. —Después de dictarle los nombres, Matilde le preguntó, con acento juguetón—: ¿Qué le dijiste a Mara, la chica que te atendió? Me sonrió por primera vez.

—Le dije que era tu futuro esposo y le hablé en italiano cuando me di cuenta de su acento. Eso la ablandó bastante.

—Dilo de nuevo, que eres mi futuro esposo.

—Para mí, *soy* tu esposo. Te dije una vez que no necesito que un funcionario ni un cura ni un imam me digan que tú y yo estamos unidos para siempre.

—Sí, sólo basta que nosotros lo sepamos —acordó, y Al-Saud la oyó desganada.

—Mi amor, ¿cómo estás? ¿Te sientes bien?

Matilde suspiró; no le diría que la preocupaban los tres casos de cólera que se habían presentado ese día porque lo angustiaría en vano. De seguro, controlarían el brote y no pasaría a mayores. Por lo pronto, se había dado aviso al Ministerio de Salud de la Autoridad Nacional Palestina para que analizara el agua del campo de refugiados de Nuseirat, de donde provenían los tres niños contagiados.

—Estoy bien, un poco cansada.

—Es tarde. ¿Por qué llegaste tan tarde? Me preocupé cuando tu compañera me dijo que no habías llegado.

—¿Con Markov y La Diana pegados a mí? —se burló—. Quiero que te quedes tranquilo. Nada malo va a pasarme.

Al-Saud se mordió el labio y apretó el puño sobre su rodilla. Ella no podía calcular la extensión de su angustia.

—Nada malo va a pasarte, lo sé, pero no puedo evitar preocuparme.

—¿Cuándo vuelves a Jerusalén?

—Supongo que el jueves por la noche o el viernes temprano por la mañana, para estar en Erez a las ocho. El miércoles, de camino hacia allá, haré escala en Italia para visitar a Kolia.

—¡Ah, qué ganas de ir contigo! ¡Qué ganas de cargarlo y de besarlo! Por favor, Eliah, por favor, sácate una foto con él y traémela de regalo. Y cuando lo tengas en brazos, dale muchos besos de mi parte. ¿Me lo prometes?

—Te prometo todo.

El estallido de alegría que percibía a través de la voz de Matilde lo hizo feliz, y volvió a echarse en el asiento, a estirar las piernas y a permitirse una serenidad impensable minutos antes de empezar la conversación telefónica. La paz lo colmó y desterró de su mente la responsabilidad que implicaría la empresa titánica que le habían encomendado horas atrás.

Ese día, martes 15 de diciembre, había comenzado en Londres, cuando su Gulfstream V aterrizó en el Aeropuerto London City. Tal como su viejo comandante, el general Raemmers, le había asegurado, un Mercedes Benz azul lo aguardaba en la pista. Ni siquiera se le acercaron los empleados del aeropuerto para pedirle la documentación. Subió al automóvil, el cual, media hora después, entraba en el predio abandonado de una vieja usina en la cual, a varios metros bajo tierra, se hallaba una de las bases de inteligencia más avanzadas del mundo, un sitio que, durante un tiempo, Eliah Al-Saud había sentido tan familiar como su casa paterna en París.

Cuando los sistemas alertaron de la llegada de Al-Saud, Raemmers se abrochó los botones del traje y se encaminó hacia el área de los ascensores para recibirlo. Las puertas se abrieron, y el general danés sonrió con verdadera alegría al ver a quien él consideraba uno de los mejores soldados con los que había trabajado. Era una lástima que careciera de la sumisión para aceptar la cadena de mando; en su postura hierática y en la severidad de su expresión ya se adivinaban las aristas complejas de su personalidad. Lo había sabido desde un principio, los psicólogos y el psiquiatra a cargo de la evaluación de Caballo de Fuego le habían advertido que se trataba de un hombre que no aceptaba la autoridad, ni siquiera la paterna, por lo cual resultaba inadecuado para un grupo de élite militar. Sin embargo, era en esa absoluta seguridad de sí, en el ego gigantesco que lo dominaba y en la necesidad de dominar a través de una sutil red que entrelazaba en torno a los demás, donde radicaba la fuerza inigualable de ese hombre. Otras cualidades ayudaron a tapar el defecto, como su manejo fluido de varias lenguas, su destreza para volar aviones de guerra —era piloto condecorado de *L'Armée de l'Air*— y su dominio de una serie de disciplinas de lucha orientales, como el *Ninjutsu*, el *Shorinji Kempo* y el karate, en el cual era cinturón negro, seis dan. Raemmers todavía evocaba una demostración de Al-Saud del *Taijutsu*, una de las técnicas que conforman el *Ninjutsu*, consistente en pelear cuerpo a cuerpo. En esa oportunidad, Al-Saud había exigido que su contrincante se armara de un *nunchaku* —arma japonesa confeccionada con dos palos unidos por una cadena—, mientras que para él solicitó que le amarraran las manos. Minutos después de iniciado el combate, los demás alumnos y entrenadores del gimnasio de *L'Agence* habían abandonado sus prácticas para observar ese despliegue de maestría en el arte de la lucha.

«Debe de ser importante para que el general se haya molestado hasta aquí y me reciba personalmente», caviló Al-Saud, y salió del ascensor. Se dieron la mano antes de emprender el camino hacia el corazón de la base, desde donde se custodiaba el mundo.

—Tengo que advertirte —habló Raemmers—, tenemos invitados. —Al-Saud siguió caminando y enmascaró la sorpresa tras la seriedad imperturbable de sus ojos; rara vez se permitía el acceso de extraños al cuartel general de *L'Agence*–. La gravedad de la información que me proveíste en Milán nos superaba, y el Secretario General decidió compartirla con los gobiernos de Francia, Gran Bretaña y Estados Unidos, que, a su vez, le dieron participación a la CIA, al SIS, a la DGSE –Raemmers hablaba de la *Direction Générale de la Sécurité Extérieure*, el servicio secreto francés– y al Mossad.

–¿El Mossad? Israel no forma parte del Acuerdo del Atlántico Norte.

–Lo sé –manifestó el general, con semblante agobiado–, pero Israel es el aliado número uno de los Estados Unidos, y fueron los norteamericanos los que exigieron que se los convocara siendo, como son, el principal *target* de Irak.

Al entrar en la sala de reuniones, a Al-Saud no lo sorprendió toparse con Ariel Bergman. Se lanzaron vistazos que denunciaron el desagrado que se inspiraban. Raemmers le presentó a Jerry Masterson, de la CIA, experto en Oriente Medio, a Albert Seigmore, del SIS, y a Germain Mureau, de la DGSE. Cuando le tocó el turno a Bergman, Al-Saud interrumpió a su antiguo comandante y le aclaró:

–Al señor Bergman ya lo conozco. –Se limitó a inclinar la cabeza hacia él.

Saludó con abrazos a sus antiguos compañeros, con los que tantas veces había planeado las misiones, y tomó asiento en el lugar que le habían dejado libre, el que ocupaba en aquellas ocasiones; apreció el gesto. Después de que se sirvieron café y agua, Raemmers entró en tema enseguida.

–¿Quién es su fuente? –disparó Bergman.

–No lo diré –contestó Al-Saud, con la mirada fija en el general danés–. Si me han convocado para que les proporcione ese dato, han malgastado su tiempo y el mío.

–Siéntate, Caballo de Fuego –le pidió Raemmers–. No te hemos llamado para nada por el estilo. Señor Bergman, le agradecería que me permitiera terminar mi exposición.

–Lo siento, general.

Al-Saud percibía que las miradas de los agentes secretos se fijaban en él a lo largo de la exposición de Raemmers, como si buscaran la respuesta a un acertijo en sus facciones, y comenzaba a intuir que la convocatoria no se limitaba a un interés por extraerle más información sino para una cuestión de mayor relevancia.

–Hasta aquí –dijo Raemmers– llega la información que me proporcionó Caballo de Fuego el 1° de octubre. Durante este tiempo, hemos estado investigando los nombres y las situaciones.

Una pantalla transparente descendió tras la alta figura de Raemmers y se iluminó con la fotografía de Udo Jürkens. Uno de los empleados de

L'Agence, jefe del Departamento de Informática, que no sólo administraba los complejos sistemas de los que se servía la organización sino que recaudaba datos, se puso de pie y expuso lo que conocía acerca del berlinés; no aportó nada nuevo para Al-Saud. Se sucedieron las fotografías de Roy Blahetter y de su abuelo, dueño de uno de los laboratorios más importantes de Sudamérica; se habló bastante acerca de la muerte del ingeniero nuclear argentino y, con un programa de computación, se comparó la fotografía de Jürkens con el retrato hablado esbozado gracias al aporte de la enfermera del Hospital Européen Georges Pompidou, la que lo había divisado en el pasillo la noche del crimen.

Al-Saud se incorporó en el asiento cuando el jefe del Departamento de Informática anunció que desplegarían la única fotografía de Orville Wright que habían conseguido. Era de pésima calidad, más bien parecía la imagen congelada de una cámara de video de seguridad de escasa definición; de hecho, lo era.

—Este hombre es un misterio —apuntó—. Ha escrito artículos en las revistas más prestigiosas, ha trabajado en algunas universidades norteamericanas y europeas, y sin embargo, poco se sabe de él. Sus editores aseguran que siempre tratan con él por teléfono, por e-mail y por correo tradicional. Parece como si hubiera evitado fotografiarse o ser captado por las cámaras de las universidades donde trabajó.

—Estuvimos en el MIT —intervino Jerry Masterson, el agente de la CIA— y entrevistamos a la poca gente que mantuvo contacto con él. No daba clases y se pasaba la mayor parte del día encerrado en un laboratorio del subsuelo, investigando y escribiendo. Quienes tuvieron contacto directo con él, que no fueron muchos, proporcionaron señas para trazar este retrato hablado. —Ejecutó un ademán con su mano para indicar al jefe de Informática que lo proyectara en la pantalla.

Al-Saud echó el torso hacia delante, sobre la mesa, y cesó de respirar. «Gérard», pronunció para sí. «No, no», se corrigió, «estoy obsesionado con esta idea y *creo* verlo, pero no, él no es así». Un instante después, el comentario de Germain Mureau, de la DGSE, destruyó su convicción.

—Orville Wright. ¿No es ése el nombre de uno de los hermanos que construyeron y volaron el primer avión?

«*Eliah, ¿jugamos a los hermanos Wright? Yo soy Orville y tú eres Wilbur.*» El recuerdo le nubló la vista y, al estirar la mano para sujetar el vaso con agua —de pronto, la lengua se le pegó al paladar de manera dolorosa—, vio, sumido en un extraño sentimiento de ajenidad, que le temblaba la mano. «No», insistió, «¿cuántos Orville Wright existen en el mundo? Miles, tal vez millones», especuló. Se convenció de que se trataba de una presunción vana; no obstante, en su interior algo acababa de romperse, la confianza que Gérard Moses siempre le había inspirado. Las implicancias de que Orville Wright y su mejor amigo fueran la misma persona resultaban tan atroces y siniestras que se cerró a la idea y prefirió centrar la atención en Ariel Bergman, quien se había puesto de pie para hablar del robo de varias toneladas de torta amarilla, lo que le hizo evocar la conversación con Aldo Martínez Olazábal. Sin duda, el Príncipe de Marbella había conseguido el objetivo que Mohamed Abú Yihad no.

—Se trató de un robo de película hollywoodense. Usaron piratas somalíes para atracar el barco y, durante la noche, descargaron los barriles con uranio y los pasaron, suponemos, a otra embarcación. Una misión arriesgada, casi imposible. Hemos estado analizando el tráfico naviero entre el cuerno de África y la costa iraquí, que, como sabemos, es uno de los más intensos del mundo, y cientos de naves podrían haber transportado en sus bodegas esa cantidad de torta amarilla.

—¿Hay certeza de que la torta amarilla era para Saddam? —preguntó Albert Seigmore, el agente inglés.

—En vista de la información con la que contamos —tomó la palabra Raemmers—, sí, estamos casi seguros de que el uranio era para él y, lo que es peor aún, que terminó en sus manos. El robo, como les mencionaba al principio, ocurrió entre la noche del 20 de octubre y la madrugada del 21. Hace casi dos meses. Esto nos lleva a deducir que Hussein hace semanas que cuenta con el mineral en bruto para poner en funcionamiento las centrifugadoras.

—Otro dato que podría juzgarse como irrelevante en este análisis, pero a mi juicio no lo es —prosiguió Bergman—, son los dos intentos de robo de aviones de guerra, el primero acontecido hace meses en el aeródromo de la planta que Dassault posee en Istres, al sur de Francia, cuando se apropiaron de un Rafale, que acabó explotando en el aire junto con el piloto. El otro se llevó a cabo a fines de septiembre. Se trató de la sustracción de un Mig-31 expuesto en la Exhibición de Vuelo Aero India, en Bangalore. En esa oportunidad, se rescató al piloto con vida. El hombre había sido extorsionado para perpetrar el secuestro del avión. No sabe quiénes lo amenazaron. Nos dio las descripciones de sus rostros que no nos dicen nada. La familia del piloto apareció muerta tras el fracaso de la misión.

—Si ponemos todas las piezas sobre la mesa —propuso Raemmers—, es decir, el invento de Roy Blahetter en manos de Saddam, el robo de doscientas toneladas de torta amarilla y los intentos de robos de aviones, podemos inferir que el presidente iraquí no sólo se propone crear un arsenal de armas nucleares sino que está planeando arrojarlas sobre una o más ciudades.

–¿Por qué suponer esto último? –cuestionó el agente francés–. ¿Simplemente porque intentaron robarse dos aviones? Ya ha sucedido antes. El espionaje industrial, sobre todo entre empresas productoras de tecnología, es moneda corriente. Además, ¿para qué querría Irak robar aviones si tiene una flota de Mirage y de Mig?

–Tenía –intervino Al-Saud–. Después de la Guerra del Golfo, es sabido que quedó reducida a la nada. Además, si aún conserva algunos cazas, esas naves no han recibido mantenimiento en años. Y, les aseguro, una máquina como ésa debe recibir el cuidado de un bebé recién nacido para funcionar correctamente. Si es verdad que pretenden violar el espacio aéreo de un país y arrojar una bomba atómica, tendrán que hacerlo con un avión de última tecnología y que se encuentre en perfecto estado.

–Los observadores de la ONU expertos en armas y en aviones que viven en Irak desde el 91 –aportó Raemmers– nos han extendido un informe que coincide con las conjeturas de Caballo de Fuego. Aún tienen aviones, pero en mal estado. Por supuesto y como parte de las sanciones de la ONU por la invasión a Kuwait, tienen prohibido comprar refacciones y arreglarlos. Toda esta información, señores –la inflexión en el tono del general anunció que se aproximaba el momento de decidir la acción–, nos pone de cara a una situación crítica. Es evidente que Saddam pretende bombardear una ciudad con sus bombas atómicas; tal vez más de una ciudad. Sus enemigos son muchos; no obstante, creemos que Israel, Arabia Saudí, Kuwait e Irán son los que más chances tienen de convertirse en el objeto de su ira.

–¿Cuál es el plan que propone, general? –preguntó Seigmore.

–Infiltrarnos en las entrañas del régimen de Bagdad y descubrir dónde se encuentra el sitio o los sitios en los cuales están enriqueciendo el uranio para, al igual que hizo Israel en el 81 con el reactor Osirak, neutralizarlos. No sabemos con cuánto tiempo contamos, tal vez sólo con semanas. Si es verdad lo que asegura la fuente de Caballo de Fuego, esto es, que la centrifugadora de Blahetter completa en días lo que a las centrifugadoras tradicionales les lleva meses, años, entonces el tiempo es nuestro peor enemigo.

Por supuesto, Eliah Al-Saud acababa de confirmar su presunción: lo querían infiltrar en Bagdad.

–Caballo de Fuego –habló Raemmers–, si te conozco, ya sabes por qué te convocamos.

–Sí, general. Pero no.

–Escúchame…

–No, general –dijo, y se puso de pie–. Mis días como elemento de *L'Agence* terminaron hace tiempo.

—Tú eres el único que puede hacerlo.

—¡General! —exclamó, con acento irónico y risa falsa—. ¿Me quiere hacer creer que, de entre todos los agentes franceses, ingleses, norteamericanos e israelíes, no existe uno que pueda llevar a cabo esta misión?

—No existe uno que reúna todas sus cualidades, Al-Saud. —La voz de Bergman quedó suspendida en la hostilidad que nació de la mirada de Eliah. Entre ellos, las cuestiones habían superado las meramente políticas y de negocios para pasar al plano personal desde que el hermano menor del *katsa* se había enamorado de Matilde.

—El manejo de la lengua y de las costumbres de un país islámico son fundamentales para una misión como ésta, por eso necesitamos que se trate de un espía nativo o de alguien que haya nacido en una sociedad árabe. El Instituto *tenía* un agente árabe en Bagdad. Hace meses que perdimos contacto con él —confesó Bergman—. Estimamos que lo descubrieron. Y no contamos con otro para iniciar esta misión. No es fácil reclutar un espía con las condiciones que exige una infiltración en Bagdad.

Por turno, los agentes del SIS, de la CIA y de la DGSE, que aseguraron no tener espías en el régimen bagdadí, desestimaron los elementos con que contaban: o no hablaban el árabe con suficiente fluidez, por no mencionar que no sabían imitar el acento iraquí, o no contaban con los rasgos físicos apropiados. Ninguno daba la talla.

—El informe que elaboró el equipo de psicólogos y de psiquiatras —explicó Raemmers—, los mismos de la época en que trabajabas para nosotros, Caballo de Fuego, aseguran que tú eres el hombre.

Al-Saud exhaló el aliento por la nariz en forma de risita sarcástica mientras paseaba la mirada sobre sus interlocutores reflexionando que, si se negaba, cosas raras comenzarían a ocurrirle a sus bienes, a su empresa, a sus aviones, a su gente, hasta que acabara por interpretar el mensaje y se aviniera a embarcarse en la misión de espionaje. Resultaba obvio que no lo convocaban por capricho, sino porque carecían del recurso adecuado. Jamás lo habrían enredado en un asunto que debía de haberse constituido en uno de los más secretos y prioritarios de las agendas de los países de Occidente, si no se encontraran en una situación desesperada.

—Hablan de que mi manejo del árabe es fluido, y lo es. Es una de mis lenguas madre. Sin embargo, mi acento es saudí, específicamente de la zona este del país. Descubrirán mi origen apenas diga «*salaam*».

—Caballo de Fuego —intervino Raemmers—, años atrás, cuando te convocamos para que formaras parte de nuestro equipo, una de las cualidades que nos atrajeron de ti fue, no sólo que hablaras fluidamente tantas lenguas, sino tu capacidad para imitar los acentos. Unos días de preparación bastarán para que hables el árabe con el acento iraquí.

Al-Saud fijó una mirada rencorosa en su antiguo comandante, que se la sostuvo con dignidad hasta que Al-Saud lanzó un chasquido y la apartó. Alguien tenía que descubrir dónde se hallaban esas malditas centrifugadoras para destruirlas, reflexionó. Si Saddam se hacía con un arsenal atómico, el mundo se convertiría en una caldera en ebullición. Pensó en Matilde y en sus hijos, Kolia y Jérôme, y una sensación ambigua terminó por agriarle el humor. No quería arriesgarse porque cabía la posibilidad de perder la vida y dejarlos solos; tampoco podía lavarse las manos porque ellos, sus tesoros más preciados, *también* habitaban este maldito mundo. También meditó que quizá sería la única forma de descubrir quién era Orville Wright.

—Tus honorarios serán generosos, Caballo de Fuego —interpuso Raemmers.

—Oh, sí que lo serán, general, se lo aseguro, esto es, si decido aceptar. Antes me gustaría tratar un tema con el representante del Instituto. Es un asunto privado, general. ¿Podría facilitarnos un sitio para que el señor Bergman y yo conversemos?

Los hombres intercambiaron expresiones de asombro. Bergman, en cambio, permaneció inescrutable. Raemmers asintió y convocó, a través del intercomunicador, a su asistente, que los guió a una salita anexada al despacho del general danés. Al-Saud cerró después de que el *katsa* cruzó el umbral.

—El trauma de los ciudadanos de Tel Aviv después de la lluvia de los misiles Scuds que les lanzó Saddam durante la Guerra del Golfo todavía no se cura —manifestó—. Sería aterrador que llegara a los medios de comunicación la noticia de una amenaza nuclear. La población enloquecería.

—Y supongo que usted se serviría de los periódicos de su amigo Moses, *El Independiente* y *Últimas Noticias*, para propagar la información.

—Oh, bueno, tal vez me serviría de *Últimas Noticias*. *El Independiente* sigue en manos del viejo Gérard, y él, como sionista a ultranza, no publicaría nada que perjudicara al gobierno de Israel. Shiloah, en cambio, es harina de otro costal, como usted bien sabe, con sus ideas de un Estado binacional y todo eso. Su barrio, Ramat Aviv, fue uno de los más castigados por los Scuds, así que supongo que una noticia de ese tenor le interesaría sobremanera.

—Conozco su método cobarde, Al-Saud: la extorsión. ¿Qué quiere?

Al-Saud sonrió con una mueca desprovista de alegría.

—Me da risa la acusación proviniendo de un miembro del Instituto, que hace de la extorsión una de sus armas favoritas. Igualmente —expresó, y agitó los hombros—, no estamos aquí para discutir de moral ni de ética. Es probable que la información de la amenaza nuclear nunca se filtre.

—¿Qué quiere?

—En realidad, son usted y su país los que quieren un servicio de mí. ¿O comprendí mal hace un momento?

—No —admitió el israelí a regañadientes—. Pero sé que a cambio de infiltrarse en el corazón del régimen baasista exigirá algo.

—Sí, lo haré. Exigiré que, cualquiera que sea el resultado de mi misión en Bagdad, que viva o que muera, que descubra el secreto o que no, el Instituto eliminará de su lista negra a Mohamed Abú Yihad. Quiero que él retome su vida normal, que pueda andar libremente por las calles con la seguridad de que nada malo le sucederá.

—¿Volver a su vida normal? —se ofuscó el agente israelí—. ¿Volver a proveer de armas al carnicero de Bagdad, a las Brigadas Ezzedin al-Qassam? Él es su fuente, ¿verdad, Al-Saud? El padre de la doctora Martínez es el que le dijo to...

Ariel Bergman no concluyó la declaración. De pronto, se encontró con la mejilla aplastada sobre el suelo de mármol, las manos a la espalda y una rodilla de Al-Saud entre los omóplatos. Se trató de una acción tan fulminante que le borró algunas milésimas de segundo de la memoria.

—Bergman, si vuelve a pronunciar el nombre de mi mujer, va a desatar una furia tan gigantesca en mí que no sé de lo que me creo capaz. Ella queda fuera de esto, ¿he sido claro? —Bergman asintió contra el mármol—. Bien, ahora que nos hemos puesto de acuerdo en este punto, podemos seguir con nuestra charla.

Al-Saud lo soltó y lo miró desde su metro noventa y dos centímetros de altura mientras el *katsa* se ponía de pie y se sacudía el polvo de la camisa. Se midieron desde una distancia prudente. Para sorpresa de Al-Saud, no descubrió ira ni rencor en los ojos celestes de Bergman, sino un aire arrepentido, quizás avergonzado.

El israelí meditaba que Al-Saud, como pocas veces un civil en la historia de su país, los tenía por el cuello. No sólo escondía documentación acerca de las armas químicas que se producían en Ness-Ziona, sino que contaba con todos los elementos (nombres, fechas, lugares y medios de comunicación) para armar un lío en la prensa de consecuencias imponderables. En verdad, Israel no tenía con qué presionarlo para que asumiera el rol de infiltrado. Decidió cambiar de táctica; no podían darse el lujo de perder a quien calzaba en el rol de espía árabe como si lo hubieran diseñado a medida.

—Su mujer queda fuera de esto. Y le pido disculpas por haberla mencionado. Ha sido una imprudencia de mi parte. Lo siento.

—Acepto sus disculpas. Ahora que este punto ha quedado aclarado, me gustaría volver sobre Abú Yihad. Tiempo atrás, Bergman, le di mi palabra de que él no volvería a comerciar con armas, ni para Bagdad, ni para nadie. Ahora quiero de su gobierno un juramento: que lo eliminarán de la lista negra y que ningún accidente automovilístico o de cualquier otra naturaleza caerá sobre él. No importa que yo muera en la misión de Bagdad. Dejaré instrucciones precisas para que se desate un infierno sobre Israel en caso de que algo malo le suceda a él o a cualquiera de su familia.

—Como imaginará, Al-Saud, no cuento con la autoridad para...

—Bergman, no me venga con estupideces. Usted es el jefe del Mossad en Europa.

—No es como usted imagina. Cuento con cierto poder, pero una decisión de este calibre tengo que consultarla con el *memuneh* —Bergman aludía al director del Mossad, Efraim Halevy—. Lo haré de inmediato. Pediré al general Raemmers una línea segura y lo llamaré en este momento. Él está aguardando mi llamado para saber el resultado de la reunión.

Abandonaron la sala y volvieron sin hablar al recinto donde los demás esperaban el veredicto de algo que ignoraban. De nuevo, el asistente del general danés se ocupó de proveer a Bergman de una línea segura. En tanto el *katsa* hacía la llamada, se iniciaron charlas murmuradas entre los agentes y el personal de *L'Agence*. Raemmers se aproximó a Al-Saud y lo inquirió con la mirada.

—¿Has decidido aceptar?

—¿Acaso tengo otra salida, general? Si no lo hiciera, comenzarían los problemas con mis cuentas bancarias, con mis propiedades, con mis empleados... Algún controlador fiscal del Ministerio de Finanzas se volvería particularmente exigente y pesado al revisar mis declaraciones juradas de impuestos; volverían a publicarse mentiras acerca de mí... Conozco el paño, general. Me la harían muy difícil.

Raemmers bajó la vista antes de decir:

—Yo no lo aprobaría.

—Lo sé, general, pero usted no es el dueño del circo.

—Lo sé. Te prepararemos bien, Caballo de Fuego. Y seremos tu escudo mientras estés allí.

—General, cuando esté en Bagdad, mi único escudo seré yo.

—No, no. Tenemos mucha experiencia en infiltraciones y contamos con tecnología de punta. No te dejaremos solo.

Ariel Bergman se detuvo bajo el umbral, buscó a Al-Saud con la mirada y asintió con una bajada de párpados.

—General —expresó Eliah—, acepto la misión.

Matilde, con Amina en brazos, se aproximó a la pared poblada de fotografías que adornaban la sala del Silencioso. Como de costumbre, sus ojos buscaron la imagen de Eliah a los dieciséis años. Estiró el brazo y lo acarició de la cabeza a los pies. Amina se incorporó del hombro de Matilde y dijo:

—Ése es tío Eliah.

—Sí, tesoro, tío Eliah.

Tuvo el impulso de enviarle una bendición. Desde el día anterior, desde la llamada del martes por la noche, la asaltaba una inquietud sin origen ni sentido. Tenía miedo. La inquietud se mezclaba con la ansiedad por cobijarlo entre sus brazos para ponerlo a salvo de los peligros del mundo. Ella, con su metro cincuenta y nueve y sus cuarenta y tres kilos —en realidad, algunos más desde que estaba en Gaza—, lo protegería del mal. Siguió contemplando las fotografías hasta detenerse en la del Silencioso con sus hermanos, Anuar y Samara. No resultaba extraño que Eliah se hubiera enamorado de la melliza de Sabir; a los quince años ya era una preciosura de pelo largo, negro y ondulante, y de ojos que denotaban su origen árabe: oscuros, profundos y misteriosos. Anuar, alto y delgado como el Silencioso, aunque de postura más derecha, fijaba la vista en el objetivo de la cámara con un ceño y con los labios tensos. Se entreveía en su gesto un alma atormentada por la muerte de los padres y por la desdicha del pueblo palestino.

El Silencioso se aproximó con el ritmo imperceptible que lo caracterizaba y se colocó a su lado. Le llamó la atención que Amina no le extendiera los brazos. Se pegaba a él cuando llegaba la hora de ir a la cama y se caía de sueño. No debía desconcertarse, meditó. Matilde era, sin duda, un espíritu muy especial.

Sabir estiró la mano y tocó la fotografía con sus hermanos.

—Los extraño —admitió—. Extraño tener hermanos. Anuar y yo éramos buenos amigos antes de que se radicalizara y perdiera la cordura.

—¿No tienes miedo, Sabir? —susurró Matilde.

—No. Oh, bueno, tal vez un poco, por ella. —Señaló a Amina que se había dormido sobre el hombro de Matilde—. Nuestro amigo en común —dijo, risueño, y tocó la fotografía de Eliah— había destinado a dos de sus hombres para que me protegieran.

—¿De verdad?

—Sí. Pero tiempo atrás le pedí que me los quitara. No me sentía cómodo con ellos tras de mí, por todas partes. Me volvían conspicuo.

—Entiendo. ¿Por qué vives en Gaza, Sabir?

—Resulta incomprensible, ¿verdad?

—No, no. Es sólo que, con tu prestigio y tu fama, podrías vivir cómodamente en París o en donde tú desearas. Aquí todo es tan difícil, desde soportar los cortes de agua hasta el ahogo de sentirse rodeado.

—Ésta es mi causa, Matilde. La de mi pueblo. Aunque mis hermanos y yo nacimos en suelo francés, nuestros padres nos inculcaron el amor por Palestina. Después de su muerte... Bueno, todo se intensificó en nosotros, sobre todo en Anuar y en mí.

—¿Qué es lo más difícil de vivir en Gaza?

El Silencioso expulsó el aire y fijó la vista en la fotografía de su hermano, el terrorista.

—Lo más difícil de vivir en Gaza es levantarse por la mañana y tener ganas de seguir viviendo.

Matilde apartó la mano de la espalda de Amina y apretó la de Sabir, quien, como la mayoría de los palestinos, atrapado entre la violencia israelí y la de su propia gente, lucía agobiado, abatido.

—¿No tienes fotos de Gérard Moses? —preguntó, para cambiar de tema—. Eliah me ha hablado de él, pero no veo ninguna.

—No, no tengo ninguna. Gérard jamás se dejaba fotografiar.

—¿De veras? ¿Por qué?

—No sé si Eliah te contó que padece una enfermedad muy extraña...

—Sí, porfiria.

—Pues la porfiria le ha impreso una huella desagradable en el rostro. Nosotros, que lo conocemos desde pequeños, estamos habituados a su fisonomía, pero el resto de la gente no. Y no se molestan en ocultar la repulsión que Gérard les provoca. Eso lo lastima mucho. Lo acompleja. Por eso, jamás permite que se le tomen fotografías.

—Entiendo. Me habría gustado conocerlo. —Ante el mutismo de Sabir, que permanecía con la mirada en la fotografía de sus hermanos, Matilde preguntó—: ¿Qué estás escribiendo ahora?

—La pregunta que me hacen todos los periodistas.

—A ti no te la hacen, si no aceptas ninguna entrevista —bromeó Matilde—. Te has ganado a pulso el apodo. Dime la respuesta a mí y la venderé al mejor postor, y con eso compraré un tomógrafo para Al-Shifa.

Después de una carcajada, que llamó la atención de los invitados, apoltronados en otro sector de la sala, Sabir contestó:

—Está casi terminada. Es una novela, la vida de Sahira, una joven de la Franja de Gaza, hija de refugiados.

—Qué idea tan acertada, escribir sobre la vida de una palestina. Me doy cuenta de que para ellas es más difícil que para ustedes, los hombres.

–¡No lo dudes! –se apasionó el escritor–. Sobre todo si provienen de hogares donde lo religioso es ley. Desde el 67, cuando Israel ocupó la Franja y Cisjordania, y tantos palestinos terminaron presos, comenzó a operarse un cambio en las mujeres. Hasta ese momento, existía una clara distinción entre los dominios público y privado de una familia, y la mujer estaba confinada exclusivamente al privado. ¿Te imaginas, Matilde? Mujeres que no tenían permiso para abrir la puerta de su propia casa de repente se encontraron solas, sin marido y con varios niños que alimentar. Algunas ni siquiera sabían leer ni escribir, y debieron enfrentar un mundo para el cual no estaban mínimamente preparadas. Eran casi tan indefensas como Amina. Sin embargo, mostraron su fortaleza y salieron adelante. Claro, cuando sus maridos regresaban a casa después de años de prisión, se enfrentaban a una realidad opuesta a la que habían dejado. Sus mujeres salían sin ellos a la calle, iban de compras al mercado, pagaban las cuentas, trabajaban en lo que podían, discutían con las autoridades palestinas de tú a tú, se enfrentaban a los del *Tsahal*, lidiaban con la falta de agua, con la falta de luz, con los toques de queda… Esta situación se profundizó durante la *Intifada*, cuando tantos hombres fueron a prisión y cuando todos los males que asuelan la Franja se duplicaron. Las mujeres se foguearon tanto que ya resultaba imposible pedirles que volvieran a ser como antes. Muchos decidieron tomar una segunda esposa. Entonces, la primera pedía el divorcio, escandalizando a medio mundo.

–¿Toda esa realidad reflejarás en tu libro? –El Silencioso asintió–. Será estupendo. Sé que lo disfrutaré muchísimo. Son admirables las mujeres palestinas.

–Ellas, por ser así, y yo, por mis ideas de paz y de un Estado binacional, nos hemos ganado el odio de los sectores islámicos.

–¿Cuándo lo publicarán?

–Sandrine quiere que salga en mayo.

«El mes en que me casaré con Eliah», se dijo Matilde, todavía incrédula.

–¿Temes que los sectores religiosos intenten algo en contra de ti?

–Siempre están buscando dominar las almas rebeldes. Han sido muy duros con las feministas, a algunas han llegado a matarlas. Y como su poder crece a medida que los Acuerdos de Oslo pierden su brillo de bisutería y el pueblo se desilusiona, están ganando terreno. Si bien la Autoridad Nacional Palestina profesa una doctrina laica, se ha visto obligada, para apaciguar a la Yihad Islámica y a Hamás, a realizar concesiones que perjudican la libertad de las mujeres, como lo del permiso para viajar firmado por el padre o el esposo.

–Sabir, ¿qué crees que sucederá? A veces me parece que estamos en compás de espera, que algo malo está por ocurrir.

—La presión está acumulándose. La gente en Gaza no tiene trabajo y depende de la UNRWA para sobrevivir, pero se trata de una vida de miseria. Nadie sabe por qué el dinero donado por los países ricos no se convierte en emprendimientos para dar trabajo a los gazatíes. Nadie comprende por qué Arafat, para contentar a Israel, gasta tanto presupuesto en Fuerza 17 y, sobre todo, en la policía para amedrentar y perseguir a su propio pueblo. Es un escenario infernal, apto para cualquier vileza.

Matilde pensó en el muchacho de diecisiete años al que había operado esa mañana. Lo habían encontrado unos vecinos del campo de refugiados Al-Bureij ese miércoles, al amanecer, entre unos arbustos del camino. Matilde no recordaba haber visto un cuerpo tan golpeado y mutilado; le sangraba cada centímetro cuadrado de piel. Sus atacantes habían intentado cortarle la lengua. No contaban con cirujanos plásticos, por lo que Matilde y su colega, Luqmán Kelil, uno de los pocos que seguía tratándola con simpatía pese a haberle salvado la vida al soldado israelí, se afanaron en un trabajo meticuloso, con puntadas pequeñas, conscientes de que si la lengua no cicatrizaba correctamente, le alteraría el habla. Lo más duro resultó decidir que el riñón izquierdo era insalvable debido a los puntapiés que había recibido en la parte baja de la espalda.

—Es un *jasusa* —le explicó Intissar fuera del quirófano.

—¿*Jasusa*?

—Un colaboracionista de los israelíes. Si los descubren, los matan.

Matilde evocó a su paciente, de quien después conoció el nombre, Salah Tamari, y a quien ordenó mantener sedado para evitarle el horror de sentir que sus músculos, sus miembros, su piel entera, se habían convertido en el mapa de ese conflicto que llevaba cincuenta años y ninguna solución. A lo largo del día, volvió varias veces a la unidad de cuidados intensivos, temerosa de que las enfermeras no se ocuparan de Salah Tamari debido a la acusación que lo convertía en paria. En una de sus visitas, le rozó la mano con la punta de los dedos y se preguntó: «¿Qué te habrá ofrecido el enemigo para que vendas a tu gente? ¿Un permiso para trabajar en Israel, unos pocos shekels, comida para tu familia?».

Volvió a la realidad de la casa del Silencioso cuando lo oyó susurrar:

—Las autoridades israelíes convierten a gente común y corriente en bestias enfurecidas, capaces de cualquier cosa. —Con un acento que comunicaba una pena honda y enraizada, manifestó—: En el mundo nadie sabe lo terrible y cruel que fue la ocupación militar israelí.

—No, no lo sabemos —acordó Matilde.

El miércoles 16 de diciembre, Al-Saud se lo pasó en las oficinas de la Mercure en el George V enloqueciendo a sus secretarias y a los cadetes con pedidos, consultas, envíos, compras, fotocopias y demás. Convocó de urgencia a su abogado, el doctor Lafrange, que apareció sonriente para anunciarle que la apelación interpuesta por la revista *Paris Match* no había prosperado y que se esperaba la sentencia del Tribunal de Apelación de un momento a otro, a favor de Eliah, por supuesto.

—Una soberbia cantidad de dinero y un artículo de rectificación y desagravio publicado a doble página en la revista. Serán un estupendo regalo de Navidad —dijo, y enseguida se acordó de que su cliente era musulmán.

—Lafrange —habló Al-Saud—, ocúpese de donar a la Media Luna Roja Palestina el dinero que obtengamos por la sentencia. Ocúpese también de que la opinión pública lo sepa.

—Así lo haré.

—Lafrange, modificaré mi testamento. Quiero que reemplace a mis tres hermanos por estas dos personas. —Deslizó un papel con el membrete de la Mercure a través del escritorio. El abogado vio dos nombres—. Son mi prometida y mi hijo. Todos mis bienes serán para ellos ahora.

—Sí, sí, por supuesto. ¿Dijo su hijo, señor Al-Saud? No sabía que tuviera un hijo, ¿o se trata del hijo de su prometida?

Eliah le comentó someramente acerca de la aparición de Kolia. Le pasó el teléfono del doctor Luca Beltrami, el abogado milanés que se ocupaba de preparar el juicio por paternidad y que le aportaría los datos del niño necesarios para redactar el nuevo testamento. En cuanto a la documentación de Matilde, en pocos días, Thérèse le entregaría lo que precisara.

—En caso de mi fallecimiento o desaparición —siguió hablando Al-Saud, y el letrado tomaba nota—, y siendo mi hijo menor de edad, su tutoría legal recaerá en mi prometida, en la doctora Martínez. Quiero que eso quede bien claro en mi testamento. Ella será su tutora legal.

—Sí, sí, así se hará.

Más tarde, en una situación infrecuente, se halló en la sala de reuniones de la Mercure almorzando con sus tres socios, Tony Hill, Mike Thorton, que acababan de llegar del Congo, y Peter Ramsay. Después de meses de iniciada la misión en Rutshuru, volvían a encontrarse. A pesar de lucir el bronceado saludable de las pieles caribeñas, Tony y Mike estaban muy cansados, por lo que habían dejado la mina en manos de Zlatan Tarkovich y de Dingo, elección que tanto Eliah como Peter aprobaron.

—Desde que Nkunda desistió de asediarnos y de atacarnos —manifestó Mike Thorton—, la situación se ha tranquilizado al punto de aburrir. Los únicos que trabajan son los ingenieros de Zeevi y los mineros.

—A los nuestros los obligamos a entrenar y a adiestrar a los nativos para que no pierdan la forma —dijo Tony Hill.

—¿Han vuelto a aparecer casos de malaria? —se interesó Peter Ramsay.

—Sí, un minero, pero Doc asegura que se repondrá sin secuelas. La verdad es que dos casos en tantos meses es una excelente *performance* —opinó Mike.

—En pocos días, deberé ausentarme por dos meses —anunció Al-Saud, y sus socios lo observaron con muecas divertidas, que se desbarataron ante la seriedad de Eliah; le conocían ese gesto de gravedad—. Por dos meses, no sabrán de mí.

Sólo a sus socios les contaría la verdad. A su familia y, sobre todo, a Matilde les inventaría una historia acerca de una misión en plena selva amazónica, desde donde resultaría casi imposible comunicarse, aun con teléfono satelital.

—¡No aceptes! —se enfureció Thorton.

—Mike, si no acepto, sabes lo que vendrá. Nos volverán locos, tendremos controladores fiscales entrando y saliendo de esta oficina hasta hacernos perder el juicio. Las transferencias bancarias fallarán y nuestros pagos terminarán en la cuenta de una viejecita de Laos. Nuestros mejores clientes rescindirán los contratos. Intentos de robo, accidentes estúpidos... Nos crearán todo tipo de problemas hasta que acepte la maldita misión.

—Contamos con la documentación para presionar a Israel.

—Israel no es el único país involucrado, Tony. Acabo de explicarte que me citaron en la base de *L'Agence*. Ahí estaba la CIA, el SIS y la DGSE, y a ellos les importa un comino que nosotros extorsionemos a Israel. Tal vez los norteamericanos se preocupen un poco, ¿pero Francia y Gran Bretaña? «¡Qué Israel reviente!», dirán. La amenaza es muy seria. Tan seria que están desesperados. Por esa razón, porque están desesperados, harán cualquier cosa para conseguirme.

—Eliah, hermano, es una misión en verdad jodida.

—Lo sé.

⁓ ⚬৪ ⁓

Esa tarde, antes de marcharse de la oficina, Al-Saud convocó a Thérèse a su despacho. La mujer se sentó frente a él y depositó una carpeta donde juntaba los papeles que exigía el Ayuntamiento del *Septième Arrondis-*

sement para la celebración de un matrimonio civil y que la secretaria había destinado para tal fin en julio, cuando Al-Saud la llamó desde el Congo para ordenarle que se ocupara de organizar su boda con Matilde. Después, le dijo que se olvidara de todo. El lunes la había llamado desde Jerusalén para pedirle que reiniciara las gestiones. Thérèse estaba feliz; sentía un gran afecto por su jefe y quería a Matilde.

—La fotocopia del pasaporte de Matilde la tengo —informó la mujer—. ¿Recuerda, señor, que me la envió desde el Congo? También me exigen el acta de defunción del esposo de Matilde. No será problema conseguirla porque falleció aquí, en París. Ya inicié los trámites y me la entregarán en diez días. Sus papeles... Sí, tengo todo. Sólo falta que cumplan con el requisito del análisis prenupcial. Quedará para cuando regresen. Pueden presentarse cuarenta y ocho horas antes de la celebración del matrimonio. No será problema.

—Dígame las fechas que le propusieron —pidió, con una ansiedad que obligó a Thérèse a morderse el labio para disfrazar la risa.

—El 5, el 12 o el 17 de mayo.

—El 5 —eligió.

—Señor, si Matilde regresa de Gaza a fines de abril, ¿tendrá tiempo para los preparativos? Vestido, peinado, zapatos, maquillaje.

—Thérèse, me temo que me importa un comino si va en camisón a casarse. —Esta vez, la secretaria emitió una risita—. De todos modos, le pido que se ocupe de esos detalles también. Algo clásico. Consulte a mi hermana —resolvió.

—Señor, definiré los asuntos relacionados con la peluquería y el maquillaje, y seleccionaré algunas tiendas, con el consejo de la señorita Yasmín, para luego acompañar a Matilde, si ella lo desea, pero no compraré el vestido ni los zapatos. Toda mujer quiere ocuparse de eso ella misma.

—En fin. Está bien.

—Señor, a las siete lo espera el joyero de su madre, Jean-Louis Baptiste.

Al-Saud le lanzó un vistazo a su Rolex Submariner y se preparó para partir. En tanto se cubría con un abrigo de pelo de camello, le indicó a su secretaria:

—Hasta fin de año, Thérèse, podrá comunicarse conmigo a través de mi celular. Después y por algunas semanas, lo desconectaré. Cualquier urgencia la resolverá con mis socios o con mi hermano Alamán.

—Sí, señor.

Estacionó el Aston Martin cerca de la Place Vendôme, donde se hallaba la casa matriz de la joyería Cartier. Jean-Louis Baptiste, uno de los empleados más antiguos de la firma, quien asesoraba a Francesca desde hacía años, salió a recibirlo y le dio un apretón de mano.

—Como su secretaria me adelantó que se trataba de un anillo de compromiso, me tomé el atrevimiento de seleccionar algunos.

Cruzaron la planta baja, un recinto suntuoso, alfombrado, con paredes forradas en madera y columnas blancas, y sortearon vitrinas como cúpulas de cristal que protegían joyas y relojes, hasta alcanzar la escalera cubierta por una alfombra roja, la cual, a partir del descanso, se abría en dos tramos. Baptiste y Al-Saud tomaron por el de la derecha. En la oficina del joyero, Al-Saud se mantuvo de pie frente al escritorio cubierto por un lienzo de terciopelo azul oscuro sobre el cual se hallaban más de cincuenta anillos, la mayoría con piedras preciosas, en especial diamantes, que soltaban destellos iridiscentes bajo el influjo de las dicroicas. Baptiste guardó silencio mientras Al-Saud estudiaba los anillos y pensaba en Matilde y en el que no le había entregado la noche de su cumpleaños en Ministry of Sound. Quería comprarle uno nuevo, que no se relacionara con ese mal recuerdo. Habría elegido el que contuviera la mayor cantidad de brillantes, o ese de un solo brillante, pero de más de once *carats*, de acuerdo con la información de Baptiste, quien, conociendo la fortuna de los Al-Saud y su afición por las joyas, se sorprendió cuando el joven Eliah levantó uno de los más sencillos, un anillo de platino con un solitario de apenas cinco *carats*, cuyo engarce no presentaba ninguna peculiaridad.

—Buena elección —dijo, de igual modo—. El *Solitaire 1895*, un clásico entre los clásicos. ¿Cree que ésa sea la medida adecuada para el anular de la señorita?

—Tal vez le quede un poco grande.

—Ningún problema, señor Al-Saud. Aquí haremos los ajustes que correspondan.

Al-Saud pagó con su tarjeta American Express *Centurion*, firmó el comprobante por sesenta y seis mil quinientos cincuenta francos, alrededor de catorce mil dólares, y se marchó. Al entrar en la casa de la Avenida Elisée Reclus y, si bien Marie y Agneska pululaban, afanadas en sus deberes, y Leila caminó hasta el garaje para mimarlo con sus muestras de cariño y con sus sonrisas, tuvo la impresión de que lo recibía un espacio vacío y helado. Subió al primer piso sorteando escalones y se abalanzó sobre el buró en cuyo cajón escondía el portarretrato con la fotografía de Matilde en los Jardines de Luxemburgo. «Amor mío», susurró para sus adentros, mientras le acariciaba los labios, y los evocaba sucumbir bajo la autoridad de los suyos. Una necesidad pura y visceral del cuerpo de ella lo tensó y le alteró las funciones como al adicto que lucha contra la urgencia de saborear el vicio. Por fortuna, Leila no había cumplido la orden que le escupió, manipulado por la rabia y el orgullo, el día en que Matilde regresó de Johannesburgo, por lo que sus cosas seguían en el vestidor. Destapó el Paloma Picasso, lo vaporizó en su mano y se quedó largos minutos con los ojos cerrados y la nariz enterrada en la palma. «Sí, parezco un drogadicto», meditó.

~: ⚭ :~

Lo esperaban. Los llamó desde el Gulfstream V apenas aterrizaron en el Aeropuerto de Turín y les aseguró que en dos horas estaría en la *Villa Visconti*. Las tres mujeres, Francesca, Antonina y Mónica, la niñera peruana, se volcaron sobre Kolia para bañarlo, cambiarlo, perfumarlo y hablarle al mismo tiempo con tanto entusiasmo que le provocaron un acceso de llanto, algo en extremo infrecuente, por lo que el abuelo Kamal tomó cartas en el asunto y lo apartó del aquelarre, como lo definió.

—Lo único que te pido —dijo Francesca— es que lo hagas practicar el «papá».

Eliah estacionó el automóvil alquilado en la entrada cubierta de nieve y bajó cargando un montón de paquetes y un montón de ansias, que, por una costumbre inveterada, casi de índole autómata en él, ocultó tras un semblante serio y sereno. Recibió con paciencia los besuqueos y los manoseos de su madre y de su *nonna* y estrechó y abrazó a su *nonno* Fredo, mientras buscaba a Kolia. Entregó los paquetes a Mónica y preguntó:

—¿Dónde está mi hijo?

—Aquí viene —se oyó la voz inconfundible de Kamal, que, segundos más tarde, cruzó el umbral con el niño de la mano—. Te presento al rey de la casa.

No le habían contado que, si lo guiaban con la mano, se aventuraba a caminar; querían darle la sorpresa. Francesca estudió la expresión de su tercer hijo con la avidez que Eliah siempre le despertaba, y enseguida sonrió al descubrir que la alegría y la emoción lo desbordaban y le resquebrajaban la máscara de hombre duro, un efecto similar al que ocurría cuando consumía a Matilde con la mirada creyendo que nadie le prestaba atención. En Francesca, descubrir la pasión y el amor incondicional que su tercer hijo era capaz de experimentar, operaba como una revelación sobrenatural: la dejaba muda y sin aliento.

—¡Kolia, *amore*! —exclamó Antonina—. ¿Mira quién ha venido a visitarte? ¡Papá! ¡Papá! —repitió varias veces.

Eliah se acuclilló para estudiar el avance de su hijo. Había caído en un estado de estupefacción al verlo aparecer; resultaba inverosímil que hubiera crecido tanto en tan poco tiempo. Sus piernitas se bamboleaban y avanzaban a un compás lento, en tanto Kolia fijaba la mirada en el extraño apostado a unos metros. Daba risa la seriedad que destinaba para observarlo, también que frunciera el entrecejo con la pesadumbre de un adulto.

—Kolia —lo llamó Kamal, y el niño elevó la cabeza y le sonrió—. Ése es tu papá —dijo en árabe, y Kolia siguió el dedo de su abuelo, que apuntaba al extraño.

Eliah extendió los brazos y lo llamó en francés.

—Kolia, ven, hijo. Aquí está papá.

El niño se detuvo, soltó la mano de Kamal y gateó con una velocidad que lo pasmó. Eliah lo levantó y lo hizo dar vueltas sobre su cabeza, esfuerzo que Kolia recompensó con las risas más cristalinas y puras que él recordaba haber oído. Lo apretujó contra su pecho y le dio besos, los de él y los de Matilde. «¡Matilde, mi amor, si pudieras ver lo que yo estoy viendo!»

Extasiada y muda, Francesca reflexionó, ante la muestra tan expansiva y cariñosa de su tercer hijo, que algo bueno le había sucedido en ese último tiempo. Siguió cavilando y, al rato, concluyó: «Se trata de Matilde».

Después de que Eliah se quitó el abrigo y se aseó, se sentaron a compartir un aperitivo antes del almuerzo. Kolia, que no mostraba deseo de abandonar las rodillas de su padre, soltó una sarta de «papás», aunque más bien sonaron como «papapapapa», que suscitaron aplausos y vítores, los cuales le provocaron un nuevo acceso de la risa que emocionaba a Eliah.

—Ahora —declaró—, tendrán que enseñarle a decir «mamá».

Sin levantar la vista, disfrutando del aroma del cuellito de Kolia, Al-Saud sonrió ante el mutismo que gobernó a sus padres y a sus abuelos. Al cabo, buscó el rostro de Francesca para anunciar.

—Matilde y yo nos casaremos el 5 de mayo.

Francesca saltó del sillón y se precipitó sobre su hijo para abrazarlo y besarlo.

—¡Estoy tan feliz por ti, mi amor! ¡Tan feliz! —exclamó, ufana de su percepción.

—Gracias, mamá.

Kamal se inclinó para apretarle los hombros y besarlo en la frente.

—Creo que es una de las muchachas más dulces y buenas que conozco.

Eliah asintió en señal de aquiescencia. En tanto Fredo le deseaba toda clase de bendiciones, Eliah advirtió que su *nonna* abandonaba la sala envuelta en un genio furibundo.

—¿Qué le pasa a la *nonna*?

—Discúlpala —intercedió Fredo—. Está celosa.

—Después te explico —musitó Francesca.

Kolia no durmió siesta ese día porque la llegada de su padre, los regalos, los mimos, las risas, los aplausos y la sesión fotográfica lo condujeron a un estado de exaltación en el que habría sido imposible acostarlo en la cuna a las dos de la tarde. Pasó de largo, siempre de la mano de su padre o en sus brazos. Alrededor de las siete, Francesca lo vio tallarse los ojos y quejarse y decidió que había llegado la hora del baño. Eliah se remangó la camisa y, de rodillas junto a la tina, bañó por primera vez a su hijo. Francesca, sentada en un banquito a su lado, le indicaba cómo hacerlo.

—¿Le hablaste a Matilde de Kolia?

—Sí.

—¿Qué dijo?

—¿No te lo imaginas?

—Si la conozco un poco —conjeturó Francesca—, supongo que se puso muy feliz.

—Supones bien, mamá. Tiene muchas ganas de conocerlo. Y me dijo que lo querría y que lo cuidaría como si hubiera nacido de ella.

—Dios la bendiga.

—Sí, que Dios la bendiga siempre.

Francesca fijó la vista en la cabecita húmeda de su nieto y se tomó unos segundos para apagar el acceso de llanto que le provocó la réplica de su hijo.

—El amor que sientes por ella —pudo expresar después— me recuerda al que siento por tu padre, que es infinito y eterno.

—Soy muy feliz, mamá.

—Y la harás feliz a ella, como tu padre me hizo feliz a mí.

Mónica se ocupó de dar de comer a Kolia, que devoró un bistec y una porción de puré de calabaza. Al-Saud no daba crédito del apetito de su hijo y quiso ser él quien le diera el postre, puré de manzana con miel. Satisfecho y recién bañado, Kolia se quedó dormido en su silla alta. Eliah lo cargó hasta la habitación, lo depositó en la cuna y lo arropó con dos cobijas; se enfrentarían a una noche helada.

—¿Duerme bien? —susurró.

—Tu hijo es un santo, Eliah —aseguró Francesca—. Duerme ocho horas seguidas. Y ya viste cómo come. Es un placer verlo devorar.

—¿Ha vuelto a tener fiebre? Matilde me aseguró que es por los dientes.

—Quédate tranquilo, mi amor. Tu hijo está en las mejores manos.

—Lo sé, mamá. —La abrazó en la penumbra de la habitación e inspiró su perfume, el *Diorissimo*, que él asociaba con la época de la niñez—. Gracias por ayudarme con Kolia. En cuanto acabe con unos asuntos que tengo pendientes y Kolia pueda salir de Italia, lo llevaré a París.

—Eliah, tu padre y yo estamos dichosos de cuidar a Kolia. Termina tus asuntos pendientes, cásate con Matilde y después llévate a mi nieto.

—¿No tienes ganas de volver a Jeddah?

—No, en absoluto.

—Mamá, ¿qué le pasa a la *nonna*? Es evidente que Matilde no le gusta. La trató casi con grosería el día de tu cumpleaños y ahora...

—El problema de tu *nonna* no es con Matilde sino con su papá, Aldo Martínez Olazábal. —Francesca tomó el brazo de su hijo y lo condujo fuera de la habitación de Kolia—. Eliah, Aldo fue mi primer novio.

—*Quoi!*

—Sí, mi primer novio. Un amor de verano que me cambió la vida.

—Mamá...

—Sé que te toma por sorpresa, hijo, pero quiero que sepas que no le guardo rencor a Aldo, en absoluto. Yo era la hija de la cocinera, él, el niño rico de una familia importante de Córdoba; jamás le habrían permitido casarse conmigo. La señora Celia, la madre de Aldo, lo amenazó con quitarle el apoyo económico si no se casaba con Dolores, la mamá de Matilde. Aldo, que no era mala persona, pero sí inmadura e insegura, cedió y se casó con la rica heredera de la capital. Yo, para olvidarlo, me alejé de la Argentina y así fue como conocí a tu padre, mi verdadero amor. —Encerró la cara de Eliah entre sus manos y le sonrió al decirle—: Ya ves, el sufrimiento que significó el abandono de Aldo tenía un sentido, mejor dicho, dos sentidos: que yo conociera a tu padre y que tú y Matilde vinieran a este mundo para amarse.

10

Apenas llegó a Erez, Al-Saud se dio cuenta de que el cruce estaba cerrado; se adivinaba por la fila interminable de automóviles y de camiones y por el malestar de la gente. Estacionó a un costado del camino, consultó la hora, ocho menos cuarto de la mañana, y extrajo el celular del bolsillo de la chamarra. Llamó a Markov.

–Sí, señor –le confirmó el ruso–, estamos en el puesto de control, pero nos dicen que está cerrado hasta nuevo aviso. Pueden pasar horas, tal vez días antes de que lo abran.

–Markov, no se muevan de allí. En un momento, vuelvo a llamarte.

Realizó una nueva llamada.

–*Allô, Bergman.* Soy Al-Saud.

–¿Qué necesita? –preguntó el agente del Mossad desprovisto de la animosidad del pasado.

–Estoy en el cruce con Erez. El puesto de control está cerrado. Quiero entrar en Gaza o bien que se le permita salir a mi prometida.

–Al-Saud, usted tiene la errada idea de que yo soy el dueño de Israel y de que todo se hace y se deshace a mi…

–¡Y una mierda, Bergman! No me embarcaré en la misión que a usted y a las autoridades de su país tanto les interesa si no puedo ver antes a mi mujer. Haga lo que tenga que hacer, llame a quien tenga que llamar, pero quiero que Erez se abra en media hora.

Al ver la cola de automóviles y la multitud congregada cerca del puesto de control israelí, Matilde supo que el cruce estaba cerrado, y la desazón que la había dominado desde el martes se profundizó hasta conducirla a un estado de desesperación rayano en las lágrimas. Le pidió a Markov que averiguara cuál era la situación. La Diana, que permanecía con ella en el automóvil, intentó comunicarse con Eliah.

—No contesta, Matilde. Entra la contestadora automática.

Eran las siete y cuarto de la mañana. Había terminado unos minutos antes la guardia para llegar temprano al cruce, donde la espera solía prolongarse. Ahora podía tomar horas, tal vez días. Las lágrimas le desbordaron los párpados inferiores y se deslizaron por sus mejillas. Necesitaba ver a Eliah, tocarlo, olerlo, lamerlo, sentir su calor y escuchar sus latidos. Sabía que algo no andaba bien, lo había percibido durante la conversación telefónica; más se empeñaba él en ocultar su preocupación, más lo notaba ella.

Markov se acodó en el filo de la ventanilla y le informó que el cruce permanecería cerrado hasta nuevo aviso.

—¿Qué quiere decir «nuevo aviso»?

—Quiere decir que lo abrirán cuando a los israelíes se les dé la gana. Pueden abrirlo dentro de media hora o de dos semanas. Más factible, dentro de dos semanas.

Matilde experimentó un ahogo, como si le oprimieran la garganta, y evocó la angustia en la voz de Intissar cuando le explicaba lo que significaba vivir prisionera dentro de la Franja.

—¿Por qué han cerrado el cruce? —quiso saber La Diana.

—Los soldados no abren la boca cuando se les pregunta, pero corren varios rumores. Unos dicen que es porque hay casos de cólera; otros aseguran que ayer, en el cruce de Karni, descubrieron un camión que intentaba salir con explosivo plástico.

El puesto de control de Karni, ubicado al noreste del borde de la Franja, había sido abierto después de los Acuerdos de Oslo, como paso exclusivo de camiones que importaban y exportaban productos. Matilde no comprendía por qué debía cerrase el de Erez si el problema se había presentado en Karni. Por otra parte, si al cierre lo motivaban los casos de cólera, éstos eran pocos y se circunscribían al campo de refugiados de Nuseirat, el cual se hallaba en cuarentena.

La tentó la idea de buscar a Lior Bergman para suplicarle por una excepción, aunque se humillara. Desechó la ocurrencia casi de inmediato al pensar en el rencor que le guardaría el militar israelí después del almuerzo en el King's Garden. Estudiar el gentío de palestinos con niños y bultos, cuyas necesidades por entrar en Israel debían de ser más urgentes y graves que la de ella, terminó por enterrar la idea de recurrir a Bergman. Vio dos ambulancias y se preguntó quiénes estarían dentro y por qué. Avistó un camión con cajas de naranjas, que pronto se echarían a perder si no las entregaban en el puerto de Haifa o en el mercado de Tel Aviv—Yafo. Los ancianos se arropaban con sus chamarras para ahuyentar el viento frío que se levantaba desde el mar. Los niños, cansados y aburridos, lloraban y peleaban. Una madre amamantaba sentada sobre una maleta. Matilde se dedicaba a observarlos y a compadecerse para eludir la decisión que tenía que tomar, la de volver a la ciudad de Gaza o la de quedarse y esperar a que los israelíes les franquearan el paso.

Alrededor de las ocho y media, Markov volvió corriendo al automóvil y subió con ánimo exaltado.

—Han abierto el cruce. La gente dice que se trata de un milagro.

Aunque se tratara de un tiempo récord, a Matilde les resultaron eternos los cuarenta minutos que les llevó cruzar la frontera. Mientras Markov presentaba los pasaportes y sus permisos especiales al soldado israelí, Matilde avistó a Lior Bergman que la miraba fijamente desde el edificio que servía de comandancia a la brigada a su cargo, la Givati. Iba vestido con el uniforme verde y con la boina violeta puesta bajo la hombrera izquierda. Se quitó los lentes de sol y los colocó por fuera en el bolsillo superior de la chamarra. Matilde agitó la mano a través de la ventanilla y ensayó una sonrisa amistosa y relajada.

Lior Bergman había estado mirándola desde hacía varios minutos, intentando atraerla con el poder de su deseo. ¿Quién era la pareja que la acompañaba? El hombre se hacía cargo de todo; fue quien descendió del vehículo y presentó las identificaciones. En el instante en que ella se dio cuenta de su presencia y sus ojos enormes y plateados se fijaron en los de él, Bergman percibió una corriente cálida en el pecho que le puso la piel de gallina. La sonrisa de Matilde se convirtió en la luz verde para avanzar.

—Buenos días, teniente —dijo, al tiempo que rumeaba: «No me hagas perder más tiempo, por favor».

—¿No quedamos en que me llamarías Lior?

—Sí, lo siento. Buenos días, Lior.

—Buenos días, Matilde. Lamenté que no volvieras a la mesa el viernes pasado.

—Sí, lo siento. Pero no me sentía bien.

—No sabía que tuvieras un hijo.

—¿Un hijo?

—Al-Saud dijo que Jérôme es hijo de ustedes y que está desaparecido.

—Sí, es verdad, aunque todavía no es nuestro hijo porque, mientras tramitábamos la adopción, fue secuestrado en la selva oriental del Congo.

—Entiendo.

Lior Bergman no podía saber el efecto que sus palabras ejercían en ella. Que Eliah, sabiendo de la existencia de Kolia, llamara en público a Jérôme «su hijo», la conmovió, y una dicha con trazos de amargura se afincó en su ánimo.

—¿Han sabido algo de él? —Matilde bajó la vista y meneó la cabeza para negar, actitud que el militar supo interpretar, por lo cual cambió el tema de conversación—. Has tenido suerte, Matilde. Se suponía que el cruce estaría cerrado todo el día. Pero acabo de recibir una llamada de lo más intempestiva para ordenarme que lo reabran.

—Me alegro, sobre todo por los enfermos que están en las ambulancias, por las madres con niños, por los ancianos y por ese señor con el camión lleno de naranjas.

Hacía tiempo que Lior Bergman no se sonrojaba ni se avergonzaba. Esa muchacha, bastante menor que él, con un acento dulce, cantarín y casi inaudible, le había echado a la cara el conflicto palestino–israelí con una sonrisa; no obstante, él lo había recibido con la contundencia de un balazo. La deseaba. La deseaba como no había deseado a ninguna otra, ni siquiera a Ivana, porque el de ellos había sido un amor verdadero, pero adolescente e inmaduro, y él, que desde hacía quince años arrastraba el luto, comenzaba a percibir el cosquilleo de la curiosidad por todo lo que nunca había experimentado con su cuerpo y con su espíritu adultos.

—¿Vas a Jerusalén?

—Sí.

—Mañana es mi día libre. Me gustaría mostrarte la ciudad. He vivido ahí toda la vida, la conozco como nadie.

—Te agradezco, Lior, pero tengo el fin de semana lleno de compromisos.

—Muy bien —expresó—, la próxima vez quizá tenga suerte.

—Adiós, Lior. Ya nos dejan avanzar.

—Sí, sí, continúen. Hasta luego, Matilde.

—Ahí está Al-Saud —anunció Markov, una vez que el automóvil entró en el territorio israelí.

Matilde, ubicada en la parte trasera, se incorporó, sujetándose de los respaldos de los asientos delanteros, y lo buscó con ojos desenfrenados. Divisó su cabeza de pelo renegrido que sobrepasaba al gentío.

—¡Detente, Markov! —Se precipitó fuera antes de que los guardaespaldas pudieran reaccionar. La siguieron entre insultos mascullados.

Matilde corrió hacia Al-Saud, envuelta en un halo de alegría, desesperación y angustia. Eliah distinguió el dorado de su cabello y la vio avanzar entre la multitud y detenerse para sortear bultos, personas y automóviles. Le salió al encuentro dando zancadas largas, apartando a quienes se interponían, mascullando «af-wan» (permiso) y «shukran» (gracias) a medida que ganaba terreno en su carrera por poseerla. Matilde se echó en sus brazos con abandono y se sujetó a él con ansias tan elocuentes que Al-Saud presintió que se desmoronaba frente a ella, que caía de rodillas y empezaba a llorar como un niño. La apretó con brutalidad, inconsciente de ello en su prisa por ahogar el bramido que le trepaba por el pecho y que empujaba en su garganta como un ariete. Matilde despegó la cara de la chamarra de Eliah y levantó los ojos para mirarlo.

—¿Por qué lloras, mi amor? —susurró él, en francés, y el esfuerzo le provocó un nudo en la garganta.

—Porque pensé que no te vería hoy. Habían cerrado el cruce... Y no... Nadie sabía cuándo volverían a abrirlo. Y me volví loca de angustia pensando en que no te vería. No podía soportar la...

Al-Saud la acalló con un beso tan delicado como implacable había sido su abrazo.

—Ya estás acá, conmigo —la tranquilizó contra sus labios—. ¿Pensaste que iba a permitir que nos mantuvieran separados?

—¿Qué podías hacer tú? —lloriqueó Matilde.

—Ya estás aquí —repitió.

—Llévame al hotel, Eliah. Vamos al hotel. Te necesito. Sólo para mí.

Al-Saud descubrió a La Diana y a Markov que los contemplaban desde una distancia prudente y, con un ladeo de cabeza, les comunicó que podían marcharse. Sin pronunciar palabra, Markov dio media vuelta y se encaminó hacia el automóvil. La Diana subió después de él. Cerró la puerta, la cual produjo un chasquido suave al que siguió un mutismo incómodo.

—¿Adónde te llevo? —preguntó el ruso, sin mirarla, con aire rabioso.

—Reservé una habitación en un hotel de Jerusalén que me recomendó Sabir Al-Muzara. La reservé para los dos —dijo, tras una pausa, y bajó la vista, dominada por la vergüenza y por el miedo a la humillación.

—Tengo otros planes. Además, ¿para qué quieres que vayamos a una habitación de hotel? ¡Tú eres incapaz de darme nada!

Markov se arrepintió de sus palabras incluso antes de terminar de pronunciarlas. La Diana inspiró de manera violenta, buscó con mano incierta la manija de la puerta y saltó del automóvil como si dentro hubiera avistado una serpiente de cascabel. Caminó a paso rápido hacia la zona de los taxis. Markov, congelado en el asiento, la vio alejarse. Reaccionó golpeando el volante con la palma de la mano y mascullando un insulto tras otro. ¿Por qué deseaba lastimarla? ¿De dónde nacían el odio y la ira que lo dominaban desde hacía semanas? ¿Por qué le daba celos que La Diana perdonara a sus torturadores? No lo comprendía. ¿Por qué se negaba a entender que destruyéndolos, destruiría el demonio que le habían plantado en las entrañas y que le impedía ser mujer? Apoyó la frente sobre el volante y exhaló con agobio. Estaba confundido, no sabía cómo ayudarla, tan sólo contaba con su maestría en el arte de aniquilar al enemigo, y ella lo rechazaba.

⋅: ⚘ :⋅

Al-Saud y Matilde recorrieron los casi setenta kilómetros que separan a Erez de Jerusalén compartiendo miradas y caricias y confesándose cuánto se habían extrañado. No les importaba esperar en los puestos de control que poblaban la carretera, al contrario, los aprovechaban para besarse locamente, escandalizando a musulmanes y a judíos ortodoxos por igual.

—No sé si aguantaré estos cuatro meses —confesó Matilde, y Al-Saud le sonrió sobre los labios porque, por primera vez, se sentía lo primero en la vida de su mujer.

—¿Ah, sí? —la sonsacó—. ¿No aguantarás? ¿Por qué?

—Porque quiero despertarme contigo todas las mañanas en nuestro dormitorio de la *Avenue* Elisée Reclus.

—Nuestro dormitorio… Qué bien suena eso, mi amor.

En el Hotel Rey David, el conserje les aseguró que la suite presidencial, la misma del fin de semana anterior, estaba lista para recibirlos. Apenas traspusieron el umbral, se oyó el timbre del celular de Al-Saud, que decidió atender; esperaba una llamada de Raemmers.

—Sólo serán unos minutos —prometió—. Después, lo apagaré.

El celular los había interrumpido en cuatro ocasiones a lo largo del viaje, siempre por trabajo, y Matilde cayó en la cuenta de lo que para él significaba destinarle ese día a ella con tantas cuestiones y problemas. Depositó la *shika* y la bolsa en un sillón del vestíbulo y se dirigió a la sala, donde la visión de la mesa puesta con el desayuno la colmó de un regocijo que no supo explicar. Si bien el mantel blanco cubría el vidrio por completo, la vajilla, la cubertería y los alimentos ocupaban sólo un extremo. Tomó un jazmín del florero, inspiró su perfume y, en un acto travieso, se lo calzó entre la oreja y la cabeza. Se aproximó a un espejo y se deshizo las trenzas. Acomodó los bucles y la flor, y se dijo que estaba hermosa para él.

Con ánimo distendido, estudió los componentes del desayuno: pan tostado, *croissants* –por el aroma, estaban tibios–, mermeladas, mantequilla, un bol con crema batida sobre un plato con hielo, un plato con frutas picadas –fresas, plátanos, manzanas, kiwis, mangos y piña–, cereales, yogur y leche. Levantó un trozo de fresa, lo untó en la crema y se lo llevó a la boca. Al tiempo que la acidez de la fruta le inflamó la boca, aun la mucosa de la nariz, la suavidad y la dulzura de la crema la aliviaron.

Sobre el aparador de caoba brillante, divisó dos braseros de plata con las llamas al mínimo. Levantó la tapa del primero, y el vapor de huevos revueltos en mantequilla con jamón, que flotó bajo sus fosas nasales, le volvió de agua la boca; en el segundo, la embriagó la fragancia de la canela, la avena y la leche. Junto a los braseros, habían colocado una tetera eléctrica y la cafetera, que mantenía a buena temperatura el café negro e intenso.

–Pedí que nos esperaran con el desayuno. –La voz de Al-Saud la envolvió con la vehemencia que sus brazos habían empleado en el puesto de Erez. Se dio vuelta y lo divisó en la entrada de la sala. Se había despojado de la chamarra amarilla maíz con detalles en azul marino, y lucía una camiseta blanca y ajustada, que le sentaba estupendamente a los jeans de un azul gastado. Fijó la vista en el cinturón grueso color suela, con hebilla de bronce, y en las botas texanas de cuero de víbora, con punteras de plata, y se dijo que esas dos prendas resumían el temperamento poderoso y atemorizante del hombre que tenía enfrente.

Avanzaron hacia el centro de la sala al mismo tiempo, incitados por la misma ansia. El encuentro no fue delicado. Matilde se impulsó al cuello de Al-Saud y se prendió a su torso rodeándolo con las piernas. Él puso las manos bajo sus nalgas, y las apretó a través de la tela de la falda blanca y larga. Subió a ciegas los tres escalones que lo separaban del comedor, mientras Matilde le sujetaba la cabeza para mantenerla pegada a su boca. El beso no era beso, era un entrevero de labios, lenguas, encías, alientos agitados y salivas candentes. Se separaron cuando Al-Saud la depositó sobre la mesa y la contempló sin pestañear, con ojos negros de lujuria, mientras la desembarazaba de las sandalias franciscanas, las que ella había usado en el vuelo de Buenos Aires a París; también le quitó los calcetines rosas y la falda, cuyo resorte le lamió las piernas, las corvas, las rodillas y las pantorrillas, erizándole la piel a su paso. Matilde se incorporó para que Al-Saud le sacara el suéter y la camiseta. Ella aprovechó y lo despojó de la playera, que, al salir, le despeinó el pelo.

Volvió a recostarse y gimió cuando el frío del vidrio, que se filtraba a través del mantel, le lamió la espalda y le acentuó la erección de los pezones, que, enhiestos bajo el encaje del brasier, atrajeron la mirada de Al-Saud. Éste se inclinó para apretarlos con los labios. Matilde se sujetó a sus hombros desnudos y se arqueó, un poco para resistir el espasmo que la surcaba y otro poco para invitarlo a apoderarse de su cuerpo, a beber de él.

—¿Te acuerdas —le preguntó él en francés— del día en que te hice el amor en la Mercure, sobre la mesa de la sala de reuniones?

Matilde asintió, sin mirarlo, con la vista en el cuello grueso de Al-Saud, en los tendones tirantes, en la yugular pulsante, en la nuez de Adán puntuda y protuberante, y deslizó las manos hasta dar con su nuca de pelo al ras, y el contacto del pelo grueso, corto y pinchudo en su palma, inexplicablemente, le atizó la libido. Cualquier detalle de él la enardecía.

—Habla —le exigió—. Dime cualquier cosa. —Le gustaba el efecto que las palabras tenían sobre su cuello.

—Recién, cuando te diste vuelta y te vi con el pelo suelto y esta flor —Matilde apoyó las puntas del índice y del mayor sobre la nuez de Adán y acompañó su recorrido— me dieron ganas de estar contigo en una playa de la Polinesia. Solos. Desnudos.

—Quiero que me hagas el amor en una playa desierta.

—Sí —aseguró él, con fiereza, y se alejó para bajarle los calzones de encaje.

Resultaba asombroso que la visión de su pubis apenas cubierto por una pelusa rubia, perceptible sólo al tacto, siguiera afectándolo como la primera vez. Se trataba de una imagen perturbadora porque correspondía al cuerpo de una niña. ¿Y qué era su Matilde sino una niña? La pequeña, dulce, inocente, bondadosa y perfecta Matilde. Su vientre, hundido entre las crestas ilíacas, palpitaba, y la cicatriz tallada por la esquirla se ondulaba y descollaba a causa de su color magenta. El movimiento del ombligo, que, como una barca en medio de las olas, subía y bajaba, le enturbiaba la vista, le llenaba la boca de saliva, se la secaba un segundo después. Con la cara hundida en el pubis, estiró los brazos y cerró las manos sobre el encaje que cubría los pechos.

—Tengo hambre —manifestó—, tengo hambre de mi Matilde.

La abandonó un momento. Ella echó la cabeza hacia un lado y, con los ojos cerrados, repasó cada sitio donde él había impreso una huella candente: la presión en los pezones, la palpitación en la boca del estómago, el ardor en el pubis y la inflamación entre las piernas. Lo oía en el extremo de la mesa, hacía ruido con la vajilla, removía los platos. Sin ganas, levantó los párpados y lo descubrió con el bol de crema batida y el plato de frutas en las manos, que apoyó a un lado. Arqueó apenas la columna cuando él se inclinó para sacarle el brasier. Jadeó y enredó los dedos en el pelo de su nuca cuando Eliah le succionó los pezones y después los sopló. El contacto de su aliento contra la piel húmeda llevó la dureza a una instancia dolorosa.

—Eliah… —suplicó, y levantó los párpados súbitamente.

Al-Saud le untaba los pezones con la crema batida. Rio cuando le colocó trozos de fresas y se mordió el labio cuando él atrapó la fruta y la punta del pezón entre los dientes. Temía que la mordiera, el temor le elevaba las pulsaciones, no sólo del corazón sino del clítoris y de la vagina. Se aferró de nuevo a sus hombros, le apretó la carne dura y tibia sin conseguir enterrar los dedos.

Al-Saud soltó el pezón para barrer con la lengua la crema que cubría la areola y el seno, hasta que sólo quedó la fresa para devorar, y otra vez sus dientes la estimularon en tanto con los dedos pringosos de crema le masajeaba el clítoris, al que terminó por limpiar con la lengua. Matilde estalló en un orgasmo que vibró entre los labios de Eliah. La observó desde su posición entre las piernas, la estudió en ese trance hasta que la cabeza de ella colgó de lado. Sus senos, en el frenesí de la respiración alocada, a veces le ocultaban el mentón, el labio inferior, la nariz, las pestañas, y a veces no.

—Matilde —necesitó decir, mientras se preguntaba cómo haría para dejarla, para arriesgar la vida cuando por fin se sentía vivo gracias a ella—. Matilde. —Acercó la cara a la de ella, distendida después del orgasmo, hermosa, encendida, sublime—. Matilde, te amo más que a nada en este mundo. —Ella sonrió sin levantar los párpados, una sonrisa debilitada por la satisfacción—. Antes de ti estaba muerto. Tú eres mi vida. Júrame que nunca me dejarás. Júrame que nada volverá a separarnos. —Si ella se lo juraba, él volvería sano y salvo de Irak, el 5 de mayo se casarían y nunca se separarían de nuevo—. *Jure-moi!* —le exigió de nuevo, y le apretó la cintura en un gesto demandante.

La conmovió la desesperación que se adivinaba en su voz, y la inquietud que había nacido después de la llamada del martes regresó. Siempre con ojos cerrados, tanteó su rostro, cada detalle.

—¿Qué pasa, mi amor?

«¡Tengo miedo de irme de este mundo antes de haber sido feliz a tu lado!»

—Eliah, te juro lo que me pidas. Sobre todo te juro que seremos felices. Te juro fidelidad, amor eterno y que nunca voy a dejarte solo en este mundo. Sólo pienso en el día de nuestra boda, en estar juntos en París, en hacer la vida que siempre soñé al lado del mejor hombre, de mi Eliah, mi adorado Caballo de Fuego. —Le tomó la cara entre las manos y lo obligó a acercarse a su boca—. Hoy y mañana olvidémonos de todo, por favor. Amémonos sin pensar en el futuro. Ámame, Eliah, por favor.

—Sí, sí, sí. —Al-Saud arrastraba los labios por el torso de Matilde y recogía el dulzor de la crema, que despertaba su hambre y su deseo. Trazó un camino de piñas y de plátanos desde el valle entre sus pechos hasta el ombligo, al cual coronó con un kiwi, y regó la fruta con yogur. A Matilde la enloquecía el concierto de sensaciones que la asaltaba: la tensión por el frío del yogur, el cosquilleo por la gota que resbalaba hacia un lado, la irritación a causa de la barba incipiente de él, el dolor cuando sus dientes no medían la energía aplicada a la mordida, la excitación cuando el yogur se deslizaba entre los labios de su vulva y Al-Saud lo recogía con la lengua y limpiaba cada recoveco, cada intersticio, cada hendidura, cada hueco de esa parte de su ser que encerraba el secreto del gozo.

Supo que Al-Saud se preparaba para liberar su pene cuando oyó el estrépito de la hebilla de bronce al golpear el vidrio de la mesa. Se irguió sobre sus codos y aguardó con curiosidad y emoción el momento en que él se bajara los boxers y que su pene saltara fuera. El calzoncillo acariciaba el bulto en tanto descendía. Los labios de Matilde se despegaron al descubrir la mata de pelo negro que contrastaba con el blanco de la prenda. El miembro rebotó por la acción del resorte y a causa de la erección. Matilde se sentó en el borde la mesa y lo tomó entre sus manos. Rio con picardía cuando Al-Saud le sujetó los hombros, inspiró de manera sonora y frunció el rostro en una mueca adolorida.

—Me gusta tenerte en mi poder —lo provocó, mientras iniciaba un masaje que la hipnotizaba. Le gustaba ver aparecer y desaparecer el glande entre sus dedos, la coloración intensa que adquiría con cada caricia, la humedad que asomaba por la hendidura que lo coronaba; la impresionaba percibir en las palmas el latido de las venas que lo surcaban, el calor que aumentaba, la dureza que se acentuaba. Lo quería en su boca, con crema, con yogur, con fruta. Apartó a Al-Saud del filo de la mesa y se bajó. Él colocó las manos sobre el borde cubierto con mantel y la encerró entre sus brazos.

—Agarralo de nuevo —le exigió en un susurro torturado y con los ojos cerrados—. ¡Ah! —exclamó al sentir la untuosidad fría de la crema sobre el glande.

—Eliah.

El poder de su voz lo condujo de nuevo a la realidad, y se topó con los ojos de Matilde, que ya no eran de plata sino de azabache, enormes y, aunque resultara incoherente, cargados de una lascivia que no le quitaba un ápice de inocencia. La niña y la mujer. El pubis de una niña en el cuerpo de una mujer. La excitación de Al-Saud alcanzaba niveles descomunales. Los testículos le latían, duros y calientes.

—Por favor… —suplicó, y Matilde sonrió con malicia.

—¿Sabes qué, Eliah? —dijo, mientras seguía cargando el glande con crema batida—. He descubierto que me has convertido en una puta. —Estupefacto de excitación y de amor, la vio ponerse de rodillas—. Yo antes de conocerte nunca pensaba en el sexo. Ahora, en cambio, me gusta más de lo que le gusta a Juana. Toda la semana estuve pensando en hacerte esto.

El semblante de Al-Saud se alteró cuando los labios gruesos de Matilde se ajustaron en torno a su pene y descendieron hasta engullirlo por la mitad. Profirió un rugido, y el estremecimiento que lo sacudió cuando Matilde le barrió los restos de crema del glande con la lengua lo obligó a devolver las manos al filo de la mesa. Se retiró de su boca en un acto desesperado. La urgió a ponerse de pie y la levantó en el aire por las nalgas. Matilde se prendió a su torso rodeándolo con los brazos y con las piernas.

—Bésame —le exigió. A veces cavilaba sobre la necesidad que la asaltaba por que él la besara mientras la poseía, y arribó a la conclusión de que esa acción, la de unir las bocas, intercambiar alientos y saliva, entrelazar lenguas o tener la del otro en la garganta era, a su juicio, mucho más íntima, personal y reveladora que la de la cogida misma. Se acordaba de los besos compartidos con su esposo, Roy Blahetter, y meditaba: «La pasión de un beso no puede disfrazarse».

—Házmelo contra la pared.

Enajenado a causa de la excitación, Al-Saud gruñó al oír la súplica de Matilde y al percibir la humedad caliente de su aliento en la oreja. Se movió con los pantalones atascados en las rodillas hasta apoyar la espalda de su mujer contra la pared.

—¿Qué quieres que te haga contra la pared?

—Quiero que me metas tu verga en la vagina y tu lengua en la boca, al mismo tiempo.

La complació en todo, impaciente por hacerla gozar hasta dejarla sin sentido, si eso era posible, para que ella nunca se cuestionara si otro se lo haría mejor, si en los brazos de otro hallaría más placer, para satisfacerla hasta la saciedad, hasta empalagarla de orgasmos para que no lo olvidara durante los meses de separación y para que no buscara consuelo en otro, en el militar israelí, por ejemplo. La sola idea lo encolerizó, y la poseyó con la violencia de una bestia rabiosa, como si su pene fuera un cuchillo que se clavaba con furia una y otra vez en la carne de ella para matarla. La besó con mordiscos hasta percibir el gusto de la sangre en la boca, y la empujó contra la pared para que su pene le marcase las entrañas. Ella nunca se quejó, y su aceptación sumisa sólo sirvió para atizarle el humor cruel y demandante. Los gemidos de Matilde en el alivio, unos grititos que ella sofocó en su hombro, tal vez porque se acordaba del escándalo que habían armado el fin de semana anterior, le colmaron el sentido de la audición hasta ensordecerlo. Se vació en ella con una eyaculación tan violenta como el acto, que por unos segundos lo desposeyó de aire en los pulmones.

Matilde lo devoró con la mirada, amaba la paralización que lo acometía mientras la bañaba con su simiente, ese gesto estático de labios tensos, entrecejo apretado y tendones inflamados y tirantes. La sobrecogía el primer sonido que lanzaba cuando el aire conseguía pasar por sus cuerdas vocales, un gemido doliente que iba despojándose del timbre debilitado hasta adquirir una nota oscura, prolongada y de contrabajo. Después, retomaba los embistes, más cortos y profundos, alentado por las últimas expulsiones de semen. Con esto, perdía la fuerza y se desmoronaba sobre ella. En ese caso, apoyó la frente sobre su hombro, donde absorbió ingentes porciones de oxígeno por la nariz, caldeándole la piel, mojándosela.

Matilde se removió para bajarse porque percibía el temblor involuntario en los músculos de Al-Saud, sometidos a un ejercicio tan severo. Él, extenuado, le permitió colocar los pies en el piso; no obstante, la encerró entre sus brazos y la pegó a su cuerpo. Una vez recuperado el aliento, la amenazó al oído:

—Matilde, no te atrevas a dejarme.

—Tú tampoco —respondió, y le sujetó el pene que todavía no perdía rigidez.

Al-Saud abrió los ojos abruptamente, y Matilde escondió la impresión que le causaron; había más que el fuego habitual, que la pasión, que la exigencia del hombre machista y posesivo que era; había angustia. Le apartó los mechones de la frente, le acarició las mejillas y no retiró las manos al volver a preguntarle:

—¿Qué pasa, Eliah?

Al-Saud se obligó a esbozar una sonrisa sosegada.

—Mi puta —murmuró con ternura, y la besó en la frente.

—Sí, soy una puta por tu culpa.

—No, *una* puta no. *Mi* puta.

—Sí, tu puta exclusiva. No me imagino haciendo esto con nadie más. Vamos a bañarnos. Estamos pegajosos.

—Y dulces —añadió él, y le agarró un seno y lo levantó para chuparle el pezón.

—Vamos —insistió ella, y la boca de Al-Saud emitió un sonido similar al del corcho que abandona la botella cuando Matilde lo despojó de su diversión. La vio alejarse, desnuda, hacia las escaleras que conducían al baño.

—No hagas eso —le ordenó.

—¿Qué? —quiso saber ella, sin volverse ni detenerse.

—Menear así el culo.

—No lo meneo así a propósito, señor Al-Saud. Es mi forma de caminar.

—Me calienta —afirmó, y la siguió con una erección que Matilde atisbó sobre el hombro y que le causó risa—. No te burles —le advirtió él.

Ella, sin parar de reír, corrió escaleras abajo. Antes de seguirla, Eliah se hizo con el bote de vaselina que había mandado comprar el sábado anterior.

⋰ ఞ ⋱

La encontró dentro de la regadera. El agua caliente corría, y el vapor inundaba el recinto. Con ánimo juguetón, Matilde se pegó al vidrio esmerilado con los labios en la forma de un beso, y Al-Saud, parado en un pie mientras se sacaba la bota texana, exclamó para sí, aturdido por la sensualidad de ella: «*Mon Dieu!*». La silueta de su cuerpo se adivinaba tras el vidrio mate y traslúcido; en cambio, sus labios, sus pezones y su pubis, que presionaban la mampara, se divisaban con bastante claridad. Se sentó sobre la tapa del escusado y siguió luchando con la bota sin apartar la vista del espectáculo.

—¿Qué parte de mí quieres? —preguntó Matilde, con acento voluptuoso y desafiante—. Mi labios —se oyó el sonido de un beso—, mis pechos —los movió en círculos sin despegarlos del cristal— o *ta petite tondue, mon amour*. ¡Ah, ya sé qué quiere el señor Al-Saud! —Se dio vuelta y apoyó las nalgas sobre el vidrio—. ¿Tal vez el señor Al-Saud prefiere esto?

—Matilde —susurró, sorprendido por el talante de ella, y feliz, y triste, y toda la colección de sensaciones y de sentimientos que Matilde avivaba en su interior, que en ese momento estaba en llamas. Carraspeó para recuperar el control de su voz—. Estás jugando con fuego.

—Estoy preparada, señor Al-Saud. Me siento muy relajada.

Terminó de desembarazarse de las botas y del pantalón en un frenesí impaciente que provocó la hilaridad de Matilde. Al verlo aproximarse hacia el receptáculo de la regadera, blandiendo su erección como una espada, se acobardó. Al-Saud ladeó la boca en una sonrisa sarcástica.

—¿Te echás atrás ahora? ¿Dónde está mi Matilde revolucionaria?

—Es tan grande —masculló, con la vista en el pene.

—El mismo de la otra vez.

—Parece más grande.

—¡Cobarde! —se rio él, y la obligó a darse vuelta y a pegar el rostro en el vidrio. Se aproximó a su oído para exigirle—: Pídeme lo que quieres que te haga. —Le masajeó el clítoris y el ano al mismo tiempo—. Llámame señor Al-Saud y pídemelo.

—Por favor, señor Al-Saud —musitó—, penétreme por aquí.

—¿Por dónde?

—Por... No puedo decirlo.

Al-Saud carcajeó y la besó en el cuello con la mansedumbre que no había mostrado en toda la mañana. Le masajeó alternativamente el clítoris y el ano con el chorro de la regadera de mano. Al final, Matilde quedó laxa contra el vidrio. Al-Saud la embadurnó con vaselina, lo mismo hizo con su miembro, y la penetró lentamente. Se imaginó la escena como la hubiera visto un intruso que se metiera en el baño en ese instante: la mejilla, las manos abiertas, los pezones encarnados, el vientre palpitante y los muslos temblorosos de Matilde aplastados contra el vidrio, y la figura de él, oscura, amenazante y difusa, que se alzaba detrás de ella. Y fantaseó con lo que el intruso oiría: los jadeos afanosos, los sollozos de placer y sus clamores roncos, mezclados con el golpeteo del agua al dar contra el mármol del piso. El orgasmo, al cual llegaron al mismo tiempo, tuvo un efecto portentoso en Al-Saud, que cayó de rodillas y arrastró a Matilde con él. Le habló casi sin aliento, de manera entrecortada y en francés.

—Quiero que sepas... que... en toda mi vida... había sentido... algo... similar. —Le deslizó los labios por la mejilla sonrosada y húmeda—. Gracias por ser mía. Por darme tu cuerpo sin restricciones. —Matilde llevó los brazos hacia atrás para sujetarse de la nuca de Al-Saud, que le ciñó la cintura con las manos—. Por regalarme tanto placer. Por confiar en mí. Por hacerme sentir importante porque soy importante para ti.

—¿Te hago feliz? Es lo que más deseo en la vida.

Había tanta genuina preocupación en la pregunta, también candor, que Al-Saud presintió que rompería a llorar. ¿De dónde reuniría la frialdad para dejarla partir al cabo de esos días juntos? ¿Cómo viviría esas semanas lejos de su Matilde?

—Sí —contestó, con voz tirante—. Feliz. Más que eso. Y yo, ¿te hago feliz?

—Ya te lo dije muchas veces: tú eres mi vida.

Envueltos en las batas, confortables en la calidez de la habitación —afuera hacía frío y lloviznaba—, desayunaron a la hora de almorzar. Al-Saud devoró los huevos con jamón, en tanto Matilde saboreaba la avena hervida en leche y perfumada con canela. Terminaron la fruta, los trozos que quedaban en el plato, y bebieron café. Saciados, se apoltronaron en el sillón a conversar. Matilde abandonó el regazo de Al-Saud para curiosear los CD de música.

—¿Qué te gustaría escuchar? Hay jazz, música clásica, música folclórica judía… ¡Ah, Édith Piaf! Me gustaría escucharla.

—Tenía una voz extraordinaria. Pónla. Hace años que no la escucho.

Se trataba de una selección de sus temas más conocidos. Por supuesto, el primero era *La vie en rose*. Matilde colocó el CD y, al girarse para volver al sillón, chocó con Al-Saud.

—Tengo ganas de que bailemos.

Matilde asintió, conmovida por la delicadeza con que le apoyó la mano en la cintura y la atrajo a su cuerpo. Descansó la mejilla sobre su pecho y se meció al ritmo de él.

—Tradúceme, por favor.

Al-Saud apuntó el equipo con el control remoto, apretó *play* de nuevo, y *La vie en rose* recomenzó. En voz baja y al oído de Matilde, fue traduciendo los versos.

—Ojos que hacen bajar los míos… una sonrisa que se pierde en su boca… *Voilà* el retrato sin retoque… del hombre al que pertenezco… Cuando me toma en sus brazos… y me habla despacio… yo veo la vida color de rosa… Me dice palabras de amor… palabras corrientes… y eso me provoca algo… Él entró en mi corazón… Una porción de felicidad… cuya causa yo conozco… Él es para mí… lo que yo soy para él… en la vida… Me lo dijo… Me lo juró por la vida.

Le siguió *Non, je ne regrette rien*, y Al-Saud le confesó que era una de sus canciones favoritas.

—No… nada de nada… yo no me lamento de nada… Ni del bien que me han hecho… ni del mal… Todo eso me da igual… No, nada de nada… No, no me lamento de nada… Está pagado… barrido… olvidado… Me importa un bledo el pasado… Con mis recuerdos… encendí el fuego… Mis tristezas… Mis placeres… Ya no los necesito… Barridos mis amores… y todos sus temblores… barridos para siempre… Comienzo de cero… No… nada de nada… no me lamento de nada… Ni del bien que me han hecho… ni del mal… Todo eso me da igual… No, nada de nada… No, no me lamento de nada… Porque mi vida… porque mis alegrías… hoy… comienzan contigo.

Con la última estrofa, Matilde se aferró a las solapas de la bata de Eliah y hundió el rostro para llorar. Las canciones siguieron, y Al-Saud no las tradujo. Guardó silencio mientras la contenía en su abrazo y la mecía al son de las baladas.

—Me emocioné porque siento que escribieron esa canción para mí.

—Dicen que fue lo que dijo Édith cuando la escuchó por primera vez.

—¿De verdad? —Matilde elevó el rostro y Al-Saud le barrió una lágrima con el pulgar—. Entonces, sufrió mucho antes de encontrar el verdadero amor.

Se quedó mirándola hasta que Matilde volvió a buscar refugio en su pecho y le ocultó los ojos. Ella no podía saber el daño que le había causado con esa frase. «*Entonces, sufrió mucho antes de encontrar el verdadero amor.*» El sufrimiento de Matilde, su lucha contra el cáncer, sus pérdidas, sus temores, sus padecimientos, no existía nada que le produjera la desolación que significaba imaginarla sufriendo.

Al cabo, Matilde expresó:

—Édith Piaf también amó tanto como te amo yo. Es obvio para mí. Nadie puede cantar así sin sentimiento.

—Dicen que amó muchísimo a un boxeador que murió en un accidente aéreo. Nunca se repuso.

Se miraron de nuevo fijamente. En ella, el pánico resultó evidente. Él supo disimularlo.

∻ ⚬ ∻

Matilde despertó en un sitio oscuro y desconocido.

—¿Eliah? —dijo, con voz adormecida, y estiró la mano para tocarlo; no estaba—. ¿Eliah? —Se incorporó, asustada—. ¡Eliah!

Oyó un correteo. Provenía de la planta alta. El corazón le galopaba en la garganta. Se quedó quieta y acezante, esperando.

Al-Saud se precipitó escaleras abajo. Abrió las cortinas para que las luces del jardín del hotel y el tenue resplandor de la luna, a la que las nubes tormentosas intentaban engullir, se filtraran en el dormitorio y lo iluminaran apenas, sin resplandores impetuosos. Vio a Matilde sentada en la cama, con la bata abierta y caída por un hombro, el cabello alborotado y un destello sobrenatural en los ojos.

—Aquí estoy —la tranquilizó, y entrelazó sus dedos con los que ella le ofrecía—. ¿Qué pasa? —La obligó a recostarse a su lado—. ¿Otra pesadilla?

Matilde se acurrucó contra Al-Saud, que profundizó la cavidad de su cuerpo para contenerla.

—No. Me desperté confundida. No sabía dónde estaba. Te llamaba y tú no me escuchabas.

—Vine apenas te oí.

—¿Qué hora es?

—Poco más de las ocho.

—Dormí muchas horas, ¿no?

—Sí, por suerte. Estabas exhausta.

—La guardia de los jueves a la noche más sexo con mi futuro esposo me dejan de cama. ¿Qué estabas haciendo?

—Trabajando.

—¿Tienes mucho trabajo?

—Bastante.

—Y estar conmigo te quita tiempo, ¿no?

Al-Saud enterró la nariz en la tibieza con aroma a bebé del cuello de Matilde.

—Sí, muchísimo tiempo —bromeó.

—¿Pura pérdida de tiempo, señor Al-Saud, o su futura esposa lo compensa de algún modo?

—Ha hecho algunos intentos para compensarme, pero todavía no me encuentro del todo satisfecho.

—¡Qué mujer más desconsiderada! —Matilde se estiró para mirarlo a la cara. Le pasó el índice por los labios y le delineó la sonrisa que despuntaba.

—La más desconsiderada de todas. Pero yo la soporto igualmente porque es tan hermosa. Ninguna es como ella.

—Te amo, Eliah. —Matilde acercó la boca a la de él. Primero se trató de un intercambio de alientos húmedos y tibios y de miradas fijas y anhelantes, al que siguió un roce de labios, caricias sutiles—. No sé qué hice para merecerte, no me importa. Lo único que pido es que nunca me faltes.

Al-Saud le pasó el dorso del índice por el filo de la mandíbula, admirado del corte perfecto de la cara, el delicado oval de pómulos encumbrados, que terminaba en un mentón pequeño y puntiagudo al tiempo que redondeado.

—No puedo creer que algo tan valioso como tú sea sólo mío.

—Toda tuya y sólo tuya. —Matilde volvió a encogerse contra el torso de Al-Saud—. Cuéntame algo lindo.

—¿Que estuve ayer con Kolia es algo lindo?

—¡Sí! —Al-Saud rio cuando Matilde encendió la lámpara, se sentó en la cama como los indios y lo apremió con ojos fulgurantes—. Contame todo. Todos los detalles. ¿Está grande? ¿Está bien? ¿Te sacaste la foto que te pedí? ¿Sigue con fiebre? ¿Ya le salieron los dientes?

Las carcajadas de Al-Saud la detuvieron.

—Sólo mi Matilde es capaz de amar profundamente a alguien que no conoce.

—¿Cómo no voy a amar al hijo del amor de mi vida?

Al-Saud la atrajo para sentarla en el hueco que formaban sus piernas. Le describió la jornada compartida con su hijo de casi diez meses, y le refirió los detalles más importantes, como que caminaba con ayuda y que decía papá, y otros más nimios, que su postre preferido era la papilla de manzana con miel y que le gustaba dormir con un osito de toalla, regalo del fotógrafo amigo de Natasha. No le mencionó la revelación de su madre, que ella y Aldo Martínez Olazábal habían sido novios; prefería no traer a colación el nombre porque sabía que a Matilde la preocupaba la desaparición de su padre, más allá de la carta.

—Le saqué muchísimas fotos.

—Pero, ¿te sacaste una con él como te pedí, tú y Kolia solos?

—Sí, mi papá la sacó. Salió bastante bien. No tuve tiempo de imprimirlas. Las tengo en la computadora.

—Enviámela por e-mail. —Al-Saud dijo que lo haría—. Yo también tengo algo lindo para contarte.

—Contámelo.

—¿Te acordás de Sandrine, la editora de Sabir que conocimos el viernes pasado? —Al-Saud asintió de nuevo—. ¡Quiere publicar mis cuentos! Los de Jérôme.

—Mi amor… Es increíble, Matilde. También escritora, mi araña pollito.

—Te confieso que nunca pensé que me entusiasmaría tanto la idea de publicarlos. Cuando Sabir me lo sugirió, no me pareció algo importante. Ahora, en cambio, tengo la impresión de que es un sueño hecho realidad. Además —bajó los ojos, se refregó las manos, y Al-Saud supo que mencionaría a Jérôme—, es como si de algún modo Jérô estuviera cerca de mí. ¡No quiero olvidarlo, Eliah! —exclamó—. ¡No quiero que se quede en nuestro pasado!

—No, no, jamás. —La recostó y la cubrió con su cuerpo; sus brazos la envolvieron, el peso de sus piernas le comunicó fuerza, sus besos le recordaron que no estaba sola, sus labios le barrieron las lágrimas, sus palabras de amor la reconfortaron—. Amor mío, no olvides la promesa que hicimos. Estoy seguro de que la Señora de la Medalla Milagrosa va a ayudarnos.

—Sí —suspiró, entre sollozos—, por supuesto. Tendré fe. Y, ¿sabes qué? Le prometo a la Virgen que todo lo que gane por la venta de mis libros lo destinaré a la clínica para los pobres del mundo.

—Será la clínica mejor equipada de París porque estoy seguro de que tu libro será un *best-seller*.

—Dios te oiga, mi amor.

Al-Saud la condujo por otros derroteros para alejarla de la herida sangrante que era la desaparición de Jérôme, y le pidió que le hablara de su trabajo, de sus pacientes, de la situación en Gaza; eso siempre la distraía.

—Es la segunda vez que estás en Jerusalén —comentó Al-Saud— y no conoces nada excepto este hotel. ¿Quieres que salgamos a cenar?

—No. No quiero salir de nuestro nido. Aquí tengo todo lo que necesito. No me importa conocer Jerusalén.

—Está bien. Pediré que nos traigan la cena. Mientras dormías, llamó Shiloah. Quieren almorzar con nosotros mañana. ¿Tienes ganas?

—Bueno, eso sí. Extraño mucho a Juana. Me muero por verla.

Se sumieron en un cómodo mutismo. En la mente de Matilde, resonaban las estrofas de *No, je ne regrette rien*. Horas atrás, se había quedado dormida en el sofá escuchándola por enésima vez y se había despertado en la cama.

—Eliah, tú crees que si el amor se termina es porque nunca fue verdadero?

Al-Saud se tomó unos segundos para meditar.

—No habría sabido cómo responder a esa pregunta antes de conocerte. Ahora puedo decir que es imposible acabar con el verdadero amor.

—¿Y si las personas cambian? ¿Y si de pronto la persona que amas con todo tu corazón ya no es la misma?

—No imagino la situación en la que dejaría de amarte. Tal vez podría enojarme contigo, incluso enfurecerme, pero dejar de amarte… No, de eso no soy capaz.

⁓ ✿ ⁓

El sábado por la mañana, se levantaron temprano, se bañaron juntos después de hacer el amor y subieron en bata a desayunar. Con una taza de café en mano, Matilde se sentó sobre las piernas de Al-Saud frente a la computadora y vieron las fotografías de Kolia. A Matilde la admiraba el sentimiento que crecía en ella, y se preguntaba si podría amar al hijo de Eliah como amaba a Jérôme. Lo deseaba, anhelaba amarlo con la misma clase de amor infinito y poderoso que Jérôme le inspiraba. Los quería a los dos con ella. Fantaseaba con los cuatro en la casa de la Avenida Elisée Reclus.

—A la noche —empezó a hablar en medio de un silencio—, cuando apago la luz para dormirme, nos imagino, a ti, a mí, a Kolia y a Jérô, en la piscina de tu… de nuestra casa. Me sonrío en la oscuridad, como loca, imaginándote jugando con Jérô en el agua. Yo estoy en la parte baja con Kolia, tratando de enseñarle a flotar. Entonces, Jérô viene conmigo, buscando refugio, porque tú quieres atraparlo. Te llama «papá» y casi me da más alegría que escucharlo decirme «mamá». No sé por qué.

Al-Saud la apretó al tiempo que clamaba en su interior: «¿Por qué, Dios mío? ¿Por qué le quitas a Jérôme, ¡a Matilde!, que sólo vino a este mundo para hacer el bien? ¿Qué quieres que haga para devolvérselo?».

—Se me ocurrió que si sueño con él, si lo hago parte de mis deseos más grandes, entonces lo voy a traer de regreso a mí. ¿Crees en el poder del amor? —Al-Saud, imposibilitado de articular, asintió—. Nuestro amor lo traerá de regreso. Quiérelo, Eliah. Ámalo para que él lo sienta y no se rinda.

Al-Saud transformó la energía del llanto en un beso arrollador, en el cual el gusto salobre de las lágrimas de ambos se disolvió en sus lenguas, se mezcló con las salivas, se secó con los suspiros.

—Tú me enseñaste a amar, Matilde. Sabía que si aceptabas a Kolia y lo amabas, yo lo amaría también. Aprendí a amar a Jérô en Rutshuru porque el amor que tú le tenías era tan grande que contagiaba. Era imposible resistirse a quererlo. —Inspiró profundamente antes de manifestar—: Te prometo que cuando estemos juntos los cuatro nos vamos a meter en la piscina de casa y jugaremos, y nos reiremos, y todo este dolor quedará en el pasado.

—Entonces voy a decir lo mismo que Édith Piaf: *Je me fous du passé*.

Al-Saud rio con el llanto atascado en la garganta, un sonido afectado y conmovido, no sólo por la ocurrencia de Matilde sino por el fervor con que lo había expresado, una pasión violenta tan impropia en ella, tan ajena a sus facciones de hada, que lo impactó.

—Sí, mi amor, sí, el pasado va a importarnos un comino, ya verás.

Matilde volvió a observar la fotografía en la pantalla, la de Eliah con Kolia en brazos, los dos con aspecto severo, muy erguidos y la vista clavada en el objetivo de la cámara. Un impulso la llevó a arrastrar los dedos por la carita de Kolia.

—Mi chiquito —musitó—. ¿Cómo pudiste dudar de que era tuyo? Es tan fácil ver el parecido. Hasta en la seriedad se te parece.

—Él es más simpático. Se ríe todo el tiempo.

El almuerzo en compañía de Shiloah y de Juana resultó sanador. Los gestos más austeros y los ánimos más decaídos habrían sucumbido a la alegría eterna de Shiloah Moses y a las ironías y los chistes de Juana. Comieron en un restaurante del barrio Givat Ram de Jerusalén, donde se hallaba el edificio del *Knesset* y la Universidad Hebrea.

—Pasaremos las fiestas en Córdoba —explicó Juana—. Cuando regrese, comenzaré a prepararme para presentarme a convalidar el título. E intentaré entrar en el Hospital Hadassah, aquí, en Jerusalén.

—¿Tienes que presentarlo en hebreo? —se preocupó Matilde.

—¡No, por favor! Lo único que sé decir en hebreo es «*shalom*», «*Rosh Hashaná*» y «*Yom Kipur*» ¡y ni siquiera sé qué significan! —Shiloah la atrajo hacia él y la besó en medio de carcajadas—. Por suerte, estos israelíes son conscientes del idioma horroroso que tienen y me permiten que lo haga en inglés. Ahora bien, tengo que comprometerme a tomar clases de hebreo si consigo una posición en el Hadassah.

Matilde observaba a Juana, cuya plenitud y felicidad exultaban, y sonreía de manera inconsciente. Ni siquiera necesitaba preguntarle si extrañaba a su familia o a su país. Arrastró la mano por la mesa y apretó la de su amiga. Se miraron y enseguida sus ojos se volvieron acuosos.

—Estoy tan feliz por ti, Juani.

—Y yo por ti, amiga mía.

—Juana —la llamó Al-Saud—, cuando estés en Córdoba, ¿podrías hacernos un favor?

—Por supuesto, papito. ¿Qué necesitas?

—Que tramites una copia del acta de nacimiento de Matilde. —Tras una pausa, agregó—: Para iniciar los trámites de nuestra boda.

Juana lanzó un alarido y saltó de la silla para abrazar a Matilde y a Al-Saud. Shiloah se puso de pie para felicitar a su amigo y a su novia.

—¿Cuándo? ¿Cuándo se casan?

—El 5 de mayo —contestó Matilde—. Vayan agendándolo.

—¡No me lo perdería por nada del mundo! —aseguró Juana, y, al atisbar el ceño de Shiloah, se volvió para exigirle—: ¡No pongas esa cara larga! Shiloah —reveló a sus amigos— quiere que nos casemos cuanto antes, y yo no.

—Tendrás que hacerlo tarde o temprano —se quejó el israelí— o los de Migraciones te meterán en una caja y te enviarán de regreso con tu abuelo sirio y yo no moveré un dedo para salvarte. Además, si quieres trabajar en el Hadassah...

—Está bien, está bien —claudicó Juana, y lo besó en la mejilla—, nos casaremos, pero en la Argentina y más adelante. Todavía quiero ser libre —manifestó, con ademanes y gestos histriónicos.

Salieron del restaurante, y Matilde tomó del brazo a su amiga.

—Es paradójico que tú y yo terminemos siempre en la misma —expresó Juana—. ¿Te diste cuenta de que, al igual que tú, nunca tendré hijos? Tú, por culpa del puto cáncer. Yo, por culpa de la puta porfiria de los Moses.

—Siempre terminas copiándome, Juana Folicuré —bromeó Matilde.

—Sí, pero ésta me salió bien, no como la vez que me teñí de rubio. ¡Por favor! Parecía una prostituta barata.

—Juani, no tendré hijos de mis entrañas, pero lo tendré a Jérôme.

—Sí, amiga mía. Eliah lo va a encontrar, no dudes de eso.

—No lo dudo, Juani. Además, tengo que contarte algo —dijo, y se dispuso a referirle lo de Kolia.

Unos pasos detrás de ellas, caminaban Al-Saud y Moses. No apartaban la vista de sus mujeres mientras conversaban.

—¿Han decidido vivir en Jerusalén?

—Yo prefiero Tel Aviv, tú lo sabes, pero con mi actividad en el *Knesset* me resulta más cómodo quedarme aquí durante la semana. De todos modos, no puedo descuidar mis negocios en Tel Aviv. Soy de los que creen que el ojo del amo engorda el ganado. Lo más probable es que convenza a Juana de que consiga trabajo en un buen hospital de Tel Aviv, y yo viaje todos los días. Son apenas cincuenta kilómetros.

Al-Saud siguió avanzando con la vista en el suelo. «¡Quédate en Jerusalén y no vuelvas a Tel Aviv hasta que te lo diga!», le habría ordenado. Saddam Hussein jamás bombardearía una de las ciudades santas del Islam. En cambio, Tel Aviv era su blanco favorito. La impotencia lo abrumaba, no podía confiar a su amigo la verdad, había hecho un juramento de silencio; por otra parte, si insinuaba el peligro, Shiloah no descansaría hasta averiguarlo. «En pocos días viajarán a Córdoba y no volverán hasta principios de enero», calculó. «Después, a Shiloah le llevará un tiempo persuadir a Juana de que desista de entrar en el Hadassah, si es que lo logra. Quizás, en ese tiempo, yo haya sido capaz de descubrir el sitio donde centrifugan el uranio y construyen las bombas.» Se deprimió al reflexionar que ni siquiera en Jerusalén estarían a salvo; la onda radioactiva los alcanzaría igualmente.

—Hermano —habló Al-Saud—, tengo algo importante que decirte. —Él también le refirió lo de Kolia.

Después de esa caminata por las calles del Givat Ram, regresaron al estacionamiento.

—Dime, Matilde —quiso saber Moses—, ¿te ha gustado Jerusalén?

Al-Saud amó que se sonrojara antes de admitir que no la conocía.

—¡Dos veces en Jerusalén y este desgraciado no te ha llevado a conocerla!

Después de lanzar un vistazo entre risueño y reprobatorio a su amigo, Shiloah se dispuso a enmendar el error que significaba que Matilde no conociera nada de una de las ciudades más viejas del mundo, excepto la suite presidencial del Hotel Rey David. Como no había mucho tiempo —alrededor de las cuatro y media debían ponerse en camino hacia Erez—, Shiloah los condujo a la Ciudad Antigua para mostrar a Matilde y a Juana, en honor de la religión que profesaban –Juana aclaró que ella no profesaba ninguna religión–, la Iglesia del Santo Sepulcro. A pesar de ser judío, Moses conocía al dedillo la historia del templo construido sobre el sitio que se considera la tumba de Cristo, y Matilde aprendió más de la historia del cristianismo que durante los años junto a su abuela y en los Capuchinos. Aunque quedaba poco tiempo, Shiloah insistió en visitar el lugar más sagrado para los judíos, el Muro de los Lamentos. Matilde se detuvo frente al último vestigio del Templo de Jerusalén con ánimo incrédulo; no obstante, al elevar la vista y estudiar esas piedras milenarias, por cuyos resquicios se abría la vida en forma de hierbajos, una energía la tomó por asalto, le cortó la respiración y le borró la sonrisa. Apretó la mano de Eliah y, durante largos minutos, como en trance, con la vista inmóvil, repitió el nombre de Jérôme. La hipnotizaban el murmullo de las oraciones de los judíos ortodoxos y sus balanceos constantes.

Al-Saud la observaba de soslayo y le sostenía la mano. Le entregó su pluma Mont Blanc y una de sus tarjetas personales al verla hurgar en la *shika*; sabía que planeaba dejar una plegaria. Matilde utilizó la libreta de direcciones para apoyar la tarjeta y escribir en el dorso; lo ocupó por completo. Se la mostró a Eliah antes de introducirla en una grieta. «*Mi Señor, permítenos hallar a nuestro Jérôme con vida y concédenos a Eliah y a mí la gracia de envejecer juntos y de ver a nuestros hijos, Kolia y Jérôme, hacerse hombres de bien. Matilde Martínez.*» Regresó a los brazos de Al-Saud luego de deslizar el pedido entre las piedras.

–Voy a ir a Gaza contigo. –La luz con que refulgió el semblante de Matilde y que le confirió una luminiscencia alabastrina, le agitó el corazón–. Volveré el lunes por la tarde.

Si bien lo urgía viajar a Londres para iniciar el adiestramiento antes de la infiltración, la acompañaría a Gaza y pasaría otra noche a su lado, tal vez la última. No se había atrevido a decirle que se iría, que no la vería por semanas, tal vez por meses, quizá nunca más. La separación estaba tornándose imposible.

Esa noche del sábado, Matilde no regresó al departamento de Manos Que Curan en la calle Omar Al-Mukhtar sino que se instaló en el Hotel Al Deira de la ciudad de Gaza, uno de los tantos construidos desde el 94 con fondos provenientes de la Unión Europea sobre la Avenida Al-Rasheed, la que bordea el Mar Mediterráneo. La elección del hotel no era al azar. Yasser Arafat, de visita en la Franja, se alojaba allí, y Al-Saud planeaba un encuentro al día siguiente para advertirle que dejaría en manos de sus hombres el entrenamiento de Fuerza 17. Una de las condiciones impuestas por la Autoridad Nacional Palestina había sido la participación directa de Al-Saud; al *rais* no le gustaría su deserción.

Cenaron en casa de Sabir Al-Muzara junto con varios comensales. Matilde estaba habituada a la pequeña multitud que rondaba al Silencioso. Dejó a Eliah en la sala con Amina, empeñada en desfilar para él la ropa que le había enviado de regalo para su cumpleaños, y marchó hacia la cocina con la periodista israelí Ariela Hakim. Sabir, que botaneaba unos tomates, les pidió que prepararan la ensalada de berenjenas y que llenaran los botes con *hummus*, un puré de garbanzos sazonado con ajo, y con *laban*, un yogur agrio con que los árabes acompañan la mayoría de los platos.

La conversación derivó en los palestinos que eran israelíes, y Ariela aseguró que se les confería el trato de ciudadanos de cuarta, por ejemplo, se les prohibía cumplir con el servicio militar, condición que los marginaba hasta para conseguir créditos hipotecarios.

—En Israel, si no has sido soldado, muchas puertas se te cierran, sobre todo laborales. A veces, no puedes alquilar un departamento porque no has sido soldado.

—¿No es lógico que se les impida hacerlo? —preguntó Matilde—. Después de todo, tendrían que combatir con los de su propia raza.

—¡Por supuesto que es lógico! —acordó Ariela—. Lo que no es lógico es que, por no cumplir, se conviertan en parias. Mira, Matilde, a los estudiantes de la Yeshivá, es decir, los que estudian la teología judía, se los exime del servicio militar; no obstante, conservan todos los derechos como ciudadanos israelíes.

—¿Por qué estamos hablando de esto? —quiso saber el Silencioso.

—Porque a un amigo mío, árabe, de Beersheva, le denegaron un crédito hipotecario por no haber cumplido con el servicio militar. ¡Es de locos!

—¿En qué banco? —Ariela Hakim le dio el nombre—. Ahí trabaja un amigo mío. Es un alto ejecutivo de la casa matriz en Tel Aviv. Veré qué puedo hacer.

—¿Existe algún rincón de la tierra en el que no tengas amigos, Sabir? —bromeó Matilde.

—Bueno… —masculló, mientras aparentaba reflexionar—. No creo tener amigos entre los esquimales —aseguró, y le propinó a Matilde un ligero codazo en las costillas.

Los tres rompieron a reír. Eliah, que desde su posición en la sala seguía con ojos tempestuosos el diálogo, sintió celos. Sin prestar atención a lo que Amina le explicaba acerca de sus sandalias, se incorporó y entró en la cocina. El Silencioso le adivinó el talante apenas le echó un vistazo. Ariela y Matilde pasaron a su lado con las manos ocupadas de platos y boles y le sonrieron.

—Siéntate —lo invitó el Silencioso, mientras acomodaba el pan de pita en una canasta—. Quita esa cara. Si los celos mataran, ya estaría muerto.

Al-Saud adoptó una actitud tensa hasta que la mirada amable de su amigo lo sometió. Apoyó los antebrazos sobre el mantel, entrelazó los dedos e inclinó la cabeza.

—Perdóname, hermano. No sé qué me pasa con ella. No puedo controlarlo.

—Oh, no seas tan melodramático. Es lógico. Es tu mujer y estás loco por ella. La parte animal que tenemos nos domina.

—Es más que estar loco por ella, lo cual es cierto. Es mía, Sabir. ¿Lo entiendes? Es sólo mía. Es lo único que siento realmente mío en este mundo. Pero a veces...

Sabir habló sin mirarlo.

—Te gustaría saber que *tú* eres lo único que ella siente suyo en este mundo, ¿verdad? Que tú eres lo primero y lo último, ¿no es así? Su alfa y su omega.

La sabiduría de su amigo siempre lo pasmaba. Era tan joven y, sin embargo, poseía el talento de ver lo oculto, lo que revoloteaba en la mente y en el alma y que no se podía explicar. Sabir lo desmenuzaba y lo transformaba en frases sólidas, coherentes, que dilucidaban lo que, hasta un momento atrás, se presentaba como inextricable.

—Sí —admitió—. A veces ella me parece inalcanzable.

—Has sido tú el que la ha puesto allá arriba. Te castigas por lo de Samara, tal vez por algún otro demonio que tienes oculto y que yo no conozco. Como sea, te reprimes para no ser feliz. Te mientes, diciéndote que Matilde no te pertenece, haciéndola sentir mal por eso. Ella no es uno de tus aviones, Eliah. Ella te ama con locura y eso es todo lo que necesitas saber para estar tranquilo. —Lo miró de reojo y sonrió—. Te conozco, hermano. Si por ti fuera, la encerrarías en una torre para no compartirla con nadie. Pero terminarías por matarla. Matilde es un ser que se da libremente, con una confianza admirable.

—Es esa confianza la que me vuelve loco de preocupación, Sabir. Para Matilde, todos somos santos hasta que se demuestre lo contrario.

—Amigo mío, estás considerándola una tonta y eso no es justo. Déjala ser, como ella te deja ser a ti, y vivan en la armonía que da la confianza. Por lo demás, encomiéndasela a Alá.

—Sabes que soy un incrédulo.

—No eres incrédulo, Eliah, sino que te crees todopoderoso. Pero siempre existe un momento en nuestras vidas en el que necesitamos a Dios, por muy invencibles que seamos.

Después de la cena, Al-Saud abandonó la reunión de hombres y se dirigió a la cocina, donde Matilde terminaba de secar los platos. Se detuvo detrás de ella, le apoyó con ligereza la pelvis en la espalda y le susurró:

—Vamos al hotel. No aguanto más.

Matilde volvió apenas la cara, y sus pestañas se elevaron con la lenta cadencia de un abanico de plumas antes de desvelarle los ojos ennegrecidos.

—Sí, vamos.

Entraron en la habitación trastabillando, enredados en un beso abrasador. Sería la última noche en mucho tiempo, y Al-Saud se había propuesto convertirla en un recuerdo memorable para Matilde. Cada uno se deshizo de su ropa con urgencia, como si les picara sobre el cuerpo, y volvieron a confundirse en un abrazo de pieles desnudas, cuyo roce intensificó las sensaciones, plagándoles las zonas erógenas con latidos, pulsaciones y cosquilleos.

Al-Saud la envolvía con los brazos, la recorría con las manos —la espalda, los glúteos, los pechos—, dibujaba caminos de saliva en el cuello que Matilde exponía al echar la cabeza hacia atrás, en el escote que se revelaba, en el valle de sus senos, en los pezones. Por una ventana abierta penetraba la brisa fría de la noche, que soplaba el *voile* de las cortinas y que arrastraba el rugido lejano de las olas que lamían la playa y que se mezclaba con las respiraciones afanosas de los amantes y con sus jadeos angustiosos. La luz del balcón bañaba los cuerpos con una luminosidad mortecina en la cual el cabello de Matilde adquiría un brillo opaco. Al-Saud se llenó la mano con un puñado de bucles y hundió la nariz para aspirar los restos de Paloma Picasso, el que le había traído de París y con el que ella se había perfumado esa mañana antes de que le hiciera el amor. Volvió a abrazarla, abrumado por la energía sexual que lo hacía sentir un titán en comparación con su Matilde, pequeña y desvalida. Matilde, por su parte, notaba la desesperación con que Eliah estaba amándola.

Sin detener el beso, Al-Saud tanteó hasta arrancar el cobertor de la cama, que terminó en el suelo. Se acostó de espaldas, y Matilde se ubicó a horcajadas sobre él. El contacto del pubis húmedo y caliente sobre la piel lo sacudió, y sus testículos se tensaron en un espasmo doloroso que lo obligó a arquearse y a gemir sin sonido. Matilde se inclinó y le apoyó los labios en la boca entreabierta para colmarse de su aliento.

—Quiero que me digas cuáles son tus preferencias —le pidió Eliah—, qué cosas te gustaría que te hiciera. Quiero que me lo digas, quiero conocer tus gustos, Matilde. Quiero darte tanto placer como el que tú me das a mí. —La vio dudar e insistió—: Por favor, háblame de tus fantasías.

Matilde le confesó al oído:

—Todo lo que me has hecho me ha dado placer, mi amor, pero lo que más me gusta es cuando usas la lengua para chuparme lo que sea, los pezones, el ombligo, el clítoris. ¿Sabes qué pienso? Que cuando pones tu lengua entre mis piernas, compartimos la intimidad más absoluta, más que cuando me penetras. Sólo la confianza infinita que te tengo me permite abrirme a ti de ese modo.

Matilde se alejó para mirarlo y quedó sobrecogida ante el espectáculo de sus ojos, que le recorrían el rostro, estudiándola a conciencia y con la misma ferocidad con que sus manos le masajeaban los glúteos. Su mutismo la excitaba, su expresión seria la mantenía en vilo.

—Pónte de rodillas a la altura de mi cabeza. —Aunque la avergonzaba, Matilde no se atrevió a contradecirlo y le obedeció—. Inclínate hacia delante y sujétate de la cabecera de la cama. Baja hasta poner tu vagina sobre mi cara. —Matilde dudó, y Al-Saud la obligó atrayéndola hacia él—. Me pongo duro con sólo tenerte en esta posición.

El aliento candente de Eliah le golpeó la vulva, y Matilde se estremeció. El primer lengüetazo la hizo gritar, y luego el otro, y otro más, hasta que las oleadas de placer desbarataron los últimos vestigios de vergüenza y cortaron los frenos de contención. No se reducía a la acción de la lengua; también contaban la posición, que implicaba una entrega absoluta; las manos de él, que trepaban desde atrás y le acariciaban los pezones; y el tesón que ponía en complacerla. Matilde recibía el placer que Al-Saud le prodigaba con espíritu libre, y ese gozo la hacía sentir invencible, amada y deseada. Las burbujas de excitación que le borboteaban en el cuerpo se mezclaban con las de una dicha que la hacía proferir gritos de placer, reír y pronunciar el nombre de él.

Tras los párpados celados de Al-Saud se proyectaba la imagen de ellos en esa postura, y la sangre le pulsaba en el glande. Matilde echaba la cabeza hacia atrás y con las puntas del cabello le acariciaba el mentón, el cuello y el inicio del pecho, y ese simple roce se convirtió en un estímulo que se esparció por sus terminaciones nerviosas sensibilizándole la piel como si estuviera en carne viva. El orgasmo de Matilde explotó y vibró en sus labios y en sus oídos, donde se prolongaron sus gemidos dolientes y profundos. La amó por su índole de fémina, por su pasión, por su confianza para dejarse guiar y por disfrutar.

El orgasmo la había alcanzado hasta el ombligo, la había sacudido y, cuando pensó que acababa, la lengua de Eliah la condujo a otro que sintió hasta en las plantas de los pies. Después de unos segundos de quietud con la frente apoyada en los antebrazos que descansaban sobre la cabecera de la cama, se movió con cuidado hacia atrás, se elevó sobre el pene palpitante de Al-Saud y, sin apartar la mirada, resbaló sobre él y lo enterró en su carne. Eliah soltó el aire de manera violenta y, al clavar los dedos en la cintura de Matilde, la lastimó sin darse cuenta. Matilde apoyó las manos sobre las de él, le indicó que las aflojara con una ligera presión y se inclinó para hablarle sobre los labios tensos.

—Acabamos de compartir la intimidad más plena y profunda que existe entre un hombre y una mujer. De ahora en adelante, cuando estemos con otras personas, te voy a mirar y voy a pensar: «Él es el único en este mundo al que le permito que me bese el alma».

Matilde lo sintió expandirse dentro de ella, y le afectó el cambio en la tonalidad de sus ojos, que se mimetizaron con la penumbra al adquirir una coloración oscura. Iba a incorporarse cuando Al-Saud volvió a pegarla a sus labios para hablarle en francés.

—Es que tú y yo somos uno solo. —Y le recordó la estrofa de *La vie en rose*–: *C'est elle pour moi, moi pour elle dans la vie. Tu le jures, Matilde? Pour ta vie?*

—*Oui, je le jure pour ma vie.*

Un rato después, agotados y saciados, compartían un silencio en el cual las respiraciones todavía se oían agitadas. Matilde se ubicó de lado, y Al-Saud se pegó a su espalda y la rodeó con el brazo derecho. Se dijo que había llegado el momento.

—Mañana al mediodía viajo a París.

—Vuelves el fin de semana, ¿verdad?

—No. —Algo en ese «no» la perturbó y se dio vuelta para verlo a la cara—. Mi amor —Al-Saud le apartó el cabello de la frente—, no podremos vernos en varias semanas. Acepté una misión en Brasil, en el Amazonas, que me llevará un tiempo. No será fácil estar comunicados. —¡Cómo odiaba mentirle y causarle dolor!

La opresión en el pecho de Matilde se expandió hasta tensarle el rostro y anegarle los ojos. La premonición se cumplía, la angustia que la había acompañado desde el martes encontraba su justificación. Él se iba.

—No me mientas, Eliah, dime la verdad. ¿Es una misión peligrosa?

—No. Sólo llevará tiempo, eso es todo.

—¿De qué se trata? ¿Puedes decírmelo?

—Un empresario nos contrató para que protejamos a sus ingenieros mientras montan una pastera de celulosa en el corazón de Mato Grosso.

—¿Por qué tienes que ir tú?

—No llores, te lo suplico.

—No lloro, no lloro —aseguró, y sonrió con labios inseguros, mientras Al-Saud le retiraba las lágrimas con el índice—. Perdóname. No me hagas caso, es que me ilusioné con que pasaríamos juntos nuestra primera Navidad.

Al-Saud cerró los ojos y pegó la frente a la de Matilde. Odiaba a Raemmers, a Bergman, a Roy Blahetter, a Saddam Hussein, a todos los que lo separaban de su tesoro.

—Ésta será la última misión de este tipo que tomaré a mi cargo, te lo prometo. Después de casados... —Matilde lo acalló colocándole el índice sobre los labios.

—No, Caballo de Fuego. No quiero que nuestro matrimonio se convierta en una jaula. Si en el futuro tienes que aceptar este tipo de trabajo, no quiero que lo rechaces por mí.

—No voy a rechazarlo por ti, sino por mí. ¿Piensas que es fácil dejarte?

Se abrazaron en silencio.

—¿Cuándo vas a volver?

—En dos meses.

«¡Dos meses!», bramó el alma de Matilde, atontada de miedo y de tristeza.

—Tal vez menos —le prometió, sin asidero, movido por el dolor que se evidenciaba en las facciones de ella—. Voy a llamarte siempre que pueda. Y a pensar en ti cada segundo del día. El tiempo vuela, mi amor, y, en dos meses, cuando estemos juntos de nuevo, empezaremos a planear nuestra boda.

—Sí —balbuceó.

—Te amo, Matilde, más que a mi vida, más que a nada. Te lo he dicho hasta el hartazgo, lo sé, pero no quiero que lo olvides. *Nunca* lo olvides. —Se miraron fijamente en la penumbra, y Matilde advirtió que el brillo con destellos esmeralda se debía a las lágrimas que no rodaban por las mejillas de Al-Saud—. Ya vuelvo. Voy a buscar algo.

Completamente desnudo, oscurecido en la noche, su cuerpo largo y flexible se deslizaba con la gracia de la cual él no era consciente y que lo envolvía en ese aire de altanería seductora. Al-Saud se pasó el dorso de las manos por los ojos antes de revolver la maleta. Regresó a la cama y le presentó un estuche de joyería. El símbolo de Cartier, las dos c enfrentadas y entrelazadas, estampadas en oro sobre el cuero rojo, refulgió; lo reconoció de las épocas de abundancia de los Martínez Olazábal, cuando su padre, para ganarse el perdón de su madre, la endulzaba con alhajas. Oprimió el pequeño botón y levantó la tapa. Al-Saud encendió la luz de la lámpara. Era un anillo de compromiso, un solitario, sencillo y soberbio a un tiempo.

—¿Te gusta?

Levantó los párpados y lo halló expectante, con la ilusión de un niño, y se ufanó al concluir que a pocas personas les mostraba ese lado vulnerable.

—Gracias —susurró, con voz quebrada—. Gracias. Gracias. Es hermosísimo.

—Te habría comprado uno más sofisticado, con un diamante de muchos más *carats*.

—No, no. Éste es perfecto. Es... impresionante y, a la vez, sencillo, como a mí me gusta. Hay armonía y equilibrio en su diseño. Pensaste en mí al comprarlo, en lo que me complace a mí, y por eso te amo, por ponerme siempre primera.

—Tú eres lo único para mí. Todo lo que tengo tiene sentido si estás tú, aun Kolia. —Al-Saud le retiró la cajita, sacó el anillo y se lo colocó en la mano izquierda—. Matilde —suspiró, y le depositó besos en la palma, en la yema de los dedos, en la línea de la vida—. Amor mío, amor de mi vida. —Elevó la mirada. Matilde sujetaba el aliento, atrapada en el campo magnético de él, en su poder sobre ella—. Para mí, somos marido y mujer. Para mí, eres mi esposa hasta que la...

—¡No lo digas! Por favor, no lo digas. Para mí, ni siquiera eso podrá separarnos.

—Ni siquiera eso —acordó él—. ¿Te queda bien? ¿El diámetro del anillo está bien?

—Está perfecto.

—No te lo quites —le pidió—. Nunca lo hagas. Que sepan que tienes dueño.

—Sólo para las cirugías. Después, siempre conmigo. Y tú, nunca te saques la Medalla Milagrosa.

—Jamás.

—Eliah, ya quiero que pasen los dos meses.

—Ya pasan, mi amor.

Matilde sonrió. Aunque se instaba a afrontar el mal trago con buena cara para no decepcionarlo, no se deshacía de la idea de que acababan de vivir una despedida.

11

El Cessna 560 Citation de la Spider International obtuvo el permiso del controlador de vuelo y aterrizó en el Aeropuerto Oliver Reginald Tambo, de Johannesburgo. Era miércoles, 23 de diciembre, y Nigel Taylor meditó que, si bien sólo habían transcurrido ocho días desde la despedida de Angelie, a él le parecía un año. Había llegado rabioso a Londres después del beso que le había arrancado en el pasillo del hospital, y se había dedicado al trabajo y a poner orden en su vida inmerso en un huracán. Descargaba la frustración con su secretaria, sus empleados, sus asociados, aun con sus clientes.

—¡Jenny! —vociferaba por el intercomunicador, y cuando la mujer aparecía, él se quedaba mirándola porque esperaba que le contara que había hablado con Angelie, algo que no sucedió en los ocho días de separación y que él, ¡él!, no se atrevió a ordenarle que hiciera.

De noche, recostado en la *chaise longue*, solo, porque rechazaba las invitaciones que le llegaban, y mientras saboreaba los tragos ardientes del Lagavulin, se preguntaba por el origen de la rabia. A veces se asustaba imaginándose que cerraba las manos en torno al cuello delgado de Angelie y que lo apretaba hasta sacarle a la fuerza la promesa de que se casaría con él. ¿Por qué lo rechazaba? ¿Su condición de religiosa estaría arraigada en ella más de lo que él creía? No, el beso lo desmentía, ella había respondido con inexperiencia, pero con pasión de mujer.

Descendió por la escalerilla del Cessna y se mostró impaciente con los funcionarios del aeropuerto que le exigieron el pasaporte y la papeleta. Quería llegar al Chris Hani Baragwanath, quería verla. Media hora más tarde, delante de la puerta de la habitación de Kabú, respiró hondo y cerró los ojos en un intento por serenarse. Unas risitas se filtraron por los resquicios, por el ojo de la cerradura, traspasaron la madera, y lo hicieron sonreír por primera vez en mucho tiempo. Apoyó la oreja y escuchó sin comprender a Kabú y a Angelie. ¡Qué bien se llevaban! Ella lo cuidaba con la devoción de una madre, y él la buscaba con la necesidad de un hijo. Los quería a los dos, Kabú y Angelie formaban parte del mismo sueño de felicidad y paz.

Kabú percibió el sobresalto de Angelie que coincidió con el golpeteo en la puerta. La religiosa rompió el abrazo, se puso de pie, se alisó la camisa y se acomodó el cabello.

—Ve a abrir, tesoro. De seguro es el doctor van Helger que viene a despedirse.

—No —la contradijo Kabú—. Es Nigel.

Angelie sonrió, nerviosa, y se alejó para simular que se ocupaba de las maletas.

—¡Hola, Nigel!

Nigel no habló, y Angelie percibió su emoción como si se tratara de una experiencia propia. Supo que levantaba en brazos a Kabú y que lo besaba varias veces. La risita del niño transportaba también la felicidad del hombre. Permaneció de espaldas, aturdida, avergonzada, sonrojada hasta la raíz del cabello. Oyó el rechinar de sus zapatos sobre el linóleo y olió su perfume, que la envolvió desde atrás como un manto. Avanzaba en dirección a ella, no tenía escapatoria; se instó a erguirse y a girar para enfrentarlo. Le habría gustado salir corriendo y que no viera que tenía las mejillas coloradas, segura de que la afeaban.

—Hola, Angelie.

—Hola, Nigel.

Sonreía con suficiencia y la horadaba con la mirada de ojos azules. La cicatriz del lado izquierdo se había desinflamado bastante, y la belleza de su rostro sajón estaba intacta desde su punto de vista. No apartó la mirada mientras le habló a Kabú.

—En la bolsa hay regalos para las enfermeras. Ve a llevárselos, Kabú. Jenny le puso nombres a los paquetes.

Lo depositó en el suelo, y el niño se hizo con la bolsa antes de abandonar la habitación. Angelie forzó una sonrisa.

—Eso ha sido muy consid…

Taylor salvó la corta distancia que los separaba, la aferró por la nuca y la cintura y la besó en la boca. Los dos conservaron una posición rígida. Angelie apretaba los ojos y Nigel la miraba a través de una niebla de rabia y deseo, hasta que empezó a mover los labios, a relajarlos y a ablandarlos. La oyó gimotear, no sabía si a causa del miedo o de la excitación. La mantenía apretada con violencia, a sabiendas de que le hacía daño. Angelie separó los dientes para hablar, y él aprovechó para invadirla con una lengua tan demandante y agresiva como su abrazo. La caricia fue despojándose de la furia, y la mordacidad se convirtió en una pasión igualmente vigorosa. Volvía a sentirse pleno y feliz gracias a ella, por estar junto a ella, dentro de ella. Al cabo, la soltó, y Angelie trastabilló hacia atrás.

–¿Por qué me haces esto? –se enfureció, y Taylor pensó que nunca la había visto tan enojada y tan espléndida, con la boca brillante de saliva (lo envaneció que no se la limpiara) y los ojos oscuros convertidos en pozos de fuego–. ¿Por qué me besas así, sin preguntarme, como si yo no contara? ¿Por qué me tomas por asalto como si fuera una cualquiera?

–Porque si te preguntara –habló él, simulando impavidez–, no me dejarías hacerlo. Y muero por hacerlo. No he pensado en otra cosa en estos ocho días.

«¿Acaso no te viste con Daphne van Nuart en este tiempo lejos de mí?»

–Y tú, Angelie, ¿has pensado en mí?

–Por supuesto que he pensado en ti. No te rías, no te atrevas a burlarte.

–Mi amor –Taylor intentó aferrarle los brazos, pero ella se evadió–, no estoy burlándome. Tu sinceridad me conmueve. Otra en tu lugar habría dicho que no, que no había pensado en mí.

–Oh, bueno, tal vez debería seguir el ejemplo de esas otras que tanto te gustan.

La ironía resultaba tan impropia en Angelie que se quedó estupefacto y volvió a preguntarse qué había detrás de su rechazo.

–Ninguna me gusta excepto tú –dijo, al cabo.

–¡Ja! –exclamó la religiosa, y Nigel levantó las cejas, confundido y azorado.

Kabú irrumpió en la habitación y acabó con el intercambio.

Un *statu quo* tenso y frágil definía la situación en el Congo desde hacía un par de meses. Cada facción controlaba un sector del país, y con eso parecían conformarse. Por ejemplo, el ejército de Uganda se había apoderado de la región norte, mientras que el de Ruanda imperaba en el este; el gobierno congoleño conservaba la soberanía en el sector occidental y en el sur. Reacios a exponer sus ejércitos y el armamento en batallas innecesarias, los comandantes, en un acuerdo tácito, se abstenían de iniciar ataques. Los jefes de las milicias rebeldes eran harina de otro costal y, si bien cada uno mantenía alianzas con un país, en general actuaban con libertad. Eran ellos los que generaban el caos, la anarquía y dejaban una estela de muerte y de vidas destrozadas tras su paso por las aldeas.

El Cessna 560 Citation obtuvo permiso para aterrizar en el aeropuerto de la ciudad de Goma, la capital de la Provincia Kivu Norte, porque estaba bajo el dominio del Congreso Nacional para la Defensa del Pueblo, el grupo militar rebelde del general Laurent Nkunda, uno de los clientes de la Spider International. Incluso el general tuvo la deferencia de enviar a Osbele para que los recogiera.

—¡Señor Taylor! —se alegró el enfermero—. ¡Qué alegría verlo, señor! Y tan repuesto.

—¿Cómo estás, Osbele? Gracias por venir a buscarme.

—El general está ansioso por verlo.

—Antes iremos a la Misión San Carlos —dijo, y señaló a Angelie y a Kabú, que se mantenían detrás de él—. Ayúdalos con sus maletas.

En la misión, aguardaban con expectativa la llegada de *sœur* Angelie y de Kabú. Pese a la guerra que soportaban desde agosto, ese día los ánimos se encontraban exaltados, tanto el de los niños como el de los adultos, que corrían de un lado a otro disponiendo los tablones y los caballetes, extendiendo los manteles, acomodando las sillas, atizando el fuego donde se cocinaban el pescado y las verduras en hojas de plátano, manjar que venían reservando para la fiesta de bienvenida.

Desde la explanada de la capilla, Amélie paseaba la mirada por el predio de la misión controlando que nada quedara para último momento, sobre todo la colocación de las antorchas que los alumbrarían una vez que la noche cayera sobre ellos de manera súbita, como ocurre cerca del ecuador. Desde el comienzo de la guerra, la Guerra del Coltán, como ella la denominaba con ironía, la población de la misión había aumentado considerablemente. A veces tenía la impresión de que se había convertido en un campo de refugiados. La comida escaseaba, los medicamentos habían desaparecido, al igual que los médicos, desde que Manos Que Curan había decidido abandonar el país. No los culpaba, la región oriental del Congo era considerada por las Naciones Unidas entre las más peligrosas del mundo. Su prima Matilde daba testimonio de ello.

Al pensar en Matilde, irremediablemente pensó en Jérôme, del cual nada sabían. Se angustió preguntándose cómo le explicaría a Kabú que su mejor amigo, por quien siempre preguntaba cuando hablaban por teléfono, había desaparecido casi cuatro meses atrás, devorado por la selva o por algún grupo rebelde. Su primo Eliah lo buscaba sin descanso, pero sin resultado.

¿Y cómo hallaría a la dulce y mansa Angelie? A lo largo de ese tiempo de distanciamiento de la misión, Amélie había advertido en las conversaciones telefónicas una sutil pero firme transformación en su querida amiga y compañera. No le cabía duda de que la vería llegar escoltada por el galante señor Nigel Taylor; se trataba de un pálpito gracias al cual se habría hecho de una buena suma de dinero en caso de poder apostar. Angelie no hablaba de otra cosa, del señor Taylor. El señor Taylor me dijo, el señor Taylor me contó, el señor Taylor es tan amable, el señor Taylor salió bien de la cirugía, el señor Taylor se ha ido. Este último comentario lo había expresado con voz triste.

El Jeep Rescue emergió entre la maleza que ocultaba el camino de entrada a la misión –una medida que Eliah le había sugerido para confundir a los rebeldes que merodeaban–, y la muchedumbre pareció encenderse y llenarse de chispas. Corrían tras el Jeep y alborotaban con las manos en alto. A Amélie le costó llegar hasta Kabú, al que Taylor sostenía en brazos y elevaba sobre el gentío.

–¡Tesoro, tesoro mío! –exclamó Amélie, y Nigel se inclinó para que la religiosa lo besara–. ¡Kabú, bienvenido!

–*Merci beaucoup, sœur Amélie.*

–¡Te hemos extrañado tanto! ¡Mira qué guapo has quedado! ¡Guapísimo!

Kabú se estremeció de dicha y se arrojó a los brazos de Amélie.

–Tesoro mío. ¡Qué valiente has sido, Kabú! Debió doler.

–Un poco –admitió–. ¿Dónde está Jérôme? No lo veo por ninguna parte.

Angelie, atosigada por las muestras de cariño de sus compañeras, las plantó con el saludo en la boca al oír la pregunta de Kabú. Tiempo atrás, Nigel le había contado acerca de la desaparición de Jérôme. Taylor la amó por estar atenta al niño, por escudarlo, por prepararse para contenerlo.

Amélie se inclinó hasta que los pies de Kabú tocaron el suelo. Le apoyó las manos en los hombros, lo miró a los ojos y le pidió:

–Kabú, tesoro, quiero que seas fuerte. No tengo una buena noticia para ti. –La mirada de ojos enormes, tiernos y confiados, pese a la violencia ejercida en él, la devastó, y siguió hablando con voz gangosa–: Jérôme no está en la misión.

–¿Se fue a vivir con Matilde y con Eliah?

–No, mi amor. Jérôme desapareció tiempo atrás. Suponemos que lo secuestraron los rebeldes.

–¿De verdad? –balbuceó, y se le arrasaron los ojos. Al asentimiento de la superiora, giró y buscó a alguien entre la gente.

A Angelie la sorprendió que se refugiara en los brazos de Nigel y no en los de ella. No experimentó celos, por el contrario, se sintió feliz al verlos amarse. Corrió a la capilla y, tras cruzar la entrada, cayó de rodillas y rompió a llorar.

◝ ❧ ◟

Era la primera vez que alguien lo buscaba para que lo consolara. Durante sus años de matrimonio, Mandy jamás se había refugiado en él; tal vez lo había hecho una vez, la noche en que, pasada de pastillas y de alcohol, le confesó su aventura con Al-Saud. No le proporcionó ningún desahogo; por el contrario, la abandonó para encontrarla muerta días más tarde. A Kabú no lo decepcionaría. Lo llevó en brazos hasta la casa de las religiosas, se sentó en el sofá de la sala y lo apretó y lo besó como nunca había hecho con un niño, ni siquiera con sus sobrinos. Lo gratificó el contacto, y se prometió que se convertiría en el padre de ese niño a como diera lugar.

—*My love* —lo llamó—, te prometo que lo encontraremos. Te lo juro, mi amor.

—Es mi mejor amigo, el único que tengo.

—Lo sé. Lo encontraremos y volverán a ser amigos.

—Yo quería que me viera sin quemaduras.

—¡Y te verá! No lo dudes.

Kabú quedó en manos de *sœur* Tabatha, que lo llevó al orfanato para cambiarlo antes de la cena, y Taylor salió a buscar a Angelie, a quien había visto evadirse hacia la capilla. La halló en la primera banca, de rodillas en el reclinatorio, la vista fija en el Cristo crucificado. Se notaba que había estado llorando. Se arrodilló junto a ella y le habló en murmullos.

—Me gustaría que me miraras como lo miras a Él.

—A ti te he mirado con mucha más devoción, te lo aseguro.

—Te amo, Angelie.

La religiosa siguió contemplando a Cristo. Al cabo, se decidió a preguntarle:

—¿Por qué me amas, Nigel? Yo no soy más que una simple misionera. No conozco el *glamour* del mundo, no sé lo que es vivir en la abundancia, no tengo roce para moverme en los círculos donde tú te mueves, no soy hermosa, ni siquiera linda, mi cuerpo es insulso.

—Eres hermosa y tu cuerpo es el de una mujer llena de pasión. Y estoy enamorado como un tonto de ti por ser sincera, por ser auténtica, por conocer en verdad el mundo y no uno de fantasía barata y vacía. Te amo, te deseo, quiero hacerte el amor.

—No puedo creer que estemos hablando de esto aquí, delante de Él.

—Según me dijiste una vez, mientras convalecía de mi segunda operación, Dios es amor. Él es misericordia pura. Amor puro. ¿Acaso no puede entender esto tan fuerte que sentimos el uno por el otro? ¡Somos sus criaturas después de todo!

Angelie se sentó y Taylor se ubicó a su lado.

—¿Cómo está Kabú?

—Más tranquilo.

Inclinó la cabeza y se miró las manos unidas en plegaria sobre las piernas, entre las cuales asomaba un pañuelo. En realidad, las apretaba para no acariciar a su amado señor Taylor.

—¡Cómo te amé en el momento en que te vi consolarlo! ¡Qué alegría me dio que te buscara a ti para que lo consolaras!

—¡Amor mío! —Cayó de rodillas y descansó la cabeza en el regazo de Angelie. Le aferró la cintura y hundió la cara en su falda de algodón para inspirar el aroma de su piel, el que le nacía entre las piernas. La oyó jadear, y un instante después percibió que le enredaba los dedos en el cabello rubio. Una corriente de placer que brotaba de las manos de Angelie, lo atravesó de la coronilla a los pies y le dejó latiendo el sexo. Se acordó de que, en sus últimos encuentros con mujeres, le había costado excitarse; todo lo aburría hasta el hartazgo. Ella, con sólo acariciarle el cuero cabelludo, le había provocado una erección que no experimentaba en años. Lo excitaba aún más que Angelie fuera ignorante en esas artes, ignorante de su poder sobre él.

—Me dejarás —la oyó murmurar—. Abandonaré todo por ti (la misión, que es mi hogar, a mis compañeras, que son mis hermanas, a mis niños, que son mis hijos) y me iré contigo porque te amo como ni siquiera lo amo a Él, que Dios me perdone y se apiade de mi alma. Luego, tú me dejarás. Y yo estaré perdida en el mundo, porque sólo conozco esto, sólo sé vivir de este modo, pero será tarde.

Nigel Taylor se incorporó y la contempló con una mueca entre atónita y atormentada.

—¿Eso es lo que piensas de mí? —Como Angelie se empecinaba en callar, Taylor elevó el tono de voz—: ¡Dime! ¿Eso es lo que piensas de mí? —La vio asentir, y le resultó increíble que ese gesto etéreo le causara una amargura tan profunda. Ella nunca mentía, lo que decía era lo que pensaba; se trataba de una rara cualidad en un ser humano, sin embargo, ella la poseía, y, si bien lo cautivaba, en ese momento habría preferido que fuera artera y que le mintiese. Se puso de pie y se alejó hacia el pasillo central—. Acabo de prometerle a Kabú que encontraré a Jérôme, ¡y que me lleve el diablo si no lo hago! —Angelie se agitó y se cubrió la boca—. Y a ti te prometo que serás mía cueste lo que cueste. Y cada día que amanezcas a mi lado, te arrepentirás de haberme lastimado por decirme que me crees una basura.

—Nigel…

Se marchó tan rápido que no le dio tiempo a articular la palabra «perdón».

—*Sœur* Amélie, ¿puedo hablar con usted?

—Por supuesto, señor Taylor. Vamos a sentarnos. La cena está casi lista. Llame a su amigo para que se nos una.

—No, no. Le agradezco, pero nos iremos enseguida. Está a punto de anochecer. ¿Me acompaña a la sala? Necesito que hablemos a solas.

—Por supuesto.

Amélie se sentó en su silla, la que nadie ocupaba excepto ella, y Taylor lo hizo en el sofá.

—Señor Taylor, antes de que usted hable, permítame agradecerle por todo…

—No, por favor, Amélie. ¿Puedo llamarte Amélie?

—Sí, claro.

—No me agradezcas nada. Me siento mal si lo haces.

—Sólo diré esto: que Dios te compense con paz y salud.

—Gracias. Quería hablar contigo para comunicarte que es mi intención adoptar a Kabú y casarme con Angelie.

—¡Bueno, no te andas con chiquitas!

—Lo sé, te toma por sorpresa. Me atrevo a esta sinceridad contigo porque sé que eres una mujer sabia y sensata.

—No te mentiré, Nigel. Lo que me dices no me toma del todo por sorpresa, aunque creí que el sentimiento era sólo de ella y no tuyo.

—¿Por qué? —la cuestionó, algo molesto—. ¿Por qué no me enamoraría de una mujer tan maravillosa como ella? Tú también me juzgas frívolo y estúpido, ¿verdad?

—Yo no juzgo a nadie, al menos intento no hacerlo siguiendo el consejo de Nuestro Señor Jesús. De todos modos, la sencillez en que vivimos es tan distinta de la opulencia en la que tú vives que pensé que su brillo te impediría ver el de mi querida Angelie.

—Pues lo vi, Amélie. Y estoy ciego de amor por ella.

—Quiero a todas mis hermanas en Cristo, pero por Angelie siento un amor muy profundo, como el que me inspiran mis hermanos de sangre. Pocos la conocen como yo. Ella no se deja ver porque su humildad es proverbial, pero su alma es de las más sabias y buenas que conozco.

—Lo sé.

—Ha sufrido muchísimo desde su nacimiento. ¿Sabías que la encontraron en un bote de basura en la calle?

—*Oh, God! Oh, for Christ's sake!*

—Calculan que tendría unos tres o cuatro días de nacida cuando la hallaron. Estaba morada de frío y con los latidos muy bajos. La acogieron las Hermanas de la Misericordia Divina. Se crió entre monjas. Una vida muy dura la del orfanato. Las monjas de aquella época eran severas. Entendían muchas cosas al revés. De todos modos, ésta es la única vida que conoce, y aquí, con nosotras, sus heridas han cicatrizado. Tú la asustas, Nigel. Me bastaron dos minutos para darme cuenta. Te ama, te venera, pero te teme con el mismo afán.

—Yo la adoro, Amélie. ¿Por qué no me contó acerca de su pasado? En el hospital pasábamos horas hablando.

—Piensa bien, Nigel: ¿Angelie te hablaba de ella o de nosotras y de los niños?

—Pues, ahora que lo mencionas, es verdad, nunca hablaba de ella. Hablaba de la misión, de Kabú, de ti, y me escuchaba hablar a mí… de mí. ¡Qué vanidoso me haces sentir! ¡He sido un soberbio!

—¡Oh, no! No te sientas mal. Así es Angelie. Tiene una cualidad que logra que la gente le confíe sus secretos más oscuros. Nunca condena, nunca emite juicio, simplemente escucha y comprende. Además, nunca la escucharás hablar sobre sus penas porque detesta causar tristeza, no le gusta abrumar a los demás con sus problemas. Ella aspira a ser una fuente de alegría para los que ama, así me lo dijo una vez.

—Ella *es* mi alegría. Creo que por eso me enamoré de Angelie, por su ternura, por el modo en que me miraba cuando le contaba mis cosas, como si se tratara del asunto más interesante de la historia dc la humanidad. Me hacía sentir único, importante. —Amélie rio ante el retrato sin retoques de Angelie—. La amo, Amélie, pero ella me rechaza. Me teme, sí, es verdad, acaba de decírmelo en la capilla. Teme dejarlas a ustedes por mí y que yo la abandone después. Teme no encajar en mi mundo de *glamour*. —Enfatizó con desprecio las palabras «mundo de *glamour*»—. ¡No lo haría! Sería imposible deshacerme de ella. Se ha convertido en parte medular de mi vida.

—Nigel, entiendo tu fervor. No creas que por ser monja estoy hecha de madera. De todos modos, te aconsejo ir con prudencia. Tus ansias podrían resultar halagadoras para cualquier otra, pero no para Angelie. Te propongo que vayas despacio. Deja que te conozca, que descubra tu nobleza, que te tome confianza.

—¿Podré venir a visitarla?

—Bueno, debes entender que me pones en una situación difícil. Me has convertido en la madre de una niña casadera. ¡Qué disparate! —rio—. Se supone que debería echarte a tiros. Pero sólo deseo la felicidad de Angelie. Serás bienvenido siempre y cuando vengas a vernos a todas y te comportes con el decoro que la situación exige. Será ella la que al final decidirá qué hacer. En fin, ya veo que voy a perder a mi hermana en Cristo más querida. Y a mi *enfant sorcier*.

—Como te dije, quiero adoptar a Kabú. Sé que la situación política es caótica, pero tengo contactos en Kinshasa y mucho dinero para corromper... Perdón. Quiero decir, el dinero será una ayuda para lograr mi objetivo. ¿Podrás apoyarme?

—Hablaré con mis amigos de la Asociación de Adopción Internacional del Congo a cambio de un favor.

—¡El que me pidas!

—Dile a tu general Nkunda que deje de hacerse el necio y le permita a los camiones de la Cruz Roja y de Manos Que Curan...

—¿Manos Que Curan no había abandonado su misión en el Congo oriental?

—Su personal médico fue evacuado, pero siguen suministrando comida, medicamentos, elementos desechables, cosas más que necesarias que no llegan a los hospitales por culpa de los rebeldes de Nkunda.

—Hablaré con él. Estoy seguro de que me oirá.

—Entonces, yo hablaré con mis amigos de la Asociación de Adopción. Nigel, una última pregunta.

—Dime.

—¿Qué hay con Matilde? Hasta hace pocos meses tu interés por ella era evidente.

—Matilde era parte de un plan de venganza que se volvió en mi contra. Una cuenta pendiente con Eliah Al-Saud que ya saldé de otro modo. Matilde y yo somos buenos amigos ahora.

—Me alegra saberlo. Nigel, te espero mañana para la misa de Nochebuena, a las veinte. La dirá el padre Bahala. Por supuesto, estás invitado a la cena que daremos después, algo muy sencillo; después de todo, éstos son tiempos de guerra. Ah, y podrás quedarte a pasar la noche, en la cabaña con los señores, si eso va bien contigo.

—Perfecto.

Al día siguiente, jueves 24 de diciembre, Taylor se entrevistó con el general Laurent Nkunda, a quien encontró de excelente humor; como cristiano confeso y más bien fanático, disfrutaba de los preparativos de la festividad del nacimiento de Cristo. Después de hablar de negocios —asesoramiento acerca del armamento, compra de municiones, fusiles y lanzagranadas, matices del adiestramiento de la tropa, cuestiones de la alimentación—, Taylor encaró el tema que más le interesaba: hallar al amigo de Kabú. Extendió en un abanico varias copias dc la fotografía de Jérôme que tiempo atrás Eliah Al-Saud le había hecho llegar a Jenny y ésta, a Nkunda.

—Sí, sí —afirmó Nkunda, y apoyó la contera de su bastón sobre el retrato del niño—, sin duda este muchachito es un digno hijo tutsi. Delgado como una vara y alto como una jirafa. Casi le llega a los hombros a esta religiosa.

—Quiero ofrecer dinero por algún dato cierto de su paradero.

—Admirado Nigel, su amigo, el señor de la mina del arroyo viejo, ofrece bastante dinero como para tentar a cualquiera en el Congo y no hemos obtenido nada bueno. Quinientos mil dólares no son poca cosa y, sin embargo, hasta ahora hemos dado con pura basura.

—Redoblaremos la recompensa —decidió Taylor—. Ofreceremos un millón de dólares, repartiremos estas fotografías, pegaremos pósteres en las aldeas y ciudades. ¡Alguien tiene que saber algo de él!

—Tengo espías por todas partes, usted lo sabe, Nigel. Ellos aseguran que no lo han visto jamás.

—Los rebeldes que atacaron la misión ese día eran *interahamwes*. Sé que tienen brigadas por doquier y que es difícil conocer sus movimientos. ¿Puede asegurarme que tiene espías en *todos* sus grupúsculos?

—No, eso no puedo asegurárselo —admitió Nkunda—, sobre todo —añadió, y el semblante oscuro y brillante se le crispó—, no puedo dar con ese demonio de Karme. Maldito engendro infernal. Antes siempre lo tenía vigilado y ubicado, pero descubrió a mi espía Patrice, el que nos previno el día del ataque a la misión. Lo torturó y lo arrojó en una de mis minas, para que lo encontrásemos mutilado y degollado. ¡Hijo de puta! Por supuesto, ya no se refugia donde solía hacerlo.

—¡Es imperativo encontrar el lugar adonde se ha trasladado Karme! Él lo tiene. No tengo dudas al respecto.

—No es tan fácil, querido Nigel. La selva es un laberinto creado por Nuestro Señor y, como tal, es perfecto para esconderse. Además, muchas otras cosas pudieron ocurrirle a este buen muchachito. Aterrorizado por la artillería, pudo haber huido a la selva, donde se perdió y terminó víctima de un animal. O simplemente murió de hambre y de sed.

–General, estoy seguro de que lo tiene Karme. El millón de dólares será suyo si logra averiguar la nueva posición de ese *interahamwe*. Sé que es un hombre de recursos, sé que tiene contactos por todas partes. Alguien estará dispuesto a ayudarlo a cambio de dinero.

Laurent Nkunda asintió con expresión ausente sin apartar la vista de los retratos de Jérôme que poblaban la mesa.

–Sí, con dinero baila el perro –acordó.

Nigel Taylor transcurrió el resto de la jornada hablando con sus empleados, los mercenarios ocupados en adiestrar a los soldados rebeldes –algunos no tenían siquiera catorce años– y en reforzar las tropas que realizaban los ataques al ejército congoleño cuando se atrevía a cruzar los bordes tácitamente establecidos. Por la tarde, analizó el inventario de armas y de municiones, y se reunió con los altos mandos del Congreso Nacional para la Defensa del Pueblo, con los cuales trabajó sobre los mapas de la región y trazó estrategias. Uno de ellos, el que Taylor consideraba el más lúcido, el comandante Bakare, le dio su opinión acerca de la posible ubicación del grupo de Karme.

–Si yo fuera Karme –dijo– y mi última ubicación conocida hubiera sido ésta –señaló en el mapa un punto–, sin duda me movería hacia acá, más cerca de los altos mandos, donde, por otra parte, tiene el río cerca para aprovisionarse de agua.

Taylor levantó la vista y la fijó en Nkunda, quien se quitó el habano de la boca y asintió con aire vencido.

–Está bien, está bien. Enviaré a un grupo de reconocimiento para que registre la zona que indica Bakare. De todos modos, insisto: es como buscar una aguja en un pajar.

Taylor dio por concluida la reunión y se marchó. Planeaba darse un baño aunque tuviera que servirse de esos cubículos de lata y dependiera de Osbele para que le arrojara agua subido a un banquito. Esa noche, quería oler bien para Angelie.

·: ✄ :·

Donatien Chuquet no solía darle importancia a las celebraciones de fin de año. Atravesaba la Navidad y el Año Nuevo sin el ánimo festivo de los demás. En esa oportunidad, a tantos kilómetros de sus hijos, en un país que estaba convirtiéndose en una trampa y atormentado por las dudas, la cercanía de las fiestas lo deprimió. Se lo comentó a Uday, quien decidió alegrarlo. En contra de la opinión de Fauzi Dahlan, que juzgaba las frecuentes visitas de Chuquet a Bagdad poco sensatas, el 24 de diciembre por la noche, Uday Hussein lo instaló en el Hotel Palestina, uno de los mejores de la ciudad, y le ordenó que se preparara porque alrededor de las ocho pasaría a buscarlo.

Se vistió con esmero y hasta se perfumó como una forma de ganarle al decaimiento. Había hablado por teléfono con sus hijos, que le preguntaron varias veces cuándo volvería. «Pronto, pronto», les mentía. Como faltaban diez minutos para las ocho, se asomó por una de las tantas ventanas de la suite ubicada en el decimosexto piso y contempló el cielo anochecido. Bajó la vista y admiró la rotonda iluminada y engalanada llamada Plaza Firdos, «paraíso» en árabe, y el edificio del Hotel Sheraton Ishtar. En la lejanía se advertía una negrura que correspondía al río Tigris, al cual, hasta una hora atrás, aún divisaba. Recordó el monumento fastuoso que había visto de camino al hotel, el de las manos que sostenían dos sables de cuarenta y tres metros cada uno, cuyas puntas se cruzaban, llamado *Las espadas de Qadisiyah*. El chofer de Uday le explicó que el «amo Saddam» lo había mandado construir para celebrar la victoria sobre Irán. Chuquet recordaba que de esa guerra no habían surgido vencedores; los analistas políticos aseguraban que se había tratado de un empate. Se abstuvo de comentárselo al empleado y siguió estudiando la arquitectura de Bagdad, cuyas joyas, que revelaban un pasado pujante, se deslucían en contraste con el estado calamitoso de las calles, las hordas de indigentes, los residuos que se acumulaban en las esquinas, las jaurías de perros hambrientos, las carretas con caballos y burros flacos cargadas de basura y otros espectáculos típicos de un país quebrado después de dos guerras.

Lo sobresaltó el timbre del teléfono. El conserje le avisó que lo esperaban en la recepción. Apenas se abrieron las puertas del ascensor, avistó a Uday a lo lejos, que, con una copa de whisky y un habano entre los labios, intentaba conquistar a una joven muy bonita. Se aproximó fingiendo alegría y forzó una sonrisa. El hijo del presidente lo saludó con algarabía y le dio un abrazo. Apenas se separaron, Chuquet supo que algo andaba mal.

–Tú no eres mi amigo Uday.

Giró de golpe al oír una risotada detrás de él y vio al verdadero Uday, sentado en un sillón, con un habano en la boca y un vaso de whisky en la mano. Se puso de pie y caminó hacia Chuquet, que le salió al encuentro.

–Donatien, por un momento creíste que era yo –declaró, satisfecho.

–Es muy parecido a ti.

–Te presento a mi doble, Latif Yahia. Quería probarlo contigo.

El muchacho, habiendo abandonado su rol de primogénito del presidente, se mostró sumiso, tímido. Chuquet sabía que lo movía el miedo, no sólo a Uday y a sus extravagancias, sino a la posición que ocupaba. Los miembros de la familia Hussein, en especial Uday, eran muy odiados y, en varias ocasiones, se habían convertido en el blanco de atentados.

Después de un desfile por fiestas privadas y discotecas, después de comer y de beber en exceso y de disparar a los cielos rasos con una pistola y el AK-47, Uday se encaprichó en mostrarle uno de los ocho palacios que su padre poseía en Bagdad, el de Al-Faw, también conocido como Palacio de Agua, por el inmenso lago artificial que lo rodea, donde a Saddam Hussein le gustaba pescar y cazar patos, y a sus hijos, esquiar.

Uday ocupaba una de las tantas residencias que lo circundaban, cuyo lujo era apenas una sombra de la fastuosidad y de la opulencia que Chuquet acababa de ver en la construcción principal, la cual, según su amigo, contaba con sesenta y dos habitaciones y veintinueve baños. Recordó las hordas de mendigos y reflexionó que una situación de tanta disparidad no se sostendría por mucho tiempo.

Uday se echó en un sillón y consultó la hora. Las cuatro de la mañana.

—¿Cómo lo estás pasando, Donatien? ¿Te has olvidado de que en tu país es Navidad y de que estás lejos de los tuyos?

—¡Claro! Nada como la hospitalidad de un árabe. Ustedes son anfitriones naturales y son famosos en el mundo por eso.

Hablaron de intrascendencias durante un rato mientras una sirvienta, de guardia toda la noche, abarrotaba la mesa con entremeses y bebidas. Como Uday, imprevisible y muy cambiante, seguía de buen humor y no estaba drogado, medio achispado sí, pero drogado no, Chuquet se atrevió a mencionarle su gran desvelo: el éxito de la misión.

—Uday, tú te has convertido en el único amigo que tengo en un país lejano y extraño. Has sido amable y generoso, y yo te debo fidelidad. —Con los meses había aprendido muchas cosas acerca de los Hussein; una se destacaba sobre las demás: valoraban la fidelidad de sus acólitos por sobre cualquier otra cualidad—. Por eso, seré sincero contigo. Ni El Profeta ni Halcón de Plata llevarán a buen término la misión. Son buenos pilotos, pero para este trabajo no se requiere un buen piloto sino uno genial. Tal vez El Profeta pueda llevar adelante la invasión a Arabia Saudí, pero definitivamente ninguno podrá violar el espacio aéreo israelí y lograr el objetivo.

—Y si ellos no logran cumplir con la misión, tú no verás un centavo del resto de los cuatro millones de dólares, ¿verdad?

—Verdad —asintió—, yo no veré un centavo y ustedes serán el hazmerreír del mundo. Los dos perdemos, y a mí, Uday, no me gusta perder. Además, a esta altura sabemos que están en graves aprietos para conseguir los aviones.

—¡Basta de tanto bla bla! Dime de una vez cuál es tu plan.

—Mi plan es utilizar al mejor piloto que conozco, el mejor que vio *L'Armée de l'Air*, para que se ocupe de lo de Israel. Con El Profeta nos bastará para atacar Arabia Saudí. Ese país no es problema, lo conozco de memoria. No olvides de que estuve en la base aérea de Al Ahsa desde que ustedes invadieron Kuwait hasta que nos retiramos de la zona bien avanzado el 91.

—¿Y quién es este *golden boy* de la aviación? —se interesó Uday.

—Su nombre es Eliah Al-Saud.

El hijo del presidente cobró sobriedad y se incorporó en el sillón.

—¿Al-Saud? ¿De los Al-Saud de Arabia Saudí?

—Sí.

—¡Mierda! ¿Así que es un buen piloto?

—¿Buen piloto? ¡Es un as de la aviación! Con él sí me atrevo a afirmar que pondría la bomba sobre Tel Aviv. ¡Y hasta tendría chance de salir con vida!

—Un saudí prestándonos un servicio como ése… Será un placer matarlo después, si subsiste. ¿Dónde está? ¿Dónde podemos encontrarlo?

—Ésa es la parte difícil. Pidió la baja hace años y volvió a la vida civil. Meses atrás leí un artículo sobre él en la revista *Paris Match*…

—Siempre deseé salir en la *Paris Match* —divagó Uday—, pero nunca se interesaron en entrevistarme.

—Después de que tu país se convierta en una potencia nuclear, no quedará revista en el mundo sin deseos de entrevistarte. Después de todo, eres quien ocupará el puesto de tu padre cuando él se retire. Como te decía, hace meses leí un artículo sobre él que aseguraba que se había convertido en mercenario. Su empresa se llama… ¡Ah, maldita sea, no lo recuerdo! Empezaba con eme. Merk… Merle…

—No te preocupes —lo interrumpió Uday—, pondré a la *Mukhabarat* tras su pista. Lo hallaremos más temprano que tarde. ¿Y qué hay con los aviones?

—Eliah Al-Saud nos los conseguirá.

∴ � ∴

Después de días de averiguaciones infructuosas acerca del tal Eliah Al-Saud, yerno de Mohamed Abú Yihad, Rauf Al-Abiyia decidió retornar a Bagdad. Entró en el despacho de Fauzi Dahlan y se detuvo en seco al ver que no estaba solo. El oso con cara de bulldog a quien llamaban Udo se ubicaba detrás de su asiento, como un mástil.

—Pasa, pasa, Rauf —lo invitó Dahlan, con el acento amistoso que había llegado a detestar después de que lo mandase torturar durante tres meses—. Siéntate. ¿Deseas tomar algo?

—No, gracias, Fauzi. Quisiera hablar contigo. A solas —aclaró, sin mirar al oso con cara de bulldog.

—Habla tranquilo, Rauf. Udo es mi sombra.

Al-Abiyia asintió y dijo:

—Me doy por vencido, Fauzi. Es imposible hallar a Mohamed. Donde sea que se haya escondido, es un lugar estupendo, porque te aseguro que he recorrido todos los sitios donde *yo* me habría ocultado y nada. No hay rastros de él, como si se lo hubiera tragado la tierra.

Dahlan se puso de pie y golpeó el escritorio, lo que sobresaltó a Al-Abiyia.

—¡No se lo ha tragado la tierra, Rauf! Sigue ahí fuera, con nuestro secreto que podría significarle millones si decidiera entregárselo a la CIA o al Mossad. Tienes que encontrarlo. —Una pistola de grueso calibre apareció en la mano de Dahlan, que descansó el cañón en la frente de Al-Abiyia—. Quiero a Mohamed Abú Yihad aquí antes de que el *rais* mande cortarme los huevos por su culpa.

—Está bien, está bien —balbuceó el Príncipe de Marbella, de pronto descompuesto de miedo—. Tengo una pista. Me la proveyó *madame* Gulemale. Dice que fue un tal Eliah Al-Saud quien lo sacó de su residencia, la que Gulemale tiene en el Congo oriental, y lo escondió.

Por el rabillo del ojo, Al-Abiyia advirtió una alteración sutil en la máscara de hierro del tal Udo, la cual no supo a qué adjudicar.

—¿De qué nos sirve ese dato? ¿Acaso conoces al tal Eliah Al-Saud? Su apellido ya me asusta. ¿Qué sabes de él? ¿Vive en Riad? ¿Dónde está ahora?

—Yo lo conozco.

Rauf Al-Abiyia no sofrenó a tiempo la exclamación que le nació ante el sonido desnaturalizado de la voz del oso. ¿Sería, en realidad, un robot? A sus años y con las cosas que llevaba vistas, había perdido la capacidad de sorprenderse, creía en cualquier cosa.

—¿Lo conoces, Udo? —se interesó Dahlan.

—Sí, muy bien.

—¿Sabes dónde encontrarlo? —Jürkens asintió—. Entonces, ¿qué estamos esperando? ¡Salgamos a buscarlo!

—No será fácil atraparlo —admitió Jürkens—. El tipo es una máquina de matar. Pertenecía a un grupo militar de élite, diestro en varias artes marciales, siempre va armado. Yo no podría acercarme a él a cien metros. Me reconocería –aseguró, pensando en los retratos hablados que, tiempo atrás, habían empapelado París, sin mencionar la oportunidad, fugaz, eso sí, con que había contado en el aeropuerto de Viena de echarle un vistazo cuando se quitó la máscara antigás–. Sé quién podría ayudarnos a dar con él, incluso a traerlo aquí.

–Habla –lo instó el iraquí, y Jürkens lanzó un vistazo avieso a Al-Abiyia–. Habla con confianza. Rauf ha demostrado su lealtad.

–Anuar Al-Muzara es su cuñado. Para él, sería más fácil tenderle una trampa. Al-Muzara, con gusto y por una buena suma de dinero, nos lo entregaría. –Udo Jürkens acababa de jugarse el pellejo. Si su jefe, Gérard Moses, se enteraba de que había sido él quien había puesto a los iraquíes tras la pista de Al-Saud, lo mataría con los venenos que el *rais* le regalaba y que él coleccionaba. A ese punto, la movida era necesaria, se alentó; jamás tendría a Ágata con Al-Saud en medio.

Fauzi Dahlan volvió a ocupar el asiento, apoyó los codos sobre el escritorio y unió las manos como en plegaria sobre los labios, mientras sometía la información a su examen. Al cabo, levantó la vista y la fijó en Al-Abiyia.

–¿Qué relación existe entre Eliah Al-Saud y Mohamed?

Al-Abiyia no quería pronunciar la palabra «yerno» porque enseguida saltaría a la luz el nombre de Matilde, y él la preservaría de esos animales tanto como fuera posible.

–No lo sé –mintió, y Udo Jürkens, que había sospechado que el Príncipe de Marbella conocía el vínculo que los unía, suspiró, aliviado. Si Ágata caía en manos del régimen de Bagdad, sería difícil salvarla.

–¿Aseguras que Anuar Al-Muzara nos lo entregaría por dinero?

–Sí, por dinero lo hará –confirmó Jürkens–. No le importará que el régimen de Bagdad sea suní, ni que su lealtad sea hacia los chiíes. Su grupo terrorista languidece sin los petrodólares de Qaddafi y está desesperado por comprar armas para dar un golpe que sacuda al mundo.

–Si tú conoces a Eliah Al-Saud, Udo –razonó Dahlan–, bien podrías ir a buscarlo por nada, para probar tu lealtad al *sayid rais*.

–Fauzi, si estoy encerrado en Bagdad, si te he pedido asilo, bien sabes que es porque mi cara es demasiado conocida en Europa, que es donde se encuentra Al-Saud.

–Te ofrecí una cirugía, como la que le hicimos a Rauf. Mira qué bien ha quedado. Estuvo paseándose por Europa y nadie lo reconoció.

Jürkens no se dignó a mirarlo, ni contestó a la sugerencia. Él no alteraría las facciones de su rostro; de lo contrario, Ágata no lo reconocería.

—Bien —se convenció Dahlan—, veo que sigues inamovible. ¿Cómo entraremos en contacto con Al-Muzara? Es sabido que no es fácil dar con él.

Como estaba seguro de que el palestino había abandonado el refugio en Chipre, Jürkens meditó que debería contactarlo a través de los columbogramas codificados que sólo Gérard Moses era capaz de redactar. Se puso nervioso. Planearía con detenimiento la excusa que le daría a su jefe para pedírselo. Moses era un genio, de una inteligencia prodigiosa, con un instinto muy desarrollado también, y, si bien últimamente la porfiria estaba afectándole las entendederas, como el científico era consciente de su deterioro, se mostraba más irascible y desconfiado. Se instó a no perder la calma. ¿Por qué Moses tendría que sospechar? El hecho de que el régimen de Bagdad planeara convocar a Al-Muzara no conduciría jamás a Moses a sospechar que la seguridad de Eliah Al-Saud estaba en juego. ¿Quién llevaría el columbograma a París? Miró de soslayo a Rauf Al-Abiyia. No había opción, tendría que ser el Príncipe de Marbella. Él, a París, no volvería, al menos no con ese rostro.

—Fauzi —dijo—, tengo que viajar a Base Cero.

—No has contestado a mi pregunta, Udo. ¿Cómo contactaremos a Anuar Al-Muzara?

—No será fácil. El tipo prescinde de la tecnología y se esconde muy bien. Me llevará un tiempo encontrarlo, pero lo haré. Confía en mí. El primer paso será ir a Base Cero. El segundo, viajar a París. —Movió la cabeza y fijó la vista en Al-Abiyia, que de inmediato bajó la cara—. Imagino que tu amigo podrá hacerse cargo de eso.

—Sí, él lo hará —contestó Dahlan.

~· ✵ ·~

Angelie Trouvée se daba cuenta de que esa noche una extraña disposición se apoderaba de ella, tal vez, meditó, como consecuencia de la copa de champaña que había bebido a las doce, una excentricidad en ese rincón del planeta y en esos tiempos de guerra, que, al igual que otros obsequios, había llegado de la mano de Nigel Taylor. A ella le había entregado una caja naranja que rezaba Hermès y que contenía un pañuelo de seda con carrozas estampadas y de un gran colorido —violeta, blanco, rosa, fucsia—, un festín de luces y tonos, el cual ella, como *sœur* Angelie, jamás se atrevería a anudar en torno a su cuello. Se trataba del artículo más costoso, suave y precioso que poseía, y lo atesoraría porque él lo había elegido para ella.

En ese momento, en que el festejo había terminado y que la misión dormía —Taylor compartía la cabaña con los señores acogidos—, comenzaba a serenarse y a observar ese cambio que se operaba en su disposición y que ella no tenía ganas ni intenciones de reprimir. En los años que llevaba como misionera en el África, nunca había abandonado el refugio de la casa para aventurarse en la noche, calificada como la peor enemiga dados los peligros que ocultaba —mosquitos, animales feroces, rebeldes—; no obstante, esa noche, Angelie deseaba salir, pasearse por el predio, ver las formas que adoptaba la vegetación en la oscuridad, sentarse en el sillón hamaca como solían hacer Joséphine y Alamán, y fantasear que, junto a ella, estaba Nigel. Se cubrió con la bata, se amarró el pañuelo Hermès al cuello y se pintó la boca con un lápiz labial que le había regalado Juana en Johannesburgo. Sonrió al recordar a la médica argentina, tan vivaz con su espíritu libre. «Para que lo uses cuando visites a Nigel», le había dicho con un descaro que acompañó con un guiño. Por supuesto, Angelie no lo había estrenado. Esa noche, se contempló en el pequeño espejo de su habitación y sonrió antes de pintarse por primera vez.

No había luces encendidas, no podían permitirse malgastar el combustible de los generadores. La oscuridad no la perturbó porque la luna creciente brillaba con una intensidad que semejaba la dicha que la impulsaba a saltar, dar giros y correr. Se desplazaba con ligereza, sintiéndose hermosa y sutil. Se sentó bajo el toldito del sillón hamaca que la protegía del sereno, inspiró la frescura del aire y cerró los ojos. Enseguida sus pensamientos se llenaron de la escena que había vivido con Taylor antes de que comenzase la misa, cuando el inglés se escurrió dentro de la casa principal y la acorraló en su habitación.

—¡Señor Taylor!

—¿Señor Taylor? —había repetido él, entre ofendido y risueño—. ¿Ya no soy más Nigel?

—Sí, claro que sí. Nigel, ¿qué haces aquí?

—Amélie me invitó a la misa y a la cena también. ¿Te molesta?

—¡En absoluto! Al contrario. Kabú está esperándote, muy ansioso.

—Ya estuve con él. Y ahora quiero estar contigo.

—Nigel, salgamos, por favor. Esto no es correcto. Sigo siendo una monja y ésta es la misión donde vivo.

—Lo sé. Sólo quería verte un momento a solas. ¿Has pensado en mí ayer y hoy?

—Sí —admitió, y Taylor esbozó una sonrisa que enseguida suprimió por temor a que ella la malinterpretara—. Pienso en ti de continuo desde hace muchos meses, desde el primer día en que te vi, el domingo 3 de mayo. –A Taylor lo surcó un escalofrío–. Te avisté de lejos –siguió contándole, sin mirarlo– y fui aproximándome. Cuando te quitaste los lentes, pensé: «Tiene el color de ojos más hermoso que he visto». Después, mientras conversabas con las chicas, reíste por un comentario de Amélie y me sucedió algo raro.

–¿Qué?

–Tu nuez de Adán –dijo, y señaló su propio cuello–, se agitó, subió, bajó, y eso me provocó un cosquilleo aquí –deslizó la mano a la boca del estómago–, una sensación que nunca había experimentado. Los seguí dentro de la casa y te observé desde la cocina mientras Edith intentaba sacarte dinero. –Taylor carcajeó, y se trató de una risa nasal y lenta–. Me ofrecí para acompañar a Kabú porque pensé que eso me daría la oportunidad para conversar contigo, para planear las cuestiones de la internación y lo demás; en cambio, acabé haciéndome muy amiga de Jenny. ¿Cómo está ella?

–¿Jenny? Bien, supongo –carraspeó–, nunca le pregunto. Ahora que lo recuerdo, ella me habló de ti y me dijo que eras encantadora.

–Tienes una gran secretaria, Nigel. Cuida cada detalle para hacerte quedar bien.

–Sigue contándome de ti. –Avanzó hacia Angelie y la vio retroceder y atrincherarse tras la cama, una cama pequeña, más pequeña que de una plaza.

–El domingo 30 de agosto llamé a la misión y Amélie me contó que Matilde y tú habían sido trasladados al Chris Hani Baragwanath, muy malheridos. Casi me desmayo junto al teléfono público. Averigüé en la recepción y me dijeron que estabas en la unidad de cuidados intensivos. La angustia por saberte en grave estado se mezclaba con la dicha por tenerte cerca y poder cuidarte.

–Nadie me ha cuidado con tanto amor y delicadeza como lo has hecho tú.

–¿Tu madre no lo hacía cuando eras niño y te enfermabas?

–Me cuidaba la niñera. Mi madre acompañaba a mi padre en sus viajes, estaba poco en casa. Además, yo pasaba la mayor parte del año internado, en el colegio.

Angelie aguzó los ojos que fijaba en Taylor y ladeó la cabeza en el intento por descubrir el sustrato oculto en la declaración. Un impulso se apoderó de Taylor, sobre el que no se detuvo a meditar. Rodeó la cama y la abrazó. Lo hizo con delicadeza, para no espantarla, y expelió el aire que sujetaba en los pulmones cuando Angelie descansó en su pecho y lo abrazó.

–¿Por qué me temes? –le preguntó, en un susurro vehemente.

—Porque eres distinto —contestó, muy entera, y rompió el abrazo—. Estás en las antípodas. Tu vida es opuesta a la mía.

—Sólo quiero ser feliz contigo.

—No lo lograrías. Yo no puedo darte lo que necesitas.

—¡Te necesito a ti! ¡Necesito la paz que me das, Angelie!

Angelie abrió el cajón superior del secreter y extrajo la revista que acarreaba desde Johannesburgo. La abrió en la página cuarenta y tres —la conocía de memoria— y se la entregó a Taylor.

—Ése eres tú, ése es tu mundo, ésa es la mujer que armoniza contigo, no yo.

—¡Por favor! —exclamó el inglés, muy nervioso. Angelie notó que la revista le temblaba en las manos—. ¡Ni me acuerdo del nombre de esa chica!

—Se llama Daphne van Nuart. La revista es de mayo de este año y dice que son novios.

—¡Novios! Lo único que me acuerdo de ella es que, cuando bebía mucho, lo cual hacía con frecuencia, soltaba risitas idiotas que me irritaban.

—Entonces, ¿por qué empezaste a ser su novio?

—Angelie, no nos hicimos novios. Salimos unas veces, sin compromiso.

—¿Por qué saliste unas veces si tanto te enojaba?

—Porque... Porque es deslumbrante —contestó, con la sinceridad que ella le había enseñado a valorar—. Después de un rato, el deslumbre se opacaba y me asqueaba.

—No digas eso, por favor. No digas que un ser humano te asquea.

—Lo siento —murmuró, cabizbajo, y depositó la revista sobre la cama.

—Vamos a la capilla. La misa está por comenzar.

Pasó a su lado, y Nigel la detuvo sujetándola por el brazo. Le rodeó el cuello con una mano y le acarició la nuca.

—¿Me temes porque piensas que seré inconstante en mis sentimientos, porque crees que te seré infiel con mujeres como ésa —sacudió la cabeza en dirección a la revista—, porque me cansaré de ti?

—Sí, te temo por todo eso, y también me temo a mí. Me pregunto: ¿cómo sería Angelie Trouvée en el papel de esposa de Nigel Taylor? ¿A qué se dedicaría? No sé hacer otra cosa que servir. Soy una misionera, Nigel. No sé si podré dejar de serlo.

—Dios me puso en tu camino porque tu misión ahora es salvarme, Angelie.

—Vamos —insistió, y él la dejó partir.

El sillón hamaca se mecía, y Angelie, con los ojos velados, sonreía ante la memoria del intercambio, pese a que, en verdad, no había nada de qué sonreír. Lastimar a Nigel con sus afirmaciones, por muy honestas que fueran, la perturbaba. Su dolor la alcanzó como una espada y se le clavó en el pecho causándole una puntada que le impidió disfrutar de la misa y de la cena. Se acentuó cuando Nigel le entregó el pañuelo Hermès y le rozó la mano con intención. Recién en ese momento, oculta en la noche, mecida por la hamaca, reconquistaba la serenidad, y sus pulsaciones se normalizaban.

—Un penique por tus pensamientos.

—¡Oh! ¡Nigel, me has dado un susto de muerte!

—Discúlpame. Te veías tan hermosa sonriendo y con los ojos cerrados que no quise delatar mi presencia. ¿En qué pensabas? En mí, seguro.

—Debes admitir que la humildad no cuenta entre tus virtudes.

Taylor rio sonoramente, y Angelie sacudió la mano indicándole que bajara la voz.

—¿Puedo sentarme? —Angelie asintió—. ¿No podías dormir? —La religiosa negó con la cabeza baja—. Yo tampoco. Esa cabaña es sofocante. Además, cada vez que cerraba los ojos, tú te me aparecías y me espantabas el sueño.

—Lo siento —dijo, risueña—. Aquí se está muy bien —declaró.

Apoyó las manos a los costados, sobre el cojín, estiró los brazos e infló el pecho para aspirar el aroma de la selva. Taylor arrastró los dedos hasta tocar los de Angelie, que giró la cara hacia el lado opuesto, pero no se apartó. Permanecieron algunos minutos en silencio, conscientes del punto donde sus energías se enredaban, embargados, sin saberlo, de una emoción similar, la de estar tranquilos y agitados a un tiempo. Angelie apenas movió la cabeza para susurrar:

—En doce días se cumplirá la fecha en que me corresponde renovar los votos perpetuos. Lo hacemos una vez al año.

—¿Los renovarás? —atinó a preguntar, aterrado.

—No. —Angelie percibió el apretón en la mano y entrelazó sus dedos con los de Nigel para infundirle paz; había percibido el pánico en su voz.

El miedo lo paralizó y no se atrevió a romper el mutismo para preguntarle lo que anhelaba saber. Le costaba respirar, no conseguía articular. Decidió esperar hasta recuperar el dominio sobre sus facultades. Guardó silencio y, al igual que Angelie, horadó la oscuridad en sentido contrario. La quietud de ella lo alcanzaba como un perfume, su serenidad lo impregnaba. Al cabo, reunió coraje y formuló la pregunta:

—¿Serás mía?

—No sé cómo ser mujer, Nigel.

Taylor volvió el rostro y se quedó contemplando el corte de su mandíbula y el perfil de su nariz a la luz de la luna.

—Angelie, *tú eres* una mujer. No lo sabes, pero sudas feminidad.

—Nunca nadie me enseñó a ser mujer. Tengo miedo de defraudarte.

—Me enamoré de ti porque sabías qué necesitaba sin tener que pedírtelo. Eso me pasmaba. No sé cómo hacías, pero si estaba incómodo, te acercabas, tan suave, y me acomodabas las almohadas. Y si tenía sed, me ponías el popote entre los labios. Y si me dolía la herida, llamabas a la enfermera y le exigías que aumentara el goteo del suero. Más de una vez te escuché ponerte firme cuando no querían hacerte caso. —Angelie lanzó una risita ahogada—. Nadie me había amado de esa forma tan silenciosa y ostensible al mismo tiempo. Cuando estaba casado con Mandy, que era más hermosa que Daphne van Nuart, te lo aseguro, lo único que quería de ella era que me cocinara, que me mimara, que me eligiera la ropa, que me comprara mi pan favorito, mi vino preferido. No te confundas, no quería que fuera mi sirvienta, en absoluto. Yo deseaba que se realizara como persona. Es sólo que... Creía que si ella se ocupaba de esos detalles, eso significaba que me amaba. No la juzgo; Mandy, simplemente, no sabía cómo hacerlo, y yo, por orgullo, nunca se lo pedí. Entonces, llegaste tú... Angelie, mi amor, tú me leías la mente y el corazón.

Angelie, que sonreía y se empeñaba en mantener la vista al suelo, le prometió:

—Te compraré tu vino favorito y el pan que te gusta si me dices cuáles son. Lo haré encantada, Nigel. Nada me dará mayor alegría que complacerte.

—*Sweetheart!* —exclamó Taylor, y la envolvió en sus brazos y la aplastó contra su torso—. Deseo tanto que seas mi mujer. Mi mujer para siempre.

—Nigel, ¿cómo siente una mujer?

Taylor la sostuvo como a una niña, la cabeza de Angelie sobre su corazón desbocado.

—Una mujer siente el amor de su hombre, y todo su cuerpo vibra y se regocija junto con su alma. Así siente una mujer.

—¿De verdad? Enséñame.

—Por ejemplo, si su hombre le hace esto —le acarició la boca y el cuello con los labios entreabiertos—, a la mujer se le eriza la piel y le cosquillea el estómago.

—Sí, es verdad —admitió Angelie, con los ojos cerrados y una entonación que evidenciaba su asombro.

—Y si le introduce la lengua cómo símbolo de posesión, la mujer suele gemir, como si le doliera, pero, en realidad, es porque la sensación es tan agradable que no puede reprimir el sonido que sale de su boca, como cuando comes una comida muy rica y haces «mmmm» y te relames los labios.

–¿A ver? Muéstrame.

Taylor la penetró con suavidad, y la amó por el modo inseguro en que separó los dientes. Ajustó las manos en la cintura de Angelie mientras profundizaba el beso, y la oyó jadear.

–¿Tengo razón?

–Sí –musitó, acezando.

–Y si el hombre quiere volverla loca de amor, entonces sus manos se vuelven desvergonzadas y la toca en las zonas más deliciosas y ocultas.

Angelie elevó las pestañas lentamente y descubrió la expresión inquisitiva de Taylor.

–Muéstrame.

La impresionó que la contemplara de ese modo antes de que sus labios se apoderaran de los de ella y sus manos se deslizaran bajo la bata, aun bajo el camisón, y la conocieran como nadie la había conocido. Tenía la impresión de que había botones secretos en su cuerpo, de los cuales ella ignoraba la existencia hasta ese momento en que Taylor, con una destreza pasmosa, los oprimía para poner en funcionamiento mecanismos que la dejaban sin aliento, que la zambullían en un remolino en el que estaba a punto de perder el juicio. Cerró las piernas de modo maquinal, como medio de defensa, cuando los dedos de Nigel le separaron los labios de la vulva.

–Déjame acariciarte ahí –le pidió, sin apartar la boca–. En ese sitio está el secreto. Es ése el sitio que quiero que sea mío para siempre, y sólo mío.

–Me da vergüenza.

–Lo sé. Vamos despacio.

Angelie aflojó la tensión de los músculos y separó lentamente las piernas, y su tímida entrega excitó a Taylor, que se tomó unos segundos para recuperar el control. La besó, le susurró que se relajara, que confiara en él, que le permitiera hacerla feliz, y en ningún momento, sus dedos detuvieron las caricias que se tornaron exigentes a medida que la respuesta de Angelie lo alentaba. La sentía vibrar, acceder a niveles más altos de placer, lo percibía en el modo en que sus dedos se le enterraban en la nuca y en el brazo, en la tensión de sus piernas, en su respiración fatigosa y superficial, en la demanda de sus labios, hasta que apartó la boca de la de ella para escucharla en el alivio. Nunca imaginó que gozaría tanto viéndola gozar por primera vez.

Angelie se dijo que sólo Dios contaba con la creatividad y la generosidad para regalarle al ser humano una sensación tan apabullantemente maravillosa. Todavía con los ojos cerrados, enterró la cara en la camisa de Taylor y le besó el pectoral. Él no retiraba la mano de entre sus piernas y ella no se atrevía a pedirle que no lo hiciera aún.

Taylor se inclinó y le habló al oído.

—¿Serás mi mujer?

—Lo seré si me prometes hacerme eso de vez en cuando.

El inglés rio por lo bajo, y en la risa se fusionaron la alegría, la ternura y el divertimento. No evocaba otros momentos en los que se hubiera divertido tanto como en compañía de la misionera católica.

—Te lo juro. Te lo haré todos los días, varias veces por día si quieres. Y tú, ¿me lo harás a mí?

—No sé cómo —admitió, y lo enfrentó con ojos anhelantes—. Quiero que me enseñes, Nigel. Quiero ser tu mujer.

Se abrazaron, y Taylor, que optó por no hablar ya que temía echarse a llorar, la abrazó, y la acunó, y la besó en la frente, en la nariz, en los párpados, en los labios, intentando comunicarle con gestos la devoción que le inspiraba.

—Gracias, Angelie —expresó al cabo—, gracias, mi amor, por tanta felicidad. —Angelie le pasaba la mano por la frente, le acariciaba la mejilla y lo miraba con una sonrisa beatífica—. Sé que estás asustada, que temes dejar todo esto, que es tu mundo, pero te prometo que no te arrepentirás de haberme aceptado. Voy a vivir para hacerte dichosa.

—Lo sé. Gracias por tantos regalos que me has hecho esta noche. —Rozó el pañuelo Hermès con la punta de los dedos—. Me lo puse y me pinté los labios pensando en ti.

—¿Y me dices que no sabes ser mujer? Eso es ser mujer.

—Gracias también por querer adoptar a Kabú. Ya no podría separarme de él. Lo quiero con nosotros.

—Te daré lo que me pidas. Antes me dijiste que te preguntabas qué harías en caso de convertirte en mi esposa. Acaba de ocurrírseme una idea. Constituiremos una fundación, del tenor que tú determines, y te dedicarás a hacer obras de caridad con mis millones. ¿Qué te parece?

—¿De veras? ¡Oh, Nigel! —Se incorporó en el sillón hamaca—. ¡Tengo tantas ideas! Y podremos trabajar de manera conjunta con Amélie. ¡Sí! ¡Es una idea maravillosa! ¡Gracias, Nigel!

—No me llames Nigel. Llámame «mi amor».

—Nigel, mi amor, amor mío, mi único y adorado amor. —Hundió los dedos en el cabello que le cubría la nuca y le apretó el cuero cabelludo con las yemas, al tiempo que lo aproximaba a su boca. El instinto le marcó que estaba haciéndolo bien, que eso lo complacía. Se besaron locamente, y ella, en su inexperiencia, cobró una gran seguridad, como si el dominio sobre un arte que no manejaba en absoluto le hubiera llegado como por ensalmo. Ignoraba de dónde salía lo que su lengua hacía con la de Nigel.

–¿Y ahora qué? –El aliento candente y veloz de Taylor le golpeó los labios húmedos–. ¿Qué tenemos que hacer para que salgas de la orden?

–Pediremos una dispensa al obispo de Kinshasa, le enviaremos una carta a la superiora en París, seguramente me dirán que lo reflexione, que no abandone la obra del Señor, que hable con mi confesor. En fin. He visto a otras pasar por esto.

–No te convencerán, ¿verdad? ¿No te apartarán de mí haciéndote sentir culpable y pecadora? ¡Angelie, no les permitas que nos separen!

La sorprendió la angustia que se apoderó de él, un hombre al que había visto afrontar tres cirugías con entereza y jamás quejarse ni lamentarse. Le acunó las mandíbulas y lo miró fijamente.

–Sólo Dios cuenta con el poder para apartarme de ti, y estoy segura de que Él está de nuestro lado. No temas, mi amor. Nada me alejará de ti. Nada. Te lo juro. Soy tuya para siempre.

Nigel Taylor se aflojó y pegó la frente en la de su mujer.

∿ ✇ ∿

Udo Jürkens estaba preocupado por Gérard Moses; no era el mismo desde el último ataque de porfiria. Por un lado, su inteligencia y conocimientos científicos parecían intactos. Seguía al frente del proyecto de las centrifugadoras y de la construcción de las bombas atómicas ultraligeras y se desenvolvía con la misma solidez de costumbre. Por el otro, se perdía en ocasiones, formulaba preguntas que desvelaban su confusión, caía en arrebatos de ira, lloraba después y se reía, todo en el lapso de diez minutos. Desde que se desempeñaba como hombre de confianza de su amigo Fauzi Dahlan, Udo pasaba la mayor parte del tiempo en Bagdad y visitaba poco Base Cero. Se preguntaba si su jefe estaría tomando la medicación, comiendo cada dos horas y durmiendo bien. Lo dudaba. El deterioro se evidenciaba en unas facciones enflaquecidas y de líneas profundas. Como hacía tiempo que no se teñía, el cabello se le había vuelto blanquecino, lo que le daba la apariencia de un viejo. Por un momento, Jürkens temió que fuera incapaz de recordar el lenguaje codificado que el mismo Moses había inventado en la adolescencia y a través del cual se comunicaba con Anuar Al-Muzara utilizando las palomas mensajeras. Al final, su mente pareció destrabarse y escribió lo que Udo le pidió. La docilidad del científico asombraba al berlinés, hasta que lo vio detener la pluma, girar apenas la cabeza y preguntarle con gesto suspicaz:

–¿Para qué quieres enviar este mensaje a Anuar?

–Fauzi quiere contactarlo.

—¿Para qué?

—No me lo ha dicho.

—¡No me mientas, Udo! ¿Crees que soy idiota? Dahlan y tú son carne y uña. Él te lo cuenta todo. Dime para qué convoca a Al-Muzara el régimen de Bagdad. De lo contrario, no escribiré el mensaje. Y a ver cómo se las arreglan para encontrarlo.

—Fauzi quiere encargarle que secuestre a una persona.

—¿Para qué?

—Para matarla. Es un antiguo proveedor de armas, que conoce el proyecto de la centrifugadora y que, se suponía, debía conseguir el uranio. No saben dónde está, nadie puede dar con él, se esfumó robándose varios millones del *rais*. Temen que haya vendido la información al Mossad o a la CIA. De ser así, todos corremos peligro. No quería decírselo, jefe, para no preocuparlo.

Jürkens tomó un gran porción de aire cuando Moses asintió, aparentemente conforme con la información, y siguió garabateando el mensaje encriptado. Lo recorrió un escalofrío al imaginar la reacción de su jefe en caso de enterarse de que Fauzi planeaba contratar a Al-Muzara para darle caza a Eliah Al-Saud.

12

«*Show time*», pensó Eliah Al-Saud, mientras estacionaba el destartalado Renault 11 al final del pórtico de la calle Al-Mutanabbi, en el centro de Bagdad. Se trataba de un área que suníes y chiíes compartían sin conflicto, se la consideraba la calle de los intelectuales, poblada de cafés, tabaquerías y, sobre todo, de librerías, en locales y de venta ambulante; estas últimas ocupaban las banquetas, incluso cubrían el asfalto, dejando un camino sinuoso para los viandantes; a veces, se avanzaba dando saltos entre las montañas de libros, pese a que, en los últimos años, el inventario había descendido drásticamente porque los vendedores temían que los agentes de la *Mukhabarat*, que se infiltraban entre el gentío y simulaban ser compradores, descubrieran los libros prohibidos. Otra costumbre de los vendedores ambulantes de libros usados era exponerlos sobre el cofre, el techo y la cajuela de sus automóviles, y ésa había sido la modalidad elegida por el equipo que había diseñado la emboscada que colocaría a Eliah Al-Saud en el camino de Kusay Hussein, segundo hijo de Saddam. Objetivo de la misión: ganarse la admiración y el agradecimiento de Kusay y convertirse en un hombre del entorno del futuro *rais* iraquí, porque, si bien no se hablaba abiertamente del tema, era sabido que Uday, gracias a sus excentricidades y actos de sadismo, había perdido el derecho al trono.

Hacía cuatro días que Al-Saud se presentaba en la feria y exponía sus libros para la venta. Los otros vendedores comenzaban a habituarse a su presencia, algunos se acercaban para conversar, no tanto con la intención de hacer buenas migas sino para dilucidar si se trataba de uno de ellos o de uno del servicio secreto del régimen baasista a la caza de disidentes. Le preguntaron si provenía del norte, dado su acento, a lo cual Al-Saud contestó que se había criado en una comunidad agrícola ubicada entre Mosul y las ruinas de Nínive, más cerca de ésta que de la importante ciudad de Mosul, lo cual le ganó el apodo de «el asirio», por haber sido Nínive la capital del imperio. Cada respuesta, cada palabra, cada gesto resultaban del adiestramiento minucioso y exigente al que lo habían sometido durante los vertiginosos quince días transcurridos en una mansión al sur de Inglaterra. Dos intelectuales iraquíes, rescatados por un grupo comando de una prisión al norte del país, construida en las estribaciones del Haji–Ibrahim, y cuyos cuerpos conservaban los estigmas de la tortura −uno cubría con un parche la cuenca vacía del ojo derecho, arrancado con una tenaza−, lo instruyeron en las características del país y de la cultura de los cuales fingiría haber formado parte desde su nacimiento, y lo apabullaron con aspectos tan variados y disímiles como las comidas y las bebidas de las distintas regiones y las cuestiones más intrincadas y complejas del partido Baas. Le hablaron de Saddam Hussein, de su personalidad, de sus gustos −a Eliah lo sorprendió enterarse de que el *rais* profesaba una predilección fanática por el film *El Padrino*, de Francis Ford Coppola, y por la trilogía de *La Guerra de las Galaxias*, de George Lucas−, de su familia, de su entorno, de sus fobias, de su desdichada infancia en Tikrit, de sus mujeres. También le hablaron del primogénito, al que calificaron de psicópata, y de Kusay, el cual, pese a un bajo perfil, se había ganado la confianza y el respeto del *rais* debido a su inteligencia y a su carácter mesurado y frío. Le confirmaron lo que Aldo Martínez Olazábal le había dicho meses atrás: Fauzi Dahlan era la mano derecha de Kusay, y le hablaron de él. Se empeñaron especialmente en enseñarle a distinguir los acentos del árabe iraquí y no ocultaron su asombro al comprobar que Al-Saud imitaba el de los montañeses a la perfección; quizás algunas sílabas, por ejemplo las que implicaban el sonido de una t y una r juntas, lo habrían delatado, por lo que trabajaron en perfeccionar su pronunciación. Eliah les explicó que lo había aprendido de su chofer, Medes, un iraquí de origen kurdo al cual había sacado de Irak mientras comandaba un grupo de *L'Agence* que intentaba descubrir la ubicación de una fábrica de fosgeno, un gas empleado en el desarrollo de armas químicas. El kurdo les había dicho dónde se hallaba la fábrica, ahorrándoles mucho trabajo. Se había tratado de un posición camuflada con la técnica de ingeniería rusa conocida como *maskirovka*, una planta productora de gases letales disimulada entre las cabañas de un pueblo de pastores sin pastores ni cabras, un pueblo fantasma en la soledad de las montañas, al que, cada tanto, arribaban camiones que partían cargados con barriles sellados. Gracias a las señas de Medes y con la ayuda de binoculares de largo alcance, el grupo identificó el edificio semienterrado donde se fabricaba el fosgeno, lo marcaron con un dispositivo infrarrojo y avisaron al portaaviones de la OTAN que navegaba por las aguas del Golfo Pérsico para que iniciara el ataque aéreo que, tres horas más tarde, destruyó la planta y el pueblo artificial. Finiquitada la misión, Al-Saud llevó a Medes a París y consiguió que lo declararan refugiado político. Tiempo después, al fundar la Mercure, lo convocó para que se desempeñara como su chofer y hombre de confianza. La gratitud del kurdo no conocía límite, y Al-Saud lo sabía.

Raemmers, que se había instalado con él en la mansión inglesa, le preguntó:

—¿Confías en el tal Medes?

«En París, solía confiarle la vida de lo que más amo», pensó, al rememorar las veces en que el kurdo había hecho de chofer de Matilde, y asintió, por lo que Medes terminó formando parte de la misión en Irak. Encajaba en los planes de *L'Agence*. Se haría pasar por el padre de Eliah y lo ayudaría con la entrega de mensajes en los buzones muertos, lo que quitaría un poco de presión a Al-Saud y le evitaría exponerse en vano. Medes, aunque temía volver a Irak, en especial a Bagdad, corazón del régimen que había masacrado a su familia y a sus amigos con armas químicas en el 88, aceptó; la paga que recibiría por parte de la OTAN no resultó un incentivo menor. Tanto a Al-Saud como a Medes se los sometió a una simple intervención quirúrgica mediante la cual, con anestesia local, se les colocó un chip de rastreo, a Al-Saud en la cara interna del muslo derecho, y a Medes en la pantorrilla izquierda. Los satélites los tendrían ubicados las veinticuatro horas del día.

Apoyado en el Renault 11, simulando esperar a los clientes de libros usados, Al-Saud siguió rememorando la temporada en la mansión al sur de Inglaterra, cuando, pese a transcurrir el día analizando filmaciones, diapositivas y documentos de Irak, entrenando y preparando su disfraz, tenía tiempo para hablar con Matilde, una concesión que Raemmers le había permitido. La dulzura de Matilde le suavizaba el mal carácter, le quitaba el malhumor, porque ni él se aguantaba. Volver a recibir órdenes y depender de los planes trazados por otros iba en contra de su naturaleza de Caballo de Fuego y estaba sacándolo del eje. La noche anterior al inicio de la misión, cuando le comunicó a Matilde que por un tiempo no la llamaría «porque al día siguiente se internaría en la selva», lo emocionaron sus esfuerzos para no romper a llorar y para mostrarse contenta y optimista. Le lanzó una retahíla de bendiciones y le pidió que no se separase de la Medalla Milagrosa; entonces, Al-Saud apretó los labios y tensó el cuello para no echarse a llorar. La medalla, por supuesto, no lo acompañaría porque, si bien se había convertido en un muñón de metal, un estudio minucioso habría detectado que se trataba de un símbolo cristiano, sin mencionar que los disidentes sostenían que los hombres iraquíes no acostumbraban a colgarse dijes al cuello. Separarse de la medalla y enviarla de regreso a París resultó más difícil de lo que Al-Saud había calculado. Lo acompañó una sensación de vacío por días, hasta que, con el temple de su carácter, logró recobrar la confianza y olvidarse.

El operativo para ingresar en Irak comenzó el sábado 9 de enero de 1999, cuando Al-Saud y Medes partieron hacia Arabia Saudí. Personal de la CIA los recibió en la base aérea de Al Ahsa. Si bien habrían preferido utilizar la de Dhahran, desistieron al enterarse de que empleados de la Mercure trabajaban en la base.

Caracterizados con turbantes, túnicas largas y barbudos —hacía dos semanas que no se afeitaban—, Al-Saud y Medes fueron conducidos en una camioneta todo terreno hasta un sitio a tres kilómetros del límite norte de Arabia Saudí, donde los aguardaba una pequeña caravana de beduinos. Se montaron en camellos y, al hacerlo, Al-Saud apretó el entrecejo: le habían quitado los puntos de la herida en la cara interna del muslo días atrás y aún le jalaba, además de picarle. Se internaron en el desierto de al-Hajarah, al sur iraquí, y vagaron durante dos días guiados por los beduinos, que no se servían de brújula en ese mar de dunas uniformes y eternas. Se alimentaban con dátiles, leche de cabra —avanzaban a la par de los camellos, metiéndose entre sus patas y haciéndolos enojar—, y con alguna liebre que la puntería de Al-Saud o que los recios halcones de los pobladores del desierto les proveían; racionaban el café y el agua, pero no pasaban sed.

El miércoles 13 de enero, avistaron el río Éufrates, donde se dieron un baño, y Al-Saud se afeitó la barba, excepto el bigote, que, negro y bastante tupido, «a la amo Saddam», le cubría gran parte del labio superior. Se contempló en el espejo de mano y movió la boca para agitar el bigote; debería aguantarlo por unos meses; los disidentes habían hecho hincapié en que lo llevara; se juzgaba un distintivo del hombre iraquí respetuoso del líder. Más frescos, reanudaron la marcha hacia el oeste, siguiendo el curso del río. Se detuvieron a las afueras de la ciudad de Nasiriyah, donde se despidieron de los beduinos de la misma manera en que se habían encontrado: sin aspavientos ni preguntas. En el mapa de la ciudad provisto por *L'Agence*, les habían pintado con rojo el recorrido hasta la estación de autobuses. Ese 13 de enero, tomaron el último hacia Bagdad, de la cual los separaba una distancia de trescientos diez kilómetros que tardaron nueve horas en cubrir dado el mal estado de la carretera y las dos ocasiones en que el motor del vehículo comenzó a recalentar y fue imperioso detenerse. En las primeras horas del 14 de enero, entraron en Bagdad por la zona sur. Al-Saud notó la tensión que se apoderó de Medes, y lo comprendió; su chofer, acusado de rebelde kurdo, había sufrido torturas en una de las tantas cámaras que para tal fin mantenía Saddam Hussein en Bagdad. Él permaneció en silencio, con la cara hacia la ventanilla, mientras observaba por primera vez la ciudad a la cual, a principios del 91, había bombardeado durante semanas. La memoria de la masacre del búnker del distrito de Amiriyah le provocó un vuelco en el estómago, como siempre que se imaginaba a esos cuatrocientos civiles, mayormente mujeres y niños, carbonizados por la acción del misil AS 30L que él introdujo por el sistema de ventilación. Decidió despejar la mente, no podía darse el lujo de distraerse.

Pese a la hora temprana —aún no eran las siete—, el tráfico se presentaba caótico, y el autobús avanzaba lentamente, sobre todo porque la mayoría de los semáforos no funcionaba. Siguió observando los suburbios cuyo aspecto pobre y maltrecho no varió al adentrarse en la zona central y más comercial de la capital iraquí. Se trataba de un país devastado por veinte años de guerras y siete de sanciones por parte de la comunidad internacional.

Tal como les habían asegurado los de Logística de *L'Agence*, hallaron el Renault 11 destartalado, con los faros rotos y la pintura roja descascarada —las puertas del lado del copiloto eran de un gris opaco—, en el estacionamiento de la terminal de autobuses. Al-Saud tenía las llaves. Al abrir la cajuela para guardar los bolsos, se toparon con una gran cantidad de libros usados, por lo que colocaron sus pertenencias en el asiento trasero. Una hora después y guiados por otro mapa, estacionaron el Renault frente a un portón verde de aspecto avejentado y sucio, como todo en la ciudad, sobre la calle Abú Al Atahiyah del barrio de Al-Jadriya, en la península que forma el Tigris al dar una pronunciada curva, la cual comparte con uno de los barrios más famosos y comerciales, el Karrada.

El portón verde y desangelado correspondía a la pensión en la cual les habían indicado que se alojaran. La dueña, una anciana que los recibió vestida de negro y con un pañuelo ceñido a la cabeza —apenas se le veían las cejas y nada del cuello—, sin preguntarles siquiera los nombres, los guió hasta las dos habitaciones intercomunicadas que les rentaría, les mostró el baño, el único en toda la pensión, y les pidió que no lo utilizaran por el momento ya que habían cortado el agua, ante lo cual Medes y Al-Saud agradecieron haber orinado en los sanitarios de la terminal de ómnibus. La mujer les informó que les cobraría ciento tres mil cuatrocientos dinares semanales, que al cambio eran unos treinta y cuatro dólares con cincuenta centavos, una tarifa carísima para una pocilga como ésa, de lo cual se deducía que la renta incluía un porcentaje destinado al silencio y a la discreción de la señora.

Al-Saud apoyó los bolsos sobre la cama de unos cincuenta, cincuenta y cinco centímetros de ancho, y estudió el piso de concreto desnudo y los muros de techos altos, en cuyos vértices el empapelado, descolorido y con manchones de humedad, colgaba, despegado. Había varios huecos para la ventilación como modo de paliar la falta de ventanas. Al-Saud calculó que se complicaría el escape en caso de que les cayeran encima en ese lugar sin vías alternativas.

Medes, a quien, durante su estadía en la mansión al sur de Inglaterra y luego de haber confesado su rol de radiotelegrafista para el grupo de rebeldes kurdos, se le enseñó a manejar una radio para la transmisión de mensajes encriptados, colocó sobre una mesa pequeña y de patas largas ubicada junto a su cama el maletín que contenía el aparato de avanzada, el cual quedaría camuflado entre libros, carpetas y efectos personales, desde brochas para afeitar hasta una hornilla para hervir agua y una tetera. Para evitar el riesgo de la interceptación –parte de la rutina de la *Mukhabarat* y de la policía secreta, la *Amn-al-Amm*, consistía en realizar tareas de triangulación para descubrir transmisiones clandestinas–, el equipo de radio contaba con una funcionalidad de agilidad de frecuencia por la cual se dividía el tiempo de emisión en tramos breves y cambiaba el canal para cada uno de ellos. Ese modo de transmisión, muy seguro e indescifrable, requería que tanto Medes como los de *L'Agence* se pusieran de acuerdo al momento de transmitir, por lo que una agenda con los días y las horas se había programado durante el adiestramiento en Inglaterra. Medes, que en sus tiempos de rebelde había aprendido que de la prudencia en el manejo de la radio dependía salvar el pellejo, se dijo que, más allá de la tecnología del aparato, el radiotelegrafista debía tomar sus propias medidas de seguridad, como reducir al mínimo la duración de las emisiones, diferenciar la frecuencia de llamada y la de transmisión de datos y desplazar la radio, es decir, un día transmitir desde la mezquita de Hayder Khana, en la calle de Al-Rasheed, otro, desde el baño de un café en la calle Falastín, y otro, desde el Monumento a los Mártires cerca del distrito Al Thawra. El maletín era pequeño, de fácil transportación y en absoluto llamativo, lo mismo la pequeña antena parabólica desplegable; la batería de níquel-cadmio duraría meses. A Eliah, sin embargo, no le hacía gracia servirse de una radio; en eso coincidía con su cuñado, Anuar Al-Muzara, que prescindía de cualquier tipo de tecnología para comunicarse; habría preferido limitarse al uso de los buzones muertos como cuando realizó su único trabajo de infiltración para *L'Agence*, durante el cual se ganó la confianza de un grupo de militares serbios, que derivó en el asalto al campo de concentración de Rogatica que él mismo comandó y que suscitó la liberación de las hermanas Huseinovic. Se acordó de que, en aquella oportunidad, como no tenía nada que perder, antes de iniciar la misión de espionaje, aceptó la ampolleta de tetrodotoxina, un veneno extraído del hígado y de los órganos sexuales del pez globo y sin antídoto conocido; prefería suicidarse a morir lentamente a manos de un verdugo serbio. Si bien en la mansión al sur de Inglaterra le habían ofrecido la ampolleta con la toxina, no la aceptó porque lo juzgaba una traición hacia Matilde barajar la idea del suicidio; lucharía hasta el final para sobrevivir, aun si cayera en manos del enemigo. Medes, en cambio, aceptó la ampolleta y la ocultaba en una especie de pequeña pistolera axilar.

Le avisó a Medes que volvería en un par de horas y le ordenó que no encendiera la radio hasta que él regresara. El kurdo asintió con expresión neutra y se puso a acomodar la ropa en el armario. Le habían recalcado que Al-Saud era el jefe de la misión y que le debía obediencia absoluta, a lo cual no presentó objeción; su jefe era de los pocos hombres a los que admiraba y en los que confiaba ciegamente.

Al-Saud salió de la pensión y, antes de arrancar el Renault 11, consultó el mapa de la ciudad que se sabía de memoria. Había decidido corroborar la existencia de los dos buzones muertos, que, junto con la radio de Medes, conformaban el sistema de comunicación con Raemmers en Londres y con los agentes en el terreno.

Como toda ciudad antigua que se ha desarrollado sin un plan, Bagdad es caótica e intrincada, con grandes arterias de las que nacen calles cortas, de poco movimiento. Al-Saud pasó cerca de la Embajada de los Estados Unidos, tomó por la calle Yafa y cruzó el puente Al-Jumhuriya. Del otro lado del Tigris, había una fábrica abandonada, destruida por los bombardeos del 91. A lo lejos, en una plataforma que había servido de muelle, varios niños jugaban y se zambullían en el río. Sus voces y sus risas chocaban con el contexto sórdido y decrépito del edificio en ruinas.

Entró. Haces de luz se colaban por los ventanales sin vidrios y caían sobre los pedazos de concreto y otros despojos; el crujido de sus botas al pisar los detritos competía con el aleteo de las pájaros, que anidaban en los tirantes de hierro cercanos al techo; olía a moho y a estiércol de murciélago. Consultó el plano y halló el buzón sin problemas. Se trataba de una pequeña caja de hierro verde escondida en la cavidad de un muro oculta tras un archivero descoyuntado. La llave giró dentro de la cerradura, y Al-Saud levantó la tapa. No había nada. El acuerdo era volver cada tres días para revisar o dejar un mensaje.

Habían ubicado el segundo buzón alejado del centro de Bagdad, hacia el norte, en una barranca natural del Tigris, donde crecía abundante vegetación. Consistía en un tarro de vidrio oscuro, con cierre hermético, sumergido en las aguas y amarrado a un tronco con un sedal transparente. Allí encontró una hoja del periódico bagdadí oficialista *Babel*, que no se molestó en desplegar ni en analizar porque sabía que el mensaje estaría escrito con tinta invisible en el margen derecho de la página par. Lo ocultó en el bolsillo interno de su chamarra y observó el entorno antes de regresar al automóvil. En la pensión, se encerró en su dormitorio para iniciar el proceso de revelado con los tres reactivos cuya aplicación combinada haría surgir las palabras ante sus ojos como por arte de magia. Durante sus días de espía en Serbia, los mensajes habían sido escritos con tinta común, lo que había implicado un riesgo innecesario. Para aprender la técnica de las tintas invisibles, Al-Saud exigió a Raemmers que invitara a pasar unos días en el sur de Inglaterra a un experto, empleado y socio minoritario de la Mercure, el falsificador ruso Vladimir Chevrikov, más conocido como Lefortovo. Éste recomendó que tanto la tinta como los reactivos se disfrazaran en frascos de medicinas, de comestibles o artículos de tocador que se adquirieran en cualquier comercio iraquí y que no llamarían la atención en caso de una revisión. Asimismo, Al-Saud exigió que se contratara a Lefortovo para falsificar sus identificaciones iraquíes; sólo se fiaba de él, de su pericia.

Después del proceso de revelado, cuyas tres fases tomaban alrededor de una hora, el mensaje se manifestó en un lenguaje codificado. Lo descifró en pocos minutos: «*Show time. El 19 a las 15:30*». Al-Saud no precisaba otra información; el resto lo habían planeado con minuciosidad en la mansión inglesa, lo cual no implicaba que Eliah estuviera satisfecho; juzgaba el operativo demasiado arriesgado; en su opinión, el éxito quedaba en manos del azar, y eso era inaceptable; sentía que estaba dando palos de ciego.

Colocó la página del periódico dentro de un bote y le prendió fuego. Observó cómo el papel se retorcía y adquiría una coloración oscura, salvo en las partes donde había reactivo, que brillaba con una tonalidad blancuzca antes de quedar en llamas. Pensó en Matilde, y se instó a serenarse. Markov y La Diana la protegerían con su vida, y, ante cualquier inconveniente, contaban con el teléfono privado de Raemmers. Sólo tendrían que pronunciar «Caballo de Fuego» en inglés a quien los atendiera para que *L'Agence* se ocupara de contactarlos y de solucionar el problema. Raemmers se lo había prometido, y Al-Saud confiaba en su antiguo comandante.

Se preguntó si habría vuelto el agua. Anhelaba tomar un baño y acostarse. Al día siguiente, viernes 15 de enero, muy temprano, comparecería por primera vez en la calle Al-Mutanabbi y desplegaría su librería móvil. No importaba que se tratara del día en que los musulmanes iban a la mezquita y no trabajaban; la feria de libros usados de Bagdad no conocía de fines de semana ni de días festivos.

Tres y veinte de la tarde del martes 19 de enero. «*Show time*», pensó Eliah al consultar su reloj, uno viejo y cuya malla de cuero estaba a punto de cortarse y que armonizaba con la vestimenta –un pantalón de franela gris y una camisa de manga corta en un tono indefinido entre el blanco y el amarillo pálido– y con su calzado, unos tenis polvorientos y avejentados.

Apoyado sobre el cofre del Renault 11 cubierto de libros y con los brazos cruzados sobre el pecho, dio un vistazo a esa parte final de la calle Al-Mutanabbi, un sitio apartado, donde la actividad, el movimiento y las voces languidecían. El golpe se llevaría a cabo en diez minutos. Aunque había ingresado en el edificio con el rostro oculto tras un *keffiyeh*, Al-Saud sabía que se trataba de Kusay Hussein, que visitaba a su amante, costumbre que repetía los jueves, a la misma hora. Sus guardaespaldas, dos muchachos fornidos, vestidos con trajes elegantes, los rostros cubiertos gracias a las barbas espesas y a los lentes negros, lo aguardaban dentro del Mercedes Benz. Desde su posición, lo alcanzaba la música de ritmo árabe que se filtraba por los resquicios de las ventanillas.

Kusay abandonó el edificio apenas pasados unos minutos de las tres y media. Sus hombres descendieron del Mercedes Benz, y la música ganó preponderancia. En tanto uno mantenía la puerta trasera abierta y clavaba la vista en su jefe, que cruzaba la calle, el otro, con la mano deslizada bajo el saco, vigilaba el entorno. Al-Saud, que atendía a un cliente interesado en un libro de arte caldeo, observaba por el rabillo del ojo la situación. Los custodios, pensó, no sabían que morirían en pocos segundos.

Los tres hombres de *L'Agence*, cubiertos de pies a cabeza con un traje de neopreno negro, se arrojaron desde balcón del primer piso y aterrizaron sobre el techo del Mercedes Benz, sobre uno de los custodios y en la banqueta, delante de Kusay, que se escabulló hacia la izquierda. Uno de los hombres de negro salió tras él. Al-Saud corrió los metros que lo separaban del lugar del asalto, donde los guardaespaldas se debatían en una lucha cuerpo a cuerpo con dos de los atacantes. No habían tenido tiempo de reaccionar ni de sacar sus armas, aunque luchaban denodadamente. «Tienen buena técnica», admitió Eliah, antes de propinar un falso golpe en la nuca de uno de los asaltantes, que cayó, inconsciente, con un quejido amortiguado por el pasamontañas de neopreno. El otro desenvainó con dificultad una pistola y mató al custodio con el que peleaba, el cual cayó en el piso con una bala en la frente. Acto seguido, se tomó un segundo para apuntar y disparó contra el otro custodio, a quien Al-Saud había liberado, que corría en dirección a Kusay Hussein. El hombre cayó de bruces con dos balas en la espalda.

Al-Saud lanzó una patada voladora, y el arma del soldado de *L'Agence* terminó a varios metros, del otro lado de la calle, coronando un montículo de libros, cuyo dueño, uno de los pocos asentados en esa parte más solitaria, observaba la pelea sin pestañear. Al-Saud se lanzó sobre su antiguo compañero de *L'Agence* y le propinó un golpe falso en la garganta con el codo. Lo aferró desde atrás por el cuello y le quitó la SIG Sauer P220 con cartuchos de fogueo que, sabía, encontraría ajustada en la parte posterior de su cintura.

El otro asaltante, que a unos metros sometía a Kusay, ya sin *keffiyeh* y con una manga del saco que le colgaba y le ocultaba la mano izquierda, se detuvo al descubrir a su compañero amenazado con una pistola en la sien y sujetado por un desconocido. Al-Saud fijó la vista durante unas milésimas de segundo en el hijo de Hussein, que no ocultaba su pánico, y, sin pronunciar palabra, disparó. El hombre de negro que mantenía prisionero a Kusay se desplomó sin proferir sonido. Al-Saud propinó un culatazo en la nuca del que sujetaba, que cayó a sus pies y quedó inconsciente en la banqueta. Se deshizo del arma arrojándola en la cuneta.

—¡Suba al auto! —ordenó a Kusay, y, como lo vio dudar, lo apremió—: *Yallah! Yallah!* (¡Vamos! ¡Vamos!)

Kusay Hussein se lanzó de cabeza en el asiento trasero del Mercedes Benz, y Al-Saud arrancó sin esperar a cerrar las puertas. Metió reversa y se alejó de la feria de libros usados zigzagueando y haciendo chirriar las llantas. En la primera esquina, dio un volantazo, y el automóvil giró sobre sí. Tomó por la calle Al-Rasheed, dando una muestra de sus dotes de conductor mientras esquivaba a alta velocidad el tráfico; se subió a la banqueta, y varios puestos ambulantes acabaron por el aire.

Kusay, que ya había cerrado la puerta trasera, hizo otro tanto con la del copiloto. Espiró el aire ruidosamente y se dejó caer contra el asiento. Dio un sacudón nervioso, más bien colérico, para terminar de arrancar la manga y la tiró al piso. Extrajo un paquete de Marlboro. Tardó en encender el cigarrillo porque le temblaba la mano y no acertaba con la llama. Al-Saud lo estudiaba por el espejo retrovisor, donde sus ojos se encontraron. Kusay dio una pitada larga y bajó los párpados.

—No nos siguen —manifestó Eliah—. ¿Adónde lo llevo?

—Primero, apaga esa música detestable.

—Sí, *sayidi.*

—Ahora dime quién eres.

—Nadie. Un vendedor de libros de la calle Al-Mutanabbi.

—Nadie, con esa puntería y que pelea como te vi pelear, es un vendedor de libros.

Al-Saud sonrió y admitió:

—Era soldado.

—Te arriesgaste mucho disparándole a ése conmigo a unos centímetros. Podrías haberme matado.

—No, *sayidi* —contestó el hombre, de modo respetuoso y sin jactancia.

Kusay Hussein reflexionó que ningún soldado raso del ejército iraquí estaba preparado para ese despliegue de habilidades. Le miró el perfil, el bigote negro, sin canas, y calculó que apenas superaba la treintena.

—¿Sabes quién soy yo?

—Ahora que le veo el rostro, sí. Usted es el segundo hijo del amo Saddam.

—¿No lo sabías cuando te decidiste a ayudarme?

—No. El *keffiyeh* lo cubría muy bien.

—¿Por qué lo hiciste?

Kusay lo vio agitar los hombros con indiferencia, admirado de que el hombre se mostrara tan seguro y de que no temblara como él; por mucho que apretara los puños y doblara hacia adentro los dedos del pie, no conseguía detener el tembleque.

—Pensé que se proponían secuestrarlo para pedir rescate. Al ver el automóvil y los dos custodios, me dije que usted era un hombre de riqueza.

—Llévame al Palacio Al-Faw.

—Sí, *sayidi*.

—¿Conoces dónde queda?

—Sí, *sayidi*.

—¿De dónde eres? Tu acento es norteño.

—Soy de Ayasio, un pueblo ubicado entre Mosul y las ruinas de Nínive. Un pueblo de agricultores y criadores de cabras, *sayidi*.

Kusay Hussein le indicó que doblara a la derecha en la siguiente calle.

—¿Qué has venido a hacer a Bagdad?

—A buscar trabajo. Por ahora me dedico a vender mis libros para hacerme de unos dinares y pagar la pensión. De hecho, tengo que volver pronto a Al-Mutanabbi o no quedará uno solo. Quizá se hagan de mi auto también, que es lo único que tengo. Desde que pedí la baja en el ejército, las cosas no nos han ido bien a mi padre y a mí.

Kusay se limitó a asentir y no volvió a hablar. Se quitó el saco sin una manga y se acomodó la corbata para evitar llamar la atención de los guardias que custodiaban el acceso principal al palacio. El Mercedes Benz traspuso el imponente arco de triunfo que marcaba la entrada en el predio y pasó a baja velocidad junto a la garita, cuyos guardias saludaron al hijo del amo Saddam y echaron un vistazo desconfiado al nuevo chofer. El automóvil avanzó por el camino hasta detenerse bajo un pórtico de columnas de mármol de casi diez metros de altura. Le gustó que el hombre no comentara acerca de la fastuosidad del lugar; a decir verdad, ni siquiera parecía abrumado ante la visión de la construcción y del lago artificial. Dos mayordomos salieron a recibirlo.

—Baja —indicó a Al-Saud; a los empleados del palacio les ordenó—: Condúzcanlo al baño, donde pueda refrescarse, y luego a la cocina, para que coma y tome lo que desee. Luego, lo quiero en mi despacho.

—*Sayidi* —intervino Al-Saud—, le agradezco su amabilidad, pero, en verdad, tengo que regresar a Al-Mutanabbi o no encontraré nada.

—¡Olvídate de Al-Mutanabbi! Haz lo que te digo. —Kusay dio media vuelta y cruzó el vestíbulo circular a paso enérgico.

Los mayordomos se mostraron hospitalarios y, después de darle unos minutos para que se recompusiera en un baño, en el cual el brillo de las llaves de oro reverberaba sobre el mármol negro, lo condujeron a la cocina, donde lo agasajaron con cubitos de *halva* bañados en miel, pistaches y té dulce. Eliah, que prefería lo salado, apenas mordisqueó la *halva*, se comió varios pistaches y tomó de dos sorbos el vasito de té. Minutos después, cruzaba el umbral de la oficina de Kusay Hussein. «Lo logré», pensó, sin entusiasmo, pero con soberbia y algo de rabia, porque se había tratado de una endemoniada misión en la cual la mayoría de los elementos habían quedado librados a la suerte, y eso, en un temperamento dominante y controlador como el de él, resultaba inaceptable.

Kusay, sentado a un escritorio estilo Luis XV, hablaba por teléfono. Le indicó con una seña que se sentara. Al-Saud obedeció. Kusay relataba el ataque. Cuando dijo «*baba*», Eliah concluyó que Saddam se encontraba del otro lado de la línea. Dirimían acerca de los grupos interesados en liquidarlos, que no eran pocos. Se decantaron por los adeptos al régimen iraní de los ayatolás. Al-Saud observó que, al golpetear el cigarrillo contra el borde del cenicero, la mano de Kusay todavía temblaba; lo mismo notó cuando el iraquí apoyó el auricular sobre el teléfono.

—¿Cómo te llamas?

—Kadar Daud, *sayidi* —contestó, e hizo ademán de extraer la identificación de la billetera, a lo que Kusay se opuso con una sacudida de mano.

—¿Cuál era tu rango al momento de pedir la baja en el ejército?

—Usted era mi comandante supremo, *sayidi*. Yo era un soldado de la Guardia Republicana.

Ante esa pieza de información, Kusay levantó los párpados y permitió que su asombro se transparentara. La Guardia Republicana era el brazo de élite de las Fuerzas Armadas iraquíes, concebido como custodia personal de Saddam Hussein, si bien sus funciones se habían ampliado con los años. Aquellos que conformaban sus filas no eran conscriptos, sino fanáticos del régimen baasista, dispuestos a dar la vida para proteger al *rais*. Eran soldados por vocación, bien educados −«De ahí», dedujo Kusay, «que este hombre sea afecto a los libros»−, disciplinados y con un adiestramiento superior.

−¿Por qué pediste la baja del ejército? −Al-Saud lo miró fijamente, con un gesto incómodo, y no contestó−. No cobrabas tu sueldo.

−No, *sayidi*.

−¿Desde cuándo?

−Desde hacía un año. Después de la Guerra del Golfo, las cosas se pusieron muy difíciles para el ejército −añadió, con intención de justificar la falta de pago.

Kusay suspiró, aplastó la colilla en el cenicero de oro y se inclinó sobre el escritorio. Volvió a preguntar:

−¿Cuál era tu rango cuando pediste la baja?

−Sargento mayor, *sayidi*.

«Era de la tropa», se dijo Kusay.

−¿A qué división pertenecías?

−A la Octava, *sayidi*. La As-Saiqa.

−¿A qué brigada?

−A la de las Fuerzas Especiales.

−Ya veo −murmuró el hijo del presidente−, la élite dentro de la élite. −Permaneció en silencio con la vista clavada en el ex soldado. Lo complació que no bajara la mirada ni que se la sostuviera con pedantería. Había una cualidad serena en ese hombre que lo hacía sentir a gusto−. Tu desempeño hoy en la calle Al-Mutanabbi fue increíble. Pocas veces he visto a un hombre pelear sólo con sus manos y deshacerse de tres profesionales armados como lo has hecho tú.

−El ejército iraquí invirtió mucho dinero en mí y en otros compañeros, *sayidi*. En el 90 nos enviaron a Moscú, donde fuimos entrenados durante casi un año por expertos de la Spetsnaz GRU. Todo lo que sé se lo debo a la generosidad del amo Saddam. Fue muy duro para mí abandonar la Guardia Republicana. Era mi vida −agregó, en un tono apenas audible.

−Lo entiendo, Kadar.

Sonó el teléfono. Al-Saud escuchaba el ronroneo que componía la voz del otro lado de la línea, sin entender palabra. Kusay colgó y le dijo:

—Era el jefe de la Policía. Cuando llegaron, ya no quedaban rastros de los que me atacaron. Los vendedores de libros aseguran que una camioneta se detuvo y dos hombres los cargaron y se los llevaron.

—Sabía que había otros merodeando. Por eso le insistí rudamente que subiera al auto, *sayidi*. Temía que nos cayeran encima. Le pido disculpas.

—Está bien, está bien —desestimó Kusay—. Sé que lo hiciste para salvarme el pellejo. Tu automóvil y los libros están intactos. Un policía se quedará junto a ellos hasta que vayas a buscarlos.

—*Shukran yaziilan, sayidi* (Muchas gracias, señor).

—Es lo menos que puedo hacer, Kadar. Me salvaste la vida. Por favor, anótame aquí tu nombre completo, tu dirección y tu teléfono.

Le entregó papel y una pluma, y Al-Saud escribió deprisa los datos. Se puso de pie al ver que Hussein lo hacía. Éste abrió la billetera y sacó varios billetes, eran dólares, y se los extendió a Al-Saud, que los contempló antes de lanzar un vistazo ofendido a Kusay.

—No, *sayidi*, no. Jamás aceptaría dinero por salvar la vida de mi comandante. Sólo he cumplido con mi deber.

A Kusay le agradó la reacción de Kadar Daud. En esencia, seguía siendo un soldado de la Guardia Republicana, con una gran cuota de orgullo. Él mismo lo escoltó hasta la planta baja, al vestíbulo circular, por cuya cúpula vidriada se filtraba el sol convertido en rayos de colores. Convocó a uno de los mayordomos, le ordenó que un chofer llevara a Kadar de regreso a la calle Al-Mutanabbi y se despidió con un apretón de manos.

～· ✿ ·～

Los días siguientes, Al-Saud concurrió a vender libros —tuvo que soportar a sus colegas, que intentaron sonsacarle qué había sucedido y si era cierto que el hijo del *rais* le debía la vida— y visitó los buzones muertos. En tanto, esperaba el llamado del asistente de Kusay Hussein. El instinto le decía que el pez había mordido el anzuelo. Haberse quedado sin custodia lo precipitaría a actuar. Aunque en el régimen existían miles de reemplazos, Kusay, dado su temperamento, analizado en profundidad por los expertos de *L'Agence*, no admitiría a cualquiera; tendría que tratarse de alguien a quien respetara para después confiar. La confianza constituía el ingrediente más preciado; el segundo hijo de Saddam era consciente de que dependía de la lealtad de su gente para sobrevivir. Por ejemplo, ¿quién había vendido el dato de sus visitas al edificio de la calle Al-Mutanabbi? ¿Su amante, tal vez? ¿Su asistente? ¿El portero del edificio?

De seguro, meditó Al-Saud, se habría tomado esos días para checar la información sobre su identidad y su pasado como sargento mayor de la Guardia Republicana. Los del Departamento de Informática de *L'Agence* habían *hackeado* los sistemas del ejército y reemplazado la fotografía del verdadero Kadar Daud por la de Eliah vestido con el uniforme de sargento mayor. Después de analizar varios legajos, se habían decantado por la identidad del tal Kadar, un viudo joven, sin hijos, con su padre a cargo, un buen soldado de probadas destrezas, cuya historia se ajustaba a las necesidades del operativo y sus proporciones físicas, a las de Al-Saud. Además de su padre, no tenía otros parientes y vivía en un pueblo abandonado de la mano de Dios de dos mil habitantes. Desde el 7 de enero, nadie podía dar señas del paradero de Kadar ni del de su padre; se habían esfumado sin aviso. Los vecinos no se mostraban sorprendidos: ese Kadar nunca ofrecía explicaciones y se creía superior por haber pertenecido a la Guardia Republicana. Lo cierto era que el ex soldado y su padre pasaban una temporada en una prisión militar en las afueras de Riad, separados de los demás presos para evitar que hablaran, más allá de que no tenían mucho para decir; el joven y el viejo no entendían qué hacían allí. Unos hombres con los rostros cubiertos por pasamontañas habían irrumpido en su casa la noche del 6 de enero y, sin pronunciar palabra, los habían maniatado y subido a una camioneta, la cual habían conducido como locos durante dos horas, para después arrojarlos dentro de un helicóptero, que aterrizó en el patio de una prisión horas más tarde. Cada vez que Al-Saud pensaba en Kadar Daud y en su padre, decía: «Siempre existen daños colaterales en este tipo de misiones».

Otra previsión tomada por el Departamento de Logística de *L'Agence* fue la de regresar a la cabaña de Kadar Daud, quitar las fotografías y reemplazarlas por algunas de Al-Saud y de Medes; incluso contrataron a una prostituta de Marruecos, que posó con Eliah en el rol de esposa. También se ocuparon de cubrir los muebles con sábanas, vaciar el refrigerador y llevarse la basura, la ropa y los efectos personales. Cualquier inspección concluiría que los Daud se habían ido y que no volverían en una larga temporada.

Eliah recibió la llamada del secretario privado del comandante Kusay Hussein el lunes 25 de enero, antes de partir hacia la calle Al-Mutanabbi, por lo que ese día, en lugar de vender libros, condujo su Renault 11 al Palacio de Al-Faw. A punto de ingresar en el círculo íntimo del hijo del *rais*, el que, se decía, ostentaba el poder desde la traición y muerte del yerno de Saddam, Hussein Kamel, de la familia Al-Majid, Al-Saud experimentaba un humor ambiguo: por un lado, estaba satisfecho de poder comenzar con la misión –quería terminarla cuanto antes– y, por el otro, experimentaba un profundo fastidio por haberse visto obligado a aceptarla. Cada minuto al flanco del comandante de la Guardia Republicana implicaría enormes riesgos. Si lo enfrentaban con un antiguo compañero o con sus jefes de la Octava Unidad, la As-Saiqa, la mascarada se derrumbaría en un santiamén y podía darse por muerto. Se tranquilizó especulando que resultaba improbable que Kusay se reuniera con personal de la tropa o de los mandos medios; no obstante, el peligro era considerable.

Aguardó alrededor de una hora en una salita contigua al vestíbulo. Después, lo guiaron al despacho de Kusay. Lo encontró reunido con un hombre al que reconoció de las tantas fotografías y filmaciones que había visto y estudiado en la mansión al sur de Inglaterra: se trataba del general Karim Al-Masud, segundo en el orden de jerarquía de la Guardia Republicana. Vestía uniforme verde, botas negras y se cubría la cabeza con la boina roja, distintivo de los de la Guardia. En las hombreras que decoraban su traje, el águila, las dos estrellas y las cimitarras cruzadas delataban su rango.

–Pasa, Kadar. Supongo que recuerdas a tu superior.

–Sí, *sayidi* –contestó Al-Saud, y se inclinó en dirección del militar para saludarlo–. *As-salaam-alaikun, fariq awwal Al-Masud.*

–*Alaikun salaam, na'ib dabit Kadar Daud* –contestó el general, y lo llamó por su antiguo rango, sargento mayor. Le extendió la mano, que Al-Saud estrechó con un apretón decidido–. El comandante Hussein acaba de relatarme tu increíble intervención que le salvó la vida.

–*Shukran, fariq awwal.*

Analizaron los detalles del ataque, en los que Al-Saud se demoraba con afán para obviar el tema de las viejas épocas en el ejército. Mientras lo hacían y sorbían café, se abrieron las dos hojas de la puerta del despacho y entró Saddam Hussein seguido por tres guardaespaldas. Al-Saud se puso de pie de inmediato y bajó la vista. El corto vistazo le sirvió para apreciar el estilo impecable del presidente, radiante en su traje azul, el bigote recortado a la perfección, el cabello corto y con pocas canas en las sienes. Era alto, de una presencia que se imponía naturalmente.

–¡Ven aquí, muchacho! –El presidente le palmeó la espalda, lo aferró por los brazos y le dio tres besos en las mejillas, de acuerdo con la costumbre árabe. Sin soltarlo, lo miró fijamente, y Al-Saud supo que ese hombre podía leer la verdad en los ojos de un hombre–. ¡Has salvado la vida de mi hijo Kusay y por eso tienes mi eterna gratitud!

–Es un honor, amo Saddam.

–¿No tiemblas en mi presencia?

Al-Saud levantó la vista, y su expresión reflejó desconcierto.

–No, amo Saddam –replicó al cabo–. Lo admiro y lo respeto. Sé que es un hombre justo. Estoy emocionado de conocerlo en persona, eso sí –admitió, en voz baja.

–No se te nota –afirmó el presidente, risueño.

–En las Fuerzas Especiales nos enseñaron a dominar y a ocultar nuestras emociones, amo Saddam.

–Sí, claro. Así debe ser. Un verdadero hombre jamás revela lo que piensa ni lo que siente. ¡Me gustas, Kadar! ¿Ya te dijo Kusay que te desempeñarás como su nuevo guardaespaldas?

–No, *baba*, aún no se lo he comentado.

–Así es, Kadar –reiteró el presidente iraquí–. Creo que serás el mejor para protegerlo. Tráemelo con vida todos los días y nunca me hagas enojar.

–No, amo Saddam. Mi único deseo es servirlos a usted y a mi patria.

–¡Bien, muchacho! ¿Eres casado?

–Viudo, amo Saddam.

–¿No has pensado en tomar de nuevo una esposa?

–No, amo Saddam.

–¡Haces bien, muchacho! ¡Muy bien! –El comentario suscitó risotadas–. Las mujeres son lo mejor dentro de los límites de la cama, nada más.

Saddam Hussein se despidió y se llevó con él al general Al-Masud. Kusay indicó a Al-Saud que volviera a ocupar el sillón.

–Kadar, espero que te guste la idea de ser mi custodio.

–Sí, *sayidi*. Es una bendición de Alá.

–Bien. Mi secretario te explicará lo que se espera de ti, te dará ropa adecuada y te mostrará tu oficina aquí, en Al-Faw. Tendrás un compañero, también de la Guardia Republicana. –Al-Saud se tensó–. Abdel Hadi Bakr pertenece a la Primera División, la Hammurabi, dudo de que lo conozcas. Además, es un poco más joven que tú. Tiene veinticuatro años. Es un buen soldado, hábil en la lucha cuerpo a cuerpo y en el manejo de armas de fuego. Entiendo que tú eres diestro en la pelea con cuchillo.

–Los de la Spetsnaz GRU me adiestraron bien, *sayidi*.

–Me gustaría que le enseñaras esta disciplina a Abdel Hadi.

–Lo haré con gusto, *sayidi*.

–Abdel Hadi sabe que tú eres el jefe y que te debe obediencia. –Al-Saud asintió con humildad–. Paso mucho tiempo en el Al-Faw, pero duermo cada noche en un palacio distinto, para evitar sorpresas desagradables. Tú y Abdel Hadi se turnarán cada noche para custodiar las habitaciones donde duerme mi familia. Ahora ve con Labib, mi secretario, para que te ponga al tanto de otros detalles. Empiezas hoy mismo.

Labib lo proveyó de un traje de un fino paño gris oscuro, dos corbatas –una roja y otra azul y verde–, dos camisas blancas, zapatos negros y calcetines, y lo acompañó a su oficina para que se cambiara. Al verlo reaparecer, el hombre arqueó las cejas y sonrió en señal de complacencia.

–Eres casi tan alto como *sayid* Uday. ¿Cuánto mides?

–Un metro, noventa y dos centímetros. ¿Cuáles serán mis actividades diarias, Labib?

El secretario le indicó que, cada mañana, sirviéndose de unos aparatos, «limpiaría» la oficina del señor Kusay y su automóvil de micrófonos, cámaras y demás artilugios que sus enemigos ansiaban plantar para espiarlo. Antes de encender el automóvil, lo repasaría con el detector de bombas y de minas. El señor Kusay jamás debía salir solo. Le entregó un *walkie-talkie*, un celular y un localizador.

–Labib, ¿cuáles serán mis armas?

El secretario abrió una caja fuerte y extrajo dos pistolas, que Al-Saud reconoció aun a la distancia: una Glock 17 y una Heckler & Koch USP 9 milímetros. Le entregó además dos cajas con balas Parabellum y dos cargadores de repuesto.

–*Sayid* Kusay me ordenó que instruyera a mi compañero en la lucha con cuchillo. Precisaré dos.

–¿De qué tipo?

–Si se me permite elegir –Labib asintió con solemnidad–, me gustaría contar con dos cuchillos KA-BAR. El modelo Becker Combat Utility es excelente, pero cualquiera de la línea militar servirá.

Labib tomó nota con diligencia y aire concentrado.

–Veré qué puedo hacer –masculló–. Con el embargo, hoy es difícil hasta comprar leche. Pero... Sí, en el mercado negro hay de todo. Por supuesto, cuesta un ojo de la cara. Toma. –Le entregó una carpeta con la agenda del señor Kusay hasta mediados de febrero y le remarcó algunos acontecimientos importantes y riesgosos debido a la exposición a cielo abierto y en público.

–¿Existe algún sitio donde mi compañero y yo podamos entrenar?

–Sí, por supuesto. En el segundo piso hay un gimnasio muy completo. Ven, Kadar, te enseñaré dónde queda. Podrán usar todas las instalaciones excepto el sauna.

Abdel Hadi Bakr era un muchacho no muy alto, aunque sí fornido, con el cuello grueso y hundido entre los trapecios, lo cual le confería el aspecto de un toro que no resultó suficiente para ocultar su inseguridad y nerviosismo. Al-Saud le extendió la mano, y Abdel Hadi le ofreció una húmeda y caliente con una sonrisa trémula. «Bien», se dijo Al-Saud, «será fácil dominarlo». Se mostró serio y distante, y no alentó ninguna de las conversaciones amables que el soldado inició, ni siquiera le respondió cuando le confesó que admiraba a los miembros de las Fuerzas Especiales. Se quedó mirándolo con una mueca que claramente expresaba: «¿A cuento de qué viene ese comentario estúpido?», lo que hizo enrojecer a Abdel Hadi, no sólo sus mejillas medio abultadas sino también los pabellones de sus orejas. Al-Saud se rio por dentro. No permitiría que entre ellos naciera la confianza que, con el tiempo, lo habilitaría a inmiscuirse en su pasado y en su vida privada.

—Esta noche, tú te quedarás de guardia. Labib acaba de informarme que *sayid* Kusay dormirá en el Palacio Raduaniyah.

El palacio, ubicado al este de Bagdad, cerca del aeropuerto, era la residencia favorita del presidente Hussein. Su fama también derivaba del hecho de poseer una prisión dentro de sus confines donde se había torturado y asesinado a miles de personas, en especial durante los levantamientos que siguieron a la Guerra del Golfo. Al-Saud recordó uno de los primeros trabajos de la Mercure, una infiltración llevada a cabo por uno de los expertos de Peter Ramsay, en esa misma cárcel, con el objetivo de filmar y de tomar fotografías para el organismo humanitario Los Defensores de los Derechos Humanos.

Esa noche, regresó a la pensión, tomó una hoja del periódico *Babel* y escribió en la página par, en el margen derecho y con tinta invisible, un mensaje codificado que Medes llevaría al buzón muerto sumergido en el río al día siguiente. El que lo descifrara leería: «*Estoy adentro*».

⚜

Después de la discusión en el cruce de Erez, a Markov estaba resultándole imposible acceder a la nueva Diana. No se mostraba rencorosa ni enfurruñada, por el contrario, un halo de beatitud y serenidad la circundaba; sonreía y hablaba de manera pausada, y no parecía mortificada por la distancia que los separaba como un abismo, ni resentida por lo que le había soltado aquella mañana en el estacionamiento. ¿Ya no lo amaba? ¿No deseaba convertirse en su mujer? ¿No extrañaba su compañía? Había adoptado un aire de misticismo, como si las cuestiones terrenales ya no le importaran, como si prescindiera de ellas, lo mismo que de él y de los besos que le daba.

Un día, mientras hacían guardia a las puertas de la cantina del Al-Shifa, Markov la observaba de soslayo, contento porque La Diana nunca se quitaba los aretes colgantes que le había regalado. Se perfumaba con *Fleurs d'Orlane*, y su aroma, que le estimulaba las fosas nasales, lo desconcertaba. Tal vez debería pedirle que no lo usara mientras trabajaban.

Lo tomó por sorpresa, la descubrió en un acto que lo asombró: La Diana inclinó la cabeza, acercó la medalla a su boca y la besó. Si se hubiera puesto a bailar y a cantar *La isla bonita* en la recepción del hospital, no lo habría sorprendido tanto. Se quedó mirándola; ella, no obstante, devolvió la atención al entorno y no se giró hacia él. Su apatía estaba enloqueciéndolo. Habría sabido lidiar con una indiferencia hostil; no tenía idea de cómo hacerlo con esa nueva disposición.

—¿Diana?

—¿Sí?

—Esa medalla —dijo, y la señaló con una sacudida del mentón—, ¿tiene algo que ver con este cambio?

—¿Qué cambio, Sergei?

Pese a todo, seguía conmoviéndolo que lo llamara Sergei.

—¡Diana, por favor! Si te pareces a Heidi últimamente. —La Diana se cubrió la boca y ahogó las risitas—. ¿Ríes? ¿Qué es lo que te pasa? ¿Por qué llevas esa medalla? ¿Por qué la besas? —añadió, con acento exasperado.

—La compré un día en París —dijo, y la tocó con el índice y el mayor—, el día en que hice una promesa. Desde ese momento, me he sentido tranquila. Ha sido raro, me refiero, a sentirme así, en paz. No recuerdo haberme sentido así en toda mi vida.

—¿Qué promesa hiciste? —preguntó el ruso con miedo.

—No lo entenderías, Sergei. Me he dado cuenta de que los hombres rara vez comprenden los mecanismos de las mujeres. Por eso nos hacemos mucho daño.

—¿*Yo* te hago daño? —El enojo de Markov comenzó a tomar forma—. ¿Y qué me dices de los malditos serbios de Rogatica? ¿Ellos no te hicieron daño?

—Por supuesto —musitó—. Me hicieron un daño terrible, tal vez irreparable. A mí, a Leila y a tantas otras pobres mujeres.

—¡Entonces, déjanos a Sanny y a mí ocuparnos de ellos!

—¡No! —Lo inesperado de su reacción, después de los murmullos sedosos, lo sacudió—. ¿Por qué insistes en ocuparte de algo que no te concierne, Sergei?

—¿Que no me concierne? ¡Esos hijos de puta casi destruyeron a mi mujer! ¿Y no me concierne?

—Yo no soy tu mujer. No pude serlo antes y dudo de que alguna vez pueda.

La Diana abandonó la silla y caminó en dirección a la cafetería del hospital. Markov la observó alejarse con gesto estupefacto. No se atrevió a correr tras ella, envolverla entre sus brazos y susurrarle con gritos reprimidos: «Si te amo de esta manera inconmensurable, ¿por qué me lastimas tanto?».

La Diana entró a la cafetería donde Matilde almorzaba con sus compañeros de Manos Que Curan y se quedó mirándola, no tanto para custodiarla —habría podido hacerlo desde la posición junto a Markov—, sino para entrar en ese campo magnético que la joven irradiaba y que le devolvía la armonía. Aunque estaba de espaldas, Matilde se dio vuelta y le sonrió, como si la hubiera percibido. La Diana la vio despedirse de sus compañeros y abandonar la mesa. Semanas atrás le había confesado lo de su promesa a la Virgen de la Medalla Milagrosa, y Matilde le había dicho que sólo una persona muy valiente y noble habría sido capaz de formularla, sobre todo contando con la destreza para llevar a cabo una venganza de proporciones mayúsculas. La Diana no se atrevió a explicarle que lo había hecho convencida de que así habría procedido ella. Después de tantos años de enojo, de dolor y de tristeza, la amistad de Matilde, su simpleza y su humildad, a la par que su carácter decidido —le parecía que a Matilde ningún planteo moral le suscitaba dudas—, constituían un faro en la tempestad. Por mucho que amara a Markov, por más que él hubiera quebrado su coraza con una valentía y un tesón encomiables, formaba parte de la tormenta que la sumergía en un mar de angustia. Matilde, en cambio, que había sufrido un trauma similar y salido adelante, se convertía en un remanso de paz y de esperanza.

—Diana —dijo Matilde—, ¿estás bien?

—Sí.

—¿No ha llamado Eliah?

«La pregunta obligada», pensó la joven bosnia, y se compadeció de su amiga. Se aproximaban al final de enero, y Al-Saud llevaba semanas sin ponerse en contacto. La angustia de Matilde se apreciaba en su gesto alicaído. De igual modo, sonrió ante la respuesta negativa y dijo:

—Dentro de media hora nos iremos a Khan Yunis, al Centro de Atención para Niños Desnutridos. Iré en el auto con Bondevik. —La Diana asintió—. Voy a cambiarme.

Viajó al campo de refugiados de Khan Yunis con su jefe, Harald Bondevik, y con sus compañeros, el puertorriqueño Jonathan Valdez, el brasilero Amílcar de Souza y el enfermero japonés Satoshi, que se abstenían de indagar acerca de la presencia de la pareja que los seguía en otro vehículo cada vez que se dirigían a los dispensarios o al Centro de Atención para Niños Desnutridos. También los veían rondar el hospital.

Al estacionar el automóvil frente a la entrada del centro asistencial, una pequeña multitud se agolpaba a sus puertas. No los sorprendió, estaban habituados. Los habitantes del campo de refugiados y de los alrededores sabían que los médicos de Manos Que Curan se presentaban los martes a primera hora de la tarde, y como les regalaban medicinas y comida, se volcaban en masa.

Matilde, asistida por Satoshi, pesó, midió, auscultó y revisó a más de veinte niños y bebés. A varios les ordenó análisis de sangre porque sospechaba que padecían anemia. A todos, sin excepción, les recetó vermicidas porque, dada la pésima calidad del agua, tenían parásitos intestinales. Como el tratamiento no sólo incluía a los más pequeños sino a los miembros adultos de la familia, que siempre eran numerosos, los antiparasitarios comenzaron a ralear cuando aún quedaba mucha gente en la sala de espera. También abundaban los pacientes con gastroenteritis, aun bebés muy pequeños, y la mala calidad del agua volvía a ser la culpable. A Matilde la preocupaban los casos aislados de cólera que todavía se presentaban en el campo de refugiados de Nuseirat, y temía que, en caso de un cierre prolongado de las fronteras, lo que perjudicaba el ingreso de medicinas, derivara en el estallido de una epidemia. Con todo, lo que más la mortificaba era la malnutrición de los niños; la mayoría presentaba peso bajo y crecimiento retardado. Se imaginaba sus cerebros poco desarrollados y el impacto que tendría en sus vidas y en el futuro de la Franja. La verdad era que un porcentaje muy reducido de la población gazatí ingería las proteínas, los minerales y las vitaminas necesarios para un desarrollo normal. Los demás, día a día, se ajustaban a una canasta familiar deteriorada por la falta de trabajo y los precios elevados de los alimentos. En la Franja de Gaza, donde los sueldos eran varias veces inferiores a los de Jerusalén y Tel Aviv-Yafo, se pagaban precios tan altos por el pan, los lácteos, las carnes y las verduras como en esas ciudades.

—La falta de puestos de trabajo —había respondido el Silencioso cuando Matilde le preguntó cuál era el problema más acuciante de la Franja—. La gente pensó que, con los Acuerdos de Oslo, esto se convertiría en un polo industrial, que los inversores del mundo se pelearían por abrir fábricas y empresas de servicios, empleando mano de obra local. Pues nadie ha venido, y las pocas inversiones no alcanzan para cubrir tanta población económicamente activa. ¿No los ves en los cafés, en los bares, en la calle? Se lo pasan bebiendo té y fumando el narguile para matar el tiempo, esperando dejar de ser un riesgo para la seguridad de Israel y poder conseguir un permiso de trabajo para ir a Jerusalén, Tel–Aviv, Ashdod o donde sea, pero lejos de Gaza, donde no hay nada.

—¿Por qué no se dio esa explosión de inversores? —preguntó Matilde.

—¿Con los cierres permanentes de la frontera? ¿Con los camiones esperando durante horas en Erez y en Karni para cruzar? ¿Con los kilos de mercadería que se echan a perder en las plataformas de los *checkpoints*?

¿Sabes la cantidad de veces que se han agriado los lácteos, marchitado las flores o podrido los limones y las naranjas?

—Israel impone los cierres a causa de los ataques suicidas de Hamás, ¿verdad?

—Ahora sí, pero en un principio, no. Los cierres empezaron mucho antes del primer ataque suicida. El primero fue en el 91, cuando Arafat cometió el error de apoyar la invasión de Irak a Kuwait. A Israel le gusta castigarnos como el padre que escarmienta a su hijo.

Matilde rememoraba el último diálogo con el Silencioso mientras medía el perímetro craneano de un bebé de once meses. Dictó la cifra a Satoshi, que la anotó en la ficha con el gesto arrugado por la preocupación.

—Tiene once meses —manifestó Satoshi en inglés—. Debería medir más de cuarenta y un centímetros.

Matilde no lo miró ni le contestó. Pensaba en que su paciente tenía la misma edad de Kolia. El 22 de enero, el hijo de Eliah había cumplido once meses. No estaría con él para su primer cumpleaños, Eliah tampoco, y eso la embargó de tristeza, que se acentuó al encontrar los ojitos desvaídos del niño, Walid, cuya madre esperaba el veredicto. Era la tercera vez que lo atendía. Una enfermera del centro se desempeñaba como intérprete, porque, si bien su árabe progresaba gracias a las clases que tomaba con el Silencioso, no le bastaba para mantener un diálogo fluido.

—Afra —le habló a la madre—, Walid ha aumentado de peso y de largo. Eso está muy bien. —La felicidad asomó al rostro de la muchacha—. De todos modos, aún está por debajo de los estándares normales. ¿Has podido darle carne, huevo y leche?

—Leche siempre. La que nos dan en la oficina de la UNRWA. Carne y huevo, no. Sólo a veces.

—¿Con qué agua la preparas? La diarrea de Walid se debe al agua.

—Es la de la llave, *tabiiba Matilde* —contestó la madre, con aspecto culposo—. No tengo dinero para comprar la mineral.

—¿La hierves como te dije?

—Mi suegra se enoja. La garrafa no dura nada si hago eso, y cuesta mucho dinero.

Era un callejón sin salida, y Matilde se desanimaba minuto a minuto. De todos modos, pensó, las enormes cantidades de cloruro con que intentaban potabilizar el agua de la Franja de Gaza no desaparecerían aunque la hirvieran. Bondevik le había explicado que, en ciertas zonas, el nivel de cloruro alcanzaba los mil miligramos por litro, cuando el máximo permitido por la Organización Mundial de la Salud era de doscientos. Se trataba de un agua casi venenosa.

—Satoshi —dijo Matilde—, tráeme cuatro botellas de agua mineral. —Se giró hacia Afra y le preguntó—: ¿Podrás cargar cuatro botellas de agua mineral? Son de dos litros cada una.

—¡Oh, sí! Mi sobrino me ha acompañado hoy. Él las cargará.

«Para algo sirven las familias numerosas con falta de trabajo», pensó, furiosa.

—Escúchame, Afra. Esta agua es sólo para Walid. Es preciso que prepares sus mamilas con agua mineral. Es imperativo detener la diarrea —remarcó—. Además, diluirás estas gotas en la leche. —Matilde continuó con sus indicaciones hasta asegurarse de que la joven madre (no tendría más de dieciocho años) hubiera comprendido el procedimiento.

—*Tabiiba Matilde* —dijo Afra—, tal vez pueda empezar a comprar carne de cordero, huevos y agua mineral para Walid. Mi esposo se ha presentado hoy en las oficinas de la empresa que empezará a construir la desalinizadora. Él es buen albañil. Aprendió el oficio con un israelí de Ashkelon. El año pasado le quitaron el permiso para trabajar en Israel y todo se arruinó.

—¿Por qué le quitaron el permiso?

—No se lo dijeron. Una mañana, como de costumbre, se presentó en Erez, pasó la tarjeta magnética por el control y se la rechazó. Razones de seguridad, eso fue lo que le dijo el soldado. Por más que el patrón de mi esposo luchó para que volvieran a darle el permiso, fue en vano. Mi esposo jamás ha estado preso y es demasiado joven para haber participado en la *Intifada*. Y desde entonces, vivimos de lo que nos da la UNRWA y de mis suegros. —La voz había ido languideciendo hasta casi desaparecer con la palabra «suegros».

Matilde sabía que, en la mayoría de los hogares gazatíes, las madres de los esposos solían ser crueles con sus nueras. Al menos, así lo afirmaban Intissar y Firdus Kafarna, que había sufrido bajo el yugo de la madre de Marwan hasta que éste consiguió trabajo en las oficinas de la UNRWA y alquilaron un departamento para vivir solos. Afra debía de padecer una situación similar.

—Afra —dijo Matilde—, anótame el nombre completo de tu esposo, el número de su identificación, su dirección y teléfono.

—No tenemos teléfono. Le daré el de mi hermana, que vive en Gaza. ¿Por qué me pide esto, *tabiiba Matilde*? ¿Usted conoce a alguien en la empresa que construirá la desalinizadora?

—Tal vez pueda ayudarlos —dijo, con acento evasivo, al tiempo que pensaba en Shiloah Moses, que, a esa hora, estaría con Juana al norte de la Franja en un acto político para plantar la piedra fundamental de la desalinizadora. Por la noche cenarían en casa del Silencioso, y aprovecharía para pedirle que intercediera por el esposo de Afra.

Apenas abandonaron el campo de refugiados de Khan Yunis, Bondevik se detuvo en una estación de servicio para cargar gasolina y medir la presión de las llantas. Allí se encontraron con Lior Bergman. No era de extrañar, Khan Yunis estaba circundado por asentamientos judíos, y el militar de la Brigada Givati era responsable de la seguridad de los colonos y de la de los caminos por donde circulaban para alcanzar el territorio israelí. Bondevik la invitó a descender del vehículo para saludar al teniente coronel, el cual aceptó la mano que le extendía y la contempló con un ardor que aun el médico noruego, por lo general un despistado, apreció.

—¿Cómo se llama aquel asentamiento? —se interesó Bondevik, y señaló el caserío, cuyos techos de tejas a dos aguas asomaban entre los árboles y la dunas.

—Ése es Gush Katif —contestó el militar israelí—. Me encantaría mostrárselo. Es una obra digna de admiración. Prácticamente se abastecen de energía solar y han convertido esta parte de la Franja, muy estéril, en un vergel.

«Porque no tienen problemas para conseguir agua», dedujo Matilde. «Y de la buena.» Con todo, sonrió y aceptó, junto con su jefe, dar un paseo al día siguiente por el asentamiento. En realidad, no estaba interesada en conocer Gush Katif sino en el poder del militar israelí que comandaba, entre otras cosas, el puesto de Erez. Si el esposo de Afra no conseguía trabajo en la construcción de la desalinizadora y si Shiloah no podía ayudarlo, le pediría a Lior Bergman que le habilitara la tarjeta magnética que le permitiría salir de Gaza. Hacía mal, lo sabía. Además de ponerla en un aprieto sentimental con el militar israelí, su comportamiento podía costarle la expatriación. Manos Que Curan no toleraba ese tipo de intervenciones. Vanderhoeven había sido permisivo en el Congo mientras ella enredaba a Nigel Taylor en los asuntos de Kabú y de Tanguy. «No puedes salvarlos a todos», le había advertido el médico belga. No le importaba. Si salvaba sólo a Walid, si preservaba su cerebro, le bastaría. En verdad, le daba cargo de conciencia especular con los sentimientos y la amistad del militar; otro tanto había hecho con Nigel Taylor. «Tan mal no me salió», se justificó, al acordarse de que Kabú estaba de regreso en la Misión San Carlos y con el rostro prácticamente reconstruido.

A las ocho, de regreso en el Hospital Al-Shifa, se cambió, se aseó y se peinó con el ánimo por el suelo. No sólo se trataba de la impotencia que le suscitaban las carencias de los gazatíes, sino de la falta de noticias de Jérôme y de Al-Saud. Les enviaba bendiciones y se instaba a no preocuparse. Sólo la esperanza de encontrarse con Juana en casa del Silencioso le levantaba el espíritu. Su amiga era capaz de arrancarle risotadas en los peores momentos. No se equivocó. En tanto Ariela Hakim, el Silencioso y Shiloah se dedicaban a soñar con un Estado binacional, Matilde apartó a Juana y le contó lo ilusionada que estaba por formar una familia con Jérôme, Kolia y Eliah. Juana lagrimeó, emocionada, para después agitar el dedo y desplegar su índole.

—¡Te conozco, Matilde Martínez! Te vas a partir el alma cuidando a esos dos niñitos y vas a dejar de lado al papito. ¡Sí, no me mires con esa cara! Te prohíbo que cometas el error de convertirte en una madre de esas que se olvidan que también son mujeres. ¡Tú eres una mujer que tiene un hombre muy intenso y dominante al lado! No sé, come jalea real en ayunas, toma spirulina, un complejo vitamínico, lo que sea, pero no dejes de coger con él tantas veces como te lo pida. ¿Me has entendido?

⁕ ✤ ⁕

Fauzi Dahlan y Udo Jürkens se mostraban preocupados. El Príncipe de Marbella había partido hacia París el 30 de diciembre con el mensaje codificado y, al 31 de enero, seguía varado en la capital francesa esperando la respuesta de Anuar Al-Muzara. Antoine les había ratificado que Rauf Al-Abiyia le había entregado el columbograma en la casa de la *Quai* de Béthune. Ese mismo día, él lo había colocado dentro del tubito de metal y sujetado a la pata de una de las palomas de Anuar Al-Muzara antes de echarla a volar. A Jürkens, después de tanto tiempo tratando con palomas mensajeras y columbogramas, se le ocurrió hacerle una pregunta en la que nunca había reparado:

—Antoine, las palomas que posees del señor AM —no mencionaban el apellido Al-Muzara para no alertar al sistema de escucha ECHELON—, ¿son nuevas? ¿Te las envió él hace poco?

—No, señor. Son las de siempre. De hecho, estoy quedándome sin. El señor Moses tendrá que ir a buscarlas, o el señor AM traerlas.

Jürkens se preguntó cómo era posible que se tratara de las mismas palomas, entrenadas para volver a un sitio específico, si era sabido que el terrorista palestino se movía de un escondite a otro, rara vez pasaba seis meses en el mismo lugar.

—Antoine, si una persona se mudara continuamente, ¿cómo haría para entrenar a sus palomas cada vez?

—Eso no sería posible, señor, o sería difícil, me refiero, adaptarla cada vez a un palomar diferente. Creo que terminaría confundida y ya no sabría orientarse.

—Entonces, ¿cómo haría una persona que se muda continuamente para comunicarse con palomas?

—Pues esa persona tendría que fijar su palomar en un sitio y regresar cada vez que necesite retirar los mensajes.

La afirmación desanimó bastante a Jürkens porque se preguntó si Anuar Al-Muzara tendría previsto visitar su palomar. ¿Adónde lo habría fijado? Sólo contaban con la punta de un hilo para dar con Mohamed Abú-Yihad: Eliah Al-Saud. Teniendo en cuenta que atraparlo no resultaría fácil, ni siquiera para su cuñado, menos aún extraerle la ubicación del escondite de Abú-Yihad, Jürkens comprendía que la misión se extendería riesgosamente en el tiempo. Si el secreto de Saddam Hussein llegaba a oídos de la CIA o del Mossad, las consecuencias para Irak serían lapidarias.

⚮

Anuar Al-Muzara se había quitado las sandalias para percibir la consistencia de la arena húmeda mientras caminaba por una playa de las afueras de la ciudad de Tiro, al sur del Líbano, desde donde operaba desde hacía algunos meses. Dos de sus hombres lo seguían a distancia prudente, con los AK-47 en bandolera. Si bien se trataba de una zona despoblada, las armas de sus custodios disuadirían a quien decidiera alterar la soledad del lugar. Necesitaba pensar, y el sonido de las olas que rompían a pocos metros, el del viento y los graznidos de las gaviotas lo serenaban y lo predisponían para silenciar su mente alborotada.

Bajó la vista y volvió a revisar el columbograma. Tres días atrás, junto con un dinero recibido a través de la *hawala*, el *hawaladar* le susurró: «La gallina ha puesto un huevo», lo que significaba que en el palomar que mantenía al sur de la Franja de Gaza desde hacía más de diez años lo esperaba un columbograma. A través de un intrincado sistema de estafetas, el mensaje encriptado salió de la Franja, se embarcó en un buque pesquero en el puerto de Haifa, pasó por el de Acre y llegó al de Tiro tres días después. Pocas horas más tarde, Al-Muzara lo tenía en la mano y lo descifraba sin necesidad de consultar el código. «*Encuentro urgente. Fija día, hora y lugar.*» Se trataba de un mensaje escueto, que no ofrecía explicaciones, bastante impropio de Gérard Moses. Lo contestaría de inmediato y fijaría las señas para la reunión, en cuyo motivo no se detuvo a pensar. En ese momento, su energía y su atención se enfocaban en el golpe que, con poco dinero y mucha maestría, llevaría a cabo dos días más tarde, el jueves 4 de febrero por la noche. Temblarían los cimientos de Israel. Los del mundo también crujirían.

13

El viernes 5 de febrero, muy temprano, Matilde concluyó la guardia nocturna y se dirigió al vestuario para cambiarse. Ansiaba llegar al departamento de la calle Omar Al-Mukhtar y dormir ocho horas seguidas. En la recepción del hospital la sorprendió un tumulto que vociferaba. Todos hablaban y nadie parecía interesado en escuchar. Avistó a Intissar, evidentemente recién llegada —todavía iba vestida con su ropa—, y, cuando sus ojos se encontraron, el ritmo cardíaco de Matilde se alteró: algo grave había sucedido. Intissar se acercó, la abrazó y lloró. Se sentaron en las butacas de la sala de espera con las manos tomadas.

—Matilde —sollozó la joven palestina—, estamos perdidos.

—¿Por qué? ¿Qué ha sucedido?

—Anoche, un grupo terrorista secuestró a dos soldados del puesto de control de Sufa y hoy, hace menos de dos horas, volaron un autobús lleno de colonos del asentamiento de Morag que cruzaba la Franja para ir a Israel. ¡Todos muertos! ¡Los treinta y tres! ¡Pobre gente! ¡Dios mío, la ira de Israel nos borrará del mapa! ¡No podré resistirlo! ¡Toques de queda! ¡Tanques en las calles! ¡Disparos! ¡Explosiones! ¡Allanamientos! ¡No! ¡Otra vez no!

Matilde la abrazó y la apretó con vigor en el acto de contener el ataque de histeria de su amiga, que lloró amargamente hasta empaparle la pechera del saco. La dejó hacer para que se desahogara, mientras ponía en orden la información. Pensó en Eliah. Ojalá no se enterara de la situación dramática porque, a la distancia, se angustiaría. No volvería al departamento, se dijo. Iría a hablar con el Silencioso. ¿Qué se esperaba de lo que acababa de acontecer? Se le ocurrió llamar a Lior Bergman, nadie mejor que él conocería las consecuencias de los actos terroristas. Ella y Bondevik habían compartido un agradable momento días atrás con el militar cuando les mostró el asentamiento de Gush Katif. Matilde, al no percibir la energía sexual que parecía dominar a Bergman cuando la observaba, había bajado la guardia y disfrutado del paseo. Rebuscó la tarjeta del militar en su *shika* y le pidió a la recepcionista del hospital que le facilitara el teléfono.

—*Shalom?* —En el saludo, le notó la preocupación.

—Hola, Lior. Soy Matilde Martínez.

—¡Matilde! ¿Cómo estás?

—Preocupada, a decir verdad. Lamento mucho lo que ha sucedido, tanto a los soldados como a esos pobres colonos.

—La situación es grave y complicada —admitió Bergman.

—¿Qué sucederá ahora, Lior?

—Nada bueno. —Se escucharon unas voces enfáticas en hebreo—. Tengo que dejarte, Matilde. Lo siento.

—Sí, claro.

Devolvió el auricular al teléfono, y la mirada se le perdió. Tal vez Intissar tuviera razón: un infierno se desataría en la Franja de Gaza. Salió del hospital deprisa. Quería llegar a casa del Silencioso. Ya no pensaba en dormir. Se dijo que probablemente no lo encontraría; estaría en la escuela de Jabalia o dando clases en alguna de las universidades en las que trabajaba. Matilde apartó el cancel y cruzó los pocos metros hasta la entrada de la casa. Entró sin tocar —la puerta raramente estaba con llave— y lo halló solo, en el comedor, circundado de un mutismo inusual. Escribía en la computadora con ritmo frenético.

—Sabir.

El Silencioso levantó la vista, y su mirada la sobresaltó. Sus ojos grandes y negros reflejaban la tormenta que se desataba en su interior y que lo impulsaba a descargar una energía agresiva sobre el teclado. Se quedó observándola como si se tratara de una aparición.

—¿Por qué pasó lo que pasó? —musitó ella, acobardaba por el silencio y por la actitud de un hombre al que sólo conocía tranquilo y equilibrado.

—¿Quieres la historia desde el 48 o los acontecimientos de los últimos días? —Rio con cansancio y tristeza, y se puso de pie—. Ven, vamos a la cocina y preparemos café. Me vendrá bien una pausa.

—¿Qué estás haciendo?

—El teléfono no ha dejado de sonar desde muy temprano. Varios periódicos de Israel y de Francia me han pedido que escriba un editorial sobre lo que acaba de ocurrir.

–Tú nunca te relacionas con la prensa –le recordó Matilde–. Por algo te llaman el Silencioso.

–Creo que ha llegado el momento de romper el mutismo.

El aroma intenso del café se coló por las fosas nasales de Matilde y le alteró el ánimo; de pronto, se sintió mejor. Mordisqueó una galleta de sémola y sorbió el café respetando el silencio de su amigo.

–Al llegar, me preguntaste por qué pasó lo que pasó. –Matilde asintió–. La historia general la conoces. Hay suficiente rabia y dolor para hacer volar una ciudad entera. Estos hechos, los de anoche y de esta madrugada, son la respuesta al plan de Tel Aviv de ampliar los asentamientos judíos en Jerusalén, extendiéndolos hacia el este, una zona tradicionalmente árabe. Arafat expresó hace unos días que ese proyecto significa un estancamiento en el proceso de paz y que es una afrenta a los Acuerdos de Oslo. Saeb Erekat...

–¿Quién es ése?

–Un funcionario de la Autoridad Nacional Palestina, el jefe de los negociadores de la paz con Israel. Pues bien, él declaró que el programa de expansión israelí en Jerusalén es una declaración de guerra a la presencia palestina en la ciudad santa. Los ánimos se caldearon, como imaginarás. Todos empezaron a manifestar opiniones, nadie escucha a nadie. La Autoridad Palestina está desacreditada, el gobierno de Netanyahu provoca, porque, en realidad, le importa muy poco la paz, y los que apuestan por la violencia, aprovechan la ocasión, como siempre.

–¿Quiénes son ésos? ¿Quiénes pusieron la bomba en el autobús con los colonos?

–Mi hermano –declaró el Silencioso, y fijó la vista en Matilde, cuyos ojos se arrasaron al descubrir el dolor en los de su amigo.

–Sabir –dijo, y le apretó la mano–, ¡cuánto lo siento! ¿Qué va a pasar ahora? ¿Qué hará Israel?

El Silencioso sacudió los hombros con una risa muda e irónica.

–Hará lo único que sabe hacer. Devolver el golpe. Ésta es una rencilla basada en el ojo por ojo, diente por diente. Nadie parece darse cuenta de que estamos quedándonos ciegos, las dos partes. No hemos ganado mucho, ni ellos ni nosotros. Por supuesto, los palestinos somos los que llevamos las de perder, pero los israelíes no son felices tampoco. Vivir en el miedo, en la desconfianza y en el odio destroza la dignidad humana. Y eso es en definitiva lo que somos, todos, ellos y nosotros, seres humanos. Pero las identidades se imponen. Yo soy palestino, tú eres israelí. Yo soy blanco, tú eres negro, amarillo, verde... Nadie supera el complejo de identidad. Es uno de los grandes desafíos del hombre, superar la ceguera que nos produce la identidad. Nos vuelve egocéntricos y deshonestos con nuestra propia alma humana. Nuestra necesidad de identidad nos enceguece, nos hace temerosos de aquello que es distinto, cuando en verdad, somos iguales en esencia, todos con la misma alma. La identidad justifica los males, hasta el de la guerra. Ya ves qué fácil es caer en ella. Y a nadie parece importarle que, después de cincuenta años, todo siga igual. Nadie apuesta al cambio, nadie se atreve al cambio profundo, que implica poner el corazón y quitarse las máscaras de la identidad. La desconfianza nos ha vuelto de piedra.

—¿Por qué? —se desesperó Matilde—. Después de cincuenta años, probar un cambio de actitud sería hasta inteligente.

—Porque a quienes manejan el conflicto (tras bambalinas, por supuesto) no les conviene. El *statu quo* debe imperar. Está diseñado para cumplir objetivos ulteriores que muy pocos conocen. —El Silencioso desvió la mirada hacia la ventana de la cocina y dijo—: Pegaré de nuevo cinta en los vidrios.

—Sabir, ¿será muy terrible?

—Sí, lo será. Deberías irte, Matilde.

—No. Sólo pienso en Amina y en los demás niños.

—Sacaré a Amina de la Franja apenas sea posible. Hablé con tío Kamal antes de que tú llegaras. Él irá a recogerla en su avión privado a Ammán y la llevará al norte de Italia, donde están pasando una temporada en casa de los padres de tía Francesca.

—¡Debes sacarla hoy mismo, Sabir!

—¿Crees que no lo haría? Matilde, la Franja ha sido sellada y por tiempo indefinido.

⋅⥲ ⚘ ⥲⋅

El viernes 5 de febrero, temprano por la mañana, Al-Saud estacionó el Mercedes Benz en uno de los patios traseros del Palacio Republicano, el que daba a la enorme cocina. Kusay Hussein acababa de advertirle por teléfono que pasaría el día de descanso musulmán en ese palacio. Eliah, que había creído que lo hallaría en la piscina, se sorprendió cuando le dijeron que estaba en su oficina. Kusay, echado en un sofá, miraba la televisión con el control remoto en una mano y un cigarrillo en la otra. Sin saludarlo, señaló la pantalla y expresó:

—Los israelitas se pasarán los Acuerdos de Oslo por el culo, ya verás, Kadar.

Al-Saud se detuvo junto al sofá y observó la pantalla. Netanyahu, enfurecido, sacudía el índice en una asamblea del *Knesset* y aseguraba que, si la Autoridad Nacional Palestina no estaba preparada para lidiar con esos asesinos desalmados, a Israel no le quedaría opción: invadiría la Franja de Gaza para limpiar la escoria. Manifestó que esa «limpieza» llevaría mucho tiempo, pues se operaría manzana por manzana y casa por casa. Con una inflexión dramática, declaró: «Retirarnos sin lograr el objetivo primordial, que es destruir el corazón terrorista de Hamás, equivaldría a una derrota, y eso no lo aceptaremos». El primer ministro pausó su discurso, inspiró profundamente y retomó la arenga con acento ominoso. «Exijo a quienes secuestraron a los soldados Mokotoff y Kuzinsky que los devuelvan con vida dentro de las próximas setenta y dos horas. De lo contrario, Israel entrará en la Franja a rescatarlos.»

–Perro sionista –escupió Kusay–. Todos saben que esos dos infelices ya no están en la Franja. Es sólo una excusa para invadir y matar palestinos al por mayor.

Al-Saud no oyó el comentario de su jefe, un zumbido lo ensordecía; tampoco veía con nitidez la pantalla, la vista se le había nublado. Un rugido sordo acababa de estallar en él: «¡¡Matiiildeee!!».

Luego de la declaración de Netanyahu, el noticiero puso al aire a un Yasser Arafat viejo y tembloroso, de aspecto más descuidado que el usual, que se esforzaba en desplegar un temple furioso cuando, a todas luces se apreciaba, estaba cansado y derrotado. El líder de la OLP respondió a las amenazas del primer ministro Netanyahu manifestando que la actitud prepotente del gobierno israelí provocaba a los sectores más radicalizados de Palestina y propiciaba los ataques terroristas. «Y no me refiero solamente al programa de expansión de los asentamientos israelíes en Jerusalén Oriental, sino a la política de asfixia a la que somete a la Franja de Gaza con los cierres arbitrarios y caprichosos de los puestos de control, que impiden a la gente hacer una vida normal. ¡La Franja se ha convertido en una prisión a cielo abierto!» Yasser Arafat obligaba a la ONU a intervenir e impedir la masacre que perpetrarían los tanques israelíes en Gaza.

–¿Qué opinas, Kadar? ¿Qué hará la ONU?

–¿Cómo, *sayidi*? –Al-Saud carraspeó, se repuso de inmediato–. Disculpe, no he oído su pregunta.

–¿Qué crees que hará la ONU? ¿Intervendrá para impedir la invasión?

Al-Saud ensayó una sonrisa irónica y sacudió los hombros buscando tiempo para serenarse y poder hilar dos frases coherentes.

–*Sayidi*, la ONU es un circo, un esbirro de los Estados Unidos. En el 67, después de la Guerra de los Seis Días, emitió la Resolución 242, que exigía a Israel que se retirara de Gaza, de Cisjordania y del este de Jerusalén. ¿Acaso atacaron a los israelíes como nos atacaron a nosotros en el 91 por no cumplir la Resolución 660, la que nos exigía que abandonásemos Kuwait? Jamás. E Israel se mantiene en esos territorios (porque lo de los Acuerdos de Oslo es una burla) desde hace treinta años. Nadie ha tirado siquiera un fuego artificial en Tel Aviv.

—Oh, Kadar, eso está por cambiar —expresó Kusay, arrastrado por la pasión del discurso de su subordinado.

—¿Acaso en esta ocasión —simuló sorprenderse Al-Saud— la ONU los atacará?

—¡No, mi amigo! La ONU seguirá siendo el esbirro de siempre. Pero alguien les dará su merecido a esos hijos de puta sionistas.

—*Inshallah!* —exclamó Al-Saud, con una expresión reveladora de su incredulidad.

—Ya lo verás, Kadar. Y ese día, te sentirás orgulloso de ser iraquí.

—¡Ya lo estoy, *sayidi*!

—Lo estarás todavía más cuando tu país se convierta en la primera nación árabe en enfrentar a Israel y destruirlo —dijo, con la vista en la televisión.

—Espero que sea pronto, *sayidi*, así nuestros hermanos de Gaza no tienen que sufrir un nuevo ataque.

Al-Saud se quedó mirándolo, a la espera de una contestación que no llegó. Evaluó la conveniencia de seguir indagando y desistió; en esos diez días con el segundo hijo del presidente iraquí se había dado cuenta de que no trataba con un tonto, por el contrario, era un hombre inteligente, al que no se le escapaba detalle y con capacidad para considerar varios asuntos al mismo tiempo, como por ejemplo, ver el noticiero y prestar atención a las actitudes de un subordinado. Había descubierto que, al igual que él, Kusay Hussein era un Caballo de Fuego. Decidió no presionar; se comportaría con prudencia porque, meditó, a él no le hubiera gustado que un empleado lo interrogara, por muy patriótico y leal que se mostrara.

Al día siguiente, conoció a Fauzi Dahlan. Después de tanto tiempo de escuchar su nombre, especulando acerca de su relación con Udo Jürkens, el hombre, de alrededor de sesenta años, estatura mediana y rostro de piel oscura, tosca y avejentada, se hallaba frente a él. Lo escoltó hasta el despacho de Kusay en el Palacio Al-Faw, donde se encerraron para conversar. A un ademán de su jefe, Eliah salió y simuló cerrar la puerta, delante de la cual se apostó como una columna en su rol de guardaespaldas. Se lamentó de no haber plantado un micrófono; se había echado atrás al enterarse de que, de manera aleatoria y en cualquier momento, el *rais* Hussein mandaba «limpiar» los despachos y las habitaciones más allá de que cada equipo de custodios lo hiciera por la mañana. Para muchos, la desconfianza de Saddam Hussein rayaba en la neurosis; no obstante, la neurosis lo mantenía con vida.

Pese al silencio reinante en el palacio, esos dos mascullaban, y Al-Saud distinguía apenas palabras sueltas, como «base», «reserva», «el profeta», «*blueprint*». ¿Paloma? ¿Dahlan había dicho «paloma»? *Hammamah*, sin duda, era paloma. ¿Tendría otra acepción además de la tradicional, la que se utiliza para denominar al ave? Enviaría un mensaje a *L'Agence* para que los expertos en lengua árabe investigaran. De pronto se acordó de lo que, a mediados de septiembre del año anterior, le había referido un empleado de la Mercure, experto en rastreos y en seguimientos, Oscar Meyers, mientras reportaba los movimientos de Anuar Al-Muzara en París: Antoine, el casero de la mansión de la *Quai* de Béthune, le había abierto la puerta con una paloma parada en el brazo. El recuerdo desató una tormenta de conjeturas, y de nuevo se cuestionó acerca de la relación entre Gérard y Anuar. ¿Seguirían siendo amigos? ¿Los uniría la pasión por la colombofilia? ¿O, en realidad, Anuar era amigo de Antoine, que le proveía un sitio perfecto para esconderse en Francia? El hijo de *monsieur* Antoine parecía tenerles pánico a los amigos de Shiloah y de Gérard, excepto a Anuar, al único que le dirigía la palabra y siempre para hablar de palomas. ¿Por qué no había matado a ese hijo de puta aquel día en el estacionamiento del George V o frente a la tumba de Samara? ¿Qué clase de estupidez se había apoderado de él para dejarlo con vida?

Pensó en Matilde, sola en Gaza, y por un momento lo asaltó un deseo irrefrenable de mandar todo al carajo para ir a sacarla de ese caldero a punto de estallar.

Los gobiernos europeos exhortaban a Israel a que depusiera los planes de invasión a la Franja. Bill Clinton, el gran artífice de la fotografía de Yitzhak Rabin y Yasser Arafat dándose la mano, opinaba que, si el líder de Hamás, el jeque chií Ahmed Yassin, y el jefe de su brazo armado, Anuar Al-Muzara, seguían libres, el proceso de paz estaba condenado a fracasar. Benjamín Netanyahu vociferaba ante cuanta cámara se colocara frente a él que si la Autoridad Nacional Palestina no apresaba y entregaba a Yassin y a Al-Muzara, el *Tsahal*, es decir, las Fuerzas de Defensa Israelíes, iría a buscarlos a la Franja de Gaza, donde se escondían y mantenían secuestrados a Mokotoff y a Kuzinsky, más allá de que a nadie, ni siquiera al Shabak ni al Mossad, le quedaban dudas de que los líderes terroristas y los soldados habían salido de Gaza varios días atrás, probablemente a través de los túneles excavados en las afueras de Rafah que comunican con Egipto.

El mundo estaba convulsionado, y las voces de las personalidades de la política, de las organizaciones humanitarias, de los líderes religiosos y de los hombres y mujeres de la cultura se elevaban para expresar una opinión, lo que convertía la escena en el foso de un teatro, donde los instrumentos de la orquesta concertaban sin ton ni son, y su intensidad iba *in crescendo*, anunciando una explosión con consecuencias inimaginables.

Yasser Arafat, en un manotazo de ahogado, había soltado a sus muchachos de la Fuerza 17 y a los agentes de la Policía en la Franja de Gaza para buscar y apresar a los terroristas, a condición de que Israel permitiera la salida y el ingreso de camiones, en especial los que transportaban alimentos y medicinas, y de las personas con problemas de salud y con trabajos en Israel y en Cisjordania. En un acto de buena voluntad y para acallar la condena internacional, Netanyahu ordenó que los puestos de control se abrieran, aunque intensificó tanto los controles que la mitad de los gazatíes tuvieron que regresar a sus casas sin trasponer la frontera.

Sabir Al-Muzara no perdió tiempo: cargó a Amina en su automóvil, superó los controles de Erez en gran parte gracias a su renombre y a su pasaporte francés y viajó a Jordania. A causa de su apellido, un soldado israelí lo detuvo en el Puente de Allenby, que cruza el Jordán y conecta Jericó con el país vecino. Por fortuna, el comandante a cargo del puesto de control lo reconoció como el premio Nobel de Literatura 1997 y le permitió avanzar. El avión de Kamal aterrizó en el Aeropuerto Reina Alia al día siguiente. La niña, muy entusiasmada porque viajaría en avión, se desoló al comprender que su padre no la acompañaría. Ella no conocía a ese señor de cabello blanco y no quería partir con él.

—Te divertirás muchísimo con tío Kamal y con tía Francesca. Podrás jugar con el hijo de tío Eliah, que se llama Kolia.

—¿Kolia? —repitió Amina, sorbiéndose los mocos.

—Sí —dijo Kamal—, mi nieto Kolia está esperándote. Tía Francesca le ha hablado mucho de ti y quiere jugar contigo.

Kamal, que acababa de comprar en una juguetería del aeropuerto una muñeca y varios peluches para que Amina se entretuviera en el avión, adelantó la entrega y consiguió granjearse un poco de confianza. La despedida, igualmente, fue dolorosa, y, ante el llanto desconsolado de Amina, el Silencioso estuvo a punto de llevársela de regreso a Gaza, a lo que Kamal se opuso con voluntad férrea.

—Cuando termine el peligro —añadió, y le quitó de un jalón la documentación de Amina—, la traeré de regreso. Y tú, muchacho insensato, deberías venir conmigo.

—Tío, mi lugar en este momento está en Gaza.

Matilde, con el ánimo por el piso, no sólo por la situación tensa en la Franja sino porque seguía sin noticias de Al-Saud —el día anterior, 7 de febrero, cumpleaños de Eliah, lo había pasado rememorando lo vivido en la hacienda de Ruán un año atrás—, lloriqueó al enterarse de que Amina había partido hacia Italia. Sin duda, era lo más juicioso y conveniente; de igual modo, la perturbaba su ausencia, extrañaba su alegría y su parloteo; además, evidenciaba la gravedad de la situación. Al final, terminó pensando en Jérôme, y el llanto recrudeció. El Silencioso no sabía qué hacer. Se sentó a su lado, con la vista clavada al frente, y se embarcó en un soliloquio mudo que comenzó cuando se preguntó por el sentido de la vida.

El *in crescendo* explotó la noche del 9 de febrero, cuando una brigada de soldados del *Tsahal*, advertidos por una llamada anónima, halló el cadáver del soldado Mokotoff en la zanja de una quinta en las afueras de Rafah. La noticia enmudeció a la comunidad internacional, y los países que días atrás obligaban a Israel a medir su represalia, condenaron el asesinato con expresiones acerbas.

El miércoles 10 de febrero, temprano por la mañana, Matilde salió de su edificio para caminar hasta el Hospital Al-Shifa. La visión de Abú Musa desplegando el toldo de su puesto la tranquilizó, como si la mansedumbre del hombre, que ahora se disponía a freír las pelotitas de *falafel* que le preparaba su esposa, confiriera la idea de normalidad.

—*Sabaah al-kayr, Abú-Musa* (Buenos días, Abú Musa).

—*Sabaah an-nuur, tabiiba Matilde.*

Matilde le sonrió, compró un cono cargado con *falafel* y emprendió la marcha al hospital. Por más que elevara la vista al cielo y admirara el azul cerúleo, matizado con nubes de un blanco impoluto y espesas como puñados de algodón, no lograba quitarse de la cabeza la imagen de su vecina, Firdus Kafarna, que la noche anterior, al enterarse de la aparición del cadáver del soldado israelí, se había escabullido al departamento de Matilde para llorar sin que los niños y su esposo Marwan la vieran.

—¡No dejarán una casa en pie! —se lamentaba, y acompañaba sus afirmaciones con sacudidas de manos sobre la cabeza, una costumbre del histrionismo de los palestinos.

–Cálmate, Firdus –la consolaba Matilde–. De seguro no será así. Hay muchas voces que se levantan para proteger a Palestina.

–¡Israel no escucha la voz de nadie, sólo la propia!

Desde el secuestro de los soldados y la masacre de los colonos, Fuerza 17 y la Policía palestina habían ganado las calles de la Franja de Gaza en busca de adeptos de Hamás y de la Yihad Islámica que dieran razón de los artífices de los actos de terror. Guiados por información suministrada por el Shabak, los soldados y los policías irrumpían en las casas de los sospechosos, las revisaban en busca de armas, explosivos o documentos y se marchaban, llevándose prisioneros a los hombres jóvenes, tras una estela de llantos, insultos y caos. Los interrogatorios se desarrollaban con crueldad, y en dos oportunidades ocasionaron la muerte de los detenidos. En el campo de refugiados de Jabalia, sus pobladores recibieron a los de Fuerza 17 y a los de la Policía con una lluvia de piedras y de escupidas y les vociferaron «colaboracionistas». No obstante la severidad con que Arafat encaró la búsqueda de los responsables, fue en vano: ni los soldados ni sus captores aparecían. Hasta la noche anterior, en que Mokotoff fue hallado sin vida, y el aliento del mundo pareció contenerse.

Matilde oyó el ronroneo del avión israelí no tripulado y se hizo sombra para avistarlo. *Zanana* lo llamaban los gazatíes, que significa «zumbido» en árabe, una visión en el cielo a la que se habían habituado. Sobrevolaban el territorio de la Franja desde el 5 de febrero para monitorear los desplazamientos de las personas y de los vehículos; constituían una de las fuentes de información del Shabak.

Matilde trabajó en tensión a lo largo de ese miércoles. Sus colegas palestinos mantenían las radios encendidas a fuerte volumen y cambiaban el dial para sintonizar las distintas emisoras, las que respondían a Al-Fatah o las financiadas con fondos de Hamás o de la Yihad Islámica. Entre cirugía y cirugía, paciente y paciente, Intissar le informaba de las novedades, que, en realidad, eran especulaciones porque tanto el gabinete del primer ministro israelí como el *rais* palestino habían caído en el mutismo desde el hallazgo del cadáver.

A la salida del hospital, Matilde no fue a casa del Silencioso, que seguía ocupado escribiendo editoriales para el diario parisino *Le Figaro* y para los de la familia Moses en Israel, *El Independiente* y *Últimas Noticias*. Ariela Hakim, que se movía de un extremo de la Franja a otro en busca de testimonios y de datos, por la noche se quedaba en casa de Al-Muzara, con quien intercambiaba pareceres e información antes de redactar sus artículos y enviarlos por e-mail.

Matilde no cenó. Se dio un baño y se fue a la cama temprano. Hojeó un ejemplar de la *British Medical Journal* que le había prestado Luqmán

Kelil y, si bien encontró un artículo interesante sobre cirugía coronaria infantil, se dio cuenta de que leía los párrafos sin concentrarse. Su mente saltaba de un tema a otro: de Eliah a Kolia, de la falta de antibióticos y de anestésicos a Amina, del soldado Mokotoff al dolor de su familia, de la niña con espina bífida que habían intervenido al mediodía al soldado Kuzinsky, que seguía cautivo; también pensaba en Anuar Al-Muzara, el responsable de tanto dolor, y en su hermano Sabir. Sobre todo, pensaba en Eliah.

No la despertó el ruido ensordecedor sino las vibraciones, que la invadieron con brutalidad empezando por los pies, trepando por sus piernas, estremeciéndole las entrañas, sacudiéndole los tímpanos y erizándole la piel. Se sentó en la cama con un impulso súbito, se cubrió los oídos en un acto instintivo y no oyó la exclamación que profirió, que nació ahogada por la explosión. Al reflejo de la luz de la calle, vio cómo temblaban los vidrios de la ventana, cruzados por la cinta canela. Saltó de la cama, arrancó la bata de la silla y corrió al comedor, donde encontró a su compañera Mara, que también se protegía los oídos con las manos, tan confundida como ella. Salieron al pasillo al oír las voces familiares de los Kafarna.

—¡No se asusten! —les pidió Marwan—. Son los F-16 israelíes.

—¿Qué son los F–16?

—Los aviones cazas de la Fuerza Aérea israelí. Rompen la barrera del sonido sobre nuestras cabezas.

—¿Por qué? —exclamó Mara—. ¿Para qué?

—Para lograr esto —dijo Firdus—, para hacernos saltar de nuestras camas, para lograr que el corazón nos salte por la boca, para castigarnos por lo del soldado y lo de los colonos, como si todos fuéramos terroristas.

Por la mañana, Matilde llegó, ojerosa, al hospital; no había dormido en toda la noche, aún le zumbaban los oídos y le dolía la cabeza. Se sirvió una taza de café en la sala de cirujanos y se sentó a beberlo para recuperar la compostura. Entró Luqmán Kelil, y Matilde se estremeció ante su expresión empalidecida.

—¿Qué pasa, Luqmán?

—Los Merkavas del *Tsahal* entraron en Rafah.

—¿Los qué?

—Los tanques del *Tsahal*. Están bombardeando un edificio de Rafah.

—¡Qué! —Matilde se puso de pie.

Aumentaron el volumen de la radio. El locutor, con voz enfebrecida, hablaba del ataque. Luqmán le traducía a Matilde en simultáneo. Se trasladaron a la sala de enfermería, donde contaban con una televisión pequeña. Las enfermeras abrieron el círculo en torno al aparato y les permitieron ver las imágenes que transmitía en directo el corresponsal de Al Jazeera. Resultaba perturbador que los tanques, con sus cañones dirigidos hacia un edificio lleno de civiles, descargaran sus obuses en ese instante y a pocos kilómetros del Hospital Al-Shifa. El periodista de Al Jazeera explicaba que, si bien había militantes de las Brigadas Ezzedin al-Qassam dentro del inmueble, que respondían con sus AK-47, también había familias que no se relacionaban con la contienda y que estaban atrapadas.

La cámara de Al Jazeera captó con claridad a los dos terroristas de Hamás, cuyas cabezas, cubiertas con capuchas negras y ajustadas con cintas verdes, se asomaban en el parapeto de la terraza del edificio, cuando disparaban con lanzagranadas RPG-7 al hombro y apuntaban a los tanques. Los misiles impactaron en una vivienda al otro lado de la calle y en un carro cargado con tomates y berenjenas, cuyo propietario había huido para protegerse ante la aparición de los Merkavas.

—¡Malditos hijos del demonio! —masculló Luqmán Kelil—. No contentos con poner en riesgo a las familias del edificio, encima disparan contra los nuestros. ¡Inútiles! Vamos, Matilde. Tenemos que aprestar las salas de cirugía. El Hospital El-Najjar —hablaba del centro médico de Rafah— se verá desbordado antes de la tarde, y los heridos terminarán llegando aquí.

Matilde no siguió a su colega enseguida sino que, con morbosa predisposición, se quedó para presenciar la respuesta de los tanques. Se abrazó a sí misma con la intención de refrenar los temblores que la sacudieron al ver la ferocidad de la respuesta del *Tsahal*. Los cañones de los Merkavas disparaban y reculaban sin pausa y descargaban una tormenta de artillería. El periodista gritaba con un sonido afónico y agudo, casi femenino, horrorizado por lo que filmaban. Una vez que la polvareda comenzó a disiparse, desveló la estructura casi demolida del edificio. Entre los bloques de concreto, hierro y polvo, debían de hallarse los cuerpos de los civiles. Matilde se cubrió la boca, dio media vuelta y corrió tras el doctor Kelil. Debían prepararse. Los esperaba una carnicería.

Al-Saud ocupaba el asiento del copiloto, mientras su compañero, Abdel Hadi Bakr, manejaba la limusina Mercedes Benz que trasladaba a Kusay Hussein hacia el Palacio Republicano, donde lo esperaban su padre y el canciller, Tariq Al-Aziz, para reunirse con Rolf Ekus, jefe de los inspectores de la ONU, que rastreaba armas de destrucción masiva en el territorio iraquí.

–Aumenta el volumen de la radio, Kadar –le ordenó Kusay–. Están hablando de la situación en Gaza.

La voz del locutor inundó el habitáculo de la limusina.

–...la operación israelí, a la que el infame gobierno de Tel Aviv ha bautizado «Furia Divina», y que se dispone a desmantelar la estructura de Hamás en la Franja de Gaza. Los tanques Merkavas del ejército sionista han invadido el territorio palestino hoy, jueves 11 de febrero, durante la madrugada, dejando varios civiles muertos a su paso. La Autoridad Nacional Palestina ha presentado una queja formal ante el Consejo de Seguridad de las Naciones Unidas. Nada justifica este atropello, que traiciona los Acuerdos de Oslo y viola la soberanía del territorio palestino. Se han obtenido tímidas respuestas que no se comparan con la ferocidad del ataque que está sufriendo la población civil de Gaza. Se espera una masacre.

Al-Saud apretó la mano en el borde del asiento, lo mismo que sus dientes, hasta que se dio cuenta y los aflojó, y una serie de pinchazos le martirizaron las encías. La pesadilla que tanto había temido, un ataque directo del *Tsahal* sobre Gaza, se había vuelto realidad. Nadie estaría a salvo en la lluvia de artillería que los tanques israelíes descargarían sobre la Franja. Buscarían nivelarla con el piso. Inspiró profundamente para serenarse. Detestaba caer en la desesperación y en el pánico. Markov y La Diana le impedirían a Matilde comportarse de modo imprudente. Confiaba en ellos, aunque también conocía el sustrato indomable que su mujer ocultaba bajo esa traza de niña. «Alá, siempre bendecido y adorado», expresó, abrumado por la impotencia, «protégela». Matilde era la única persona que lo impulsaba a rogar a Dios.

En el Palacio Republicano, en la sala donde Saddam acostumbraba recibir a los mandatarios de otros países, Kusay encontró al canciller Tariq Al-Aziz, el único cristiano del gabinete, sentado en silencio frente a Rolf Ekus, que le lanzaba vistazos incómodos. Se pusieron de pie y saludaron con apretones de mano al segundo hijo del presidente iraquí, que apartó al canciller para hablarle.

–Hace una hora que estamos esperando, Kusay. No es bueno impacientar al inspector de la ONU.

–Iré a ver qué retiene a *baba*, Tariq.

–Gracias, Kusay.

–Kadar, Abdel Hadi, síganme.

Lo escoltaron hasta el despacho de Saddam Hussein, aún más amplio y suntuoso que el de Al-Faw, con un candil de cristales de dos metros de diámetro, suspendida de la linterna de la cúpula que coronaba el recinto. Los tres hombres se frenaron de súbito bajo el umbral al toparse con dos muchachas vestidas con delantales blancos, que controlaban un sistema de tubos y de redomas por donde circulaba y luego caía la sangre que fluía desde la vena basílica del *rais*.

—¡Pasen, pasen, muchachos! —invitó Hussein, de evidente buen humor.

—*Baba*, ¿qué sucede?

—¿No es claro, acaso? Están extrayéndome sangre. Unos doscientos cincuenta mililitros. Para escribir el Corán con ella, con mi propia sangre, hijo. —Kusay se quedó mudo y quieto—. Vamos, hijo —le dijo el presidente y sacudió la mano libre hacia un extremo del salón—. Muéstrale a Kadar el árbol genealógico que prueba que descendemos en línea directa del Profeta.

Kusay agitó la cabeza para indicarle a su custodio que lo siguiera. Cerca de un ventanal, sobre un atril, había una lámina, ricamente ornamentada, con un árbol genealógico impreso, cuyo encabezado rezaba: «*Saddam Hussein al-Mayid al-Tikriti, segundo Salah Al-Din, el ungido, el líder glorioso, descendiente directo del Profeta*». En la cima del árbol, estaba el nombre de Mahoma y, en la base, se habían detallado los de los nietos de Saddam Hussein.

—Kadar —se oyó la voz portentosa del presidente—, como puedes apreciar, has salvado la vida de un descendiente del Profeta.

—*Sala Allahu alaihi wa salam* —expresó Al-Saud, una fórmula común entre los musulmanes que se menciona después de nombrar al Profeta y que significa: *Que la paz y las bendiciones de Alá estén con él*. Al decirlo, se inclinó en dirección a Saddam, el cual sonrió con satisfacción—. *Sayid rais*, es un honor para mí servir a los descendientes del Profeta.

—*Baba* —habló Kusay, incómodo y enojado ante las excentricidades de su padre—, el inspector Ekus está aguardando en la sala de los mandatarios. El canciller está un poco nervioso. Hace una hora que esperan.

—Déjalos esperar, hijo. Atenderé a ese verdugo de Occidente cuando lo crea oportuno. Y ahora, eleva el volumen de la televisión. Estaba viendo lo que esos hijos de Satán están haciendo en Gaza.

Al-Saud cumplió la orden del *rais* y se ubicó a un costado del aparato. El corresponsal de Al Jazeera, protegido con un casco y un chaleco antibalas, relataba desde el corazón del conflicto. Se había trasladado al centro de la Franja, cerca del borde con Israel, a pocos metros del campo de refugiados Meghazi, donde los tanques y varios vehículos Humvee, en cumplimiento de la misión «Furia Divina», atacaban enclaves de terroristas que solían lanzar cohetes de fabricación casera llamados Qassam a las ciudades israelíes cercanas al límite. Un operativo similar se desarrollaba en las ciudades del norte, Beit Lahia y Beit Hanun, desde las cuales los milicianos de las Brigadas Ezzedin al-Qassam se ensañaban con Sderot y Ashkelon, causando la muerte a miles de civiles israelitas. Así como se mostraba a los de las Brigadas Ezzedin al-Qassam haciendo frente a los tanques, también filmaban a los civiles que huían, despavoridos, arrastrando a niños y ancianos.

A continuación, la cadena televisiva catarí, puso en onda una grabación realizada a primeras horas de la tarde en la entrada principal del Al-Shifa. A la mención del hospital más grande de la Franja, Al-Saud descargó la tensión en el control remoto que oprimía en el puño. Intentó individualizar una cabellera rubia en el caos de ambulancias, enfermeros, heridos y familiares. Sin embargo, no vio a Matilde.

—Nos quieren exterminar —afirmó Saddam Hussein, y sobresaltó a Al-Saud, que no lo había oído aproximarse—. Pero yo los detendré.

Ante el clamor de la comunidad internacional, que pareció despertarse frente a la cantidad de muertos en la Franja de Gaza, la ONU exigió a Israel que detuviera la operación «Furia Divina» porque no garantizaba la seguridad de los civiles. El ministro de Defensa, Yitzhak Mordechai, justificó los ataques de Meghazi, Beit Lahia y Beit Hanun: pretendían construir una zona de seguridad en torno al borde para evitar los lanzamientos de cohetes al territorio israelí. Las cámaras televisivas captaron también las excavadoras israelíes mientras demolían viviendas, arrasaban con cultivos y arrancaban de raíz los árboles frutales y los olivos milenarios. Tel Aviv declaró que los ingresos producidos por las quintas y huertos arrasados financiaban la compra de armamento para las Brigadas Ezzedin al-Qassam.

Era viernes 12 de febrero. La afluencia de heridos había desbordado la capacidad del servicio de cirugía, y a muchos los acomodaban en camillas y colchonetas en los pasillos. La situación, crítica debido al cierre de la frontera que impedía el ingreso de suministros, se volvía dramática con el paso de las horas. Desaparecían las existencias de soluciones parenterales, sondas vesicales, bolsas colectoras de orina, agujas para suturar —las esterilizaban en el autoclave cuando normalmente eran desechables—, hilo de sutura, catéteres y todo tipo de drogas, en especial los calmantes y los analgésicos, por lo que los heridos aullaban de dolor. Como se había bombardeado la central eléctrica y tardarían días en repararla, el hospital se abastecía a partir de sus propios generadores, que funcionaban con diesel, el cual también escaseaba. Faltaba gasolina para las ambulancias, por lo que los vecinos de la ciudad de Gaza extraían el combustible de sus vehículos para donarlo a la Media Luna Roja Palestina y al Al-Shifa. Tenían agua corriente dos horas por día, y ya no se encontraban verduras, frutas, lácteos ni carnes; los alimentos no perecederos se esfumaban en las góndolas de los supermercados y almacenes.

Matilde estaba desmoralizada porque ni siquiera en el momento más crítico de la guerra en el Congo se había visto obligada a amputar tantos brazos y piernas como en esos dos días en Gaza. Sus compañeros hablaban de un armamento nuevo que causaba más mutilaciones que el empleado en otras incursiones israelíes. Como no contaban con laboratorios ni con tecnología, no podían investigar de qué se trataba. Sólo estaban en condiciones de afirmar que era una metralla especial, que cercenaba los miembros, pulverizando el hueso, necrosando rápidamente el tejido y volviéndolo desmenuzable, por lo que se dificultaba la sutura, en especial al no contar con agujas de punta roma. El viernes por la madrugada, Matilde extrajo del muslo de un muchacho de trece años la esquirla de un misil lanzado desde un avión sin piloto y leyó: «*Made in USA*».

A las decenas de heridos se sumaban los casos de quienes padecían gastroenteritis agudas por la escasez de agua potable. La amenaza de una epidemia de cólera sobrevolaba como una nube negra. Mara Tessio trabajó a la par del equipo médico con los niños y los adultos traumatizados por las explosiones, los disparos y el macabro espectáculo de las personas desmembradas. Un niño de Jabalia, que había visto volar la cabeza de su abuelo, desde entonces fijaba la vista en un punto, sus pupilas no reaccionaban al reflejo de la luz y no pronunciaba sonido. Un hombre sufrió un ataque histérico cuando Matilde y Luqmán le comunicaron que su hijo pequeño y su esposa habían fallecido mientras volvían de trabajar en el campo con un carro cargado de pimientos y tomates, y un misil AGM−114 Hellfire había hecho blanco en ellos. El hombre corrió al baño, rompió el espejo de un codazo y se cortó las venas de ambas muñecas. Lo estabilizaron enseguida y lo sedaron. Mara Tessio recomendó atarlo a la cama, aunque parecía imposible que abandonara el estupor en el que había caído.

—¡Matilde, han entrado en la ciudad de Gaza! —Intissar se echó en sus brazos y rompió a llorar—. ¡Ahora vienen por nosotros!

~: ✂ :~

Las Fuerzas de Defensa Israelíes daban vuelta Gaza del revés, ocasionando una estela de muerte y de dolor a su paso, mientras el causante de desatar la furia se hallaba en una apacible hacienda en las afueras de Beirut a la espera de Gérard Moses. Días atrás, había enviado la contestación a su columbograma citándolo en ese lugar apartado de la capital libanesa, para lo cual había abandonado su refugio en Tiro, donde escondían al soldado Kuzinsky.

Echado en un sillón frente a la televisión, con las piernas apoyadas en el borde de una mesa enana, bebía té de menta y buscaba noticias frescas acerca del operativo «Furia Divina». En el suelo, a un lado, se apilaban los periódicos hojeados desde temprano, la mayoría locales, algunos internacionales. Sonrió con una mueca entre satisfecha y burlona cuando la presidenta de la organización humanitaria Los Defensores de los Derechos Humanos, Dorianne Jorowsky, de evidente origen judío, expresó su repudio al castigo colectivo que Israel estaba infligiendo a la Franja de Gaza.

—Como si todos los gazatíes fueran terroristas —añadió la mujer, encolerizada—, lo cual es una falacia.

Su lugarteniente, Abdel Qader Salameh, entró con expresión preocupada.

—¿Llegó Gérard? —quiso saber Al-Muzara.

—No. Está Udo Jürkens acompañado de otros dos hombres, un tal Fauzi Dahlan y Rauf Al-Abiyia.

—¿Qué hace aquí el Príncipe de Marbella? —Al-Muzara se colocó la pistola CZ 75 en la parte trasera del pantalón y volvió a su posición inicial, mientras Salameh encogía los hombros en ademán de ignorancia—. ¿Están limpios?

—Los cacheamos y les quitamos las armas y los celulares.

—Quítales las baterías.

—De acuerdo.

—Hazlos pasar.

Udo Jürkens, consciente de lo irregular de la situación —se suponía que Gérard Moses había convocado el encuentro—, se apresuró a presentar a su amigo Fauzi Dahlan, a quien Al-Muzara conocía de oídas; sabía que era del entorno de Kusay Hussein y un hombre con poder en el Baas iraquí.

—¿Dónde está Gérard?

—Él no vendrá hoy —explicó Udo—. Se limitó a enviar el mensaje para que usted se reuniera con nosotros.

—¿A qué han venido?

—A pedirle que nos entregue a su cuñado. Eliah Al-Saud —manifestó Dahlan.

Anuar Al-Muzara los invitó a sentarse con un gesto de su mano.

—¿Por qué?

—Porque necesitamos que nos revele una información que, al parecer, sólo él conoce.

—¿Por qué yo?

—Porque no es fácil aproximarse a él —habló Jürkens—. Usted, después de todo, es su cuñado. Le será más fácil abordarlo.

Anuar Al-Muzara fijó la vista en la pantalla de la televisión enmudecido. Para él, meditó, sería tan difícil como para cualquiera abordarlo. Después del encuentro en París y de la amenaza que le había lanzado a su mujer, Al-Saud no se mostraría tan paciente ni benévolo. Podía intentarlo, se alentó. Se había convencido de que su idea original de utilizar el dinero de Eliah y sus habilidades en el arte de la guerra no funcionaría.

Una imagen en la pantalla captó su atención. Subió el volumen de la televisión, bajó los pies de la mesa y se inclinó hacia delante en el sillón. Sus visitantes, mudos y a la espera de sus palabras, giraron las cabezas para descubrir qué atraía al jefe de las Brigadas Ezzedin al-Qassam. Una leyenda en la parte baja rezaba: «Conexión en vivo y en directo con la ciudad de Gaza».

⁓ ⚹ ⁓

—¿Cómo que están invadiendo la ciudad de Gaza? —se alteró Matilde, y apartó a Intissar.

—¡Sí, sí! Acabo de escucharlo en la radio. Dicen que vienen a desmantelar los nidos de las Brigadas Ezzedin al-Qassam que se esconden aquí.

—Vamos a la sala de enfermería. Ahí tienen una televisión.

El semicírculo de enfermeras que se cerraba en torno al aparato se rompió para dar lugar a Intissar y a la *tabiiba* Matilde. Se veían los mismos tanques y Humvees que habían asolado otras ciudades de la Franja; avanzaban por la carretera Salah Al-Din. Se hacían comentarios por lo bajo, exclamaciones ahogadas, la tensión vibraba en el aire, Matilde percibía un ardor en la boca del estómago, que se intensificaba en tanto reconocía los paisajes por donde avanzaba la artillería del ejército israelí; de hecho, habían doblado por la calle Bagdad y se aproximaban al hospital.

—¡Los veremos desde la terraza! —exclamó una de las enfermeras, y salieron en tropel hacia el cuarto piso, el último, para acceder al techo del edificio.

Matilde e Intissar las siguieron. Al abrir la puerta de la terraza, las primeras se echaron hacia atrás al oír los metrallazos de los fusiles AK-47 que los miembros de las Brigadas Ezzedin al-Qassam descargaban sobre las formaciones enemigas. El último piso del Al-Shifa les ofrecía una visión inmejorable del enfrentamiento que ocurría a corta distancia. Los soldados israelíes se habían atrincherado en una vivienda desde la cual devolvían los disparos a tres posiciones palestinas, que formaban un triángulo de fuego cruzado. Los Merkavas se abstenían de lanzar obuses.

—¡Miren! —señaló una enfermera, y apuntó hacia un hombre y un niño que se escondían tras una cisterna cilíndrica de concreto, evidentemente sorprendidos por la balacera.

—¡Alá, ayúdalos! ¡Van a morir!

—¡Le dieron! ¡Al hombre le dieron!

Matilde observaba, atónita. No se protegía tras el pretil; de manera inconsciente se había alzado para observar el espectáculo. El hombre yacía boca arriba con un impacto de bala en el pecho, mientras el niño, que lloraba a gritos, lo sacudía y se olvidaba de protegerse tras el tanque cisterna. Nadie la vio evadirse hacia la puerta. Corrió a la planta baja por la escalera porque no perdería tiempo esperando el ascensor. Salió como una ráfaga por la entrada principal, mimetizada en el caos de ambulancias, enfermeros y camilleros, por lo que Markov y La Diana no la vieron. En la calle, la gente corría buscando refugio, y los gritos y llantos competían con los fragores del combate.

Con una orientación por la cual después se cuestionaría —por lo general, era muy despistada—, corrió a una velocidad de la que no se sabía capaz hasta la esquina anterior a una de las posiciones de las Brigadas Ezzedin al-Qassam, una de las puntas del triángulo. Ella sabía que, a la vuelta, se hallaban el tanque, el niño y el hombre. Se preguntó cómo haría para pasar detrás de los terroristas palestinos, parapetados tras los muros inacabados de una obra abandonada. Se hizo la señal de la cruz, se encomendó a la Virgen de la Medalla Milagrosa y echó a correr sin detenerse ante nada, inclinando la cabeza y encogiendo los hombros en un acto mecánico. Saltó sobre escombros, matorrales y sobre el cadáver de un perro. La bata blanca con el logotipo de Manos Que Curan, que no había abotonado, flameaba detrás de ella, lo mismo que su cabello, porque había perdido los pasadores y el chongo se le había deshecho. Le resultó extraño, inverosímil, casi onírico encontrarse de pronto con el niño al que había vislumbrado desde la terraza. Se abalanzó sobre él y lo envolvió con su cuerpo. Lo apretó hasta absorber los temblores que lo recorrían, le murmuró y, corta de palabras —lo poco que había aprendido de árabe la desertó—, se quedó callada, mientras en su mente repetía el nombre de Jérôme.

A gritos, las enfermeras regresaron a la sala para ver de cerca y por la pantalla lo que habían avistado desde la terraza. No daban crédito a sus ojos. La *tabiiba* Matilde se había cerrado como una ostra sobre el niño, y su espalda había quedado expuesta porque el tanque cisterna los ocultaba malamente. La balacera caía desde todas direcciones. Los ojos de Harald Bondevik no se apartaban de la televisión, no pestañeaban; su mente no estaba en blanco sino que estallaba en imágenes y frases inconexas. El camarógrafo ya no filmaba el accionar de los terroristas ni del ejército israelí, sino que se había congelado en la figura diminuta de Matilde, en cuya espalda se observaban con nitidez las manos rojas en forma de palomas.

El teniente coronel Lior Bergman también se hallaba sumergido en un aturdimiento similar. Desde la terraza de la casa que habían tomado por asalto, fijaba los binoculares en un espectáculo para el que sus años de militar no lo habían preparado. Veía con claridad meridiana los chispazos que saltaban en torno a Matilde cada vez que un proyectil impactaba cerca de ella, y se dio cuenta de que los palestinos de la posición enfrentada al tanque cisterna intentaban matarla, probablemente para endilgarle la culpa al *Tsahal* porque sabían, tan bien como él, que un camarógrafo de Al Jazeera los filmaba desde una terraza. Se trataba de una movida inteligente, la gota que desbordaría el vaso, una médica de Manos Que Curan asesinada a sangre fría por las Fuerzas de Defensa Israelíes. La comunidad internacional rugiría de rabia, los organismos no gubernamentales amenazarían con denunciarlos en la Corte Internacional de Justicia de La Haya, la izquierda israelí organizaría una manifestación multitudinaria en Tel Aviv, la ONU se vería obligada a intervenir. Por otro lado, si ordenaba el cese del fuego, la operación quedaría trunca, y los terroristas de Hamás se desbandarían.

Movió la rosca para enfocar el binocular hasta apreciar los detalles de los bucles de Matilde como si los tuviera al alcance de la mano. «Matilde», pensó, y cayó en la cuenta del valor que se requería para emprender una acción de esa naturaleza. La admiraba, además de desearla. Sujetó el micrófono que salía del casco y lo acercó a sus labios.

—¡Alto el fuego! —ordenó—. ¡Retirada! ¡Ahora! ¡Retirada!

Sacudió la cabeza y sesgó los labios en una sonrisa triste al suponer el desconcierto de la tropa.

Matilde siguió apretando al niño aun cuando los disparos ya no sobrevolaban su cabeza ni le arrancaban chispazos al concreto del tanque. Lanzó un alarido al sentir unas manos fuertes y exigentes que la sujetaron por los brazos e intentaron ponerla de pie. Le hablaban, pero ella no comprendía qué le decían. Se dio cuenta de que eran paramédicos de la Media Luna Roja Palestina. Le quitaron al niño, al que todavía estrechaba en su regazo, y la condujeron a la ambulancia, donde la obligaron a recostarse en la camilla. En la bruma de confusión y pánico, su entrenamiento como médica le permitió entender que estaba en estado de *shock*. Cerró los ojos, inspiró profundamente e imaginó el rostro de Eliah.

En la entrada principal del Al-Shifa, la recibió un griterío de vítores y de aplausos. Caras sonrientes se inclinaban sobre ella y le palmeaban la cara o le tocaban el pelo, mientras la camilla rodaba hacia la sala de urgencias. Los rumores disminuyeron cuando las puertas vaivén se cerraron, y la muchedumbre quedó del otro lado. Un médico la revisaba, mientras una enfermera le ajustaba el brazalete con la bolsa inflable para tomarle la presión.

—¿Y el niño? —farfulló en inglés—. ¿Cómo está el niño?

—Está bien. Gracias a usted, *tabiiba* Matilde.

—¿Cómo se llama?

—Se llama Mohamed, *tabiiba*.

⋰ ✿ ⋱

Al-Muzara abandonó el sillón y se acuclilló a unos centímetros de la pantalla de la televisión. Había conectado la videocasetera para grabar la emisión telcvisiva. Udo Jürkens lo vio aguzar los ojos como si intentara discernir algo en la imagen confusa de polvo y movimientos bruscos de la cámara. Intrigado, siguió la línea visual del jefe de las Brigadas Ezzedin al-Qassam, y sólo le bastó un segundo para identificar el objeto de su interés: una joven mujer, de largo cabello rubio, corría hacia un niño acorralado por el fuego cruzado y lo cubría con su cuerpo. En un instante en que la muchacha giró la cabeza sobre el hombro, la cámara de Al Jazeera captó con una nitidez sorprendente sus facciones. «¡Ágata!», vociferó Jürkens para sus adentros.

—Ésa es la mujer de mi cuñado Eliah Al-Saud —declaró Al-Muzara, y la apuntó con el control remoto—. Estoy seguro. La hice seguir por mis hombres en París. Tengo fotografías, incluso una filmación mientras almorzaba en un restaurante de la Avenida Montaigne a finales de septiembre. Si bien haré comparar la filmación con esta grabación, casi no tengo duda: es ella. Es la mujer de Eliah Al-Saud.

—Y la hija de Abú Yihad —se apresuró a añadir Rauf Al-Abiyia, para cubrirse. Había tratado de proteger a Matilde de esos chacales, pero era consciente de que, si el dato salía a luz, Fauzi Dahlan le haría pagar caro que lo hubiera callado.

—¿Qué dices? —se enfervorizó Dahlan, sin advertir la palidez que se apoderaba del semblante de Jürkens.

—Digo que es su hija menor —confirmó Al-Abiyia—. No sabía que trabajaba en Gaza.

—Bueno, bueno, bueno —se burló Al-Muzara—, veo que Alá, bendito sea su nombre, acaba de mostrarnos el camino más certero para atrapar a Al-Saud.

—Y a Abú Yihad —agregó Dahlan.

·∴ ✿ ∵·

El acto de arrojo de la médica de Manos Que Curan puso fin a la operación «Furia Divina». El sábado por la madrugada, los puestos de control se abrieron, y medios de todo el mundo irrumpieron dentro de la Franja. Matilde, que había pasado la noche del viernes en el hospital —Bondevik había ordenado que le inyectaran un somnífero—, por la mañana se encontró con que Fuerza 17 y la Policía habían acordonado el edificio para contener la estampida de periodistas y camarógrafos deseosos de entrevistarla y filmarla. Mara Tessio, recién llegada del departamento de la calle Omar Al-Mukhtar, contó que una muchedumbre hacía guardia frente al edificio, por lo que supusieron que la información de que Matilde vivía allí se había filtrado. Matilde se alegró por Abú Musa, que estaría vendiendo sus pelotitas de *falafel* a dos manos.

—Te sacaremos por las puertas de la cocina del hospital —decidió Markov—. Estuve investigando y está despejado. Por las dudas, te cubrirás la cabeza con un pañuelo y el cuerpo con uno de esos batones oscuros que usan las palestinas.

—¿Adónde la llevarán? —se angustió Bondevik.

—A la casa del Silencioso. Acabo de hablar con él y me confirmó que no hay periodistas rondándola.

Matilde iba callada en la parte trasera del automóvil. No meditaba en el acto de coraje que había protagonizado sino que recordaba que ese día, 13 de febrero, se cumplía un año de la muerte de Roy Blahetter. Se estremeció, y los ojos se le arrasaron al evocar los últimos momentos de su esposo. A veces la abrumaba la vertiginosidad que había adoptado su vida, y el anhelo de paz y de felicidad con Eliah, Kolia y Jérôme se convertía en una quimera y la deprimía.

Ariela Hakim la recibió en la puerta de lo de Sabir Al-Muzara y la abrazó en silencio.

—Admiro a poca gente, Matilde. A mis padres, que sobrevivieron al Holocausto, y a pocos más. Pero a ti... No sé qué decirte. Lo que hiciste ayer cambió el rumbo de la contienda. —Le extendió un periódico en hebreo y le señaló el titular—. Ahí dice: «*La médica de Manos Que Curan que detuvo la guerra*».

—No detuve nada, Ariela. Tal vez se frenó esta operación, pero las cosas seguirán igual. Hay demasiados necios en ambos bandos.

Sabir Al-Muzara la besó en ambas mejillas y la apretujó contra su pecho, impresionado por su contextura menuda, exacerbada frente al hecho colosal que había protagonizado.

—Eres única —le dijo en árabe, y Matilde lo comprendió—. Ven, mírate.

La condujo a la cocina, donde estaba la televisión, y le acercó una silla. A pesar de haber desayunado en el hospital, Matilde se sentía débil y lánguida. En tanto Ariela le preparaba un café y le servía un trozo de *halva*, el Silencioso le mostró que, en varios canales, reiteraban la filmación de Al Jazeera, que había dado la vuelta al mundo.

—No puedo creer que ésa sea yo —murmuró, y agradeció que Eliah se hallase en el Mato Grosso, incomunicado.

—¿Volviste a ver al niño? ¿Cómo se llama?

—Mohamed. Y no, no volví a verlo. Esta mañana seguía durmiendo. Sedado, por supuesto. Al igual que yo, llegó en estado de *shock*.

—¿Tienes ganas de contarnos cómo sucedió? —preguntó Ariela Hakim, y Matilde asintió con una sonrisa.

—Tú serás la única periodista a la que le concederé una entrevista —acotó, con petulancia fingida.

⊱ ✿ ⊰

El sábado 13 de febrero por la mañana, mientras Al-Saud bebía café en la cocina del Palacio Al-Faw, el probador de alimentos de Saddam Hussein, un hombre afable que siempre buscaba conversación, le preguntó:

—Kadar, ¿qué me cuentas de lo que sucedió ayer en Gaza?

Al-Saud apoyó la taza en el plato con la actitud seria y desapegada a la que los tenía acostumbrados y negó con la cabeza. Su alma, no obstante, tembló. El día anterior habían viajado en helicóptero a la base militar de Arbil con el equipo de inspectores de la ONU, donde habían pasado el día intentando demostrar a Rolf Ekus que lo aseverado en el 95 por el yerno del presidente, Hussein Kamel Al-Majid, que el régimen de Bagdad se había deshecho de las armas de destrucción masiva, era verdad. Por la noche, de regreso en la capital iraquí, agotados y llenos de polvo, sólo deseaban darse un baño y meterse en la cama.

–No, Munir –admitió Al-Saud–. No tengo idea de lo que pasó ayer en Gaza.

–¿Te lo has perdido? ¡Por Alá, el grande! Debes de ser el único que no vio lo que ocurrió ayer. –En tanto hablaba, apuntaba a la televisión con el control remoto y saltaba de canal en canal–. ¡Aquí! De seguro lo pasarán en este noticiero. Han estado repitiendo la filmación de Al Jazeera desde ayer.

–¿Qué sucedió, Munir? –preguntó, y simuló apatía–. ¿Algo malo?

–¡En absoluto! ¡Todo lo contrario! ¡Mira, mira!

Con un movimiento lento de cabeza, Al-Saud fijó la vista en la pantalla. Se trataba de otro enfrentamiento armado entre militantes de Hamás y el *Tsahal*. Se incorporó en el banco al escuchar que el choque había sucedido en la ciudad de Gaza, un lugar en el que los Merkavas no habían ingresado desde el inicio de la operación «Furia Divina». Las imágenes resultaban confusas, la polvareda y los sacudones de la cámara impedían distinguir cuáles eran las posiciones, cómo era la geografía del lugar, hasta que la lente se concentró en un niño y en un hombre, evidentemente sorprendidos por el fuego y acorralados tras un tanque cisterna. La escena resultaba desgarradora y conmovedora; el niño, encogido tras el tanque, pegado al hombre, lloraba a gritos, mientras el adulto expresaba su desesperación agitando los brazos y vociferando pedidos de auxilio que nadie oía en el estrépito del tiroteo. «Por favor, que Matilde no haya visto esto», rogó sin demasiadas esperanzas porque la filmación había dado la vuelta al mundo. Experimentó en su pecho el dolor que habría sentido Matilde, y los ojos se le llenaron de lágrimas al ver que el hombre caía herido, probablemente muerto, y que el niño quedaba a merced de las balas.

–¡Ey! –se asustó el probador de alimentos, que giró de súbito al oír el golpe de la taza contra el mármol de la barra y el chirrido de las patas del banco. Al-Saud se había levantado y acercado la televisión. Casi se le escapó un insulto en francés al darse cuenta de que la mujer a la cual la cámara filmaba era Matilde. Corría con dificultad mientras se agazapaba y sorteaba escollos, y mientras las balas la rozaban. Se quedó de pie frente al aparato con la boca entreabierta y los ojos fijos en la pantalla;

no respiraba, no se movía, no pensaba, ni siquiera esperaba nada; un estupor helado lo mantenía absorto y desconectado.

—¡Ah! —se jactó el probador de alimentos—. Te has quedado de una pieza, ¿no, Kadar? Ésta es la parte más emocionante. ¡Mira a esa muchacha! ¡Mira lo que hace!

«¡¡Matiiildeee!!» El rugido brotó del fondo de su alma, fue creciendo como el clamor de una multitud convulsionada que avanza, se agolpó a las puertas de su boca y explotó en sus oídos. Lo ensordeció, no oía al probador de alimentos ni a Labib que lo llamaba desde la puerta y que se apartó rápidamente cuando Al-Saud pasó a su lado y se alejó a paso enérgico.

—¿Qué le pasa a éste? —preguntó el asistente de Kusay al probador de alimentos, que sacudió los hombros y ensayó un gesto de ignorancia.

Al-Saud cruzó el espacio que lo separaba de la habitación donde había dormido, irrumpió en el baño, se inclinó sobre el escusado y vomitó. No pensaba mientras su estómago se convulsionaba y expelía café y después bilis. Se enjuagó la boca, hizo varios buches para deshacerse del sabor amargo y, al incorporarse, se dio de lleno con su imagen reflejada en el espejo; tenía los ojos acuosos, que refulgían, y la nariz y los labios enrojecidos. «¿Por qué lo hiciste, Matilde?», se preguntó, y la ira se alzó en su interior provocándole un cosquilleo en el estómago sensible. Se enjuagó la cara y regresó a la cocina. Tenía miedo de preguntar.

—Kadar, ¿te sientes bien? —lo interrogó el probador de alimentos.

—¿Qué sucedió después, Munir? ¿Qué les sucedió al niño y a la mujer?

—Nada, a ellos nada —confirmó el probador, y Al-Saud apretó el borde de mármol para controlar el deseo de echarse a llorar y a gritar de alivio y de coraje—. El padre... El hombre era el padre del niño —aclaró—. Él murió. Pero su muerte no fue en vano. Ante el espectáculo que dio la muchacha, el mundo exigió la retirada de esos malditos sionistas, que abandonaron la Franja de Gaza pocas horas después.

Al-Saud no contó con tiempo para analizar las consecuencias de la acción de Matilde. Labib regresó a la cocina y le comunicó que Kusay Hussein lo necesitaba.

⤜ ✿ ⤛

El domingo por la mañana, Al-Saud descargaba su rabia y su frustración en el gimnasio del Palacio Al-Faw. Con cada puñetazo y con cada patada que le propinaba a la bolsa de arena soltaba el aliento por la boca junto con un gruñido. Desde la mañana del día anterior, después de haber visto a Matilde arriesgar la vida por un niño palestino, Al-Saud experimentaba sentimientos y estados de ánimo de diversa naturaleza: rabia, orgullo, explosiones de risa histérica, comprensión, celos. Apretaba los párpados para no pensar y lograba el efecto contrario: la cabellera de Matilde flotaba en la nube de pólvora y tierra que levantaban los disparos; el delantal blanco de Manos Que Curan flameaba como un estandarte de rendición. «Matilde, ¿por qué lo hiciste? ¿Por qué no piensas en mí primero?»

Su espíritu se precipitaba en un abismo profundo y oscuro de desolación cuando el deseo por abrazarla y por protegerla se volvía inmanejable. Detestaba la misión en que lo habían enredado y se desmoralizaba al analizar los pobres avances de esos veinte días. Había revisado la documentación de su jefe, prestado atención a sus conversaciones telefónicas, investigado varios archivos de su computadora, incluso había hurgado entre sus pertenencias diseminadas en tantos palacios sin toparse con nada de relevancia. Aunque tal vez estuviera por producirse un giro en el desarrollo de su infiltración: Kusay había mencionado a Labib la intención de visitar Base Cero, un sitio al norte de Irak, para controlar los avances del proyecto del profesor Orville Wright.

Temía enfrentar al tal Orville Wright. No quería que se tratara de su amigo Gérard Moses, aunque el instinto le marcaba que las coincidencias resultaban escalofriantes. Una patada descomunal desplazó la bolsa de arena varios metros por el riel. Al-Saud, acezando y con el torso inclinado sobre las piernas, tomó grandes inspiraciones por la nariz e intentó sojuzgar los demonios que se alzaban dentro de él.

⁓ ॰ ⁓

Abdel Hadi Bakr saludó con tres besos al sargento mayor Adnán Rabbah, cuyo hermano era compañero de Abdel Hadi en la Primera División, la Hammurabi, y lo palmeó en la espalda, lo que provocó que sus cachetes rebotaran. Estaba contento porque sorprendería a su admirado compañero Kadar Daud.

El sargento Adnán Rabbah giró la cabeza para abarcar la imponencia del vestíbulo del Palacio Al-Faw y soltó un silbido entre dientes.

—Ven, Adnán —lo invitó Bakr—. Kadar está en el gimnasio, entrenando.

—Siempre le gustó conservarse en buen estado físico.

—Ni que lo digas. Se lo pasa ejercitándose. Es un excelente contrincante en la lucha cuerpo a cuerpo, y está enseñándome a pelear con cuchillo. Ha conseguido unos KA-BAR, el modelo Becker Combat Utility, que son una maravilla. Te los mostraré después de que lo saludes.

—La verdad es que estoy ansioso por verlo. Me sorprendió cuando te escuché decir que tu compañero era Kadar Daud. No puedo creer que haya vuelto a Bagdad. Después de que pidió la baja, regresó a su pueblo, en el norte, y no supe más de él.

—¿Eran buenos amigos?

—Sí, muy buenos. Lamenté mucho que dejara la Guardia Republicana.

Se detuvieron frente a la puerta del gimnasio, en cuya parte superior había un paño fijo de vidrio. Bakr se asomó y sonrió al descubrir a su compañero ensañado con la bolsa de arena. Lanzó una exclamación cuando una patada especialmente vigorosa de Kadar envió la bolsa varios metros más allá. Se movió para dejarle sitio a Adnán Rabbah y, con la vista en su compañero, expresó, con aire de orgullo:

—Ahí lo tienes.

Al-Saud se irguió con una inspiración profunda y caminó hacia la zona de las pesas, sin advertir a los dos que lo observaban desde el vidrio en la puerta.

—Entremos —dijo Bakr, y se detuvo cuando Rabbah le sujetó el antebrazo.

—Abdel Hadi, ése no es Kadar Daud.

—¿Qué? ¡Sí, claro que es!

—Te repito que ése no es Kadar Daud.

—Adnán, ¿de qué estás hablando?

—Ese hombre no es mi compañero de la División As-Saiqa. Puedo demostrártelo. Conservo fotografías de nuestra época juntos en la Brigada de las Fuerzas Especiales.

Un silencio cayó sobre los hombres, atentos a los movimientos de Al-Saud, que ejercitaba los músculos de los brazos con unas pesas.

—¿Estás seguro?

—Tan seguro como que me llamo Adnán Rabbah.

—Vamos a hablar con el jefe.

~ ⚘ ~

A última hora de la tarde, Al-Saud compró alimentos en un supermercado de la Avenida Karrada In y regresó a la pensión de la calle Abú Al Atahiyah. Al salir del Palacio Al-Faw, había decidido colocar un mensaje en el buzón muerto sumergido en el río para informar acerca de la existencia de una base conocida como Base Cero, donde trabajaba el profesor Orville Wright. Minutos después, cambió de parecer al darse cuenta de que lo seguían, lo cual no lo alarmó. Podía tratarse de un seguimiento ordenado por *L'Agence* o bien por su jefe, Kusay Hussein, que lo había hecho en otras ocasiones, probablemente para controlarlo debido a que hacía tan sólo veinte días que se encontraba a su servicio. ¿O su fachada se había desmoronado?

Entró en la habitación y halló a Medes preparando té en el caldero. Su chofer enseguida percibió el nerviosismo de Al-Saud y se quedó mirándolo, a la espera de un comentario.

—Deshazte de la radio. Están siguiéndome y no tengo idea de quién es. Saldré a caminar para alejarlos de la puerta. Espera quince minutos antes de salir. Llévala a la fábrica abandonada donde tenemos el buzón muerto. Toma —le dio el maletín donde conservaba las tintas invisibles—. Escóndelo en la fábrica junto con la radio.

—Sí, jefe.

~: ✄ :~

Al-Saud se mantuvo alerta durante la noche. Durmió mal y con la pistola bajo la almohada. Se despertó temprano —debía presentarse en el Al-Faw a las siete y media—, se dio un baño y se vistió mientras sorbía una taza de café. Al salir de su pieza, tuvo la impresión de que la casa estaba sumida en un mutismo sospechoso; no se oían el murmullo de la radio ni la charla incansable de la propietaria con su gato. Desenfundó la Heckler & Koch USP 9 milímetros y se pegó a la pared. Se asomó en el comedor y los vio: cuatro hombres trajeados y de complexión maciza, a los que reconoció como de la guardia personal de Saddam Hussein, rodeaban a la anciana, que, amordazada, soportaba con estoicismo admirable el cañón de una pistola con silenciador apoyado en la parte posterior de su cabeza. El gato yacía sobre un charco de sangre a los pies de la mujer.

—Salga, Kadar Daud, o como sea que se llame. El *sayid* Kusay quiere verlo.

—¿De qué se trata esta locura? —exclamó, en la esperanza de que Medes oyera.

—Usted lo sabe bien.

—¡No sé nada!

—No hemos venido para hablar con usted, Kadar Daud. Se nos ha ordenado llevarlo con el *sayid* Kusay.

—¡Por supuesto! ¡Me preparaba para ir a mi trabajo! ¡Con el *sayid* Kusay!

—Suelte las armas y entréguese.

—¡Dejen ir a la mujer!

—No está en posición de exigir, Kadar Daud. Entréguese o la mujer muere.

—¡Saben que estoy armado! No me entregaré si no consienten en los que les pido.

—Tenemos a su padre. Lo mataremos a él también si no se entrega.

Al-Saud se asomó tras el filo de la pared y vio a un quinto hombre que arrastraba a Medes. Se habría deslizado en su habitación por la parte trasera de la casa. Masculló un insulto. Matarían a Medes y a la anciana sin dedicarles un pensamiento. Le costó admitir que debía entregarse, él solo no podría enfrentar a cinco hombres armados y hábiles en la lucha. Salió con los brazos en alto, la Heckler & Koch en su mano derecha. Se agachó y la colocó sobre el suelo, delante de él. Le ordenaron que la pateara. Un hombre se aproximó, apuntándolo a la cabeza. A dos pasos de él, le ordenó que se diera vuelta, que apoyara las manos contra la pared y que separara las piernas. Lo cacheó de armas y le quitó el cuchillo KA-BAR que Al-Saud llevaba en la pantorrilla. Lo maniató con un precinto de plástico, el cual le mordió la carne de las muñecas al ser ajustado.

—¡Dejen ir a mi padre! —exigió, al ver que reducían a Medes y le ataban las manos a la espalda—. ¡Él no tiene nada que ver en esto!

—¡Vamos! —ordenó el que llevaba la voz cantante, y los empujaron en dirección a la calle, donde los obligaron a trepar a una camioneta.

El viaje hasta Al-Faw transcurrió en silencio. Eliah intentaba tranquilizarse, pero resultaba difícil frente a las perspectivas que le esperaban. Echó un vistazo a Medes y se preguntó si habría traído la ampolleta con tetrodotoxina. Se cuestionó también de dónde provendría la traición que lo había puesto en manos de los verdugos de Saddam. ¿Un felón dentro de *L'Agence* o de los otros servicios de inteligencia? Si bien Raemmers le había asegurado que el número de personas al tanto de su misión era bajísimo, todas de fidelidad garantizada, Al-Saud no se fiaba ni de su sombra. ¿Lo habría entregado Ariel Bergman, no sólo para cobrarse las afrentas del pasado sino para eliminar al rival de su hermano, Lior Bergman?

En Al-Faw, los condujeron a unas habitaciones pequeñas ubicadas cerca de las casillas de alambre tejido y les quitaron los precintos antes de arrojarlos dentro. El olor a perro y los ladridos se filtraban por un ventanuco cercano al techo. Medes ocupaba el recinto contiguo. Al-Saud no se atrevía a pedirle que se abstuviera de tragar el veneno porque sospechaba que los observaban a través de cámaras ocultas y con micrófonos.

Le habló como si en verdad estuviera dirigiéndose a su padre; lo calmó y lo reconfortó, sin obtener palabra del kurdo.

Medes, que no admitiría ser torturado de nuevo, sabía que contaba con poco tiempo: tarde o temprano descubrirían la ampolleta. Si se decidía a tomarla, tendría que hacerlo pronto; por otro lado, si se suicidaba, condenaría a Al-Saud.

El chasquido de la llave anunció la llegada de alguien. Entró Kusay, seguido por los cinco guardias de Saddam Hussein, y lo miró fijamente, con la serenidad que lo caracterizaba. Al-Saud le devolvió una mirada de igual templanza.

—¿Quién eres?

—Kadar Daud, *sayidi*.

—Sabemos que no eres el ex sargento mayor Daud, de la División As-Saiqa. Eso es un hecho. ¿Quién eres? —insistió, con calma.

—*Sayidi*, alguien trata de predisponerme mal ante sus ojos inventando esta mentira. *Yo soy* Kadar Daud, el que salvó su vida en la calle Al-Mutanabbi.

—Ah, esa parodia —dijo Kusay, y rio con ironía—. Hablarás, Kadar. ¿O cómo debería llamarte?

La contestación de Al-Saud, que repitió «Kadar Daud», borró la sonrisa de Kusay Hussein.

—¡Llévenlo al gimnasio! —ordenó, de pronto alterado.

Los cinco se abalanzaron sobre él, y, aunque intentó escapar, resultó imposible. Recibió un puñetazo en la mandíbula, que le nubló la vista y pobló de chispazos dorados su entorno oscurecido. La puntada le alcanzó el oído y le humedeció los ojos.

Los arrastraron de nuevo a la camioneta, lo que sorprendió a Al-Saud porque había pensado que los conducirían al gimnasio en la planta alta del palacio. En realidad, los transportaron al edificio de la *Amn-al-Amm*, la policía secreta del régimen, donde los metieron en un montacargas, que descendió varios pisos hasta alcanzar el sótano, un sitio amplio, pobremente iluminado con tubos fluorescentes, las paredes cubiertas por azulejos celestes plagados de manchones cuyas tonalidades hacían pensar en sangre y en excremento. Varias jaulas de alambre tejido, similares a las casillas que habían dejado atrás, ocupaban un sector amplio. Al-Saud identificó la fuente de voltaje utilizada para las descargas eléctricas aplicadas a los prisioneros y avistó una mesa sumida en la lobreguez donde refulgía el metal de los instrumentos de tortura. Otra mesa, de mármol blanco con grilletes a la altura de manos y pies, se apostaba cerca. Cuerdas y cadenas colgaban del techo. Medes también observaba. No le llevaría mucho tiempo tomar una decisión. Al-Saud lo admiró por guardar la compostura y no quebrarse en un llanto abierto y en súplicas.

Los empujaron dentro de las jaulas y cerraron con candado. Les ordenaron que se desnudaran. Medes, simulando pudor, dio la espalda a sus captores. Se desabotonó la camisa, deslizó la mano bajo la axila y extrajo el veneno. Al-Saud lo contemplaba mientras se desvestía. Sus miradas se cruzaron, y Eliah bajó los párpados en señal de consentimiento. El kurdo mordió la parte más delgada de la ampolleta y se tragó la tetrodotoxina. Un miligramo del veneno obtenido del pez globo resulta suficiente para causar la muerte de un adulto, ya que es una toxina miles de veces más potente que el cianuro. La ampolleta provista por *L'Agence* contenía tres miligramos de tetrodotoxina, por lo que la muerte de Medes por parálisis muscular y asfixia se produciría en pocos minutos. El kurdo siguió desvistiéndose para no llamar la atención. Al-Saud, que también se quitaba la ropa, le lanzaba vistazos y observaba el temblor que iba apoderándose de las manos de su chofer y los movimientos torpes de sus extremidades, hasta que lo vio desplomarse con un quejido ahogado que llamó la atención de los guardias.

Eliah entrelazó los dedos en el tejido de alambre de su jaula y observó la agonía de su empleado con gesto imperturbable. Los hombres de Saddam Hussein intentaban reanimarlo. Uno vio la ampolleta en el suelo y la olió.

—Ha ingerido veneno. *Yallah!* ¡Llevémoslo al hospital! ¡No puede morir! ¡Tiene que hablar!

Lo sacaron entre cuatro y lo depositaron en el montacargas, que inició su lento viaje con un ronquido que rebotó en las paredes del sótano y se repitió como un eco. El único custodio que permaneció para vigilar a Al-Saud le ordenó que terminara de desnudarse.

—Pronto llegará el verdugo y te hará cantar —acotó.

Al-Saud lo miró a los ojos a través del alambre de la jaula hasta que el hombre desvió la vista. Su rabia adquiría una intensidad tan grande y profunda que sofocaba el miedo. El deseo de matar a golpes le crispaba los músculos. No sabía contra quién dirigir su odio, si contra Roy Blahetter, por inventar la centrifugadora de uranio, contra el tal Orville Wright, por haberla puesto en manos de un chiflado como Saddam Hussein, o contra Raemmers, por haberlo acorralado para que aceptara esa misión de locos. Siempre había sabido que los riesgos eran mayúsculos y que su vida pendía de un hilo; en ese instante en que se enfrentaba al abismo, no admitía la posibilidad de morir sin haber compartido sus sueños con Matilde. Lo tranquilizaba pensar que Kolia tendría a la mejor madre, y que Matilde gozaría de la seguridad de su fortuna y de la protección de los Al-Saud. Recreó la escena que Matilde le había referido en el Hotel Rey David, la de la piscina de la casa de la Avenida Elisée Reclus: mientras ella le enseñaba a nadar, Kolia la llamaba «mamá». Apoyó la frente en el alambre tejido, sobre el cual cerró los puños hasta que los nudillos adquirieron una tonalidad blancuzca. Tembló de rabia, de miedo y de amor.

Se abrieron las puertas del montacargas, y descendieron tres de los hombres que se habían llevado a Medes; los acompañaba un cuarto, trajeado y de aspecto anodino. Le echaban vistazos mientras hablaban con el que había quedado de guardia. Los más fornidos se armaron de cachiporras y de manoplas de acero antes de entrar en la celda de Eliah. Lo sacaron a la rastra después de ligarse varios puntapiés y empujones, que se cobraron descargando los puños y los garrotes en el cuerpo desnudo del prisionero. Lo recostaron sobre la mesa de mármol. Al contacto con el frío de la piedra, Al-Saud prorrumpió en insultos en árabe. Le ajustaron los grilletes en los tobillos y en las muñecas.

Le recorrieron el cuerpo con un detector de frecuencias, que pitó de manera aguda y constante al aproximarse a la cara interna de su muslo derecho. El cuarto hombre, el de aspecto insignificante, se acercó con las manos cubiertas por guantes de látex y un bisturí.

—Sin anestesia, doctor —indicó uno de los matones, y rio.

—Sujétenlo —ordenó el médico, y, tras esperar a que los hombres aquietaran al prisionero, rebuscó la cicatriz bajo la mata espesa de pelo negro y le efectuó un corte siguiendo el lineamiento rosado. Con una pinza, extrajo el transmisor, que entregó al que asumía el rol de jefe en el grupo de los cinco custodios. Éste le indicó que colocara el chip sobre la mesa y lo aplastó con el extremo de la porra.

Al-Saud apretó los dientes y respiró de manera ruidosa y acelerada. Los ojos se le colmaron de lágrimas, que brotaron entre sus párpados y le rodaron por las sienes. Se dijo que acababa de desaparecer la última esperanza de salir con vida de ese lugar. Desaparecería como el espía árabe del Mossad, del cual nada se sabía. Se instó a aflojar las mandíbulas o terminaría por partirse los dientes, escrúpulo que lo llevó a carcajear, lo que tomó por sorpresa a sus captores. Meditó que, antes de tres horas, no le quedaría un diente prendido a las encías.

⁓ ✥ ⁓

Cerca del mediodía, Donatien Chuquet abrió la puerta de su habitación en el Hotel Palestina de Bagdad y franqueó el paso a su amigo Uday Hussein, quien ordenó a los custodios que lo aguardaran fuera. Se dieron un abrazo; hacía un mes y medio que no se veían. Uday no había visitado Base Cero porque había transcurrido enero y la primera mitad de febrero en el palacio de Tikrit donde se divirtió violando a una hermosa maestra bagdadí que había secuestrado cuando la muchacha iba de camino a la escuela. Cansado de su pasatiempo, la devolvió a sus padres, que la recibieron cubiertos de vergüenza, y reinició su vida en Bagdad. El día anterior, se había reunido con su tío Alí Hassan Al-Majid, jefe del servicio de inteligencia iraquí, más conocido como «Alí, el químico», dada su participación en el genocidio kurdo del 88 perpetrado con gas fosgeno, para hablar de las investigaciones que tenían al piloto de guerra Eliah Al-Saud como objetivo.

Ansioso, Chuquet le sirvió un vaso con whisky y le pidió que le contara qué había averiguado.

—Mi tío Alí obtuvo bastante información acerca de tu *golden boy* de la aviación, pero no ha podido dar con él. No está en París y, por mucho que hemos intentado averiguar su paradero entre los empleados de su empresa, nada salió a la luz. Es como si hubiera desaparecido.

—Qué extraño. —Chuquet se oprimió el mentón y sojuzgó la rabia.

—¡No te preocupes, Donatien! —lo consoló Uday en el modo despreocupado con que enfrentaba la vida y que a Chuquet comenzaba a resultar intolerable—. Vamos, salgamos un rato. Te hará bien un poco de diversión. Has pasado demasiado tiempo en esa tumba que es Base Cero y tienes cara de cadáver.

—Te noto contento —dijo Chuquet, en tanto se cubría con una chamarra.

—¡Lo estoy! Mi hermano ha cometido un error enorme que podría costarle la simpatía de nuestro padre.

—¿No te llevas bien con tu hermano?

—Kusay se ha propuesto ocupar mi lugar, y eso no lo permitiré. ¡Yo soy el primogénito de Saddam Hussein! A mí me corresponde la silla presidencial.

—¿Qué error ha cometido tu hermano?

—Se dejó engañar por un traidor. Contrató a un custodio que, en realidad, es un espía y le dio acceso al corazón de nuestro gobierno.

—¿De qué país es el espía?

—No lo sabemos aún. Están torturándolo en el gimnasio. Vamos, te gustará verlo. Parece ser que es un tipo duro. Aún no ha soltado palabra.

Chuquet no apreciaba en absoluto los espectáculos sangrientos que tanto excitaban a Uday; no obstante, asintió y caminó detrás de él para no contrariarlo.

El médico que presenciaba la tortura controló los signos vitales del falso Kadar Daud y, con un movimiento de su mano, los habilitó a seguir. El hombre resistiría un poco más sin necesidad de inyectarle epinefrina en el torrente sanguíneo, lo cual resultaba desconcertante porque llevaban cuatro horas trabajando sobre él y no lograban que confesara.

El día anterior, le habían quitado el transmisor y lo habían devuelto a la celda. Al-Saud, con la herida en el muslo que sangraba, se acomodó en el extremo más alejado y se encogió para conservar el calor del cuerpo. El sitio estaba helado, y el frío del piso de concreto reptaba por sus asentaderas y se le desparramaba por los brazos, las piernas y el torso. Cerró los ojos e inició unos ejercicios respiratorios que le permitieron reprimir los temblores y los latidos en la herida. Se instó a imaginarse en su hacienda de Ruán, con Matilde; iban montados en un par de frisones de crines largas y onduladas, que los conducían al bosque, donde planeaban hacer el amor lejos del bullicio de la casa grande. Así pasó la noche, en una duermevela de la cual salía abruptamente y en la cual volvía a entrar gracias a sus meditaciones. No le ofrecieron agua ni alimentos ni cobijas.

Al-Saud elevó el rostro que mantenía oculto en el valle de sus rodillas al oír el plañido del montacargas. Los matones regresaban con expresiones sombrías; probablemente Kusay los había amonestado por no haber revisado de manera concienzuda a Medes. No sabía cuántas horas habían pasado —le habían quitado el reloj—, desconocía si afuera reinaba la noche o si el sol ya había salido. Suponía que estaba amaneciendo. ¿Qué día era, entonces? Lo habían apresado el lunes 15 de febrero, por lo que estaba comenzando el martes 16.

Cuatro hombres entraron en la jaula para sacarlo. Aunque debilitado —hacía casi veinticuatro horas que no comía ni bebía—, adolorido y desnudo, se puso de pie de un salto y destinó un vistazo a sus captores que los obligó a detenerse en la entrada. No les resultó fácil sojuzgarlo; Al-Saud se resistió soltando patadas y puñetazos, que aterrizaron en sus agresores y les arrancaron quejidos e insultos. Un quinto hombre se metió en la celda para ayudar a sus compañeros, y entre todos consiguieron sujetarlo y depositarlo sobre la mesa de mármol. Le inmovilizaron las muñecas con los grilletes y los talones, con unas cuerdas que bajaban del techo, de las cuales jalaron para elevarle las piernas. Le ataron un palo de escoba de manera transversal sobre los empeines y volvieron a jalar de las cuerdas hasta que sus extremidades quedaron verticales, apuntando hacia el techo. El chirrido de las poleas fastidió a Al-Saud. Le latía la herida en el muslo, y lo exasperaba el hilo de sangre que corría por su pierna y le alcanzaba los testículos. Le azotaron las plantas de los pies con cables de electricidad. El dolor lo surcaba como una corriente y le convulsionaba el torso, que se despegaba del mármol ejecutando una onda; sólo quedaba la parte posterior de la cabeza apoyada en la mesa.

—¿Quién eres? —exigió saber el jefe del grupo—. Habla ahora y te proporcionaremos una muerte rápida.

—Kadar Daud.

Más latigazos. Más preguntas. La misma respuesta. Jamás les diría su nombre porque inexorablemente el dato los conduciría a Matilde y a su hijo, y, antes de ponerlos en peligro, prefería morir a manos de sus torturadores. A la sangre que fluía de la herida en su muslo, se unió la que le brotaba de los pies en carne viva, sobre los que, cada tanto, arrojaban sal. Ya no se contenía, y sus gritos ahogaban cualquier sonido, el de los cables al surcar el aire, el de las risotadas de los verdugos y el de las indicaciones mascaulladas del médico, que, cada tanto, le tomaba el pulso y le controlaba el reflejo de las pupilas.

A los azotes en los pies, siguieron las descargas eléctricas en las partes sensibles del cuerpo, como los testículos y las tetillas. Las preguntas se sucedían, y Al-Saud se daba cuenta de que su voluntad flaqueaba. Anhelaba que le aplicaran un voltaje suficientemente poderoso para que lo liquidara. Quería morir, que el padecimiento acabara.

Se desmayó cuando le arrancaron la primera uña. Los guardias lo reanimaron con un cubetazo de agua fría arrojado a la cara, y la pesadilla recomenzó.

«Matilde, ayúdame.»

⋲ ✿ ⋺

Chuquet detestaba «el gimnasio», sobre todo el olor a carne quemada, materia fecal, orina y sudor; incluso conservaba los ecos de los alaridos de las víctimas, que se repetían y rebotaban en los muros azulejados, como los sonidos del mar se perpetúan en los caracoles. Por el contrario, Uday Hussein lo disfrutaba como un niño goza al comer un helado, y rara vez se perdía una tortura.

El guardaespaldas de Uday abrió la puerta del montacargas y les dio paso. Desde antes de llegar al sótano, los alcanzaban los gemidos roncos del torturado. Chuquet se estremeció ante la visión del hombre desnudo tendido sobre la mesa. Lo asaltó una náusea cuando un aroma nauseabundo lo recibió como un puñetazo en el rostro. Se dio vuelta, se alejó en dirección al montacargas y tragó una porción de aire que le ayudó a reprimir el vómito que le trepaba por el esófago. Uday, atraído por la visión de la víctima, se alejó a paso rápido, sin advertir el malestar de su amigo.

—¿Ha hablado? —se interesó el primogénito de Saddam Hussein.

—No, *sayidi* —contestó el jefe de los matones.

—¿Cuántas horas llevan?

—Casi cinco.

Uday lanzó un silbido y arqueó las cejas.

—Es duro, ¿verdad?

—Como pocos —admitió el verdugo.

—*Mon Dieu!* —exclamó Chuquet, que se había aproximado con sigilo—. *Oh, mon Dieu! Qu'est-ce que vous avez fait?*

Al-Saud, ahogado en una neblina de dolor, se esforzó por entreabrir los párpados al oír que hablaban en francés. No conseguía focalizar; sus torturadores representaban siluetas indefinidas y brumosas, que volvieron a desaparecer cuando, exánime, cerró los ojos.

—¿Qué sucede, Donatien? —preguntó Uday—. ¿Te has desacostumbrado a la visión de los traidores?

—Uday, por favor, ven conmigo. Tenemos que hablar.

Uday agitó los hombros y, antes de alejarse hacia un extremo del recinto, ordenó:

—Prosigan.

—¡No! —intervino Chuquet, y la mueca risueña del hijo de Hussein se desvaneció poco a poco.

—¿Qué carajo te pasa?

—Uday, ven. —El francés le apoyó la mano en el hombro y lo instó a buscar la intimidad de un sector alejado—. Uday, tienes que detener la tortura de ese hombre.

—¿De qué mierda estás hablando, Donatien? ¡Ese maldito hijo de puta es un espía! Tiene que cantar lo que sabe, tiene que confesar la información que les pasó a nuestros enemigos.

—Uday, escúchame. Ese hombre es Eliah Al-Saud, a quien hemos estado buscando todo este tiempo.

—¿Qué?

—Así es. Por fortuna, los torturadores no se han ensañado con su cara todavía y, si bien ahora usa bigote, lo he reconocido apenas lo he visto. ¡Es él! El único piloto capaz de llevar a cabo la misión sobre Tel-Aviv. ¡Tienes que detener la tortura antes de que sea demasiado tarde!

14

Acabado el operativo «Furia Divina», los periodistas y los organismos no gubernamentales comprometidos con la defensa de la paz y de los derechos humanos le mostraron al mundo las secuelas de los horrores padecidos por los gazatíes durante los casi tres días de ataques a las ciudades y poblados de la Franja por parte de las Fuerzas de Defensa Israelíes. Casas demolidas, cultivos destrozados, olivos milenarios arrancados de raíz, fábricas derribadas con misiles y fronteras selladas constituían pérdidas millonarias para la frágil economía palestina. Sin embargo, lo más escandaloso eran las muertes de civiles –en especial, de mujeres y niños– y la pavorosa cantidad de heridos, mayormente mutilados por la nueva metralla empleada por el *Tsahal*. La Autoridad Nacional Palestina había solicitado a la Organización para la Prohibición de las Armas Químicas, una entidad que informa a la Asamblea General de la ONU, que investigara la naturaleza de la metralla utilizada durante el operativo «Furia Divina». El gobierno de Israel respondió a las acusaciones sugiriendo que las Brigadas Ezzedin al-Qassam habían disparado contra sus compatriotas para luego endilgarle los muertos al ejército israelí. Nadie daba crédito a la declaración del vocero de Netanyahu. La presión internacional se tornó insoportable, y el ministro de Defensa israelí, Yitzhak Mordechai, dimitió, lo que no conformó a los organismos defensores de los derechos humanos ni a la Autoridad Nacional Palestina, que seguía vociferando en los distintos comités y organismos de la ONU, sin mayores resultados.

Matilde se convirtió en la persona más buscada de Gaza por los periodistas, que hacían guardia frente al Hospital Al-Shifa, frente al edificio de la calle Omar Al-Mukhtar y frente a la casa del Silencioso, porque habían terminado por descubrir el vínculo amistoso que unía a la pediatra argentina de Manos Que Curan con el premio Nobel de Literatura 97; en algunos medios se insinuaba que la relación superaba la de la amistad. La fotografía de Matilde abrazando, en su cama del hospital, al pequeño Mohamed, el niño al que había protegido con su cuerpo, tomada furtivamente por algún empleado del Al-Shifa con visiones empresariales, recorrió el mundo y llegó a cotizarse en varias decenas de miles de dólares.

Matilde vivía el asedio con indiferencia y le permitía a La Diana y a Markov que la llevaran de aquí para allá con el fin de evitar la turba periodística. Los días transcurrían, y ella se sumía en una depresión evidente. No la confortaba la estrecha relación que había establecido con Mohamed y con su madre viuda, que la veneraba por haber protegido a su hijito; tampoco la animaban sus amigos ni sus compañeros del hospital; ni siquiera la alegraba que aquellos que en el pasado la habían desdeñado por haber salvado la vida de un soldado israelí, ahora le destinaran el trato de una reina. La circundaba un bullicio permanente; no obstante, ella tenía la impresión de que se encontraba sumergida bajo el agua y que oía con una calidad amortiguada. Las tareas en el hospital aumentaban, el frenesí se multiplicaba, las complicaciones abundaban, en tanto que, para ella, los acontecimientos se sucedían sin despertar el interés de su espíritu aletargado. Se sentía entumecida, indiferente, vacía. En ocasiones, al caer en la cuenta de su estado abúlico, se desesperaba al comprender que el ejercicio de la medicina, lo único que jamás perdería porque era parte de su esencia, no le bastaba. En casi veintiocho años, nunca había amado con tanta pasión y entrega, y, sin embargo, pocas veces se había sentido tan abrumaba por la soledad. Quería a sus hombres con ella, a Eliah, a Jérôme y a Kolia, a quien ya reclamaba como propio, y nada sabía de ellos.

Por la tarde, al salir del hospital, se dirigía a la playa, el único sitio de la Franja donde, al contemplar la expansión turquesa del Mediterráneo, la sensación de opresión y de encierro se disipaba. Sonreía con mirada triste al recordar la promesa de Eliah: «*Cuando nos casemos, le voy a pedir prestado el yate a mi padre y vamos a desaparecer un año en alta mar*». La sofocaba la impresión de que no volvería a verlo, de que él ya no formaba parte del mundo. ¿Por qué la asolaba esa idea? ¿De dónde surgía? No tenía paz. Levantaba la mano izquierda y la hacía jugar bajo el sol para que el diamante de su anillo despidiera destellos iridiscentes. Se instaba a recordar que Eliah regresaría porque se casarían el 5 de mayo en París. La mirada se le enturbiaba, el horizonte se difuminaba y la luz del sol, que rielaba sobre el mar, le provocaba escozor en los ojos. Elevaba la vista al cielo y preguntaba en voz alta: «Eliah, amor mío, ¿dónde estás?».

Las risas de los niños, que chapoteaban en el rompiente, la atraían y la rescataban. Durante sus primeras visitas a la playa, la había sorprendido la escena de la gente bañándose vestida, aun los hombres; las mujeres se introducían en el mar incluso con el pañuelo en la cabeza. Disfrutaban, reían, vociferaban, como si, en las calles de las ciudades de la Franja, la esperanza y el progreso reinaran en lugar de la pobreza y la desazón. El Mediterráneo les ofrecía una válvula de escape, y Matilde observaba que muchos se quedaban quietos, con la vista fija en el horizonte y con una expresión que oscilaba entre dos extremos, el del orgullo y el del abatimiento. Antes de que el sentimiento de compasión y lástima que la dañaba y que ella nunca había aprendido a dominar, la dominara, estiraba los brazos para que Markov y La Diana la ayudaran a levantarse, y abandonaba la playa.

De noche, solía despertarse con una sacudida y, temblando, encendía la lámpara aturdida por los retazos de un mal sueño plagado de tiros y de explosiones, se quedaba erguida en la cama, mirando el entorno sin reconocerlo, buscando algo que no lograba definir. Se recostaba de nuevo y se encogía, imaginando que Eliah la abrazaba y la engullía en la curva de su torso, como le gustaba hacer. Le hablaba en voz baja y se desahogaba refiriéndole sus miedos y dudas. Le confiaba cuánto necesitaba sentir el latido de su carne dentro de ella para saberlo vivo. A veces, excitada por los recuerdos de los días en el Rey David y de la última noche en el Hotel Al Deira, casi sin pensarlo, imitaba las caricias de Al-Saud hasta provocarse un orgasmo, un alivio fugaz que la dejaba insatisfecha y que servía para profundizar su soledad.

Durante esos días de desasosiego, Matilde tuvo una alegría. El viernes 19 de febrero, mientras cenaba en casa del Silencioso, éste, aprovechando que el teléfono funcionaba, llamó a su tía Francesca para desearle feliz cumpleaños. Después de coordinar que, pasado el cumpleaños de Kolia, recogería a la pequeña Amina en la capital jordana, sin previo aviso, Sabir entregó el auricular a Matilde, que lo recibió desconcertada, como si quemara. Francesca, más dueña de sí y tan suave como de costumbre, la ayudó a serenarse.

—Eliah nos contó que van a casarse el 5 de mayo. Matilde, quiero que sepas que pocas veces he visto tan feliz a mi hijo, por no decir nunca, y quiero agradecerte por eso.

—Es él quien me hace feliz a mí.

—Nos dio una inmensa alegría cuando nos contó que habías aceptado casarte con él. Matilde, mi hijo te ama como nunca ha amado a nadie. Sé que tú lo harás dichoso.

—Es lo que más anhelo, Francesca, hacerlo feliz.

—Gracias por aceptar a Kolia.

—No veo la hora de conocerlo.

—¡Lo amarás! Es tan simpático e inteligente. Amina está loca por él, piensa que es su juguete. Espera. Voy a hacerlo hablar cerca del teléfono.

El corazón de Matilde se echó a latir, desbocado. Conocería la voz del hijo de Eliah. De pronto, ese simple hecho adquirió una preponderancia inconmensurable que borró las cavilaciones de los días pasados. Al oír los «papá», los «ava», por agua, los «ti», por sí, y otros sonidos imposibles de identificar que su abuelo Kamal le hacía decir en árabe, Matilde se apretó la nariz y se cubrió la boca para reprimir el llanto. Kamal lo hizo reír a carcajadas, y el sonido cristalino y dulce de la risa de Kolia la impulsó a reír entre sollozos y lágrimas.

—Te emocionaste —afirmó Francesca del otro lado de la línea, y Matilde murmuró un sí, desbordada por las ansias de abrazar al hijo de Eliah y de sentirlo nacido de sus entrañas, como sentía a su Jérôme—. En tres días, el 22 de febrero, será su primer cumpleaños. ¡Cómo me gustaría que Eliah y que tú estuvieran aquí! ¿Sabes algo de mi hijo?

—Nada, Francesca.

⁘ ⚘ ⁘

Sergei Markov caminaba detrás de La Diana y de Matilde, que cuchicheaban en esa actitud intimista que habían adoptado últimamente. Entraron en la casa del Silencioso sin tocar; la puerta rara vez se cerraba con llave, y nadie acostumbraba anunciarse. Antes de que La Diana se comprometiera en saludar y en conversar con el grupo que ocupaba la sala del escritor palestino, Markov le rodeó la muñeca y la jaloneó. La muchacha bosnia, que hacía tiempo no era tocada por nadie, soltó una exclamación e intentó zafarse. Markov la sujetó con rabia y le impidió desasirse. La arrastró hacia el exterior y cerró la puerta. Quedaron frente a frente en el portal. La Diana advirtió la transformación que se operaba en el semblante y en la postura del ruso, que de hostiles y combativos adquirían un aire suavizado.

Hacía tiempo que Markov no se perdía en la belleza de los ojos celestes de La Diana, realzados en el brillo que despedían los cristales azules de los aretes Swarovski que ella lucía con el pelo recogido en una cola de caballo. Tal vez nunca había reparado en la composición perfecta de su rostro de piel blanca en contraste con el cabello negro, que adquiría tonalidades azuladas según cómo le diera la luz. Le gustaba su nariz larga y aquilina, la cual le confería la nota de fiero orgullo que tanta personalidad le otorgaba a sus facciones de pómulos salientes y elevados, clara muestra de la sangre eslava. Amaba sus labios delgados, que acentuaban la actitud desconfiada y recelosa que la definía. Se fijó en que el marco de pestañas negras, que ella, desde hacía un tiempo, arqueaba y pintaba con rímel, subrayaba el celeste del iris. De nuevo se sorprendió al darse cuenta de que estaba apreciando los detalles cuando, en general, él se limitaba a admirar la belleza de una mujer en su conjunto, sin detenerse en los pormenores. Con La Diana, sin embargo, le sucedía lo contrario: quería conocerla centímetro a centímetro.

–¿Qué quieres, Sergei? Por favor, suéltame.

–¿Te molesta que te toque? –La Diana lo miró con actitud desafiante–. ¿Recuerdas cuando me permitías tocarte y besarte?

–Sergei, volvamos a la casa. Hemos dejado a Matilde sola.

–Volveremos cuando acabemos con esta farsa.

–¿Qué farsa?

–La de que no te importo. La de que no te importa lo nuestro.

–No hay nada entre nosotros, Sergei. Aquel día, en el cruce de Erez, cuando me dijiste que yo era incapaz de darte nada, tenías razón. No tengo nada para darte, ni a ti ni a nadie. No quiero seguir intentando sacar algo de mí cuando aquí dentro estoy vacía.

–¡No estás vacía!

–¡Sí, lo estoy! Me genera un gran desasosiego intentar ser y dar lo que no soy ni tengo. Te pido que me dejes en paz, que olvides lo que vivimos. Fue un error, una ilusión.

–¡No! Lo que vivimos fue real. –La sujetó por la cintura y la pegó a su cuerpo, y La Diana rebuscó entre sus sentimientos y entre sus sensaciones alguna que le recordara el pánico que experimentaba cuando la tocaban. Nada; por el contrario, en los brazos de Sergei Markov hallaba paz y placer. «Si tan sólo la cuestión se limitara a un abrazo y a un beso», pensó, desmoralizada, y pugnó por desembarazarse de él.

–¿Qué buscas ahora, Sergei? Sabes que no puedo darte nada.

–Ni siquiera me permites acabar con los hijos de puta que te hicieron tanto daño.

–Alguien tiene que acabar con la violencia. En algún punto, alguien tiene que perdonar y decir basta. De lo contrario, el odio sigue, y la gente sufre, como aquí, en Gaza. ¿Acaso no te diste cuenta de que hace cincuenta años que israelíes y palestinos se odian, se matan, y que sólo han logrado ser infelices? Quiero ser capaz de un acto de grandeza. Perdonar es un acto de grandeza, que, no me preguntes por qué, a la larga nos hace bien, nos cura, nos redime.

Sergei Markov se quedó mirándola, pasmado y orgulloso a un tiempo. Eso también era novedoso: admirar a una mujer por la grandeza de su corazón y por su inteligencia, en lugar de limitarse a apreciar el tamaño de sus pechos y de su trasero.

—Te amo, Diana.

La muchacha ya no luchaba por soltarse. Bajó el rostro y cerró los ojos. «Yo también te amo, Sergei.» Se dio un momento para recuperar la calma y el dominio.

—Déjame ir. Te mereces una mujer completa, sana, y yo estoy demasiado dañada para hacerte feliz.

—¡Te quiero a ti!

—¡Quieres a una mujer a tu lado y yo no lo soy!

—¡Lo eres!

—¿No te acuerdas de nuestra última vez juntos, en París, cuando sufrí un ataque de nervios mientras intentábamos hacer el amor? ¡No podré resistirlo otra vez, Sergei! Por favor, déjame ir. Ya no siento nada por ti —le mintió.

Esas palabras golpearon a Markov. Sus brazos se desprendieron de la cintura de La Diana y cayeron, laxos, a los lados del cuerpo. Ella caminó hacia atrás en dirección a la calle. No podía volver a la casa del Silencioso, necesitaba un momento a solas para digerir lo que acababa de hacer gobernada por el miedo: apartar al único hombre al que había amado y al único a quien le había permitido una cercanía impensable unos meses atrás. Los ojos negros de Markov se fijaban en los de ella y la amarraban. La tristeza que comunicaban resultaba fuera de lugar en una mirada como la del ex soldado de la Spetsnaz GRU. Estaba matándola. La Diana dio media vuelta y corrió hacia la calle.

∴ ✿ ∵

Markov regresó al interior de la casa del Silencioso y avistó a Matilde al teléfono. Se la veía emocionada, con los ojos arrasados.

Matilde decía: «Kolia, Kolia. Hola, Kolia. Feliz cumpleaños, Kolia», y su risa emergía jalonada por un llanto incipiente. Habló después con Francesca, y la risa continuó al escuchar las ocurrencias de Kolia y de Amina, que se habían vuelto carne y uña.

Durante la cena, en la que los amigos del Silencioso la interrogaron para conocer en profundidad su acto valeroso, Matilde, algo cansada de describir la hazaña, admitió que había echado a correr en dirección al pequeño Mohamed sin reflexionar en las consecuencias; sólo la movía el anhelo por protegerlo. No mencionó que, apenas sus ojos cayeron sobre la escena y mientras se dirigía hacia el tiroteo, un grito hondo y prolongado explotaba en su mente: Jérôme.

Sabir Al-Muzara, que leía en la expresión de Matilde el fastidio que le causaba referirse al tema con extraños, cambió el rumbo de la charla al anunciar que el libro de cuentos, *Las aventuras de Jérôme*, se publicaría en Francia en junio. Matilde, que desconocía la fecha de lanzamiento, se quedó muda, embargada por una sensación de irrealidad. Los invitados, a excepción de Ariela Hakim que conocía los pormenores de la carrera literaria de Matilde, se lanzaron a preguntar con el mismo ahínco con que la habían interrogado acerca de su muestra de coraje.

El ruido a cristales rotos interrumpió al imam Yusuf Jemusi. Los cinco comensales –Markov estaba en el baño y La Diana aún no regresaba– giraron las cabezas hacia la ventana que daba a la calle. Un mutismo antinatural se apoderó de la sala antes de que un sonido sutil, como si se pulverizara un producto gaseoso, lo rompiera. En cuestión de segundos, la habitación quedó inundada por un humo blanco y espeso. Todos empezaron a toser y a respirar afanosamente con las servilletas sobre la nariz y la boca. El lugar se convirtió en un caos, y nadie sabía cómo proceder ni hacia dónde huir.

Markov salió del baño y corrió hacia la parte delantera de la casa. Antes de entrar en el comedor, la nariz comenzó a gotearle y los ojos a lagrimearle; percibió una picazón en la garganta que no desaparecía aunque tosiera. Se amarró un pañuelo en torno a la cara y se lanzó dentro de la nube blanca. Gritó el nombre de Matilde, desesperado. Por fortuna, Matilde llevaba un suéter fucsia, cuyo color refulgió y lo guió a ella.

Matilde estaba ciega; los ojos le ardían de una manera intolerable, tenía la impresión de que se le disolverían, lo mismo que la nariz, la cual latía y chorreaba moco y agua. Un fuego, encendido en su garganta, le secaba la boca; la lengua se le pegaba al paladar. Sus pulmones se inflaban trabajosamente, llenos de gas. Los oídos le zumbaban, y había perdido el sentido de la orientación. Intentó gritar, lo que le causó una puntada dolorosa en el cuello, cuando unas manos se cerraron en torno a su cintura y la arrastraron.

–¡Soy Markov! –vociferó el ruso, y su voz emergió ronca e irreconocible.

Matilde le permitió que la guiara. Necesitaba salir al aire fresco y ventilar su aparato respiratorio, a punto de explotar. Markov, con el pañuelo amarrado al estilo de un *cowboy*, pasó el brazo derecho bajo las corvas de Matilde y la despegó del suelo. Pretendía entrar en la cocina, donde había una puerta que daba a un jardín trasero. Atravesó el espacio mascullando insultos cada vez que se golpeaba con un mueble o que pisaba o atropellaba a alguien. No tenía tiempo de pensar en el bienestar de Sabir Al-Muzara ni en el de sus invitados; sólo pensaba en salvar a la mujer de Al-Saud, cuya vida había corrido peligro días atrás cuando se escabulló del hospital para convertirse en el escudo del pequeño Mohamed. Markov no se perdonaba la distracción que Matilde había aprovechado para eludir la custodia y arrojarse al peligro. Llegaría el momento en que debería enfrentar la ira del jefe. ¿Dónde estaba La Diana? ¿Dónde mierda se había metido?

Irrumpió en la cocina y enseguida advirtió que el aire se volvía más delgado y puro. Se quitó el pañuelo e inspiró con avidez. Apoyó a Matilde en el piso y la sostuvo mientras ésta tosía y se refregaba el rostro. Markov buscaba la puerta de salida a través de un velo gris y esmerilado que le escocía los ojos y sólo le permitía advertir las líneas de los objetos. Estaba desorientado, la desesperación lo invadía. Escuchaba las voces de los invasores alternadas con disparos y quejidos. Sabía que se protegían con máscaras y que pronto los hallarían en la cocina. Condujo a Matilde hasta la puerta. Intentó abrirla, en vano. Tanteó para buscar la llave en el cerrojo y no tropezó con nada. Se disponía a echarla abajo cuando el rugido de una explosión coincidió con el impacto que lo arrojó hacia delante. Cayó sobre Matilde y, aunque pugnó por incorporarse, volvió a caer: una corriente le surcó la columna vertebral y lo paralizó. Alguien lo apartó con un empujón, causándole un dolor intolerable. Quedó de espaldas, con la vista en el cielo raso, la respiración rápida, irregular y corta; cada inhalación se convertía en una cuchillada entre los omóplatos. Sobre él se cernió una figura de negro, alta, de gran corpulencia, con la cara protegida por una máscara antigás. Markov extendió la mano para aferrarse al borde de la mesa y utilizarla como soporte para incorporarse. El gigante pretendía llevarse a Matilde. Debía impedirlo. El brazo de Markov se desplomó, inerte. Emitió un gemido ahogado y se desvaneció.

Aturdida, medio ciega y dolorida, Matilde supo que quien la levantaba no era Sergei Markov. Pese al poder que le comunicaban los brazos que la aferraban por detrás, luchó por escapar, y sólo consiguió agitarse al punto del ahogo. Su captor la obligó a girar y a enfrentarlo. Un alarido de terror, que jamás brotó de su garganta herida, le provocó un temblor que le agitó el cuerpo y le cortó el aliento. Contempló la silueta de un gigante de negro, cuyo rostro cubierto por una máscara le hizo recordar a Darth Vader, el malo del film *Star Wars*. Finalmente, el alarido emergió de entre sus labios cuando una voz inhumana y amortiguada dijo «Ágata».

La Diana se detuvo de golpe en la banqueta al ver las cintas de humo blanco que se evadían por el vidrio roto de la ventana. Desenfundó su pistola HP 35 y saltó la reja. Se aproximó a la puerta entreabierta, con la espalda pegada a la pared. No se oían ruidos ni voces. Se acomodó el pañuelo que lucía en el cuello sobre la nariz y la boca, y terminó de abrir la puerta con un puntapié. Aunque debilitado y delgado, el gas lacrimógeno le irritó los ojos. Se secó las lágrimas con el puño de la chamarra y avanzó, siempre protegida contra la pared. Individualizó cuatro cuerpos en el piso de la sala. Se acuclilló junto al de Sabir Al-Muzara y, tras el ardor y la bruma que le entorpecían la visión, le pareció distinguir que había recibido un balazo en el pecho. «Dios mío», musitó, mientras intentaba mantener a raya el pánico que amenazaba con privarla del sentido común.

Encontró a Markov en el suelo de la cocina, sobre un charco de sangre. La imagen ejerció un poder hipnótico sobre su voluntad; se quedó congelada, con la vista fija en el rostro amado del ruso. Un sollozo le cosquilleó la garganta, y terminó de reaccionar al advertir que las pestañas de Sergei, negrísimas en contraste con la palidez de sus mejillas, se agitaban.

—¡Sergei! —La Diana cayó de rodillas—. ¡Sergei, mi amor! ¡Sergei!

—Matilde —murmuró el ruso, y La Diana se inclinó para escucharlo—. Se la llevaron.

—¿Dónde te hirieron? ¡Sergei! —gritó al percibir en su carne cómo las fuerzas abandonaban al hombre que amaba—. ¡Sergei, no me dejes!

—Diana… —musitó, sin levantar los párpados.

—¡Sergei, te amo! ¡No me dejes! ¡No me dejes! ¿Me oyes? ¡Te amo! ¡No! ¡No te dejaré ir! ¡No me dejarás sola! ¿Entiendes? ¡Maldito seas!

Entre gritos e improperios, La Diana se acordó de los ejercicios de resucitación que Juana y Matilde le habían practicado a Sándor en la capilla de la *rue* du Bac. Le tapó la nariz e impulsó aire a través de su boca. Hundió varias veces la base de la palma de la mano izquierda a la altura del corazón, dándose fuerza con el de la derecha. Y de nuevo, le insufló aire por la boca. Apoyó el índice y el mayor en la carótida y buscó el pulso. No lo halló. ¿Le habría hecho daño en lugar de ayudarlo? ¿Estaría buscando la corriente sanguínea en el sitio equivocado? No sabía nada de operaciones de salvamento.

—¡Sergei! —se desesperó—. ¡No me dejes! ¡No te atrevas!

Sergei Markov movió los labios, y La Diana entendió que pronunciaba su nombre. Luego, lo vio elevar las comisuras en una sonrisa ligera antes de que su cabeza cayera hacia un lado.

–¡No! ¡No, Sergei, no me abandones! –La Diana vociferaba en bosnio al tiempo que descargaba puñetazos despiadados sobre el tórax de Markov–. ¡No me dejes! ¡Hijo de puta, no te atrevas!

Ariela Hakim caminó trastabillando. Se detuvo bajo el umbral de la puerta de la cocina y se aferró al marco para no caer. Tenía el rostro cubierto de sangre. Observó a La Diana a través de los retazos de humo blanco y sospechó que los afanes de la joven guardaespaldas eran vanos. Se acuclilló junto a Markov, le tanteó la muñeca y confirmó sus sospechas.

–Diana, Diana –la llamó, corta de aliento, pero la muchacha ni siquiera advertía su presencia–. ¡Diana! –Las fuerzas de Ariela renacieron alimentadas por el dolor y la desesperación de la muchacha. La aferró por las muñecas y la sacudió–. ¡Diana, detente! ¡Basta, Diana! –La joven bosnia se frenó de repente, de un modo antinatural, y permaneció quieta y agitada, sus ojos clavados en el rostro ceniciento de Sergei Markov–. Diana, querida, está muerto –susurró la periodista israelí–. Él ya no está aquí. Déjalo ir. Déjalo ir en paz.

La frente de La Diana cayó sobre el pecho de Markov, donde rompió a llorar a gritos, aferrada a las ropas ensangrentadas. Ariela le masajeaba la espalda y le decía con voz quebrada:

–Lo siento, Diana. ¡Cuánto lo siento!

～: ❀ ：～

Le habían vendado los ojos y amarrado las manos y los pies. Iba recostada en lo que parecía la parte trasera de una camioneta, la cual, a juzgar por los bamboleos, no se trasladaba por un camino asfaltado, sino por uno poblado de accidentes. Sus captores hablaban en árabe, y ella pescaba palabras sueltas que de nada servían; aun el gigante, de quien ella recordaba el nombre, Udo Jürkens –también recordó que lo llamaban Ulrich Wendorff–, se expresaba en la lengua oficial de Palestina.

Hasta el momento, el pánico y la incertidumbre la habían preservado de notar que la garganta le ardía, de que, a causa de la sed, su lengua latía y le ocupaba por completo la cavidad de la boca y de que se le habían dormido las piernas y los brazos. Al revolcarse, una lluvia de calambres le atacó los miembros, y se quejó con un lamento, que murió ahogado en el ruido del motor y en el sonido cadencioso de las voces. No obstante, una mano áspera y grande le acarició el brazo, un movimiento comedido, furtivo, efectuado de tal modo que los demás no lo descubrieran. «Udo Jürkens», recordó, «o Ulrich Wendorff». Era él, el Darth Vader con que se había topado en la cocina de Sabir, el hombre que la perseguía desde hacía meses y que, al final, había conseguido atraparla. Aunque el terror la dominaba, paradójicamente supo que, si Jürkens se mantenía a su lado, no le harían daño.

—*Almaa, min fadlik* (Agua, por favor).

Como nadie oyó su súplica murmurada, repitió el pedido y, al elevar el tono de voz, se removió contra el piso para contrarrestar el agarrotamiento y el jalón en la garganta. La incorporaron y le acercaron el filo de una botella a los labios.

—Bebe, Ágata. Es agua fresca —le susurró Udo al oído y en alemán, y Matilde, aterrada por la voz distorsionada y desnaturalizada, permaneció quieta—. Bebe —la alentó el berlinés, y le entreabrió los labios con el filo de la cantimplora.

Una porción de agua le colmó la boca, y enseguida sintió alivio. La tragó lentamente, haciéndola jugar en la lengua hasta percibir que las palpitaciones mermaban.

—Un poco más —pidió en inglés, y Jürkens la complació—. ¿Qué harán conmigo, Ulrich? —El instinto le indicó que lo llamara por su verdadero nombre. Asombrada por haberlo recordado, se dio cuenta de que dependería de su ingenio y de su capacidad de manipulación para conservar la vida.

Por su parte, Jürkens experimentó una alegría tan profunda al escuchar su verdadero nombre de labios de la mujer que amaba, que soltó una carcajada. Los miembros de las Brigadas Ezzedin al-Qassam se volvieron con gestos endurecidos y vistazos suspicaces.

—¿Qué sucede, Udo? —exigió saber Anuar Al-Muzara, que había decidido comandar él mismo el operativo de secuestro.

—Nada —se apresuró a asegurar el berlinés—. La muchacha me dijo que hemos cometido un error, que ella no es nadie de importancia. —Aprovechó las risotadas de sus compañeros para hablar a Matilde, mientras la ayudaba a sentarse en el piso de la camioneta y respaldarse en el costado del vehículo—: Nada te sucederá, Ágata —la reconfortó en inglés—. Yo te protegeré. No tengas miedo.

—Gracias, Ulrich —contestó Matilde, y percibió que Jürkens le rozaba la mejilla. Se trató de un gesto nimio; no obstante, comunicaba un juramento que la reconfortó.

El vehículo entró en la ciudad de Rafah y se dirigió al límite con Egipto. Se detuvo con una frenada brusca, y Matilde juzgó que se trataba de un terreno gredoso por el crujido de las llantas. La puerta corrediza se deslizó con violencia, y Jürkens ayudó a Matilde a incorporarse y a bajar. Al saltar fuera, la venda resbaló hacia el puente de su nariz y le descubrió parcialmente el ojo izquierdo, que movió para estudiar el limitado campo visual a la luz de la luna. Estaban en un sitio desolado, virgen, parecía un monte con elevaciones cubiertas de vegetación arbustiva. Un hombre mascullaba órdenes, y los demás se desplazaban a paso rápido desde la camioneta hacia un sector engullido por la oscuridad nocturna. El que llevaba la voz cantante se ubicó delante de las luces aún encendidas del vehículo, y Matilde sufrió una conmoción: se trataba de Anuar Al-Muzara. Lo reconoció gracias a las fotografías en la sala del Silencioso.

—Ágata, esto es por tu bien —le susurró Udo Jürkens desde atrás, y Matilde sintió un pinchazo en el lado derecho del cuello. Una flojedad le dominó las piernas, en tanto que los brazos le pesaron como si estuvieran confeccionados de plomo. El berlinés la sostuvo cuando se desmoronó.

Anuar Al-Muzara se acercó a Jürkens, que cargaba el cuerpo inerte de Matilde, y habló con la vista clavada en la joven.

—La mujercita de Al-Saud tiene temple. No ha hecho escándalo ni ha llorado.

—Tú mismo comprobaste que se trata de una mujer valiente cuando la viste por televisión proteger al niño palestino.

—Parece una adolescente —pensó en voz alta Al-Muzara—. Vamos —ordenó, con acento enérgico, encrespado por su muestra de debilidad—. Tenemos que cruzar los túneles cuanto antes.

De la misma manera habían ingresado en el territorio de la Franja varias horas atrás, deslizándose como topos por los túneles que los miembros de las Brigadas Ezzedin al-Qassam venían construyendo desde hacía años. Udo Jürkens había sugerido que durmieran a la doctora Martínez para ahorrarle la sensación de asfixia en un pasadizo de ochenta centímetros de alto y poco más de un metro de ancho. La colocarían sobre unas angarillas, que un motor ubicado del lado egipcio arrastraría a lo largo de dos kilómetros.

La travesía bajo tierra duró casi tres horas. La angarilla de Matilde se atascaba en las anfractuosidades del túnel y demoraba el tránsito. Jürkens, el más robusto y pesado, emergió en Egipto agitado y con el semblante pálido, disimulado tras una máscara de polvo y sudor. Se inclinó sobre las piernas, apoyó las manos en los muslos e inspiró profundamente hasta que los pulmones le funcionaron con naturalidad. Controló la ansiedad por correr junto a Ágata, a quien estaban cargando en la parte trasera de una camioneta; seguía dormida.

El pago por Matilde —doscientos cincuenta mil dólares y veinte cajas con fusiles AK-47, municiones y granadas de mano— se llevó a cabo en una pista clandestina al sur de la Península del Sinaí, en las inmediaciones de la ciudad de El Tor. Fauzi Dahlan le pidió a Rauf Al-Abiyia que identificara a la muchacha, que seguía dormida gracias a otra dosis de somnífero inyectada durante el viaje de trescientos cincuenta kilómetros en camioneta.

—Sí, es ella —afirmó, con tono apesadumbrado—. No ha cambiado mucho con los años.

—¡Cárguenla en la avioneta! —ordenó Dahlan—. Partiremos enseguida.

—Partirán después de que acabemos de contar el dinero y de comprobar que no sean falsos —apuntó Anuar Al-Muzara.

En tanto su lugarteniente, Abdel Qader Salameh, se ocupaba del recuento de los dólares y de acomodar las armas en la camioneta, Al-Muzara se acercó a Fauzi Dahlan y le preguntó:

—¿Cuándo piensan ponerse en contacto con Al-Saud?

—Ya lo estamos —fue la respuesta de Dahlan.

—¿Cómo? ¿Antes de tener a la mujer en su poder?

—Eso es asunto nuestro —manifestó el iraquí, y agitó la mano para acentuar que no hablaría de ello—. Terminen pronto —ordenó en general, tanto a sus hombres como a Salameh, que verificaba con un aparejo que los billetes fueran genuinos—. Tenemos que marcharnos de inmediato. —Se volvió hacia Al-Muzara y lo interrogó—: ¿Cómo estuvieron las cosas en Gaza?

—Fue un buen trabajo —contestó el terrorista palestino, y sonrió al recordar el instante en que había descargado su pistola CZ 75 en el torso de su hermano—. No quedó nadie vivo.

La avioneta despegó, y Jürkens acabó con el comportamiento circunspecto; liberó su ansiedad y su curiosidad al preguntar:

—¿A qué te referías cuando dijiste que ya estamos en contacto con Al-Saud?

—Ha ocurrido algo durante tu ausencia, Udo. Un golpe de suerte inesperado que nos facilitará las cosas.

—Habla, Fauzi. ¿De qué se trata?

—Poco más de una semana atrás, atrapamos a Al-Saud. Lo tenemos en Base Cero.

—¿Qué?

—No sabemos cómo, porque no hemos podido extraérselo, ni siquiera torturándolo, pero Al-Saud se había infiltrado y trabajaba como custodio de Kusay Hussein. Lo descubrimos.

—¿Lo mataron?

—¡Por supuesto que no! Te dije que lo tenemos en Base Cero. Él será el piloto que invadirá el espacio aéreo israelí. Según el adiestrador que contratamos en Francia, es el único que tiene probabilidad de lograrlo con éxito. Con su mujer en nuestras manos, no seguirá negándose.

–¿El profesor Wright sabe que tienen a Al-Saud y que lo usarán como piloto?

–No. Ni siquiera sabe que Al-Saud está en Base Cero. ¿Por qué lo preguntas?

–Curiosidad –mintió Jürkens–. ¿Qué pasará con la muchacha? Fauzi, tú me prometiste que, cuando todo acabara, sería para mí.

–Lo será, Udo. ¿Piensas que Al-Saud saldrá con vida de una misión como ésa? No tendrás que disputársela a nadie.

~: ֍ :~

Resultaba imposible medir el paso del tiempo en esa celda sin ventanas; no obstante, Eliah Al-Saud se esforzaba por calcularlo. Habían descubierto que no era Kadar Daud –cómo lo habían logrado seguía siendo un misterio–, y el lunes 15 de febrero, día en que su fiel chofer Medes se había quitado la vida, lo habían atrapado. El 16 lo habían torturado, y, cuando se encontraba a punto de soltar la verdad para acabar con el padecimiento, los verdugos de Hussein detuvieron sus tareas macabras y le dieron agua, la que Al-Saud sorbió con avidez deseando que fuera veneno que lo aniquilara rápidamente. Recordaba poco de los sucesos posteriores. Lo habían cargado en un automóvil, donde volvía a la conciencia de tanto en tanto. Despertó en la cama de un hospital, y ahí perdió el rastro del tiempo porque no consiguió que el médico ni la enfermera se lo informaran; él, bajo los efectos de los sedantes, no podía afirmar cuántos días había permanecido internado. El personal se limitaba a preguntarle por su estado de salud y a controlar el suero y sus signos vitales.

Durante los primeros momentos en el hospital, Al-Saud, quieto como un ciervo y con el aliento retenido, movió los ojos para verificar el entorno, y hasta esa acción le provocó dolor de cabeza. Dejó caer los párpados y se obligó a iniciar un ejercicio respiratorio. Sabía que estaba en un hospital y no se preocupó por descifrar el motivo. Se apaciguó al comprobar que movía los cuatro miembros, más allá de que tardaría bastante en recobrar la agilidad. Estudió las vendas que le cubrían los dedos sin uñas, y, al apartar la sábana, observó otras que protegían las quemaduras infligidas en el torso por las descargas eléctricas. Estaba desnudo. Deslizó la mano hasta tocarse el pene y los testículos, sobre los cuales se habían ensañado con la porra eléctrica. Apretó los párpados y se mordió el labio para soportar el dolor y para alejar los recuerdos. Quería eliminar las escenas nacidas en la mesa de mármol a manos de los torturadores. Se sentía indigno y sucio. Se reprochaba haberse entregado en la pensión. Se culpaba de estúpido y débil. Tendría que haber enfrentado a los cinco custodios. Se obligó a soltar el aliento y a respirar con normalidad. «Matilde, Matilde», repitió una y otra vez, y la evocó riendo en la habitación del Hotel Rey David, mientras él, que la tenía sobre las piernas, le hacía cosquillas.

Como el cuarto en el hospital no tenía ventanas, no sabía si salía o se ponía el sol. Transcurría las horas en silencio, luchando con las memorias, intentando destruir las más siniestras con imágenes de su mujer. También pensaba en Kolia, y convertía en propia la fantasía de Matilde, la de la piscina en la casa de la Avenida Elisée Reclus; le daba paz. Poco a poco, se perdonaba haberse entregado en lugar de pelear. No habría salido con vida, tampoco la anciana ni Medes. Eran cinco profesionales, armados y bien adiestrados. Él se hubiera llevado a tres al infierno, pero los otros lo habrían liquidado. Una pregunta recurrente lo martirizaba: ¿quién lo había traicionado? Sólo una respuesta asomaba: Ariel Bergman. También se cuestionaba qué hacía en un hospital, donde lo alimentaban y le conferían buen trato. ¿Por qué habían detenido las torturas? Estaba seguro de no haber declarado quién era, y eso lo tranquilizaba. Mientras le apaleaban las plantas de los pies hasta desprenderle la piel a lonjas, o en tanto le arrancaban las uñas y le exigían una confesión, la certeza de que las vidas de Matilde y de Kolia estarían en peligro, lo dotaba de una fuerza sobrenatural para seguir aguantando la tortura. Jamás les diría quién era, aunque tuviera que pasar de nuevo por la mesa de mármol, aunque había existido un instante en que estuvo a punto de claudicar.

Un día, la enfermera se presentó con ropa y, en el mismo silencio en que lo había curado, alimentado, higienizado y afeitado, lo ayudó a vestirse.

—Vendrán a buscarlo —fue lo único que dijo antes de salir de la habitación y echar llave.

Al-Saud permaneció junto a la cama, analizando las posibilidades. Caminó con dificultad, y un ceño se profundizaba cada vez que apoyaba las plantas de los pies en el suelo. Entró en el baño, un recinto pequeño y hermético como la habitación. Se miró en el espejo y se rascó el bigote y la barba con los dedos vendados. Sonrió al pensar que a Matilde le habría gustado, y se la imaginó riendo porque le raspaba el vientre y le hacía cosquillas. Se apoyó en el borde del lavabo e inclinó la cabeza.

—Quiero volver a verte —expresó en voz alta.

Aunque había luchado por ahogar sus miedos, lo atormentaba saberla en Gaza, a merced del ejército israelí y de los terroristas de Hamás. A veces, atrapado en una pesadilla, recreaba la escena transmitida en vivo por la cadena Al Jazeera, y un ahogo le oprimía el pecho cuando una bala alcanzaba a Matilde en la espalda; la sangre manchaba su bata blanca hasta cubrir cada centímetro cuadrado de rojo y tragara el logotipo de Manos Que Curan; las manos en forma de paloma terminaban de desaparecer, y él se despertaba con un clamor.

Le dio un puñetazo a la pared azulejada e insultó, un poco a causa del dolor que se había infligido, sobre todo por rabia. «¿Por qué te expones? ¿Por qué no piensas en mí primero?» Esas preguntas no lo abandonaban, si bien intentaba acallarlas.

Salió del baño al oír el chirrido de la puerta. En la habitación, se topó con Kusay Hussein. Su antiguo compañero, Abdel Hadi Bakr, que lo escoltaba, deslizó la mano bajo la solapa del traje en una actitud inequívoca. Al-Saud lo ignoró y fijó la mirada en el hijo de Saddam Hussein. No halló rastros de rencor ni de enojo. Kusay lo observaba con un gesto neutral con el cual Eliah se había familiarizado durante las semanas a su servicio.

—Sabemos que tu nombre es Eliah Al-Saud.

Le costó disfrazar el estupor. Su mente comenzó a funcionar de manera frenética. ¿Habría soltado la verdad y no lo recordaba? ¿Le habrían inyectado el llamado «suero de la verdad» —pentotal o amital sódico—, y él, en medio del delirio de padecimiento y de terror, habría hablado?

—No sé de qué me habla.

Hussein rio sin fingimientos.

—Eres digno de admiración, Al-Saud. Después de lo que padeciste a manos de los mejores torturadores de la *Amn-al-Amm*, creí que te encontraría más blando. No diré que esperaba que me suplicaras por misericordia, pero sí esperaba verte más dócil y dispuesto a colaborar. —En el silencio que siguió, Kusay Hussein recuperó la seriedad del principio—. Así como un soldado de la As-Saiqa nos aseguró que tú no eras Kadar Daud y nuestras investigaciones lo confirmaron, otra persona nos reveló tu nombre. Esa persona se llama Donatien Chuquet, uno de tus instructores de vuelo en las Fuerzas Aéreas francesas. *L'Armée de l'Air*, ¿verdad? ¿Lo he pronunciado correctamente?

—¿Qué día es hoy? —preguntó Al-Saud, con indiferencia, aunque se volvía difícil conservar la máscara cuando sus enemigos sabían todo acerca de él. «Donatien Chuquet», repitió para sí. «Maldito hijo de puta.»

Kusay Hussein ladeó la boca en una sonrisa artera que ocultó la amargura que experimentaba por haber perdido a un hombre tan valioso. Durante esos días en que los agentes de la *Mukhabarat* le habían proporcionado bastantes datos acerca de Eliah Al-Saud, concluyó que se trataba de un soldado fuera de lo común. La verdad es que no había sido fácil localizar la información, más allá de un artículo publicado el año anterior en la revista *Paris Match*, que lo definía como el rey de los mercenarios, y otro, publicado pocas semanas atrás, en el cual se lo desagraviaba. Los agentes iraquíes se habían desempeñado bien al utilizar a sus espías en los servicios de inteligencia jordano y saudí para obtener los datos que les permitieron trazar la personalidad de Al-Saud. «Era uno de los mejores pilotos de Francia, *sayidi* Kusay», le había reportado el agente. «Peleó durante la Guerra del Golfo y sobrevoló y atacó el territorio iraquí desde el principio hasta el final», afirmación que coincidía con lo que aseguraba Donatien Chuquet: se encontraban frente a un eximio piloto.

Aún le resultaba extraño el modo en que los acontecimientos se habían desarrollado. El martes anterior, 16 de febrero, Uday lo había llamado al Palacio Al-Faw, alterado y tartamudeando, comportamiento en el que caía cuando estaba muy drogado, razón por la cual no le prestó atención hasta que su hermano mencionó que había ordenado detener la tortura de Kadar Daud. Media hora más tarde, Uday y su amigo francés, Donatien Chuquet, irrumpían en su despacho y lo ponían al tanto de la verdadera identidad del custodio. Uday estaba eufórico porque, según explicó, hacía meses que buscaban a Eliah Al-Saud para obligarlo a pilotear el avión que invadiría Israel.

—¡Y todo el tiempo lo teníamos bajo nuestras narices! —carcajeó.

Por otro lado, Kusay estaba al tanto de la misión que Fauzi Dahlan le había encomendado a Anuar Al-Muzara: secuestrar a la mujer de un tal Eliah Al-Saud, quien conocía el escondite de Abú Yihad. Al principio, le resultó inverosímil que la mujer de Al-Saud fuera, además, la hija del traficante de armas. Después dedujo que, en el triángulo que componían Abú Yihad, su hija y Eliah Al-Saud, se hallaba la explicación a por qué Al-Saud había salvado y escondido al traficante.

Frente a tantas coincidencias, un fundamentalista islámico habría afirmado que Alá estaba manifestándole su beneplácito. Kusay, en cambio, conservaba la mente fría y aprovechaba lo que el destino le ponía en las manos: el hombre que cumpliría con éxito la misión y que los guiaría hasta ese traidor de Abú Yihad, y el medio para obligarlo: su mujer.

El mismo martes 16 de febrero, ordenó que condujeran a Kadar Daud, o mejor dicho, a Eliah Al-Saud, al Hospital Ibn Sina. Una semana más tarde, Kusay Hussein recibió dos buenas noticias: el médico a cargo de la salud del «amigo» de la familia Hussein le aseguró que su paciente estaba listo para ser dado de alta; y Fauzi Dahlan lo llamó por teléfono y, en un lenguaje codificado, le confirmó que tenía a la muchacha. A partir de esas dos informaciones, Kusay decidió trasladar a Eliah Al-Saud al corazón del secreto iraquí.

El momento había llegado. De pie frente a la mirada inconmovible de su antiguo custodio, Kusay se preguntaba si ese hombre conocía el miedo.

—Hoy es martes 23 de febrero —respondió, con acento suave y tranquilo.

—*Shukran, sayid Kusay.*

—Es en vano que niegues tu identidad, Al-Saud —expresó, sin alterar el tono de voz—. No hablaremos ahora sino más tarde, cuando llegues a tu destino.

Kusay abandonó la habitación seguido de Abdel Hadi Bakr, y, antes de que se cerrara la puerta, cuatro hombres, tan altos como Eliah y más fornidos, entraron. Su instinto lo alentó a presentar pelea; su razón le aconsejó que aguardara, pues, magullado y contrahecho como estaba, esos cuatro titanes lo reducirían sin esfuerzo. Como no opuso resistencia, le dispensaron un trato considerado al amarrarlo de pies y manos. Lo transportaron en una silla de ruedas hasta el ascensor, que activaron con una llave y que se detuvo en la terraza del hospital, donde los aguardaba un helicóptero.

No lo desataron lo que duró el viaje de casi cuatro horas, por lo que las manos sin uñas y los pies con las plantas aún lastimadas le latían de manera insoportable. Quería llegar adonde fuera que lo conducían, aunque se tratara del destino donde encontraría la muerte.

El helicóptero aterrizó de noche. Al-Saud se desorientó al bajar porque había esperado hacerlo en un espacio abierto y no en ese recinto que parecía un estacionamiento subterráneo. Elevó la vista al techo y supo que éste se deslizaba para abrirse y que estaban bajo tierra. Durante la Guerra del Golfo y durante su entrenamiento en la finca al sur de Inglaterra, le habían hablado de las bases secretas de Saddam Hussein mimetizadas en el paisaje o bien subterráneas.

Lo sentaron en un vehículo similar a los empleados para trasladarse en una cancha de golf, y lo pasearon por unos pasillos lúgubres, más bien sórdidos, construidos de concreto pintado de un gris verdoso y mal iluminados. Cada tanto, se frenaban, y uno de los hombres se estiraba para deslizar una tarjeta magnética en los portones de hierro que les impedían el paso. Lo ubicaron en una habitación de buenas dimensiones, aunque tan tétrica como todo lo que había contemplado hasta ese momento. Le desamarraron las manos y los pies, y se fueron.

Al-Saud orinó en el mingitorio apostado en un extremo de la estancia y se quitó las vendas de los dedos para lavarse las manos en un pequeño lavabo. Al igual que en el hospital, esa habitación era un cubo sin ventanas, aireado a través de pequeños orificios ubicados en las paredes cerca del techo y cubierto por rejillas. Se sentó en la litera, se quitó los zapatos y se masajeó los pies vendados. Se recostó y soltó un suspiro. Se cubrió el rostro con el antebrazo y, mientras cavilaba acerca de su destino, se durmió.

$$\backsim : \varphi \backsim$$

Amanecía. Matilde reflexionó que habría apreciado la salida del sol tras las montañas azuladas y de picos nevados si el pánico no la hubiera gobernado. Miró de soslayo a Udo Jürkens, sentado junto a ella en la cabina del helicóptero, y se dijo que resultaba paradójico que el hombre que se había constituido en una pesadilla durante los últimos meses, en ese momento fuera su protector. Ya no le molestaba su voz inhumana ni la intimidaba su tamaño de oso pardo. Se había ocupado personalmente de su bienestar y de su seguridad, incluso le había secado las lágrimas —ella no podía porque tenía las manos atadas— y, cuando le preguntó por qué la habían secuestrado, la alentó diciéndole que él se ocuparía de sacarla con bien de ese lío.

El helicóptero se sacudió cuando los patines de aterrizaje tocaron tierra firme. La luz débil del amanecer desapareció poco a poco, como si hubieran abierto una cortina y sumido la habitación en penumbras. Las hélices acallaron su estruendo, y los sonidos —la voz imperiosa del tal Fauzi, el ruido de las puertas de la cabina al abrirse y el zumbido de un motor que se aproximaba— rebotaban contra las paredes y se propagaban con una calidad amortiguada.

Udo Jürkens la ayudó a descender. Matilde observó en torno. Se trataba de un espacio muy amplio, que le recordó a los estacionamientos de los *shoppings*. Ni un rayo de luz natural lo penetraba, y el aire estaba viciado por los gases del helicóptero. Otro similar se hallaba estacionado a pocos metros. Jürkens la ayudó a subir a un autito blanco que le recordó a su infancia, cuando Aldo la llevaba al campo de golf de Ascochinga y se trasladaban en lo que su padre llamaba «*buggy*».

—Vamos, Ágata —susurró Jürkens—. Sube. —La asistió para que se ubicase en un asiento porque, con las manos amarradas, le resultaba muy difícil.

No se atrevía a preguntar dónde estaban. El lugar, lóbrego y sórdido, resultaba suficiente respuesta. Temía morir. Inclinó la cabeza y la sacudió para deshacerse de la idea. No moriría, aún le quedaba mucha vida por compartir con Eliah, con Kolia y con Jérôme. «Eliah», sollozó, «te necesito».

Los cuatro titanes le amarraron las manos a la espalda antes de sacarlo de la celda. Al-Saud suponía que era la mañana del miércoles 24 de febrero. Se había despertado en la litera de esa habitación subterránea y, poco después, un guardia, con un fusil de asalto cruzado en el pecho, le había traído una bandeja de latón con una taza de café endulzado, compota de manzana y un yogur. Esperó a que Al-Saud terminara de comer para retirar la bandeja y la vajilla. Más tarde, los hombres de Hussein entraron, lo ataron y lo obligaron a subir a un *buggy* para transportarlo a través de pasillos largos y mal iluminados hasta una estancia amueblada con una mesa ovalada grande y varias sillas, menos lóbrega porque sus paredes estaban forradas con paneles de madera clara, y el piso, cubierto por una alfombra en tonalidad beige. Le desataron las manos y le indicaron que se sentara. Se presentaron Kusay Hussein, seguido por Abdel Hadi Bakr, y su hermano Uday con tres custodios.

—Así que tú eres el *golden boy* de la aviación —manifestó Uday, con una sonrisa forzada—. Me han hablado mucho de ti, Al-Saud.

—Uday, por favor —intervino Kusay—. Yo me ocuparé de esto.

El primogénito de Hussein lanzó un vistazo furibundo a su hermano y se sentó frente a Eliah con un bufido. Al-Saud lo miró a los ojos hasta que, con talante displicente, giró el rostro para encarar a su antiguo jefe.

—Al-Saud, nos prestarás un servicio. Si resultas con vida, te daremos la libertad.

Al-Saud, con las manos unidas y apoyadas sobre la mesa, rio en silencio.

—¿De qué ríes, imbécil? —se alteró Uday.

—No tienes salida —interpuso Kusay—. Estás en nuestras manos. Y quien sea que te haya enviado a espiarnos, te ha abandonado. No saben dónde estás. Recuerda que te quitamos el transmisor que tenías en la pierna.

—Lo recuerdo. —La voz grave y cavernosa de Al-Saud se suspendió en el silencio y afectó a los demás, que se removieron en sus asientos y cruzaron miradas nerviosas.

—¿No preguntarás cuál es el servicio que te pedimos? —se extrañó Kusay, y Al-Saud le devolvió una sacudida de hombros—. Hemos sabido de tu habilidad para pilotear aviones de guerra. Tu instructor de vuelo, Donatien Chuquet, asegura que eres uno de los mejores. Dice que serías capaz de violar el espacio aéreo israelí y soltar una bomba sobre Tel Aviv sin que los misiles sionistas te bajaran.

Al-Saud apretó ligeramente los dedos entrelazados y mantuvo la vista fija en un punto de la mesa. Kusay Hussein acababa de enunciar la consigna. Sin duda, se hallaba en Base Cero, y, sin duda, la bomba que Kusay pretendía que soltara sobre la ciudad israelí era atómica.

—Arreglarás con Chuquet los pormenores de la misión, que deberá completarse antes de fin de mes. —Al-Saud elevó la mirada y la detuvo en Kusay—. Veo que sigues recalcitrante en tu postura, Al-Saud. También es mi deseo que nos digas dónde escondes a tu futuro suegro, Mohamed Abú Yihad. —Kusay rio, satisfecho, cuando entrevió un atisbo de reacción en los ojos verdes de Al-Saud, que fulguraron con un brillo asesino—. Persistes en tu silencio, ¿verdad? Creo que esta imagen terminará por disuadirte. —Kusay levantó el control remoto que descansaba sobre la mesa, apuntó a la pared y oprimió un botón. El panel de madera se deslizó para dejar a la vista una pantalla enorme, que se encendió de inmediato.

Al-Saud se puso de pie, y el estrépito que provocó su silla al caer no ahogó las risotadas de Uday. Matilde se hallaba sentada sobre una litera similar a la de su celda, con las manos unidas sobre las piernas. Miraba en torno con expresión asustada. Al-Saud quería rugir y destruir lo que se hallara a su alcance. Se instó a conservar la calma para analizar las posibilidades.

—Como podrás ver, Al-Saud, tenemos a tu mujer, la doctora Martínez.

—No es ella —declaró Eliah.

—Abdel Hadi —Kusay le habló a su guardaespaldas sin apartar la vista de Al-Saud, que la mantenía fija en la pantalla—, ve a la celda de la doctora Martínez y oblígala a acercarse a la cámara para que nuestro amigo esté seguro de que se trata de ella. Antes de salir, golpéala.

—¡No! —Al-Saud intentó abalanzarse sobre Abdel Hadi; los custodios de Uday lo inmovilizaron—. ¡No lo hagas! ¡Está bien, es ella! ¡Sí, es ella!

—Bien —dijo Kusay—, veo que vas entrando en razón. —Con un gesto de su mano, indicó a los hombres que lo liberaran—. Ya ves, Al-Saud, tendrás que complacernos si quieres volver a ver con vida a tu mujer.

—Haré lo que me piden, pero antes quiero que la liberen. No moveré un dedo con ella en sus manos.

—Al-Saud —expresó Kusay, con tono condescendiente y una sonrisa falsa—, ¿cuándo terminarás por entender que somos nosotros los que damos las órdenes? La muchacha se quedará aquí hasta que tú cumplas con la misión que te hemos encomendado. No temas por ella, es una mujer valiente. Se lo demostró al mundo cuando se lanzó a salvar a ese pobre niño palestino.

—Es hermosa —dijo Uday, y se detuvo frente a la pantalla; extendió el índice y acarició el rostro de Matilde—. Muy hermosa. Nunca había visto un cabello rubio tan largo y llamativo.

Al-Saud voló sobre la mesa y se arrojó sobre Uday, que emitió un quejido cuando su rostro se aplastó contra la pantalla. Los custodios reaccionaron cuando Al-Saud sujetaba desde atrás y por el cuello al primogénito del amo Saddam y lo encañonaba con su propia Walther PPK. Uday intentó zafarse y profirió un aullido de dolor cuando Al-Saud le propinó un rodillazo en la base de la columna.

—¡No se muevan! —ordenó Kusay a los guardaespaldas de su hermano—. Al-Saud, suéltalo.

—Escúchame bien, Kusay. Si este depravado psicópata pone un dedo sobre mi mujer, todo se irá al carajo. La quiero fuera de este agujero. ¡Ahora!

—La dejaremos en libertad una vez que completes la misión. Mientras tanto, permanecerá aquí.

—¡La quiero fuera ahora!

—Al-Saud, tienes mi palabra de que a tu mujer nadie la tocará. Ahora, por favor, deja ir a mi hermano. No tiene sentido lo que estás haciendo. Jamás encontrarás la salida, menos aún la celda donde tenemos a tu mujer.

No tenía salida; estaba atrapado como un ratón en un laberinto. Empujó a Uday, que cayó de bruces sobre la mesa. El iraquí se incorporó rápidamente dispuesto a arrojarse sobre quien lo había humillado como nadie se había atrevido en sus treinta y cuatro años. Se detuvo ante una orden de su hermano. Al-Saud sujetó la Walther PPK por el cañón y se la entregó a un guardaespaldas, que se aproximó para tomarla con ánimo medroso.

~ ✿ ~

—El profesor Wright no ha estado bien últimamente —le informó uno de los ingenieros iraquíes que trabajaba bajo las órdenes de Gérard Moses.

Udo Jürkens asintió con aspecto sombrío y cruzó el salón donde los científicos y los ingenieros se afanaban en los planos de diseño de las bombas. Se detuvo a la puerta del despacho de su jefe, con la cabeza medio embarullada. No se atrevía a enfrentarlo. Reflexionó acerca de la conveniencia de ocultarle que Eliah Al-Saud estaba prisionero en Base Cero. No acababa de digerir la noticia. Un golpe de suerte lo había puesto en manos de los Hussein, que planeaban utilizarlo, no sólo para hallar a Abú Yihad, sino para lanzar la bomba sobre el territorio israelí. Lo obligarían amenazando de muerte a su mujer. «Ágata», pensó. Quería acabar pronto con Gérard Moses para regresar con ella. Temía por su seguridad. Fauzi Dahlan le había dicho que Uday estaba en Base Cero, y no se fiaba de ese chiflado. Llamó a la puerta, y sólo con oír la voz de Moses supo que no se sentía bien.

—Jefe, buenos días —saludó, y enmascaró con una sonrisa la impresión que le causó el aspecto avejentado y enflaquecido de Moses.

—Udo, ¿cómo está París?

El deterioro de sus facultades se había acentuado en las últimas semanas. Después del último ataque de porfiria, su mente lo traicionaba. Con suerte, quizá no recordara al amigo de la infancia. Jürkens temió por la vida de Moses; si los Hussein advertían que un demente se hallaba al frente de su proyecto más ambicioso, lo liquidarían

—Jefe, no vengo de París. ¿Ha comido, jefe? El ayuno lo perjudica —le recordó, mientras servía café y abría un paquete de galletas dulces. Moses, con aire impaciente, sacudió la mano y se negó al refrigerio—. Jefe, coma —insistió Jürkens—. Tengo una noticia importante para darle.

—¿Ganamos el campeonato mundial?

—No, nada de eso. Es una noticia en verdad importante. Tiene que prometerme que no se alterará ni perderá el control.

—¡No seas impertinente, Udo! —Moses se puso de pie—. Dame la noticia y guárdate tus opiniones, no las necesito.

—Eliah Al-Saud está aquí, en Base Cero. —Debido a la expresión de desconcierto de su peculiar rostro, Jürkens esperó que Moses soltara una incoherencia—. Su amigo, Eliah Al-Saud, está prisionero en Base Cero.

—¡Sé muy bien quién es Eliah Al-Saud!

—Disculpe, jefe. Baje el tono de voz, por favor. Me advirtieron que no compartiera esta información con nadie. Pero yo no podía ocultársela a usted.

—Has hecho muy bien, Udo —manifestó Gérard—. ¿Dónde lo tienen?

—En el ala donde están los pilotos.

—¿Por qué lo han apresado?

El tono desapegado y frío de Moses no engañaba a Jürkens. La piel gruesa y surcada de cicatrices de su cara había adquirido un matiz ceniciento, que pronunciaba la peculiaridad de sus facciones.

—Quieren que pilotee el avión que invadirá el espacio aéreo israelí y lanzará la bomba sobre Tel Aviv.

—¡Oh, no! ¡Será su muerte!

—Jefe, no se altere. Le subirán las pulsaciones.

—¡Jamás lograrán convencerlo! Preferirá morir antes que acceder a las demandas de Saddam Hussein.

–Tienen cómo obligarlo –masculló Jürkens, que se debatía entre hablar o callar.

–¿A qué te refieres?

–Los Hussein han capturado a la mujer de Al-Saud, a la doctora Martínez. Lo extorsionarán con ella.

–¡Ese muchacha no es la mujer de Al-Saud! ¡Eliah acabó la relación!

–Como sea, jefe. Pero los Hussein tienen a la doctora Martínez, y Al-Saud no permitirá que le hagan daño, más allá de que ellos hayan terminado su relación.

–¿Y por esa poca cosa Eliah morirá? ¡Jamás!

15

La Diana entró en el baño de la habitación del hotel en Ramala y se contempló al espejo. Su rostro reflejaba el tormento de su alma, lo mismo su cuerpo, plagado de contracturas de las que no se deshacía con los ejercicios habituales. No había pegado ojo en tres días, desde el secuestro de Matilde y desde la muerte de Sergei Markov. A veces se preguntaba de dónde obtenía la fuerza para continuar. Actuaba como autómata y se alegraba de que los socios de la Mercure se hubieran hecho cargo de las cuestiones legales relacionadas con el traslado del cuerpo de Markov a Rusia; ella no habría sabido cómo proceder. Aún no se atrevía a demorarse en la realidad, en que lo había perdido. Evitaba revivir la noche del lunes 22 de febrero, cuando de nuevo el infortunio llamó a su puerta para arruinarle la vida. La culpa la agobiaba. ¿Por qué se había ido? ¿Por qué había abandonado a su compañero? ¿Por qué le había mentido? «¿Escuchaste lo que te dije antes de que te fueras, Sergei? ¿Que te amaba?» A veces se enfurecía y le reprochaba que, pese a su entrenamiento como soldado de la Spetsnaz GRU, les hubiera permitido que lo asesinaran.

Un destello brilló en el espejo y captó su atención. La Medalla Milagrosa descansaba sobre la piel desnuda de su escote. La contempló con mirada impasible hasta que, con la misma impasibilidad, la arrancó de su cuello, la arrojó al escusado y apretó el botón para enjuagarlo. La cadena y el dije giraron en el remolino de agua hasta desaparecer. La Diana mantuvo la vista fija en el escusado hasta que sus contornos se desdibujaron. Una lágrima gruesa, que cayó en el agua, produjo un sonido ínfimo en el silencio. Le siguió otra, y otra más, hasta que el llanto colmó su pecho y su boca, y explotó en el confinado recinto del baño. Se desmoronó en el suelo y se sujetó al borde del escusado. Descansó la frente sobre el antebrazo y se desahogó llorando. Se quitó el traje de mujer poderosa para quedar desnuda frente al dolor, el odio y la frustración, que la envenenaban desde hacía tantos años y a los que tanto temía. Sintió lástima de sí. Gritó el nombre de Sergei. En realidad, estaba llamándolo porque quería que volviera a ella con el empecinamiento de una niña por recuperar un juguete. No se resignaba a su ausencia, le resultaba injusta. Evocó la tarde en que caminaban por los pasillos de Carrefour, ocasión de la compra de la cafetera, y el llanto arreció. Había construido castillos en el aire, había creído que, si Sergei estaba con ella, superaría el trauma nacido en el campo de concentración de Rogatica. Sanny y Markov habían tenido razón: la única forma de acabar con el dolor era a través de la venganza. Si hubiera aceptado esa verdad en lugar de jugar a la santa, tal vez Markov no habría muerto porque ella no se habría alejado de la casa del Silencioso. Juntos habrían acabado con los que habían secuestrado a Matilde y cometido una masacre.

Se enjuagó la cara, la secó bruscamente y no se miró en el espejo antes de abandonar el baño. Se tiró en la cama mientras esperaba a su hermano para ir a cenar. Encendió la televisión. La mayoría de los canales cubría la noticia del momento: el asesinato del premio Nobel de Literatura 97 y el secuestro de la cirujana pediátrica de Manos Que Curan, célebre por su intervención para salvar la vida de un niño palestino atrapado entre dos fuegos. Netanyahu aprovechaba para ganarse la simpatía de la comunidad internacional después de los excesos del operativo «Furia Divina». Los Estados Unidos condenaban a Hamás y a su brazo armado, las Brigadas Ezzedin al-Qassam, que guardaban silencio.

—¿Dónde estás, Eliah? —masculló La Diana. Quería volver a verlo con las mismas ansias que temía enfrentarlo. ¿Qué justificación interpondría por su deserción? Matilde había caído en manos de los terroristas de Hamás, y el Silencioso y Markov estaban muertos por su culpa.

Llamaron a la puerta. La Diana supuso que se trataría de Sanny, que la buscaba para ir a cenar.

—¿Quién es?

—Abre, Diana. Soy Peter Ramsay.

La plana mayor de la Mercure se hallaba en Palestina desde la desaparición de Matilde; incluso Alamán Al-Saud había viajado al enterarse. Abrió y se apartó para dar paso a Ramsay, a su hermano Sándor y a un hombre alto, de cabellos blancos y ojos de un celeste penetrante, cuya estampa recia se exacerbaba debido al corte impecable de su traje gris oscuro. Al pasar junto a ella, le dirigió un vistazo profundo, certero como un filo, que la perturbó. Cerró la puerta y se mantuvo a distancia de los hombres. El hombre de la mirada incisiva la contempló sin prudencia.

—Diana, él es el general Raemmers.

—Buenas noches, Diana —dijo el danés—. Hablamos hace poco, ¿lo recuerda?

Tres noches atrás, en medio del caos y de no saber qué hacer, La Diana había recordado el teléfono que Al-Saud los obligó a memorizar antes de marcharse al Mato Grosso y que debían emplear en situaciones críticas. Después de acompañar en la ambulancia el cuerpo sin vida de Markov y mientras esperaba en la recepción del Hospital Al-Shifa, marcó el número. Una voz somnolienta se limitó a decir: «Hable», a lo que ella respondió en inglés: «Caballo de Fuego».

—Su nombre —exigió la voz, de pronto despierta.

—Diana, empleada de la Mercure. Necesito hablar con Caballo de Fuego. La situación reviste la mayor urgencia.

—Diana —dijo Raemmers, mientras se incorporaba en la cama, prendía la lámpara y se hacía de lápiz y papel—, deme sus coordenadas. —La muchacha consultó su reloj con brújula electrónica y se las dio—. ¿Cuál es la situación?

—No uso una línea segura.

—Hable igualmente.

—La mujer de Caballo de Fuego ha sido secuestrada.

El instinto y la experiencia le susurraron al general danés que el secuestro de la doctora Martínez se relacionaba con la desaparición de Al-Saud en Irak. Hacía días que las señales de los transmisores, tanto el de Eliah como el de Medes, se habían extinguido, que los buzones muertos estaban vacíos y que la radio guardaba silencio. En *L'Agence*, nadie dudaba de que habían sido descubiertos. Probablemente, ya estarían muertos como la anciana, dueña de la pensión, a la que unos agentes de la CIA habían encontrado degollada en la sala de su casa.

—Nos haremos cargo —declaró Raemmers, y cortó.

La Diana no había vuelto a saber del misterioso hombre a quien ahora tenía enfrente. Le sostuvo la mirada, sin ánimos de mostrarse desafiante o impertinente, tan sólo atraída por el magnetismo de sus ojos y de su cuerpo, que exudaba un perfume intenso y especiado. Movió la cabeza con altanería y se dirigió a Ramsay.

—¿Qué saben de Eliah?

—Diana —intervino el general—, será mejor que nos sentemos. Tenemos que hablar. ¿Podemos? —preguntó, y giró el índice en el aire para señalar la habitación.

—Limpia, general —aseguró Ramsay—. Me ocupé yo mismo.

—Bien. Sentémonos. Diana, no tengo buenas noticias. Eliah ha desaparecido. Perdimos contacto con él hace varios días. —Al tanto del vínculo que la unía a Al-Saud, lo complació que la muchacha no rompiera en gritos ni en llantos; ni siquiera alteró su semblante—. Creemos que su desaparición está relacionada con el secuestro de su mujer.

—¿Han enviado a alguien a buscarlo al Mato Grosso?

—Eliah no está en el Mato Grosso —la corrigió Ramsay.

—¿Dónde está?

—Hasta hace diez días —manifestó Raemmers—, en Bagdad.

—¿Hace diez días que perdieron contacto con él?

—Sí —admitió el general.

—¿Qué pudo haberle sucedido?

—Lo más probable —admitió el danés— es que hayan descubierto su tapadera y que ahora esté en poder de Saddam Hussein.

La Diana se puso de pie y caminó hacia la ventana. Sabía lo que significaba caer en manos del dictador iraquí: tortura, vejación y muerte. Apretó los párpados, se mordió el labio y cerró los puños en la cortina. Segura de haber controlado el quebranto, se volvió hacia los hombres.

—Quiero ser parte del grupo de rescate. Se lo debo. Por mi culpa, secuestraron a Matilde.

—¿Su culpa? —se extrañó Raemmers.

—Abandoné a mi compañero Sergei Markov. Cuando el grupo comando irrumpió en casa de Sabir Al-Muzara, Markov estaba solo.

—Probablemente estarías muerta —expresó Ramsay, y La Diana lo fusiló con una mirada.

—Probablemente Markov estaría vivo —rebatió.

—Diana —terció el general danés—, veo que estás dispuesta a colaborar para ayudar a Eliah.

—Sí, señor. Quiero ser parte del grupo de rescate.

—No habrá grupo de rescate, al menos por el momento. Antes tenemos que determinar dónde lo tienen. Creemos que aquellos que secuestraron a su mujer, podrían darnos una pista.

—¿Los de las Brigadas Ezzedin al-Qassam? ¿Se ha confirmado que fueron ellos?

—Uno de los sobrevivientes de la masacre, el imam Yusuf Jemusi, reconoció al propio Anuar Al-Muzara, el jefe de las Brigadas.

—¿Cómo pudo? —se asombró La Diana—. La casa estaba envuelta en una nube de humo blanco y, de seguro, los terroristas se cubrían con máscaras.

—Jemusi asegura que Al-Muzara se quitó la máscara para rematar a su hermano Sabir.

En el silencio se condesó el impacto de las últimas palabras de Raemmers. El aire vibraba, cargado con las energías incontenibles de los hombres y de la mujer.

—¿Qué quiere que haga?

—Desde hace meses, seguimos una pista muy certera para dar con el paradero de Anuar Al-Muzara. Se trata de un traficante de drogas y armas serbio.

Sándor adivinó, en el gesto inmutable de La Diana, el efecto de la palabra «serbio» en el espíritu de su hermana.

—¿Qué tiene que ver un serbio con el terrorista palestino más buscado?

—Ratko Banovic ha provisto de armas a Al-Muzara en varias ocasiones y ha recibido a cambio el hachís que éste consigue de sus contactos en el Líbano. Es preciso que ustedes...

—¿Ustedes?

—Tu hermano y tú. Por ser bosnios y hablar fluidamente el serbio, cumplen con los requisitos para infiltrarse en la red de Banovic y entrar en contacto con Al-Muzara.

—Eso llevaría meses. Eliah podría estar muerto para entonces.

—Diana, no hay otra alternativa —aseguró Raemmers—. Nuestros agentes están trabajando en Bagdad para dar con Eliah, pero hasta el momento no han logrado nada. Lo más probable es que ya no esté en Bagdad.

La Diana enfrentó a su hermano por primera vez en la noche. Sándor supo que había estado llorando. Le sostuvo la mirada antes de asentir de modo imperceptible.

—Está bien —accedió, y en el mismo instante se juró que no descansaría hasta vengar la muerte de Markov. Tampoco dejaría con vida a los culpables de que ella fuera esa criatura dañada, incapaz de entregarse al único hombre que había amado.

.·: ❧ :·.

Lo condujeron a una habitación que le resultó familiar apenas puso pie en ella. Años atrás, había aprendido el arte de volar aviones de guerra en una sala similar en la base de Salon–de–Provence. Ocupó un asiento de la primera fila. En el extremo opuesto, sumergido en la oscuridad, divisó una silueta a la cual le destinó poca atención. Se detuvo a estudiar la tecnología —las pantallas para simular ejercicios y maniobras, los proyectores, el mapa interactivo– y concluyó que, en materia pedagógica, Irak se encontraba a la altura de los potencias mundiales.

Donatien Chuquet entró en la habitación con una carpeta bajo el brazo, y Al-Saud experimentó un instante de *déjà vu*. La altanería de su viejo instructor era la misma, y reprimió el impulso de saltarle encima y arrancarle la yugular con los dientes.

–No me mires de ese modo, Caballo de Fuego –dijo Chuquet, sin levantar la vista y en su idioma madre–. Si no te hubiera descubierto en esa mesa de tortura, hoy estarías muerto.

–*Maudit. Fils de pute* –masculló Al-Saud, y el instructor sonrió, mientras acomodaba unos papeles sobre el escritorio.

–Entiendo que te han explicado por qué estás aquí. Te presento al Profeta –dijo en inglés, y señaló a la silueta en el extremo de la fila–. Ustedes llevarán a cabo la misión. Tú, Caballo de Fuego, penetrarás el espacio aéreo israelí y lanzarás una bomba sobre Tel Aviv-Yafo, en tanto que El Profeta la arrojará sobre Riad. Las coordenadas exactas del lanzamiento...

El discurso de Chuquet prosiguió durante unos minutos, al cabo de los cuales encendió las pantallas para trabajar en las maniobras y los planes de ataque. Les sirvieron un almuerzo ligero en el aula, y Al-Saud se alejó para comerlo en soledad. Su intención se vino abajo cuando Chuquet se sentó a su lado.

–Preferiría comer solo.

–Lo siento, pero no tenemos mucho tiempo y necesito hablar contigo.

Al-Saud ladeó el rostro con un movimiento lento y deliberado y clavó los ojos en los risueños de su antiguo instructor.

–Si me ayuda a escapar, le pagaré el doble de lo que Hussein le ofreció.

–Si te ayudara a escapar, no sólo que no me pagarías un centavo, sino que me asesinarías.

–No seré yo quien lo asesine, sino Saddam Hussein. ¿Usted cree que lo dejará con vida después de que haya cumplido con su objetivo? Usted se convertirá en un cabo suelto, Chuquet, y el amo Saddam no deja cabos sueltos.

El instructor simuló interesarse en su comida para esconder la inquietud ocasionada por las palabras de su alumno, quien expresó a viva voz lo que una parte de su conciencia le advertía desde el inicio de esa loca aventura. Se convenció de que era demasiado tarde para echarse atrás; no perdería la posibilidad de completar los cuatro millones de dólares por un ofrecimiento vano de Al-Saud. Contaba con la amistad de Uday, se alentó.

–Yo también desearía comer solo, Al-Saud, pero tengo que soportar tu presencia en beneficio de la misión. Mal que me pese, eres el único capaz de pilotear el avión que viole el espacio aéreo más custodiado del mundo.

–¿De qué avión estamos hablando?

Chuquet carcajeó.

–De eso he venido a hablarte. Los dos aviones los proveerás tú.

–*Quoi!* ¡Usted ha perdido un tornillo!

–Sé de buena fuente que tienes acceso a los aviones de las Reales Fuerzas Aéreas Saudíes. Hemos trazado un plan para hacernos con uno de los F-15 de los saudíes y el Su-27 de tu primo Turki Al-Faisal. Por supuesto, tú pilotearás el Sukhoi.

⚜

Matilde se arrinconó en una esquina al oír el chirrido de las bisagras. Aterrorizada, aguardó con la respiración contenida a que la puerta terminara de abrirse. Soltó el aliento al comprobar que se trataba de Jürkens. Éste le traía comida. Le salió al encuentro y, antes de pronunciar su nombre, se detuvo, alertada por el ceño y la casi imperceptible agitación de cabeza del hombre.

Al inclinarse para apoyar la bandeja sobre la litera, Jürkens susurró en inglés:

–No puedo hablarte, Ágata. Hay cámaras. –Apoyó el índice en la servilleta, y Matilde asintió. Le destinó una mirada amorosa antes de girar y abandonar la celda.

Sentada en el borde de la litera, Matilde contempló a su alrededor, preguntándose dónde se ocultaría la cámara que la vigilaba las veinticuatro horas. ¿Cómo volvería a hacer sus necesidades sabiendo que la espiaban? Tenía los nervios a flor de piel, no había dormido y se sentía agobiada y adolorida a causa de la tensión en la que la sumía el pánico.

Una mezcla de asombro, terror y tristeza la quebrantó por fin. Se cubrió el rostro con las manos y se echó a llorar. ¿Qué hacía en ese sitio? ¿Cómo había llegado ahí? La irrealidad se apoderaba de cada rincón del entorno como también de su alma. ¿Era ella la que vivía esa tragedia? ¿Volvería a ver a Eliah? No quería morir, no cuando tenía al alcance de la mano la posibilidad de cumplir su sueño: formar una familia con él, con Kolia y con Jérôme. Se negaba a la posibilidad de no poder amarlos. Se irguió y se pasó el dorso de la mano por los ojos. Se permitiría ese abatimiento y luego recuperaría la calma. Era imperativo mantener la cabeza fría.

Desplegó la servilleta de papel sobre las rodillas y, mientras comía, leyó el mensaje de Jürkens; por fortuna, lo había escrito en inglés. «*Ágata, no podemos hablar abiertamente porque te vigilan con varias cámaras. Éste será nuestro medio para contactarnos. Quiero que conserves el cuchillo. Yo lo reemplazaré por otro y nadie notará su falta. Nunca te separes de él. Si alguien intentara hacerte daño, no dudes en usarlo. Tira este mensaje por el escusado. Tuyo para siempre. Ulrich.*» Le pediría también una pluma, caviló.

Siguió comiendo y estudiando los posibles lugares donde se hallarían mimetizadas las cámaras. Después actuó en consecuencia. Se movió hacia un rincón oscuro junto al lavabo, se sentó en el suelo, la espalda contra la pared, y se colocó el cuchillo –del tipo serrucho, con punta, para cortar carne– bajo los calzones, en el lado de la cadera derecha. A continuación, simuló vomitar, se limpió la boca con la servilleta y la arrojó al escusado.

Depositó la bandeja en el ángulo de apertura de la puerta; en caso de que se quedase dormida y alguien entrara, el ruido la alertaría. Se recostó en la cama e intentó armar el rompecabezas en el que se hallaba perdida. Sólo contaba con los retazos que Eliah le había referido, y todos conducían a Roy Blahetter y a lo que había ocultado tras el cuadro *Matilde y el caracol*. Se trataba de un embrollo de cuyas dimensiones ella no tenía idea, si bien podía calcular que había mucho dinero en juego, tal vez una gran cuota de poder.

No la despertó ningún sonido. Levantó los párpados y, en la luz débil de la celda, entrevió una figura al lado de la litera. Se incorporó de un brinco y se alejó hacia la puerta. De espaldas, asió el picaporte e intentó abrir, sin éxito. La figura, alta y de hombros caídos, se aproximó, y Matilde presintió la maldad y el odio que la acechaban. Poco a poco, el intruso fue revelándose al ingresar en un haz de luz. Matilde emitió una exclamación ante las facciones toscas que se evidenciaron.

El hombre adelantó unos pasos, y Matilde pegó la espalda a la puerta. En un acto instintivo, metió la mano bajo el pantalón hasta tocar el cuchillo.

—No permitiré que, por tu culpa, maten a Eliah.

Matilde no captó enseguida el significado de la declaración. Moses la había tomado por sorpresa al hablar; lo había hecho en francés y rápidamente.

—¿Eliah?

—¡Eliah es mío!

—¿Dónde está Eliah? —exclamó Matilde.

—¡Eliah es mío! Lo ha sido desde siempre, desde que éramos pequeños. ¡Tú, maldita seas, no me lo quitarás!

—¿Quién es usted?

—Soy el mejor amigo de Eliah, el único a quien él admira y respeta.

De pronto lo supo, sin asidero ni lógica: se trataba de Gérard Moses. La tosquedad de su rostro reflejaba los estragos de la porfiria: cejas
tupidas, piel engrosada, nariz y frente con manchas y cicatrices, dientes
cafés. Incluso, tras las facciones difíciles, se adivinaba cierta familiaridad
con Shiloah. Era él y, sin embargo, su presencia en ese lugar no tenía
sentido, era parte de la pesadilla sin pies ni cabeza de la que no lograba
despertar. Se precipitó hacia delante cuando el filo de la puerta la golpeó al abrirse.

—¡Jefe! —La voz electrónica de Jürkens inundó el recinto—. ¿Qué hace
aquí?

—¡Vete, Udo! ¡Déjame solo con esta puta!

—Jefe, por favor, salgamos de aquí. —Jürkens lo aferró por las muñecas y lo arrastró fuera como a un niño.

Matilde se quedó contemplando la puerta cerrada, demasiado perturbada para concluir algo de lo que acababa de vivir.

⁓ ❦ ⁓

—Es extraño verte descender del avión de una aerolínea comercial —declaró Turki Al-Faisal, y besó a su primo Eliah tres veces en las mejillas—.
Y más extraño aún es verte con bigote.

Al-Saud sonrió con impaciencia y sacudió los hombros. Se dio vuelta
para echar un vistazo al Airbus A340 de las Royal Jordanian Airlines detenido en la pista del Aeropuerto Rey Khalid de Riad.

—Mi avión quedó en un hangar del Reina Alia —mintió—. Problemas
con el tren delantero. Turki, te presento al instructor de vuelo Donatien
Chuquet.

Los hombres se estrecharon las manos.

—Tío Abdul Rahman —Turki Al-Faisal aludía al comandante en jefe
de las Reales Fuerzas Aéreas Saudíes— ya extendió los permisos de vuelo
para ti y para el señor Chuquet. Está ansioso por que se una a nuestro
team en Dhahran.

—Primero comprobaremos que mi viejo maestro esté en buen estado físico y siga siendo un as en el aire —comentó Al-Saud, con talante
bromista, y sonrió en dirección a Chuquet, que le devolvió una mueca
divertida.

«Estás haciéndolo muy bien, Caballo de Fuego», pensó el instructor.

Cubrieron los casi cuatrocientos kilómetros que separan Riad de Dhahran en un helicóptero Bell 212 Twin Huey, que aterrizó cerca del mediodía en la base aérea construida sobre el Golfo Pérsico. Durante el viaje, Turki Al-Faisal observó las manos enguantadas de su primo y lo obligó a quitárselos.

—¿No te da calor? —añadió.

—Debo dejarme los guantes puestos —contestó Al-Saud—. Una alergia perra me impide exponer las manos al sol. Ya se curará —desestimó.

Al descender del helicóptero, dieron la bienvenida con un suspiro al aire fresco proveniente del mar.

Los instructores, empleados de la Mercure, salieron a recibirlos y, tras sus muestras de afecto, disimularon el asombro que experimentaban al ver a Al-Saud y a Chuquet juntos. Los más amigos de Eliah se atrevieron a bromear con su bigote. Almorzaron en el comedor de la base en un ambiente distendido; la conversación era fluida y plagada de anécdotas y risotadas. Al-Saud se dijo que, en otras circunstancias, habría apreciado la labor de los instructores y el vínculo de confianza y respeto que, tras mucho trabajo, se había entablado con los pilotos saudíes.

Normand Babineaux aprovechó el griterío reinante en la mesa para iniciar una conversación paralela con su amigo Donatien Chuquet, que se había mantenido callado y circunspecto.

—¿Qué haces aquí? —preguntó, sin ceremonia.

—Al-Saud me ha ofrecido un puesto de instructor. Hoy haremos unos ejercicios juntos —añadió—. Creo que quiere probarme y también vengarse por las que le hice pasar en Salon-de-Provence.

—¿Cómo conseguiste que te lo ofreciera? Te lo negó tiempo atrás. Te detesta.

—Y yo a él —manifestó Chuquet—, pero necesito el trabajo. Escondí el orgullo y lo llamé por teléfono de nuevo. Esta vez aceptó.

—Espero que te dé el empleo. La paga es excepcional y no lo pasamos tan mal aquí. Una vez por mes, nos pagan un viaje a Francia y nos tomamos tres días libres.

Al-Saud y Chuquet no intercambiaban palabras ni miradas mientras se preparaban en el vestuario. Eliah se puso el traje anti-G y caminó hacia la salida con el casco en la mano. Chuquet lo siguió. En el exterior, el brillo implacable del sol los enceguéció, y fruncieron los entrecejos y se hicieron sombra con la mano. Se separaron en silencio. Al-Saud se dirigió al hangar que albergaba el Su-27, propiedad de Turki Al-Faisal, y Chuquet caminó hacia la pista donde lo aguardaba un F-15 de las Reales Fuerzas Aéreas Saudíes. Un ingeniero le entregó los mapas y le dio las últimas indicaciones. Pilotos e instructores se congregaron para desearle éxito. Algunos permanecerían en la pista; la mayoría seguiría las suertes de los cazas desde las pantallas en el interior de la base, con la ventaja del aire acondicionado.

Al-Saud dio una revisada superficial a la parte externa del avión: a las toberas, al tren de aterrizaje, a las llantas, a las tomas de aire. Levantó una tapa en la panza del avión y revisó la botonera. Golpeó con el puño el fuselaje, que le devolvió sonidos familiares. Trepó la escalerilla apoyada sobre el flanco del avión ruso, depositó el casco en un soporte para tal fin y se introdujo en la cabina. Deslizó una gorra de *lycra* blanca por su cabeza antes de cubrirla con el casco. Un técnico del personal de pista, a quien Al-Saud conocía de la época de la Guerra del Golfo, le ajustó el cinturón de seguridad y conectó el casco al sistema de oxígeno, mientras los demás quitaban los protectores de las ojivas de los misiles y las cuñas de las ruedas.

Al-Saud fijaba la vista en el semáforo, atento al cambio del amarillo al verde. Cuando se produjo, oprimió el botón para bajar la cubierta y la detuvo antes de que sellara la cabina. Se colocó la máscara de oxígeno, bajó la mica negra del casco, y su rostro desapareció. Prestó atención a los comentarios provenientes de la torre de control, que le informó acerca de las condiciones meteorológicas y de la pista desde la cual debería despegar dadas la dirección y la velocidad del viento. Encendió los motores y salió del hangar lentamente. Carreteó hasta la cabecera con el F-15 de Chuquet por detrás. No sintió la emoción que lo embargaba cada vez que se hallaba a punto de despegar. Lo atormentaba la idea de saber a Matilde sola en Base Cero, a merced de Uday y de Jürkens. Lo volvía loco imaginarla llorando, atemorizada, preguntándose dónde estaba y por qué la habían secuestrado. En la pantalla, la había visto bien, sin heridas visibles, pero no le bastaba para tranquilizarse. Se sentía acorralado y, por primera vez en su vida, no sabía cómo resolver el problema en el que estaba metido. No arrojaría la bomba sobre Tel Aviv-Yafo ni permitiría que El Profeta lo hiciera sobre Riad, de eso estaba seguro; no obstante, carecía de un plan para escapar con Matilde de ese agujero. Recordó la Medalla Milagrosa, la promesa de que jamás se la quitaría, y la extrañó. Cerró los ojos y se la imaginó girando delante de él.

—Caballo de Fuego —una voz le habló desde la torre de control—, estás habilitado para despegar.

—Parto —dijo, y selló la cabina.

Desde su posición, Chuquet vio la incandescencia en los escapes del Su-27, y vibró, admirado del poderío de la máquina rusa. Al-Saud probó los planos de cola y redujo el diámetro del escape de las turbinas para concentrar la salida de gases. Las turbinas rugieron con un sonido agudo y penetrante antes de que el avión se lanzara a correr a más de cuatrocientos kilómetros por hora. Las llantas del Su-27 se despegaron de la pista, y el avión se colocó perpendicular a la tierra mientras ganaba más de trescientos metros de altura por segundo.

—Bengala —habló el operador de vuelo, y usó el signo de llamada que Chuquet había empleado durante sus años en *L'Armée de l'Air*—, despegue habilitado.

Los motores del F-15 soltaron una ráfaga de fuego, y el avión se precipitó por la pista. Despegó y siguió al Su-27. Después de ejecutar unos ejercicios para confundir a los de la torre de control, ambos cazas desaparecieron del radio visual de la base aérea y se dirigieron hacia el norte a una velocidad superior a los mil cuatrocientos kilómetros por hora. Conocían la ruta, estudiada a conciencia en Base Cero. Habían acordado silencio de radio durante el recorrido. Al cruzar la frontera de Arabia Saudí y penetrar en el territorio de Irak, iniciaron un descenso para seguir en un vuelo rasante que los mantendría fuera del alcance de los radares. Al aproximarse a las inmediaciones de Base Cero, volar a baja altura se convirtió en una práctica riesgosa dados los accidentes montañosos del terreno. Al-Saud empleó una contraseña en código Morse para avisar que alistaran la pista, la cual se hallaba bajo tierra y funcionaba igual que la cubierta de vuelo de un portaaviones, con el sistema de enganche.

Avistaron la herida que se abría en la montaña mientras la plataforma de concreto, disfrazada con piedras y arbustos, se desplazaba. Prepararon el aterrizaje. El tren delantero del Su-27 tocó el asfalto de la pista, y el cable, que la atravesaba y se hallaba unido a un conjunto de pistones, atrapó al avión, absorbió su potencia y lo frenó de manera súbita. Minutos después, el F-15 repetía la maniobra con éxito, y la sajadura en la montaña desaparecía. El tiempo les diría si los AWACS norteamericanos habían captado el movimiento.

Al-Saud se quitó el casco y desprendió el cinturón de seguridad en tanto esperaba que el personal de pista colocara la escalerilla. Uday, Kusay, Fauzi Dahlan, Rauf Al-Abiyia y varios custodios habían ido a recibirlos. Lucían exultantes, en especial los hermanos Hussein. Al-Saud entregó el casco y, mientras se quitaba los guantes, concedía al grupo reunido unos metros más allá una mirada de desprecio. Se detuvo frente a Kusay.

—¡Felicitaciones, Al-Saud! —vociferó el iraquí para hacerse oír sobre el rugido ensordecedor de los extractores gigantes que se habían activado para eliminar los gases de las turbinas.

—Quiero ver a mi mujer —exigió.

—¿Cómo?

—¡Quiero ver a mi mujer! ¡Ahora!

—¡La verá por la pantalla!

—¡No! ¡En su celda! ¡Ahora!

—¡No está en posición de exigir, maldito saudí traidor! —vociferó Uday, y su hermano lo detuvo cuando aquél hizo ademán de echarse so-bre Al-Saud.

—Estoy en posición de exigir lo que quiera. A este punto, no tengo nada que perder. Y sin mí, no habrá *show*.

—Está bien —accedió Kusay, y su hermano mayor dio media vuelta y se alejó, mascullando insultos—. Rauf, acompaña a Al-Saud a la celda de la doctora Martínez. Tú también —le indicó a Abdel Hadi Bakr—. Sólo tienen cinco minutos. —La orden de Kusay era firme. Sabía que el Príncipe de Marbella hablaba fluidamente el español. Más tarde, le exigiría que le tradujera el intercambio entre los prisioneros.

De camino a la celda, Al-Saud masculló:

—¿Usted es Rauf Al-Abiyia?

—Sí.

—Su amigo Mohamed me ordenó que le devolviera el dinero que ha-bía sacado de la cuenta que comparten. Espero que lo haya recibido. Es-taba muy arrepentido por haberlo perjudicado.

—¡Cállense! —vociferó Abdel Hadi, que caminaba a la zaga.

⁖ ⚘ ⁖

La puerta se abrió lentamente, y Matilde se encogió en el rincón que se había convertido en el sitio donde se sentía más segura: cerca del lavabo, contra la pared. Ajustó los brazos en torno a las piernas, las pegó al pe-cho y hundió la cara entre las rodillas. «Como el avestruz», se reprochó, incapaz de sobreponerse al miedo. Palpó el cuchillo bajo los calzones con un movimiento imperceptible en el instante en que la puerta se ce-rraba tras el intruso. ¿Sería Ulrich? No se atrevía a mirar.

Enseguida la ubicó, acurrucada en un sitio al cual la luz débil de la celda no lograba despojar de la lobreguez, y donde el cabello de su Ma-tilde fosforecía. Se dio cuenta de que el cuadro también conmovía a Rauf Al-Abiyia.

—Matilde —la llamó en voz baja—. Matilde, mi amor, soy yo. Eliah.

Le pareció oír la voz de Al-Saud y se dijo que todavía estaba bajo los efectos de la droga que Jürkens le había inyectado. No tomaba suficiente líquido para deshacerse de las toxinas que la sumían en un sueño pesado, plagado de pesadillas, y que, cuando no dormía, le convertían el cuerpo en una bolsa de piedras.

Al-Saud se acuclilló y apoyó la mano sobre el hombro de Matilde, que profirió un alarido y lo miró con ojos desquiciados.

—¡Soy yo! ¡Eliah! ¡Soy Eliah!

Matilde se lanzó a sus brazos, se prendió a él y hundió el rostro en su pecho. Al-Saud se debatía entre fundirla en su cuerpo o moderarse para no romperle las costillas. Se preguntaba cómo haría, pasados los cinco minutos, para abandonarla en esa celda.

—¿Por qué tienes bigote? —preguntó Matilde, aturdida, descolocada.

—Mi amor, escuchame. No tenemos demasiado tiempo.

—¿Qué pasa, Eliah? ¿Qué estás haciendo acá?

—Al igual que a ti, me secuestraron.

—¡Dios mío! ¿Por qué?

—Para obligarme a hacer algo. Es una historia muy larga. Ahora no hay tiempo. Sólo me dieron cinco minutos para hablar contigo. —Le sujetó el rostro entre las manos y la miró fijamente—. Quiero que estés tranquila. Saldremos de aquí juntos, mi amor.

—Eliah… —lloriqueó.

—¿Cómo estás? ¿Te lastimaron? ¿Te hicieron algo? Dime lo que sea.

—Estoy bien. —Se puso de puntitas y le susurró—: Jürkens me cuida. Me dio un cuchillo para defenderme.

—¡Nada de secretos! —intervino Abdel Hadi.

—Por favor, Al-Saud —terció Al-Abiyia—, no los provoque. Son capaces de cualquier cosa.

Matilde se asomó tras el torso de Al-Saud y paseó la mirada por los hombres que guardaban distancia. La voz del segundo le había sonado familiar.

—Matilde —dijo el Príncipe de Marbella—, soy yo. Rauf Al-Abiyia.

—¿Rauf? ¿Eres tú?

—Sí, Matilde. No me reconoces porque me sometí a una cirugía plástica.

Se desprendió del abrazo de Al-Saud y se plantó frente al amigo de su padre, quien, en un gesto sincero, le ofreció las manos. Matilde las aceptó.

—Sí, reconozco tu voz. —Se quedó mirándolo—. ¡Estoy tan confundida! ¿Qué estás haciendo acá?

—También la mía es una larga historia.

—¿Y mi papá? ¿Dónde está? Hace meses que no sé nada de él.

—Tu papá está bien —intervino Al-Saud—. No quiero que te preocupes por él.

—Tú también estás secuestrado, Rauf?

—No, querida. Trabajo para ellos.

—¿Para ellos?

Sin soltar las manos de Al-Abiyia, Matilde se volvió hacia Eliah con una expresión interrogadora. Al-Saud se apiadó de su confusión, y la sintió más frágil y vulnerable que nunca.

—Todo tiene que ver con el invento de Roy Blahetter —le explicó—. Pero ni Al-Abiyia ni yo diremos más. Luego te explicaré.

—¡Estoy tan perdida! ¡No entiendo nada! ¿Cuándo podremos irnos?

Al-Saud la arrancó del contacto con el Príncipe de Marbella y la encerró en un abrazo protector.

—Pronto, mi amor —le susurró sobre la coronilla—. Te pido que aguantes un poco más. Nos iremos juntos.

—Eliah, tengo tanto miedo por ti. ¡Por favor, no permitas que te hagan daño! ¿Qué quieren obligarte a hacer, mi amor? —Matilde le sujetó las manos y, al inclinarse para besarlas, se detuvo y frunció el entrecejo. Eliah intentó retirarlas—. ¿Qué le pasó a tus uñas? ¿Qué...? —Profirió un alarido al comprender. Al-Saud la aferró por los brazos y la atrajo hacia él con fiereza—. ¡Te torturaron! —Matilde prorrumpió en gritos y se removió para apartarse—. ¡Te torturaron! ¡No, Dios mío!

—¡No es nada! ¡No fue nada! —le repetía Al-Saud, mientras sus brazos la comprimían como cinchas para evitar que se separara de él y que viera de nuevo sus manos destrozadas.

—¡Déjame ver qué más te hicieron! ¡Déjame! —le exigió a gritos, mientras le clavaba las bases de las palmas de las manos en los pectorales y hacía palanca para alejarlo—. ¡Quiero revisarte! ¡Soy médica, Eliah! ¡Déjame!

Rauf Al-Abiyia dio la espalda a la escena y se mordió el puño para reprimir el llanto. Le temblaba la mandíbula con el esfuerzo, y la piel se le erizaba al oír los «¡Eliah! ¡Eliah!» de Matilde.

Terminó por callarse y quedar laxa sobre el pecho de Al-Saud. Se pasó la manga por los ojos y por la nariz, dominada por suspiros, sollozos y temblores. Al-Saud le colocó el índice sobre los labios y siseó con dulzura para calmarla. Lo destrozaba verla tan desorientada y asustada.

—Te amo, Matilde. Sólo quiero que pienses en eso y que te preserves para mí.

Matilde le sujetó el dedo y, con ojos cerrados, besó el sitio donde debería haber habido una uña. La voz se le estranguló al intentar una respuesta y los labios le temblaron cuando sonrió para expresarle lo feliz que estaba de tenerlo frente a ella.

—Vamos, Al-Saud. La entrevista ha terminado —intervino Abdel Hadi.

Matilde trabó los brazos en el cuello de Eliah y se dijo que sería incapaz de soltarlo. Se echó a llorar de nuevo a pesar de los esfuerzos.

—No llores, mi amor. Te prometo que todo saldrá bien.

—Estás aquí por mi culpa. ¡Por mi culpa!

—¡No! —Al-Saud la separó de sí y la sacudió ligeramente—. ¡No es tu culpa! Me secuestraron porque necesitan mi experiencia como aviador. ¡*Tú* eres la víctima en esto!

—¿Y qué tiene que ver el invento de Roy?

—Ahora no, Matilde. No hay tiempo. Es un embrollo que después te explicaré.

—Tu amigo Gérard Moses estuvo aquí.

La expresión de Al-Saud se congeló. Matilde acababa de ratificarle sus sospechas. No se atrevía a calcular la gravedad de la confirmación. ¿Qué rol cumplía Gérard? Sabía, porque Aldo Martínez Olazábal se lo había sugerido, que Jürkens y Orville Wright se conocían. «¡Gérard! ¿Qué has hecho?»

—¿Estás segura de que era él?

—Bueno… —dudó—, casi segura. No lo conozco, pero… Sí, creo que era él. Al que reconocí fue a Anuar Al-Muzara.

—¿Cuándo viste a Anuar? —se alteró Al-Saud.

—Él fue uno de los que me secuestró.

—Ni una palabra más, Al-Saud —dijo Al-Abiyia—, por favor.

—Al-Saud, basta —insistió Abdel Hadi—. Ya pasaron los cinco minutos.

Eliah la obligó a ponerse de puntitas y la besó con un fervor nacido del miedo y de la desesperación.

—Vendré por ti —le prometió en francés, sobre los labios.

—Lo sé —contestó Matilde en el mismo idioma.

La apartó con aire impaciente y una maniobra brusca, dio media vuelta y abandonó la celda sin volver la vista atrás. Rauf Al-Abiyia sonrió a Matilde antes de que Abdel Hadi Bakr cerrara la puerta. Apuró el paso para alcanzar a Al-Saud, que no lo miró al susurrarle:

—Sálvela. Se lo suplico.

❧

Al día siguiente, Al-Saud, El Profeta y Chuquet estudiaban unos mapas en el aula hasta que levantaron la vista al percibir una sombra que se proyectaba sobre ellos. «El cejudo», pensó Chuquet. «¿Quién es este monstruo?», se preguntó El Profeta. «Gérard», se dijo Al-Saud.

—Profesor Orville Wright —habló el instructor francés—. Es una sorpresa verlo en esta parte de la base. Pase, por favor.

—Gracias —dijo, y entró en el aula evitando mirar a los ojos al objeto de su adoración—. Señor, ¿me permitiría hablar un momento con... él? —Señaló a Al-Saud.

—Por supuesto. ¿Necesita comentarle algo sobre la bomba? Al Profeta también le vendría bien escucharlo.

—Después.

—Bien —se asombró Chuquet, y, con un ademán de su mano, le indicó a Al-Saud que lo autorizaba a ausentarse.

Eliah se puso de pie y pasó junto a Moses sin destinarle un vistazo, actitud que desmoralizó al físico nuclear y lo llevó a cuestionarse si su impulso no probaría ser descabellado. Esa mañana se había despertado con las estelas de un sueño que lo hacía sonreír porque Eliah estaba en él y le juraba amor eterno. Sentado en el borde de la cama, todavía medio dormido y mientras masticaba una barra de caramelo para evitar una crisis porfírica, Gérard se sentía fortalecido por un ánimo decidido y valiente, el cual, en tanto caminaba tras Eliah, comenzaba a abandonarlo.

—Pasa —indicó Al-Saud, mientras sujetaba la puerta de su celda.

Gérard Moses entró y destinó unos segundos para analizar la habitación, bastante más pequeña y con menos comodidades que la de él.

—¿Qué haces aquí, Gérard?

Moses se volvió para enfrentarlo.

—No pareces sorprendido de verme en este sitio.

Contendieron en un duelo de miradas en el cual Moses terminó por acobardarse. Lo asustó la expresión de categórico desprecio de su amigo. Se movió en dirección a la puerta para abandonar el recinto. Al-Saud se interpuso ante la salida.

—No saldrás de aquí hasta que me expliques muchas cosas, querido amigo. Siéntate. Como verás, las comodidades son pocas, así que tendrás que hacerlo sobre esta especie de cama. —Gérard Moses aceptó la invitación porque se había mareado—. Para empezar —continuó Al-Saud—, te diré que sé que te haces llamar Orville Wright. ¿Quién eres, Gérard? Por amor de Dios, ¿quién eres?

—Soy tu mejor amigo.

—¿Tú, mi amigo? ¡No me hagas reír! ¿Qué vínculo te une al terrorista de la Baader—Meinhof, Ulrich Wendorff, también conocido como Udo Jürkens? ¿Sabías que fue él quien intentó secuestrarnos a mi madre, a Yasmín y a mí en el 81? Deduzco por tu expresión que no lo sabías. También lo vi el día del atentado en el George V. ¿Quién mierda es Jürkens? —vociferó, y se detuvo a un paso de Moses, que se retrajo sobre la litera.

—Es mi asistente —contestó deprisa, atemorizado—. Mi hombre de confianza —añadió, en un hilo de voz.

—Sé que le robaste el invento a Roy Blahetter...

—¡Cállate! —Moses se puso de pie y lanzó vistazos en todas direcciones preocupado por las cámaras y los micrófonos.

—¿Temes que los Hussein se enteren de que les vendiste un invento robado?

—¿Por qué me tratas así?

Al-Saud lanzó una carcajada fingida.

—¡Gérard, por amor de Dios! Te consideré mi mejor amigo toda la vida, y ahora descubro que eres un ladrón y un asesino.

—¡Yo no asesiné a nadie!

—Quizá no cometiste el asesinato de Blahetter con tus propias manos, pero enviaste a tu sicario. ¿También lo enviaste para atentar contra la vida de tu hermano y la de Sabir en el George V? —La expresión de Moses resultó esclarecedora—. *Mon Dieu* —masculló Al-Saud—. ¿Fuiste tú quien envió a matarlos al George V?

—No, fue Anuar.

—¡Tú lo sabías y no hiciste nada para protegerlos! ¡A tu hermano y a uno de tus mejores amigos!

—¡Mi hermano! Ese vanidoso, miserable e inhumano de Shiloah. ¡Ése no es mi hermano!

—Shiloah no es culpable de que hayas heredado la porfiria. Pudo haberle tocado a él.

—¡Pero me tocó a mí! ¡Tengo que soportarla cada segundo del maldito día! ¿Sabes lo que eso significa?

—No caeré en tu juego de lástima, Gérard. Si te gusta sentir lástima de ti mismo, adelante. La vida te dio muchas cosas, como una inteligencia prodigiosa.

—La vida me dio tu amistad. Es lo más valioso que tengo.

Al-Saud se quedó mirándolo, incómodo por el comentario, abrumado por la responsabilidad que la declaración de Moses implicaba. Inspiró y soltó el aire con impaciencia. Tenía la cabeza embarullada, no estaba preparado para ese enfrentamiento y se sintió confundido.

—¿Tú robaste el invento a Roy Blahetter y mandaste matarlo?

—No tengo por qué hablar de...

—¡Respóndeme! —Al-Saud se cernió sobre Moses dispuesto a golpearlo y se frenó antes de tocarlo—. ¡Si te queda un rastro de nobleza, respóndeme!

Gérard lo contemplaba con una expresión desolada y lágrimas en los ojos. «Todo está perdido», se dijo, y deseó contarle la verdad y quitarse el peso que había acarreado por tantas décadas y que, de pronto, lo agobiaba.

–Sí. –Al-Saud se alejó caminando hacia atrás–. Eliah, por favor –Moses se puso de pie y avanzó–, no me mires de ese modo.

Al-Saud manoteó para desviar la caricia que Gérard intentó hacerle en la cara.

–¿Qué mierda te pasa? ¡No se te ocurra tocarme!

–Eliah… No me rechaces. Yo… Yo te amo.

–Estás loco. Total y rematadamente loco.

–No. Te amo, desde siempre. Te deseo.

–¿Qué dices? ¡Estás loco! La enfermedad está volviéndote loco.

–Sí, es verdad –admitió Gérard–, la porfiria acabará con mi cordura, pero esto que estoy confesándote lo digo desde una conciencia absoluta, y es verdad, una verdad con la que he vivido desde que te conocí, desde que Shiloah te llevó a casa por primera vez.

Al-Saud pronunció un insulto, fruto del asco que se originaba en sus entrañas y que le ascendía por el esófago en forma de vómito. Después de unos segundos de desconcierto, una ráfaga de imágenes de él y de Gérard, de cuando eran niños, adolescentes y adultos, desfiló en su mente. Rebuscó momentos en que la inclinación de su amigo se hubiera manifestado; no encontró ninguna. Tomó una porción de aire para contener las náuseas. Necesitaba calmarse, ordenar la tormenta de recuerdos, ideas, pensamientos. Lo apabullaba el engaño, le dolía la mentira, se sentía un idiota. Para él, Gérard Moses era un hermano, y le inspiraba lo mismo que Shariar o que Alamán.

De forma sorpresiva, se acordó de Natasha Azarov, de su encuentro con Jürkens, de la amenaza que la había alejado de París; pensó en Matilde, del ataque sufrido en la capilla, de la persecución sin respiro a la cual la sometía Jürkens. Finalmente, recordó a Samara.

Moses se sobresaltó cuando Al-Saud levantó la cabeza y lo fulminó con un vistazo letal.

–Tú mataste a Samara. –La tonalidad baja y serena dc la voz de Eliah le provocó un estremecimiento–. Tú la asesinaste. Dios bendito. ¡Asesinaste a nuestro hijo! ¡Mandaste cortar el cinturón de seguridad y la manguera del líquido de frenos!

Se arrojó sobre Moses, que no atinó a escapar y que cayó pesadamente sobre la litera. Las manos de Al-Saud se cerraron en torno a su cuello y le oprimieron la tráquea hasta que comenzó a ver a través de un velo rojo.

–¡Maldito hijo de puta! ¡Maldito engendro! ¡Maldito, maldito! ¡Los asesinaste! ¡Les entregaste a Matilde!

Al-Saud emitió un quejido, y Moses sintió que la presión en su garganta mermaba. Eliah cayó de rodillas, aturdido por una puntada que nacía en la base de la nuca y terminaba en el hueso sacro.

–¡No le haga daño! –ordenó Kusay al guardia que, con la culata de un fusil M16A4, había golpeado a Eliah en la base de la cabeza–. Fauzi, llévalo a la enfermería. Hemos dispuesto la misión para mañana. No quiero demoras a causa de una herida inoportuna. –El segundo hijo de Saddam Hussein se aproximó a la litera, donde Moses se había incorporado, con las manos en el cuello; tosía violentamente–. Profesor Wright, vamos. –Lo sujetó por el brazo y ejerció presión para levantarlo–. Vamos, lo acompañaré a su habitación. Debe recostarse y descansar. Le pediré al enfermero que vaya a verlo.

Moses se incorporó, vacilante, y sufrió un mareo, que la mano firme de Kusay le ayudó a superar. Caminó en silencio y con la vista baja. No se sentía avergonzado, sino devastado. Su vida acababa de terminar. No existían razones para seguir adelante. Experimentó un gran alivio porque acababa de reunir el coraje que no había conjurado a lo largo de su vida para deshacerse de ese cuerpo defectuoso, sin salud, cuya sangre podrida le envilecía cada rincón, cada órgano, cada tejido. Resultaba paradójico que aquello a lo que más le había temido, el rechazo de su único amigo, se hubiera convertido en un sentimiento liberador. No obstante, todavía quedaba una cosa por hacer: eliminar la razón por la cual Eliah estaba dispuesto a sacrificarse al día siguiente, en una misión suicida.

Gracias al robo épico de uranio para Irak, Rauf Al-Abiyia había recuperado la confianza y el beneplácito de los Hussein y de Fauzi Dahlan, lo que le significaba moverse con soltura dentro de las instalaciones de Base Cero. Su tarjeta magnética abría la mayoría de las puertas; abría también la de la celda de Matilde. Consultó la hora. Era muy temprano, diez para las seis de la mañana del lunes 1° de marzo, el día fijado para el lanzamiento de las bombas nucleares y el nacimiento de una nueva era para Irak. Rauf Al-Abiyia había meditado la decisión que se aprestaba a ejecutar. Conduciría a Matilde hasta Al-Saud, y los tres escaparían en un helicóptero. Al-Abiyia, que conocía del derecho y del revés los vericuetos del desarrollo nuclear de Saddam Hussein, compraría su libertad y su seguridad vendiendo la información a la CIA.

Esperó a que el guardia que merodeaba por el pasillo se alejara para deslizar la tarjeta en el lector magnético y teclear su clave. La puerta se abrió con un ruido de chicharra que en el mutismo adquirió una sonoridad desmesurada. Entró en la celda sin cerrar la puerta. Halló a Matilde dormida, acurrucada en un extremo del colchón maloliente y plagado de manchas. La sacudió ligeramente y la llamó. Matilde se despertó con violencia y saltó fuera de la litera.

–¡Tranquila! ¡Soy yo! ¡Rauf! He venido a sacarte de aquí.

–¡No! –Matilde se alejó con actitud desconfiada–. Voy a esperar a Eliah.

–Te llevaré con él. Es la única posibilidad que tienen de salir con vida de aquí. Vamos, apúrate. Ponte los zapatos.

En tanto se ponía los tenis, Matilde analizaba la conveniencia de seguir al mejor amigo de su padre. «*Trabajo para ellos*», le había confesado. ¿Estaría firmando su condena y la de Eliah siguiéndolo? Como aseguraba Rauf, tal vez se tratara de la única alternativa para salir con vida de esa prisión. Se incorporó y destinó al amigo de su padre una mirada decidida.

–Vamos, Rauf.

Giraron hacia la puerta y frenaron de golpe. Gérard Moses ocupaba el espacio del dintel y los apuntaba con una pistola cuyo cañón remataba en un silenciador. Callado y con una expresión neutral, disparó contra Al-Abiyia, el cual no tuvo tiempo de desenfundar su pistola. La bala le impactó en el pecho y lo tiró de espaldas. Matilde, privada de toda reacción, pasó la mirada por el cuerpo del amigo de su padre y atinó a dar unos pasos hacia el sector del lavabo. Recordó el cuchillo. Aprovechó que Moses se inclinaba sobre Al-Abiyia para extraerlo. Lo sostuvo de tal modo que no se viera.

Luego de comprobar el estado del hombre –seguía vivo, si bien las pulsaciones eran débiles–, Gérard Moses se incorporó y la observó con curiosidad, intentando descubrir por qué Eliah estaba dispuesto a morir por esa criatura. Le habría gustado conversar con ella; para atraer a un hombre de la talla de su amigo, debía de tratarse de una mujer interesante. Sin embargo, tenía que acabar deprisa porque la misión de bombardeo estaba fijada para dentro de unas horas. Apuntó a la muchacha y disparó. El sonido seco y metálico del gatillo retumbó en el silencio de la habitación. Matilde soltó un gemido lamentoso.

–*Merde!* –masculló Moses, al darse cuenta de que la pistola se había trabado.

En tanto revisaba la Beretta que le había robado a Udo Jürkens, Matilde se movió con presteza hacia la salida. Moses se deshizo del arma y la interceptó con un golpe que la lanzó contra la pared. El cuchillo se desprendió de su mano y acabó lejos de ella. Moses la sujetó por la cintura. Matilde luchó con un ímpetu que desmentía su aspecto aniñado. Gérard la asió por el cabello, le jaló la cabeza hacia atrás y consiguió sujetarle los brazos en la espalda. Matilde se quedó quieta, agotada y acezante, y con los ojos cerrados mientras esperaba que el dolor en el cuero cabelludo remitiera. Levantó los párpados y se encontró con el rostro de Gérard Moses deformado por la porfiria y por el odio. Se miraron de hito en hito.

—Eliah no va a sacrificarse por ti. Tienes que morir. Eliah es mío.

Matilde le propinó un puntapié en la pantorrilla. Aunque gimió y se contorsionó, no consiguió liberarse. Volvió a patearlo y a retorcerse, una y otra vez, hasta que Moses, fastidiado y nervioso, le soltó las muñecas para cachetearla. El impacto la arrojó al piso, y su cabeza rebotó contra el concreto. Sufrió un desvanecimiento que duró apenas unos segundos. Al volver en sí, percibió el sabor de la sangre y vio a Moses encima de ella; estaba ahorcándola. La aterró la mueca macabra de sus facciones, que cambiaba y se envilecía en tanto aplicaba más fuerza para quebrarle la tráquea. La falta de aire y el pánico la sumían en una desesperación que la privaban de su capacidad para pensar. De manera instintiva, apoyaba las manos sobre las de Moses tratando de apartarlas de su garganta. Agitó la cabeza, y el destello del cuchillo refulgió en su campo visual, a la derecha. Estiró el brazo, procurando olvidar a Moses, concentrándose en alcanzar el cabo de madera. Agitó los dedos y rozó la punta. El esfuerzo la despojaba de los últimos centímetros cúbicos de oxígeno, y los síntomas de la anoxia se volvían patentes. Sabía que orillaba la muerte. Aplicó presión sobre el cabo con el dedo mayor y lo arrastró hacia ella, acción enojosa debido a la superficie irregular del concreto. Por fin, sujetó el cuchillo y lo descargó con un ímpetu sobrenatural en la base del cuello de Moses, que profirió un quejido y aflojó las manos, sin apartarlas.

Matilde alternó la mirada entre el mango del cuchillo que penetraba la camisa, y la expresión, primero de sorpresa y luego de pánico, de Moses. La sangre brotaba a gran velocidad y empapaba la tela y regaba el rostro de Matilde. Moses se irguió de rodillas, y Matilde aprovechó para arrastrarse sobre su trasero y colocarse fuera de su alcance.

—¿Qué me has hecho? —quiso saber Gérard. Lo preguntó con voz débil, mientras tanteaba el mango que le emergía a la altura de la clavícula izquierda. La sangre oscura formaba un charco en torno a él.

Matilde creyó hablar; en realidad, estaba pensando: «Te he seccionado la arteria subclavia. Si te la hubiera seccionado por la axila, donde toma el nombre de axilar, tendría oportunidad de salvarte. Habiéndolo hecho detrás de la clavícula, no tengo ninguna posibilidad de ayudarte. Morirás desangrado.» Matilde permaneció congelada, con la respiración suspendida y la vista clavada en Gérard Moses, cuya fisonomía se tornaba macilenta y se deformaba en un gesto desagradable. Cayó de espaldas cerca de Rauf Al-Abiyia y murió.

Matilde no reaccionó de inmediato. Destinó varios minutos a la contemplación del cadáver que yacía a pasos de ella. Le había quitado la vida a un ser humano. La sangre se escurría por la pendiente del piso y casi le tocaba la punta de los tenis. Se incorporó apoyándose en la litera. Le dolía la garganta, le latía la boca donde Moses la había cacheteado, lo mismo el cuero cabelludo. Las piernas y los brazos le temblaban. Avanzó hacia el lavabo, llenó la cavidad de su mano con agua e hizo un buche. Escupió. Volvió a hacer un buche y tragó un sorbo, lo cual le causó un padecimiento que le arrasó los ojos y le erizó la piel de los brazos y los pezones.

Se agachó junto a Al-Abiyia y le tomó el pulso. Aún vivía.

—¡Rauf! ¡Rauf! —Le dio cachetadas en las mejillas sin conseguir nada. Le abrió la chamarra y la camisa y descubrió que la sangre había dejado de manar de la herida de bala. Nada podía hacer por él.

Caminó hacia la puerta, medio mareada y con paso inestable. Se asomó para comprobar que el pasillo estuviera desierto. Se preguntó hacia dónde dirigirse. «¿Dónde estás, Eliah? ¿Dónde estás, mi amor?» Eligió encaminarse hacia la izquierda, eludiendo las cámaras, agachándose y gateando para pasar inadvertida. No llegó muy lejos: una puerta de hierro se interpuso entre ella y su camino hacia... «¿Hacia qué?», se preguntó. Ese sitio, laberíntico y tétrico, semejaba el escenario de una pesadilla, de ésas en las que uno corre y corre y nunca consigue salir. Volvería al punto de inicio y se dirigiría hacia la derecha.

Corrió de regreso y, al doblar en una esquina, rebotó contra un cuerpo. Levantó la vista y arqueó el cuello en un ángulo exagerado para verle la cara. Se trataba del hombre más alto que había visto en su vida, más alto que Eliah, y eso era mucho decir. Notó que no iba vestido como los guardias, sino de civil. Tenía barba, la cara redonda y los dientes frontales descansaban sobre el labio inferior, como los de un conejo. Al cruzar sus miradas, Matilde sintió un estremecimiento: las pupilas de un negro profundo brillaron al fuego de una pasión insana, de un espíritu pervertido. Lo supo de un modo animal e instintivo: estaba frente a un hombre que le haría daño.

—Vaya, vaya —dijo Uday—, la mujercita de Al-Saud ha escapado de su jaula.

Matilde no comprendió nada, tan sólo distinguió el apellido de Eliah. Las manos del hombre se cerraron sobre sus hombros y los apretaron hasta hacerla gritar. La arrastró por las axilas. Matilde pegaba alaridos, agitaba las piernas e intentaba dar con algo en la pared para detener el avance, sin conseguir nada, excepto rasparse las palmas y los dedos.

Uday entró en la celda de Matilde, cerró la puerta de un puntapié y destinó un vistazo rápido a los cuerpos que yacían sobre un charco de sangre negra antes de depositarla en la litera como a un objeto pesado. Se desabrochó el cinturón.

Udo Jürkens caminaba con aire apesadumbrado en tanto se preguntaba por su Beretta 92; no la encontraba. Se dirigía al centro de vigilancia, donde los guardias controlaban la actividad de Base Cero a través de los monitores conectados a un centenar de cámaras. Ansiaba ver a Ágata, aunque fuera durmiendo y en una pantalla en blanco y negro de escasa definición. No la veía desde el mediodía anterior y todavía era muy temprano para molestarla. De todos modos, no podía mantenerse lejos del centro de operaciones por mucho tiempo. Había gran conmoción y expectativa entre los hermanos Hussein, los científicos y los soldados porque el propio Saddam se presentaría de un momento a otro para bendecir a los pilotos antes de que abandonaran Base Cero en cumplimiento de la misión que cambiaría el destino del mundo.

Encontró la sala vacía y, al tocar las tazas de café a medio beber, se dio cuenta de que hacía bastante que faltaban de sus puestos de control. Buscó el monitor de la celda del ala B, la número 57, la de Ágata y, en un principio, no atinó a desentrañar lo que veía. El corazón le saltó y comenzó a latir lenta y dolorosamente. El eco de su bombeo le golpeaba en la garganta, e incluso le afectaba la visión. Corrió sin detenerse, ni siquiera prestó atención cuando Fauzi Dahlan lo llamó, y creyó perder la razón frente a cada puerta de hierro; en algunas, deslizó la tarjeta magnética hasta tres veces para que la chicharra lo habilitara a pasar. Frente a la de la celda de Ágata, le tembló la mano cuando pasó el filo de la tarjeta por el lector óptico. Debió intentarlo una segunda vez al son de los alaridos de su mujer.

Se precipitó dentro con la furia de un toro provocado y embistió a Uday, que se afanaba en abrir las piernas de Ágata. El hijo de Saddam Hussein voló unos metros y, al caer, se golpeó la frente contra el lavabo.

—¡Ágata! ¡Ágata! —Udo la tomó de los brazos y la ayudó a incorporarse—. ¡Háblame! —le exigió en alemán—. ¿Estás herida? ¿Ese energúmeno te hizo algo?

Matilde a duras penas conseguía que el aire penetrase en sus pulmones. Dos ataques en tan corto lapso la habían extenuado, física, mental y emocionalmente. Miró con gesto estúpido a Jürkens y emergió del estado de perplejidad cuando el berlinés se percató de que su jefe yacía en el suelo y la apartó para abalanzarse sobre él y llamarlo a gritos. Lo hacía con una pasión que el aparato colocado en lugar de sus cuerdas vocales resultó incapaz de convertir en sonidos; la voz se le cortó en los registros más agudos. A Matilde le dio pena la infructuosidad de los gritos mudos en los que se empeñaba el gigante para despertar a Gérard Moses.

—¡Vamos, Ulrich! —lo urgió en inglés—. Tenemos que salir de aquí o me asesinarán. ¡Tú lo sabes! ¡Sabes que si no escapo, me asesinarán! Gérard Moses intentó hacerlo veinte minutos atrás.

Udo Jürkens se puso de pie y se secó los ojos con pasadas rudas. Matilde le sujetó la mano y lo apremió a salir.

—¡Vamos! Llévame donde están los pilotos. Ellos nos sacarán de aquí.

Antes de abandonar la celda, el berlinés se inclinó sobre el cuerpo inconsciente de Uday Hussein y lo despojó de la Beretta Cheetah 84 que llevaba en una pistolera de axila bajo la chamarra de cuero. Quitó el cargador para verificar que contuviera los trece proyectiles 9 milímetros y masculló un insulto al comprobar que almacenaba sólo dos. De ese imbécil, pensó, ni siquiera se podía esperar que tuviera lista una pistola. Devolvió el cargador a su lugar e indicó a Matilde que se pusiera en camino.

Eliah Al-Saud, Chuquet y El Profeta controlaban los detalles de último momento. Al-Saud levantó la tapa de unos comandos del F-15 que se hallaba en el flanco del fuselaje, cerca del ala derecha, e iluminó la botonera con una linterna. No contaban con personal especializado, por lo que echaban mano de su pobre experiencia en mecánica aeronáutica para aprestar los cazas, lo que aumentaba los riesgos en un operativo por demás peligroso. El personal de pista, que acababa de llenar los tanques de combustible de los aviones, se ocuparía de las cuestiones del despegue y cumpliría el rol de «lanzador», es decir, sería responsable de activar el sistema que lanzaría los aviones a volar, ya que, debido a la falta de espacio, la pista no ofrecía el largo necesario para la carrera previa al despegue. A Eliah lo sorprendió enterarse de que, a diferencia de la mayoría de los portaaviones, que, para ayudar a los cazas a tomar vuelo, emplea una catapulta de vapor conectada a polipastos, Base Cero contaba con un novedoso sistema de lanzamiento electromagnético, que no empujaba a los aviones sino que los jalaba.

El Profeta les señalaba un aspecto de la aviónica del F-15 cuando oyeron una corrida y unos gritos. Al-Saud reaccionó de inmediato al ver a Matilde y a Jürkens adentrarse en la pista subterránea. Depositó la linterna en la mano del Profeta y se lanzó hacia ellos. Se detuvo de manera abrupta cuando Jürkens sujetó a Matilde por la cintura y le impidió continuar. Al-Saud y el berlinés se concedieron una mirada de candente desprecio. Por fin, después de casi dieciocho años, volvían a enfrentarse. La figura elusiva y escurridiza de Jürkens se materializaba tras un año de persecución.

—Permítale venir hacia mí, Jürkens.

—¡No! ¡Ágata es mía!

—Sí, es suya, pero yo soy el único que puede sacarla de aquí con vida.

—¡No!

—¿Qué está pasando aquí? —intervino Chuquet, y se aproximó a Al-Saud—. ¿Qué hace tu mujer en la pista? Llamaré a la guardia.

El cuerpo de Al-Saud adquirió la velocidad de un trompo al girarse sorpresivamente y propinar una patada voladora en la mandíbula de su antiguo instructor y, a continuación, un golpe seco en la garganta con la palma de la mano. El hombre apenas emitió un quejido y se desmoronó, inconsciente. El Profeta y los empleados de pista se acercaron corriendo y frenaron de manera súbita ante la actitud y la expresión agresivas de Al-Saud. Después de haber presenciado la fugaz y letal exhibición de artes marciales, no se mostraron ansiosos por enfrentarlo. Nunca habían visto a un hombre rotar desde un punto muerto con ese ímpetu y velocidad.

—No tengo nada contra ti, Profeta, tampoco contra ustedes —les aseguró a los tres empleados—, pero los aniquilaré con mis propias manos si interfieren en esto.

El piloto iraquí curvó la boca hacia abajo, levantó los brazos y dio unos pasos hacia atrás, acción que imitaron los empleados. Al-Saud volvió la vista hacia Matilde y descubrió que Jürkens lo apuntaba con una pistola.

—No se mueva, Al-Saud, o le dispararé. ¡Ey, tú! —llamó al Profeta—. ¡Tú pilotearás aquel helicóptero! —Jürkens, con Matilde sujeta por su poderoso brazo izquierdo, caminó hacia atrás, mientras alternaba vistazos entre la nave a sus espaldas y Al-Saud—. ¡Vamos, muévete! —ordenó al Profeta. Urgía abandonar Base Cero. Si los guardias habían regresado al centro de vigilancia, enviarían a los matones de Dahlan.

Al-Saud se acordó de que tenía un destornillador en el bolsillo del pantalón. Se trasladó con pasos rápidos, mientras escondía la herramienta bajo la manga de la camisa. Se detuvo cuando Jürkens accionó el martillo de la pistola y le disparó. Matilde alcanzó a torcerle el brazo, y la bala chisporroteó al golpear el concreto del piso, a los pies de Al-Saud.

—¡Atrás! ¡No siga avanzando! —Jürkens inclinó la cabeza y miró a Matilde—. ¿Por qué has hecho eso, Ágata? ¿Por qué me has empujado?

Matilde le dispensó una mirada compungida, que escondió al bajar los párpados. A punto de murmurar una excusa, la voz del Profeta la acalló.

—El helicóptero no tiene gasolina. Si queremos salir, primero habrá que aprovisionarlo.

Al-Saud aprovechó la distracción para dar un salto e impulsarse sobre el berlinés. Al mismo tiempo, exclamó:

—*Éloigne-toi, Matilde!* (¡Aléjate, Matilde!)

Jürkens profirió un rugido cuando Al-Saud, con una fuerza descomunal, le clavó el destornillador en el deltoides y le inutilizó el brazo con el que sujetaba el arma, la cual acabó en el suelo. Eliah giró sobre sí para tomar velocidad y propinó una patada al vientre del berlinés, que lo doblegó. Al-Saud recogió la Beretta Cheetah 84 y descargó dos tiros en el pecho de Udo Jürkens, que se convulsionó como si hubiera recibido una descarga eléctrica antes de permanecer inerte. Matilde, que contemplaba el cadáver de Jürkens dominada por un profundo estupor, sufrió un sacudón cuando Eliah la asió por la muñeca y la obligó a correr.

—¡Vamos! —la urgió, y enfilaron hacia el Su-27.

Una voz les ordenó que se detuvieran. Era Fauzi Dahlan, que acababa de ingresar en el predio de la pista y los apuntaba con una pistola. Por su parte, Chuquet comenzaba a recobrar la conciencia e intentaba ponerse de pie apoyando una mano en el suelo; con la otra se masajeaba la mandíbula y el cuello adolorido. Matilde y Al-Saud se congelaron, no tanto por la amenaza de Dahlan, sino porque acababan de ver a Rauf que, pálido y ensangrentado, se escurría dentro de la pista. El Príncipe de Marbella apoyó el cañón de su Smith & Wesson en la parte trasera de la cabeza de quien por meses lo había hecho torturar.

—Arroja la pistola, Fauzi, o te hago un hueco en el cráneo. ¡Ahora! —exigió, y le oprimió el cuero cabelludo.

Al-Saud se aproximó deprisa y levantó la pistola de Dahlan, que calzó en la parte trasera del pantalón.

—Al-Abiyia, vigile a ese hombre. —Señaló a Chuquet. A los empleados de pista les ordenó—: ¡Dos trajes anti-G y dos cascos! ¡Ahora! —Como no se movían, sacó la pistola y los amenazó—. Profeta, coloca la escalerilla en la cabina del copiloto del Su-27.

Con Matilde trastabillando tras de él, corrió hacia el caza ruso. Habría sido más fácil abandonar Base Cero en el helicóptero, sin embargo, la falta de combustible lo había eliminado como alternativa; no tenían tiempo de reaprovisionarlo. Era una suerte que los hombres de la Guardia Republicana Especial no les hubieran caído encima. No podían seguir apostando a la buena fortuna y tentando al destino. Apremiaba huir.

Arrancó el traje anti-G de manos de un empleado y lo abrochó sobre el torso de Matilde y en sus piernas. Hizo otro tanto con el de él.

—Ponte el casco.

—¿Qué va a pasar con Rauf? —se angustió Matilde—. ¡Rauf!

El amigo de su padre dirigió la mirada hacia ella y le sonrió. Matilde la advirtió vidriosa; también notó la palidez de su rostro, la frente cubierta de sudor y el temblor de la mano con que sujetaba la pistola.

—¡Vamos, Matilde! —la acució Al-Saud—. Sube por la escalera.

Matilde entró en la cabina y se acomodó en el espacio angosto. Al-Saud ajustó el cinturón y le cubrió la cara con la máscara de oxígeno. Matilde lo oyó con un matiz amortiguado cuando le dijo:

—No toques nada.

Descendió de un salto, sin servirse de la escalerilla, y se dirigió al empleado de pista que ocupaba el rol de «lanzador».

—¡Active el sistema de despegue! —A los demás les ordenó que quitasen las cuñas de las ruedas y los protectores de las cabezas de los misiles. Como no se movían, les gritó—: ¡Ahora! —Y Rauf les dio un incentivo al soltarles dos tiros a los pies. Dispararon como ratas a cumplir sus tareas.

Al-Saud movió la escalerilla hacia la izquierda, subió y se ubicó en la cabina. En tanto se ajustaba el cinturón, oyó que los extractores gigantes se ponían en funcionamiento y encendió los motores. Intercambió unas palabras por radio con los empleados y selló su cabina y la del copiloto, ubicada detrás de la de él, un poco más elevada dado el diseño del Su-27.

La plataforma sobre sus cabezas se deslizó, y la luz de la mañana que regó la pista subterránea le cambió el aspecto a uno menos fantasmagórico. Las turbinas bramaron y escupieron ráfagas de fuego cuando Al-Saud aceleró los motores al máximo. Esperó la señal para soltar los frenos y permitirle al sistema electromagnético de despegue que los jalara hacia la libertad.

Rauf Al-Abiyia nunca había escuchado un ruido tan ensordecedor como ése. De hecho, los empleados se protegían con auriculares. Nada importaba, se dijo. Que reventaran sus tímpanos, ¿qué más daba? Estaba muriendo. Deseó que Dahlan no se diera cuenta de que la debilidad causada por la hemorragia se apoderaba de sus extremidades y de que le costaba sostener la pistola. ¿Por qué no le alojaba una bala en la cabeza? Ese hijo de mala madre lo había hecho torturar y mantenido prisionero por más de tres meses. ¿Qué lo detenía? Tal vez, meditó, a las puertas de la muerte, estaba harto de ella; en realidad, estaba harto de la violencia que había regido su vida desde la infancia, desde el 48, con el nacimiento del Estado de Israel. A ese punto, ni siquiera quedaba rastro de su odio por los judíos. De pronto, se dio cuenta de que eran todos iguales.

Fauzi Dahlan, por su parte, insultaba a los guardias. ¿Por qué se demoraban? ¿Por qué no irrumpían en la pista oeste? ¿Acaso no se percataban de la situación inusual a través de los monitores? Debido al deseo del *rais* de mantener en el más absoluto secreto la existencia de Base Cero, no se servían de un retén numeroso, sólo unos cuantos soldados del Primer Regimiento de la Guardia Republicana Especial, de probada fidelidad al *rais*, y esto unido a que Base Cero resultaba un espacio demasiado extenso, habían instalado un sistema de cámaras de tecnología de avanzada, el cual, desde el control de vigilancia, les permitía estar al tanto de lo que ocurría en cada metro cuadrado del predio subterráneo.

Tenían que detener a Al-Saud antes de que huyera y les robara el sueño de gloria nuclear. Advirtió que El Profeta se aprontaba para imitar a su compañero y que se calzaba el traje anti-G. Se llevaría el F-15.

Un grupo de soldados, con Kusay a la cabeza, se presentó en la pista. Dispararon contra el Su-27 en el momento en que despegaba y se alejaba en el cielo diáfano de la mañana. Sumido en una sordera a causa del ruido de las turbinas y de los extractores, Dahlan se dio cuenta de la aparición del destacamento al ver los chispazos en la cúpula de la cabina. Se volvió con agresiva actitud hacia Al-Abiyia en el momento en que éste caía muerto por un disparo en la columna. Otra bala alcanzó al Profeta a punto de meterse en la cabina; se precipitó por la escalerilla y chocó en el suelo de concreto.

—¡Chuquet! —vociferó Kusay, fuera de sí—. ¡Súbase al F-15 y dele caza a Al-Saud! ¡Oblíguelo a regresar o derríbelo!

Kusay se dijo que mandaría fusilar a los guardias que habían desatendido el centro de vigilancia para ver una película pornográfica con sus compañeros. Y asesinaría a su hermano Uday por habérsela provisto. Las consecuencias del descuido serían inconmensurables si Chuquet no lograba traer de regreso a Al-Saud o si no conseguía derribarlo.

~· ✤ ·~

Debido a que Al-Saud piloteaba a muy baja altura, aproximadamente mil pies, es decir, unos trescientos metros, lo hacía a también a baja velocidad. Habría deseado elevarse varios kilómetros y romper la barrera del sonido para poner a Matilde fuera de peligro en un tris. No quería detenerse a pensar en lo que acababan de vivir porque perdería la concentración y necesitaba estar alerta. Volaba solo, sin la ayuda de una torre de control, a merced de los aviones y de los satélites norteamericanos, que le darían caza si lo detectaban en sus radares.

«Matilde.» Un fiero orgullo de ella, de su índole confiable y valiente, le arrancó una sonrisa al pensarla sentada detrás de él, en silencio, sin perder los nervios. De igual modo, no la habría escuchado aunque gritara y llorara porque no había conectado el sistema de comunicación entre las cabinas, y resultaba imposible el diálogo sin ese artilugio; no obstante, sabía que su mujer guardaba compostura.

A esa altura y a esa velocidad, no padecería los desequilibrios provocados por las fuerzas G. Esperaba completar el recorrido de ese modo sereno, ya que si bien Matilde llevaba puesto el traje anti-G, sufriría igualmente en caso de someterla a fuerzas superiores a las 5 G. Tampoco conocía los ejercicios abdominales que la habrían ayudado a mantener en su sitio el flujo de sangre, los cuales, para él, se convertían en parte de sus funciones fisiológicas cuando volaba.

A pesar de la seguridad que siempre lo caracterizaba y de su optimismo natural, le costaba creer que hubieran salido con vida de ese hueco del infierno. En las últimas horas antes de iniciar la misión de bombardeo, cuando no veía la salida, los pensamientos más negros lo habían atormentado. No quería recordarlos, no deseaba revivir el martirio, precisaba olvidar para recuperar la cordura y ayudar a Matilde a superar esa experiencia traumática. Él, como soldado de *L'Agence*, estaba preparado para afrontar situaciones de riesgo; el ciudadano común podía llegar a perder el juicio luego de ser expuesto a una violencia extrema como la que Matilde había vivido.

Se inquietó al divisar el F-15 a su derecha. ¿Se trataría del Profeta? El avión se aproximó y balanceó las alas en la clara señal de «sígueme», lo que puso en alerta a Al-Saud. ¿Para qué le pediría El Profeta que lo siguiera? ¿Acaso su compañero no le había manifestado su deseo de escapar de Base Cero? Decidió que se trataba de lo que en la jerga aeronáutica se conoce como un *bogey*, una nave no identificada que se asume hostil. «¡Maldita sea!», insultó, y golpeó con el puño enguantado el techo de la cabina. Rompió hacia la derecha, esto es, dio un giro cerrado y repentino que de seguro aterraría y afectaría a Matilde, y se alejó. El F-15 lo siguió.

Al-Saud se sentía atrapado a pesar de contar con una joya de la aviación militar y de ser un piloto experimentado. Las circunstancias lo limitaban en el uso de los dos atributos principales de un caza: la velocidad y la libertad de maniobra. Tenía que tomar una decisión rápida: se elevaba, aumentaba la velocidad y presentaba pelea, a riesgo de ser detectado por los radares norteamericanos, o se mantenía en los mil pies e intentaba sacarse de encima al enemigo. Intuía que era Chuquet quien piloteaba el F-15. No le resultaría fácil evadirlo. Optó por la primera alternativa.

Chuquet advirtió que su alumno levantaba la trompa del avión hasta colocarlo en un ángulo de noventa grados con respecto a la tierra para elevarse. Con el Sukhoi, podía alcanzar los dieciocho kilómetros de altura en escasos minutos.

Pese a las condiciones meteorológicas óptimas para la identificación visual, al estar solo, sin una «pareja» —así se denomina a dos aviones en una misión—, Al-Saud tenía demasiados puntos ciegos, por ejemplo, no podía ver si el F-15 se ubicaba a sus seis, es decir, en su parte trasera, o si acababa de entrar por debajo. Ejecutó varios giros en alabeo y virajes bruscos para localizar al caza, aunque eso resintiera el estómago de Matilde. «Maldito hijo de puta», se enfureció al no poder visualizarlo, y asumió que se encontraba a sus seis y listo para disparar un misil Sidewinder. «Voy a acabar contigo. Y rápido», añadió, porque se proponía permanecer poco tiempo a esa altitud.

Al-Saud quería forzar a Chuquet, que venía tras de él y a gran velocidad, a realizar un *overshoot*, es decir, a que lo sobrepasara antes de disparar, para lo cual debía disminuir drásticamente la velocidad para sorprenderlo. Se trataba de una maniobra muy arriesgada, que implicaba un efecto brutal de la fuerza G y que, de seguro, ocasionaría un G-LOC a Matilde, es decir un *G-force induced loss of consciousness* (pérdida de la conciencia inducida por la fuerza G). La disminución en la velocidad no presentaba un problema, no para el Su-27, cuyo diseño y tecnología lo dota de una capacidad de aceleración altísima; incrementan su velocidad en cuestión de milésimas de segundo.

El Su-27 ejecutó un ascenso con alabeos, descriptos por su estela, que le imprimía al cielo el dibujo de una espiral, y que se conoce como tonel volado. El objetivo era, luego del descenso, terminar a las seis de Chuquet y hacer fuego. Éste, sin embargo, se dio cuenta de la estrategia de su antiguo discípulo y, cuando lo tenía casi detrás, emprendió una trepada vertical repentina y brusca. Aceleró a fondo sabiendo que había burlado la maniobra defensiva. Un instante después, se acordó de por qué lo había elegido para invadir el espacio aéreo israelí: Caballo de Fuego había conseguido posicionarse a sus seis a pesar de la drástica maniobra. Los reflejos de Al-Saud acababan de demostrar que todavía funcionaban de manera tan aceitada como en la época de la Guerra del Golfo. Había reaccionado de manera casi inmediata e iniciado una elevación tan abrupta como si le hubiera leído la mente. Chuquet conocía el instinto de Al-Saud, siempre lo había envidiado por ese talento natural. Lo tenía detrás y no importaba qué ejercicio realizara, Al-Saud lo superaría. Sabía que se encontraba en su mira, que era su presa y que no lo soltaría hasta acabar con él.

Con el maestro de armas encendido, Al-Saud movió la perilla hasta ubicarla en la función Vympel R-73, el misil especial para combate cerrado o *dogfight* provisto por el Su-27. No necesitó ubicar al F-15 en el retículo verde del radar; apuntó guiándose por su visión y oprimió el botón. El Vympel, un misil con sistema de guía infrarrojo capaz de advertir la presencia del blanco aun cuando éste se coloca sesenta grados por debajo o por encima de la línea de lanzamiento, persiguió al F-15 con la misma tenacidad con que lo hacía el caza ruso. Chuquet, que conocía el poderío del Vympel, al cual las bengalas no engañarían, se eyectó antes de que su avión se convirtiera en una incandescencia en el aire.

Al-Saud descendió hasta la altitud original de mil pies y consultó su posición. Se hallaba muy próximo a cruzar el límite con Arabia Saudí. No obstante, el peligro aún los acechaba. Una «pareja» de F-15 norteamericanos se colocó a sus tres y a sus nueve. Al-Saud conectó la radio.

—Lion 23 a Su-27. Identifíquese.

—Caballo de Fuego a Lion 23. Acabo de escapar de una base aérea secreta iraquí y me dirijo a la base aérea de Dhahran. Comuníquense con el señor Jerry Masterson de la CIA y con el general Raemmers de la OTAN. Solicite instrucciones.

Por otra frecuencia, el jefe de la pareja de F-15, Tesla 24, comentó las novedades a su jefe en la base norteamericana estacionada en el Golfo Pérsico.

—Aquí Tesla 24. Hemos ubicado a uno de los *bogeies*; el otro ha desaparecido. Es un Su-27 sin bandera. Rumbo 101, nivel de vuelo 15. Pide que se comuniquen con el general Raemmers, de la OTAN, y con Jerry Masterson, de la CIA. Esperamos instrucciones.

Minutos después, desde la flota les ordenaban:

—Tesla 24, mantengan sus posiciones y escolten al Su-27 hasta la base aérea de Dhahran. Coordenadas: veintiséis, dieciséis, quince, norte; cincuenta, once, treinta y cuatro, este.

—Aquí Tesla 24. Recibido. Procedemos.

Se le indicó a Al-Saud que se elevara a un nivel de vuelo 335, esto es, unos treinta y tres mil seiscientos pies —alrededor de diez mil doscientos metros—, y que mantuviera el rumbo. Al-Saud respondió afirmativamente y agregó:

—Tesla 24, aquí Caballo de Fuego. Solicito una ambulancia en pista. Mi copiloto está herido. Necesita asistencia médica.

Al momento del aterrizaje en la base aérea de Dhahran, el freno de aire instalado en la parte dorsal del Su-27, tras la cabina del copiloto, se elevó, al tiempo que se abrían los dos paracaídas de frenado. Los F-15 norteamericanos ejecutaron un vuelo rasante antes de recuperar altura y desaparecer en el firmamento.

En la pista, dos ambulancias y varios automóviles rodearon al Su-27. Eliah había previsto que la recepción no sería calurosa. Abrió las cúpulas de las cabinas y no esperó a que apoyaran la escalerilla para descender; saltó y cayó sobre la pista con una flexión de rodillas. Corrió hacia el empleado que se aproximaba para asistirlo, le arrebató la escalerilla y la apoyó a la altura de la cabina del copiloto. Trepó en dos saltos. Lo recibió un olor penetrante a bilis, evidencia del padecimiento de Matilde a causa de los cambios de presión, pese a llevar el traje anti-G. La máscara de oxígeno colgaba a un lado de su cara.

—¡Matilde! —Le quitó el casco, y la visión de su rostro pequeño y mortalmente pálido le cortó el aliento. El entramado de venas violetas y azules que cubría sus párpados había adquirido preponderancia sobre la piel mortecina.

—Estoy bien —la oyó murmurar, sin abrir los ojos—. No te pongas nervioso. Estoy bien. Muy mareada, eso es todo.

Los ojos de Al-Saud brillaron, y una sonrisa insegura le hizo temblar las comisuras. Se deshizo del casco con impaciencia y lo enganchó en el soporte de la escalerilla. Se inclinó sobre Matilde con actitud delicada, más bien solemne, y la abrazó.

—Mi amor, amor mío, amor de mi vida —le susurró, con acento congestionado, y alternaba sus palabras con besos enfebrecidos—. Matilde, mi amor. Tenía tanto miedo... Creí que... Te amo, Matilde. Eres mi orgullo. Mi vida. —Desde abajo, le ordenaron que permitiera el acceso a los paramédicos—. ¡Yo la bajaré! —respondió, furioso. A Matilde le habló con dulzura—: ¿Puedes bajar, mi amor? Yo te ayudo a incorporarte. ¿Puedes?

—Sí.

En la pista, casi se produce una escena cuando el jefe de la base intentó impedir a Eliah que acompañara a Matilde en la ambulancia.

—Tenemos orden de retenerlo aquí, en la base. ¡Usted huyó con dos aviones, alteza!

—¡Tendrán que matarme para retenerme!

—¡Es una orden directa del comandante Abdul Rahman!

—¡Entonces, pídale autorización a mi tío Abdul para dispararme! —Dio media vuelta y trepó en la ambulancia.

16

Acodado sobre la ventanilla del Bombardier Challenger 604, el general Anders Raemmers fijaba la vista en el colchón de nubes con una cara impasible que escondía el estupor que lo dominaba desde que había recibido el llamado de Jerry Masterson, el jefe de la CIA para los asuntos en Medio Oriente. «Caballo de Fuego está vivo», le había soltado.

Interrumpido el contacto con Al-Saud a mediados de febrero y a medida que pasaba el tiempo y no obtenían información, las esperanzas de volver a verlo con vida se esfumaban. El 27 de febrero se habían enterado del robo del Su-27 y del F-15, y la preocupación había alcanzado niveles alarmantes. Ese día, martes 2 de marzo volaba hacia Riad para reunirse con Caballo de Fuego.

Raemmers esbozó una sonrisa al reflexionar que debería haberse fiado de la capacidad de su mejor agente. No veía la hora de reencontrarse con él y de obtener un *debrief*, en especial quería saber si la amenaza atómica aún pesaba sobre sus cabezas. Se incorporó al ver a su asistente aproximarse con el teléfono encriptado en la mano.

—Su comunicación, general.

—¿Has dado con Caballo de Fuego?

—Está al teléfono —confirmó el secretario, y le entregó el aparato.

—¡Caballo de Fuego!

—General Raemmers, ¿cómo está?

—¿Cómo estás tú, muchacho?

—Vivo.

—No soy un hombre creyente, lo sabes, pero me nace decir que esto es un milagro. —Al-Saud guardó silencio—. ¿Dónde estás ahora?

—En Riad, en el palacio real. Mi tío Fahd quería que le explicara personalmente cómo habían sido las cosas. No estaba muy feliz con el robo de los aviones. Sigue molesto porque perdió un F-15.

—Ya me lo explicarás a mí y yo hablaré con tu tío. Nos vemos en... —Raemmers consultó la hora—. Estaré allí antes del mediodía.

—¿Dónde nos reuniremos?

—Un asistente del jefe del servicio de inteligencia irá a buscarme al aeropuerto. Supongo que él ha previsto el sitio de nuestra reunión.

Al-Saud colgó el teléfono y se quedó sentado en el borde de la cama, los codos sobre las piernas y la cara entre las manos. Raemmers tendría que explicarle muchas cosas al rey Fahd y convencerlo de que su sobrino no intentaba bombardear Riad cuando los F-15 norteamericanos lo interceptaron en el cielo iraquí.

La alfombra absorbió el sonido de los pasos de Matilde, que permaneció contemplándolo desde el umbral de la habitación. Le observó las manos sin uñas y apretó los puños de modo inconsciente. Su mente le jugaba malas pasadas y la obligaba a imaginarlo en la cámara de tortura, padeciendo un sufrimiento intolerable. Se le congestionó la cara, la garganta se le endureció y el corazón le latió ferozmente. Estaba enojada con él por haber aceptado la misión que le había causado tanto daño. Por su parte, Eliah estaba enojado con ella por haber arriesgado la vida para salvar al pequeño Mohamed, lo que le había dado notoriedad en la prensa y, por ende, les había marcado a Anuar Al-Muzara y a Udo Jürkens su ubicación. El secuestro en la casa del Silencioso había exacerbado la presencia de Matilde en las pantallas televisivas, donde su rostro se había repetido tanto como el día del acto de arrojo en Gaza. Ahora que los medios se habían enterado de su rescate, aguardaban en Ammán el permiso del gobierno saudí para lanzarse sobre Riad como una jauría hambrienta. Las especulaciones en torno a la pediatra argentina de Manos Que Curan eran incontables.

Matilde suspiró. Quería hacer las paces con Eliah después de tantas penurias y sufrimiento. En el hospital de Dhahran, donde sólo habían pasado unas horas, Al-Saud se mostró solícito y preocupado, y se lo pasó hablando con los médicos, con unos militares y por teléfono. La discusión estalló mientras volaban hacia Riad en el avión privado de Turki Al-Faisal, cuando Al-Saud le confesó que había estado en Bagdad en una misión de espionaje. No ofreció más detalles porque desconocía si en el avión había micrófonos plantados.

—Me dijiste que te ibas al Mato Grosso —le reprochó Matilde.

—No podía decirte la verdad.

—¿Por qué?

—Porque era un secreto de Estado.

—¡Por qué aceptaste una misión tan riesgosa! —se enfureció.

—Porque si no lo hacía, no nos dejarían en paz. Tú no sabes de estas cosas, Matilde. Tu imprudencia, la de lanzarte a salvar a ese niño en Gaza como si fueras la Mujer Maravilla, podría habernos costado la vida. Para mí habría sido más fácil actuar si tú no hubieras estado secuestrada en Base Cero, rodeada de peligros. ¡Casi pierdo la cabeza pensándote en manos de Jürkens o del hijo de Saddam Hussein!

—¡Yo no tengo la culpa de nada! ¡No acepto que me culpes a mí por haber salvado a un pobre chiquito! ¡Quiero que me expliques todo! ¡No entiendo nada!

—¡No! —la acalló Al-Saud—. No te explicaré nada. No ahora.

Se echaron sobre los respaldos de los asientos con semblantes enfurruñados y no volvieron a cruzar palabra. En Riad, Turki Al-Faisal fue a buscarlos al aeropuerto y los esperó la final de la escalerilla. Desde la puerta del avión, Al-Saud avistó dos automóviles negros, de seguro con agentes de la *Mukhabarat* saudí; no le perderían la pista hasta que la situación se aclarara.

Los primos se dieron un abrazo. Matilde no los comprendió mientras hablaban.

—Lamento haber tenido que llevarme el Su-27. Por fortuna, lo he traído sin un rasguño.

—Sé que lo hiciste por una buena razón. Ya me contarás todo. —Los ojos grandes, oscuros y de pestañas tupidas de Turki se clavaron en Matilde, que se sintió agradecida por la sonrisa del hombre—. Preséntame a tu mujer, Aymán —pidió en francés—. La conozco gracias a la infinidad de veces que he visto su fotografía y su hazaña en Gaza por televisión, pero ahora confirmo que es mucho más bonita.

—Gracias, pero sé que tengo un aspecto cadavérico.

Intercambiaron unas palabras antes de que Turki Al-Faisal extrajera un pañuelo del interior de su chamarra.

—Matilde, tienes un cabello deslumbrante. Lamento tener que pedirte que te lo cubras.

Extendió la tela de seda negra y la colocó sobre la cabeza de Matilde.

—Yo lo haré —intervino Al-Saud, de talante parco, y le quitó los extremos del pañuelo para amarrarlo bajo el mentón de Matilde. Ésta elevó la mirada hasta toparse con los ojos duros, a medias ocultos bajo los párpados.

—Siento tener que cubrirte —expresó Al-Saud en español, y en su voz no había rastro de remordimiento ni dulzura.

—Está bien.

—Aymán, tío Fahd ha dispuesto que te hospedes en el palacio —informó Turki, en árabe—. A Matilde, tengo instrucciones de llevarla a casa de tía Fátima.

—No me separaré de mi mujer, Turki —manifestó en árabe—. Yo también iré a casa de mi tía.

—¿Y transgredirás una orden del rey?

—Mi mujer y yo acabamos de ver la muerte a la cara, Turki, y todo por salvar el pellejo de los saudíes. —El primo de Eliah levantó las cejas ante el misterioso comentario—. Créeme cuando te digo que en este momento no siento ninguna inclinación por acatar las órdenes de nadie, en especial si pretenden apartarme de Matilde.

—Está bien. Aguarda. Llamaré al asistente de tío Fahd.

Después de una serie de llamados, Al-Faisal se aproximó con una sonrisa.

—Tío Fahd ha aceptado que lleves a tu mujer al palacio, siempre y cuando se mantenga en los confines de tu habitación.

Al ingresar en el predio que circundaba la vivienda del rey, Matilde, a pedido de Al-Saud, se cubrió por completo con el pañuelo, aun la cara. Lo hizo sin pronunciar palabra, no tenía fuerzas para discutir, ni siquiera para mostrarse ofendida. Después de haber compartido más de cuatro meses con los gazatíes, conocía las costumbres musulmanas y la ineficacia de cuestionarlas.

Un séquito de sirvientes uniformados los guió a través de pasillos y de jardines que desmentían la geografía desértica de la capital saudí. Matilde lamentaba el distanciamiento con Eliah porque necesitaba la fuerza de sus brazos; a cada paso presentía que se desmoronaba. Una puntada le taladraba el sector derecho de la cabeza y el vacío en el estómago se había convertido en una bola de fuego.

Las habitaciones, tres estancias de dimensiones generosas, ponían de manifiesto la riqueza del rey Fahd. En tanto Matilde las estudiaba, Al-Saud cruzó unas palabras con los sirvientes y los despidió. Lo oyó aproximarse y se mantuvo de espaldas, simulando interés en el jardín que observaba tras un ventanal.

—Haz lo que quieras. Come, báñate, duerme. Yo tengo que hacer varias llamadas telefónicas. Estoy seguro de que el rey querrá verme.

La lastimaba su enojo y su dureza. Después de lo que acababan de vivir, lo único que Matilde añoraba eran sus besos y el vigor de su cuerpo. ¿Por qué le costaba entenderla? ¿Cómo podía pensar, conociéndola como la conocía, que ella no haría lo imposible para salvar a Mohamed? ¿Por qué no la aceptaba como era? Al ensayar respuestas, comprendió que ella tampoco lo aceptaba con su naturaleza indomable de Caballo de Fuego. Le había reprochado ácidamente que hubiera aceptado una misión que a cualquiera habría espantado excepto a un hombre como él.

Decidida a pedirle perdón, entró en la sala y lo encontró al teléfono; hablaba en voz baja. Inclinado sobre sus piernas, Al-Saud clavaba el codo en una pierna y se cubría los ojos con la mano. Se dio cuenta de que hablaba en francés y le pareció que lo hacía con alguien de confianza, tal vez con Alamán. Se retiró y decidió darse un baño. En el hospital se había higienizado malamente; se sentía sucia y maloliente después de sus días de cautiverio y de los vómitos en la cabina del Su-27. Al terminar, se envolvió en una bata de toalla, se cepilló el cabello húmedo y regresó a la sala. Eliah todavía estaba al teléfono con una actitud tan abstraída y un ceño tan pronunciado que no se atrevió a revelarle su presencia. Lo esperaría en la habitación. Se recostó en la cama y se quedó dormida.

Al despertar, no sabía dónde estaba ni qué hora era. Aún dominada por la pesadilla que la había despabilado, recordó a Al-Saud metiéndola bajo las sábanas y besándola en la frente y en la mejilla. Deseó que no se tratara de un sueño. Giró y advirtió que el otro lado de la cama estaba revuelto. A Eliah, sin embargo, no se lo veía por ninguna parte. Se ajustó la bata y caminó hacia la sala, guiada por el sonido de su voz, que la tranquilizó y la colmó de alegría. De nuevo lo halló al teléfono. Esta vez decidió esperarlo. No quería perder más tiempo, el distanciamiento estaba volviéndose intolerable. Lo vio depositar el auricular sobre el teléfono y adoptar una postura que comunicaba un ánimo abrumado. Sus manos lastimadas, sin uñas, la sumieron en un pozo de angustia. ¿Tendría otras marcas en el cuerpo? Le pareció ridículo el modo en que se habían evitado y tratado desde la llegada a Riad.

—Eliah, mi amor —susurró, con voz afectada.

Al-Saud levantó la cabeza rápidamente. Se miraron con una fijeza elocuente; la intensidad del intercambio vibró en el mutismo. Para ambos, la visión del otro se tornó borrosa. Matilde —su cabeza un torbellino de imágenes de Eliah durante la tortura— rompió a llorar. Si bien luchó por reprimirlo, la fuerza del sentimiento se abrió paso y destruyó su contención. Al-Saud cruzó en pocas zancadas el espacio que los separaba, la empujó contra la pared y la cubrió con su cuerpo y sus brazos. Le siseó para calmarla y le acarició el cabello.

—¡No lo soporto! —admitió Matilde, en un murmullo tartamudo y ahogado.

—¿Qué es lo que no soportas?

—¡Que te hayan hecho tanto daño! ¡Que hayas sufrido tanto! ¡No sé si podré vivir con esas imágenes en mi cabeza! ¡Me van a volver loca!

Al-Saud no atinó con una respuesta. Inspiró profundamente para reprimir la oleada de llanto. Debía conservar la calma para apaciguar a Matilde.

—¿Por qué no pensaste en mí cuando aceptaste ir a Bagdad?

—Tú no pensaste en mí cuando te convertiste en el escudo humano del niño palestino. Tampoco pensaste en Kolia ni en Jérôme.

—¡Pensaba en Jérôme! —La declaración fue seguida por un grito angustioso que conmocionó a Al-Saud—. ¡Pensaba en él! ¡Todo el tiempo pensaba en él!

La condujo a un sofá en la sala contigua, donde la acomodó sobre su pecho. Matilde fue aquietándose gracias a los murmullos y a las caricias de Eliah. Se miraron. Al-Saud se inclinó y le besó la nariz enrojecida. Matilde suspiró y se sacudió a causa de un escalofrío.

—Mientras cubría a Mohamed con mi cuerpo y sentía que las balas zumbaban cerca de nuestras cabezas, le pedía a Dios que si mi Jérôme tenía que pasar por algo similar, que hubiera alguien que lo protegiera como yo estaba haciendo con ese chiquito palestino.

Al-Saud ajustó los brazos en torno a Matilde y le apoyó los labios temblorosos en la cabeza. No podía hablar. Segundos después, contenida la fuerte emoción, se apartó para observarla.

—Mi niña valiente —expresó en francés—. Mi guerrera sin escudo ni armas. Mi guerrera con estetoscopio —rio.

—Eliah, no sé cómo decirte algo.

—¿Qué? —se alarmó—. Dime lo que quieras, mi amor.

Matilde se incorporó, se pasó las mangas de la bata por los ojos y carraspeó.

—Tu amigo, Gérard Moses... Él... —Al-Saud vio cómo los ojos de Matilde se anegaban—. ¡Lo maté, Eliah! ¡Yo lo maté!

—¡Dios mío! —Al-Saud la estrechó con fiereza para calmar los estremecimientos de Matilde—. ¿A qué te he sometido? ¿Qué has tenido que padecer?

—Quería matarme. Estaba ahorcándome. No podía respirar. No podía. ¡Te lo juro!

—¡Te creo, te creo! —repetía Al-Saud—. Dios mío, no.

—Me decía que le pertenecías. Que no dejaría que te sacrificaras por mi culpa.

—Estaba loco. La enfermedad lo había trastornado.

—Yo tenía un cuchillo que Udo me había dado y... —Matilde reanudó el llanto, uno sin vigor, casi silencioso, que partió el corazón de Al-Saud.

—Matilde, no llores, mi amor. Hiciste lo que tenías que hacer. Sé que para ti, una médica, resulta insoportable haberle quitado la vida a un ser humano. Pero iba a matarte. ¡Dios mío, Matilde! Si algo malo te hubiese sucedido, yo... —La voz se le cortó abruptamente. Matilde le observó la nuez de Adán, que subía y bajaba, mientras Al-Saud sojuzgaba la turbación.

—¿Por qué, Eliah? ¿Por qué tuvo que pasar todo esto? —Le tomó la mano y le besó los dedos sin uñas—. ¿Por qué los seres humanos nos hacemos tanto daño? No soporto pensar que asesiné a tu mejor amigo, tu amigo de la infancia.

—Matilde, no quiero que te sientas culpable. Ahora sé que nunca conocí la verdadera naturaleza de Gérard. Era inteligente, brillante y muy hábil. Siempre se ocultó. Me mostró una cara, la otra la escondió. Estaba enfermo, y no me refiero a la porfiria. Era un psicópata. Él mandó matar a Roy Blahetter. —Matilde salió del cobijo de Al-Saud y se reacomodó en el sillón—. Él mandó matar a Samara.

—¡Qué! ¿Cómo? ¿Él te lo dijo?

—Gérard fue a verme a mi celda en Base Cero. Lo noté diferente. Había cambiado. La fachada tras la cual se escondía desde hacía años había comenzado a llenarse de fisuras. Lo noté agobiado. Tal vez estaba harto de actuar. Me contó que siempre había estado enamorado de mí. Yo no sabía que era homosexual. Había creído que no quería meterse en una relación seria con una mujer a causa de la porfiria, que es hereditaria. Él me dijo una vez que su enfermedad moriría con él. No admitió abiertamente haber mandado asesinar a Samara, pero vi la aceptación en su cara.

—Eliah, quiero contarte todo, desde el secuestro hasta que Udo me llevó a la pista. Y quiero que después tú me cuentes todo, por qué aceptaste una misión en Bagdad y por qué te secuestraron. Estoy muy confundida.

—Sí, te contaré todo, pero antes necesito un café y algo para comer —dijo, y se inclinó sobre el teléfono. Marcó el cero y habló en árabe.

⁛ ✂ ⁛

Antes de la entrevista con el jefe del servicio de inteligencia saudí y con los ministros más importantes, el general Raemmers pidió hablar con Eliah Al-Saud. Caminaron por los jardines internos del palacio. Matilde los observaba desde la ventana, oculta tras la espesa cortina de shantú de seda.

—¿Quién me delató? —exigió saber Al-Saud.

—Por las averiguaciones que pudimos hacer desde que desapareciste, creemos que alguno de la brigada de las Fuerzas Especiales de la As-Saiqa les reveló que no eras Kadar Daud.

–Fueron a buscarnos a la pensión y nos llevaron a un sótano que llaman «el gimnasio», en el edificio de la *Amn-al-Amm*. Medes tragó el veneno. A mí me torturaron.

–Lo siento, Eliah.

Al-Saud guardó silencio. Raemmers no se atrevía a preguntarle qué le habían hecho, aunque sabía, por los informes que recibían en *L'Agence*, que, después de los sirios, los iraquíes contaban con los torturadores más crueles de Oriente Medio.

–Lo siento de verdad –insistió–. He vivido una pesadilla desde que perdimos contacto con ustedes. Los transmisorcs dejaron de emitir la señal.

–El mismo día en que nos tomaron prisioneros, a mí me hicieron un tajo en la pierna y me lo extrajeron. Habrán hecho otro tanto con el de Medes, en el hospital, donde lo llevaron para intentar reanimarlo después de que tragó la tetrodotoxina.

–¿Qué sucedió después?

–Podría decir, general, que ocurrió eso que usted mencionó esta mañana por teléfono: un milagro. Donatien Chuquet, uno de mis antiguos instructores en *L'Armée de l'Air*, trabaja para los Hussein, adiestrando pilotos. Uday Hussein y Chuquet se han hecho amigos y comparten un gran pasatiempo: ver torturar a los enemigos del régimen en la mesa del gimnasio. Chuquet me reconoció y, como necesitaban un piloto para arrojar una bomba sobre Tel Aviv, le pidió a Uday que me salvara. Pasé una temporada en un hospital y después fui llevado a Base Cero, el centro donde funcionan las centrifugadoras construidas gracias al diseño del ingeniero nuclear argentino, Roy Blahetter. Allí estaban el terrorista Udo Jürkens o Ulrich Wendorff y su jefe, el profesor Orville Wright, cuyo nombre verdadero es Gérard Moses.

–¿Moses? Suena judío.

–*Es* judío. Su padre es uno de los sionistas más poderosos de Francia. Hace años que vive en Israel, donde pertenece a la élite influyente y rica. Su hijo, Shiloah, maneja dos de los periódicos de mayor tiraje, *El Independiente* y *Últimas Noticias*, y ahora ocupa un escaño en el *Knesset*. Tanto Shiloah como Gérard son amigos míos de la infancia. –El general se frenó y levantó la vista del suelo para clavarla en Al-Saud–. Así es, general, son dos de mis mejores amigos. Gérard era una persona muy especial. Sufría una enfermedad que había heredado del padre, una enfermedad rara, cruel. Se llama porfiria. No podía exponerse a la luz solar, no hacía una vida normal. Odiaba a su padre por haberle transmitido la enfermedad y a su hermano por ser sano. Estoy seguro de que quería destruirlos bombardeando el corazón del sueño sionista: Tel Aviv-Yafo.

–Hablas de Orville… de este tal Moses como si hubiera muerto.

—Murió, general. Lo maté en Base Cero.

Raemmers asintió y retomó la caminata.

—¿Para cuándo está previsto el bombardeo?

—Estaba previsto para ayer, 1° de marzo. Por fortuna, mi mujer y yo pudimos escapar en el Su-27. La habían secuestrado para obligarme a lanzar la bomba atómica sobre Tel Aviv. Chuquet me siguió en el F-15 y se eyectó antes de que el Vympel que le lancé lo alcanzara.

Al-Saud prosiguió con los detalles de los días vividos como guardaespaldas de Kusay y en cautiverio. Pocos habían conocido el ámbito de Saddam Hussein desde una posición tan íntima y ventajosa, y brindó información que hizo levantar las cejas al general danés. Al final, Raemmers le pidió el dato que Al-Saud había memorizado porque sabía que sería la revelación más valiosa que le proporcionaría a *L'Agence*: las coordenadas de Base Cero.

—Base Cero —dijo Al-Saud— está enmascarada en el paisaje de la zona norte. Tiene al menos dos entradas que se disimulan en la montaña. Resulta algo increíble. Para regresar a Irak, después de robar los aviones, tuvieron que confiarme la ubicación de la base aérea subterránea. Yo sabía que, por conocer esa información, era hombre muerto. Si me salvaba después de invadir el espacio aéreo israelí, ellos me matarían para que me llevara a la tumba el secreto mejor guardado del *rais*.

—Santo cielo. Una base aérea subterránea. ¿Cómo carajo hacen para que despeguen los aviones?

—Usan una tecnología similar a la de los portaaviones, pero mejorada.

—¿Cuántas bombas llevan construidas?

—No lo sé. Tenían al menos dos, las que estaban a punto de cargar en nuestros aviones para proceder al bombardeo. General, si atacasen la base, el riesgo de exponer al norte de Irak a las radiaciones sería altísimo.

—Nuestros expertos están desde ayer pensando en la mejor forma de enterrar esa maldita base sin producir un daño de proporciones insospechadas. Se habla de una implosión, que la sepulte para siempre, junto con sus secretos nucleares.

—General, no será fácil acceder a la base, aun conociendo las coordenadas. No puedo confirmar esta información, pero escuché que existe una conexión subterránea entre Base Cero y uno de los palacios de Hussein, el que se encuentra en Sarseng.

—Sarseng —repitió Raemmers, y tecleó el nombre en su agenda electrónica—. Lo haré investigar.

—¿Qué pasará con el invento de Roy Blahetter? Todo se perderá.

—Es el costo que tendremos que pagar.

Al-Saud le dispensó un vistazo incrédulo. Le costaba creer que Occidente se resignaría a perder un invento que habría revolucionado la producción de energía nuclear, sin mencionar el incremento en los arsenales de bombas atómicas. Estimó que Raemmers, ahora que conocía la verdadera identidad de Orville Wright, intentaría encontrar una copia de los planos y de las fórmulas.

—Caballo de Fuego, habiéndote perdido a ti, ¿crees que los iraquíes serán capaces de concretar su plan de bombardeo en el corto plazo?

—No, general. Podrían conseguir nuevos pilotos, pero no cuentan con aviones para hacerlo. Saben que robarlos no es tarea fácil.

—Lo habían intentado dos veces antes de obligarte a hacerlo a ti. ¿Cómo está tu mujer?

—Ha pasado por una experiencia traumática, pero está bien.

—En un principio, pensamos que, dada la popularidad que había adquirido después de salvar al niño palestino, los de Hamás la querían para pedir rescate.

—No lo pidieron cuando secuestraron a los soldados israelíes —señaló Al-Saud.

—Es cierto, y uno de ellos sigue cautivo. Pero el caso de tu mujer era distinto, ella no tenía ninguna conexión con la causa, simplemente había saltado al estrellato por haber protagonizado un acto heroico. Sin embargo, pasaban los días y Manos Que Curan no recibía el pedido de rescate. Empezamos a sospechar que tenía que ver contigo, aunque yo lo supuse desde un principio. Sabes que, en este mundo en el que me muevo, no se puede creer en las casualidades. Tu desaparición en Bagdad y el secuestro de ella estaban relacionados. —Pausó en busca de la inflexión necesaria para cambiar el tono y suavizar el gesto—. Tu mujer es muy valiente, Caballo de Fuego. La filmación que la captó protegiendo a ese niño en Gaza es suficiente para demostrar lo que digo. —Al-Saud asintió con aire neutro—. La Diana me llamó apenas se produjo el secuestro.

—Matilde me ha contado muy por encima los detalles del secuestro. Me dijo que La Diana no estaba cuando los de las Brigadas Ezzedin al-Qassam entraron a la casa del Silencioso.

—Así es. Se había alejado de la casa. No creo que hubiera podido hacer mucho. Los terroristas eran muchos y arrojaron una cantidad excesiva de granadas lacrimógenas antes de irrumpir en la casa del escritor. Tus socios estuvieron de acuerdo con que la asignásemos a una misión en Serbia, junto con su hermano Sándor. Un traficante de drogas de ese país mantiene contactos con Al-Muzara. Lo usaremos para llegar a él.

«Anuar Al-Muzara es mío», masculló Eliah para sí.

—No quiero de regreso a La Diana en la Mercure, general. Traicionó mi confianza alejándose de su puesto de trabajo, descuidando la seguridad de mi mujer y abandonando a su compañero. ¿Cómo está Markov?

—Eliah —dijo Raemmers, y, al emplear su verdadero nombre, le dio a entender que le comunicaría una mala noticia—, Sergei Markov murió durante el secuestro. Tu amigo, Sabir Al-Muzara, también.

La noticia lo golpeó con la misma intensidad de las descargas eléctricas en los testículos. Se quedó rígido, transido de sorpresa, de dolor y de pena.

—Fue una masacre. A excepción del imam Yusuf Jemusi y de la periodista israelí Ariela Hakim, todos fueron asesinados. Caballo de Fuego, ahora tengo que dejarte.

Al-Saud asintió.

—General —lo detuvo—, ¿dónde está Ariel Bergman?

—En Tel Aviv. Como imaginarás, tu familia no le iba a permitir el ingreso a Arabia como lo hizo conmigo, con Masterson y con Seigmore. Está esperando su oportunidad para agradecerte y felicitarte por la misión que llevaste a cabo. Por otro lado, está gestionando algún tipo de reconocimiento por parte de su gobierno, secreto, por supuesto, pero reconocimiento al fin. Caballo de Fuego, los israelíes saben que te deben que su pequeño y adorado país continúe en el mapa.

⁓ ❦ ⁓

Al-Saud regresó a la habitación y abrazó a Matilde sin palabras. En ella se purificaba. Matilde le devolvía la fe en la raza humana. Si ella existía, entonces había esperanza.

—Mi amor, no tengo buenas noticias. —Matilde intentó apartarse y él la sujetó para que permaneciera en sus brazos—. Markov murió durante el secuestro. Shhh —susurró Al-Saud cuando Matilde emitió un sollozo—. Sabir... Él también murió.

—¡Murieron por mi culpa! ¡Por qué, Dios bendito! ¡Por qué!

—¡No murieron por tu culpa! —Al-Saud la sujetó por los hombros y le apretó la carne—. Matilde, por favor, mírame. —Las pestañas de ella, pesadas de lágrimas, se elevaron con lentitud—. Matilde —articuló Al-Saud, obnubilado por la tristeza y por la bondad que con tanta claridad comunicaban los ojos de su mujer—. Matilde... Si algo te hubiera pasado... Si te hubieran... Yo... —El nudo en la garganta le cortó la voz. La pegó a su pecho dominado por una emoción violenta y la abrazó hasta sentir la sinuosidad de sus costillas. Matilde rompió a llorar de nuevo, y él no hizo esfuerzos por contenerse; lloró sin esconder los sentimientos y los temores, expuesto y desnudo como no se habría permitido presentarse ante nadie, excepto ante ella.

Fueron calmándose, y sus bocas húmedas y saladas de lágrimas se buscaron guiadas por el instinto para fundirse en un beso exasperado, que fue extinguiéndose y mezclándose con suspiros cansados y restos de llanto. Se acomodaron en un sillón y se miraron sin hablar.

—*Je t'aime, Matilde*. Soporté todo lo que soporté sostenido por la esperanza de volver a verte como estoy viéndote ahora. Y cuando en un momento deseé morir… —Matilde se mordió la mano para no bramar de dolor y de rabia—. No sufras por mí. Todo va a quedar en el pasado. Si te tengo conmigo cada día, ningún recuerdo de esos momentos vividos en Irak volverá para atormentarme.

—Voy a estar contigo cada segundo de lo que me quede de vida, te lo juro por las vidas de Jérôme y de Kolia.

—Mientras me torturaban, no tenía miedo de morir. Sentía una gran tristeza porque tú y yo no podríamos compartir la escena de la piscina en nuestra casa. Pero no tenía miedo. De algún modo, tú estabas conmigo. Cerraba los ojos y te veía. Y sabía que iba a verte cuando todo acabara.

—Amor mío. Eliah, gracias por haber vivido. ¿Qué sería de mí si hoy no estuvieras aquí? Creo que no tendría deseos de seguir viviendo.

—¿Y Kolia? ¿Y Jérôme?

Matilde sonrió con una mueca amarga.

—Sí, por ellos lo haría, pero nunca volvería a ser feliz. No sin mi Eliah.

—Amor mío. —Al-Saud le pasó el dorso de los dedos por el filo de la mejilla—. Tesoro de mi vida.

—Eliah, quiero que me cuentes la verdad. La quiero completa. Me has contado retazos y no entiendo nada. Quiero saber todo, desde el principio.

—El principio —suspiró Al-Saud—. Es una trama tan compleja. No sé por dónde empezar. Tal vez debería hacerlo por *Matilde y el caracol*, que ocultaba los planos de un invento revolucionario en materia nuclear creado por Blahetter.

Por fortuna, nadie tocó a la puerta, tampoco sonó el teléfono durante las dos horas que Al-Saud empleó para explicar a Matilde los hechos que los habían conducido a vivir una aventura de película.

—¿Cómo llegaste a saber que el invento de Roy estaba en manos de Saddam Hussein?

—Alguien del entorno cercano de Hussein me lo confesó.

—¿Quién?

Al-Saud la miró con fijeza, mientras se debatía entre hablarle del rol de Aldo Martínez Olazábal o de callar esa parte de la verdad.

—Tu padre, mi amor.

—¿Qué? —Matilde tomó distancia—. ¿Mi papá? ¿Estás delirando? ¿Mi papá del entorno de un monstruo como Saddam Hussein?

—Matilde, tu padre y Rauf Al-Abiyia eran socios. Desde hace muchos años, desde que salieron de la cárcel, se han dedicado al tráfico de armas.

—¿Qué?

—Déjame terminar. Rauf Al-Abiyia era traficante antes de caer preso. De hecho, lo encarcelaron por vender armas en la Argentina. En mayo del año pasado, tu papá estaba en el Congo, en la casa de Gulemale, donde iba a cerrar un negocio para la compra de uranio para Irak, uranio que enriquecerían con la centrifugadora de Blahetter. Alamán y yo lo sacamos de lo de Gulemale porque esa noche los del Mossad, más específicamente Ariel Bergman, el hermano del coronel Lior Bergman, tenía órdenes de secuestrar a tu padre y, después de sacarle información, matarlo.

—¡Dios mío! ¡Eliah!

—Desde fines de mayo, tu padre está escondido en un sitio muy seguro para que los del Mossad no lo toquen. También lo buscan los iraquíes.

—¿Por qué?

—Porque tu padre conoce los secretos más peligrosos de Irak, porque está al tanto de todo. Como te digo, fue él quien me previno de que la centrifugadora había caído en manos de Saddam. Matilde, mi amor —Al-Saud la atrajo de nuevo hacia él y le habló con pasión cerca del rostro—, no juzgues a tu padre. Si no fuera por él, por lo que me contó, hoy tal vez Hussein habría lanzado dos bombas atómicas, una sobre Tel Aviv y otra sobre Riad. Juana, Shiloah y toda mi familia paterna estarían muertos.

Matilde lloró apoyada sobre Al-Saud. Un cansancio que le caló los huesos le impidió levantar la cabeza del hombro de Eliah para hablar. Lo hizo en susurros débiles.

—Siempre supe que mi papá no andaba en buenos pasos. Todo ese dinero, tanto lujo, tantos viajes, todo conseguido tan rápido. Nada de eso podía salir de un negocio legítimo.

—¿Te gustaría verlo?

—Sí. Lo extraño y necesito hablar con él, que me explique.

—Yo te voy a llevar.

—¿Cuándo?

—Muy pronto.

Después de una comida y de una siesta, Matilde recobró en parte el ánimo. Eliah estaba bañándose y preparándose para una cena con su tío, el rey Fahd, de la cual ella no participaría. La invitación había sido entregada junto con tres cosas: la bandeja del almuerzo, un atuendo para Eliah a la usanza árabe y la ropa limpia y planchada con la que habían llegado de Irak.

Por primera vez desde su llegada al palacio, Matilde se decidió a ver la televisión. Hasta el momento, había elegido preservarse en la ignorancia. Pasaba de un canal a otro, buscando noticias de Sabir Al-Muzara, el más joven de los premios Nobel, asesinado el lunes 22 de febrero, sólo ocho días atrás. Su fotografía, de mirada esquiva y sonrisa bondadosa, dominaba las imágenes de la mayoría de los programas, y arrancaba sollozos a Matilde. «Sabir, amigo mío», susurraba, y, en un arranque de dolor, corrió hacia el aparato y apoyó la mano sobre el rostro tan querido. Dada la severidad del régimen saudí, estaban prohibidos los canales extranjeros, por lo que no comprendía nada, apenas algunas palabras sueltas que Sabir le había enseñado. Pensó en la pequeña Amina, quien, por fortuna, seguía en Italia, al cuidado de Kamal y de Francesca.

También en los periódicos que les habían traído a la habitación —todos en árabe, excepto uno en inglés, el *New York Times*—, la noticia dominante la constituía la muerte del escritor y filósofo palestino Sabir Al-Muzara. Al hojear la publicación norteamericana, Matilde descubrió un artículo de Ariela Hakim, única superviviente de la masacre junto con el imam Yusuf Jemusi. Apagó la televisión y se acomodó para leer la nota de la israelí. A las primeras frases, lloró. *Adiós, amigo mío, defensor incansable de la paz, amante de la humanidad en la cual no encontrabas razas ni diferencias. Todos éramos iguales para ti. «Adiós, hermano palestino», te dice esta israelí que aprendió a amarte y a respetarte tanto como amé y respeté a mis padres, sobrevivientes del Holocausto. Tú también eres un sobreviviente. Porque, aunque te hayan arrebatado la vida, tus ideas de paz y hermandad permanecerán. Hoy son juzgadas como una utopía; mañana, se convertirán en una realidad, y tu muerte, tan prematura e injusta, no habrá sido en vano. Tú no eres un mártir, Sabir. Tú eres un héroe.*

❦

Al-Saud apareció vestido con la chilaba blanca y el tocado del mismo color ajustado con un cordón negro y dorado. Matilde se apresuró a secarse las lágrimas y a sonreírle. Estaba soberbio en la vestimenta tradicional y extraño sin el bigote. Caminó hacia él y le pasó el dedo por el labio superior y por la mejilla recién afeitada y fragante.

—Eres hermoso, magnífico. Éste es el sueño de toda mujer occidental: ser amada por un árabe de piel oscura y ojos verdes.

—¿Ah, sí? Pues le aseguro, señorita occidental, que usted es inmensamente amada por este árabe.

—Lo sé. Su amor es mi mayor tesoro, señor árabe.

—Matilde —el gesto de Al-Saud cobró seriedad, y su mirada se tornó intensa y oscura—, te prometo que ahora seremos felices. No veo la hora de regresar a París y de casarnos y empezar a vivir en paz con nuestros hijos.

—Sólo falta encontrar a Jérôme.

Tocaron a la puerta. Eran Kamal, Alamán y Shariar, los tres vestidos como Eliah. Una explosión de alegría llevó a Matilde a abrazar incluso al parco Shariar. Alamán la hizo dar vueltas en el aire y la besó varias veces en la mejilla, en tanto Eliah, que saludaba a su padre y a su hermano mayor, les lanzaba vistazos feroces.

—No voy a romperla —bromeó Alamán, para provocarlo—. Tu futuro esposo, querida Mat, es un pesado. —Se inclinó sobre su oído y le confesó—: Voy a ser papá.

Matilde emitió un gritito y volvió a colgarse del cuello de su cuñado.

—¿De cuántos meses está Joséphine?

—De dos.

—¡Qué alegría, Alamán! Es la primera buena noticia que recibo en mucho tiempo.

Tras los hombres de la familia Al-Saud, se habían deslizado cinco mujeres, las cuales, apenas cruzaron el umbral y con la puerta cerrada, se despojaron de las túnicas que las cubrían de pies a cabeza, desvelando una belleza típicamente oriental, de pieles oscuras y tersas, ojos grandes, remarcados con *kohl* y rímel para pestañas, labios generosos y delineados, cabelleras espesas y negras, y ropas costosas; Matilde entrevió unos Dolce & Gabbana, Carolina Herrera y Versace en las bolsas y en las prendas. Eliah las presentó como su tía Fátima y sus primas.

—Mi hermano Fahd nos pidió que te acompañáramos mientras Aymán cena con él —explicó Fátima en perfecto francés—, para que no te sientas sola, Matilde.

—Es muy considerado de su parte.

Una de las primas de los Al-Saud, Asalah, le entregó una bolsa con ropa y zapatos. Otra, de nombre Munira, le extendió una con efectos personales (peines y cepillos, lociones, perfumes, cepillo de dientes, toallas femeninas y desodorante).

—Muchas gracias —dijo Matilde—. No saben cuánto lo aprecio.

—Eliah me llamó por teléfono ayer —explicó Fátima— y me pidió que te comprara todo esto.

—Ayer hablé con Bondevik —intervino Al-Saud—. Me prometió que se ocuparía de enviar tus cosas a casa.

—¿Y mi pasaporte?

—Lo enviará acá. Llegará mañana o pasado.

Los hombres se despidieron. Eliah apartó un poco a Matilde y la besó largamente en la boca, lo que causó risas sofocadas a sus primas. Poco después de quedar solas, entraron unas mujeres filipinas de uniforme y les sirvieron la cena. Comieron y charlaron con entusiasmo. Las primas de Eliah le confesaron que, sin saber que ella era la futura esposa de Aymán, la admiraban por haberle salvado la vida al pequeño Mohamed; habían grabado la filmación de Al Jazeera y la reproducían a menudo. La admiraban también por haberse atrevido a estudiar medicina, lo cual estaba prohibido para las mujeres en Arabia Saudí, y por atreverse a ejercerla en sitios tan peligrosos como el Congo y la Franja de Gaza.

A pesar de haber convivido durante cuatro meses con las palestinas, Matilde se dio cuenta de que las saudíes vivían según reglas mucho más feroces y restrictivas. Comprendió por qué Kamal había elegido París para Francesca. A medida que el diálogo se profundizaba y que las primas de Eliah —Fátima mayormente guardaba silencio— le contaban acerca de las costumbres de la sociedad saudí, el asombro de Matilde crecía. Por ejemplo, para respetar los principios del *wahabismo*, en Arabia están prohibidas la danza y la música; a las mujeres no se les permite manejar automóviles y se las lapida cuando se las acusa de adúlteras. A los que roban, se les corta una mano; y la cabeza, a los que asesinan.

Se escandalizaba con lo que ella calificaba de aberraciones; no obstante, fingió circunspección, se limitó a asentir y alguna que otra vez se permitió levantar las cejas, ya que las primas de Eliah no emitían opiniones en contra de la realidad que el Islam *wahabita* las obligaba a vivir, sino que la describían con desapego. Matilde se preguntó si se expresarían con la misma parsimonia en caso de hallarse a miles de kilómetros de su país.

‹∴ ✸ ∴›

A la mañana siguiente, partieron hacia el oasis Al Ahsa. Matilde experimentaba una creciente alegría que la hacía sentir culpable debido a las circunstancias que acababan de vivir y a los amigos que acababan de perder. Tal vez se tratara de la influencia de Alamán y de la proximidad del encuentro con su padre después de tantos meses, casi un año, aunque en su corazón sabía que se relacionaba con lo que Eliah le había comunicado esa mañana mientras se vestían para partir: en dos días viajarían a Italia para buscar a Kolia y a Amina.

—¿A Amina? —se extrañó Matilde.

—Me gustaría que habláramos de esto con más tranquilidad. Tal vez esta tarde, en el oasis.

—No, dime ahora. ¿Qué pasa con Amina?

—Me dijo mi papá que Lafrange, mi abogado, que también lo era de Sabir, al enterarse de su muerte, se comunicó con ellos, porque no me encontraba a mí, para decirles que Sabir había dispuesto en su testamento que Amina quedara bajo mi tutela hasta la mayoría de edad.

—¡Oh!

—¿Qué opinas? —preguntó, con gesto aprensivo.

—¿Y la familia materna de Amina? ¿No querrán hacerse cargo de ella?

—Viven en Nablus y, por lo que Sabir me contó, son muy pobres. De hecho, él les enviaba una mensualidad. Dudo de que quieran sumar otra boca que alimentar. Estarán contentos sabiendo que a Amina no le falta nada. ¿Qué dices? —insistió.

—¿Qué digo? ¡Que estoy feliz de saber que Amina formará parte de nuestra familia! —Se abalanzó al cuello de Al-Saud—. Haremos feliz a Amina, se lo debemos a Sabir. Él adoraba a su hijita.

—¡Gracias, mi amor! Es tan importante para mí saber que cuento contigo.

—Siempre.

Al-Saud sonreía mientras escuchaba el parloteo de Matilde, que trazaba planes para cuando los tres niños estuvieran en la casa de la Avenida Elisée Reclus. Lo tranquilizaba verla entusiasmada y contenta después del martirio. Quería que las escenas del secuestro y las vividas en Base Cero quedaran sepultadas bajo cientos, miles de memorias felices; también deseaba que dejara de imaginarse las escenas de él a manos de los torturadores; ésas eran las que más la lastimaban.

Matilde se asomó en el vestidor, se sujetó al marco del umbral y se inclinó hacia un lado, en actitud juguetona y aniñada. El cabello, pesado y abundante, acompañó el balanceo, y Al-Saud evocó la tarde del 31 de diciembre del 97, en el aeropuerto de Ezeiza, cuando esos bucles dorados llamaron su atención y le cambiaron la vida. Un sentimiento poderoso, que lo desbordaba, le aceleró el pulso y se transformó en un calor que le abarcó el pecho.

—¿Te pusiste a pensar, Eliah, en que ya tenemos tres hijos? ¡Me cuesta creerlo!

Al-Saud, que se abotonaba el puño de la camisa, abandonó la tarea y se movió hacia ella como atraído por un imán.

—Voy a cumplir todos tus sueños, Matilde.

—Sólo falta uno.

—Ése también voy a cumplirlo.

Las pecheras de la camisa azul colgaban, abiertas, fuera del pantalón. Matilde deslizó las manos bajo la tela suave —seda, dedujo— y acarició, después de tanto tiempo, los pectorales de su amante. Notó una rugosidad y la tanteó. Al intentar abrir la pechera para investigar, Al-Saud le sujetó la muñeca y le alejó la mano.

—Todavía no es tiempo —declaró; dio media vuelta y se internó en el vestidor.

Después de unos segundos, Matilde comprendió. Avanzó decidida, se detuvo detrás de él y le pasó los brazos por la cintura; sus manos le acariciaron el vientre. Le habló con los labios pegados a la espalda, provocándole un estremecimiento cuando la humedad y la calidez de su aliento le alcanzaron la piel.

—Dejame ver las marcas que te quedaron. Quiero compartir todo contigo.

—No.

—Tenemos que hablar de esto. Tienes que contarme todo. ¡No puedes soportar esa carga tú solo!

—Sí, puedo.

—Prometo no ponerme mal, ni llorar. Quiero escucharte para ayudarte, como tú me ayudaste a mí cuando te dije que no podía tener relaciones sexuales.

—No es necesario para mí contarte eso. Quiero que lo olvides. Lo mismo quiero hacer yo. —Al-Saud se deshizo del abrazo y, sin volverse, la apremió a que terminara de vestirse—. Mi viejo y mis hermanos vendrán a buscarnos en menos de quince minutos.

Matilde se instó a no angustiarse, y, mientras caminaban hacia la Range Rover que los conduciría al oasis, tomó la mano de Al-Saud y le sonrió, lo cual le borró, como por ensalmo, el gesto oscuro, enojado y de cejas apretadas.

En la cuatro por cuatro, compartían la parte posterior con Kamal; Alamán conducía y Shariar ocupaba el sitio del copiloto. Matilde reía con las anécdotas de Kolia que el abuelo no se cansaba de relatar. Contagiaban el amor y el orgullo que Kamal comunicaba con cada palabra. Al-Saud, que no soltaba la mano de Matilde, los oía conversar y recibía las oleadas de alegría de Matilde como una brisa fresca en un día bochornoso, sin prestar atención a lo que se decía acerca de su hijo. Rememoraba la cena de la noche anterior con su tío, el rey Fahd, en la que también habían participado Raemmers, Jerry Masterson, de la CIA, Albert Seigmore, del SIS, su tío Abdul Rahman, comandante de las Reales Fuerzas Aéreas Saudíes, y su primo Saud, jefe de la *Mukhabarat* saudí.

El recibimiento en el comedor había sido muy distinto del de la base aérea de Dhahran; de hecho, el rey, a quien le costaba caminar, había salido a recibir a su sobrino, le había tendido las manos, sobre las que Eliah se había inclinado, para luego abrazarlo y darle los tres besos de rigor, aunque con sentida emoción.

—Hermano mío —dijo el rey, mirando a Kamal y sin quitar las manos de los hombros de Eliah—, debes de estar muy orgulloso de tu hijo.

—Lo estoy, Fahd.

—Sin exagerar, puedo afirmar que ha salvado al mundo de las garras de un desquiciado como Saddam Hussein. No me pidas detalles, no estoy en posición de brindártelos, pero así es. Aymán es nuestro héroe nacional.

Eliah miró de soslayo a Raemmers, que observaba la escena con gesto triunfal y una sonrisa mal disimulada. Al final de la cena, el rey Fahd apartó a su sobrino para hablar más abiertamente.

—¿Es verdad que Saddam planeaba arrojar una bomba atómica sobre Riad?

—Sí. Y otra sobre Tel Aviv.

—¿Cuál debías arrojar tú?

—La de Tel Aviv.

—¿Por qué la de Tel Aviv? ¿Por qué no la de Riad?

—Por la dificultad que implicaba penetrar en el espacio aéreo de Israel.

—Entiendo. Sé que eres un piloto excepcional, Aymán. Le has hecho un servicio a Arabia que no tiene parangón. ¿Qué deseas que te regale? ¡Pídeme lo que quieras!

—Que me perdones la deuda por el F-15 que perdiste por mi culpa.

El rey soltó una carcajada con la mano sobre el vientre abultado, y atrajo las miradas de los demás comensales.

—Vamos, Aymán —lo instó el monarca—, hablo en serio cuando digo que me pidas lo que quieras. ¿No hay nada que desees?

—Sí, tío, hay algo que deseo.

—Dime, hijo, dime.

—Quiero que el mundo árabe recuerde a Sabir Al-Muzara para siempre. No quiero que su memoria se borre de nuestras mentes.

—Aymán, en Gaza lo sepultaron con grandes honores. El propio Arafat participó de las exequias, pese a que Sabir siempre fue crítico de él.

—No es suficiente. Quiero que los saudíes también lo recordemos. Sería justo que le destináramos un mausoleo, que una calle llevara su nombre. No, mejor una escuela. Eso le habría agradado a Sabir más que cualquier otra cosa. Él era un docente incansable, su gran pasión era enseñar. Nada mejor que una escuela para recordarlo. Lo mismo quiero que se haga en Kuwait –añadió, conocedor de la amistad entre las casas de Al-Saud y de Al-Sabah, y de los favores que éstos le debían a la familia saudí.

Serio, el rey asintió.

–Se hará como deseas, sobrino mío. Y que Alá te proteja y te colme de bendiciones, querido Aymán. Tu abuelo estaría orgulloso de ti.

Raemmers se aproximó al verificar que el rey se alejaba y dejaba solo a Al-Saud.

–Su majestad está de muy buen humor –comentó el general danés.

–Debería estar preocupado –manifestó Eliah–. Después de todo, en Base Cero se siguen centrifugando las toneladas de uranio que el Príncipe de Marbella se robó y continúan construyendo bombas atómicas.

–El peligro inminente de una invasión aérea y de un ataque atómico ha cesado. Gracias a ti –añadió–. Sabemos lo demás, Caballo de Fuego, y los expertos están trabajando con esa información.

–Deberían actuar rápidamente. Saddam ordenará que se trasladen las centrifugadoras y las bombas a otra de sus bases subterráneas. Sé que en el norte tiene dos más.

–Sí, sí, lo sé. El tiempo está en contra nuestra. Pero no les será fácil huir con sus bártulos de Base Cero. La zona que tú nos marcaste está fuertemente custodiada. No se mueve una liebre sin que los satélites la registren.

–Cuidado, general. Saddam es hábil. Las bases podrían estar intercomunicadas.

–Gracias a la información que nos diste, hemos contactado a la empresa alemana que las construyó en la década de los ochenta. Con un poco de extorsión, nos proveerán los planos.

–¿Qué medidas se barajan? ¿Invadir Base Cero?

–No lo sé con exactitud porque me lo he pasado aquí, tratando de aplacar la ira de tu tío y de explicarle cómo fueron las cosas, pero, de acuerdo con la información con que cuento, sigue hablándose de una implosión.

–Enterrar el uranio no será suficiente si no está cubierto por plomo. Usted lo sabe, general.

–Sí, lo sé. Deja eso en nuestras manos, Caballo de Fuego. Tú ya hiciste demasiado. Ahora, relájate y olvídate.

–General –pronunció Al-Saud, con acento severo–, no volveré a trabajar para L'Agence ni para ningún organismo de inteligencia.

–Pero...

–General, ha sido un honor servir bajo sus órdenes, pero he terminado esta etapa de mi vida. Ahora sólo pienso en mi mujer y en mis hijos.

No me importarán las extorsiones que me tengan preparadas para inducirme a aceptar.

–Te conozco, Caballo de Fuego. Sé que cuando dices no es no.

–Así es, general. Tan claro como el agua.

–Respetaremos tu decisión.

Al-Saud asintió apenas.

–General, ¿han encontrado a Chuquet?

–Estamos rastreando la zona donde dices que se eyectó, pero no hemos dado con ninguna huella. Cualquier novedad sobre este tema, te la haré saber.

–¡Eliah! –La voz de Matilde lo trajo de nuevo a la realidad del habitáculo de la Range Rover y del viaje hacia el oasis Al Ahsa–. No estás escuchando –lo acusó–. Si no, estarías riéndote como yo de lo que tu papá acaba de contarme acerca de Kolia y de Amina. ¡Esos dos son un par!

–Cuéntame –le dijo, y, sin importarle la presencia de Kamal, la atrajo hacia él y hundió la cara en el cuello de Matilde, y ahí permaneció en tanto ella le narraba la anécdota, y él sentía en la punta de la nariz el pulso acelerado de su mujer. Estaba viva y entre sus brazos.

Matilde no sabía que aún existían tribus de beduinos cuyo modo de vida y costumbres habían prevalecido al paso de los siglos. En las últimas instancias del viaje, Kamal le contó acerca de la familia de su madre, los Al-Kassib, beduinos de la más pura estirpe, criadores de reputados caballos, codiciados en Occidente. Su tío Aarut, muy anciano, todavía ostentaba el título de jeque.

Salió a recibirlos un cortejo de niños bullangueros, escoltados por perros delgados y de gran alzada, similares a los galgos o a los afganos, sin tanto pelo. Corrían con gracia altanera, flameando las largas orejas lanudas y agitando las colas.

–Son salukis –le informó Kamal–. Es la raza de perros más antigua que se conoce. Los Al-Kassib los han criado desde tiempos inmemoriales.

–Son magníficos –expresó Matilde.

Los niños golpeaban la carrocería de la Range Rover y vociferaban palabras de bienvenida. Matilde, estupefacta ante el espectáculo que componían el oasis, las palmeras y las tiendas beduinas, pegaba la nariz a la ventanilla y sonreía. A la visión de las cabras, los camellos y los pastores con cabezas cubiertas por tocados y alfanjes en los cinturones, un cuadro salido de tiempos remotos, se contraponía la de las modernas y costosas camionetas, las carpas con aire acondicionado y las antenas satelitales.

Se acomodó el pañuelo antes de descender. Un chiquillo, que se abrió paso a codazos, después de cruzar unas palabras con Eliah, la llamó por su nombre, dijo «Matilde» con gran claridad. Le habló en un español mal pronunciado; se presentó como Faruq, se declaró el mejor amigo de Mohamed y, sin darle tiempo, la aferró por la muñeca para tirarla fuera del gentío. Con ademanes y sonrisas desdentadas, le señaló un grupo de personas. Matilde se hizo sombra con la mano y los estudió. Había uno, cubierto con chilaba blanca y tocado, más alto que el resto, de barba espesa con destellos rojizos. Sus ojos celestes refulgían como gemas al sol y marcaban un atractivo contraste en su piel bronceada.

—¡Papá! —exclamó, y echó a correr.

El pañuelo voló y se depositó en la arena, y su cabello flameó, soltando destellos dorados. El campamento enmudeció ante el espectáculo de esa cabellera casi blanca azotada por el viento del desierto y el de esa muchacha menuda en jeans y camisa, que corría en dirección de Mohamed, quien la encerró en un abrazo hasta esconderla entre los pliegues de sus ropajes. Le besó la cabeza y las mejillas y le habló con palabras inentendibles.

—¡Princesa mía! ¡Hija de mi corazón!

Matilde se dejó ahogar por el amor de su padre, y, en los olores extraños que soltaban sus prendas y su piel —a arena caliente, a sol, a caballo—, recibió un atisbo de la nueva naturaleza de Aldo Martínez Olazábal.

Sin soltar a Matilde, Aldo extendió la mano y saludó a su futuro yerno.

—¿Cómo está?

—Muy bien, Eliah.

—Le presento a mis hermanos, Shariar y Alamán. —Martínez Olazábal estrechó las manos que se extendían—. Y a mi padre, Kamal Al-Saud.

—A tu padre lo conocí en Córdoba, hace más de cuarenta años —manifestó en francés—. No sé si él me recuerda.

—Lo recuerdo muy bien —afirmó Kamal, y Matilde alternó miradas pasmadas entre su padre y el de Eliah.

—¿Se conocen?

—Es una larga historia —dijo Martínez Olazábal—. Después te la contaré. Ahora deben de estar cansados del viaje. Pasen a mi tienda.

—Mis hijos y yo iremos primero a la de mi tío Aarut —dijo Kamal—. En caso contrario, el viejo beduino mandaría buscarnos con sus guardias y sus perros.

Kamal y los muchachos se alejaron, y Aldo guió a Matilde hasta su carpa. Una mujer los esperaba en el umbral, cubierta por completo con una pieza de tela fina, de un intenso color azul, con cenefas doradas; resultaba obvio que se trataba de un ropaje apreciado. Se inclinó ante Matilde, y ésta hizo lo mismo de manera autómata.

—Hija —dijo Aldo—, te presento a Sáyida, mi esposa.

⁓ ❀ ⁓

Por la tarde, mientras Matilde conversaba con su padre, Eliah y Alamán salieron a recorrer el oasis a caballo. Se detuvieron junto al *uadi*, el río estacional cuyo cauce se colma en la época de lluvias, y aflojaron las riendas para que los animales aplacaran la sed. Desmontaron y se sentaron en la arena para observar el descenso rápido del sol tras las dunas.

—¿Qué saben en casa de lo que me sucedió? —se interesó Eliah.

—Poco —contestó Alamán—. Tus socios viajaron a Italia, a Turín, donde se reunieron con papá para decirle que estabas desaparecido en una misión en Irak. Mamá no sabe nada. Se habría muerto de angustia.

—¿El viejo se lo aguantó solo?

—Nos lo contó a Shariar y a mí, y enseguida nos reunimos con él. Se mostraba bastante entero, pero te aseguro que envejeció ante nuestros ojos con tu desaparición. Mamá se preocupó tanto por su aspecto que le pidió que fuera al médico.

—¿Y fue?

—Sí. Hasta se hizo análisis de rutina para calmar a mamá.

—Pobre viejo.

—Cuando Peter Ramsay nos llamó para decirnos que te habías presentado en Dhahran y que estabas bien, pareció recobrar los años que había perdido. Fue un suplicio, Eliah. No vuelvas a hacernos esto porque, si no te mata el enemigo, te mato yo. Lo peor era pasar por ese calvario y tener que ocultárselo a las mujeres. No podíamos decírselo a Yasmín, ni a mamá, menos a José. ¡A ver si le daba por abortar a causa de la impresión!

—Lo siento. En el momento en que me pidieron que me hiciera cargo de la misión, no veía otra salida. Me habrían extorsionado hasta doblegarme, hasta hacerme ceder.

—¿Qué fue lo que pasó?

—Ya te lo dije: estuve en Bagdad, haciéndome pasar por un soldado de la Guardia Republicana.

—Sí, sí, eso ya lo sé, y también que te las ingeniaste para entrar a trabajar como guardaespaldas del segundo hijo de Saddam, que es el que cocina el estofado por estos días. No me repitas la cantaleta que les contaste a papá y a Shariar. Yo quiero saber qué sucedió en verdad, por qué se fue todo al carajo, por qué nos dijeron que habías desaparecido. —Eliah dio vuelta la cara y fijó la vista en el horizonte—. ¿No vas a contármelo? ¿Ni siquiera a mí?

—Me descubrieron o me traicionaron, no lo sé con certeza. Alguien dijo que yo no era quien afirmaba ser.

—¿Y? —Eliah se empecinó en un mutismo que exasperó a Alamán—. No me digas nada: te agarraron de los huevos, te llevaron a una celda y te dieron duro y parejo para hacerte hablar. —Intentó aferrarle la mano, pero Eliah, al ponerse de pie de un salto, se lo impidió—. ¡Te torturaron! ¡No creas que no te he visto las manos, que tanto te cuidas de mostrar! —Alamán lo observó alejarse en dirección a los caballos—. ¡Mierda, Eliah! —prorrumpió, y corrió para alcanzarlo—. ¿Una misión un poco más peligrosa no había? Me dan ganas de estrangularte. ¡Casi le cuesta la vida a Matilde! —Alamán se arrepintió de haber hablado; el gesto, naturalmente sombrío de Eliah, adquirió un viso torturado—. Lo siento, hermano. Es que lo hemos pasado muy mal desde que supimos de tu desaparición. Lo del secuestro de Matilde fue la cereza del pastel. No pudimos ocultárselo a las mujeres porque salió en todos los noticieros del mundo. La famosa pediatra de Manos Que Curan, la heroína del momento, es secuestrada. No se hablaba de otra cosa en la prensa. Y mamá que quería comunicarse contigo y no te encontraba por ningún lado.

—Fue Anuar.

—¿Qué? —Alamán se aproximó porque no había comprendido la farfulla de su hermano.

—Fue Anuar. Él personalmente la secuestró. ¡Maldito malnacido! No voy a descansar hasta encontrarlo, hasta matarlo con mis propias manos. Le dije que si tocaba a Matilde, lo degollaría.

—¿Cuándo estuviste con Anuar? ¿En Bagdad?

—No, en París, a mediados de septiembre. Fue a buscarme al George V y me pidió que lo llevara a visitar la tumba de Samara.

—¿Cómo carajo entró en Francia?

—No lo sé. Sólo sé que lo tuve en mis manos y lo dejé ir con vida por un sentimentalismo estúpido. La próxima vez...

Avistaron a un jinete. Era Kamal, que detuvo el caballo junto a sus hijos y se apeó con bastante agilidad para sus setenta y tres años.

—Alamán, déjame a solas con tu hermano.

—Sí, papá.

—Vamos, caminemos por la orilla del *uadi* —lo invitó, una vez que el otro se perdió tras las dunas—. ¿Cómo estás, hijo?

—Bien, papá.

Kamal tomó por sorpresa a Eliah al aferrarle la mano. Más por instinto que por fastidio, intentó zafarse, pero Al-Saud apretó con firmeza y lo obligó a desistir. Le estudió los dedos de uñas incipientes y, después de un mutismo en el que no pestañeó, lo soltó suavemente y con un asentimiento. Reemprendieron la caminata.

—Acabo de ver lo que te hicieron a ti esas bestias. Temo preguntar por Matilde.

—A ella no la tocaron.

—¡Alabado sea Alá!

—Sí —susurró Eliah—, alabado sea Alá.

La marcha prosiguió en silencio.

—Así que eres un soldado profesional.

—Sí.

—Admito que no me sorprende. De ti espero cualquier cosa —expresó, sin reproche—, eres una caja de sorpresas. Lo que se decía en la *Paris Match* era cierto, entonces.

—No todo.

—Ya veo. Hace tiempo aprendí que a ti no puedo marcarte el rumbo. Mi experiencia no te sirve, no la quieres.

—Necesito hacer mi propia experiencia.

—Mis consejos no los quieres.

—Siempre te escuché, papá, y siempre lo haré, porque te respeto, pero, en general, no coincidimos en nada.

Kamal sonrió y pasó un brazo por el hombro de su tercer hijo.

—Te admiro, hijo. Sé que no nos dicen todo lo que viviste y padeciste en Bagdad, pero sospecho que salvaste al mundo de una buena. —Guardó silencio a la espera de un comentario de Eliah que no llegó—. El amor que siento por mis hijos es tan enorme como este desierto —dijo, y abarcó la extensión con un movimiento de su brazo—. Todavía más inmenso. Es infinito. Te amo, Eliah. Quiero que lo sepas y que nunca lo olvides.

—Lo sé, papá. Nunca lo olvido.

—Sé que no escuchas a nadie, salvo a ti mismo y quizás a esa maravillosa mujer que elegiste por compañera. De igual modo, te haré un pedido: no vuelvas a poner en riesgo tu vida porque si tú nos faltaras, tu madre y yo…

—Papá…

Kamal levantó la mano.

—No digas nada, Eliah. No sé para qué hablo si siempre haces lo que quieres. Y así debe ser. Los padres nos dan la vida, pero es nuestra, no de ellos. Sin embargo, ahora tienes un hijo y una mujer a los que cuidar.

—Ellos son mi vida ahora.

Kamal estudió la mirada de su hijo. ¿Qué infierno habría padecido en Irak? El estado de sus manos lo enfrentaba a una respuesta que no deseaba oír. Se mordió el labio para detener el temblor. Lo consoló no encontrar en los ojos de Eliah el destello de amarga desolación que solía fulgurarle en el pasado y que se había constituido en parte de esa aura de melancolía que lo circundaba antes de la aparición de Matilde. Sea lo que fuera que hubiera vivido a manos de los Hussein, ese ángel lo sanaría. Le palmeó la mejilla y, a continuación, sorpresivamente, lo aferró por el cuello y lo atrajo hacia él para abrazarlo. Sonrió al sentir que su hijo lo estrechaba.

—Hijo mío... Estoy tan feliz por haberte recuperado. Creí que moría cuando tus socios me dijeron que habías desaparecido.

Aunque intentó decir: «Te quiero, papá», Eliah guardó silencio, incapaz de articular a causa de los esfuerzos por contener el llanto.

ى ஃ ه

Sáyida estaba sentada sobre la alfombra, con las piernas recogidas bajo un vestido largo, envuelta en un halo de serenidad y mansedumbre que atraía la mirada de Matilde una y otra vez y la distraía de la conversación con su padre.

—Eliah me salvó la vida, Matilde. Es un gran hombre, digno hijo de su madre.

—Sé a qué te dedicabas, papá. Sé que tú y Rauf traficaban armas. —Aldo bajó la vista y la mantuvo en la borra que se acumulaba en el fondo de la taza—. Papá —pronunció, con acento de reproche, y calló cuando Aldo, sin mirarla, le apretó la mano.

—No te merezco, Matilde. No merezco una hija como tú. He sido un farsante, un hipócrita, un débil, un cobarde, y sucumbí ante la posibilidad de recuperar fácilmente el brillo de la vida que tenía antes de caer en desgracia. Soy una basura, y no comprendo por qué Dios me dio una hija como tú, poco menos que un ángel. —Con lentitud, levantó la cara y se atrevió a mirar a Matilde—. No me rechaces, princesa. No me saques de tu vida, aunque lo merezca. ¡Perdóname! Si tú me perdonas, yo me siento redimido.

Matilde se echó al cuello de su padre y lo abrazó con la misma pasión con la que lloraba.

—Yo te quiero, papi. Te quiero muchísimo.

—Dime que me perdonas.

—No tengo nada que perdonarte.

—¡Dímelo, por favor!

—Te perdono, papá. Fuiste valiente al revelarle a Eliah lo que sabías acerca de Saddam Hussein y del invento de Roy. El mundo no lo sabe, pero tú colaboraste para detener sus planes de destrucción y muerte.

—¡Hijita mía! Estoy tan feliz de que hayas elegido a un hombre como Eliah Al-Saud para esposo. Él va a cuidarte y a hacerte feliz, y yo estaré tranquilo.

Sáyida, que había contemplado el abrazo y el llanto del padre y de la hija con lágrimas en los ojos, volvió a servirles café y a ofrecerles galletas de sémola.

—*Shukran, Sáyida* —dijo Matilde.

—Veo que algo de árabe sabes —comentó Aldo con voz insegura.

—Muy poco. Tomé clases con un amigo. —Calló, de pronto entristecida por el recuerdo del Silencioso. Adoptó otra posición sobre los cojines, carraspeó y cambió de tema—. ¿Así que conociste a Kamal hace muchos años? ¿Cómo fue? ¿Por Francesca?

—Sí, por Francesca. Él fue a buscarla a Córdoba, para casarse con ella, así lo conocí. En aquel momento, lo odié. Sí, mi amor, lo odié porque yo estaba muy enamorado de Francesca.

—¡Papi!

—Creo que nunca pude olvidarla, ni siquiera después de casarme con tu madre. La perdí por cobarde, por no transgredir las normas sociales. Ella era la hija de nuestra cocinera y yo, un rico heredero. No podía ser. Y la perdí cuando, en realidad, ella era mil veces mejor que yo, hija de cocinera inmigrante y todo. En un principio, no toleraba ver a Eliah porque se parece mucho a Francesca, me la recordaba, me recordaba mi cobardía, y no lo soportaba.

Matilde le quitó la taza y le tomó las manos.

—Pero ahora eres feliz con Sáyida, ¿verdad?

La muchacha levantó las cejas al oír pronunciar su nombre.

—Muy feliz. —Aldo sonrió a su esposa—. Es muy joven, pero mucho más sensata que yo. Soy feliz aquí, princesa. Quiero quedarme con esta gente. Encontré mi lugar en el mundo. Como soy bueno para la venta, el abuelo de Sáyida, el jeque Aarut, que conocerás mañana probablemente, me ha pedido que me ocupe de la comercialización de sus caballos, que son muy preciados, así que viajaré bastante. Pero siempre volveré al desierto. Me da mucha paz.

—Es verdad. Aquí hay una paz que no he sentido en ninguna parte. ¿Van a venir Sáyida y tú a nuestra boda? Será dentro de dos meses, el 5 de mayo, en París.

Aldo se dirigió a su esposa en árabe, y Matilde se maravilló una vez más de la destreza con que su padre se expresaba en esa lengua que a ella tanto le costaba. Una sonrisa iluminó las facciones de la joven beduina antes de que hablara con voz apenas audible.

—Sáyida dice que sí, que iremos. Quiere saber qué quieres que te regalemos.

—Solamente quiero que me regalen su presencia. Díselo.

Aldo tradujo, y Sáyida volvió a sonreír. Estiró la mano y acarició el cabello de Matilde.

17

Matilde conocía lo suficiente a Al-Saud para saber que sus respuestas de pocas palabras disfrazaban un estado de ánimo inquieto. A medida que se aproximaban al aeropuerto de Turín y que el encuentro con Kolia era inminente, el entrecejo se le pronunciaba, y la parquedad de Al-Saud se convertía en mutismo. Ella tampoco estaba tranquila. Su proyecto de vida dependía de que sus tres hombres la amaran y de que fueran felices. A veces la apabullaba la responsabilidad que implicaba criar a un niño, aunque, en realidad, lo que más la aterraba era no encontrar a Jérôme. ¿Hasta cuándo lo esperaría? ¿Cuándo decidiría que lo había perdido? «¡Nunca!», bramaba su corazón. Su mente, en cambio, le susurraba que, algún día, tendría que dejarlo ir. Ante esa idea, desconfiaba de su reacción; temía volverse loca de dolor y amargarles la vida a Kolia, a Amina y a Eliah. Decidió que, al llegar a París, consultaría con el doctor Brieger, el psiquiatra de Leila; juzgó sensato ir preparándose para lo peor.

Apretó la mano de Al-Saud sin pensarlo, y éste abandonó la contemplación por la ventanilla para volverse hacia ella. Se sostuvieron la mirada hasta que el espacio que los separaba se tornó insoportable para Matilde. Desde la experiencia en Base Cero, buscaba su contacto casi con una actitud demencial. Necesitaba tomarlo de la mano, tocarle el brazo, acariciarle la mandíbula, besarle los labios, y, aunque no habían reanudado su vida sexual, le bastaba con esos roces para serenarse. También necesitaba sus palabras, sobre todo las de amor; sin embargo, últimamente, parecía reacio a concedérselas. La noche anterior, pasada en el oasis, no había dormido porque, para no transgredir las costumbres beduinas, ella, como mujer soltera, había sido huésped de su padre y de Sáyida, mientras que Kamal y sus hijos lo habían sido del jeque Aarut.

—Abrazame, Eliah. Por favor —dijo, y su tono suplicante lo golpeó.

Al-Saud se desabrochó el cinturón deprisa e inclinó el torso para atraparla entre sus brazos. Desde que la había recuperado, se encontraba a menudo reprimiendo las ansias por acercarla al cobijo de su cuerpo; no quería sofocarla ni privarla de la libertad.

—¿Qué pasa? —le susurró contra la sien.

—Tengo miedo.

—¿De qué?

—De que vuelvan a separarnos, de que Kolia no me quiera, de que no encontremos a Jérôme.

—Nadie nos separará de nuevo. Kolia se volverá tan loco por ti como lo está su padre. Y encontraremos a Jérôme muy pronto.

Al-Saud carecía de asidero para formular esas promesas; no obstante, sus afirmaciones la reconfortaron como si fueran realidad; sólo precisaba del poder infinito que comunicaban para convencerse de que nada saldría mal. Le gustaba que se mezclaran las tibiezas de sus pieles; se convertía en una energía que arrasaba con los pensamientos negros y el ánimo triste. Se apretó contra su pecho y hundió la nariz para inspirar su aroma.

Kamal regresó de la cabina y carraspeó. Matilde se incorporó y lo miró con las mejillas coloradas.

—En quince minutos, aterrizaremos en Turín.

⤳ ✿ ⤲

Las llantas del automóvil crujieron al hollar el sendero de grava que trepaba la ladera y conducía a la vieja mansión de la *Villa Visconti*. Era 5 de marzo, y el invierno aún se enseñoreaba en las tierras altas del norte de Italia. Las ramas de los abetos se doblegaban al peso de la nieve; también se observaban manchones blancos sobre el colchón de agujas que cubría el suelo y sobre el camino, que el automóvil evitaba para no patinar. Matilde no reparaba en la belleza del bosque ni en la majestuosidad de los Alpes, cuyas cimas se recortaban contra el cielo diáfano del atardecer.

Descendieron frente a la entrada de la mansión. El viento límpido y fresco le golpeó las mejillas sonrosadas a causa de la calefacción del vehículo, y le provocó un escalofrío. Al-Saud la vio temblar y se acercó para rodearla con un abrigo de cachemira, préstamo de Kamal.

Las puertas de roble se abrieron de par en par, y Francesca, después de exclamar un «hola» que más pareció un alarido triunfal, corrió escaleras abajo con la agilidad y la gracia de una joven, para acabar en brazos de su hijo. Matilde quedó aplastada entre ambos, hasta que Francesca la obligó a darse vuelta y la cobijó en su pecho.

—¡Amores míos! —repetía, con voz emocionada y ojos llorosos—. ¡Amores míos! ¡Qué felicidad tan grande! —Atrapó el rostro de mejillas coloradas pero frías de Matilde y la estudió—. ¡Eres muy especial! —declaró por fin. Tomó la mano de su hijo para besarla y se quedó mirándola.

Eliah la retiró con delicadeza, y Kamal intervino.

—¿Para mí no hay recibimiento?

Francesca se apartó y caminó hacia su esposo. Eliah, con Matilde pegada a él, comenzó a subir la escalinata, mientras sus padres se saludaban sin palabras y con un beso largo.

—Gracias por traerla a casa sana y salva —susurró Francesca sobre los labios de Kamal.

—*Habibi*, sabes que para mí tus deseos son órdenes.

—¿Y Shariar y Alamán?

—Volaron directamente de Riad a París.

Francesca se aferró al cuello de Kamal y, en puntas de pie, le habló al oído con un fervor que erizó la piel del hombre.

—¡Vi su mano! ¡Vi la mano de Eliah! ¡Casi no tiene uñas! ¿Qué le sucedió a mi hijo, Kamal?

Al-Saud la estrechó contra su cuerpo.

—No lo sé con certeza, *habibi*, pero estoy seguro de que nuestro hijo bajó al infierno para recuperar a Matilde.

—¡Oh, Dios bendito! ¿Él la rescató? ¿Fue él? —Al-Saud asintió—. ¿Qué le hicieron a mi Eliah? ¡Dime, Kamal!

—Francesca, te diré todo lo que sé, que no es mucho, pero no le preguntes a él, no lo cuestiones. Conoces su índole; prefiere curarse las heridas en soledad. Matilde lo ayudará a superar lo que sea que hayan padecido. Al menos, él tiene el consuelo de saber que a su mujer no la torturaron. En cambio yo, cuando te hallé en esas cavernas del desierto… —Se mordió los labios—. Te habían golpeado, *habibi*. —Francesca le barrió las lágrimas con los pulgares y lo besó en la boca—. Perdimos a nuestro primogénito.

—Amor mío, ya quedó en el pasado. Hemos sido tan felices.

—Esto también quedará en el pasado. Y seremos felices, te lo prometo.

—Te creo, Kamal.

Matilde y Eliah terminaron el ascenso por la escalinata. Sin necesidad de tocar, las puertas volvieron a abrirse. Antonina y Fredo dieron un paso adelante en el vestíbulo con Kolia y Amina en brazos. Matilde se puso nerviosa al cruzar la mirada con los ojos celestes del hijo de Eliah, que la contempló con curiosidad y con un gesto severo tan similar al del padre que le inspiró una corta carcajada.

—¡Matilde! —La exclamación de Amina captó la atención de Kolia, que se fijó en los esfuerzos de la niña por escapar de los brazos del *nonno* Fredo. Los zapatitos de Amina repiquetearon sobre el parquet en su carrera hacia los brazos extendidos de Matilde, que la levantó en el aire y la hizo girar. Sus grititos de goce arrancaron risas a Kolia, que se ladeaba en brazos de su bisabuela para no perderse el espectáculo, a pesar del hombre alto que se interponía y le obstruía la visión.

—¿No te acuerdas de tu padre? —La voz de profunda sonoridad de Al-Saud captó de inmediato el interés del niño, que le devolvió una mueca de entrecejo apretado similar a la que le destinaba el hombre ubicado frente a él.

—*Kolia* —dijo Antonina—, *questo è tuo papa. Ciao, papa! Mi sei mancato, papa.*

Al-Saud tomó a Kolia en brazos y lo levantó sobre su cabeza. Le sonrió y obtuvo una sonrisa a cambio.

—Hola, hijo. ¿Ahora te acuerdas de mí? Papá. Soy papá. Pa—pá. Pa—pá.

Kolia se mostraba más interesado en el destino de Amina, que seguía con una mujer a la que él nunca había visto. Al-Saud lo depositó en el suelo y se acuclilló para estudiarlo mientras el pequeño avanzaba hacia Matilde con pasos vacilantes. Había cambiado en esos tres meses de separación; estaba más alto y estilizado, y no le habían cortado el cabello negro, por lo que le caía, abundante, sobre la frente y el cuello, lo cual le quitaba el aire aniñado con que él lo asociaba. Su mirada se había vuelto más incisiva, y había un aire de reconcentrada preocupación en torno a él, que, de manera inexplicable, enorgulleció a Al-Saud.

Kolia se detuvo frente a Matilde y elevó la cabeza. Matilde se colocó de rodillas junto a él, sin dejar de sostener a Amina.

—Hola, Kolia. —Lo saludó en español porque, gracias a las anécdotas de Kamal, sabía que Francesca le hablaba en esa lengua—. ¿Cómo estás?

—Kolia —intervino Fredo—, ella es Matilde. Ma-til-de. Ma-til-…

—Ma-ma-ma —lo interrumpió el niño.

–Sí, mamá –afirmó Eliah, y se acuclilló detrás de ella y le colocó las manos sobre los hombros–. Ella es tu mamá, Kolia. Hola, cariño –saludó a Amina en francés.

–Hola, tío Eliah. ¿Y mi papá?

–No pudo venir, pero te hemos traído un montón de regalos –se apresuró a distraerla–. ¿Te gustaría verlos?

–¡Sí! ¡Sí! ¿A Kolia también le has traído?

–¡Otro montón como el tuyo!

–Matilde –dijo la niña–, la abuela Francesca me cuenta cuentos, pero ella no sabe ninguno de Jérôme. ¿Me contarás cuentos de Jérôme?

–¡Todos los que quieras, mi amor!

⁓ ✆ ⁓

El contraste entre la alegría que Matilde experimentaba cada mañana al despertar en la *Villa Visconti* y el terror padecido durante su cautiverio en ocasiones la abrumaba, y un desasosiego se apoderaba de su ánimo. Entonces, huía de la casa y se perdía en el bosque, anhelando el contacto con la naturaleza como si se tratara de la medicina para calmar una dolencia. Descubrió que la aquietaba abrazar los troncos de los pinos y oler su superficie rugosa, con aroma a resina. Recolectaba piñas, que después empleaba en juegos que inventaba para Kolia y Amina; observaba a las ardillas en las ramas, que se peleaban por las bellotas de los robles. A veces, se quedaba quieta, con los ojos cerrados, y se dedicaba a impulsar el aire de montaña dentro de sus pulmones. Regresaba con el alma apaciguada y una sonrisa serena.

Allí, en el bosque, la encontró Al-Saud una mañana. Se había preocupado cuando Kolia irrumpió en la sala de Fredo buscando a «ma-ma-ma», mientras él pensaba que Matilde se encontraba con los niños en el cuarto de juegos. Después de preguntar a Mónica, la niñera de Kolia, y al resto de la servidumbre, sin obtener respuestas clarificadoras, salió a buscarla. El día anterior la había avistado desde el piso de arriba cuando se escabullía entre los abetos del parque. La encontró agachada sobre el tronco de un pino, absorta en el estudio de un hongo naranja.

–Matilde –la llamó en un susurro, para evitar sobresaltarla. Matilde se incorporó deprisa y le sonrió con la mano extendida–. ¿Qué haces aquí? –le preguntó, sin ocultar su preocupación y su fastidio–. Me asusté cuando nadie sabía decirme dónde estabas.

–Me gusta venir al bosque.

—¿Por qué vienes sola? ¿Por qué no me buscas para que te acompañe?

—Vengo aquí cuando siento que no soy buena compañía para nadie, cuando ni yo me aguanto.

—Yo te aguanto siempre —la contradijo Al-Saud, y le rodeó la cintura para atraerla hacia él—. No te alejes de mí, por favor.

Matilde le cubrió la cara con las manos y le notó las mejillas heladas. Le friccionó los brazos apenas cubiertos con la tela de la camisa.

—¿Por qué saliste tan desabrigado? ¿Por qué nunca te abrigas? Fue algo que noté desde que te conocí.

—Porque durante el entrenamiento para *L'Agence*, nos sumergían en piscinas con agua helada y nos obligaban a permanecer durante varios minutos. Nos sacaban cuando el corazón estaba por estallar. —Matilde se quedó mirándolo sin pestañear, convencida de que Al-Saud bromeaba—. Mi cuerpo tiene una temperatura más baja de la media normal. Unos treinta y cuatro grados y algunas décimas.

—¿Qué?

—Por eso no sufro tanto frío como los demás.

—Dios bendito.

—Por esa razón no tengo frío —repitió—. ¿Ahora te quedas más tranquila?

—¡No! ¡Claro que no! ¿Qué clase de loco sumerge a un ser humano en una piscina con agua helada y lo saca cuando está a punto de hacer un paro cardíaco?

—La clase de loco necesaria para hacer de este mundo un sitio más seguro. Tú viste en Base Cero con la clase de desquiciados que hay que lidiar. Un hombre sin entrenamiento perecería al instante en manos de gente como la de Saddam Hussein. Mi amor —dijo Al-Saud, pasado un silencio, y ajustó su abrazo—, ¿por qué estás acá? ¿Por qué te escapas al parque sola? ¿No te sientes cómoda con mi familia?

—Me siento *muy* cómoda con tu familia. Me siento inmensamente feliz con tu familia. Es por eso, Eliah, por la felicidad que siento. Por tener a Kolia, y a Amina, por sentirme mamá gracias a ellos. Me hacen tan feliz. Y me siento culpable por tanta felicidad. Pienso en Sabir y en Sergei, que murieron por mi culpa.

—¡No fue tu culpa! ¡No quiero que vuelvas a decirlo! Era su destino, Matilde.

—Sí, tal vez, pero así me siento. Tú me preguntaste y yo te respondí. Por eso busco la soledad del bosque. Necesito el silencio de la naturaleza para recuperar la armonía.

—¿Por qué no me buscas a mí para recuperar la armonía? —se enojó Al-Saud, y de pronto el deseo por poseerla se tornó perturbador. Inclinó la cabeza y la besó detrás de la oreja tibia y perfumada con la colonia para bebé de Kolia.

Matilde no se atrevió a decirle que él formaba parte del problema. Desde la huida de Base Cero, lo notaba distante. No dudaba de la constancia de su amor; sin embargo, Eliah había levantado un muro entre ellos, se había vuelto inalcanzable, y, con gestos sutiles y actitudes solapadas, le hacía notar que necesitaba esa distancia. Durante el día, las actividades con los niños los mantenían cerca, si bien rara vez hablaban como no fuera para referirse a las cuestiones de Kolia o de Amina. De noche, mientras Matilde acostaba a los niños, Eliah permanecía en la planta baja conversando con su padre y con su abuelo, viendo televisión o leyendo el periódico. Matilde, agotada después de una jornada que Kolia imponía que comenzara a las seis, se acostaba y se dormía enseguida. Cuando Al-Saud se le unía en la cama, ella no lo escuchaba; él, por su parte, no intentaba despertarla. Matilde disfrutaba plenamente del rol de madre que Francesca poco a poco dejaba en sus manos; sin embargo, se preguntaba si su comportamiento, tal vez obsesivo en la búsqueda del bienestar de Kolia y de Amina, no expulsaba a Eliah fuera del círculo que había trazado en torno a ella y los niños. A veces cambiaba de idea y se convencía de que el ensimismamiento de Al-Saud se relacionaba con las horas que lo habían sometido a tortura.

Matilde ladeó la cabeza y buscó sus labios, que sentía exigentes en el cuello. Añoraba la intimidad que tanto los había unido en el Hotel Rey David. Las bocas se rozaron, y el efecto fue como el de un cataclismo. La onda vibratoria los recorrió al unísono y los paralizó durante unos segundos hasta que, después de una inspiración ruidosa, se besaron con pasión desatada. Matilde entrelazó los dedos en el cabello de Al-Saud para mantenerlo pegado a ella. Eliah le sujetó la nuca e imprimió presión sobre su trasero.

—Dime qué estoy haciendo mal —suplicó Matilde, agitada.

—¿Cómo?

—Dime qué estoy haciendo mal. Siento que estás enojado conmigo, que mantienes distancia. Siento que estoy perdiéndote.

—¿Perdiéndome? ¡Jamás vas a perderme, Matilde! ¡Nunca!

—Entonces, ¿qué está pasando? ¿Qué hago mal? ¿Qué no te gusta de mí?

Al-Saud rio con ironía y la abrazó. Apoyó el mentón en la coronilla de Matilde.

—No estás haciendo nada mal, mi amor. Tú nunca haces nada mal. Te veo con Kolia y con Amina, y siento tanto orgullo y amor por ti... Ya te lo dije mil veces, Matilde: eres el centro de mi existencia; sin ti, nada tiene sentido.

—No puedes negarme que algo está pasando, Eliah.

—Soy yo, Matilde. No voy a mentirte. Estoy preocupado. Lo que viví en Irak sigue en mi cabeza y temo que no ha terminado. Pienso en tantas cosas. No sé si estamos a salvo. Ellos saben quién soy. Te conocen. Saben todo acerca de nosotros.

—Nada malo va a pasarnos. Viviremos felices y seguros en París.

Al-Saud prefirió callar y no decirle que tampoco París constituía el refugio inviolable que ella pensaba. Los hombres de las Brigadas Ezzedin al-Qassam o los de Kusay Hussein lograrían trasponer cualquier frontera con el fin de asesinarlos. Si bien Raemmers le había prometido que el gobierno francés se mantendría en estado de alerta máxima, Al-Saud no confiaba en los burócratas.

—Hagamos el amor, Eliah. Volvamos a ser uno con nuestros cuerpos, así nuestras almas volverán a encontrar el camino para unirse. Creemos un escudo de amor entre tú y yo que nos proteja y que proteja a nuestros hijos.

—Matilde.

—Te necesito tanto, mi amor. ¿Ya no te gusto? ¿Él ya no te gusta? —Le guió las manos hasta apoyarlas en su trasero—. En el Rey David estabas loco por él. ¿Ya no?

—Sigo loco por él. —La voz enronquecida de Al-Saud y los masajes bruscos sobre sus nalgas le erizaron la piel hasta hacerle sentir puntadas en los pezones—. Sigo loco por ti, Matilde. Loco, loco —insistió, y le recorrió la cara y el cuello con labios enardecidos y húmedos.

Terminaron sobre el colchón de agujas de pino. Al-Saud se deshizo de los pantalones y de los calzones de Matilde. Se colocó de rodillas y le levantó las piernas colocando sus brazos en las corvas. La penetró con una estocada violenta que lo colocó profundamente dentro de ella. Matilde no podía cerrar los ojos; la visión de Al-Saud, la de sus bíceps inflamados bajo la tela de la camisa, la hechizaba. La mueca de su rostro, como si soportara un padecimiento físico, la llevó a pensar en que lo habían torturado, a él, a su magnífico Caballo de Fuego. Entonces, cerró los ojos para que las lágrimas no escaparan. Apretó los puños en los pliegues que formaba el pantalón de Eliah y retorció la tela de jean para ayudarse a contener las ganas de llorar. Él se impulsaba con una ferocidad que la lastimaba. En el vaivén, las agujas de los pinos traspasaban la lana del suéter y le pinchaban la espalda. El orgasmo de Al-Saud fue repentino y espasmódico; cuando parecía que acababa, una nueva sacudida lo impulsaba contra los huesos pélvicos de Matilde. Ella sentía la piel de la vagina tirante y caliente.

Al terminar, Eliah cargó su peso sobre el torso de Matilde, que terminó con las rodillas cerca de la cara.

–*Je suis désolé* –se disculpó, agitado, corto de aliento–. Estaba muy caliente. No he podido evitarlo. Sé que no has disfrutado. *Pardonne-moi, mon amour. Pardonne-moi.*

–Fue hermoso verte gozar. Necesitaba tanto sentirte dentro de mí. Necesita saber que todavía eres mío. Te extrañé tanto, Eliah. No sabes lo que fue para mí este tiempo de separación. No hacía otra cosa que pensar en ti.

–¿Me amas, Matilde?

–Te lo dije mil veces: más que a mi vida.

La observó con gesto reconcentrado. Matilde le devolvió una mirada dulcificada y comprensiva, y le apartó los mechones del pelo, que, como siempre, volvían a caer para hacerle cosquillas en la frente. Sus ojos la horadaban, exigentes, y de pronto ella tuvo miedo.

–Valoras muy poco tu vida. Por lo tanto, valoras muy poco nuestro amor. ¿Por qué te arriesgaste para proteger a ese chico palestino? Lo que sentí mientras te veía en televisión… Es imposible de explicar.

Matilde, atrapada bajo el peso de Eliah, con él todavía alojado en ella, se limitó a apartar el rostro; no toleraba su mirada acusatoria.

–Tuve que simular indiferencia. Podría haberme costado la vida dejarme llevar por lo que estaba experimentando mientras veía a mi mujer correr entre las balas. Después, fui al baño y vomité.

Matilde se volvió para mirarlo con una mueca desesperada, entre furiosa, culpable y triste.

–Tú también te olvidaste de mí y de nuestro amor cuando aceptaste participar en la misión de Irak. Te olvidaste de Kolia, de Jérôme y de mí, que te necesitamos para vivir. –Se le congestionó la voz y volvió a ladear la cara con un movimiento indignado. Una lágrima se escurrió por el puente de su nariz.

Los ojos de Al-Saud cobraron una tonalidad cristalina. Se quedó callado porque no se sentía capaz de articular. Superado el momento de inseguridad, habló en francés.

–Cuando estaban torturándome, me aferraba a tu imagen, y recreaba en mi cabeza los días en que habíamos sido felices. Me has dado tantos días de felicidad… Dios mío… En París, en *Rouen*, en el Congo, en Jerusalén… Donde te he tenido, he sido feliz. Y soñaba con que te hacía el amor, y te oía gemir, me encanta oírte gemir, y volvía a sentirte mía, y así el dolor se pasaba, lo olvidaba. Y cuando se hizo insoportable, cuando estaba a punto de ceder, te pedí que me ayudaras, y lo hiciste. Segundos después los torturadores se detuvieron porque Chuquet me había reconocido.

–No fui yo –acertó a contestar, esforzándose para no quebrarse, mientras las lágrimas brotaban y resbalaban por sus sienes–. Fue la Virgen, porque no sé cuántas veces le pedí que te protegiera. Eliah, quiero que quede claro entre nosotros: podría afrontar cualquier cosa, *cualquier cosa*, menos perderte. No lo olvides. Si te perdiera, ya no querría vivir.

—No vuelvas a arriesgar tu vida, Matilde, te lo suplico.

—La arriesgaría por ti o por nuestros hijos. Lo haría sin dudarlo.

Un quejido entre angustioso y risueño resonó en la garganta de Al-Saud. La abrazó y le susurró en su lengua:

—Matilde, ¿qué haré contigo?

—¿Dejarme ser como yo intento dejarte ser y comprenderte, a pesar de que me cueste tanto?

Al-Saud reprimió una risotada y la besó. Como habían aplacado la pasión, se trató de un intercambio dulce y manso, un juego de labios y de lenguas; se comunicaban vida a través de sus alientos y de sus risas.

—Tuve que quitarme la Medalla Milagrosa —confesó él.

—No importa. Ella te cuidó igual. Ahora más que nunca tenemos que construir la clínica con el nombre Medalla Milagrosa.

—Sí, mi amor, sí.

Eliah decidió regresar a la casa al tocar las piernas desnudas de Matilde y descubrir que estaban heladas.

~: ✢ :~

El domingo 14 de marzo, día del cumpleaños de Matilde, Al-Saud se levantó temprano, se envolvió en una bata y salió a hurtadillas de la habitación. Le pidió a Mónica que se ocupara de los niños y se fue a la cocina, donde las empleadas preparaban el desayuno. Repartió indicaciones para que alistaran una bandeja con las delicias que había comprado el día anterior en Châtillon, la ciudad más cercana a la *Villa Visconti*. Francesca lo ayudó a preparar mate con yerba que conseguían en Turín. Aparecieron Amina y Kolia en la cocina, éste con su mamila en la mano, la cual se llevaba a la boca de tanto en tanto; el resto del tiempo balbuceaba comentarios ininteligibles a los que las empleadas, muy encariñadas con él, respondían con «¿No me digas?» o «¡Qué bien!».

Al-Saud sentó a los niños en sus rodillas y les explicó:

—Hoy es un día muy especial. Es el cumpleaños de mamá. Vamos a despertarla, darle un beso, decirle: «¡Feliz cumpleaños, mamá!» y darle los regalos.

—¿Cuándo es mi cumpleaños, tío Eliah?

Como había estado analizando la documentación de Amina —en breve viajaría a Milán para reunirse con los abogados—, le respondió sin dudar:

—El 15 de diciembre. Falta mucho todavía.

—¿Qué me vas a regalar?

—Lo que tú me pidas, cariño. Ve pensándolo.

—Sí.

—¿Qué le diremos a mamá ahora?

—¡Feliz cumpleaños, mamá! —respondió Amina, con una sonrisa que provocó una alegría inefable en Eliah.

—Ma-ma-ma.

Al-Saud los besó en la frente, los depositó en el suelo y finiquitó los detalles del desayuno.

⁌ ❦ ⁍

Matilde despertó y enseguida se dio cuenta de que estaba sola. Tanteó la superficie del buró hasta dar con el reloj de Eliah, uno que le había prestado Kamal —el de ella, su Christian Dior de oro, había desaparecido durante el secuestro junto con el cintillo de Cartier—, lo acercó a un charco de luz que se formaba gracias al sol que filtraba por las rendijas de las persianas y consultó la hora. Las ocho de la mañana, tardísimo. Apartó las sábanas y el cobertor, y, mientras se estiraba, oyó voces y la puerta que se abría. Se quedó quieta, influenciada por la actitud furtiva de quienes entraban. Amina y Eliah hablaban en susurros; Kolia, en cambio, lo hacía en voz alta, arruinando el cometido. Reprimió la risa y las ganas de saltar para recibirlos.

Al-Saud abrió las ventanas, y el sol inundó la estancia. Matilde simuló sorprenderse y se incorporó contra el respaldo. Amina y Kolia treparon a la cama entre exclamaciones y risas, y se lanzaron a su cuello.

—¡Feliz cumpleaños, mamá! —exclamó Amina—. ¿Sabes, Matilde? Falta mucho para mi cumpleaños. Tío Eliah me dijo que me regalaría lo que yo le pidiera.

—¿De veras?

—Ahora le entregaremos los regalos a mamá —intervino Al-Saud, y sus ojos chispeantes se cruzaron con los de Matilde. Se inclinó sobre ella y la besó en los labios—: *Heureux anniversaire, mon amour.*

Matilde le atrapó la cara con las manos y lo besó largamente. Le dibujó la palabra gracias con los labios. Se miraron en silencio, compartiendo las memorias de lo vivido la noche anterior. Kolia y Amina saltaban y peleaban en torno a ellos; no se ponían de acuerdo en la entrega de los regalos. Finalmente, se decidió que se alternarían para darle los paquetes. En minutos, la cama quedó cubierta de bolsas, envolturas y cintas. Amina se probaba los pañuelos de seda, taconeaba las sandalias, se empapaba en perfume y le pedía a Matilde que le pintara los labios. Kolia, ubicado en el hueco que formaban las piernas de su padre, la seguía con ojos atentos y gesto serio.

Despejaron la cama, y Al-Saud trajo la bandeja. Matilde festejó el espectáculo de galletas, *croissants*, sándwiches y el ramillete de mimosas, y valoró en especial el mate, que Amina y Kolia se encapricharon en tomar; a ninguno le gustó. Matilde y Eliah soltaron una carcajada con la mueca de disgusto de su hijo.

Francesca llamó a la puerta y entró con la excusa de saludar a Matilde, si bien se proponía llevarse a los niños para que la pareja compartiera un momento en soledad. La puerta se cerró tras ellos, y Matilde cayó en brazos de Eliah, que la colocó sobre sus piernas como a un bebé.

—Feliz cumpleaños, amor de mi vida.

—Gracias por tanta felicidad.

Se miraron y no necesitaron pronunciar lo que pensaban, que faltaba Jérôme.

—Ahora es mi turno.

—¿Turno para qué?

—Para darte mi regalo.

—¡Más regalos!

Al-Saud se estiró en la cama, abrió el cajón del buró y extrajo una caja verde. Se la entregó sin decir palabra. Matilde sonrió con indulgencia al descubrir la corona dorada de Rolex estampada en la parte superior. La abrió. Tomó la tarjeta, escrita a mano, y la leyó en silencio. «*Aseguran que estos relojes son muy buenos y que marcan el tiempo con mucha precisión. Aseguran también que duran toda la vida. Por lo tanto, te amaré cada segundo que marque este reloj. Eliah.*»

—Hay algo grabado en la parte de atrás.

La ayudó a sacarlo de la caja. Era el modelo Lady-Datejust, combinado en oro y acero, con el cuadrante blanco. En la parte posterior de la caja decía: *Te amo. E.A.S.*

—Es hermoso. Hermosísimo —afirmó, conmovida por el gesto de expectación de Al-Saud.

—Sé que no te gusta la ostentación, pero…

Matilde lo acalló cubriéndole los labios con los dedos.

—Es perfecto porque me lo das tú, porque me durará toda la vida, igual que tu amor.

—Matilde —la atrajo hacia él con una urgencia que la sorprendió—, no creo que mi amor se acabe con la muerte.

–El mío tampoco.

–Estamos condenados para la eternidad.

Al día siguiente, Al-Saud viajó a Milán para reunirse con el doctor Luca Beltrami, a cargo del juicio por filiación de Kolia. Allí se les uniría el doctor Lafrange, que se ocuparía de las cuestiones por la adopción de Amina, comenzada poco después del anuncio de la muerte de Sabir Al-Muzara.

Matilde quería acompañarlo, no soportaba verlo partir otra vez. Al-Saud se negó por el bien de Amina y de Kolia, quienes, en pocos días, habían desarrollado un vínculo tan dependiente con ella que se inquietaban si la perdían de vista; no admitirían una separación, por corta que fuera.

Todos admiraban en silencioso pasmo cómo las maneras dulces y tranquilas de Matilde conquistaban a Kolia, un niño que se había mostrado independiente. Francesca se retiraba a un discreto segundo plano, y Mónica, por orden del señor Eliah, se ocupaba de otras cuestiones. Matilde ganaba terreno día a día, y el secreto consistía en respetar la libertad y la autonomía del niño, igual que con el padre. Enseguida se dio cuenta de que no le gustaba que lo apabullaran con caricias ni besos; tampoco recibía de buen grado las órdenes, por lo que fijarle límites se transformaba en un desafío. Matilde, que, de acuerdo con la afirmación de Juana, era una gran manipuladora, y que, pese a su voz suave como la brisa y su energía cálida como la de un rayo de sol en invierno, poseía la fuerza de un ciclón y la perseverancia de un monje, trazó su estrategia concentrándose en las cosas que Kolia más disfrutaba, como oír música y bailar, escuchar cuentos y jugar con elementos inusuales, como botellas de agua mineral vacías, piñas, los zapatos de la abuela Francesca y las pipas del *nonno* Fredo; de nada valían los juguetes que Eliah le compraba; él se divertía más construyendo con las piñas que Matilde traía del bosque o percutiendo las botellas de plástico en el piso. Pasaban horas los tres sentados en la alfombra del cuarto de juegos saltando de una actividad a otra.

Amina preguntaba con frecuencia por su padre, y, a medida que transcurría el tiempo, se mostraba empeñada en regresar a su casa. Un día en que Matilde la notó más quisquillosa que de costumbre, se decidió a contarle la verdad, para lo cual inventó un cuento de Jérôme en el cual sus padres biológicos se iban al cielo y unos nuevos, llamados Eliah y Matilde, se hacían cargo de él. Amina, sentada sobre la alfombra, a la usanza india, se quedó mirándola fijamente.

—Y los papás de Kolia, ¿dónde están?

—El papá de Kolia es Eliah. Su mamá está en el cielo, con los papás de Jérôme.

—¿Y mi mamá?

—En el cielo, con tu papá.

—¿Mi papá está en el cielo?

—Sí. Y, antes de irse, le pidió a Eliah que te cuidara.

—¿Por qué se fue al cielo mi papá?

—Porque Dios lo llamó.

—Yo quiero que vuelva —dijo, con voz llorosa—. No quiero que esté en el cielo.

Matilde depositó a Kolia sobre la alfombra, estiró los brazos y atrajo a Amina a su regazo.

—Tesoro mío, estoy segura de que si tu papá pudiera volver, lo haría. Pero Dios le pidió que se quedase en el cielo y que, desde allí, te cuidara. Te aseguro que tu papá está viéndonos ahora y está un poco triste porque sabe que tú estás triste. Lo mejor será que estemos contentas para que él también lo esté. ¡Hola, Sabir! —dijo Matilde, y echó mano del mismo truco empleado con Jérôme—. ¿Cómo estás, querido amigo? —Apuntó los ojos al cielo raso—. Te contaré algo: Eliah y yo queremos con todo nuestro corazón a tu hermosa hijita Amina y la llevaremos a vivir con nosotros, y ella será nuestra hijita querida y la hermanita de Kolia y de Jérôme.

—¿Jérôme será mi hermano?

—Sí, tu hermano y de Kolia. Viviremos los cinco, todos juntos, en la misma casa.

—¿Cuándo vendrá Jérôme?

—Pronto, tesoro mío, muy pronto.

⚜

Al-Saud regresó diez días después, el martes 30 de marzo. Se quedó de pie junto al automóvil al ver a Matilde y a los niños, seguidos por Mónica, emerger del bosque de pinos. La sonrisa de su mujer le provocó un salto en el corazón, que empezó a latir de manera desenfrenada. Apoyó la maleta sobre el asiento y caminó a pasos largos hacia ella. Matilde corrió en su dirección riendo de pura dicha. Al-Saud la recibió en sus brazos y la hizo girar en el aire. Se besaron frente a los niños y la niñera.

—Ya son nuestros, mi amor. Kolia y Amina son nuestros. Podemos volver a París.

Se abrazaron y rieron hasta caer en la cuenta de los jalones y de las demandas de Kolia y Amina.

—¡A mí también hazme dar vueltas como a Matilde, tío Eliah!

—¡Por supuesto, su alteza!

Kolia exigió su parte saltando con los brazos extendidos y balbuceando «ma-ma-ma», por lo que Matilde lo sostuvo de las axilas y lo hizo girar. Entraron en la mansión riendo y hablando atropelladamente, Kolia en su media lengua, y Amina, con la claridad que la caracterizaba.

—Tío Eliah, Matilde me contó que mi papá se fue al cielo con mi mamá.

El comentario no tomó por sorpresa a Al-Saud; Matilde le había adelantado la novedad por teléfono.

—Sí, tu papá está en el cielo.

—Los papás de Jérôme también.

—Sí, lo sé.

—Lo extraño mucho a mi papá. Quiero que venga a buscarme.

—Yo también lo extraño, cariño. Y a mí también me gustaría que viniera aquí y se quedara con nosotros. No te olvides de que era mi mejor amigo. Pero eso no es posible.

—La mamá de Kolia también está en el cielo.

—Ajá. Ellos están todos juntos en el cielo. ¡Bonito grupo que forman! ¿Verdad? ¿Qué opinas de que *nosotros*, que nos quedamos aquí abajo, vivamos todos juntos? Tú, Kolia, Jérôme, Matilde y yo, todos en la misma casa para siempre. —Amina asintió con aire solemne—. Adivina qué te he traído de regalo —la engatusó Al-Saud.

La vocecita de Amina iba menguando en tanto se alejaban escaleras arriba. Francesca los observaba desde el pie. Matilde cargaba a Kolia, que le chupaba la mejilla y la hacía reír. Amina, en brazos de Eliah, no acertaba con los posibles regalos y comenzaba a perder la paciencia.

Kamal se acercó a su mujer, le pasó el brazo por el hombro y sonrió en dirección a la familia de su tercer hijo, que ya desaparecía en la planta alta.

—Nunca, ni siquiera de niño, lo he visto tan feliz —comentó Kamal.

—Está feliz porque conoció el verdadero amor. El mismo tipo de amor que nos ha mantenido unidos a ti y a mí por tantos años.

—¿Volvemos a Jeddah? Te quiero de nuevo sólo para mí.

—Sí. De nuevo solos. Pero tendremos que viajar a París a mediados de abril para la boda de Matilde y Eliah. Le prometí a Matilde que la ayudaría con los preparativos. La celebración se hará en casa.

18

Al-Saud estiró las piernas bajo el escritorio, entrelazó las manos detrás de la cabeza y se dejó caer en la silla. A pesar de la abrumadora cantidad de trabajo, de los problemas que desfilaban uno tras otro y de los compromisos que plagaban su agenda, se sentía feliz y apaciguado. Amaba la vida que Matilde creaba en torno a él, desde que despertaban hasta que se acostaban. Le gustaba llamarla durante el día y escucharla enumerar los avances de Kolia o las ocurrencias de Amina; su dicha y su entusiasmo le llegaban a través del teléfono y se transformaban en una energía que lo impulsaba a seguir luchando contra las dificultades de una empresa militar privada. La tenía cercada por guardaespaldas, y le había comprado una camioneta Mercedes Benz ML 500, la cual le entregarían dentro de un mes y medio después de blindarla por completo (cristales y carrocería) con un alto nivel de resistencia balística; también había mandado colocarle aros de seguridad a las llantas y bajos antiminas. Alamán era el responsable de instalarle contramedidas electrónicas. En tanto, Matilde usaba un vehículo de la Mercure, el cual no reunía las exigencias de seguridad de Al-Saud, por lo que había indicado al chofer que redujera las salidas, orden que Matilde no cumplía y se lo pasaba de aquí para allá por París.

Sonó el timbre del intercomunicador.

—¿Sí? ¿Qué sucede?

—El señor Shiloah Moses acaba de llegar, señor —anunció Victoire, la secretaria.

—Hágalo pasar.

Al-Saud abandonó la silla, se acomodó la camisa dentro del pantalón y se aplastó los cabellos. Inspiró profundamente y sacudió los hombros para relajar los músculos. La comisión que afrontaría en un momento no resultaría fácil ni agradable.

Shiloah entró con una sonrisa. Lucía contento y rejuvenecido; la influencia de Juana seguía siendo beneficiosa. Se dieron un abrazo y palmadas en la espalda.

—Victoire, tráiganos café, por favor. Y no me pase llamadas, a menos que se trate de mi mujer.

—Sí, señor.

El secuestro de Matilde salió a relucir apenas se acomodaron en los sillones.

—Creí que me volvía loco cuando nos enteramos por la televisión de que la habían secuestrado. Juana perdió el control. Nunca la había visto así. Lloraba y gritaba y yo no sabía qué hacer. Traté de comunicarme contigo, pero Alamán me dijo que estabas en el medio de la nada, en una misión. Llamé a mis contactos en el Shabak, y me aseguraron que estaban haciéndose cargo del tema. No me brindaron mucha información.

—Fue Anuar —manifestó Al-Saud—, él la secuestró.

Guardaron silencio mientras Victoire les servía el café. Moses habló después de que la secretaria cerró la puerta.

—La prensa especulaba que había sido Hamás, pero ellos nunca reivindicaron el secuestro. No sabes el revuelo que se armó. Matilde se había convertido en una heroína para los palestinos después de salvar al niño atrapado en el fuego cruzado y propiciar que la intervención israelí terminara. Se organizaron manifestaciones en la ciudad de Gaza, encabezadas por los empleados del hospital, exigiendo su liberación. ¡Hasta el papa Juan Pablo II exigió su liberación! —Al-Saud levantó las cejas—. El secuestro de Matilde no le ha hecho ningún bien a Hamás desde el punto de vista político.

—Lo hicieron por dinero —afirmó Al-Saud—, no había otro objetivo más que hacerse de dinero. Anuar está quedándose sin fondos para financiar sus actividades terroristas. A mediados de septiembre recurrió a mí, me pidió dinero. Como se lo negué, amenazó con matar a Matilde.

—¡Maldito hijo de puta!

—Él asesinó a Sabir.

—¿A su propio hermano? Gusano malparido.

—Tengo que detenerlo, Shiloah, o no podré vivir en paz. Tú puedes ayudarme.

—¿Yo? ¡Ojalá pudiera, amigo mío!

—Sí, puedes. —Al-Saud lo miró fijamente, mientras rebuscaba el discurso que había ensayado; las palabras lo rehuían, lo desertaban. Exhaló de manera ruidosa y bajó la vista—. Esto que tengo que contarte es muy duro, Shiloah. Necesito que escuches en silencio y trates de comprender.

—Lo que sea, Eliah. Lo que sea.

—Se trata de Gérard. Él y Anuar han seguido en contacto durante todos estos años. De hecho, Gérard colaboraba con sus actividades terroristas.

Las facciones de Shiloah se congelaron; no pestañeó, no apartó la mirada.

—Cuéntame todo, Eliah. Adelante.

Al-Saud eligió con cuidado las partes de la verdad que revelaría a su amigo. Le dijo que Gérard trabajaba para el régimen de Bagdad, pero no mencionó lo de la centrifugadora de uranio ni lo del plan para bombardear Riad y Tel Aviv. Le confesó, por fin, que Gérard Moses había muerto semanas atrás. Shiloah extrajo un pañuelo y se secó los ojos.

—¿Cómo murió? ¿Por un ataque de porfiria?

—No, lo mataron.

—¿Quién? ¿Por qué?

Al-Saud había decidido que Shiloah jamás se enteraría de que había muerto a manos de Matilde.

—No lo sé con certeza. Gérard se movía en círculos muy peligrosos. No me extraña que hayan decidido deshacerse de él. Las razones pueden ser varias. Quizá, sabía demasiado.

—¿Estás seguro de que murió?

—Yo no lo vi muerto, pero creo ciegamente en la persona que me dijo que lo vio morir.

—Espero que ahora esté en paz. Nunca tuvo paz, ¿sabes? Vivió una vida de tormento y padecimiento. Yo… —La voz se le quebró; sacudió la cabeza y volvió a secarse los ojos—. En fin, se ha ido. ¿Qué habrán hecho con su cuerpo? ¿Lo habrán sepultado decorosamente?

—Ya déjalo, Shiloah. ¿Qué importan esas cosas? Gérard se fue y ahora está en paz.

—Tienes razón. ¿Qué importan esas cosas? Dime, hermano, ¿cómo puedo ayudarte?

—Necesito entrar en la casa de la *Quai* de Béthune. Anuar estuvo allí el año pasado. Antoine le permitió entrar. Quizá podamos dar con alguna pista que nos guíe a él.

—Todavía conservo mis llaves. Las tengo aquí, en mi departamento de París. ¿Cuándo quieres ir?

—Lo antes posible.

—Iré a buscarlas.

—Shiloah —lo detuvo Al-Saud—, llevaremos a un amigo mío que trabaja en la DST. Quiero que él me ayude a registrar la casa. No te preocupes, el asunto se manejará con absoluta discreción.

Shiloah profirió una risotada forzada y melancólica.

–Si el mundo lo supiera, Eliah, me importaría un comino. Creo que sería una buena lección para mi viejo, que siempre fue un hijo de puta con Gérard. Lo culpo a él por la personalidad retorcida de mi hermano. ¿Te imaginas? ¿El hijo del gran jefe sionista, Gérard Moses, trabajando para el enemigo número uno de Israel? Te aseguro que mis dos periódicos se hartarían de vender ejemplares.

～ ✿ ～

En tanto aguardaba el regreso de Shiloah con las llaves de la casa de la *Quai* de Béthune, Al-Saud telefoneó a Edmé de Florian, de la *Direction de la Surveillance du Territoire*, más conocida como DST. De Florian aguardaba el llamado de Al-Saud, por lo que se puso en marcha enseguida. Llegó a las oficinas de la Mercure en el Hotel George V veinte minutos después.

–¿Tu amigo Shiloah aceptó ayudarnos?

–Sí, por supuesto. Ha ido por las llaves de la casa. ¿Qué podemos hacer con Antoine, el mayordomo? Él podría avisarle a Anuar de que estamos tras su pista.

–¿Qué crees que encontraremos en la casa de Moses?

–Admito que no lo sé.

Al-Saud se acercó deprisa al escritorio y levantó el auricular del teléfono que sonaba.

–Señor –dijo Thérèse–, el señor Nigel Taylor pide hablar con usted.

–Pásemelo. Hola, Nigel.

–Hola, Eliah. ¿Cómo está Matilde?

–Bien, gracias.

–Mi mujer y yo nos preocupamos mucho cuando nos enteramos de su secuestro.

–¿Tu mujer?

–La conoces. Angelie. *Sœur* Angelie –aclaró–, que vivía en la Misión San Carlos. –La línea enmudeció–. Nos casamos hace poco –explicó Taylor–, cuando le dieron la dispensa. Está conmigo en París y le gustaría ver a Matilde.

–Sí, por supuesto. A Matilde le encantará verla. ¿Por qué no van a cenar a casa esta noche? Mi hermano y otros amigos también irán.

–Gracias. Angelie estará feliz con la invitación. Por otro lado, hay un tema importante que quisiera hablar contigo. ¿Podremos hacerlo esta noche o prefieres que nos encontremos mañana en otro sitio?

—Esta noche lo hablaremos. Apunta mi dirección.

—¿Podremos ir con nuestro hijo? También lo conoces. Es Kabú.

—¡Kabú! —La sorpresa provocó una carcajada a Al-Saud—. Matilde estará feliz de verlo. Claro, llévalo también.

Depositó el auricular sobre el aparato y demoró en quitar la mano. La mirada se le perdió.

—¿Malas noticias? —preguntó Edmé de Florian.

—No, al contrario —dijo; no obstante, meditaba acerca de la conveniencia de que Matilde viera a Kabú; tal vez removería la herida de Jérôme, que nunca cicatrizaba.

⁓ ✂ ⁓

Cruzaron el Sena por el Puente Marie y entraron en la Île Saint-Louis. Estacionaron los vehículos a la vuelta del *hôtel particulier* de los Rostein y caminaron hasta el portón con el número 36 pintado en la clave del arco de medio punto. Se trataba de un día gris, y el viento cálido que soplaba desde el río cargado de humedad, fastidiaba a Al-Saud.

Shiloah sacó la llave. Existía el riesgo de que Gérard Moses hubiera cambiado la cerradura del viejo portón de roble. Los tres hombres aguardaban con el aliento contenido mientras la llave giraba. También cabía la posibilidad de que la casa estuviera protegida por un sistema de seguridad, del cual Shiloah desconocería el código para detener a tiempo el trinar de las alarmas. El chasquido certero les anunció que la llave era la misma. Abrieron el portón y entraron en el solado. Los segundos corrían, y el silencio se profundizaba.

Antoine, que salía del sector de la servidumbre para ingresar en la casa principal, se quedó de una pieza al verlos. Al-Saud notó que llevaba una paloma sentada en el ángulo del brazo derecho, y recordó que su empleado, Oscar Meyers, le había marcado el mismo detalle cuando lo mandó seguir a Anuar Al-Muzara a mediados de septiembre.

—*Monsieur Shiloah, c'est vous?*

—Sí, Antoine. Soy yo. Disculpa el susto que te hemos dado.

—¡En absoluto, *monsieur*! ¡Adelante, adelante!

—Déjame lidiar con Antoine a mí —masculló Shiloah en inglés a Al-Saud mientras se dirigían al pórtico de entrada.

—Recuerda lo que te dijimos: no le menciones que Gérard ha muerto.

Al-Saud y Edmé de Florian se dividieron para registrar la gran casona de tres pisos. De Florian descubrió una caja fuerte tras un óleo en una habitación que debía de funcionar como despacho a juzgar por el mobiliario. Al-Saud, por su parte, subió a la terraza y descubrió el camino de fuga que había guiado a Anuar hasta la iglesia Saint-Louis-en-l'Île. Giró para regresar al interior, y sus ojos tropezaron con el palomar; se hallaba en el mismo sitio de la época de la infancia, aunque lucía modernizado. Se acercó, y las palomas aletearon, nerviosas, hasta que se acostumbraron a su presencia. «*Ésta es mi favorita. Se llama Ícaro.*» El viento acarreó la voz infantil de Gérard y revoloteó en sus oídos; la escena se proyectó frente a él. Había visitado ese palomar con su mejor amigo cientos de veces, siempre a la caída del sol o de noche, cuando se quedaba a dormir en casa de los Moses y el clima lo permitía. Una profunda nostalgia se apoderó de él. Tragó con dificultad y se limpió los ojos de manera colérica; otro pensamiento acababa de desplazar los tiernos de la infancia, y la imagen de Samara muerta en el túnel de l'Alma terminó por teñir de furia negra su espíritu.

Recordó que, al igual que con los demás temas que lo apasionaban, Gérard era un erudito en colombofilia. Sabía tanto acerca de las palomas mensajeras —de su estirpe, de sus enfermedades, de sus costumbres y de su historia— como de armas y de aviones de guerra. «*¿Sabías que las palomas mensajeras hasta el día de hoy se usan en las guerras? En la de Vietnam, el Batallón de Comunicaciones del ejército norteamericano viajó con cuarenta palomas. Cuando la tecnología falla, cuando las comunicaciones se cortan, siempre quedan las palomas.*» La frase se repitió como un eco: «*...cuando la tecnología falla... cuando la tecnología falla*».

Volvió al interior de la casa. Se topó con De Florian en el pasillo de la segunda planta.

—Acabo de descubrir cómo se comunicaba Anuar Al-Muzara con Gérard Moses. —El agente de la DST agitó la cabeza invitándolo a continuar—. Con palomas mensajeras. Tanto Moses como Al-Muzara son expertos colombófilos. Bueno, en el caso de Moses debería decir que *era* experto.

—¿Palomas mensajeras? —Al-Saud asintió, y De Florian sacudió los hombros, incrédulo—. Por mi parte, he descubierto una caja fuerte tras un óleo, en esa habitación.

—El despacho del padre de Gérard.

—Tal vez Shiloah conozca la combinación. También se necesita una llave.

Encontraron a Shiloah sentado a la mesa de la cocina, conversando amistosamente con Antoine, mientras compartían café y galletas.

—Antoine está contándome que Gérard aún conserva sus palomas mensajeras —dijo, y señaló la que el mayordomo sostenía en el recodo del brazo.

—Shiloah, hay una caja fuerte en el despacho de tu padre —informó Al-Saud en inglés—. Detrás de un cuadro. ¿Podrías abrirla?

—No tenía idea de que hubiera una caja fuerte allí.

—Llamaré a un cerrajero de la DST —propuso De Florian.

—No quiero al personal de la DST metido en esto, Edmé —protestó Al-Saud—. Ya sabes que estás aquí a título personal.

—Es un amigo, de mi extrema confianza. No habrá problema.

De Florian se alejó para telefonear al cerrajero, y Al-Saud tomó asiento frente a Antoine, que lo rehuyó con la mirada del mismo modo que de niño.

—Anuar Al-Muzara ha visitado últimamente esta casa, ¿verdad, Antoine?

El hombre se incorporó en la silla, endureció el gesto y miró con fijeza a Shiloah. Los pómulos se le colorearon, y la paloma se agitó.

—¿Es cierto eso, Antoine? —preguntó Shiloah, de buen modo—. ¿Anuar visitó esta casa últimamente?

—¡Contesta! —Al-Saud azotó la mesa con el puño, y la paloma voló, espantada, para posarse en el techo de un aparador.

—Eliah, por favor…

—¡Por favor, una mierda, Shiloah! Este hijo de puta está encubriendo a un terrorista. Si no quieres terminar en la cárcel, Antoine, será mejor que hables.

—¿La cárcel?

—Sí, la cárcel. El señor —dijo, y señaló a De Florian, que se aproximaba después de haber realizado la llamada— es de la DST. —De Florian extrajo su identificación y la colocó delante de los ojos exorbitados de Antoine.

—*Mon Dieu* —masculló el mayordomo.

—Mejor será que hable, señor —dijo De Florian—. Por su bien.

—Sabemos que Anuar estuvo aquí a mediados de septiembre. ¡Habla!

—Sí, sí —balbuceó el hombre.

—Tranquilo, Antoine —lo alentó Shiloah—. Bebe un sorbo de café.

—El señor Anuar estuvo aquí, sí. El joven Gérard me dijo que, siempre que viniera a esta casa, lo recibiera. También estuvo el señor Udo.

—¿Cómo se comunican Gérard y Anuar? —preguntó Shiloah.

—A través de las palomas.

Sorprendido, Edmé de Florian miró a Al-Saud.

—¿Cuándo envió el último mensaje?

—Hace poco.

—¿Cuándo? —lo presionó Al-Saud.

—A principios de enero. Lo trajo un hombre a quien yo no conozco. Dijo llamarse Rauf. Fue toda la información que me dio. El señor Udo me ordenó que lo enviara.

—¿Cuándo recibieron la respuesta?

—Tardó bastante en llegar. A principios de febrero.

—¿Qué decían esos mensajes?

—¡Yo no los leo! —aseguro, con una mueca ofendida—. Además, no comprendería nada. El joven Gérard usa un código para escribirlos. Lo mismo el señor Anuar.

—¿Conservas las respuestas de Anuar? —quiso saber Shiloah, y Antoine asintió—. Tráelas, por favor.

El mayordomo salió de la cocina a paso lento y con la cabeza baja.

—Podríamos atrapar a Al-Muzara enviándole un mensaje —anticipó Al-Saud.

—Si logramos descifrar el código —lo previno De Florian.

—Habrá que vigilar a Antoine. No confío en él. Si me lo permites, Shiloah, instalaré a dos de mis hombres aquí.

—¿En esta casa?

—Sí. Quiero que lo vigilen de cerca, día y noche. No quiero que mueva un dedo sin que estemos informados.

Shiloah Moses agitó los hombros y accedió con un leve asentimiento.

—Edmé, ¿podrías mostrarme el sitio donde hallaste la caja fuerte?

Antoine regresó a la cocina y se puso nervioso al encontrarse que estaba solo con Al-Saud. Le extendió los pequeños papeles arrugados, que temblaron.

Al-Saud les echó un vistazo y sonrió con malicia. Años atrás, le había ayudado a Gérard a crear ese código. Con un poco de esfuerzo, lo recordaría.

∴ ❀ ∴

El cerrajero de la DST trabajó alrededor de una hora para abrir la caja fuerte. Lo primero que saltó a la vista fueron dos gradillas con una veintena de pequeños tubos de ensayo con tapones de distintos colores.

—¡No toques eso! —alertó Al-Saud a Shiloah.

—¿Por qué?

—No lo toques —insistió—. Podría ser peligroso.

—Lo siento, Eliah —dijo De Florian, y cerró la caja fuerte—. No podemos exponernos a hurgar aquí dentro. Tendré que convocar al grupo especializado en armas químicas y biológicas.

—*Quoi?* —exclamó Shiloah—. ¿Armas químicas y biológicas?

Al-Saud ignoró el asombro de su amigo y se dirigió a Edmé.

—Haz lo que creas conveniente, pero recuerda: Al-Muzara es mío. Tengo varias cuentas que cobrarle.

De Florian asintió antes de preguntar:

—¿En verdad crees que podría haber venenos y virus en esas probetas?

—¿Recuerdas los muchachos iraquíes que fueron gaseados en Seine-Saint-Denis? Sospecho que lo hizo Udo Jürkens y que el veneno se lo proveyó Gérard.

—*Quoi?* —Shiloah lucía abrumado.

—¿Y el envenenamiento de Blahetter? —sugirió De Florian—. En su momento, el inspector Dussollier me pasó el informe del forense, que aseguraba que había muerto por intoxicación con ricina. Le habían inyectado un perdigón en la pierna.

—*Mon Dieu!* ¿De qué están hablando? ¿Quiénes son los muchachos iraquíes? ¿Quién es Blahetter?

—Cuanto menos sepas, Shiloah —dijo De Florian—, mejor para ti. Tu hermano nadaba en aguas muy peligrosas. Es todo lo que necesitas saber.

Antes de que se marcharan de la mansión de la *Quai* de Béthune bien entrada la tarde, un equipo de la *Direction de la Surveillance du Territoire* había cercado la entrada al despacho y trabajaba en el contenido de la caja fuerte. Edmé de Florian ordenó a dos de sus hombres que se turnaran en la vigilancia de Antoine, el cual se mantenía en un rincón de la cocina con su paloma contra el pecho, y mandó intervenir la línea telefónica.

—Ven aquí —le ordenó Al-Saud de mal modo, y el mayordomo se aproximó con la cabeza baja—. Quiero que sueltes una de las palomas de Al-Muzara con este mensaje.

Tras estudiar los mensajes del terrorista palestino, que no sólo estaban escritos en la clave diseñada por Gérard, sino que constituían acertijos —el muy malparido tenía tiempo para bromas—, Eliah se sintió capaz de redactar uno, si bien le habría resultado más fácil en caso de contar con un mensaje de Gérard para imitar el estilo. ¿También escribiría con acertijos? ¿Lo haría en tono bromista o más bien escueto? Habiéndolo conocido, decidió ir al grano, y, mientras imitaba la caligrafía de Gérard sirviéndose de un escrito hallado en el despacho, se preguntaba si Anuar Al-Muzara estaría al tanto de su muerte.

Antoine depositó la paloma sobre una alcándara, tomó el columbograma y lo enrolló hasta convertirlo en algo similar a un cigarrillo liado a mano. Hurgó en un cajón del cual sacó un tubito donde embutió el mensaje. Eliah lo siguió hasta la terraza y verificó que la paloma se alejara en el cielo del atardecer.

Aferró a Antoine por el cuello y lo pegó contra el alambrado del palomar.

—Si has enviado la paloma incorrecta y el mensaje no llega a destino o si llegas a abrir la boca para advertir a Anuar, vendré a buscarte y te convertiré en un amasijo sanguinolento. ¿Has entendido? —Antoine asintió como pudo—. Apenas recibas la respuesta, me llamarás a este teléfono. —Le metió una tarjeta en el bolsillo de la camisa—. Me lo comunicarás a mí primero, está claro. Cuando escuches mi voz, simplemente dirás: «Se usan en la guerra». ¡Repítelo!

—Se usan en la guerra.

~: ✂ :~

Al llegar a París, Matilde se encontró con que Leila se había casado con Peter Ramsay y con que vivía en un departamento cerca del *Bois de Boulogne*, adonde le gustaba ir a montar con frecuencia, hábito que terminó el día en que su esposo se enteró de que estaba embarazada.

En un principio, Matilde se sintió perdida en la casa de la Avenida Elisée Reclus sin Leila, aunque se organizó bastante bien con la colaboración de Marie, de Agneska y de Mónica. Sin embargo, Al-Saud insistió en que contratara a otra niñera, por lo que se lo pasaba entrevistando a chicas jóvenes; hasta el momento, ninguna la convencía.

Le gustaba su vida nueva. Salvo las dos ocasiones en que había concurrido a la sede de Manos Que Curan para el *debrief*, no tenía contacto con su profesión, y se dedicaba a ser madre y esposa, aunque sabía que su índole le exigiría volver al quirófano tarde o temprano. Además, pensaba de continuo en el proyecto de la Clínica Medalla Milagrosa que atendería a indigentes, en especial, a inmigrantes africanos. Había comprado un cuaderno donde anotaba ideas y hacía listas. El abogado de Eliah, el doctor Lafrange, estaba ocupándose de los trámites para obtener la personalidad jurídica de una fundación que administraría la clínica.

Esa noche, serían varios a la hora de la cena. La mayoría había llegado y, como eran de confianza, se congregaban en la cocina, donde picoteaban pan, queso y frutos secos y sorbían el vino tinto que Alamán había comprado. Alrededor de las siete, Matilde, escoltada por Mónica, subió con Kolia para bañarlo. Era un momento que disfrutaba, y, si bien la niñera peruana la asistía, ella se ocupaba de todo. Kolia amaba el agua, y la gratificaba verlo disfrutar con sus juguetes de hule. A veces lo dejaba sumergido en la tina hasta que la piel se le tornaba rugosa. Así y todo, Kolia se quejaba cuando el baño terminaba. Volvía a reír cuando Matilde, mientras lo friccionaba con la toalla, le mordisqueaba las llantitas y lo llamaba «mi niño envuelto». Terminaba de vestirlo en la habitación que habían decorado para él, contigua a la de ellos, y le daba la cena en la cocina, aunque esa noche lo alimentaría en el dormitorio para evitar el barullo de los invitados, que lo alteraría y le afectaría la digestión.

—Mónica, por favor, sube por el ascensor la sillita alta de Kolia y que Marie traiga su comida.

—Sí, señito Matilde.

Kolia, todavía desnudo sobre la cómoda, agitaba los brazos y las piernas y balbuceaba en su media lengua. Matilde lo observaba, tan sano y bien formado, y el pecho se le calentaba de emoción y de dicha. Se inclinó para besarlo y le acarició la punta de la nariz con la de ella.

—Te amo, Kolia.

⚜

Al-Saud escuchó las voces provenientes de la cocina apenas apagó el motor del Aston Martin. Después de las horas de tensión transcurridas en la casa de los Rostein, habría preferido una velada tranquila con su mujer, tal vez un baño de inmersión compartido. Soltó un suspiro y se encaminó con resignación al encuentro de la pequeña multitud que invadía su casa.

Avistó a Amina sentada en un banco alto de la barra de mármol, y a Yasmín, que le pintaba las uñas. Esas dos habían congeniado desde un principio, unidas por su afición a la moda y a la estética.

—¿No es un poco pequeña para que le pintes las uñas?

—¡Tío Eliah, no soy pequeña! ¡Tengo casi cuatro años! —exclamó Amina.

—Aún no los has cumplido. Y falta mucho para el 15 de diciembre.

—Tío Ezequiel me maquillará —siguió desafiándolo la niña.

Al-Saud lanzó un vistazo furioso a Ezequiel, que sonrió y agitó los hombros.

—No lo mires con esa cara —se quejó Yasmín—. Matilde nos dio permiso.

—Porque la habrán vuelto loca.

—Su mujer no es fácil de manipular —opinó Ezequiel—. Cuando dice no es no.

—Ya va siendo hora de que lo trates de tú, ¿no crees, Ezequiel? —intervino Alamán.

Ezequiel manifestó que prefería conservar el trato formal, y Al-Saud gruñó una frase ininteligible.

—¿Dónde está Matilde? —preguntó, sin ocultar la ansiedad.

—Arriba, bañando a Kolia —dijo Leila, y Al-Saud miró en su dirección con una sonrisa, que se esfumó al avistar a La Diana, arrinconada en una esquina oscura, cerca del almacén.

—¿Qué haces tú acá? —la increpó.

—¡No te atrevas a echarla! —intervino Yasmín, y sacudió el pincel en el aire—. Matilde la invitó.

—Me iré —masculló La Diana.

—¡De ninguna manera! —vociferó Yasmín—. La Diana es la hermana de mi prometido, así que, hermanito querido, será mejor que vayas haciendo las paces con ella, porque no admitiré este tipo de escenas en cada reunión familiar.

Al-Saud fijó la mirada en la muchacha bosnia, cuya expresión lo afectó íntimamente y le hizo acordar del día del rescate en el campo de concentración de Rogatica.

—Está bien, puedes quedarte. Tú y yo hablaremos más tarde —dijo, y abandonó la cocina sin esperar respuesta.

Subió a la planta alta, devorándose los escalones. Entró en su dormitorio, soltó el maletín, se quitó el saco y se desanudó la corbata, se arremangó la camisa y se lavó las manos. Caminó a trancos largos hasta la habitación de Kolia, guiado por la voz de Matilde. Se detuvo bajo el umbral, donde se topó con Mónica, que se disponía a salir. Se llevó el índice a los labios para indicarle que no delatara su presencia.

Inclinada sobre Kolia, Matilde le daba la espalda. Llevaba un overol de mezclilla, los de aquel primer día, en el vuelo a París. «Matilde», murmuró para sí, incrédulo de tenerla en su casa, a salvo, toda para él, feliz de verla plena en su rol de madre, un sueño que ella había añorado y que había conseguido gracias a él. Quería amarrarla a su lado, halagarla, satisfacerla, comprarla con regalos, con amor, con hijos, con lo que fuera necesario. La manipulaba con sus emociones y sentimientos, lo sabía, pero no se sentía culpable, porque así como él no podía vivir sin ella, ella no podía vivir sin él; se lo había dicho, y se aferraba a esa declaración como a la vida.

—¿Quién es el príncipe de mamá? Ko-lia. Ko-lia. —Matilde le besó la pancita desnuda, y el niño soltó unas carcajadas que obligaron a Al-Saud a ahogar una risa—. Kolia es el príncipe de mamá. Sí, mi amor, sí. Tú eres mi príncipe.

—¿Y quién es el rey de mamá?

Resultaba suficiente oír su voz, esa frecuencia grave y oscura cuyas vibraciones la atravesaban, para experimentar el poder de un conjuro sobre su voluntad. Se quedó quieta, con la respiración contenida, esperando sentirlo sobre el cuerpo. El erizamiento se acentuó hasta causarle una sensación dolorosa en los muslos y entre las piernas cuando Eliah le apoyó las manos en la cintura y se inclinó sobre su oído para repetir la pregunta. Le rozó el pabellón de la oreja con los labios al susurrar:

—¿Quién es el rey de mamá?

—Papá. Papá es el rey de mamá.

Matilde giró en sus manos, enredó los dedos en el cabello que le cubría las sienes y, mientras fijaba la mirada en la exigente de él, lo atrajo a sus labios para besarlo. La boca de Al-Saud se apoderó de la de ella con el hambre que acumulaba a lo largo de la jornada y que no estaba dispuesto a saciar sino en el cuerpo de su mujer. Se oían los gorjeos de Kolia, el murmullo lejano de los invitados, los acordes de las Danzas Eslavas de Dvorak —alguien merodeaba en la sala de música— y los suspiros de los amantes, el sonido erótico y húmedo producido por el contacto de sus labios. Un grito enojado de Kolia puso fin al beso.

Matilde levantó los párpados lentamente.

—¿Cómo estás? —preguntó Al-Saud.

—*Heureux, heureux à en mourir* —le respondió, con la tonada de *La vie en rose*, que se había convertido en un clásico entre ellos.

—¿Me extrañaste?

—¿Tú qué opinas?

—Que sí, que no puedes estar lejos de mí, que soy lo único para ti.

—¡Vanidoso!

Kolia volvió a quejarse. Matilde terminó de vestirlo, lo levantó en brazos y se lo entregó a Eliah, que le advirtió en francés:

—Tu madre es mía. No lo olvides, muchacho. Te la presto durante el día, pero de noche, es mía. —Se acomodó en un sillón tapizado con estampas de Disney y se dedicó a mimar a su hijo, en tanto Matilde ordenaba la ropa y los elementos para la higiene del bebé.

Entraron Marie y Mónica; traían la sillita alta y una bandeja con la papilla.

—Nosotros nos ocuparemos —indicó Al-Saud a las muchachas—. Marie, di a los invitados que bajaremos en un momento.

Matilde cubrió a Kolia con el babero, y Al-Saud le acercó la cuchara con puré.

—¿Cómo estuvo tu día?

—Normal —contestó Al-Saud; había decidido que la mantendría al margen de la cacería de Anuar Al-Muzara—. ¿Y el tuyo?

—Hermoso. Lleno de cosas. Fuimos con Yasmín y con Juana a comprar los zapatos para la boda. Y estuve en casa de tu mamá eligiendo el menú que vamos a servir en la fiesta.

—Yasmín está pintándole las uñas a Amina —comentó, con acento desaprobatorio.

—Yo le di permiso. Hoy Amina no estuvo bien. Creo que soñó con Sabir. Se levantó lloriqueando, pidiendo por su papá. Se lo pasó de mal humor y caprichosa. Le cambió la cara cuando salimos de compras con Yasmín y con Juana. Esas tres están en la misma frecuencia. Se llevan muy bien. ¿Creés que deberíamos consultar con el doctor Brieger por Amina? Tal vez le vendrían bien unas sesiones con una psicóloga para niños.

—Consúltale. Me parece una buena idea. ¿Sabes quién me llamó hoy? Nigel Taylor. Me dijo algo que me dejó helado: se casó con Angelie. Con *sœur* Angelie.

—Sí, lo sabía. Ayer llamó Amélie y me contó. Me olvidé de mencionártelo. Adoptaron a Kabú. Vive con ellos en Londres —agregó, con voz tímida, y siguió desmenuzando la carne para Kolia.

—Mi amor. —Al-Saud apoyó el tenedor en el borde del plato y colocó el índice bajo el mentón de Matilde para obligarla a levantar el rostro. Ella bajó los párpados para rehuir su mirada.

—No quiero sentir envidia, Eliah, te lo juro. Odio este sentimiento, pero no puedo evitarlo. ¿Por qué ellos tienen a Kabú y nosotros no tenemos a Jérô?

—No llores, mi amor. Que Kolia no te vea llorar.

—Tienes razón. Perdóname.

A pesar de los recelos de Eliah, la presencia de Angelie y de Kabú alegró a Matilde. Evocaron los días en la misión y mencionaron a Jérôme con naturalidad, en especial Kabú, que hacía planes para invitarlo a su casa en Londres cuando su amigo regresara. Amina contemplaba a Kabú con expresión embelesada y, algo infrecuente, en silencio. La fascinaban lo exótico del color de su piel y las extrañas marcas que le surcaban el rostro. Le preguntó por ellas, y Kabú le explicó con soltura:

—Me echaron ácido porque creían que yo era un *enfant sorcier*. ¡Pero no lo soy! —se apresuró a agregar ante la expresión de la niña—. Se equivocaron. Alamán me dijo que no lo soy, ¿verdad, Alamán?

—Así es. Kabú pasó la prueba del mango —explicó a una Amina estupefacta—. No es un *enfant sorcier*.

En tanto los adultos terminaban de cenar, los niños salieron al patio andaluz. Kolia se bajó de las piernas de Matilde y los siguió, bamboleando el trasero con pañales. A una mirada de Al-Saud, Mónica caminó detrás de él. Poco después, Amina entró corriendo e interrumpió a Matilde, que conversaba con Angelie.

—¡Matilde! ¡Matilde!

—¿Qué pasa, tesoro?

—Kabú me dijo que Jérôme puede trepar a una palmera más alta que la de nuestro jardín. ¿Cómo lo hacía, Kabú? —El niño la complació imitando a su amigo—. ¿Es verdad?

—Yo nunca miento —aseguró Kabú, sin enojarse, con gesto impasible.

—Sí, es verdad —ratificó Matilde, y el recuerdo, de manera inexplicable, la reconfortó porque se dio cuenta de que su Jérôme era un niño de la selva, conocedor de sus trampas y de sus misterios, por lo que se mantendría a salvo hasta que los hombres de Eliah lo encontraran.

Mientras compartían un momento en la sala después de la cena, Nigel Taylor abandonó su lugar en el sillón y se aproximó a Eliah con una copa de coñac en la mano.

—Necesito hablar contigo.

Al-Saud accedió con un movimiento de párpados. Besó a Matilde en la sien y le susurró:

—Ya vengo.

Entraron en el despacho. Nigel Taylor había recuperado una carpeta del clóset de la recepción y la llevaba en la mano. Al-Saud le señaló un sillón.

—¿Qué has sabido de Jérôme? —preguntó a bocajarro el inglés.

—Nada de relevancia —admitió Al-Saud.

—Tienes hombres buscándolo, imagino.

—Sí, desde hace meses. Ofrezco dinero por cualquier información que puedan proporcionarme. Sólo obtenemos basura. Temo que lo hayan sacado del Congo.

Taylor abrió la carpeta y extrajo un fajo de fotografías.

—Un espía de Nkunda infiltrado entre los *interahamwes* las tomó hace cuatro días —dijo, y las desparramó en la mesa centro, frente a Al-Saud, que se inclinó con interés—. Éste es uno de los jefes *interahamwes* más buscados. Su nombre es Karme. Nkunda asegura que Karme fue el que más asesinatos cometió durante el genocidio del 94, en Ruanda. Asegura también que fue él quien atacó la Misión San Carlos en agosto del año pasado. No ha sido fácil dar con su campamento. Hace meses que estamos tras su pista, pero Karme es inteligente y se ha mantenido en movimiento. Fíjate en las fotografías. Karme siempre aparece con un niño pegado a él. —Taylor lo señaló, y Eliah levantó la fotografía. Se puso de pie y la observó a la luz de una lámpara. Rebuscó en un cajón hasta dar con una lupa y se concentró de nuevo en la imagen con la ayuda de la lente.

—Jérôme —masculló, y el corazón le latió ferozmente—. *Mon Dieu* —dijo, al descubrir que portaba una AK-47 en bandolera—. Jérôme. —Lo impresionó la severidad de su semblante, también lo enflaquecido y alto que estaba, casi tanto como el tal Karme, y sólo tenía siete u ocho años. Combatió la ansiedad, la desesperación y la angustia, enemigos mortales de un soldado de élite—. ¿Dónde fueron tomadas?

Taylor desplegó un pequeño mapa y le señaló el área, en las cercanías de Kisangani.

—Tengo las coordenadas exactas.

—Las necesito. Ahora. Mañana mismo saldré para el Congo.

—Quiero ayudarte a rescatarlo.

—¿Por qué?

Taylor agitó los hombros y frunció los labios.

—Porque se lo debo a Matilde. Porque Jérôme es el mejor amigo de mi hijo. Porque quiero hacer algo bueno y desinteresado en mi vida, ¡qué mierda! No seas orgulloso, Eliah. Acepta mi ayuda. Mis hombres conocen mejor el terreno que los tuyos. Además, cuento con Nkunda y con sus rebeldes. No será fácil rescatar a Jérôme, pero si lo planeamos bien, lo lograremos.

—O.K. Pero no quiero esperar hasta mañana para comenzar a planificar el ataque. Empezaremos ahora.

—De acuerdo. Déjame llevar a mi mujer y a mi hijo al hotel y volveré en menos de una hora. Traeré mi *lap top*. Ahí tengo información que necesitaremos.

Se pusieron de pie. Al-Saud estiró la mano, y Taylor, luego de echarle un vistazo, la tomó con firmeza.

—Gracias, Nigel. Te debo una muy grande.

—Si logramos rescatarlo, sí que me la deberás.

—Por favor, no quiero que Matilde sepa nada de esto. La mataría ver esas fotografías.

—No le diré nada. Descuida.

—Y tu mujer, ¿lo sabe? —Taylor negó con una agitación de cabeza—. Cuando regreses —le indicó Al-Saud—, hazlo por el portón que está sobre la calle lateral, sobre la Maréchal Harispe.

—Está bien —dijo, y abandonó el despacho.

~: ✂ :~

Con disimulo, Al-Saud masculló unas palabras a los oídos de sus socios, y la reunión acabó. Eliah y Matilde despidieron a los invitados y subieron a la planta alta. Antes de entrar en el dormitorio, Al-Saud la detuvo y le anunció que iría a la base, el centro neurálgico de la Mercure, construido tres pisos por debajo de la casa de la Avenida Elisée Reclus, desde donde se manejaban las distintas misiones desparramadas por el globo.

—¿Algún problema?

—Nada grave, mi amor. Pero tengo que ocuparme ahora a causa de la diferencia horaria que hay con Camboya. Vete a dormir. Vuelvo en un rato.

En la base, lo esperaban sus socios, Peter Ramsay, Tony Hill y Michael Thorton, que habían entrado por el ingreso ubicado en la calle Maréchal Harispe. También estaba su futuro cuñado, Sándor Huseinovic, que, pocos días atrás, había regresado de la misión para *L'Agence* y a quien planeaban incorporar en la sociedad. Arrinconada, en actitud defensiva, se hallaba La Diana.

—Enseguida vuelvo —informó Al-Saud a sus amigos, y agitó la mano para indicarle a la muchacha bosnia que lo siguiera.

La Diana subió al entrepiso detrás de Al-Saud y entró en su oficina.

—Cierra la puerta —le ordenó.

A pesar de los sonidos que plagaban la base y de las gruesas paredes de concreto, los rugidos de Al-Saud se oyeron con claridad.

—¡Abandonaste a mi mujer y dejaste solo a tu compañero!

—¡Lo sé, lo sé!

—¡Lo hiciste pese a conocer el peligro que acechaba a Matilde!

—¡Lo sé! ¡Y Sergei murió por mi culpa! —La Diana se desmoronó en la silla y se cubrió el rostro.

—¡No llores, maldita sea!

—¡No lloro! ¡Ni siquiera puedo llorar! ¡Ojalá tuviera el valor para meterme un tiro en la cabeza!

Al-Saud emitió un soplido y relajó el peso del cuerpo contra el escritorio. La cabeza le colgó entre los brazos; el cansancio lo azotó de repente.

—Diana, Diana —masculló, mientras se friccionaba los ojos.

—Yo amaba a Sergei, Eliah. El único hombre al que he amado, está muerto por mi culpa. Se fue y no pude hacerlo feliz. ¡No pude! Por culpa de mis miedos, de mis traumas… Dios mío. —La muchacha se golpeó la frente contra el escritorio repetidas veces.

—Diana, deja de hacer eso. —Al-Saud la detuvo sujetándola por el hombro y obligándola a incorporarse—. Ven aquí.

La Diana aceptó el abrazo de Eliah y se aferró a él en un arranque desesperado.

—¡Cómo pudo morir él, que era invencible! ¡Un soldado de la Spetsnaz GRU! ¿Cómo fue que lo vencieron?

—Diana, los soldados especiales no somos dioses. Muchas veces fallamos.

—¡Y mueren!

—Y morimos —acordó Al-Saud—. Pagamos caro nuestros errores. Pero ser soldado profesional es lo que nos gusta, es lo que sabemos hacer, lo que necesitamos para sentirnos vivos. Necesitamos la acción, la adrenalina.

Se separaron. La Diana, un poco avergonzada por su quebranto, se alejó y le dio la espalda.

—No te preocupes, Eliah. No te pediré volver a la Mercure. He aceptado el ofrecimiento del general Raemmers. Trabajaré para *L'Agence*.

—Creo que será lo más conveniente. Raemmers es uno de los mejores en esto.

—Él dice que tú eres el mejor. —La Diana sacudió los hombros y sonrió con ojos inyectados—. No podría trabajar contigo porque ya no confías en mí. Adiós, Eliah. —Se acercó a paso rápido, como si de repente la apremiara abandonar la base, y extendió la mano en dirección a Al-Saud—. Para mí eres como un hermano de sangre. Siempre estaré cuando me necesites. Para lo que sea. —Al-Saud le tomó la mano y no se la soltó—. Te fallé una vez y casi le cuesta la vida a Matilde. Cuando vuelvas a necesitarme, no te decepcionaré.

—Mis socios me dijeron que tú y Sanny estuvieron asignados a una misión en Serbia, para seguirle la pista a Al-Muzara. Cuéntame —le pidió de buen modo, y le liberó la mano.

—Su nombre es Ratko Banovic, uno de los traficantes de armas y droga más importantes de los Balcanes.

—¿Qué conexión tiene con Al-Muzara?

—Le vende armas y explosivos a cambio de heroína, que Al-Muzara obtiene en el Líbano.

—¿Alguna pista certera?

—Nada hasta el momento, pero Raemmers quiere que siga con mi trabajo de infiltración en Sarajevo y en Belgrado. Banovic ha empezado a confiar en mí. Creo que lograría meterme en el corazón de su red.

—Has vuelto a tu tierra —comentó Al-Saud.

—Yo no tengo tierra, Eliah.

⁓ ✼ ⁓

Alrededor de las cinco y media de la mañana, Al-Saud entró en su dormitorio. Le agradaba el aroma con que Matilde volvía a impregnar su casa, como si fuera marcando los ambientes para declarar su soberanía en ellos. Esa fragancia, que iba y venía, poseía una cualidad misteriosa, que, cuando le rozaba las fosas nasales, lo colmaba de energía. A pesar de que llevaba casi veinticuatro horas despierto, no tenía sueño, y el cansancio que lo amenazó durante su encuentro con La Diana, se había esfumado. Él, sus socios, Sándor y Taylor habían trabajado durante horas para definir las acciones que llevarían adelante en el Congo oriental. No veía la hora de ponerse en marcha, de volver a estrechar a Jérôme entre sus brazos, de entregárselo a Matilde, de verla feliz por completo. Lo acuciaba la necesidad de arrancarlo de las garras de ese malparido de Karme, asesino de tutsis, un psicópata. ¿Qué le habría hecho? ¿A qué aberraciones lo habría sometido? Se quitó la camisa y azotó con ella la banca ubicada a los pies de la cama.

Matilde se removió, respiró profundamente y terminó por acomodarse boca arriba. Al-Saud se aproximó a la cama y la observó dormir. Su naturaleza egoísta pugnó por despertarla para hacer el amor. Se acercó a su rostro y la olió. Amaba su aroma tibio y limpio. La besó cerca de la comisura. «Voy a traerte a Jérôme. Te lo juro, amor mío», le prometió en un susurro.

19

El atardecer regaba de sombras las laderas de las montañas congoleñas. Al-Saud se frotó los muslos entumecidos. Habían transcurrido la jornada agazapados en la cima de una colina desde donde vigilaban el campamento *interahamwe*. Recién al mediodía, bajo un sol impiadoso, cuando vieron emerger a Karme de una choza, confirmaron que estaban en el sitio correcto. Un momento después, apareció Jérôme con la cara hinchada de sueño. Al-Saud calibró los binoculares al máximo aumento y lo siguió en su caminata hacia una choza abierta donde comían y realizaban otras actividades, como ver televisión o jugar a las cartas. Sus piernas largas, cubiertas por unas bermudas deshilachadas, avanzaban con lentitud, como si los pies le pesaran. La cabeza le colgaba entre los hombros caídos y huesudos. Su disposición agobiada golpeó a Al-Saud, y atizó sus peores escrúpulos. «Ya voy por ti, Jérô. Aguanta un poco más», pensó, y sintió el dije deforme de la Medalla Milagrosa pegado a la piel bajo la chamarra.

En un principio, cuando Taylor le contó que, según la inteligencia que poseían, el niño dormía en la choza del jefe *interahamwe*, se había atormentado imaginando que éste abusaba sexualmente de Jérôme; sin embargo, el espía aseguró que, en realidad, Karme había desarrollado un afecto paternal por el niño tutsi y que lo obligaba a que lo llamara papá; de hecho, Jérôme era el único niño tutsi al que se eximía de trabajar en las minas y que formaba parte del ejército de Karme.

Atacarían a las diez de la noche y sólo por tierra. Habrían liquidado a esas ratas en un abrir y cerrar de ojos si hubieran echado mano de los helicópteros artillados. El operativo, sin embargo, requería precisión. Sacar con vida a los niños tutsis, ésa había sido la condición de Laurent Nkunda para proveerlos de tropas y de armamento.

Al-Saud había acordado con tres de sus mejores hombres, Dingo, Zlatan Tarkovich y Lambodar Laash, que lo rodearían y le cubrirían la retaguardia mientras él avanzaba hacia la choza de Karme. No importaría si el campamento se convertía en un campo de batalla; nada contaba excepto sacar a Jérôme de allí. Por su parte, Taylor, Tony Hill y Michael Thorton comandarían las tres brigadas compuestas de diez rebeldes cada una, que asolarían a los guerreros hutus.

Alrededor de las nueve y cuarto, se colocaron de espaldas sobre el terreno y repasaron con pintura de camuflaje las bandas que les surcaban la cara. Ajustaron los barboquejos de los cascos y se pusieron los lentes de visión nocturna. Checaron los fusiles M-16 y se aseguraron de contar con varios cargadores en sus cananas; también revisaron los cuchillos y las granadas de mano. Poco después de las nueve y media, extrajeron barras proteicas y latas de Red Bull de sus mochilas, y comieron y bebieron en silencio. Al cinco para las diez, Taylor susurró cerca del micrófono insertado en el casco para probar el sistema de comunicación. Uno a uno, los hombres respondieron con claridad.

En la choza más grande del campamento, construida sobre troncos de palmeras y cubierta con hojas de plátano, sin paredes, se congregaba un grupo ruidoso de muchachos. Algunos jugaban a las cartas, bebían vino de palma, fumaban y vociferaban sus apuestas. Otros veían televisión, conectada a un generador de electricidad, cuyo motor aportaba al bullicio y se fundía con los acordes de un concierto de rock. Al-Saud avistó a un trío que se inyectaba una sustancia en la vena radial, probablemente heroína, y temió hallar a Jérôme en ese grupo. Por fortuna, no estaba. Lo había perdido de vista una hora atrás, cuando el niño se alejó en la oscuridad. Descubrió a Karme echado en un sillón de cuero destartalado. Hablaba por radio y reía a carcajadas.

Si bien el campamento presentaba un cuadro de fiesta y desenfreno, un retén custodiaba el perímetro; lo conformaban unos quince jóvenes, tal vez más, que daban la espalda al campamento y mantenían una actitud seria y atenta; sus miradas perforaban la oscuridad de la selva que los circundaba.

Taylor ordenó el descenso. Se desplazaron colina abajo y se sirvieron de la oscuridad y de la espesura de la selva para formar un cerco en torno al campamento. La música, el motor del generador y los gritos de los *interahamwes* resultaban el mejor escudo para protegerse en tanto tomaban sus posiciones. Al-Saud seguía sin ubicar a Jérôme, y había decidido que se dirigiría primero a la choza de donde lo había visto salir al mediodía. Sin articular palabra, utilizó las manos para ratificarles a Tarkovich, a Dingo y a Laash que se dirigirían a la cabaña del jefe Karme.

A la voz de «ahora» de Taylor, lanzaron granadas aturdidoras, más conocidas como *flashbangs*, cuya luz y sonido estentóreo desorientaron a los guardias y alborotaron a los rebeldes, que se lanzaron fuera de la choza principal dando gritos y blandiendo sus machetes. Karme saltó del sillón y vociferó órdenes que nadie parecía acatar.

Al-Saud corrió en dirección contraria a la de las brigadas, con sus hombres a la zaga. En el camino los interceptaron varios *interahamwes*, que elevaban sus machetes y se desplomaban a las ráfagas de los M-16. Al-Saud atravesaba la distancia que lo separaba de la choza sin mirar hacia los lados, fiándose de la maestría de sus hombres para apartar el peligro. A medida que se acercaba, perdía las esperanzas de hallar a Jérôme dentro. ¿No habría sido lógico que saliera al oír el alboroto?

Extrajo el cuchillo Bowie de su cinturón y cortó la soga que ataba la puerta de cañas. Dio un vistazo rápido desde el umbral. La cualidad verdosa con que los lentes de visión nocturna teñían el interior hizo fosforecer unos ojos ubicados en el extremo opuesto a la entrada. Sólo le tomó unos segundos descubrir que se trataba de un niño, encogido y tembloroso.

—¡Jérôme! —Al-Saud se abalanzó en su dirección, y el niño se deslizó tan deprisa que lo tomó por sorpresa—. ¡Jérôme! —gritó, desesperado, al verlo escabullirse fuera.

Corrió tras él. Jérôme se dirigía a la choza grande, al corazón de la trifulca. La impotencia lo abrumaba, sus gritos morían en el fragor de la contienda, sus piernas no se movían con suficiente velocidad, sus brazos no alcanzaban a rozarlo. Se detuvo, apuntó y baleó a un hutu que estuvo a punto de descargar su machete sobre Jérôme. Estiró el brazo y enterró el cuchillo en otro que se le aproximó por la derecha. Sintió un calor en la pantorrilla y supo que le habían dado un balazo. No se detuvo a pensar en ello y siguió su carrera tras Jérôme.

—¡Jérôme! ¡Soy Eliah! ¡Jérôme!

No sabía si sus hombres lo cubrían o si se habían perdido en el enredo de rebeldes de Nkunda y de *interahamwes*, que presentaban una batalla feroz. De pronto, Jérôme se detuvo, giró y volvió en dirección a la cabaña con el gesto y la actitud de un desquiciado, como si no se percatara de que el mundo se derrumbaba en torno a él. Eliah le salió al paso y lo levantó en el aire con el brazo derecho; en el izquierdo sostenía su M-16.

—¡Jérôme, escúchame! —Le ciñó el brazo en torno a la cintura hasta causarle dolor—. ¡Soy Eliah! ¡Soy Eliah! ¡He venido a buscarte!

Jérôme detuvo sus sacudidas frenéticas y sus puñetazos y se quedó quieto, sus ojos llorosos fijos en el hombre con casco y lentes extraños. Lo observó con desconfianza, respirando agitadamente, con las bases de las palmas de las manos clavadas en el pecho del extraño para tomar distancia. En el instante del reconocimiento, su mueca conmovió a Al-Saud: abandonó el gesto enojado hasta que sus rasgos adquirieron la suavidad de los de un niño de boca temblorosa y ojos excesivamente abiertos. Se abrazó al cuello de Eliah y lo apretó con tanta pasión que la vista de Al-Saud se nubló.

—¡Papá, viniste!

—Sí, hijo, aquí estoy. Aquí estoy, campeón. Vamos, salgamos de aquí.

—¡No! ¡Tengo que volver a la cabaña! —Se revolcó con tanto brío y tan inopinadamente que logró zafarse. Cayó en cuclillas y saltó para echar a correr.

Al-Saud masculló un insulto y salió tras él. La herida de bala en la pantorrilla comenzó a dolerle, y lo limitó en la marcha. Se metió en la choza y halló a Jérôme rebuscando bajo las esteras que cubrían el suelo con la ayuda de una linterna. Lo vio introducir la mano en un hueco y sacar una cajita, que Al-Saud reconoció de inmediato: la que Matilde le había regalado, donde el niño conservaba sus tesoros, un mechón de cabello rubio y un llavero Mont Blanc.

—*Mon Dieu, Jérôme* —dijo, cuando el niño le acercó la caja para enseñarle el contenido—. Vamos —lo apremió, y lo cargó en brazos—, salgamos de aquí.

Una figura ocupaba el espacio de la salida, un hombre bajo y fornido. Era Karme, y los apuntaba con una pistola.

—¿Adónde cree que va con mi hijo?

Al-Saud depositó a Jérôme en el suelo y lo escondió detrás de él.

—Jérôme es mi hijo —lo corrigió—. Y vine a llevármelo.

—¡Arroje el fusil! —Al-Saud lo colocó a sus pies—. Y la pistola que lleva en el cinturón. ¡Vamos, deprisa! Muévalos con el pie en mi dirección. Ahora apártese. —Al-Saud no se movió—. ¡Jérôme, ven aquí! ¡Te lo ordeno!

Aunque Karme habló en kinyarwanda y Al-Saud no lo comprendió, instintivamente sujetó a Jérôme y le ordenó que no se asomara.

—Si no le permite salir, dispararé contra usted a riesgo de herirlo a él.

¿Dónde estaban Dingo, Laash y Tarkovich? Los había perdido de vista en sus idas y vueltas para detener a Jérôme. No pretendía iniciar ninguna maniobra que pusiera en peligro la vida del niño. Se trataba de un recinto pelón, carente de muebles donde resguardarse. Se le había entumecido la pantorrilla derecha, y la ráfaga de dolor le tocaba la ingle, por lo que sus reflejos habían menguado.

—Soy un hombre muy rico —habló, con el fin de distraer al jefe *interahamwe*—. Le daré una buena suma si me permite llevarme a Jérôme.

—¡Jérôme es mi hijo! No se lo daré por nada en el mundo.

—Jérôme no es su hijo —apuntó Al-Saud, con acento monótono—. Ni siquiera es de su tribu. Es un tutsi, enemigo de los hutus.

—¡Cállese! ¡Jérôme es mío! —Karme, ciego de ira, avanzó con la intención de sustraer al niño, y soltó la pistola con un alarido. El filo de la mano derecha de Al-Saud había caído sobre su muñeca.

Eliah tuvo tiempo de alejar el arma con un puntapié de su pierna sana. El jefe hutu desenvainó el machete. Al-Saud empujó a Jérôme, que rebotó contra la pared de la choza, construida con barro y cañas, y se encogió para mantenerse lejos de la pelea. Eliah extrajo el cuchillo Bowie de la parte trasera del cinturón y lo blandió en el aire. Estaba en desventaja, el machete medía alrededor de un metro, en tanto que su cuchillo tenía una hoja de treinta centímetros. Karme adquiría seguridad a medida que Al-Saud retrocedía y esquivaba los mandobles. Mostraba los dientes al sonreír con suficiencia y se agitaba y se cansaba innecesariamente en un despliegue de movimientos ineficaces. Saltaban chispazos en las ocasiones en que el Bowie chocaba con el machete.

Al-Saud fue trasladándose de manera lateral por la superficie circular de la choza hasta colocarse cerca de su pistola, la Colt M1911, que yacía en el piso. Karme levantó los brazos dispuesto a descargar el machete sobre su rival, y la punta se trabó en el entramado de hojas de plátano del techo. Cansado y con la muñeca hinchada a causa del golpe de Al-Saud, no fue lo suficientemente rápido para extraerlo. Eliah se echó sobre él y le clavó el Bowie en el vientre, cuidándose de hundirlo hasta la empuñadura. Karme lo contempló con ojos desorbitados y un grito mudo antes de desplomarse. Al-Saud recogió su pistola y lo remató con dos tiros que le volaron la frente.

Limpió el cuchillo en la chamarra militar de Karme y lo devolvió al cinturón. Se colgó en bandolera el M-16 y empuñó la Colt M1911. Sin palabras, levantó a Jérôme del suelo, se lo cargó a la espalda y salió. El ataque había terminado, Al-Saud lo supo de inmediato. El paisaje después de una batalla era siempre el mismo: cadáveres, olor a pólvora y al hierro de la sangre, humo, quejidos y lamentaciones.

—Aquí Caballo de Fuego. ¿Cuál es la situación?

—Situación controlada —respondió Taylor—. Tenemos que apresurarnos en la retirada. Karme pidió refuerzos. Podrían llegar de un momento a otro.

La retirada no resultó fácil. Se trasladaban de noche con un grupo numeroso de niños tutsis a través de la espesura selvática guiados por las luces de sus linternas y la habilidad de los hombres de Nkunda. A pesar de estar agotado por la pérdida de sangre y el dolor en la pierna, Al-Saud no aceptó el ofrecimiento de sus hombres de transportar a Jérôme. No lo apartaría de su lado hasta que lo pusiera en manos de Matilde. Lo llevaba sujeto a su espalda. El niño le rodeaba el cuello y la cintura y no se movía.

Se trataba de un recorrido de seis kilómetros el que los separaba de los helicópteros que los pondrían a salvo. Cerca del destino, se apartaron de la senda para esconderse entre la maleza cuando varias camionetas cargadas con milicianos —supusieron que era el refuerzo solicitado por Karme— se aproximaban a gran velocidad. Pasaron dejando una estela de gritos.

Avistaron los helicópteros alrededor de las cuatro de la mañana. Los niños pedían agua, lloriqueaban, trastabillaban y caían. Hubo que cargar a varios, en especial a los más pequeños. Los repartieron en el Mil Mi-25 y el Sikorsky Black Hawk de la Mercure, y en el Kamov Ka-32, la nueva adquisición de la Spider International.

Durante el viaje, Jérôme se mantuvo abrazado a Eliah, con la mejilla pegada a su pecho. No hablaba, prácticamente no se movía, y Al-Saud debió obligarlo a beber agua y a comer una barra de cereales. No consintió en que lo separaran de Jérôme cuando Martin Guerin, el paramédico de la Mercure, se dispuso a realizarle las primeras curaciones en la herida de la pierna.

—¿Qué tal la herida, Doc? —preguntó Al-Saud, y frunció el entrecejo en una mueca de dolor.

—Habrá que extraer la bala, jefe. Perdió mucha sangre.

En el campamento de Laurent Nkunda, donde fueron recibidos como héroes por haber recuperado a una treintena de niños tutsis, Osbele, el enfermero del Congreso Nacional para la Defensa del Pueblo, y Guerin le extrajeron la bala anestesiándolo localmente. Finiquitada la intervención, le inyectaron la antitetánica, gammaglobulina y un fuerte antibiótico. Le vendaron y le fajaron la pantorrilla, y Eliah salió de la tienda de enfermería caminando con un rengueo.

—Apóyate en mí, papá —le ofreció Jérôme, y le tomó la mano para colocársela sobre el hombro.

—Gracias, hijo. ¿Cómo estás? ¿Cómo te sientes?

—Bien. Tengo muchas ganas de ver a mamá.

Al-Saud emitió una carcajada conmovida.

—Sólo Dios conoce las ganas que mamá tiene de abrazarte a ti. Sólo ha pensado en ti en estos meses, Jérô. Sólo en ti, campeón.

Jérôme le destinó una mirada cuya tristeza quitó el aliento a Al-Saud.

—¡Ey, Eliah! —Taylor se acercó a paso rápido—. ¿Cómo estás?

—Bien. No fue nada. Ya me extrajeron la bala.

—Me alegro. ¡Ey, Jérôme, muchacho! —Taylor le acarició la coronilla—. ¡Qué alegría verte! Todos están esperándote con ansias. Tu amigo Kabú especialmente.

—¿Kabú?

—Ahora Kabú es mi hijo, Jérô, como tú lo serás de Matilde y de Eliah. Vive con *sœur* Angelie y conmigo en Londres. ¿Vendrás a visitarnos?

Jérôme se quedó mirándolo, confundido.

—Oye, Nigel —intervino Al-Saud—, no olvides nuestro acuerdo. Estos niños tutsis pasarán a manos de la ONU. No quiero que se queden aquí. Nkunda terminará por convertirlos en soldados.

—No te preocupes. El general Nkunda no los quiere. Son demasiado pequeños para cargar un AK-47 y matar gente.

⁓ ⚙ ⁓

Jérôme se orinaba de noche. Así se lo comunicó el ama de llaves del palacio de los Kabila en Kinshasa. Al-Saud colocó en la mano de la mujer trescientos dólares y le pidió que comprara un plástico para cubrir el colchón y que se ocupara de cambiar las sábanas a diario.

Hacía cuatro días que aprovechaban la hospitalidad de sus amigos Laurent-Désiré Kabila, presidente de la República Democrática del Congo, y de su hijo, Joseph. Los atendían como a reyes, pero tanto Eliah como Jérôme estaban ansiosos por partir. Sin embargo, los trámites para la adopción, en los que intervenían no sólo el Ministerio de Acción Social congoleño y la Asociación de Adopción Internacional, sino el consulado francés en Kinshasa, se enredaban y se complicaban, por lo que Al-Saud se la pasaba de oficina en oficina, entregando documentos, escritos, declaraciones juradas, fotocopias y mucho dinero. Por supuesto, su amistad con el hijo del presidente se había convertido en el estandarte que le abría las puertas y apresuraba los expedientes, lo mismo que las conexiones de su prima Amélie en la Asociación de Adopción Internacional; en caso contrario, las tramitaciones habrían llevado semanas.

Él no contaba con semanas. En quince días tenía una cita impostergable con su mujer y con un juez en el Ayuntamiento del *Septième Arrondissement*. La idea de que Jérôme compartiera ese momento con ellos lo ayudaba a recuperar el buen humor que los funcionarios congoleños y los franceses se empeñaban en agriarle.

Le preocupaba Jérôme con su carita de desolación y angustia. Hablaba poco y comía con desgano. Sus ojos sólo se iluminaban cuando le hablaba de Matilde o de sus nuevos hermanos; jamás sonreía. Extrañaba la alegría de su muchacho, y se desesperaba porque no acertaba con las palabras ni los gestos para acceder a su alma atormentada. Matilde habría sabido cómo arrancarle una risa; él, en cambio, se sentía torpe e inútil.

Hablaba a diario con ella y le mentía, le decía que estaba en la base de la Mercure en Papúa-Nueva Guinea. Matilde le preguntaba cuándo regresaría, y él se limitaba a decirle «pronto, amor mío, muy pronto».

El viernes 30 de abril por la mañana, el cónsul francés en Kinshasa le entregó el pasaporte de Jérôme y los documentos que acreditaban a Eliah Al-Saud como su tutor legal, y le informó que podían regresar a la patria. Si hacía memoria, pocas veces a lo largo de sus treinta y dos años, Al-Saud había experimentado una dicha tan grande. Abrazó a Jérôme y le dijo:

—Vamos a casa. Vamos con mamá.

⤙ ❧ ⤚

El sábado 1° de mayo, a las siete de la mañana, Matilde acomodó a Kolia en la sillita sujeta al asiento trasero del automóvil, mientras Mónica sentaba a Amina, medio dormida, y le ajustaba el cinturón de seguridad. Marie también los acompañaría al aeropuerto de Le Bourget, sin contar a los tres guardaespaldas.

Matilde estaba tan ansiosa desde el llamado de Eliah el día anterior que no se detenía a meditar en la extraña naturaleza de su pedido —que fuera a recogerlo al aeropuerto— cuando la había vuelto loca exigiéndole que saliera poco, al menos hasta que les entregaran la camioneta Mercedes Benz blindada con el mismo rigor del vehículo del presidente de los Estados Unidos, según bromeaba Alamán. Matilde no pensaba, sólo ansiaba. Ansiaba estrechar a Eliah, ansiaba su olor, su cuerpo, su sonrisa, que eran sólo de ella, su mirada candente; añoraba esos detalles que se habían convertido en indispensables. Su ausencia de casi quince días la había desestabilizado al punto de encontrarse llorando de noche sobre la almohada. Tenía que superar el pánico a perderlo. Eliah Al-Saud era un Caballo de Fuego, y, por mucho que la amara, seguiría fiel a su instinto de libertad. No lo retendría en París tras el escritorio de la oficina en el George V, debía aceptarlo y aprender a vivir con esa realidad.

Kolia terminó por despertar a Amina, que se lo pasó hablando de la boda inminente, en la cual ella tendría un rol protagónico, puesto que entregaría los anillos en un cojín de raso blanco. También se refirió al vestido que luciría ese día, regalo de tía Yasmín, también de raso blanco para no desentonar con el cojín, con moño de tafeta rosa y zapatitos de charol negro. Kolia la observaba fijamente, como si no admitiera perderse una palabra del discurso de su hermana, mientras se llevaba de a ratos la mamila a la boca —a veces para mordisquear la tetina, otras para succionarla– y, al mismo tiempo, enredaba y desenredaba en el índice un bucle de Matilde, actividad mecánica que asociaba con la mamila; si no estaba el bucle de Matilde, él no la tomaba. Preocupada por esa conducta iniciada poco después de llegar a París, Matilde lo consultó con la licenciada Chacón, la psicóloga que el doctor Brieger había recomendado para Amina, quien le aseguró que Kolia había establecido un vínculo filial con ella y que lo manifestaba tocándola cuando se alimentaba. Si el proceso madurativo del niño se desarrollaba normalmente, poco a poco, iría olvidando la costumbre de rizarle el cabello mientras tomaba la leche. Matilde no veía la hora de contárselo a Eliah.

Como le sucedía a menudo en los últimos tiempos, tanta felicidad le resultaba intolerable, y percibía un calor en el pecho que se convertía en una cerrazón sofocante. Al principio, la había apabullado el contraste con lo vivido en Irak; por esos días, la atormentaba no compartir la dicha con su adorado Jérôme. El doctor Brieger lo definía como «ataque de pánico» nacido del «complejo de culpa». Ella lo llamaba «amor infinito de madre», que le impedía cortar el cordón invisible que la ataba a quien ella consideraba su hijo. Apoyó la frente en la ventanilla de la camioneta y cerró los ojos. «Jérôme, hijo de mi alma, ¿dónde estás? ¿Por qué no podemos encontrarte? No quiero vivir sin ti. No quiero que me olvides.»

—Señora, hemos llegado –le informó el guardaespaldas al volante, y Matilde se incorporó y carraspeó.

—¿Estás llorando, Matilde?

Kolia se giró de inmediato, como si hubiera comprendido la pregunta, y le fijó los ojos celestes con una persistencia que le recordaron a los del padre.

—No, no. Es que tengo sueño y, al bostezar, me caen lágrimas. ¡Vamos, abajo! El avión de papá está por llegar. –Consultó la hora–. ¡Uy, faltan apenas diez minutos!

La camioneta se detuvo en el borde de la pista. Matilde cargó en brazos a Kolia, tomó de la mano a Amina y caminó hasta la línea roja.

—¡Miren! –señaló en el cielo–. ¡Ése es el avión de papá! ¡Mira, Kolia! Papá lo hará aterrizar.

Amina exclamaba, saltaba y exigía subir al avión de tío Eliah. Kolia, con el ceño apretado, observaba en silencio el Gulfstream V, que maniobraba para estacionar. Por fin, Natalie abrió la puerta, agitó la mano para saludar a Matilde y desplegó la escalerilla. Apareció Eliah y le destinó una media sonrisa mientras se decía que, pese a las dos empleadas y los tres guardaespaldas a su disposición, ella se ocupaba de los niños; a Kolia lo llevaba apoyado en el hueso de la cadera y a Amina la sostenía de la mano.

Matilde le devolvió una sonrisa plena, dichosa de verlo sano y cerca de ella. Al-Saud regresó la vista al interior de la cabina y estiró el brazo en la actitud de convocar a alguien. Un niño apareció en el marco de la puerta, un niño negro, con rasgos africanos, un niño alto y delgado, que lucía aterrado e inseguro.

Al-Saud colocó las manos sobre los hombros de Jérôme y aguardó, con el aliento contenido, el instante del reconocimiento. Lo impresionó que, desde esa distancia, advirtiera que los ojos de Matilde se anegaban; brillaron al sol de la mañana. La vio soltar a Amina y llevarse la mano a la boca, donde formó un puño y se lo mordió.

A Matilde le dolió el corazón; le golpeaba el pecho como si pidiera salir, y su eco le martilleaba la garganta, que se endureció hasta hacerle doler; no habría podido hablar ni soltar el grito que explotaba en su interior y la ensordecía. Quería moverse, impulsarse hacia él, pero no conseguía despegar los pies del pavimento.

—Vamos, campeón. Ve con ella. Está muy impresionada.

Matilde advirtió que Jérôme se ponía en movimiento, que bajaba los peldaños con actitud medrosa. «¡No tengas miedo, mi amor! Ya estás con nosotros.» Colocó a Kolia en brazos de Mónica y la mano de Amina en la de Marie, y corrió hacia él. Al verla avanzar, Jérôme soltó un lloriqueo y apuró el paso. Enceguecida por las lágrimas, ensordecida por las pulsaciones y ofuscada por la conmoción, Matilde cayó de rodillas delante de él y lo abrazó, lo pegó a su pecho y se mantuvo estática. La angustiaba la impresión de que sus brazos no lo contenían, de que no lo acercaban suficientemente a su corazón, de que no lo cubrían para protegerlo del mal. El llanto la ahogaba, las sensaciones la abrumaban, le faltaba el aliento. Otros brazos los rodearon, a ella y a Jérôme, y le infundieron paz, le hablaron de protección. Le costó recuperar el dominio de la palabra. Lo primero que dijo, sin apartarse, sin abrir los ojos, todavía ciega y sorda, fue: «Jérôme. Hijito mío»; habló en español, confusa y alterada, con la garganta tensa y seca. Los clamores de su alma fueron remitiendo, y oyó el llanto tímido del niño. Le sujetó el rostro enflaquecido entre las manos y lo besó por todas partes.

—Jérô, amor mío, hijo mío, hijo de mi alma —repetía, ya en francés, y le besaba la frente amplia, los párpados húmedos, la nariz congestionada, las mejillas mojadas—. Te amo, Jérô. Eliah y yo te amamos con todo nuestro corazón. Mi niño adorado —dijo, y lo apartó para observarlo. A causa de las manos de Matilde, Jérôme mantenía la cara levantada, pero se empecinaba en cerrar los ojos—. Jérô, tesoro, abre los ojos. Mírame. —Jérôme negó con la cabeza, y Matilde buscó a Eliah, cuyo gesto severo le advirtió que algo andaba mal—. Hola, tesoro mío —lo saludó, con voz risueña y nasal, y volvió a llenarlo de besos–. Hoy es el día más feliz de mi vida, Jérô. No sabes cuánto esperé volver a abrazarte. Vamos, mírame. Déjame ver tus ojos tan hermosos.

El niño elevó los párpados lentamente y, cuando fijó la vista en Matilde, su tristeza y desesperación le provocaron una impresión tan grande que buscó la mano de Eliah y la apretó buscando su fuerza.

–Dime: «Hola, mamá». Llámame «mamá» otra vez.

–No –susurró, y su vocecita contenida y torturada hizo brotar lágrimas en los ojos de Matilde.

–¿Por qué?

–Porque ya no vas a adorarme.

–¡Te adoro, Jérô! ¡Voy a adorarte siempre, mi amor! ¡Toda la vida! –Jérôme agitó la cabeza para contradecirla–. Tú eres mi hijito adorado, mi vida.

–Ya no me vas a adorar porque hice cosas malas. –Levantó la vista y la miró con actitud desafiante–. Muy malas.

El ánimo se le precipitó y oprimió de nuevo la mano de Al-Saud. «¿A qué te han sometido, amor de mi vida?»

–Nada malo que hayas hecho –intervino Eliah–, nada de nada, hará que dejemos de adorarte.

–Nada, tesoro mío –aseguró Matilde–. Nada.

Jérôme se echó a llorar de esa forma que a ella le había roto el corazón en el pasado, lloraba en silencio, al tiempo que se mordía el puño, con los ojitos fijos en ella, colmados de pánico, y una súplica plasmada en su gesto.

Al-Saud lo levantó en brazos y lo condujo a la camioneta. Marie y Mónica, después de ayudar a Matilde a ubicar a Kolia y a Amina en la parte posterior del vehículo, subieron al otro automóvil, con los dos guardaespaldas.

–¿Va a manejar, jefe? –le preguntó Sartori, el custodio que hacía de chofer.

–No, Dario. Hazlo tú.

Los cinco se ubicaron en la parte trasera: Kolia, en su sillita, Amina sobre las piernas de Matilde y Jérôme sobre las de Eliah. Matilde sacó un pañuelo de su *shika* y secó las mejillas y limpió la nariz de Jérôme. Amina lo observaba en silencio, sin pestañear.

–¿Quién es él? –preguntó al cabo.

–Él es Jérôme –contestó Al-Saud.

–¿Jérôme?

–Sí, Jérôme. El Jérôme del que tanto te ha hablado Matilde.

Resultaba divertido el modo en que Amina guardaba silencio y estudiaba al recién llegado, no sólo le analizaba el rostro, también deslizaba la mirada por sus brazos, sus manos, sus piernas, incluso se inclinó hacia delante para verle los tenis. Jérôme, apoyado sobre el pecho de Eliah, la observaba observarlo.

—Hola, Jérôme —dijo, al terminar la revisión.

—Hola.

—Jérô, ella es Amina —terció Matilde—. Ahora es nuestra hija y, por lo tanto, es tu hermana. Estaba muy ansiosa por conocerte. Yo le he hablado mucho de ti.

—Jérô —dijo la niña, imitando la apócope de Matilde—, ¿vas a enseñarme a trepar a la palmera? En casa hay una palmera, y Kabú me dijo que tú sabías treparla.

—Bueno.

—Mi papá y mi mamá están en el cielo, con los tuyos. Ahora, Eliah y Matilde son nuestros papás.

—Sí.

—Kolia es nuestro hermano —dijo, y puso la manita en los rizos negros del niño—. Es muy bueno. Nunca llora. Tampoco me quita los juguetes. Matilde me compró un tul rosa con flores para poner sobre mi cama, para que sea como la cama de una princesa. Tu dormitorio está al lado del mío. Matilde pegó aviones en las paredes porque me dijo que a ti te gustan los aviones, como a Eliah.

—Una vez, papá me regaló un avión para armar.

—¿A tu papá también le gustaban los aviones?

—No mi papá que está en el cielo. Eliah me lo regaló. Eliah es mi papá ahora.

—Sí. ¿Dónde está el avión para armar? —Jérôme no contestó—. ¿Qué tienes en la mano? —Jérôme extendió la palma, y Amina codició la cajita de madera de okumé—. ¿Qué tiene adentro?

—Mis tesoros.

—¿Puedo verlos?

Jérôme asintió, solemne, y levantó la tapa. Al-Saud lo ayudó a extraer el mechón y el llavero. Matilde, que había contenido el aliento ante la visión de la cajita, al ver el contenido, se mordió el labio, pegó la frente en el hombro de Eliah y lloró en silencio sin que los niños lo advirtieran.

~· ⚜ ·~

Una sensación de irrealidad se apoderó de ella a lo largo del primer día con Jérôme. Todavía la aturdía la sorpresa, no conseguía superar el estupor en el que había caído en Le Bourget. La dejaba en trance verlo deambular por la casa de la Avenida Elisée Reclus. Tanto había codiciado que el sueño se volviera realidad, tantas dudas y miedos había albergado su corazón, que le costaba creer que fuera verdad. Reprimía las ganas de apabullarlo con besos y abrazos; lo notaba turbado y desconfiado; la rehuía con la mirada.

Amina se convirtió en el puente de comunicación. Después del desayuno, que compartieron en el comedor y del cual Jérôme apenas probó bocado, Amina lo tomó de la mano y lo llevó a conocer la casa. Kolia caminaba detrás de ellos y, cada tanto, soltaba un discurso de sonidos ininteligibles a los que Jérôme atendía con respeto, sin reírse. Matilde y Eliah los escoltaban de la mano.

—Éste es tu dormitorio, Jérô.

Entraron. Jérôme avanzó lentamente y fijó la vista en la cama.

—Se orina de noche —susurró Al-Saud al oído de Matilde, que se limitó a asentir.

—¿Te gusta, Jérô? —le preguntó Amina.

—Sí.

Invitaron a almorzar a Alamán y a Joséphine porque Matilde juzgó que le haría bien encontrarse con rostros familiares, decisión que demostró ser acertada porque Alamán fue el primero en hacerlo sonreír cuando, mientras escuchaban a Génesis en la sala de música, imitó al baterista. Su mímica era perfecta, y la pasión con la que simulaba tocar se le reflejaba en el gesto contraído.

Cenaron temprano. Matilde notó a Jérôme cansado y un poco pálido. Lo tomó de la mano y le dijo que había llegado la hora de bañarse. Subieron juntos, en silencio. Lo dejó en el dormitorio con la orden de desvestirse, y ella se metió en el baño, que formaba parte de la habitación. Regresó y lo halló de pie, en medio de la estancia, desnudo, a excepción de los calzoncillos, y las manos ahuecadas sobre los genitales.

—Ya está listo, tesoro. ¿Quieres que me vaya o prefieres que te ayude como hacía los sábados en la misión?

—Quiero que te quedes conmigo.

Matilde salvó la distancia que los separaba y lo abrazó.

—Siempre voy a estar contigo, Jérô. Nada ni nadie volverá a apartarte de mi lado. —Lo obligó a mirarla—. No quiero que te angusties ahora por nada de lo que hayas hecho en estos meses en que estuviste lejos de nosotros. Hablaremos más tarde. Yo también tengo cosas que contarte.

Lo guió al baño, le quitó el calzoncillo y lo ayudó a meterse en la tina.

—¿Está muy caliente? —Jérôme murmuró que no—. Siéntate. Verás qué lindo es darse un baño de tina. Huele este jabón. ¿No huele bien?

—El niño asintió—. Este baño es sólo para ti, mi amor. Es tuyo. Está dentro de tu habitación.

Empezó lavándole los brazos, con pasadas lentas para relajarlo, y lo hacía en un silencio profundizado por sus respiraciones regulares, el goteo ocasional de la llave y el sonido del paso del jabón sobre la piel de Jérôme.

—Nunca te olvidé, Jérô. No hubo un minuto de estos meses en que no pensara en ti. Papá y yo estábamos muy tristes porque te habían apartado de nuestro lado. Él me prometió que te encontraría y que te traería de regreso a mí. —Se detuvo, agitó la nariz y endureció los labios para reprimir la emoción—. ¿Pensabas en mí? ¿Te acordabas de mí?

—Todo el tiempo.

Matilde sonrió, sin mirarlo, fingiendo concentrarse en la higiene de sus orejas.

—¿Pensaste que te habíamos olvidado?

—Sí.

—Ahora ya sabes que no te olvidamos ni por un instante. Siempre estábamos pensando en ti, hablando de ti. Me hacía muy bien contarle historias a Amina acerca de ti, por eso te quiere tanto. Siempre preguntaba: «¿Cuándo vendrá Jérôme?». Su papá era escritor, es decir, escribía libros, y un día me sugirió que las escribiera, tus historias, así que escribí un libro de cuentos en el que tú eres el héroe. ¿Sabes cómo se llama el libro? *Las aventuras de Jérôme.*

—¿De veras?

—De veras. Y una chica que dibuja muy bien hará las ilustraciones. Será un hermoso libro.

—¿Puedo verlo?

—Todavía no terminaron de hacerlo. Estará listo en junio. Falta apenas un mes. Treinta días, nada más. —Tras una pausa, Matilde dijo—: ¿Ves que nunca te olvidé? ¿Cómo podría? Si te adoro con todo mi corazón. ¿Te acuerdas de lo que te dijo N'Yanda aquel día en la misión, que tú y yo habíamos sido madre e hijo en otra vida? —Jérôme asintió con la cabeza baja—. Yo estoy segura de que es así, de que tú eras mi hijito en otra vida. Y una madre adora a su hijo sin importar lo que éste haya hecho. ¿A ver? Ponte de pie, quiero enjuagarte. —Lo lavó con la regadera de mano—. Ahora, tú lávate los genitales.

Le entregó el jabón, y Jérôme se higienizó. Matilde le estudiaba el cuerpo, buscaba signos de abuso o de violencia, se debatía entre preguntarle si alguien le había tocado las partes íntimas o callar. Salvo por el hecho de estar más delgado, Jérôme lucía saludable. Igualmente, lo llevaría al médico para que le hicieran estudios de rutina y otros más complejos;

le interesaba conocer su nivel de radiación; sabía que los sieverts en algunos mineros de coltán eran muy elevados, superiores a los 18 mSv.

Lo envolvió en una toalla y regresaron a la habitación. Se encontraron con Eliah, que sostenía a Kolia en brazos y le mostraba los aviones del papel tapiz.

—Hola, campeón.

—Hola, papá —murmuró.

A Matilde le dolía que no la llamara mamá; tenía la impresión de que Jérôme la culpaba por la separación.

—¿En verdad te gusta tu dormitorio? —quiso saber Al-Saud.

—Sí, está bien.

—Podemos cambiar el papel tapiz —sugirió Matilde.

—No, está bien.

—Matilde, Mónica asegura que si Kolia no te toca el pelo, no tomará la mamila. ¿De qué está hablando?

Matilde terminó de abotonar el pijama de Jérôme, uno que Al-Saud le había comprado en Kinshasa, y cargó en brazos a Kolia, que sostenía la mamila en el ángulo del codo.

—Ven con mami. ¿No le has contado a papá? Este caballerito ha desarrollado una costumbre muy peculiar. Si no riza uno de mis bucles en su dedo índice —se lo mordisqueó, y Kolia rio—, no bebe su leche. Ven, Jérô. Acostémonos los tres en tu cama. ¿Te molesta que Kolia tome aquí su mamila?

—No.

Matilde acomodó a Kolia sobre la almohada. Jérôme se acostó al lado del niño, rígido y tenso, y Matilde, después de sacudir los pies y de liberarse de las sandalias, lo hizo sobre el filo del colchón. Apoyó el codo sobre la almohada y descansó la cabeza sobre la mano. Se inclinó y besó a Jérôme en la frente.

—Ven tú también, Eliah. Acostémonos los cuatro. La cama es grande. —Al-Saud se sentó para quitarse las botas texanas—. ¿Te acuerdas de esa tarde en la misión, Eliah, cuando tú y yo estábamos acostados en la cama de Amélie, y Jérôme se metió entre nosotros? Eras como una ratita, mi amor. —Kolia se quejó y estiró el brazo—. Aquí tienes, gruñón. —Matilde le entregó uno de sus bucles, y el niño ejecutó las dos acciones de manera simultánea y coordinada: succionó la tetina y envolvió el rizo en el índice; su destreza arrancó risas sofocadas a Al-Saud y a Jérôme.

Permanecieron en silencio, admirando a Kolia, quien, cada tanto, alejaba la mamila y detenía el rizado para dirigir unos comentarios inextricables a Jérôme, que lo escuchaba con una sonrisa entre avergonzada y benevolente.

—Creo que le caes bien —comentó Al-Saud.

Kolia se quedó dormido con la tetina en la boca. Al-Saud se levantó y lo llevó a la cuna. Matilde abrazó a Jérôme, y enseguida notó que se tensaba.

—¿Estás cansado? —Jérôme negó con la cabeza—. Tesoro mío, quiero que nos contemos todo lo que nos ha pasado en estos meses. A mí me pasaron muchas cosas, algunas muy malas, otras muy buenas.

En los pocos momentos de intimidad que habían tenido para intercambiar impresiones, Eliah le había manifestado su sospecha de que Karme había obligado a Jérôme a participar en sus fechorías y a matar gente. Matilde se sintió perdida ante la declaración y se cuestionó cómo abordaría un tema de esa índole con un niño de ocho años.

—Fue mi culpa que te raptaran esa tarde en la misión —afirmó Matilde—. La culpa es mía —insistió—. No debí haber bajado al sótano sin asegurarme de que tú formabas parte del grupo. Pensé que estabas con *sœur* Tabatha. Cuando subí a buscarte, no te encontré. —Había decidido no contarle acerca de la esquirla que casi la había matado.

—Fue mi culpa —la contradijo Jérôme—. Desobedecí a *sœur* Amélie y por eso Kar... Y por eso me atraparon.

—Casi muero de tristeza, mi amor. No podía creer que me hubieran quitado a mi chiquito adorado.

Al-Saud regresó y se acostó de modo que Jérôme quedó entre Matilde y él.

—Campeón, ¿quieres contarle a mamá todo lo que vivimos juntos, desde que te encontré en el campamento *interahamwe* hasta que nos dijeron que podíamos volver a París?

Jérôme guardó silencio, no agitó la cabeza en ninguna dirección, no los miró, mantuvo el mentón en el pecho y la boca en un gesto amargo. Matilde le descubrió lágrimas suspendidas en los bordes de los párpados. Chasqueó la lengua, lo abrazó y lo meció. Al-Saud los abrazó a su vez, y los tres formaron un bulto apretado sobre la cama.

—¡Cuéntamelo todo, mi amor! —le suplicó Matilde al oído—. No te guardes nada. No tengas miedo. Confía en nosotros. Aunque nos cuentes cosas horribles, papá y yo seguiremos amándote y cuidándote.

—Karme —balbuceó Jérôme, y la voz le falló—. Él... ¡Lo odio!

—Está muerto, Jérô. Lo maté porque se atrevió a apartarte de nuestro lado y por hacerte daño.

—Él le hizo daño a mi mamá Alizée. Por su culpa, ella está muerta. Por su culpa, mi hermana y mi papá también están muertos.

La declaración los tomó por sorpresa. Matilde miró a Eliah, que le devolvió una mueca de desconocimiento. Poco a poco, Jérôme fue desahogándose, revelándoles los secretos que nunca había querido contarle a Matilde en Rutshuru; secretos que el alma de un adulto habría encontrado difíciles de sobrellevar, ese niño de ocho años los había guardado por tanto tiempo. Matilde se limpiaba a menudo los ojos e intentaba contener los sollozos que la ahogaban.

—A mi mamá y a otras señoras las amarraron a unas palmeras. Ahí las tenían todo el día. No les daban agua ni comida. Yo, cuando podía, les llevaba. Después, a la noche, los *interahamwes* las golpeaban y se encimaban en ellas. Las lastimaban. Ellas gritaban mucho y lloraban.

Matilde entrelazó la mano con la de Al-Saud sobre la cabeza de Jérôme y la apretó hasta sojuzgar el rugido de rabia e impotencia que le quemaba el pecho. Su pequeño Jérôme había visto cómo violaban a su madre.

—¡Eres tan valiente! —lo animó Matilde, cuando Jérôme les contó que había escapado del primer cautiverio para llevar a su madre al hospital.

—¡Se murió igual! —lloró Jérôme—. Yo veía que la lastimaban y no hacía nada. ¡Tenía miedo!

—Tu mamá no habría querido que la ayudaras, campeón. Los *interahamwes* te habrían lastimado, y eso habría sido muy doloroso para ella.

—No pude salvarla, ni a ella ni a Aloïs. Sólo me salvé yo. Mejor no me salvaba.

—Si no te hubieras salvado, Jérô, ¿quién me habría salvado a mí? —le preguntó Matilde. Jérôme abrió grandes los ojos negros e inyectados, en abierta confusión—. Yo no puedo tener bebés, Jérô. Cuando era chica, tuve una enfermedad muy grave, y por eso no puedo tener bebés en mi panza. Siempre estaba triste, porque yo *quería* ser mamá. Me había resignado a no serlo hasta que te conocí. Sentí algo especial cuando te vi en el hospital de Rutshuru. ¿Te acuerdas? Pensé: «Me gustaría que Jérô fuera mi hijo», y te amé con todas mis fuerzas desde ese mismo instante. Fue mágico para mí, Jérô. Yo trabajaba con niños todo el tiempo, no olvides que soy doctora de niños; pero con ninguno había sentido lo que sentía contigo. Por eso te digo, si tú no te hubieras salvado, ¿qué sería de mí ahora? Seguiría triste, muy triste, porque no podría ser mamá.

Jérôme lloraba amargamente. Entre espasmos y sollozos, atinó a balbucear:

—Ahora tienes a Kolia y a Amina.

—Pero sin mi hijito del alma, sin mi Jérôme, mi felicidad no sería completa. ¡Ahora soy feliz de nuevo, porque te tengo, Jérô! Pero tú ya no me adoras como en la misión, y no sé por qué.

—¡Sí te adoro! —exclamó—. ¡Te adoro! Pero ahora soy malo, y tú y papá no me querrán.

—Cuéntame algo, Jérô —intervino Al-Saud, con acento práctico–, ¿Karme te obligó a hacer cosas malas? —El niño asintió–. ¿Tú las hacías porque te gustaba hacerlas o porque él te obligaba?

—Él me obligaba —contestó, entre suspiros y sorbidas de mocos.

—Y si le decías que no las harías, ¿qué te hacía?

—Me pegaba con un látigo, me amarraba la pierna con una cadena.

Matilde se mordió el labio y absorbió de nuevo la fuerza de Al-Saud a través del contacto con su mano.

—Entonces, está muy bien que las hayas hecho. No sientas culpa. No *debes* sentir culpa. Mamá y yo te comprendemos.

—¡Me obligaba a matar gente! —explotó, y se incorporó en la cama.

Matilde y Al-Saud lo imitaron y lo abrazaron, lo mecieron y lo confortaron con palabras de amor.

—¡Yo no quería! Entonces, me inyectaba aquí —dijo, y se señaló la zona de la vena radial– y me ponía un líquido, y yo lo hacía, y era fácil.

—No importa, no importa —repetía Al-Saud. A Matilde, la facultad del habla la había abandonado y se limitaba a acariciarlo y a besarlo en la mota–. Nada de eso importa ahora. Quedó atrás. Se acabó. Nunca más volverás a sufrir. Te lo juro, Jérô.

—Dios me va a castigar —declaró el niño, un rato después, con voz ronca.

—Dios te ama tanto como nosotros y te comprende.

—No. Maté gente. Me va a castigar.

—¿Te gustaría hablar con el padre Jean-Bosco? —propuso Matilde–. ¿Te acuerdas de lo bueno que era? ¿Te gustaría contarle esto? —Jérôme sacudió los hombros–. Mañana, que es domingo, llamaremos por teléfono a la misión. Tal vez lo encontremos dando misa. ¿Qué te parece?

—No sé.

—¿Quieres que yo hable con él y le explique?

—Bueno.

Matilde percibía en su cuerpo la extenuación física y mental de Jérôme, por lo que decidió terminar por esa noche con las confesiones. Aún restaba mucho dolor por liberar; lo harían poco a poco, curarían la herida con amor. Se sentía satisfecha, acababan de dar un gran paso en la meta hacia la sanación de Jérôme.

Matilde y Al-Saud se levantaron de la cama, y Matilde lo arropó.

—¿Te gustaría tomar un vaso de leche tibia con miel?

—Sí.

—Voy a pedírselo a Agneska —se ofreció Al-Saud, y, sin calzarse las botas, con el pelo desgreñado y la cara con rastros de llanto, salió del dormitorio.

Matilde se sentó en el borde de la cama y acarició la frente de Jérôme, y le recorrió el puente de la nariz con la punta del dedo, y le dibujó corazones en las mejillas enflaquecidas, y le delineó la curva del mentón. Todo el tiempo sonreía y canturreaba en voz casi inaudible *Alouette, gentille alouette*. Jérôme no la perdía de vista, ni siquiera pestañeaba.

—Te adoro, Jérôme. Quiero que seas feliz. Papá y yo queremos hacerte feliz. Es lo que más deseamos.

—¡Mamá! —exclamó, y le echó los brazos al cuello, y la atrajo con un ímpetu que hizo doler a Matilde en las cervicales. No le importó, sólo contaba ese «¡Mamá!» aclamado con el corazón. En ese abrazo y en ese llamado, lo recuperaba, Jérôme volvía a ser de ella, tenía derecho sobre ese niño como si lo hubiera gestado en sus entrañas.

—¡Mamá! —siguió repitiendo, entre sollozos.

—Aquí estoy, aquí estoy —contestaba Matilde—. Siempre voy a estar.

—¡Yo te adoro, mamá!

—Lo sé, mi amor, lo sé. Y yo a ti.

—¡No vuelvas a decir que no te adoro!

—Nunca más lo diré.

—¡Te extrañaba todo el tiempo!

—Y yo sólo pensaba en ti.

Al-Saud los encontró abrazados y más tranquilos. Le entregó el vaso a Jérôme, que bebió tímidamente, mientras Matilde le contaba acerca de la boda que tendría lugar cuatro días más tarde.

—Haber recuperado a Jérôme es el mejor regalo de bodas que podrías haberme hecho, Eliah —expresó Matilde.

Al-Saud la besó en los labios, y Jérôme sonrió, y el bigote de leche se estiró.

∿ ❧ ∿

Se quedaron con el niño hasta asegurarse de que se hubiera dormido. Abandonaron la habitación con los zapatos en las manos, abrazados, y caminaron como borrachos por el pasillo. Matilde nunca había experimentado una extenuación tan profunda, ni siquiera durante su primera semana de trabajo en el Congo. Arrojó las sandalias en el vestíbulo de su dormitorio, trepó el taburete y se tiró boca abajo en la cama. Oía a Al-Saud moverse por la habitación y en el baño, y no reunía la fuerza para levantarse. Apenas emitió unos sonidos cuando se dio cuenta de que Al-Saud la desvestía. Quería espabilarse para expresarle sus sentimientos alborotados y felices, quería agradecerle por haberle devuelto a Jérôme, por hacerla feliz como nunca imaginó. Al-Saud la incorporó para ponerle el camisón, y Matilde, sin despegar los párpados, lo abrazó.

—Gracias, amor mío. Me devolviste la vida.

—Lo sé.

—Pon el despertador a las cuatro de la mañana.

—¿A las cuatro de la mañana? ¿Para qué?

—Para llevar a Jérôme al baño, para que haga pipí y no moje la cama. Mi abuela Celia siempre decía que así curó a mi hermana Dolores cuando se hacía encima de noche.

⚜

Temprano, a la mañana siguiente, Matilde se escabulló al despacho de Al-Saud para hacer una llamada.

—*Nigel Taylor's speaking.*

—Hola, Nigel. Soy Matilde.

—¡Matilde! ¡Qué alegría escuchar tu voz! ¿Cómo estás?

—Feliz, Nigel, gracias a ti. Eliah me contó que tú descubriste dónde tenían secuestrado a Jérô y que lo ayudaste a rescatarlo. Te debo la vida.

—Y yo te debo mi felicidad, querida Matilde. Gracias a ti conocí a Angelie y a Kabú, y soy dichoso.

—Mi amistad y mi gratitud son para toda la vida, Nigel.

El inglés carraspeó y ejecutó una inflexión para seguir hablando.

—Nos veremos en unos días, en tu boda. Kabú sólo piensa en el reencuentro con su mejor amigo Jérô.

Matilde ahogó el llanto con una risa.

—Te quiero, Nigel.

—Yo también, Matilde.

⚜

A Jérôme, la casa de la Avenida Elisée Reclus lo intimidaba, se perdía, y le tenía pánico al ascensor.

—¿Tú le tienes miedo al ascensor? —se sorprendió Matilde—. ¿Tú, que trepas la palmera del patio andaluz como si fueras un changuito? Vamos, subamos juntos. No tengas miedo.

Matilde amaba su expresión de pasmo ante cosas que no habrían causado ni viso de asombro a un niño occidental, como la pantalla en la sala de cine, o el equipo de música, los controles remotos o la piscina;

nunca había visto una, menos aún con agua caliente.

—¿Toda la casa es tuya y de papá?

—Toda la casa es de papá, mía, de Jérôme, de Amina y de Kolia. Es *nuestra* casa, mi amor. —Jérôme se abrazó a su cintura y hundió la cara en su vientre—. ¿Te gusta?

—Sí, mucho.

La primera noche, cuando Matilde se levantó a las cuatro de la madrugada para llevarlo al baño, lo encontró durmiendo en el suelo. No hizo comentarios. Lo guió al baño y lo obligó a hacer pipí. A la mañana siguiente, fue a despertarlo y volvió a encontrarlo sobre el piso de parquet.

—La cama es muy blanda —adujo Jérôme—. Me hundo.

Después de haber dormido durante meses sobre una estera, el colchón de resortes le parecía algodón. El lunes en la mañana, y aunque faltaban dos días para la boda e infinidad de detalles por definir, Matilde cargó a los tres niños a la camioneta y le pidió a Dario Sartori que la llevara a una colchonería. Amina y Jérôme se divirtieron probando colchones, mientras Matilde discutía con el empleado cuál era el más firme. Se decidió por uno de espuma de poliuretano, el de mayor densidad, y por una almohada de pluma de ganso. Los guardaespaldas ataron el colchón al techo de la camioneta, y esa noche Jérôme durmió sin bajarse de la cama, salvo cuando Matilde lo llevó al baño.

La fascinaba observar a Amina y a Jérôme, que interactuaban con la naturalidad y la confianza de viejos amigos. Amina se convirtió en una parte clave del proceso de sanación de Jérôme. El embeleso que éste le causaba y que ella no se molestaba en disimular, halagaba a Jérôme, le alimentaba el ego maltrecho, le devolvía la autoestima. La influencia de Jérôme en Amina también resultaba notable; de la noche a la mañana, con la misma naturalidad con que los llamaba tío Eliah y Matilde, comenzó a decirles mamá y papá en una clara imitación de su héroe. Kolia, por su parte, los seguía a sol y a sombra, y a Matilde la enternecía la paciencia que Jérôme le demostraba.

Al-Saud llegaba de noche, se cambiaba con ropas deportivas y los llevaba al gimnasio, donde se divertían probando las máquinas y ejercitándose. A Matilde la azoraba la transformación de Eliah, que, de haber llevado una vida excéntrica, libre y alejada de la rutina, disfrutaba de un entorno doméstico y atado a los horarios que imponían los niños pequeños.

Al igual que la primera noche, Al-Saud y Matilde arropaban juntos a Jérôme y dedicaban un momento para charlar con él y comentar las actividades del día; otras, abordaban el tema del cautiverio en el campamento *interahamwe*. De las anécdotas que Jérôme contaba y de los resultados de la revisión médica, fueron descartando la posibilidad del abuso sexual. Estaba sano, no había rastro de malaria ni de tripanosomiasis africana, un milagro si se tenía en cuenta que había vivido durante meses en la selva sin medidas de prevención.

～ ❀ ～

Con la llegada de Jérôme, Matilde se dedicó a él, a mimarlo, a cuidarlo, a llevarlo al médico, a comprarle ropa, a hacerle sentir que nunca se separarían, por lo que los preparativos de la boda quedaron en un segundo plano. Por fortuna, Juana, Yasmín y Francesca tomaron el mando de la organización: eligieron los arreglos florales para el jardín de la mansión Al-Saud, alquilaron la carpa, compraron la champaña, pagaron el *catering*, contrataron a la maquilladora y a la peluquera y se ocuparon de cada detalle.

El día antes de la boda, Francesca se presentó en la casa de la Avenida Elisée Reclus con regalos para los tres niños. La confianza con que la trataban Amina y Kolia resaltaba la timidez de Jérôme, que se mantenía pegado a Matilde y se atrevía a levantar la vista en dirección a la hermosa señora si estaba seguro de que ésta no lo miraba.

Subieron a cambiarle los pañales a Kolia y, mientras Amina y Jérôme jugaban apartados, Matilde dijo, sin desviar la vista de la tarea:

—No sé si estoy haciéndolo bien. No sé si soy una buena madre.

—Eres una madre perfecta.

—¿En verdad lo crees así?

—Sí, tesoro —afirmó Francesca, y le acarició la mejilla.

—A veces creo que estoy demasiado pendiente de ellos, que no los dejo respirar, que no les permito ser ellos mismos, que les coarto la libertad. Tengo tanto miedo de que algo les suceda. Me pregunto si no estoy un poco paranoica.

—Haz lo que el corazón te dicte, Matilde. El corazón de una buena madre *siempre* sabe lo que es correcto. A mí me criticaban mucho cuando nació Alamán. Eran tan seguidos Shariar y él. De hecho, durante un tiempo, tienen la misma edad. Cuando nació Alamán, yo no quise destetar a Shariar porque sabía que le causaría un trauma. Él y yo estábamos muy apegados y tenía miedo de que no quisiera a su hermano recién llegado si yo no seguía amamantándolo. No quería que hubiera celos entre ellos, lo que más deseaba era que se amaran y que fueran grandes amigos. Tenía dos años cuando lo desteté porque Kamal me obligó. Yo estaba piel y hueso.

—Es increíble.

—Sí, lo es. Increíble en muchos aspectos. Increíble que haya quedado embarazada aún amamantando a Shari ar. ¿No se supone que es una especie de anticonceptivo natural? Pues en mí no funcionó. Y es increíble también que amamantara a mis dos hijos al mismo tiempo, como si fuesen mellizos. Mi corazón así me lo dictó en su momento y creo que fue lo mejor.

—¿Francesca?

—¿Sí, tesoro?

—¿Y con Kamal? ¿No tenías miedo de descuidarlo y de perderlo?

—Cuando se tienen niños tan chicos y tan seguidos como los tuve yo a Shariar y a Alamán, un buen esposo no te exigiría que estés de punta en blanco y dispuesta a complacerlo como cuando los hijos no existían. ¿Por qué me preguntas? ¿De qué tienes miedo? ¿De descuidar a Eliah? —Matilde asintió—. Ay, Matilde. Si supieras qué enormes son el amor y el agradecimiento que mi hijo siente por ti, no te detendrías a pensar en esto ni un instante. —Matilde sonrió, y los pómulos se le colorearon—. De todos modos, si conozco un poco a mi tercer hijo, me atrevería a decir que, en caso de que sospechara que él no es el centro tu vida, te exigiría sin mayores consideraciones que rectificaras la situación. ¿No es así?

—Conoces perfectamente a tu hijo —expresó Matilde, y las dos se echaron a reír.

～⚭～

Dolores Sánchez Azúa cambió de parecer y decidió asistir a la boda de su hija menor cuando su futuro yerno la llamó por teléfono a Miami y le ofreció trasladarla en un jet privado y alojarla en una suite del Hotel George V.

El Gulfstream V aterrizó en Le Bourget el martes 4 de mayo, por la mañana. Un automóvil con el logotipo del George V estaba esperándola para conducirla al hotel. A pesar de ser una mujer de mundo y de gozar de una buena posición económica, Dolores se quedó atónita ante el lujo exuberante de la suite. Después de recorrer las estancias, husmear la calidad de los adornos, comer fresas y beber champaña, se recostó en un sofá y planificó la jornada. Se incorporó unos minutos después, consultó en su agenda y marcó un teléfono.

—Allô? —le respondió una voz soñolienta.

—¿Celia? ¡Soy mamá!

—¿Mamá? ¿Qué pasa? ¿Por qué me llamas tan temprano?

—Estoy en París, acabo de llegar. Me gustaría que nos juntáramos para almorzar.

—Ah. Estás en París. ¿A qué viniste?

—¿Cómo a qué vine? ¡A la boda de tu hermana Matilde!

—¿Boda de Matilde? ¿Cuándo? ¿Con quién?

—¿No sabías? Se casa mañana. Con Eliah Al-Saud.

~·❀·~

La mañana de la boda, Amina se sentía como una reina ya que sólo a ella se le permitió acompañar a la novia durante el proceso de embelle-cimiento. Matilde autorizó a la peluquera a que marcara unos bucles en el cabello lacio de la niña, y ésta, en su modo histriónico, le aseguró que era la mamá más buena del mundo.

—¡Así tendré rizos como los tuyos! —se entusiasmó Amina.

—Entonces, se los prestarás a Kolia para que tome la mamila.

—¡No!

Matilde y Amina bajaron las escaleras de la mano, lentamente, con la cadencia que habría empleado una modelo en la pasarela. Eliah, con Kolia en brazos y Jérôme a su lado, las observó bajar.

—¡Ma-ma-ma! —exclamó Kolia, y agitó los brazos en dirección a Matilde.

Al-Saud y Jérôme guardaron silencio, estupefactos ante la metamor-fosis de Matilde, que de jeans, playeras de algodón, tenis y una cola de caballo, había pasado a una blusa de encaje de Chantilly, una falda tubo de *crêpe* de raso, medias de *lycra* y zapatos de cabritilla de tacón alto, todo en un color marfil, lo cual, en conjunción con la piel de Matilde, sus ojos plateados y el rubio de su cabello, le otorgaba luz, como si un halo dorado y tibio la circundara.

Al-Saud tragó el nudo y se adelantó para extenderle la mano cuando Matilde alcanzó los últimos peldaños.

—¿Qué dicen nuestros hombres? —bromeó—. ¿Estamos hermosas?

—Mucho más que hermosas —manifestó Al-Saud—. Son las mujeres más bellas del mundo.

—¡Mira, papá! Mamá me dejó hacerme rizos.

—Pareces una princesa de verdad —la piropeó.

Al-Saud puso a Kolia en brazos de Mónica, ordenó que los niños fue-ran ocupando los vehículos y condujo a Matilde a su despacho, donde, luego de cerrar la puerta, la atrajo hacia él y la besó en los labios, sin consideración al tenue brillo aplicado por la maquilladora. Superada la sorpresa, Matilde se zambulló en la energía de pasión y deseo que explotaba entre ellos. La atracción que se provocaban no mermaba con el tiempo ni con los problemas. «Eres mi refugio», le había dicho Eliah la noche anterior, cuando Matilde, al volver a la cama a las cuatro de la mañana, después de haber llevado a Jérôme al baño, lo halló despierto y excitado.

—Matilde, Matilde —suspiró Al-Saud sobre los labios de ella—. No puedo creer que haya llegado el día en que vas a convertirte en mi esposa.

—Me siento tu esposa desde hace tanto tiempo, Eliah.

—Te amo, Matilde. Tanto, tanto. Me sorprende el poder de este sentimiento, y te aseguro que a mí me sorprenden pocas cosas.

—Gracias por hacer que mi vida sea plena y dichosa. Gracias por darme amor, por enseñarme a amar, por hacerme sentir que soy lo más importante para ti, por darme tres hijos maravillosos. Gracias por devolverme a Jérôme. Mi amor por ti es infinito, y sincero, y eterno, y fiel, y está lleno de admiración y de respeto, porque hoy me caso con el hombre más íntegro y bueno que existe.

Emocionado, incapaz de emitir sonido, Al-Saud extrajo del interior del saco una cajita roja, con las c de Cartier entrelazadas grabadas en la tapa, y se la entregó. Contenía un cintillo, parecido al que le habían robado durante el secuestro, excepto por las pequeñas esmeraldas que rodeaban al brillante de varios *carats*.

—¡Eliah! —exclamó, sin aliento—. Es tan hermoso. Gracias, mi amor.

—Cuando lo vi, pensé en tus ojos, plateados como el diamante, y en los míos, verdes como las esmeraldas, y me gustó porque el anillo nos representa, yo te rodeo y te protejo, como las esmeraldas al diamante. Y estoy a tus pies, como las esmeraldas a los pies del diamante. —Al-Saud lo extrajo de la caja y se lo colocó en el anular de la mano izquierda—. Para toda la vida, Matilde.

—No, la vida no me basta. Para siempre. Para toda la eternidad.

⁓ ⚭ ⁓

Jérôme y Kabú escuchaban con caritas embelesadas a Takumi Kaito; Amina mostraba sus zapatitos de charol negro a Ezequiel y a Paul Trégart; Kolia caminaba de la mano de su abuelo, que se inclinaba para hablarle en árabe. Sus hijos estaban bien, a salvo, felices. Matilde sonrió en dirección a Eliah, que la observaba desde otro sector del jardín de la mansión de la Avenida Foch, indiferente a la conversación del grupo de invitados que lo rodeaba.

–Estás hermosa, princesa.

–Gracias, papi. –Matilde entrelazó el brazo en el de su padre y lo invitó a caminar–. Me alegra de que hayas traído a Sáyida. –Ambos miraron a la joven beduina, cubierta por una pieza de tela naranja, con flores bordadas en hilos plateados–. ¿Está pasándolo bien?

–Muy bien. Yasmín le prometió llevarla a las Galerías Lafayette mañana. Es muy coqueta. Le encanta la ropa.

–Lástima que no pueda lucirla.

–Para Sáyida, quitarse la *abaaya* frente a desconocidos, sería como para ti andar desnuda.

–No juzgo a los musulmanes, papi, pero no me gusta cómo tratan a sus mujeres.

–Es una religión antigua, con costumbres muy arraigadas. Supongo que, en algún momento, tendrán que revisar el rol de la mujer o quedarán fuera de juego.

–¿Por qué en Gaza las mujeres se cubrían sólo la cabeza y Sáyida se cubre por completo?

–Porque Sáyida pertenece a la secta islámica más radicalizada, la *wahabita*. ¿Por qué no vinieron tus hermanas?

–Dolores no podía porque se le complicaba con los niños, que están en época escolar. Y Celia… Bueno, con ella las cosas no están bien. Yo diría que están muy mal. Celia… Celia y Eliah fueron amantes. –Aldo asintió, y de su gesto no se desprendió ningún juicio–. Creo que sigue enamorada de él.

–Pero Eliah te adora a ti. No dudes nunca de eso, princesa. Él me sacó del Congo, arriesgó la vida para salvarme de morir a manos del Mossad, me escondió entre sus parientes beduinos, y lo hizo por ti. Me dijo que tú me querías mucho y que, si me perdías, ibas a sufrir, y que él no quería que tú sufrieras más. No llores, mi amor –le suplicó, y sacó un pañuelo para dárselo a Matilde.

–Voy con él, papá.

–Sí, ve. No te quita los ojos de encima. Es capaz de matarme si ve que te hago llorar.

Matilde rio, se palpó los pómulos con el pañuelo y se lo devolvió a su padre. Aldo Martínez Olazábal se quedó en el mismo sitio, con una sonrisa insinuada en sus ojos, mientras la veía caer en brazos de su esposo. Sorbió el jugo de naranja y aceptó un bocadito que un mesero le ofreció.

–Gracias, Aldo.

La voz lo tomó por asalto. Se dio vuelta y se topó con Francesca De Gecco, que le sonreía con una expresión cálida y bondadosa. Se quedó mirándola, recordando las noches compartidas junto a la piscina en la estancia *Arroyo Seco*, las noches más felices de su vida.

—¿Gracias? ¿Por qué?

—Por la hija que le diste al mundo. Es un ser maravilloso.

—Matilde es mi gran tesoro.

—Lo mismo piensa mi hijo. Él la va a proteger toda la vida, te lo aseguro.

—Eliah es un hombre como pocos, Francesca. Digno hijo tuyo. Estoy feliz de que mi hija lo haya elegido como compañero para la vida.

—Serán felices —auguró Francesca, mientras los observaba: Eliah susurraba a Matilde y la hacía reír.

—Nosotros habríamos sido felices —pensó Aldo en voz alta—. Yo te amaba con locura.

Francesca, hermosa en su vestido largo de gasa rosa pálido, le sonrió con serenidad.

—Aldo, nuestra historia terminó para que hoy nuestros hijos sean felices. Todo se dio como tenía que darse. Ahora lo veo claramente.

—¿Fuiste feliz? ¿Eres feliz?

—Sí, lo fui, lo soy. ¿Y tú?

—Creo que recién ahora he alcanzado la paz y la plenitud.

Francesca asintió con garbo, sonrió y se excusó.

⋅: �֍ :⋅

—Señora Al-Saud —dijo el general Anders Raemmers, y levantó la copa de champaña—, brindo por usted, la mujer más valiente que conozco. Y le deseo toda la felicidad que se merece en su matrimonio.

—Gracias, general. —Matilde chocó su vaso con la copa ofrecida—. Me gustaría que me llamara Matilde.

El general aceptó con una inclinación galante.

—Y brindo por ti, Caballo de Fuego, que salvaste al mundo, literalmente.

Al-Saud levantó el vaso y fijó la mirada en la de Raemmers, que supo leer en la expresión neutra de Al-Saud su enorme fastidio. No podía culparlo, los iraquíes sabían todo acerca de él, de su mujer, de su familia; el peligro lo acechaba, y él había cumplido su misión con creces.

—Nos disculpas, Matilde. Quisiera hablar un momento con Eliah.

—Por supuesto, general.

Al-Saud la besó ligeramente en los labios y murmuró que regresaría enseguida.

—Llévame a un sitio donde podamos hablar con libertad.

—Por aquí.

Entraron en una biblioteca de grandes dimensiones, con un entrepiso plagado de estantes con libros. Raemmers apreció la habitación antes de tomar asiento. Al-Saud se ubicó frente a él, hundió el codo en el brazo del sillón y se sujetó el mentón.

—Sé que estás molesto. —Su antiguo subordinado levantó la ceja izquierda—. Piensas que no estamos tomando medidas con Irak.

—¿Lo están?

—Sí. Un comando de *L'Agence* entró en Base Cero a través de los pasadizos hallados en el Palacio de Sarseng.

—¿Entraron en Base Cero? —se sorprendió Al-Saud, y el general asintió.

—Descubrimos todo lo que había que descubrir: las bombas nucleares, las centrifugadoras, las existencias de uranio. Todo.

—¿Todo seguía allí? ¿Saddam no mandó quitarlo?

—¿Y cómo habría podido? —se jactó el general—. Desde que tú nos diste las coordenadas de Base Cero y nos hablaste de la supuesta conexión con el palacio de Sarseng, los AWACS y los satélites han controlado la zona durante las veinticuatro horas. No existía posibilidad de que asomasen la trompa de un vehículo sin que lo supiéramos. Nos movimos rápidamente después de tu huida y nos ocupamos de que Saddam se enterara de que si tocaba algo de Base Cero o de Sarseng, lo destruiríamos.

—Habría sido propio de Saddam provocar una implosión antes de que el jefe de los inspectores de la ONU, Rolf Ekus, encontrara las centrifugadoras y el uranio. Le habría importado un comino la expansión de la onda radioactiva. Me extraña que no lo haya hecho —admitió Al-Saud.

—Saddam estaba atado de pies y manos. Como te digo, sabía que nosotros conocíamos la existencia de Base Cero gracias a ti.

—Gracias a mí —Al-Saud carcajeó por lo bajo y cambió de posición.

—Sí, sé que has arriesgado mucho más de lo previsto en esta misión, Eliah. Lo sé. Pero quiero asegurarte que tú y tu familia están a salvo. —Al-Saud levantó los párpados en un gesto de fingida sorpresa—. Se ha decidido tratar el hallazgo de Base Cero con la clasificación de secreto de Estado. Muy pocos están al tanto de esto. El mundo no está preparado para una noticia de esta índole.

—¿El mundo no está preparado? ¡General, no insulte mi inteligencia! Los grandes poderes occidentales saben bien que, dando a conocer el invento de Blahetter, medio mundo les saltará a la yugular: los organismos por la paz, las grupos enemigos de la energía nuclear, Greenpeace, la misma ONU… En fin, la comunidad internacional aunará su voz en contra de ustedes exigiéndoles que desarmen las centrifugadoras y se olviden del invento. Por eso han decidido ocultarlo y no por otra razón. Lo codician. Tienen en sus manos una panacea. Y, para mantenerlo en secreto, necesitan la complicidad de Hussein.

—Tienes razón. Hay una gran resistencia contra la energía nuclear.

—La verdad es que a mí eso me tiene sin cuidado. Lo único que exijo saber es de qué modo mi familia está a salvo de que Hussein mande un sicario para matarlos.

—Sabes que el hallazgo de Base Cero le acarrearía a Irak las sanciones más severas de la ONU. El embargo económico está asfixiando a Hussein. Más sanciones serían intolerables. Él lo sabe, es consciente de eso. Hemos llegado a un acuerdo.

—¿Se puede creer en la palabra de un psicópata?

—Hussein es cruel, pero no idiota, Caballo de Fuego. Tú lo sabes.

—Después de haberlo visto escribir el Corán con su propia sangre y de haberlo escuchado asegurar que desciende del Profeta Mahoma, discúlpeme general, pero me atrevo a disentir con usted. Hussein está chiflado.

—Sigue siendo un loco muy vivo y, aunque no lo creas, está en contacto con la realidad. El acuerdo, negociado en las altas esferas de la OTAN y del gobierno iraquí, establece que no se denunciará a la ONU la existencia de Base Cero y, por ende, no se aplicarán sanciones, si se mantienen alejados y se olvidan de la existencia de la centrifugadora. *L'Agence* ya está ocupándose de la vigilancia de Base Cero. Se les exigirá además la firma de un documento donde aseguren que toda la información acerca de la centrifugadora Blahetter está ahí, en Base Cero, y que nada ha salido de ese lugar. Por otro lado, entregarán petróleo gratis a Estados Unidos, a Inglaterra y a Francia durante los próximos cinco años.

—¡Ja! —profirió Al-Saud, y soltó un puñetazo contra el brazo del sillón—. No iban a perder la oportunidad de sacar unos barriles gratis, ¿no, general?

—Además —continuó Raemmers, soslayando la mordacidad de Al-Saud—, no habrá sanciones si Hussein y sus hijos se olvidan de tu existencia y de la de tu mujer. —Raemmers pronunció las últimas palabras con lentitud deliberada y la vista fija en Al-Saud—. Si tú, tu mujer o alguno de tu familia fuera asesinado, envenenado o, simplemente, sufriera un accidente, Saddam Hussein podrá despedirse de esta benevolencia. La sanción será terrible y terminará por convertir a su país en una olla a presión. Sabe que está al borde de la guerra civil. No arriesgará nada.

Al-Saud guardó silencio para analizar la revelación. Sabía que era lo máximo que obtendría de quienes lo habían colocado en ese atolladero.

—¿Qué sabe de Chuquet?

—Lo encontraron degollado en un hotel de Bagdad.

—¿Allanaron el departamento de Gérard Moses en Herstal?

—Sí, pero no encontramos nada relacionado con la centrifugadora. Y sabemos que la DST se instaló en su casa materna, en la Île Saint-Louis. Tampoco dieron con nada. El secreto está a salvo.

—¿Y qué hay del equipo de ingenieros iraquíes que trabajaban con él en Base Cero?

—Son cuatro y forman parte del pacto con Saddam Hussein. Ahora viven en Estados Unidos, en Inglaterra y en Francia. Trabajan en diversas universidades donde no podrán hacer un llamado telefónico a su madre sin que los controlemos.

«Hay demasiados cabos sueltos», concluyó Al-Saud, y asintió en dirección a Raemmers, demostrándole conformidad.

༄ ⚘ ༄

Al ver que Eliah y ese hombre alto, guapo y canoso dejaban sola a Matilde, Juana se aproximó con paso vacilante.

—Qué mierda esto de caminar con *stilettos* en el pasto. Debo de parecer una garza con sabañones.

Matilde tomó a Juana del brazo y se puso en puntas de pie para besarla en la mejilla.

—Estás divina —la animó—. El vestido te queda espectacular.

—¡Más le vale! Me costó un huevo y medio. ¿Quién era el tipo que estaba con el papito? El viejo 'tá pa'l infarto.

—Pensé que ibas a decir: 'tá pa'l coito.

—También.

—Es Anders Raemmers, amigo de Eliah desde hace años. Aunque no deberías estar mirándolo con esa cara cuando tu prometido está a pocos pasos.

—Que esté a dieta no significa que no pueda leer el menú, aunque ya sé que tú, Matita querida, no lo entenderías ni en un millón de años. Sólo tienes ojos para el papito.

—¿No está hermoso con ese traje?

—'Tá pa'l...

—¡No te atrevas a decirlo, Juana Folicuré!

—Bueno, querida mía, tu esposo *'tá pa'l coito*, te guste o no te guste. Así que vas a tener que estar muy atenta y afilar la imaginación para evitar que las culebronas que nunca faltan te lo quiten.

—¿Algún consejo?

–Varios. Por lo pronto, ¿qué vas ponerte esta noche?

–¿Cómo qué voy a ponerme?

Juana se mordió el labio y elevó los ojos al cielo.

–Señor mío, ¿puede ser *tan* básica? Matilde del Valle de Catamarca, no me digas que no te compraste un buen conjunto de lencería para tu noche de bodas.

–No te lo digo, entonces.

–*No-che de bo-das* –reiteró Juana, y gesticuló con su boca grande y generosa–. ¿Te suena el concepto?

–No compré nada, Juani –admitió Matilde, compungida.

–¡Por Dios!

–Es que con la llegada de Jérôme…

–No me pongas excusas, Matilde. Jérôme llegó hace unos días nada más. El camisón erótico para esta noche deberías haberlo comprado hace semanas. ¡Es lo primero que deberías haber comprado! –La mueca afligida de Matilde la suavizó–. ¿Qué pensabas ponerte esta noche para seducirlo, el camisón con ositos panda?

–No, pero…

–¡Ay, Matita, Matita! No te preocupes. Aquí está Súper Juana para sacarte las papas del fuego. Como te conozco del derecho y del revés, sabía que no ibas a comprar nada apropiado, así que te tengo una sorpresa. Vamos adentro. Te la doy ahora.

Se detuvieron ante el llamado de Kamal, que se aproximó con Kolia en brazos.

–Creo que este muchachito necesita un cambio de pañales.

–Ven con mamá –dijo Matilde, y lo recibió en brazos.

Mónica las interceptó en el umbral de la puerta, y Juana notó que Matilde no le entregaba al niño.

–Matita, por el *agradable* aroma que destila tu hijo, creo que tiene caca hasta en las cejas. Ni se te ocurra cambiarlo con esa ropa. Dáselo a Mónica.

–Sí, señito Matilde –intervino la empleada–, démelo, yo lo cambio.

–Sí, vas a cambiarlo tú, Mónica, pero lo llevaré yo hasta el dormitorio.

Con Kolia cambiado y perfumado, Matilde se sentó en un sillón de la antigua habitación de Eliah para darle la mamila. El niño la tomó con deleite hasta quedar dormido.

–Mat, no se te ocurra hacerlo eructar en tu hombro. Te echa la leche y ¿qué haces? Te arruinaría esa blusa divina de encaje. Mónica, házlo eructar, por favor.

–Sí, señito Juana.

Un momento más tarde, Matilde y Mónica acomodaron sillas en torno a la cama de Eliah, mientras Juana colocaba dos almohadas, una a cada lado de Kolia, que dormía profundamente.

—Está bien, Mónica —susurró Matilde—. Puedes retirarte. Vete a descansar y a comer algo.

Matilde abrió una brecha en la valla de sillas y se inclinó sobre Kolia. Le olisqueó el cuello regordete y la mejilla colorada. Lo besó apenas con un roce sobre la sien y el cachete. No conjuraba la voluntad para apartarse. Kolia se removió, movió la boca y emitió sonidos divertidos. Juana sofocó una risita y Matilde decidió apartarse.

—Qué cosita tan hermosa.

—Aunque lo deseaba con todo mi corazón —expresó Matilde, y se acomodó en una silla, frente a Juana, repantigada en el sillón—, nunca imaginé que llegaría a amar al hijo de Eliah tanto como amo a Jérôme.

—¡Ay, amiga querida! Verte tan feliz me hace inmensamente feliz.

—¿Y Tú, Juani? ¿Eres feliz con tu nueva vida?

—Sí, Mat, muy feliz. —Bajó la vista y se miró las uñas—. Jorge me llamó varias veces en estos días.

—¿En serio?

—Está en Londres, en una convención. Me pidió que fuera a verlo. Como me negué, me dijo que vendría a París a buscarme. Asegura que no puede vivir sin mí, que está decidido a recuperarme. No le importa nada, ni su mujer, ni su hijito. Nada.

—¿Y tú? ¿Puedes vivir sin él?

Juana sonrió con aire melancólico.

—Te sorprendería mi falta de emoción al escuchar su voz. En realidad, no sentí nada, ni alegría, ni excitación, pero tampoco rencor, ni siquiera tristeza. Sentí un poco de fastidio, como cuando quieres cortar con alguien porque estás apurado y tienes que irte.

—¿Cómo van las cosas con Shiloah?

—Si es verdad que existen las almas gemelas, nosotros lo somos, Mat. Cada día me conquista un poco más. Es tan... Tan Shiloah. Mi gordo judío es el amor de mi vida. Por supuesto, su Ferrari hace que lo vea con más pelo y menos panza.

Matilde ahogó una carcajada y abandonó la silla. Se arrodilló frente a Juana y descansó la cabeza en sus piernas.

—Juani, te amo, amiga mía.

—¿Y a mí? ¿A mí también me amas?

La voz de Ezequiel las sobresaltó. Juana se llevó el índice a los labios en el gesto de silenciarlo.

—Si despietas a Kolia, tú te haces cargo.

—No problem.

Ezequiel se sentó sobre la alfombra. Matilde estiró la mano y entrelazó los dedos con los de su amigo de la infancia.

—Ahora que estamos los tres solos y tranquilos, quiero decirles que los amo con todo mi corazón, que son mis hermanos del alma y que sin ustedes nunca habría sobrevivido al cáncer. Ustedes fueron mi fuerza y mi alegría. Lo son, siempre. Cada vez que los veo, me siento feliz.

—¡Qué tipa tan tonta! Me hace llorar y sabe que no uso rímel *waterproof*.

La risa de Matilde emergió distorsionada a causa del llanto a duras penas reprimido. Se lanzó al cuello de Juana y la apretó. Ezequiel se incorporó y, entre risas y sollozos, las contuvo a las dos en un abrazo.

—Los tres mosqueteros para siempre —expresó, y las besó en la coronilla.

~ ⚜ ~

Matilde y Eliah pasarían la noche de bodas en una suite del George V. Amina dormiría en casa de tío Sándor, a la cual tía Yasmín se había mudado semanas atrás. No necesitaron argumentos para convencerla; no obstante, la promesa de alquilar *La Cenicienta* y *La Bella Durmiente* de Walt Disney ayudó para que esperara ansiosa el momento de abandonar la fiesta. Jérôme y Kabú irían al departamento de tía Juana y de tío Shiloah, y Matilde le hizo jurar a Juana por la Ferrari de su futuro esposo que se levantaría a las cuatro de la mañana y llevaría a Jérôme al baño. Kolia se quedaría con sus abuelos y bisabuelos en la mansión de la Avenida Foch.

—Vamos —la apremió Eliah, molesto porque Matilde no terminaba de besar y de despedirse de sus hijos.

El Aston Martin con Eliah al volante y Matilde a su lado partió alrededor de las siete de la tarde de la mansión de los Al-Saud, donde todavía quedaba la mayoría de los invitados.

Desde un vehículo estacionado en la esquina, sobre la Avenida Malakoff, unos ojos reconocieron el automóvil de Al-Saud y lo siguieron sin pestañear.

~ ⚜ ~

Para Matilde, el George V encerraba memorias de los momentos más dichosos en París, aunque también de uno de los peores: el encuentro con su hermana Celia. Igualmente, estaba demasiado feliz para destinarle un pensamiento. Cruzó la recepción de la mano de Eliah, saludó de lejos a las empleadas y se puso de puntitas para besar a su esposo cuando las puertas del ascensor se cerraron.

La suite los esperaba iluminada, con la cama abierta, una fuente con frutas, un plato con bombones, copas de cristal, bebidas frías sin alcohol y una cafetera con café recién preparado.

—Shariar ordenó preparar todo esto —comentó Matilde—, estoy segura. —Se metió una cereza a la boca y le ofreció la mitad a Eliah, que, al devorarle los labios, se la quitó entera—. Mi esposo —murmuró Matilde—. No puedo creer que ya estemos casados.

—Señora Al-Saud. Estabas tan hermosa, tan tranquila durante la ceremonia.

—Me sentía feliz, a pesar de que la oficina de la jueza le habría quitado el ánimo a cualquiera. Nada me importaba, sólo que estuvieras a mi lado y que mis hijos estuvieran cerca.

Fueron a la habitación y, mientras se desvestían, comentaron los detalles de la boda en el Ayuntamiento y de la recepción en casa de los Al-Saud.

—¿Viste a Jérô con Takumi? No lo dejó en toda la fiesta, lo miraba con cara embelesada.

—Te aseguro que Takumi *sensei* quería ganarse su amistad. Sabe cómo llegar al corazón de un chico.

—¿Crees que le haría bien a Jérô la influencia de Takumi?

—Sí. ¿Te gustaría pasar una temporada en la hacienda de *Rouen*?

—Como me dijiste que tendríamos que esperar para la luna de miel, sí, creo que me gustaría pasar una temporada allá, con los niños. A todos les vendrá bien el contacto con la naturaleza y con los caballos. A Jérô sobre todo. Sigue triste y callado. Él era diferente, Eliah, tan vivaz y alegre. Acuérdate.

—Matilde, hace apenas unos días que lo traje del Congo. Hay que darle tiempo.

—Sí, tienes razón.

—No quiero que esta noche hablemos de nada excepto de nosotros. No quiero que te angusties ni que te preocupes por nada. Todo se va a solucionar a su debido tiempo. ¿Acaso no ha sido siempre así?

—Sí, tú siempre solucionas todos los problemas. ¡Eres mi héroe!

—Entonces, confía en mí.

Matilde se metió en el baño para ponerse la lencería erótica que Juana le había regalado para la noche de bodas. Salió con una camisola de tul púrpura, que le cubría la mitad de los muslos, abierta con un corte hasta el brasier y que le dejaba el vientre a la vista; unos calzoncitos pequeños y transparentes completaban el conjunto. En los pies calzaba unas chinelas de raso blanco con un ramillete de plumas encima.

—¿Te gusta?

Eliah estaba echado en la cama, apoyado contra el respaldo, desde donde la contemplaba con ojos serios. Matilde advirtió que sólo llevaba puestos los boxers. Le hizo señas con el índice para que se aproximara. La vio avanzar, envuelta en su manto de cabello dorado y larguísimo, y de pronto la deseó desnuda. Saltó de la cama y se plantó frente a ella. Se miraron sin tocarse, ella, con la cabeza echada hacia atrás, él, con la cabeza inclinada hacia delante. Era tan pequeña y menuda. Le tomó la mano izquierda y le admiró los anillos, el de brillantes y esmeraldas y el de casada. Sus manos de dedos largos y delgados siempre lo atraían. «Manos de cirujana.» Matilde arrastró la punta de los dedos por los antebrazos de Al-Saud y le erizó la piel. Éste le bajó los tirantes de la camisola.

Matilde había cerrado los ojos y echado la cabeza hacia atrás, ansiosa y expectante del derrotero que tomarían las manos de él. Harían con ella lo que se les antojara, como de costumbre. Al-Saud le introdujo un dedo en el ombligo e inició un movimiento circular suave que le quitó el aliento. Se sujetó a sus hombros y gimió cuando la corriente se extendió hacia el pubis y le cosquilleó entre las piernas. La sorprendía el imperio de esa caricia simple, que le había erizado aun el cuero cabelludo, al que sentía tirante, y que le había hecho agua la boca y la vagina.

La lengua de Eliah se apoyó en la vena palpitante del cuello de Matilde, donde la demoró para percibir el paso veloz de la sangre, que se aceleró cuando abandonó el ombligo y le masajeó el clítoris, hinchado y viscoso. Matilde jadeó y le hundió los dedos en la carne. La besó en el cuello, la mordió, la lamió, y, mientras lo hacía, la empujaba hacia la cama.

—Acuéstate —le ordenó en francés.

Matilde le obedeció y se deslizó hacia el centro de la cama. La camisola resbaló y le dejó a la vista las piernas y el pubis apenas disimulado bajo el tul de los calzones, de los cuales Al-Saud se deshizo obligándola a levantar el trasero y las piernas. Lo excitó verla sin calzones y con la camisola, y su erección se profundizó al imaginarse hundido en esa carne tibia y relajada. Se quitó los boxers con tirones impacientes. Lo enardecía la prisa de él en oposición a la serenidad inocente de Matilde, que parecía dormida y ajena a la energía que había despertado y que estaba a punto de asaltarla.

Se subió a la cama, le separó las piernas y colocó las rodillas entre ellas. Se inclinó para susurrarle.

—Matilde. *Mon amour.*

—¿Qué?

–¿Tienes idea de cuánto te deseo?

Matilde sonrió, sin levantar los párpados, y tanteó hasta dar con los hombros de Al-Saud.

–Quédate así –le ordenó Al-Saud, y se afirmó en su posición de rodillas frente a ella. Se inclinó hacia delante para sujetarla por las nalgas y elevarle la cadera. Matilde plantó los pies en el colchón y flexionó las rodillas, levantó los codos y apoyó las manos en la almohada, cerca de su cara. Sintió la lengua de Al-Saud entre sus pechos; dibujaba círculos con la punta, subía hasta casi rozar el pezón, descendía al valle, se desplazaba hacia abajo, le horadaba el ombligo y retomaba el ascenso. Su juego la frustraba y la conducía a un nivel de excitación insatisfecha que se volvía doloroso en la vagina. Emitió gemidos quejumbrosos que se convirtieron en un jadeo largo y doliente cuando Al-Saud le chupó un pezón, luego otro. Matilde entrelazó los dedos en su cabello y lo obligó a seguir con los mordiscos y las succiones.

–Más –exigió.

Se apartó, volvió a sujetarla por el trasero y la colocó a la altura de su pene erecto. La penetró atrayéndola hacia él, lentamente, para disfrutar cada centímetro de carne que se hundía en la de ella. La sintió tibia y resbaladiza, caliente y excitada. Su vagina lo comprimió hasta hacerlo jurar entre dientes por lo difícil que le resultaba dominarse. Salió de ella repentinamente, deseoso de penetrarla de nuevo desde otra posición. Matilde soltó una queja casi inaudible cuando Al-Saud la obligó a darse vuelta. Le retiró el camisón y le acarició el trasero con las manos y con la lengua. Se sentían abrasados por un ardor que no lograrían aplacar excepto con el orgasmo. Sus genitales palpitaban al ritmo desenfrenado de sus corazones.

–Eliah, por favor –suplicó Matilde.

La cubrió con su cuerpo y le retiró parte del peso elevándose con el brazo derecho. Le gustaba esa posición, le parecía que conquistaban una unión física perfecta, todo su cuerpo en contacto con el de ella: las nalgas de Matilde contra sus caderas, su espalda contra su torso, sus piernas y sus pies entrelazados. Matilde sostuvo la cabeza en alto y apoyó los antebrazos en la almohada. Al-Saud la tomó por el mentón y por la mandíbula con la mano izquierda y se introdujo dentro de ella con un movimiento sordo y rápido. Se meció de manera violenta mientras le hablaba al oído en francés.

–¿Te gusta así? –Matilde no asintió ni negó porque la mano de él en el filo de su rostro se mantenía inexpugnable, como si buscara un punto de apoyo para impulsarse–. A mí me encanta. Sentir tu culo contra mis testículos. Estaba tan caliente. No podía esperar, mi amor. Quería que la fiesta terminara de una buena vez.

Matilde lo obligó a aflojar la sujeción para apuntar:

—A nadie le quedó duda de eso.

Al-Saud lanzó una carcajada sin aliento, fascinado por la sensación que le proporcionaba la fricción del glande contra la pared frontal de la vagina. Matilde apretó los párpados acuciada por la inminencia del placer. Unos segundos después, se perdió en una sensación de gozo apabullante. Sus gemidos desaparecieron, ahogados por la sonoridad de los gritos roncos y desmedidos de él, cuyo brazo cedió a los bruscos sacudones que acompañaban a la eyaculación, y aplastó a Matilde.

La humedad de su aliento le caldeaba la mejilla; su mano, que aún le apretaba la mandíbula, conservaba la furia con que la había poseído; su pene todavía se vaciaba dentro de ella; la potencia del orgasmo la aturdía. Al-Saud se apartó y Matilde se colocó de espaldas. Sus miradas se entrelazaron, y ella descubrió algo turbulento e indescifrable en el modo en que él la observó.

—Te voy a hacer feliz, Matilde.

—Ya me hiciste feliz, Eliah.

20

Al-Saud se quedó los primeros cinco días en la hacienda de Ruán. Después, viajaba a París por la mañana y regresaba al atardecer, pisando el acelerador del Aston Martin para sortear los ciento diez kilómetros que lo separaban de su familia. No se cansaba de la imagen que se repetía día a día, la amaba, cuando el chirrido de las llantas alertaba a Matilde y a los niños de su llegada, y salían a recibirlo. Jérôme corría a sus brazos, después llegaba Amina; a la zaga aparecía Kolia, con su paso entorpecido por los pañales y con el chupón en la mano. Al-Saud, de cuclillas, los cobijaba a los tres y los besaba, y fingía prestar atención a sus demandas y relatos, cuando, en realidad, sólo pensaba en lo feliz que era. Al cabo, los niños le daban lugar a Matilde, que caía en los brazos de su esposo para recibir una porción de mimos y de palabras de amor, escena que no causaba gracia a Kolia, por lo que se abría paso entre las piernas de sus padres y atraía la atención de Matilde agitando el puño y exclamando: «¡Ma-ma-ma!».

En contacto con la naturaleza y con los caballos y, en especial, gracias a la influencia de Takumi Kaito, Jérôme recuperó la alegría. A Matilde se le llenaban los ojos de lágrimas al verlo entrar corriendo en la cocina, sin aliento y entusiasmado, para contarle que la yegua había parido o que los cachorros de la perra de Laurette estaban mamando. A Jérôme, nada le causó más dicha que la ocasión en que Al-Saud lo condujo a un corral, le señaló un potrillo y le dijo: «Ése es tuyo. Ése es para ti. ¿Cómo lo llamarás?». Desde ese día, rara vez abría la boca para referirse a otra cosa que no fuera *Tornade*, su frisón, y aguardaba con ansiedad el regreso de Eliah para ir a verlo y tocarlo.

Temprano por las mañanas, Takumi le enseñaba a montar, y resultaba asombroso el dominio que Jérôme conquistaba sobre el caballo con cada lección, lo que le proporcionaba seguridad y un incremento de la autoestima. A la hora de la siesta, mientras Amina y Kolia descansaban, Matilde mandaba ensillar los caballos para ella y para Jérôme, y buscaban la frescura húmeda del bosque de robles y de arces; por supuesto, los guardaespaldas, también a caballo, los seguían a corta distancia. Eran momentos de paz, en los que se reencontraban como madre e hijo, en los que hablaban de trivialidades o de temas trascendentes.

Acostumbraban a bañarse en la piscina por las tardes, cuando Eliah regresaba de París, y el agua conservaba la tibieza de la jornada estival. Se enfundaban en los trajes de baño —Matilde usaba traje entero para evitar que Jérôme viera la herida en su lado izquierdo, aún ostentosa y de color magenta— y se zambullían en medio de risas y de gritos. Había flotadores para los más pequeños, que chapoteaban en la parte baja, a cargo de Matilde, en tanto Al-Saud le enseñaba a Jérôme los estilos de natación. Cuando se cansaba de nadar mariposa o *crawl*, el niño se montaba en los hombros de Eliah, donde se ponía de pie en precario equilibrio.

—¡Mira, mamá, mira! —vociferaba, y se lanzaba de cabeza.

De inmediato, Amina declaraba que deseaba hacer lo mismo, por lo que Al-Saud se trasladaba a la parte baja para complacerla, seguido por Jérôme, destinado a traerla a la superficie. Por más que las acrobacias de sus hermanos le arrancaran carcajadas y aplausos torpes, Kolia se aferraba al torso de Matilde cuando adivinaba las intenciones de su padre: hacerlo saltar por el aire para aterrizar en el agua. Tensaba las piernitas y los brazos y agitaba la cabeza para negar.

—Mami te protege —lo reconfortaba Matilde.

No obstante, Kolia accedía a sentarse sobre los hombros de Al-Saud para jugar a la pelota, actividad que lo fascinaba. Amina se encaprichaba en hacerlo sobre los de Jérôme. La consigna era impedir que la pelota tocara el agua. Jérôme se desternillaba de risa cuando Kolia, sin darse cuenta, tapaba los ojos a Eliah y ocasionaba que su equipo perdiera.

—¡Hijo, no me tapes los ojos! —protestaba Al-Saud, y lo obligaba a devolver las manitas a su cuello.

Cada tanto, Matilde y Eliah cruzaban una mirada a través de la piscina y sonreían, cómplices. «Te amo», dibujaba ella con los labios, y él respondía de igual modo: «Yo más».

Los niños también disfrutaban de las muestras de artes marciales que Takumi Kaito y Al-Saud les proporcionaban cuando practicaban en el gimnasio. Amina y Kolia los observaban entre risas, saltos y exclamaciones. Para Jérôme, el espectáculo de los dos adultos enfrentándose con armas o simplemente con las manos y las piernas, constituía una experiencia que lo sumía en una concentrada seriedad. Una noche, Matilde y Eliah fueron a arroparlo, y lo notaron pensativo.

—¿Qué pasa, hijo? —lo indagó Al-Saud.

—Papá, quiero aprender a luchar como lo hacen tú y Takumi. Así nadie podrá llevarme lejos de ustedes otra vez.

—Nadie te llevará lejos de nosotros —le aseguró Al-Saud—. Pero si quieres aprender a luchar, Takumi y yo te enseñaremos. Si mamá está de acuerdo —se apresuró a agregar.

—Estoy de acuerdo siempre y cuando Jérôme prometa que sólo usará las artes marciales para defenderse y no para atacar a quienes no lo agredan.

—Ésa es una de las reglas básicas del *Shorinji Kempo*, lo primero que Takumi *sensei* te enseñará, campeón. ¿Estás de acuerdo?

—Sí, papá.

—Entonces, hablaré con Takumi *sensei* para que comience las lecciones.

—¡Gracias! —Alternadamente, se abrazó a los cuellos de Matilde y de Eliah.

Al día siguiente, Takumi Kaito los acompañó a Ruán, donde Matilde compró el uniforme de karate para Jérôme. Por la noche, salió a recibir a Eliah con una indumentaria que parecía un pijama blanco, ajustado con un cinturón de tela también blanca. No se lo había quitado en todo el día, y se lo había pasado detrás de Takumi, mientras éste cumplía con sus obligaciones de administrador, inquiriendo acerca del traje, del *Shorinji Kempo*, del karate, de los samuráis. Takumi Kaito, con su natural parquedad y prudencia, se cuidaba de traslucir el asombro que le causaba la perspicacia del niño y su memoria para retener los nombres en japonés.

—¡Mira, papá! ¡Mamá me compró el traje! ¿Sabes cómo se llama? Takumi *sensei*... Ahora le digo *sensei* igual que tú porque es mi maestro. ¿Sabes cómo se llama el traje? —Al-Saud fingió no saber—. Takumi *sensei* me dijo que se llama *karate-gui*. ¿Viste el cinturón? Se llama *obi*. Takumi *sensei* me enseñó cómo amarrarlo. Takumi me prometió que, cuando sea más grande, me enseñará *Jiu-Jitsu*.

—¡Ey, campeón, qué bien lo pronuncias!

—Sí, Takumi *sensei* dice lo mismo, que pronuncio muy bien.

A lo largo de la cena, Jérôme y Al-Saud dominaron la conversación refiriéndose a las artes marciales; los demás comían y los observaban, hasta que Amina expresó que ella también quería un pijama blanco como el de Jérôme y aprender a pelear con Takumi «saisai».

—Es *sensei*, Amina —la corrigió Jérôme—. Y no es un pijama blanco. Es un *karate-gui*.

—¡Yo quiero aprender a luchar con Takumi sai...! ¿Cómo era?

—Se usan en la guerra.

Al-Saud se incorporó en la silla de su escritorio.

—¿Cuándo llegó?

—Acaba de llegar —le contestó Antoine.

—Está bien —se limitó a decir, y cortó la llamada. Llamó a Edmé de Florian—. Edmé, ¿estás en una línea segura?

—Sí, habla.

—La paloma mensajera de Al-Muzara acaba de llegar. Estoy yendo para la casa de los Moses. Quiero descifrar el mensaje. ¿Tus hombres siguen vigilando?

—Las veinticuatro horas. Les advertiré de que tú irás.

En tanto conducía hacia la mansión en la *Quai* de Béthune, Al-Saud ponderaba las alternativas. Si Anuar Al-Muzara había respondido el mensaje falso que lo convocaba a París, significaba que no se había enterado de la muerte de Gérard Moses. También cabía la posibilidad de que lo supiera y hubiera decidido seguir el juego para tender una trampa a quien estuviera detrás del mensaje.

Franqueó el portón de la vieja mansión de los Rostein con las llaves de Shiloah. Antoine salió a recibirlo al solado que precedía a la mansión; resultaba obvio que había estado atento, esperándolo. Sin palabras, le indicó que lo siguiera. Había guardado el tubito con el mensaje en una vieja lata de avena que se hallaba en una alacena de la cocina.

Al-Saud sacó el columbograma y le dio una rápida lectura; luego le dedicó una más pausada, mientras hacía anotaciones en una libreta. Después de descifrarlo, obtuvo el siguiente texto: «*En la noche en que las fogatas arden para dar ánimo al sol, nos veremos en la isla del rey santo.*» Al-Saud masculló un insulto. ¿Qué mierda quería decir?

Al cabo, llegó Edmé de Florian, y se dedicaron a interpretar el acertijo. Dos horas más tarde, y tras consultar unas enciclopedias de la biblioteca de los Moses, acordaron que «*la noche en que las fogatas arden para dar ánimo al sol*» era la de San Juan, que va del 23 al 24 de junio y en la que se celebra el solsticio de verano y se prenden fogatas para ayudar al sol que, a partir de ese día, comienza a perder fuerza. En cuanto a «*la isla del rey santo*» era, sin duda, la Île Saint-Louis, habiendo sido Luis IX, rey de Francia, canonizado por Bonifacio VIII en 1297.

—Hoy es 15 de junio —señaló De Florian—. Tenemos pocos días para planificar la emboscada.

—No olvides nuestro trato, Edmé: Anuar Al-Muzara es mío.

⚜

El libro de Matilde, *Las aventuras de Jérôme*, se publicó en Francia el 1° de junio. Matilde recibió una caja con los veinte ejemplares que le correspondían por contrato, y ese fin de semana hubo un festejo en la hacienda. Llegaron los hermanos de Eliah, con sus parejas y familias, Peter Ramsay y Leila, La Diana, Tony Hill y Michael Thorton, que los sorprendió con una novia japonesa.

Todos recibieron un ejemplar autografiado. Los hijos mayores de Shariar —Francesca, Gaëtan y Guillaume—, cada uno con un libro, perseguían a Jérôme para preguntarle si esto o aquello era cierto, y le señalaban las ilustraciones. Matilde lo notaba tímido y avergonzado, pero se abstenía de intervenir para permitirle que se desenvolviera por su cuenta. Amina se erigió en la defensora de su hermano; aseguró que Jérôme trepaba a una palmera alta hasta el cielo y derribaba a señores grandes con dos patadas de karate, aunque para eso tenía que ponerse su traje como pijama llamado...

—*Karate-gui* —le recordó Jérôme, apesadumbrado por el entusiasmo de la niña.

Por la tarde, Matilde se sentó en la alfombra de la sala, con Kolia en el hueco que formaban sus piernas —se había producido un altercado cuando Dominique, el menor de Shariar, intentó ocupar ese sitio, y Kolia le pegó con la mamila para dejarle en claro que tenía nuevo dueño—, y preguntó a viva voz quién deseaba escuchar los cuentos que se disponía a leer. Minutos después, aun los adultos se congregaban en torno a ella y seguían las aventuras de Jérôme, que había buscado refugio en los brazos de su padre.

Un libro destinado a pasar sin pena ni gloria estaba suscitando revuelo en los medios de prensa porque la editorial, en una hábil maniobra publicitaria, había revelado que la autora, la desconocida Matilde Martínez, era la médica de Manos Que Curan que el 12 de febrero había salvado la vida del pequeño Mohamed, el niño palestino sorprendido en un fuego cruzado entre Hamás y el ejército israelí. Se estimaba que, para la presentación en la librería FNAC del centro comercial CNIT, en La Défense, arribarían periodistas de todo el mundo, ya que Matilde, con su actitud huidiza —en una salida irónica, la apodaban La Silenciosa—, se había convertido en una obsesión para la prensa. Después de todo, y como había titulado su artículo Ariela Hakim, se trataba de la médica que había detenido el operativo «Furia Divina».

Sandrine le había pedido autorización para revelar su identidad, a lo cual Matilde accedió después de varias horas de discusión con Al-Saud, que se oponía. Matilde sostenía que, si los derechos de autor se destinarían a solventar los gastos de la clínica Medalla Milagrosa, un buen nivel de ventas sería bienvenido.

Al día siguiente, Al-Saud llamó por teléfono a Sandrine y le indicó que, si la editorial no le presentaba un plan de seguridad, podían ir despidiéndose de la presentación y de Matilde.

—Ustedes quieren armar este *show* con ella —les advirtió—, entonces tendrán que invertir una fuerte suma para protegerla. Quiero el plan de seguridad en mi oficina en tres días.

Más allá de la propuesta de la editorial, Al-Saud tomaría sus propias medidas.

—¿Cuándo será la presentación? —quiso saber Joséphine.

—El sábado 26 de junio, a las cinco de la tarde.

~· ✁ ·~

A mediados de junio, N'Yanda y su hija Verabey llegaron a la hacienda de Ruán. Matilde corrió a recibirlas y, sin importarle la actitud austera de N'Yanda, la besó en ambas mejillas. Verabey, tan simpática como siempre, lloró de emoción.

Hacía tiempo que Matilde pensaba en convocar a N'Yanda para que la ayudara con las cuestiones domésticas y de los niños. Sin embargo, no se atrevía a pedirle a Joséphine que prescindiera de ellas en su hacienda *Anga La Mwezi*. Las cosas se precipitaron de tal modo que, vistas en perspectiva, estaban predestinadas. Mónica anunció que volvería a Perú; su madre acababa de fallecer, por lo que se haría cargo de sus hermanos menores. Por otro lado, N'Yanda llamó a Joséphine para comunicarle que ella y su hija abandonarían *Anga La Mwezi* y el Congo oriental, porque, por más que los hombres de la Mercure las cuidaban, estaban cansadas de vivir con el corazón en la boca.

—Sé que la guerra nunca abandonará este país —profetizó la mujer— y yo quiero paz.

Madre e hija terminaron alojándose con sus magras pertenencias en la Misión San Carlos donde se disponían a pasar una temporada hasta conseguir un transporte a Kinshasa, algo muy difícil en esos tiempos de guerra. Amélie, en su llamado habitual a Eliah y a Matilde, les comentó la situación. N'Yanda y Verabey se trasladaron a la capital del país en un helicóptero de la Mercure asignado a la protección de la mina de coltán. En Kinshasa, se instalaron en un hotel. De nuevo, la amistad con Joseph Kabila demostró su utilidad en la tramitación de los pasaportes de N'Yanda y de Verabey, como también de la visa en el consulado francés.

˜. ⚭ .˜

Aunque amaba París y la casa de la Avenida Elisée Reclus, Matilde no mostraba urgencia por regresar. La hacienda de Ruán había probado su poder curativo; la recuperación de Jérôme se evidenciaba a diario. El ascendente de Takumi Kaito resultaba indispensable y, tanto en las clases de equitación como en las de *Shorinji Kempo*, le infundía paz y seguridad. Si bien Matilde continuaba despertándose a las cuatro de la mañana para hacerlo orinar, percibía que su hijo no tardaría en controlar esfínteres de noche; de todos modos, era consciente de que el tiempo no había llegado y de que las heridas de Jérôme estaban frescas.

Desde hacía tiempo, Matilde consideraba el futuro escolar de Jérôme. El año escolar comenzaría en septiembre, y era hora de ir pensando en un colegio. Al-Saud quería que fuera a la escuela bilingüe a la cual habían asistido él y sus hermanos, a lo que ella se opuso porque Jérôme no estaba preparado para un nivel de exigencia tan alto; además contaba que no hablaba una palabra en inglés. De los meses en la misión, sabía que Jérôme leía y escribía el francés aceptablemente y que sabía sumar, restar y multiplicar. Le pidió a Thérèse que le consiguiera los planes de estudio para tercer grado, que le fueron enviados una tarde con Al-Saud, y se dedicó a analizarlos. Eliah compró varios libros de gramática francesa y de aritmética, y a mediados de junio, Matilde comenzó a preparar a Jérôme.

Terminada la clase de equitación y después de despojarse del equipo y de vestirse con ropa cómoda, Jérôme se encerraba con Matilde en el despacho para estudiar. Matilde, que había temido que el niño se rebelara y prefiriera estar en las caballerizas con Takumi Kaito o jugar con sus hermanos, se sorprendió al notar el interés y el afán con que se aplicaba a las lecciones.

—¡Qué niño inteligente eres, tesoro mío! —lo elogió una mañana en que le había repetido las diez tablas sin equivocarse, y la sonrisa de Jérôme le tocó el alma.

—Mami, quiero ser el mejor alumno.

—Serás un muy buen alumno, tesoro. No es necesario que seas el mejor.

—Quiero ser el mejor para que papá esté orgulloso de mí.

Esa noche, Matilde le comentó a Al-Saud el anhelo de Jérôme y se dedicaron a conjeturar acerca del porqué. Al día siguiente, como era sábado, padre e hijo salieron a cabalgar solos, y Al-Saud se lo pasó alabando a Jérôme y contándole travesuras de su época escolar, como la ocasión en que no había estudiado para un examen de historia y su amigo Sabir, el papá de Amina, se lo hizo completa. La fechoría habría salido muy bien si la profesora no los hubiera atrapado *in fraganti* y los hubiera reprobado a los dos. Jérôme se carcajeaba sobre la montura, y Al-Saud sintió unos deseos irrefrenables de abrazarlo y de besarlo. Así lo hizo, y, mientras lo sostenía contra su pecho, pensaba: «Gracias por hacer feliz a tu madre».

~· ৡ ·~

El miércoles 23 de junio, Eliah Al-Saud le dijo a su esposa que tenía una cena de negocios y que no volvería a Ruán. Alrededor de las siete de la tarde, se introdujo subrepticiamente en el *hôtel particulier* de los Rostein por la terraza, sirviéndose de la escalera en el patio de la iglesia Saint-Louis-en-l'Île, pues, si bien los hombres de la DST cubrían los alrededores y no reportaban nada sospechoso, existía la posibilidad de que Anuar Al-Muzara hiciera vigilar la casa.

Al-Saud se ubicó en el despacho, donde se desembarazó de su ropa para quedarse con un traje de *lycra* negro que lo mimetizaría en la penumbra de la estancia. Hacía días que Antoine conocía su parte. Al-Saud lo escuchaba moverse en la plata baja. El sirviente sabía que una traición equivaldría a la muerte.

Como desconocían la hora en que se presentaría Al-Muzara, si era que se presentaba, Al-Saud se sentó en un sillón sumergido en la oscuridad y se dispuso a esperar. Cada tanto, Edmé de Florian, de guardia en una camioneta estacionada sobre la *Quai* de Béthune, le hablaba al micrófono que Al-Saud tenía en la oreja y le pasaba el reporte de novedades, ninguna de relevancia.

—Tres hombres acaban de detenerse frente al portón —informó De Florian, y a continuación Al-Saud oyó el timbre.

Saltó de pie, se puso el pasamontaña, calibró los lentes de visión nocturna y se mimetizó en la oscuridad, junto a la puerta entornada del despacho.

—Cara Pálida —dijo Al-Saud, y empleó el *nom de guerre* de Edmé—, ¿puedes confirmar si uno de ellos es la presa?

Como habían concluido que el jefe terrorista sospecharía si hallaba encendida la luz del portón, le habían ordenado a Antoine que la mantuviera apagada, lo que dificultaba el reconocimiento.

—Negativo, Caballo de Fuego. Aunque por la complexión física, puedo afirmar que dos se ajustan a las medidas de la presa.

—Acaban de entrar —reportó otro agente de la DST.

Al-Saud oyó el sonido distante del portón que se cerraba y de los pasos que cruzaban el solado y se aproximaban a la mansión. Las voces iban adquiriendo nitidez, si bien para Al-Saud resultaba imposible entender lo que decían.

—¡Es la presa! —confirmó el experto en sonido después de grabar las voces que captaban los micrófonos plantados en la casa y compararlas con un registro obtenido de una vieja filmación casera realizada por Alamán en una fiesta familiar en la casa de la Avenida Foch. La operación no había llevado más de siete segundos.

La adrenalina se precipitó por los miembros de Al-Saud y le confirió una energía que lo desbordaba. Le costaba mantener en su sitio al Caballo de Fuego; piafaba y relinchaba, ansioso por entrar en acción. Oyó que subían por las escaleras. La voz de Anuar viajó hasta él con claridad.

—¡Qué oscuro está acá! —se quejó.

—Anoche se quemó la lámpara del pasillo y no he tenido tiempo de cambiarla —mintió Antoine—. Pero usted conoce la casa tan bien como yo, señor Anuar. Espere al joven Gérard en el despacho, por favor. Iré por él. Está en su dormitorio, descansando. No se ha sentido bien en todo el día.

«Perfecto», masculló Eliah para sus adentros; el mayordomo cumplía con lo pactado. Se movió hasta esconderse tras la puerta. Si Antoine seguía ejecutando su parte como hasta el momento, no se detendría en el despacho, ni siquiera para abrir la puerta y encender la luz en un gesto de cortesía; continuaría hacia el final del pasillo con la excusa de despertar a Moses.

Uno de los guardaespaldas de Al-Muzara abrió a medias la puerta y, antes de que acertara con el interruptor, Al-Saud la cerró sobre su antebrazo con tal furia que se oyó el crujido del cúbito o del radio al romperse. La puerta rebotó con el impacto y volvió a abrirse. Al-Saud se lanzó fuera y descargó dos tiros en el hombre que pegaba alaridos y se sostenía el miembro quebrado. El otro custodio disparó, pero al hacerlo en la oscuridad y contra un blanco vestido de negro, falló. Eliah se le echó encima y lo redujo sin dificultad; le propinó un golpe de puño en el estómago, lo aferró por el brazo derecho y lo obligó a darse vuelta, colocándolo de frente a Al-Muzara, quien, en el afán por reducir al atacante, disparó al pecho de su guardaespaldas y lo mató.

Al-Saud aprovechó el instante de desconcierto del jefe terrorista y le lanzó una patada en la mano, que lo despojó del arma, y otra en la mandíbula, que lo arrojó al piso, donde Eliah, después de quitarse el pasamontaña negro y los lentes con visión nocturna, se aseguró de que su cuñado lo reconociera a la tenue luz que provenía de abajo.

—Sí, soy yo —dijo, con una sonrisa lobuna—. Eliah Al-Saud.

Le propinó puñetazos, cuidándose de descargarlas lejos del rostro; lo quería reconocible. El pelo le caía sobre la frente y se agitaba al son de su ira.

—¡Te perdoné la vida aquella vez que me pediste que te llevara a Bobigny para visitar la tumba de Samara! ¡Cometí un error por el cual pagué caro! ¡Hoy no me apiadaré de ti! —Gotas de saliva saltaban fuera de su boca a medida que alternaba los golpes con insultos.

—No... —gimoteó Al-Muzara al darse cuenta de que Al-Saud abandonaba la golpiza para empuñar una pistola.

—Oh, sí, Anuar. Pagarás una a una tus traiciones. Ésta es por haber intentado secuestrar y matar a mi padre, maldito hijo de puta. El hombre que te cobijó, que te cuidó como a un hijo. —Descargó una bala calibre 22, de gran poder destructivo cuando se la dispara de cerca, en el hombro de Al-Muzara, que soltó un rugido de dolor y de pánico—. Y ésta es por asesinar a Sabir a sangre fría. Maldito cobarde. ¡A Sabir! —Otro disparo; más aullidos y gritos—. Estuvo cinco años en prisión por tu culpa. Los israelitas lo torturaron para sacarle tu escondite, rata miserable, y nunca ¡nunca! abrió la boca.

Al-Muzara seguía consciente pese al dolor y a la pérdida de sangre. Sabía a quién tenía encima, comprendía las palabras. Sabía también que moriría. En una pausa de Al-Saud, entreabrió los ojos y alcanzó a balbucear «no lo hagas» cuando vio que su cuñado le apoyaba la pistola en el lado izquierdo del pecho. Volvió a cerrarlos al percibir el metal frío del cañón.

—Y esto, Anuar, es por haberte metido con mi mujer. —Al-Saud oprimió el gatillo de su Walther P22 y perforó el corazón del terrorista palestino.

~ ✂ ~

Entró en la cocina de la casa de la Avenida Elisée Reclus alrededor de las dos de la madrugada y lanzó el bolso con ropa y las llaves del Aston Martin sobre la barra de mármol. Que Marie y Agneska se hicieran cargo. Sólo pensaba en un baño de inmersión. Ahora que la adrenalina se retiraba de su flujo sanguíneo, afloraban los dolores musculares fruto de la tensión y de la agresiva ejercitación física.

En su dormitorio, se encaminó como ciego a su buró, levantó el portarretrato con la fotografía de Matilde, la que Juana le había tomado en los Jardines de Luxemburgo, y la besó en los labios.

—Ya estás a salvo, Matilde —murmuró—. Ya nadie te hará daño, mi amor.

Recostado en el *jacuzzi*, consultó la hora. Diez para las tres de la mañana. «¡Qué mierda!», se dijo y salió de la tina para hacer una llamada telefónica. Respondió de inmediato una voz adormilada.

—Ariel Bergman —dijo Al-Saud—, soy Caballo de Fuego.

—¿Caballo de Fuego? ¿Qué pasa? ¿Por qué me llama a esta hora?

—Le he dejado un regalo bajo el Puente Alejandro III, del lado de la explanada de Los Inválidos. Apúrese, vaya a buscarlo antes de que otro se apropie de él.

A las ocho de la mañana, Al-Saud todavía dormía cuando sonó el timbre de su celular.

—*Allô?* —dijo, con acento pastoso de sueño.

—Soy Bergman. Ya recogimos el regalo. Estoy impresionado.

—Esperaba que lo estuviera. Conseguí lo que ustedes no lograron en años.

—¿Qué quiere a cambio?

Al-Saud rio por lo bajo.

—Después de los servicios que le he prestado a su país y después de no haber sacado a la luz la documentación que tengo, yo diría, Bergman, que su deuda conmigo es inconmensurable. Sin embargo, tengo una piedra en mi zapato.

—¿A qué se refiere?

—Su país y yo tenemos un enemigo en común, que sigue vivo en Bagdad.

—Nuestro enemigo ya está en jaque.

—El hecho de que esté en jaque no significa que esté fuera del juego.

—Usted conoce el juego tan bien como yo. Un rey en jaque sólo se mueve para escapar, y éste no tiene adónde. Se mueva como se mueva, seguirá en jaque. Se aproxima el momento del jaque mate. Igualmente, la deuda de mi gobierno para con usted es grande y requiere una compensación. Le doy mi palabra de que vigilamos de cerca a nuestro enemigo en Bagdad. Antes de que él o sus sicarios asomen la nariz fuera de la ciudad, yo lo sabré. Y, entonces, usted estará prevenido.

—Me enviaron a Bagdad porque no tenían a nadie para hacer el trabajo. Ahora resulta ser que mi enemigo está siendo vigilado de cerca. No entiendo.

—En estos meses, no nos hemos quedado de brazos cruzados y ya tenemos a su reemplazo instalado en el corazón del enemigo. Perdimos a un hombre y casi lo perdemos a usted. Aprendimos una lección dura en los últimos tiempos y no volveremos a fallar.

—Así lo espero. No olvide que siguen en mi poder las pruebas para que sea Israel la que quede en jaque.

—Lo tengo bien presente.

~ ⚬§⚬ ~

Al-Saud regresó a Ruán el jueves 24 de junio por la tarde, y al día siguiente, cerca del mediodía, la familia inició el retorno a París.

El sábado 26 por la mañana, Sandrine, la editora de Matilde, la llamó para ajustar los detalles de la presentación en la librería FNAC. A las cuatro de la tarde, la familia se subió en la camioneta Mercedes Benz ML 500, dotada de un blindaje y de contramedidas electrónicas especiales, y se dirigió al distrito La Défense, al famoso centro comercial CNIT.

A Eliah lo puso de mal humor la cantidad de automóviles y de gente, y comenzó a arrepentirse de haber cedido a la presión de Sandrine y de Matilde. A través del sistema de comunicación inalámbrico instalado en su oreja y que se perdía tras el cuello del saco, pasó revista a sus hombres. N'Yanda y Verabey se encargaban de los niños tras una fortaleza de guardaespaldas, en tanto Matilde, rodeada por los brazos de su esposo, avanzaba entre la multitud. La seguía de cerca la seguridad provista por la editorial.

La rueda de prensa se llevó a cabo media hora antes del inicio de la presentación. Una cincuentena de periodistas sacaba fotografías, tomaba video, aprestaba sus grabadoras y micrófonos. Matilde y Al-Saud habían ensayado respuestas a posibles preguntas comprometedoras relacionadas con el conflicto palestino—israelí, por lo que Matilde se sentía segura y tranquila. Entró en el recinto con una tenue sonrisa, secundada por Eliah. Los murmullos se acallaron. Los periodistas la siguieron con ojos pasmados. ¿Esa joven, que parecía una adolescente, era la que había puesto fin al operativo «Furia Divina»? No reconocían en esa muchacha delicada y femenina a la mujer con delantal de Manos Que Curan que sorteaba escollos en medio de una balacera. Un detalle sí recordaban: su cabellera, la misma que habían visto flamear como un estandarte de oro en tanto corría para alcanzar al niño en aprietos. Enseguida se fijaron en el hombre de traje azul oscuro, que la escoltaba con celo y que les lanzaba vistazos amenazadores. La guiaba con una mano en el hombro, y su estatura —un metro noventa, calcularon— empequeñecía a la pediatra argentina y la colocaba en un plano de vulnerabilidad del cual nadie habría intentado aprovecharse con ese hombre a su lado. Los murmullos inundaron la sala de nuevo cuando empezaron a preguntarse de quién se trataba. Una voz aseguró que era el esposo, otra, un custodio.

Matilde tomó asiento tras una mesa llena de micrófonos y sorbió agua. Sandrine se ubicó a su lado. Al-Saud se retiró unos pasos y adoptó la actitud del guardaespaldas, con las piernas algo separadas y la mano derecha cerrada sobre la muñeca izquierda, lista para deslizarla bajo el saco y extraer la Colt M1911.

Las preguntas fueron variadas y abarcaron un sinfín de temas, desde la infancia de Matilde en Córdoba hasta su acto heroico en la ciudad de Gaza. Ella las respondía con amabilidad, si bien con contestaciones cortas; evitaba profundizar en su intimidad. Un periodista quiso conocer su opinión acerca del conflicto palestino-israelí. Matilde contestó:

—Mi querido amigo, Sabir Al-Muzara, me dijo una vez: «Matilde, la paz sólo se construirá sobre la base del perdón. Nosotros tenemos que perdonar a los israelitas. Los israelitas tienen que perdonarnos a nosotros. Somos dos pueblos maravillosos, que se han perdido en la cultura del odio y de la desconfianza. El perdón nos sanará». Pienso lo mismo que Sabir, los israelitas son un pueblo maravilloso, los palestinos son un pueblo maravilloso. Tengo fe en que algún día abandonarán el camino del odio y recorrerán el del perdón, por el bien de los niños. En verdad, ésa es la única salida.

—No más preguntas —dijo Sandrine, y la rueda de prensa se terminó.

⌁ ❀ ⌁

Después de la presentación, en la que Matilde se deleitó gracias a las intervenciones de sus lectores pequeños —sin duda, hacían preguntas y comentarios más sensatos que los periodistas—, firmó ejemplares. Sus familiares y amigos aprovechaban para acercarse y saludarla. Jérôme se arrebujaba a su lado y recibía con timidez y embarazo las adulaciones de los mayores; las miradas curiosas de los niños también lo avergonzaban. Amina, en cambio, se sentía la estrella y contestaba por su hermano. La desfachatez de la niña fue contagiando a Jérôme, que empezó a soltarse, a sonreír, a murmurar respuestas, al principio monosilábicas, después más largas.

Matilde firmaba y conversaba con los lectores, e intentaba mantenerse atenta a Jérôme y a Amina. Sonrió, ufana, sin levantar la vista de la dedicatoria que estaba escribiendo, al escuchar la respuesta que Jérôme le ofreció a una anciana que le preguntó, con acento incrédulo, si Matilde Martínez era en realidad su madre.

—Fue mi mamá en otra vida. Ahora me adoptó.

Entregó el libro que acababa de firmar, atrajo a Jérôme hacia ella y lo besó.

—Te amo —le susurró, y siguió firmando.

Alrededor de las ocho y media, como empezaba a oscurecer, se anunció un espectáculo de fuegos artificiales en la explanada de la entrada del centro comercial.

—¿Les gustaría ir a ver los fuegos artificiales? —preguntó Al-Saud a Jérôme y a Amina.

—¿Qué son los fuegos artificiales? —quiso saber la pequeña; por la mueca de Jérôme, Al-Saud dedujo que tampoco los conocía.

—Son unas luces de colores que explotan en el cielo. Les gustarán mucho.

—¡Sí, vamos! —se entusiasmó Amina, y tomó del brazo a Jérôme.

—Mi amor —dijo Al-Saud en dirección a Matilde—, llevo a los niños afuera y vuelvo.

Matilde asintió con una sonrisa y siguió firmando. En su camino hacia la explanada, Al-Saud se topó con La Diana.

—Hola, Eliah.

—Hola, Diana. Gracias por venir.

—No quería perdérmelo. ¿Y Matilde? ¿La dejaste sola?

—No. Está con los custodios. Enseguida regreso.

—Iré a saludarla.

Matilde interrumpió la conversación con la madre de un lector y se puso de pie para dar un abrazo a La Diana, que la apretó con sentimiento.

—Hace tres horas que te veo firmar. ¿No quieres tomar algo? ¿Te traigo un té?

—Sí, por favor —aceptó Matilde—. Un té con leche me vendría muy bien.

La Diana se alejó hacia el sector de los bares.

⊶ ❧ ⊷

La rondaba a la distancia y nunca la veía sola. Debía andarse con cuidado; por mucho que se cubriera con unos lentes de sol, cualquiera podía reconocerla. Eliah Al-Saud se alejaba con los niños, y los demás parientes pululaban a los lejos. Acababa de presentarse la oportunidad que esperaba: Matilde había quedado rodeada por desconocidos.

En tanto se aproximaba, Céline soltó una risita nerviosa. Le costaba creer lo que estaba presenciando: el éxito y la fama de Matilde. No le bastaba con haberle robado a su hombre; también se cubría de gloria cuando su estrella languidecía. Abrió el cierre de la bolsa e introdujo la mano. Sin extraerla, empuñó la pistola y siguió avanzando.

~: ✿ :~

Al-Saud se ocupó de dejar a sus hijos al cuidado de sus hermanos, de N'Yanda y de Verabey y de un nutrido grupo de custodios y regresó al interior del centro comercial. Caminó a paso rápido hacia la librería. Apenas entró, la vio. A Céline. El cuerpo se le cubrió de un sudor frío. Matilde se ponía de pie y le sonreía, contenta de verla, ajena al peligro que se cernía sobre ella.

—¡Céline, no! —vociferó Al-Saud, y se lanzó a correr, consciente de que no llegaría a tiempo.

Céline sacó el arma y disparó. Al-Saud soltó un rugido y se detuvo en un acto reflejo. Vio a La Diana volar sobre el escritorio, junto con una taza y un plato y una bandeja. Oyó un quejido, al que le siguió el estrépito de la loza hecha añicos.

—¡Matiiildeee! —clamó, en tanto corría hacia ella—. ¡Matiiildeee!

La muchedumbre se aglomeraba y no le permitían verla. Se abrió paso derribando gente. La vio inclinada sobre La Diana, que, acostada sobre la mesa, se sujetaba el hombro izquierdo y fruncía la cara en un gesto de dolor.

—¡Diana! ¡Déjame ver la herida! —le pedía Matilde—. ¡Eliah, una ambulancia! ¡Rápido!

Al-Saud la sujetó por los hombros y la obligó a mirarlo. Matilde se asustó de su palidez y vio tanta angustia en sus ojos que le acarició la mejilla y le aseguró:

—Quedate tranquilo, estoy bien. A mí no me pasó nada.

Unos guardias, los que la editorial había contratado para proteger a Matilde, redujeron a Céline, le sustrajeron la pistola y la arrastraron fuera. Céline gritaba como desquiciada.

~: ✿ :~

La ambulancia condujo a La Diana al Hospital Lariboisière, especialista en urgencias, donde ingresó en el quirófano con una bala en el hombro.

Matilde, Eliah, Yasmín y los hermanos Huseinovic aguardaban en la sala de espera. Leila, con su vientre que apenas se adivinaba bajo una

641

blusa suelta, se cobijaba en el abrazo de su esposo, Peter Ramsay. Matilde se aproximó y le tomó las manos.

—No quiero que te pongas nerviosa ni que te angusties. Yo vi la herida. No creo que la bala haya tocado nada vital. La Diana es fuerte y saldrá de ésta sin problemas.

—Te salvó la vida —murmuró Leila.

—Sí —acordó Matilde—, le debo la vida.

Volvió junto a Eliah, que hablaba por teléfono. Al ver aproximarse a Matilde, se alejó, y ésta no intentó seguirlo.

—Era tu papá —le informó cuando volvió a su lado—. Está en la sede de la Policía Judicial, donde tienen detenida a tu hermana.

Matilde no hizo comentarios. Deslizó las manos bajo el saco de Eliah y se apretujó contra su cuerpo. Enseguida, sintió la presión de su abrazo y el beso en la coronilla.

Alrededor de las once de la noche, el cirujano se presentó en la sala de espera y tranquilizó a la pequeña concurrencia al asegurar que la cirugía para extraer el proyectil había sido exitosa. La Diana pasaría la noche en terapia intensiva.

—Está despierta e insiste en hablar con un tal Eliah —dijo el médico, y paseó la mirada entre los presentes.

Al-Saud dio un paso adelante y siguió al médico. Le indicaron que se lavara las manos y que se cubriera con un tapabocas y con un delantal antes de ingresar en la unidad de cuidados intensivos. Se deslizó dentro del compartimiento de La Diana con el sigilo de un gato.

—Diana —susurró, y le apretó la mano.

Los párpados de la muchacha se despegaron con dificultad. Sonrió al ver que se trataba de Al-Saud. Le habló con voz rasposa.

—Esta vez no te fallé, Eliah. Esta vez le salvé la vida.

Al-Saud se inclinó y apoyó la frente sobre la de La Diana. Guardó silencio hasta que ganó dominio para decir:

—Gracias. Me salvaste la vida a mí también.

—Perdóname.

—Te perdono.

—Eliah, extraño tanto a Markov.

—Lo sé, cariño, lo sé.

—Murió por mi culpa.

—No. Murió porque le había llegado la hora. Es así, aunque nos duela aceptarlo.

Matilde y Eliah llegaron a la casa de la Avenida Elisée Reclus pasada la medianoche. Hallaron a N'Yanda en la cocina, esperándolos. Les sirvió café recién hecho, que devolvió un poco de color a sus semblantes. En tanto sorbían el brebaje espeso y humeante y mordisqueaban unos *brioches*, escuchaban el reporte de la ruandesa, que les contaba acerca de los niños. Ninguno se había dado cuenta de la tragedia que se desataba en la librería, y habían partido a cenar con las familias de sus tíos Alamán y Shariar con muchas ganas. Por supuesto, Jérôme había preguntado cada diez minutos por su mamá y por su papá.

Matilde y Eliah subieron callados la escalera. Después abordarían el tema de Céline. En ese momento, deseaban comprobar que sus hijos durmiesen plácidamente. A Jérôme lo encontraron acurrucado, con algo sujeto en el pecho. Se trataba del libro *Las aventuras de Jérôme*. A Matilde se le acalambró la garganta. Al intentar quitárselo, el niño se agitó aún más y terminó por despertarse.

—¿Mami?

—Sí, hijo —contestó Al-Saud, y encendió la lámpara—. Somos mamá y papá.

—¿Dónde estaban?

—En la librería, terminando de firmar libros —mintió Matilde—. ¿Te gustó la presentación? —Jérôme asintió—. Ahora todos saben lo valiente que eres, tesoro mío. Todos te admiran. ¿Estabas leyendo el libro antes de dormirte? —El niño volvió a asentir—. ¿Qué parte te gusta más?

Jérôme abrió el libro en las primeras páginas y le señaló la dedicatoria.

—Ésta es la parte que más me gusta. Léemela, mamá.

Matilde, emocionada, le entregó el libro a Al-Saud, que leyó:

—A mi adorado Jérôme, hijo de mi alma, para que vuelvas a mí. A mi querido amigo, Sabir Al-Muzara, que me dio alas para escribir. A E.A.S., amor de mi vida.

—¿Quién es E.A.S.?

—Es papá. Eliah Al-Saud.

Jérôme les dirigió una sonrisa satisfecha, como si hubiera estado esperando esa respuesta.

~: ♣ :~

Se abrazaron en la intimidad del dormitorio. Matilde percibía la tensión en los músculos de Al-Saud. Le conocía ese semblante; para muchos, no habría expresado nada; para ella, era un libro abierto: estaba enojado, furioso, se sentía impotente, y eso alimentaba aún más la rabia.

—Creí que me moría cuando la vi sacar el arma. No llegaba. Habría sido imposible llegar a tiempo para protegerte. No puedo explicarte lo que sentí, Matilde. Otra vez...

—Shhh. Todo pasó. No quiero que nos angustiemos pensando en lo que podría haber sucedido.

—Esto es por mi culpa. Esa loca me advirtió que si volvíamos a estar juntos, te mataría, y yo no hice nada para impedirlo.

—¿Y qué podías hacer? ¿Mandarla encerrar?

«Matarla», se respondió Al-Saud.

—¿Qué te dijo mi papá?

—Que ya se había puesto en contacto con un abogado penalista.

—No quiero que Celia vaya a la cárcel, Eliah.

—¡Pero yo sí, Matilde! ¡Quiero que pase el resto de su vida en la cárcel! Esa loca casi destruye la razón de mi existencia.

—Mi amor, entiéndeme, es mi hermana y está enferma. En la cárcel, sólo empeorarían las cosas. No se curaría de su adicción. Sufriría a diario la violencia de las otras presas. Con lo hermosa y altiva que es, se ganaría el odio de las demás. ¡Podrían matarla! ¡No quiero que otro de mi familia pase por ese calvario, Eliah! ¡No quiero! ¡No quiero!

Matilde se cubrió el rostro y se echó a llorar. Al-Saud la apretó contra su pecho.

—Por amor de Dios, no llores. No soporto verte sufrir.

⁕ ❧ ⁕

El domingo por la mañana, Al-Saud salió temprano y volvió alrededor del mediodía. Había estado en la *36 Quai des Orfèvres*, la sede de la Policía Judicial. Su amigo, el inspector Olivier Dussollier, y el abogado penal a cargo del caso de Céline lo habían puesto al tanto de la situación.

En la casa de la Avenida Elisée Reclus, se encontró con que Matilde estaba preparando las maletas para regresar a Ruán. Sandrine la había llamado para contarle que su celular no dejaba de sonar; los periodistas le pedían el teléfono y la dirección de Matilde para entrevistarla por el intento de asesinato. Como no había trascendido la identidad de la atacante, la prensa especulaba con un atentado terrorista.

—No quiero estar en París. Me voy con los niños hasta que pase esta locura.

Al-Saud encontró razonable la decisión, y esa noche durmieron en la hacienda. Volvieron a la rutina. Matilde no miraba la televisión ni leía los periódicos, y se mantenía ajena a la realidad. Había decidido no preguntar por el destino de su hermana. Sabía que su padre y Eliah se ocupaban; cuando tuvieran noticias relevantes, se las comunicarían. Mientras tanto, ella se dedicaba a sus hijos, en especial a Jérôme, a quien seguía dando clases de apoyo para nivelarlo con el programa de enseñanza francés. En París, Thérèse realizaba una investigación de los colegios con planes de estudio más vanguardistas y revolucionarios en materia pedagógica. Matilde sabía que su hijo era un niño especial y que debía asistir a un colegio especial, que contemplara, aceptara y valorara sus diferencias. Los sistemas tradicionales no lo comprenderían y lo harían sufrir.

En la búsqueda de documentación para proseguir con el trámite de adopción de Jérôme, el padre Jean–Bosco Bahala halló en una parroquia de las proximidades de Rutshuru el certificado de bautismo de Jérôme, según el cual el niño había nacido el 10 de diciembre de 1990. Matilde lloró sobre el documento el día en que Eliah se lo entregó. El hallazgo, que tanta felicidad proporcionó a Matilde, le mereció al sacerdote una suculenta donación.

Cuando Jérôme, muy entusiasmado, le contó a Takumi Kaito que había nacido el 10 de diciembre de 1990, el japonés lo miró fijamente por unos segundos; luego, comentó:

—Otro Caballo en la familia.

—¿Qué quieres decir, *sensei*?

—Que, por haber nacido en el 90, eres Caballo, como tu padre, pero de Metal, como tu madre. —El japonés sonrió con aire indulgente ante la cara de desconcierto del niño—. Ven —dijo, y lo tomó por el hombro—, te explicaré lo que significa haber nacido bajo el signo del Caballo de Metal.

~: ⚘ :~

Una noche calurosa de finales de julio, todavía en la hacienda de Ruán, Matilde y Eliah, después de acostar a los niños, decidieron ir a la piscina. Los trajes de baño no duraron en sus cuerpos, y terminaron desnudos, haciendo el amor, primero en el agua, después sentados sobre una colchoneta en la orilla.

Todavía jadeante a causa del orgasmo, Al-Saud aprisionó a Matilde entre sus brazos, la recostó en la colchoneta y le suplicó en francés sobre los labios:

—Nunca me abandones, nunca me dejes.

—*Jamais* (Jamás).

—Tal vez me arrepienta toda la vida de haber cedido a lo que me pediste.

—¿A qué?

—A ayudar a tu papá a sacar a Céline de la cárcel.

—¿Salió en libertad?

—Sí. ¿Cómo puedes estar contenta? ¡Trató de asesinarte!

—Mi amor, Dios ha sido tan generoso con nosotros. ¿No podemos serlo con ella, que es un alma perdida? Quiero que tenga una oportunidad para ser feliz. En la cárcel, no la tendría.

Al-Saud resopló con aire iracundo.

—Acordé con tu papá que la internará en una clínica de rehabilitación en Londres. Gracias a mis conexiones en el gobierno, logré que le revocaran la visa de trabajo. No podrá volver a Francia. No me mires con esa cara —se enfureció—. ¡Te compadeces de todos menos de mí!

—Mi amor —se pasmó Matilde—. Yo...

—Quisiste que esa loca de Céline quedara en libertad, sin pensar en mí, en la angustia que voy a sentir sabiendo que todavía hay alguien ahí fuera acechando para hacerte daño. ¡Si te matan, yo me pego un tiro, y que de nuestros hijos se ocupen mis hermanos!

La amenaza y la furia disfrazaban un alma atormentada, insegura y lastimada, Matilde lo comprendió enseguida. Apoyó las manos en las mejillas de Al-Saud y lo contempló con mansedumbre.

—Yo también haré lo mismo. Si te matan, me pego un tiro. Pero nada de eso sucederá. Viviremos mucho y seremos felices. Tal como le pedimos a Dios frente al Muro de los Lamentos, envejeceremos juntos para ver a nuestros hijos convertidos en personas de bien.

—¡Matilde! —clamó él, entre enojado y emocionado—. ¿Cómo puedes estar tan segura?

—Porque a mí siempre se me cumplen los sueños.

Epílogo

París, atardecer del viernes 10 de diciembre de 1999.

Matilde se encerró en la cocina para decorar el pastel de cumpleaños de Jérôme, que festejarían al día siguiente. Se había propuesto que el decorado recreara una escena del cuento favorito del niño, *Jérôme y la familia de gorilas blancos*; se trataba de una sorpresa.

Como los tres se quedaron mirando la puerta, cabizbajos –Kolia, en realidad, no entendía nada, pero imitaba al pie de la letra a sus hermanos mayores–, Al-Saud los condujo escaleras arriba, a la sala de música, para distraerlos.

Amina exigió que pusieran su disco compacto favorito, una recopilación de *hits* de los 80, para ejecutar la coreografía que bailaría en la escuela de danzas antes de las vacaciones de fin de año. Corrió a su dormitorio, se puso el tutú rosa que Matilde le había comprado días atrás sobre el pantalón y regresó corriendo. A Eliah lo dejaron boquiabierto la seguridad y la certeza con que manejó el control remoto del equipo de música Nakamichi, que costaba unos cuantos miles de dólares y que él había cuidado con tanto esmero en el pasado. Desde la llegada de los niños, ese tipo de cosas habían perdido valor.

Amina pareció cobrar vida al sonido de *Eye of the tiger*. Los tres hombres la observaron bailar con paciencia y, a instancias de Al-Saud, la aplaudieron y la abrazaron.

Lo que después comenzó como una clase de *Shorinji Kempo*, terminó en un enredo de cuerpos sobre la alfombra. Kolia reía, emitía frases inentendibles desde cierta distancia y agitaba la mamila.

Así los encontró Matilde al entrar en la sala de música: Eliah echado de espaldas en el suelo, Amina sobre su pecho, con el tutú nuevo aplastado y deslucido, y Jérôme a su lado, tratando de esquivar las cosquillas de su padre. Al descubrirla en el umbral, Kolia corrió hacia ella y se abrazó a sus piernas. Matilde lo levantó y lo besó en los cachetes.

—Hola, mi amor, mi tesoro. ¿Cómo está el príncipe de mamá? —Kolia le señaló a los demás en la alfombra—. Vamos con ellos. ¡Ey, aquí llegamos nosotros! —anunció, y sentó a Kolia a horcajadas en el cuello de Al-Saud; ella se tendió a su lado.

Después de una guerra de cojines, quedaron exhaustos y acezantes sobre la alfombra. Matilde descansó la mejilla sobre el pecho de Al-Saud, que extendió los brazos y los cobijó a los cuatro. Cerró los ojos y suspiró, dichoso. La música del disco compacto de Amina, que se ejecutaba una y otra vez, ganó preponderancia en el silencio repentino.

Al-Saud levantó los párpados de repente y buscó con la mirada a Matilde, que lo esperaba, con gesto anhelante, cuando sonaron los primeros acordes de *Can't take my eyes off of you*. Lo emocionó el brillo en los ojos de su mujer. Las lágrimas desbordaron y se deslizaron por sus sienes. Jérôme, siempre atento a Matilde, se incorporó a medias y la observó, preocupado.

—¿Qué pasa, mami? ¿Por qué lloras?

—No llora —intervino Al-Saud—. Está emocionada porque ésta es nuestra canción favorita, de tu madre y mía.

—Ah —dijo, aliviado, y volvió a recostarse y a aferrarse a la cintura de Matilde, que cerró los ojos y sonrió.

Al-Saud mantenía la cabeza ladeada en dirección a Matilde; no conseguía apartar la mirada de ella. Su semblante de luz cálida y blanquecina lo atraía; su sonrisa le resultaba sugerente, entre pícara y beatífica. Le pasó el dorso de los dedos por la mejilla, más para probar su tersura que para llamar su atención, y le preguntó:

—¿En qué piensas, mi amor?

—En que a mí siempre se me cumplen los sueños.

—¿Cuál es tu secreto?

—Soñar.

FIN

Agradecimientos

A Estefanía Tapié, que me contó sus vivencias de misionera en Mozambique y que, con sus relatos, me inspiró para crear a uno de los personajes de esta novela.

A la doctora Claudia Rey, una eximia ginecóloga y una persona maravillosa, que me explicó de manera fácil el cáncer de ovario.

A la doctora Raquel «Raco» Rosenberg, cuyo testimonio inestimable me sirvió para comprender la situación del África y el sufrimiento de su gente.

A la doctora Valeria Vassia, quien, al igual que mi Matilde, es cirujana pediátrica y que me transmitió valiosísima información.

A mi querida Estelita «Amorosa» Casas, quien conoce el glamour de París como nadie y que me describió los lugares en los que se mueve Eliah Al-Saud.

A Juan Simeran, que vivió siete años en Israel y me brindó información y sus escritos y me regaló un libro, los que me sirvieron para comprender la situación de ese país y de Palestina. A su esposa Evelia Ávila Corrochado, una querida lectora, que sirvió de nexo.

A Clarita Duggan, otra lectora maravillosa, por contarme su experiencia en Eton.

A mi amiga, la escritora Soledad Pereyra, por brindarme sus conocimientos en materia de aviones de guerra. Sol querida, todavía sueño con ver tu libro *Desmesura* publicado.

A mi amiga, la queridísima «Gellyta» Caballero, por darme ideas brillantes y su cariño; por inspirar algunas de las salidas ocurrentes de Juana Folicuré; por proveerme de libros increíbles para la investigación; y por analizar el manuscrito con tanto amor y a la vez con tanto profesionalismo.

A Leana Rubbo, por sus averiguaciones que parecían imposibles de ser averiguadas.

A mi entrañable amiga Adriana Brest, por sus dos maravillosos regalos: el epígrafe de la primera parte de Caballo de Fuego y *El jardín perfumado*.

A mi queridísima amiga Paula Cañón, que siempre está buscándome material para mis investigaciones, y que, para *Caballo de Fuego*, consiguió una historia de incalculable valor. En esta tercera parte me dio una mano enorme con Angelie Trouvée.

A mi dulce y entrañable amiga Fabiana Acebo. Ella y yo sabemos por qué.

A la doctora María Teresa «Teté» Zalazar, por ayudarme a construir una escena, sin cuyos conocimientos en medicina, habría sido muy difícil para mí.

A Uriel Nabel, un soldado israelí, que con tanta generosidad compartió conmigo su experiencia de tres años en el *Tsahal*.

A Sonia Hidalgo, una querida lectora que buscó información para este libro con un desprendimiento que me llegó al corazón. Y también por hacer de nexo entre su sobrino Uriel Nabel y yo.

A Marcela Conte-Grand, que colaboró desinteresadamente con las traducciones al francés.

A mi querida amiga Vanina Veiga, que también me dio una mano con las traducciones al francés.

A mi prima, la doctora Fabiola Furey, que, pese a sus tantas obligaciones laborales y familiares, se tomó el tiempo para buscarme material acerca de la porfiria.

A Laura Calonge, delegada en la Argentina de Médicos Sin Fronteras, y a su asistente, Carolina Heidenhain, por explicarme la filosofía y el funcionamiento de este gran organismo de ayuda humanitaria.

A mis queridas amigas Natalia Canosa, Carlota Lozano y Pía Lozano, por acompañarme y alentarme siempre durante mis procesos creativos y por inspirarme para crear a Juana Folicuré. A Lotita le agradezco de corazón su permanente y desinteresada asistencia para las traducciones al francés.

Y, en esta última parte de la trilogía *Caballo de Fuego*, a mi sobrino, Felipe Bonelli, cuya locuacidad con tan sólo tres años inspiró la de Amina.

A mis sobrinos Patricio y Agustín Ríos Carranza, que son tan dulces, tiernos y adorables como Jérôme.

A mi querida amiga Victoria Ferrari, por haber tenido el buen tino de comprar en su momento el libro *El gran oh*, de Lou Paget, y por nombrarme custodia del mismo.

Y a los periodistas Amira Hass y Hernán Zin, por sus valiosísimos testimonios recogidos en la Franja de Gaza, que me ayudaron a construir las escenas en esa zona tan castigada del planeta. Sus libros *Drinking the sea at Gaza* (Amira Hass) y *Llueve sobre Gaza* (Hernán Zin) reflejan el coraje de quienes están comprometidos con su labor.